EEN MOOIE DAG OM TE STERVEN

Een mooie dag om te sterven

R.J. Ellory

DE FONTEIN

Van R.J. Ellory verschenen bij De Fontein:

Een stil geloof in engelen (2009)
Een volmaakte vendetta (2010)
Een mooie dag om te sterven (2011)

© 2009 R.J. Ellory

© 2011 voor deze uitgave: Uitgeverij De Fontein, een imprint van De Fontein |
Tirion bv, Postbus 13288, 3507 LG Utrecht

Oorspronkelijke uitgever: Orion Books Ltd., London
Oorspronkelijke titel: *The Anniversary Man*
Uit het Engels vertaald door: Ineke van den Elskamp
Omslagontwerp: Wil Immink Design
Omslagfoto: © Andrew Ward/Life File – Getty Images
Auteursfoto: Susan Sandérus
Vormgeving binnenwerk: Het vlakke land, Rotterdam
ISBN 978 90 261 2811 0
NUR 305

www.defonteintirion.nl

Als je lang in de afgrond kijkt, kijkt de afgrond in jou.
Friedrich Nietzsche

Opgedragen aan allen die in de afgrond hebben gekeken,
maar desondanks hun evenwicht niet hebben verloren.

Lange tijd probeerde John Costello het te vergeten.

Misschien beeldde hij zich in dat het niet was gebeurd.

De duivel kwam in de gedaante van een man, met de geur van honden om zich heen.

Er lag een blik op zijn gezicht alsof een onbekende hem op straat een briefje van vijftig had gegeven. Verbazing. Een soort zelfvoldane verwondering.

John Costello herinnerde zich het panische gefladder van duiven die opvlogen.

Alsof ze het wisten.

Hij herinnerde zich dat het snel donker werd, alsof het duister ergens was opgehouden en nu de verloren tijd wilde inhalen.

Het gezicht van de duivel leek op dat van een acteur, een vergeten acteur, wiens naam hij niet meer wist maar wiens gezicht hij vaag herkende.

'Ik ken hem… Dat is… Dat is… Lieverd, die man daar? Hoe heet hij ook alweer? Weet jij zijn naam nog?'

Vele namen.

Ze betekenden allemaal hetzelfde.

De duivel was heer en meester over de wereld, maar hij wist waar zijn wortels lagen. Hij wist dat hij ooit een engel was geweest, dat hij wegens verraad en rebellie in de Gehenna was geworpen, en hij hield zich zo veel mogelijk in. Maar soms lukte hem dat niet.

Het was ironisch, zoals seks in goedkope hotels met onaantrekkelijke hoeren. Samen zo'n intense, zo'n intieme ervaring beleven zonder één keer je naam te zeggen. Ervan overtuigd zijn dat je je niet aan iets belangrijks schuldig had gemaakt en dus onschuldig was.

John Costello was bijna zeventien. Zijn vader had een cafetaria waar iedereen kwam eten.

Nadien was John niet meer dezelfde.

Nadien… Ach ja, nadien waren ze dat geen van allen.

Jersey City, in de buurt van Grove Street Station, waar altijd de geur van de Hudson hangt; de buurt zag eruit als een vuistgevecht, zelfs op zondagochtend als het merendeel van de Ieren en Italianen keurig aangekleed naar de kerk ging.

John Costello's vader, Erskine, op de stoep voor zijn cafetaria The Connemara, vernoemd naar de bergen in Ierland waar zijn voorvaderen uit vissen gingen in Lough Mask en Lough Corrib en hun vangst in de schemering naar huis droegen, vuren aanlegden, verhalen vertelden en liederen zongen die voor het eerste couplet uit was al klonken als iets uit een ver verleden.

Erskine was een stille boom van een man – brutale ogen, roetzwart haar; als je maar lang genoeg in zijn gezelschap verkeerde, zou je uiteindelijk van eenzaamheid je eigen vragen gaan beantwoorden.

The Connemara lag in de schaduw van het verhoogde spoor van de El Train met de smeedijzeren trappen en portalen als doorgangen naar een andere wereld – een wereld buiten deze buurt, buiten dit universum, buiten de dromen over seks en de dood en de ontkenning dat er hoop was voor alles wat deze eigenaardige en sombere wijk van de stad te bieden had.

John was enig kind, en in januari 1984 was hij zestien.

Het was een belangrijk jaar.

Het jaar dat zij kwam.

Ze heette Nadia, en dat was Russisch voor 'hoop'.

Hij ontmoette haar op een zondag in The Connemara. Ze kwam iets halen voor haar vader. Ze kwam om sodabrood.

Er klonk altijd muziek uit de radio's, rommelend gelach, het tikken van dominostenen. The Connemara was een verzamelpunt voor Ieren, Italianen, joden en dronkenlappen – uitgelaten, agressieve, kwaaie dronkenlappen – die allemaal tot zwijgen werden gebracht door het eten dat Erskine Costello klaarmaakte.

Nadia was zeventien, vijf maanden ouder dan John Costello, maar in haar ogen lag een wereld die in tegenspraak was met haar leeftijd.

'Werk je hier?' vroeg ze.

De eerste vraag. De eerste van vele.

Een groot moment kan niet worden uitgewist.

John Costello was een verlegen jongen, een stille jongen. Hij had zijn moeder enkele jaren geleden verloren. Anna Costello, geboren Bredaweg. John kon zich zijn moeder nog goed herinneren. Ze had altijd een enigszins verbouwereerde uitdrukking op haar gezicht, alsof ze een bekende kamer was binnengegaan en tot de ontdekking was gekomen dat de meubels waren verplaatst, een vreemde had aangetroffen hoewel ze geen visite verwachtte. Ze begon zinnen, maar maakte ze niet af, misschien omdat ze wist dat ze toch wel werd begrepen. Anna Costello maakte massa's duidelijk met één enkele blik. Ze stelde zich op tussen de wereld en haar zoon. Mam het stootkussen. Mam de schokdemper. Ze tartte de wereld, daagde hem uit een streek uit te halen, een slimmigheid, een vingervlugge truc. Andere moeders verloren kinderen. Anna Costello had er slechts één, en die zou ze nooit verliezen. De gedachte dat hij haar zou kunnen verliezen, was nooit bij haar opgekomen.

En ze sprak met een soort instinctieve moederlijke wijsheid.

'Ze schelden me uit op school.'

'Waarvoor dan?'

'Voor van alles... Weet ik veel. Ze zeggen telkens iets anders.'

'Woorden zijn maar geluiden, John.'

'Hè?'

'Je moet scheldwoorden zien als geluiden. Doe maar gewoon alsof ze met geluiden naar je gooien.'

'Wat schiet ik daar nou mee op?'

Ze glimlachte, lachte bijna. 'Nou... in gedachten vang je ze dan op en gooi je ze terug.'

En John Costello vroeg zich later – veel later – af of zijn moeder de duivel zou hebben zien aankomen en hen allebei zou hebben beschermd.

Hij glimlachte naar het meisje. 'Ik werk hier, ja.'

'Is de cafetaria van jou?'

'Nee, van mijn vader.'

Ze knikte begrijpend. 'Ik kom voor sodabrood. Hebben jullie sodabrood?'

'Ja, we hebben sodabrood.'

'Hoeveel kost het?'

'Eén dollar vijfentwintig.'

'Ik heb maar één dollar.' Ze hield het briefje omhoog alsof ze wilde bewijzen dat ze niet loog.

John Costello wikkelde het brood in een stuk papier. Deed het in een tasje. Schoof het over de toog naar haar toe. 'Je kunt de rest later betalen.'

Toen hij de dollar aanpakte, raakten hun vingers elkaar. Alsof hij een schok kreeg.

'Hoe heet je?' vroeg ze.

'John… John Costello.'

'Ik heet Nadia. Dat is Russisch voor "hoop".'

'Ben je een Russin?'

'Soms,' zei ze. En ze glimlachte gelukzalig en liep weg.

Nadien, na de winter van 1984, werd alles anders.

John Costello begreep dat hij zou veranderen, maar hij had niet kunnen voorspellen hoe.

Nu zoekt hij zekerheid in gewoonten. In tellen. In lijstjes maken.

Hij draagt geen latex handschoenen.

Hij vindt het niet eng om melk uit het pak te drinken.

Hij neemt geen plastic bestek mee naar een restaurant.

Hij verzamelt geen psychotische episoden die hij op een peperdure bank vertelt tegen een oppervlakkige perverse zielengluurder.

Hij is niet bang in het donker, want hij draagt genoeg van het donker in zich.

Hij bewaart geen afgeknipte nagels of plukjes afgeschoren haar uit angst dat er voodoo zal worden gepleegd en hij opeens, onverwachts, zal overlijden, in Bloomingdale's, dat zijn hart uit elkaar spat in de lift, het bloed uit zijn oren komt terwijl omstanders hysterisch gillen. Alsof gillen iets uithaalt.

Hij zou niet zomaar in de zoete nacht verdwijnen.

En soms, als de hitte van een zomer in New York uit elke klinker en elke steen straalde, als het leek of de hitte van talloze eerdere zomers opgeslagen lag in alles wat hij aanraakte, had hij zomaar een flesje limonade uit de koeling gekocht, het flesje tegen zijn gezicht gehouden, het zelfs aan zijn mond gezet zonder bang te zijn dat er misschien dodelijke ziekten of gevaarlijke bacteriën op het glas zaten.

Als je hem op straat zag, zou hij je niet opvallen.

Als je met hem praatte, zou hij de indruk wekken dat hij precies hetzelfde was als jij.

Maar dat was hij niet. En dat zou hij nooit zijn.

Omdat hij in de winter van 1984 de duivel had gezien, en als je de duivel één keer hebt gezien, vergeet je zijn gezicht nooit meer.

Ze kwam de volgende dag weer.

Om de vijfentwintig cent te brengen en haar schuld te betalen.

'Hoe oud ben je, John Costello?' vroeg ze.

Ze had een rok aan, een t-shirt. Haar borsten waren klein en volmaakt. Ze had een prachtig gebit. Ze rook naar sigaretten en zoete kauwgom.

'Zestien,' zei hij.

'Wanneer word je zeventien?'

'In januari.'

'Heb je een vriendin?'

Hij schudde zijn hoofd.

'Mooi,' zei ze, en ze draaide zich om en liep weg.

Hij deed zijn mond open om iets te zeggen, maar het was stil vanbinnen.

De deur sloot achter haar. Hij zag haar naar de hoek van de straat lopen en toen zag hij haar verdwijnen.

Het was nooit leeg in The Connemara. Er was altijd op zijn minst sfeer. Maar de mensen die er kwamen, waren echte mensen met echte levens. Ze hadden allemaal hun verhalen. Meer nog dan de verhalen zelf waren het de woorden die ze gebruikten om ze te vertellen; zo praatte niemand meer. De uitweidingen en kleine anekdotes waarmee ze de gaten vulden, als specie tussen stenen. Het was hoe die woorden klonken – het timbre, de intonatie, het ritme – wanneer ze achter elkaar uit hun mond de wereld in kwamen. Woorden waar de wereld op had gewacht.

Oude mannen die stukjes uit hun veelkleurige leven kozen om te vertellen – een andere kleur voor elke dag – en ze voorzichtig uitpakten, alsof het breekbare geschenken waren, gemaakt om slechts één vertelling te overleven, en daarna waren ze weg. Vluchtige verhalen, hersenspinsels en verzinsels misschien. Ze vertelden verhalen om gehoord te worden, zodat hun leven niet onopgemerkt aan de wereld zou zijn voorbijgegaan wanneer hun taak erop zat. Sommige van deze mannen kenden elkaar al twintig, dertig jaar, maar wisten niets van elkaars bezigheden. Ze spraken over de buitenkant – over honkbal, auto's, over vrouwen soms, alle externe dingen, alle dingen die beschreven konden worden met zinnen uit de krant en van de tv, die ze soms gebruikten zonder ze werkelijk te begrijpen. Vaak waren hun conversaties geen conversaties in de ware betekenis van het woord. Als je een vraag stelde, vertelden ze jou wat jij ervan vond.

Zij ervoeren het als een gedachtewisseling, een wederkerig iets, ordelijk en evenwichtig, een ontmoeting tussen geesten. Maar dat was het niet.

Voor deze oude mannen, de mannen die vaste klant in The Connemara waren, voor hen betekende de komst van de duivel misschien ook het einde. Misschien keken zij achterom naar de gapende muil van het verleden en zagen ze een wereld die nooit meer zou terugkomen. Hun tijd was geweest, voorbij. Hun tijd was op.

Ze hoorden wat er met de zoon van Costello was gebeurd, met het meisje dat bij hem was, en ze sloten hun ogen.

Een diepe zucht. Een stil gebed.

Ze vroegen zich af wat er van de wereld geworden was, en waar het naartoe ging.

En zeiden vervolgens niets tegen elkaar, want er viel niets meer te zeggen.

Erskine Costello vertelde zijn zoon dat de mens de duivel in mensengedaante was.

'Een man ging de deur uit voor een pakje sigaretten en is nooit meer thuisgekomen,' zei hij. 'Dat hoor je wel eens. Het heeft een heel bijzondere betekenis gekregen. Het betekent iets anders dan de woorden die worden gebruikt. Zoals zo vaak. Italianen. Ieren soms. Hij ging de deur uit voor sigaretten, hij ging een pakje Lucky Strike halen. Natuurlijk ging hij de deur uit voor sigaretten, maar de sigaretten die hij kocht waren zijn laatste, snap je? Hij ligt ergens op de bodem van de Sound zonder vingers en tenen.'

Later – gebitsherkenning, andere wetenschappelijke ontwikkelingen – sloegen ze de tanden en kiezen kapot.

Bijlen, kabeltouwen, machetes, slagersmessen, hamers – met bolle of platte kop.

Brandden het gezicht van een man eraf met een vlammenwerper. Stonk verschrikkelijk. Stonk zo verschrikkelijk dat ze het nooit meer deden.

'Die dingen gebeuren,' zei Erskine. 'Als je de duivel wilt vinden, hoef je niet ver te zoeken. Alles wat de duivel is, kun je in een mens vinden.' Hij glimlachte. 'Weet je wat ze van de Ieren en Italianen zeggen? De eerste zoon naar de kerk, de tweede naar de politie, de derde naar de gevangenis, de vierde naar de duivel.' Hij lachte als een rokerige trein in een donkere tunnel. Woelde door Johns haar.

En John Costello luisterde. Hij was een klein kind zonder moeder. Zijn vader was alles voor hem; hij kon niet liegen.

En later – naderhand – besefte John dat zijn vader niet had gelogen. Je kon niet liegen over iets wat je niet begreep. Onwetendheid had zijn opvatting gekleurd, hem een scheve kijk gegeven.

John zag de duivel, zodoende wist hij waar hij het over had.

In de week daarna kwam ze drie keer.

Nadia. Russisch voor 'hoop'.

'Ik zit op de kunstacademie,' zei ze.

'De kunstacademie.' Een constatering, geen vraag.

'Je weet toch wel wat de kunstacademie is?'

John Costello glimlachte met overtuiging.

'Ik zit dus op de kunstacademie en ooit ga ik naar New York, naar het Metropolitan misschien, en dan ga ik...'

Costello's aandacht dwaalde af, naar de stoep, naar de straat buiten. Het regende.

'Heb je een paraplu?' vroeg hij, een volkomen onverwachte vraag waardoor ze van haar à propos raakte.

Ze zweeg midden in haar zin, keek hem aan alsof ze hem het liefst zou slaan. 'Een paraplu?'

Hij wierp een blik op het raam. 'Het regent,' merkte hij effen op.

Ze draaide zich om en keek naar buiten. 'Het regent,' zei ze hem na. 'Nee, ik heb geen paraplu.'

'Ik wel.'

'Nou, dat is dan fijn voor je, hè?'

'Ik zal hem even pakken. Breng hem maar terug als je een keer tijd hebt.'

Ze glimlachte. Warmte. Iets gemeends. 'Dank je wel,' zei ze, en ze keek een moment verlegen. 'Dat is heel attent van je, John.'

'Attent,' zei hij. 'Ja, dat zal wel.'

Hij liep van de toog naar het raam toen ze de cafetaria had verlaten. Hij zag haar tussen de plassen door huppelen naar de hoek van de straat. Een onverwachte windvlaag greep de paraplu, haar rok, haar haar. Het leek of ze zou wegwaaien.

En toen was ze verdwenen.

Tegenwoordig woont hij in New York.

Hij schrijft alles op. Noteert in blokletters. Vroeger schreef hij hele zinnen, maar tegenwoordig houdt hij het kort.

Hij houdt nog steeds een dagboek bij, een register eigenlijk, een journaal zo je wilt. Hij heeft er heel veel volgeschreven. Als er niets is gebeurd waarover hij wil vertellen, noteert hij zijn indrukken van de dag in een paar woorden.

Veeleisend.

Tastbaar.

Manipulatie.

Dingen die hij leuk vindt maakt hij zich eigen. Vaak leert hij dingen uit het hoofd.

Stations van de ondergrondse: Eastern, Franklin, Nostrand, Kingston, Utica, Sutter, Saratoga, Rockaway, Junius. De stations van de 7th Avenue Express, het hele eind door Gun Hill Road naar Flatbush.

Waarom? Daarom. Hij vindt er troost in.

Op maandag eet hij Italiaans, op dinsdag Frans, 's woensdags neemt hij hot dogs met ketchup en Duitse mosterd, donderdag laat hij over aan het toeval. Op vrijdag eet hij Perzisch: gheimeh en ghormeh en barg. Een klein restaurant op de hoek bij Penn Plaza in het Garment District, waar hij woont. Het heet Persepolis. In de weekenden eet hij Chinees of Thais, en als hij zin heeft maakt hij tuna casserole.

De lunch gebruikt hij elke dag in hetzelfde café, vlak bij de krant waar hij werkt.

Vaste gewoonten. Altijd vaste gewoonten.

En hij telt dingen. Stopborden. Verkeerslichten. Winkels met een luifel. Winkels zonder. Blauwe auto's. Rode auto's. Combi's. Gehandicapten.

Cijfers liegen niet.

Hij bedenkt namen voor mensen: Komediehoofd, BlekeSocrates, Volmaaktstilkind, Diepeangstwanhopig, Drugsgekbang.

Verzonnen namen. Namen die bij hen passen. Passen bij hoe ze zijn.

Hij is niet gek. Dat weet hij zeker. Hij heeft alleen een speciale manier om met de dingen om te gaan, dat is alles.

Deert niemand, en niemand merkt het.

Want op het eerste gezicht ziet hij eruit zoals iedereen.

Net zoals de duivel.

John Costello en Nadia McGowan gebruikten op zaterdag 6 oktober 1984 voor het eerst samen de lunch.

Ze aten roggebrood met cornedbeef, met mosterd en augurken, en ze deelden een tomaat ter grootte van een vuist met elkaar. Scharlaken, een bloedrood ding, zoet en sappig.

Ze aten samen en ze vertelde hem iets waar hij om moest lachen.

De volgende dag nam hij haar mee naar de film. *Places in the Heart.* John Malkovich. Sally Field. Won twee Oscars, voor beste actrice en beste scenario. John Costello kuste Nadia McGowan niet, probeerde het niet eens, hoewel hij het laatste halfuur wel haar hand vasthield.

Hij was bijna zeventien en wilde heel graag haar volmaakte borsten zien, en hoe haar haar over haar naakte schouders viel.

Later, naderhand, zou hij zich die avond herinneren. Hij bracht haar thuis, naar een huis op de hoek van Machin Street en Wintergreen Avenue. Haar vader stond in de deur op haar te wachten, en hij schudde John Costello de hand en zei: 'Ik ken je vader. Van het sodabrood.' En hij bekeek John aandachtig, alsof hij aan de hand van het uiterlijk alleen bedoelingen probeerde te achterhalen.

Nadia McGowan keek John Costello na vanuit haar slaapkamerraam terwijl ze haar trui uittrok. John Costello, dacht ze, is stil en gevoelig, maar daarnaast is hij sterk, intelligent, en hij luistert, en ik denk dat ik van hem zou kunnen houden.

Ik hoop dat hij me nog een keer mee uit vraagt.

Dat deed hij. De volgende dag. Er werd afgesproken voor de zaterdag erna. Ze gingen naar dezelfde film, maar deze keer besteedden ze geen aandacht aan het doek maar aan elkaar.

Ze was het eerste meisje dat hij kuste. Echte kussen. Lippen uiteen, de sensatie van een tong die niet van jou is. Later, bij haar thuis in het donkere halletje, daar achter de voordeur, terwijl haar ouders een avondje weg waren, trok ze haar beha uit en liet ze hem haar volmaakte borsten aanraken.

En daarna, de tweede dag van november.

'Vanavond,' zei ze. Ze zaten samen op een smalle houten bank aan het einde van Carlisle Street vlak bij het park.

'Ben je...' zei ze. 'Je weet wel... Ben je ooit met iemand naar bed geweest?'

'In gedachten,' fluisterde hij. 'Met jou. Wel honderd keer. Ja.'

Ze lachte. 'Nee, serieus. In het echt, John, in het echt.'

Hij schudde zijn hoofd. 'Nee. Jij?'

Ze boog zich naar hem toe en raakte zijn gezicht aan. 'Vanavond,' fluisterde ze. 'De eerste keer voor ons allebei.'

Het ging heel natuurlijk, alsof het vertrouwd terrein voor ze was. Dat was het niet, maar dat gaf niet, want het ontdekken was even zo goed een deel van de reis als de bestemming. Misschien wel meer dan de helft.

Ze stond voor hem en ze wilde haar armen om hem heen slaan, maar hij glimlachte en deed een stap naar rechts, en hij ging naast haar staan zodat zij haar hoofd op zijn schouder kon leggen.

'Je ruikt heerlijk,' zei hij, en ze lachte en zei: 'Mooi. Ik zou niet vies willen ruiken.'

'Je bent –'

Sssj, mimede ze, en ze drukte haar vinger tegen haar lippen, en ze kuste hem en hij voelde haar hand op zijn buik, en hij trok haar naar zich toe.

Ze bedreven de liefde voor de eerste keer.

Ze zei dat het geen pijn deed, maar het geluid dat ze maakte toen hij bij haar binnendrong vertelde een ander verhaal.

En toen ging het als vanzelf, en eigenlijk was het zo voorbij maar dat maakte niet uit.

Ze deden het later nog een keer, en het duurde veel en veel langer, en daarna sliepen ze terwijl haar ouders in Long Island City overnachtten en nergens van wisten.

John Costello werd vroeg in de ochtend wakker. Hij wekte Nadia Mc-Gowan om met haar te praten. Om met haar te genieten van de tijd die ze samen hadden.

Ze zei tegen hem dat ze wilde slapen en hij liet haar.

Had ze geweten dat ze voor het einde van de maand dood zou zijn… Als ze dat had geweten, was ze misschien wakker gebleven.

Hij onthoudt heel veel, en dat is naar zijn stellige overtuiging de enige reden dat hij niet wordt ontslagen.

Hij is een catalogus.

Hij is een encyclopedie.

Hij is een woordenboek.

Hij is een kaart van het menselijk hart en wat er gedaan kan worden om het te straffen.

Hij was zestien toen ze overleed. Ze was zijn eerste liefde. De enige van wie hij echt, echt heeft gehouden. Daar heeft hij zichzelf van overtuigd. Het kostte niet veel moeite.

Hij is alles honderden keren nagegaan en hij weet dat het niet zijn schuld was.

Het gebeurde op dezelfde bank, de bank aan het einde van Carlisle Street bij het park.

Hij zou er nu zo naartoe kunnen gaan, in gedachten of in werkelijkheid, en dan zou hij misschien iets voelen, of hij zou helemaal niets voelen.

Hij was erdoor veranderd. Vanzelfsprekend. Hij was nieuwsgierig geworden naar de aard der dingen, waarom dingen gebeurden. Waarom mensen beminnen en haten en moorden en liegen en kwetsen en anderen laten bloeden, en waarom ze elkaar bedriegen, en waarom ze elkaars man en vrouw en kinderen afpakken.

De wereld was veranderd.

In zijn jeugd ging het zo: een driewieler op de hoek van de straat. Moeder heeft het kind waarschijnlijk binnengeroepen voor het eten. Een voorbijganger raapt het fietsje op, zet het langs de rand van de stoep, zodat niemand erover valt en zich pijn doet. Een enkele weemoedige glimlach. Een herinnering aan zijn eigen kindertijd misschien. Zonder er verder bij na te denken.

En nu zou de eerste gedachte ontvoering zijn. Dat het kind in een flits is gegrepen, bliksemsnel achter in een auto is gestopt. De driewieler was alles wat van hem over was. Het kind zou over drie weken gevonden worden – mishandeld, misbruikt, gewurgd.

De buurt was veranderd. De wereld was veranderd.

John Costello geloofde dat hij door hen was veranderd.

Na de dood van Nadia McGowan was de gemeenschap verbrokkeld. Haar dood scheen het einde te markeren van alles wat ze belangrijk vonden. De mensen namen hun kinderen niet meer mee naar The Connemara. Ze bleven thuis.

Zijn vader zag alles langzaam kapotgaan, en hoewel hij John probeerde te bereiken, lukte dat niet echt. Misschien zou zijn moeder hem hebben gevonden, op zijn schuilplaats in de wereld die hij voor zichzelf had geschapen.

Maar zij was weg.

Voorgoed.

Net als Nadia, wat Russisch was voor 'hoop'.

Het was niet eenvoudig genoeg tijd te vinden om bij elkaar te zijn. John Costello werkte en Nadia McGowan studeerde, en er waren ouders met wie rekening moest worden gehouden. Ze kwam zo vaak mogelijk naar The Connemara om iets te halen, en soms was Erskine Costello daar dan en was John nergens te zien, en Erskine zag aan haar verwachtingsvolle blik, aan de manier waarop ze bij de deur draalde voor ze wegging, dat sodabrood niet het enige was waarvoor ze was gekomen.

'Dat ene meisje is knap,' zei hij tegen zijn zoon.

John aarzelde, keek niet op van zijn bord. 'Welk meisje?'

'Je weet wel wie ik bedoel, jongen. Met dat rode haar.'

'Dat kind van McGowan?'

Erskine lachte. 'Zo noem je haar niet als ze tegenover je staat, wel?'

Ze maakten geen oogcontact en ze zeiden geen van beiden nog iets.

Zaterdag 17 november gingen meneer en mevrouw McGowan weer op bezoek bij Nadia's oma. Sterfdag van haar opa. Nadia bleef thuis met de smoes dat ze moest studeren. Zodra de auto van haar ouders wegreed, liep ze naar The Connemara, zocht John op, vertelde hem dat haar ouders die nacht weg waren, pas de volgende avond thuis zouden komen.

Tegen elven liep John zijn slaapkamer uit. Hij sloop de trap af en zette zijn voeten op de rand van de treden, want de treden waren oud en ze piepten en kraakten onder zijn gewicht.

Erskine stond hem op te wachten bij de achterdeur. 'Je gaat weg?' zei hij.

John zweeg.

'Naar dat meisje toe,' vervolgde Erskine onaangedaan, met vlakke stem en een gezicht dat niets verried. Om hem heen hing de geur van goede whisky, een vertrouwde geest.

John kon niet liegen tegen zijn vader. Had hij nooit gekund en zou hij nooit leren.

'Het is een aardig meisje, dat kind. Ongetwijfeld een studiebol.'

John glimlachte.

'Jij met je boeken en al dat geschrijf… Het zou niet goed voor je zijn als je een wilde meid kreeg die niet van lezen en zo hield.'

'Pa –'

'Vort, jongen, maak dat je wegkomt. Ik wou dat ik hetzelfde had kunnen doen toen ik zo oud was als jij.'

John maakte aanstalten de deur uit te lopen.

'Denk aan je moeder, hè?' voegde Erskine hem nog toe. 'Doe niets wat je haar niet zou durven vertellen.'

John sloeg zijn ogen op naar zijn vader. 'Dat zou ik nooit doen.'

'Dat weet ik, jongen. Ik vertrouw je. Daarom mag je gaan.'

Erskine keek zijn enig kind, een man inmiddels, na toen hij het trapje achter het huis af liep en snel de straat overstak. Hij leek qua karakter meer op zijn moeder, en zij zou trots zijn geweest, maar hij was geen jongen die in Jersey City zou blijven, niet lang tenminste. Hij was een lezer, een talenmens, die altijd liep na te denken over slimme manieren om dingen te zeggen die niet gezegd hoefden te worden.

Erskine Costello sloot de deur van The Connemara en liep terug naar de keuken. De geur van goede whisky vergezelde hem, de vertrouwde geest.

Iemand zien sterven, iemand van wie je houdt, en die persoon op zo'n ver-schrikkelijke, zo'n onmenselijke manier te zien sterven, is iets wat je niet kunt vergeten.

'Ik ben de Hamer van God,' zei hij.

John herinnert zich de stem, die vooral, hoewel hij het gezicht helemaal niet heeft gezien, en jarenlang wenste hij dat hij het wel had gezien. Zodat hij het kende.

Hij heeft uiteraard foto's van de man gezien, maar niets is te vergelijken met iemand in levenden lijve zien. Mensen hebben iets wat niet op foto, zelfs niet op film kan worden vastgelegd, en dat is hun persoonlijkheid, het gevoel dat van hen uitgaat, hun geur, hun gedachten, al die dingen die kunnen worden waargenomen.

Had hij hem maar gezien...

Tegen de tijd dat John Costello begon te praten, was zij al begraven.

Erskine was bang geweest dat zijn zoon nooit meer zou praten.

De eerste – vier, misschien vijf – dagen kwam hij elke dag aan Johns bed zitten. En toen was Erskine Costello kennelijk niet meer opgewassen tegen de stilte, het wachten, de angst. Hij ging naar huis en begon te drinken, en hij bleef dronken tot Nieuwjaar.

John kon het hem niet kwalijk nemen. Zijn eigen zoon, zijn enig kind, daar zien liggen in een ziekenhuisbed, zijn hoofd in het verband, niets te zien behalve zijn ogen, en die ogen gesloten, en buisjes en slangen en infusen met glucose en zoutoplossing, en de piepjes van de bewakingsapparatuur, het onophoudelijke zoemen van een kamer vol elektriciteit...

John kon het hem niet kwalijk nemen.

John Costello werd wakker op de zesde dag, 29 november, en de eerste persoon die hij zag was een verpleegkundige, Geraldine Joyce.

'Net als de schrijver,' zei ze. 'James Joyce. Die gekke vent.'

Hij vroeg haar waar hij was en toen hij zijn eigen stem hoorde was het net of hij naar iemand anders luisterde.

'Je gaat na verloop van tijd weer gewoon klinken,' zei zuster Geraldine. 'Of misschien raak je eraan gewend en denk je na verloop van tijd dat je stem altijd zo heeft geklonken.'

Ze vertelde hem dat er op de gang een politierechercheur zat te wachten die met hem wilde praten.

Toen wist John Costello dat Nadia dood was.

Ze stond voor het huis te wachten. De voordeur was open en boven brandde licht achter haar slaapkamerraam. In de rest van het huis was het donker.

Ze stak haar hand uit, en de laatste paar meter rende hij naar haar toe, alsof ze elkaar ontmoetten op het treinstation. Hij was aan het front geweest. Zijn brieven waren nooit aangekomen. Heel lang had zij gedacht dat hij misschien was gesneuveld, maar ze had het nooit durven geloven.

'Kom binnen,' zei ze snel. 'Voor iemand je ziet.' Het zangerige Ierse accent in haar stem, licht maar opvallend.

Ze waren twee keer eerder met elkaar naar bed geweest. Nu waren ze geoefend. Nu waren ze niet meer schuchter en verlegen, en ze strooide haar kleren boven door de gang toen ze zich naar haar kamer haastten.

Buiten begon het te regenen.

'Weet je wat liefde is?' vroeg ze hem toen het licht tussen de gordijnen door begon te dringen.

'Als dit het is, ja,' zei hij. 'Dan weet ik wat liefde is.'

Later zaten ze naast elkaar voor het raam, naakt onder een deken, en keken naar de wereld in de regen. Zagen een oude man in slow motion, zijn onregelmatige gang vertekend door de druppels op het glas. Toen het licht was, kwam een groep snaterende kinderen in regenjassen en kaplaarzen voorbij, de opwinding van plassen, hand in hand op weg naar de kerk.

'Moet je terug?' vroeg ze.

Hij schudde zijn hoofd. 'Nee, het is goed.'

'Je vader –'

'Hij weet waar ik ben.'

Een plotse inademing. 'Hij… O god, hij zegt het vast tegen mijn ouders.'

John lachte. 'Nee hoor, dat doet hij niet.'

'God, John, als ze erachter komen, vermoorden ze me.'

'Nee hoor,' zei hij, en hij bedoelde dat ze er niet achter zouden komen; het zou niet bij hem opgekomen zijn om te zeggen dat ze haar niet zouden vermoorden.

Want dat zouden ze niet doen.

Dat, zo bleek, zou het werk van iemand anders zijn.

De meeste mensen die moorden plegen zien er normaal uit.

De man die dat tegen John Costello zei was Frank Gorman uit Jersey City, een rechercheur van de afdeling Moordzaken.

'Ik ben Frank,' zei hij. Hij stak zijn hand uit. Hij vertelde John dat het meisje dood was. Nadia McGowan. De begrafenis had de vorige dag al plaatsgevonden. Het was blijkbaar een eenvoudige plechtigheid geweest, vrijwel uitsluitend bijgewoond door familie, maar de wake was in The Connemara gehouden en de cafetaria had uitgepuild van de mensen, en in Lupus en Delancey Street waren, helemaal tot aan Carlisle Street bij het park, mensen samengedromd om de diepbedroefde ouders de hand te schudden. Meer vrienden na overlijden dan ooit bij leven. Zo was het toch altijd? En ze hadden bloemen neergelegd bij de bank waar ze was gestorven. Zo veel bloemen dat de bank er al snel onder verdwenen was. Lelies. Witte rozen. Een krans van iets geels.

Dus Frank gaf John een hand en vroeg hoe het met hem ging, of hij misschien wat water wilde drinken of zo. Hij was de eerste die vragen stelde en hij zou het vaakst komen, en hij zou meer vragen stellen dan wie ook, en aan zijn gezicht, zijn ogen zag John dat hij vasthoudend en onverzettelijk was en falen onvergeeflijk vond. Hij was ook van Ierse afkomst, en uiteindelijk hielp dat wel.

'Een seriemoordenaar,' zei hij. 'Die vent… De man die jullie heeft aangevallen.' Hij wendde zijn blik af naar het raam van de ziekenhuiskamer, alsof iets stils om aandacht vroeg.

'Er zijn nog vier slachtoffers bekend… Twee stelletjes. Misschien zijn er meer, dat weten we niet. Jij bent de enige…' Hij glimlachte begripvol. 'Jij bent de enige die het heeft overleefd.'

'Voor zover u weet,' zei John.

Frank Gorman haalde een schrijfblokje uit de zak van zijn jas, een pen ook, en hij sloeg blaadje na blaadje om op zoek naar een leeg velletje om op te schrijven.

'Hij valt stelletjes aan… Stelletjes die samen op pad zijn, nemen we aan, je weet wel… Die dingen doen die stelletjes doen als ze bij elkaar zijn…' Zijn stem stierf weg.

'Het is net of ik me niets kan herinneren.'

'Dat weet ik, John, dat weet ik, maar ik zal je erbij helpen.'

'Je eerste liefde is de belangrijkste,' zei Erskine Costello tegen zijn zoon.

Gezeten in de keuken achter de cafetaria, aan weerskanten van een tafel, na het eten, met een glas bier.

'Ik moet toegeven dat je moeder niet mijn eerste liefde was.'

'Dat klinkt alsof je je ergens voor verontschuldigt.'

'Ik zou niet willen dat je teleurgesteld was.'

'Teleurgesteld? Waarom zou ik teleurgesteld zijn?'

Erskine haalde zijn brede schouders op. Bracht zijn hand omhoog en haalde hem door gitzwart haar.

'Die Nadia McGowan... Dat is een mooi meisje.'

'Zeker.'

'Weten haar ouders dat jullie met elkaar lopen?'

'Met elkaar lopen?' zei John. 'Wie zegt dat nou, "met elkaar lopen"? Het is 1984, hoor. Volgens mij zijn mensen daar in 1945 al mee opgehouden.'

'Best, John, best, zullen we het dan maar recht voor zijn raap zeggen? Haar goed katholieke godvrezende ouders laten weten dat hun dochter naar bed gaat met een zestien jaar oude knul wiens vader een dronkenlap is die al minstens dertig jaar geen voet meer in een kerk heeft gezet? Is dat bot genoeg voor je, jongen?'

John knikte. 'Ja. En nee, ze weten het niet.'

'En als ze erachter komen?'

'Dan krijgen we vast en zeker gelazer.' Hij sloeg zijn ogen op naar zijn vader, verwachtte een donderpreek, maar onder de milde druk van goede Ierse whisky waren de scherpe kantjes van de geest en tong van Erskine Costello afgeslepen en hij zei alleen maar: 'Pas dan maar op dat jullie niet worden betrapt, hè?'

'Ik zal oppassen,' zei John Costello, en hij wist dat er wat gezwaaid zou hebben als zijn moeder nog leefde.

'Hoe kan ik me nu herinneren wat ik niet meer weet?'

Frank Gorman, rechercheur Moordzaken in Jersey City, gaf geen antwoord op de vraag. Hij glimlachte alleen maar alsof hij iets wist waarvan de wereld nog onwetend was en wendde opnieuw zijn blik af naar het raam.

'Kun je het voor mij nog eens doornemen?' zei hij.

John deed zijn mond open om iets te zeggen, hem duidelijk te maken dat hij het in gedachten al zo vaak de revue had laten passeren, maar dat hij daar niets wijzer van geworden was.

'Ik weet dat je het zelf al hebt doorgenomen,' zei Gorman, 'maar niet voor mij... niet terwijl ik hier zit te luisteren, en je zou me er een grote dienst mee bewijzen.'

John keek naar hem, naar de manier waarop hij glimlachte: als een kind dat iets verkeerds had gedaan en hoopte dat je niet boos zou worden, dat je begripvol, mild zou zijn.

'Alsjeblieft...' zei hij zacht. 'Leg je hoofd op je kussen, sluit je ogen en loop het met me door vanaf het begin tot het eind. Begin met de ochtend van die dag en vertel me het eerste wat je je kunt herinneren...'

John Costello keek nog een moment naar Frank Gorman en toen propte hij het kussen achter zijn nek en leunde achterover. Hij sloot zijn ogen zoals Frank had gevraagd en hij probeerde zich te herinneren hoe hij zich die ochtend had gevoeld.

'Het was koud,' zei hij...

En John Costello draaide zich op zijn zij en bleef een tijdje onder de dekens in zijn bed liggen. Het was zes dagen na de nacht dat hij bij Nadia was blijven slapen.

Hij gluurde naar de wekker naast zijn bed: vier minuten voor vijf. Zijn vader zou zo op zijn deur komen bonzen en zijn naam roepen. Onder de dekens had hij het warm, maar toen hij zijn voet er voorzichtig onderuit stak, voelde hij hoe koud het in de kamer was. Hij genoot van die paar minuten voor de dag begon, die paar minuten dat hij daar lag en besefte dat zijn leven meer was veranderd dan hij zich ooit had kunnen voorstellen.

Drie minuten over vijf stond hij op en zette de deur van zijn slaapkamer een stukje open om zijn vader te laten weten dat hij wakker was.

Brood klaarmaken. Bacon, worstjes, pannenkoeken en aardappelkoekjes bakken; emmers koffiebonen malen.

Hij hoorde water stromen in de badkamer. Erskine Costello gebruikte nog altijd een recht scheermes, wette het op een leren riem, zwiepte dat ding achteloos heen en weer en schoor zich dan met koud water en schuim van koolteer. Ouderwets. Een kerel uit één stuk.

De dag verliep normaal. Het ontbijt ging naadloos over in de lunch, daarna kwamen de broodjes halverwege de middag, thermosflessen koffie en stukken appeltaart die naar de houtzagers in McKinnon's Yard moesten worden gebracht. Om een uur of vier begon het te schemeren en nog geen uur later waren de ruimten tussen voorwerpen opgevuld met duisternis en hingen er schaduwen rond de straatlantaarns.

Hij zag haar toen ze Delancey Street overstak. Het was net zeven uur geweest. Ze had een spijkerbroek aan met een rode geborduurde bloem op de heup, platte schoenen, een suède jack. Haar haar was aan één kant vastgestoken en ze droeg een glitterhaarspeld in de vorm van een vlinder.

Hij deed de deur open en stapte naar buiten.

'Hé,' zei ze. Stak haar hand uit, raakte zijn arm aan.

'Hé.' Wilde haar kussen, maar er waren klanten.

'Wanneer ben je klaar?'

'Negen uur, halftien.'

'Kom dan om halftien naar Carlisle Street. Ik moet je iets vertellen.'

'Wat?'

Nadia McGowan keek op haar horloge. 'Nog twee uur… Je kunt wel twee uur wachten.'

'Vertel het me nu maar.'

Ze schudde haar hoofd, lachte een beetje. 'Halftien, de bank op de hoek van Carlisle Street, goed?'

'Heb je honger?'

'Nee… Hoezo?'

'Ik heb Deense koffiebroodjes met kaneel… zelf gemaakt.'

'Nee, dank je, Johnny, ik hoef niets.'

Ze raakte zijn wang aan met de rug van haar hand en daarna draaide ze zich om en liep weg, was bij de hoek voor ze nog een keer achteromkeek over haar schouder.

Hij stak zijn hand op en hij zag haar glimlachen…

'En verder zag je niemand?'

John Costello schudde zijn hoofd zonder zijn ogen open te doen.

'En de mensen in de cafetaria?'

'Waren gewoon de mensen die er altijd waren. Geen onbekenden.'

'En op straat…'

'Niemand op straat,' merkte hij op. 'Dat heb ik al gezegd. Er was niemand…'

'Goed,' zei rechercheur Frank Gorman. *'Ga verder.'*

'Dus ik zag haar oversteken bij het kruispunt en daarna ging ze de hoek om...'

En toen was ze verdwenen.

John sleepte zich door twee uur van wachten heen. Er kwam geen einde aan, en hij keek voortdurend op de klok naast de spiegel, naar de wijzers die zich zwaar en traag voortbewogen.

Erskine was druk in de weer, zag de frustratie op het gezicht van zijn zoon. 'Waarom hou je er vanavond niet iets eerder mee op?' vroeg hij.

'Ik zie haar pas na negenen,' antwoordde John.

'Ga dan naar de keuken de pannen afwassen. De tijd vliegt als je ergens mee bezig bent.'

Hij deed wat zijn vader hem vroeg, maakte potten en pannen schoon, met een doos zout bij de hand om ze mee te schuren.

Voor hij het wist was het halfnegen geweest. Hij knapte zich op, trok een schoon overhemd aan, kamde zijn haar.

Het was niet meer dan vijf minuten lopen naar Carlisle Street, maar hij vertrok om tien over negen uit The Connemara.

'En toen heb je ook niemand gezien... toen je van huis ging?'

John schudde zijn hoofd. Hij deed zijn mond open om iets te zeggen, maar had het gevoel dat er niets te zeggen was.

Frank Gorman staarde hem een tijdje aan, waarschijnlijk niet meer dan een paar seconden, maar die seconden waren goed vermomd als minuten, uren zelfs. Zo was de sfeer binnen de muren van die kamer. Gespannen. Een beetje benauwd.

Gormans rechteroog stond niet helemaal recht. Daardoor zag hij er merkwaardig uit. John vroeg zich af of hij door die bijzondere lichamelijke eigenschap de dingen vanuit meer invalshoeken kon bekijken dan andere mensen.

'Dus je bent van de cafetaria naar Carlisle Street gelopen?'

'Ja,' zei John.

'En je hebt onderweg niemand gezien?'

'Nee, ik heb niemand gezien.'

'En toen je bij Carlisle Street kwam...?'

Ging hij op de bank zitten en trok zijn jack om zich heen. Hij keek de kant van Machin Street op, waar Nadia vandaan zou komen. Natriumgele poelen onder de straatlantaarns. Het geluid van een hond die jankte om iets wat alleen een hond zou begrijpen. Het brommen van auto's in de verte op Newark Avenue. Hoog in de lucht waren lichtjes van vliegtuigen die in Irvington en Springfield waren opgestegen. Het was een koude avond, maar het was een mooie avond.

John Costello ritste zijn jack dicht, stak zijn handen in zijn zakken en wachtte...

'Hoelang?'

John voelde de druk van het verband. 'Tien minuten, een kwartier misschien.' Hij keek Gorman recht aan. Het viel niet mee zijn blik te vangen, met zijn ene oog precies in het midden, het andere vijf graden naar stuurboord, op de uitkijk voor slecht weer.

'En wat gebeurde er toen, John? Toen je haar aan zag komen?'

'Toen ik haar zag aankomen, stond ik op...'

En begon naar haar toe te lopen, en ze stak haar hand op alsof ze hem wilde afremmen. Ze glimlachte, en dat moment had iets hoopvols, alsof hij wist dat er iets stond te gebeuren en dat het naar alle waarschijnlijkheid iets goeds was.

'Hallo,' zei hij toen ze bij de hoek van Carlisle Street was.

'Jij ook hallo,' antwoordde ze, en ze liep met uitgestrekte armen op hem af.

'Wat is er?'

'Laten we gaan zitten,' zei ze. Ze keek hem aan, maar wendde snel haar ogen af, zodat hij het gevoel kreeg dat het iets misschien niet zo goed was.

En had hij geweten dat ze het hem nooit zou vertellen, dat hij het in een ziekenhuiskamer van een vreemde zou horen, en had hij begrepen waarom dat feit terstond zou worden ontkend, dan had hij een vinger op haar lippen gelegd, haar het spreken belet, haar hand gepakt en haar haastig meegenomen naar een veilige plek.

Maar wijsheid achteraf komt naderhand, nooit van tevoren, en de ironie was dat na haar dood, nadat die afschuwelijke gebeurtenis had plaatsgehad, de vooruitziende blik – de verandering die hij dan intuïtief voelde aankomen – zo nuttig geweest zou zijn.

Door die verandering zou hij hebben geweten dat hij snel naar huis moest gaan, haar moest meenemen, iemand anders moest laten sterven die avond.

Maar het was niet iemand anders.

Zo gaat het met die dingen.

Nadia McGowans tijd was gekomen en daar kon John Costello niets aan veranderen.

'Ze wilde in New York gaan studeren,' zei Gorman.

John zei niets, liet het tot zich doordringen. Was ze van plan geweest het uit te maken? Zou ze hebben gevraagd of hij meeging?

Hij sloeg zijn ogen op naar Gorman. 'Ze had de kans niet iets te zeggen.'

'En je hebt niets gehoord? Tot hij vlak achter jullie was, bedoel ik?'

John Costello schudde zijn hoofd, voelde opnieuw de druk van het verband.

'En wat heb je gezien?'

John sloot zijn ogen.

'John?'

'Ik kijk.'

Een ongemakkelijk en onrustig gevoel bekroop Gorman en hij viel stil.

'Ik zag de duiven... De duiven die opeens opvlogen...'

En Nadia schrok, ze was een beetje bang van het geluid, en ze viel min of meer tegen John aan en hij greep haar bij de arm en trok haar naar zich toe, en ze lachte om zichzelf omdat ze was geschrokken van zoiets onnozels.

'Gaat het?' zei John.

Ze knikte, ze glimlachte, ze liet zijn arm los en liep naar de bank.

John liep achter haar aan, ging naast haar zitten, en ze leunde tegen hem aan en hij voelde het gewicht en de warmte van haar lichaam.

'Wat wilde je me vertellen?' zei hij.

Ze draaide zich naar hem toe en keek naar hem op. 'Hou je van me?'

'Natuurlijk hou ik van je.'

'Hoeveel hou je van me?'

'Dat weet ik niet. Hoeveel kun je van iemand houden?'

Ze deed haar armen wijd als een visser die verhalen vertelt. 'Zo veel,' zei ze.

'Vijf keer zoveel,' antwoordde John. 'Tien keer zelfs.'

Ze keek weg en John volgde haar blik, helemaal naar het einde van Carlisle Street en verder naar Pearl Street en Harborside.

'Nadia?'

Ze keek hem weer aan...

'En toen dook hij opeens op?'

'Ik weet niet of "opduiken" het goede woord is. Ik weet eigenlijk niet eens welk woord je zou moeten gebruiken.'

'Wat bedoel je?'

'Opduiken. Ja, misschien was het dat. Het was alsof hij opeens uit het niets tevoorschijn kwam. Er was niemand en opeens stond er iemand.'

'En je hoorde ook de duiven weer?'

John knikte. 'Ja, ze keek me weer aan...'

En ze pakte zijn hand en legde haar hoofd op zijn schouder.

'Ik heb zitten denken,' zei ze, en haar stem klonk bijna fluisterzacht.

'Waarover?'

'Over waar we het een tijdje geleden over hadden... Wat ik zei die keer –'

De duiven waren terug. Een massa duiven aan de voet van een boom, nog geen vijf meter van de bank. Oude vrouwen zaten hier soms; ze brachten broodkruimels mee, deden dat al jaren, en de duiven verzamelden zich in afwachting van het moment dat ze weer zouden komen.

'Wanneer?'

Een zacht windje, achter en links van John, en...

'Ik voelde het tegen de zijkant van mijn gezicht – een zacht windje – en als ik me op dat moment had omgedraaid...'

'Dat moet je niet doen, John. Daar schiet je niets mee op.'

'Wat moet ik niet doen?'

'Jezelf blijven afvragen wat er zou zijn gebeurd áls. Dat doet iedereen, en eigenlijk blijf je daardoor alleen maar hangen in je verdriet.'

John keek omlaag naar zijn handen, zijn pols die nog in het gips zat, zijn blauw verkleurde nagels, de bult op zijn rechterduim die nooit meer zou weggaan. 'Maar je kunt het niet laten,' zei hij. 'Je moet er toch telkens aan denken, hè?'

'Dat zal best.'

'Hebt u wel eens zoiets ergs meegemaakt?' vroeg John.

Gorman keek hem aan met zijn loensende blik en zei: 'Nee, ik heb nog nooit zoiets meegemaakt.'

'Maar u hebt wel meegemaakt dat anderen zoiets overkwam, toch?'

'Zo vaak. Nou ja, niet echt meegemaakt, maar de gevolgen ervan gezien. Dat is mijn werk. Ik ben politieman. Ik kijk achter de versperringen en het afzetlint. Naar de verschrikkelijke dingen die mensen elkaar kunnen aandoen.'

'En waarom denkt u dat zulke dingen gebeuren?'

'Ik weet het niet, John.'

'Psychiaters weten het wel, hè? Die weten waarom mensen dit soort dingen doen.'

'Ik denk het niet, John. Naar mijn ervaring niet. Als ze wisten waarom mensen gek waren, zouden ze ze kunnen helpen. In al die jaren dat ik dit werk doe, heb ik nog nooit meegemaakt dat een van die gasten iets deed waarmee iemand was geholpen.'

'En waarom denkt u dat het gebeurt? Waarom doen mensen andere mensen kwaad, rechercheur?'

'Volgens mij doet iedereen alles om dezelfde reden.'

'En dat is?'

'Andere mensen te laten merken dat hij er is.'

'Nogal een manier om mensen te laten merken dat je er bent, vindt u ook niet?'

'Zeker, John, zeker... Maar ik beweer ook niet dat ik begrijp hoe het zit. Ik doe gewoon alles wat ik kan om de daders op te sporen en te voorkomen dat ze de kans krijgen het nog een keer te doen.'

'Door ze te doden.'

'Soms wel. Meestal door ze op te pakken, ervoor te zorgen dat ze berecht worden en dat ze voor de rest van hun leven achter de tralies verdwijnen.'

John was enige tijd stil. 'Gelooft u in de hel, rechercheur Gorman?'

'Nee, jongen, ik geloof niet in de hel.'

'Ik ook niet,' antwoordde John.

'Maar ik kan niet hetzelfde zeggen van de duivel,' zei Gorman. 'Al was het alleen maar vanuit de idee –'

'Dat hij de gedachten van een mens kan beheersen,' vulde John aan. 'Hem dingen kan laten doen... Dat de duivel geen persoon is zoals wij, maar meer –'

'Een denkbeeld,' zei Gorman. 'Meer een idee waardoor mensen worden gegrepen en waardoor ze dingen doen die ze anders niet zouden doen.'

'Precies,' zei John.
'Precies,' herhaalde Frank Gorman.
Enige tijd stilte, en toen sloeg Gorman zijn ogen op naar John Costello.
'Dus je voelde een zacht windje,' zei hij.
'Ja, en toen...'

Kneep hij in Nadia's hand en trok haar naar zich toe. Ze moest hem iets vertellen en het kostte haar moeite het te zeggen. Op dat moment maakte hij zich er niet druk om. Hij was niet bang dat het iets vervelends zou zijn. Hij vermoedde niet dat ze bij hem zou weggaan, want zoiets was nog nooit voorgevallen, en hij hield het voor onmogelijk.

'Nadia?'

Ze keek John weer aan en juist toen ze hem weer aankeek, vlogen de duiven voor de tweede keer op.

Ze schrok opnieuw, begon te lachen, en toen ze haar mond opendeed om te lachen rees de schaduw achter haar op.

Donker. Bijna zwart. En om de schaduw heen hing de geur van honden, en de schaduw onttrok de straatlantaarn aan het zicht, en het was net of iemand een schakelaar had omgezet en het achter haar opeens middernacht was.

Ze zag de blik op Johns gezicht veranderen, en ze fronste. Een vonk angst in haar ogen.

John keek van haar weg, keek omhoog, en toen zag hij vaag de impressie van een gezicht in de schaduw. Het gezicht van een man. Een gezicht met daarin afstandelijke, koele ogen zonder licht. Ogen die de indruk gaven dat er niemand achter zat.

John glimlachte – een onwillekeurige reactie, de glimlach die je een vreemde zou schenken, iemand die je aansprak om de tijd te vragen, de weg te vragen, want meer was het niet. Toch? Iemand die te laat was. Iemand die verdwaald was. Iemand die iets nodig had.

En die persoon stond daar gewoon, hij sprak niet, zei geen woord, en John wilde vragen wat er was en juist op dat moment...

'Tilde hij zijn hand op, en ik zag dat er iets in zat...'
'Maar je wist niet wat het was?'
'Eerst niet, pas toen hij zijn hand omlaag zwaaide en... en hij dat zei...'
Gorman fronste. 'Heeft hij iets gezegd?'

John knikte. 'Ja. Hij zei: "Ik ben de Hamer van God," en toen zag ik dat hij inderdaad een hamer in zijn hand had.'

Gorman noteerde iets in zijn blocnote. 'En zijn gezicht?'

John probeerde zijn hoofd te schudden, een onwillekeurige reactie op de vraag, maar hij merkte dat hij het niet kon zonder een stekende pijn in zijn nek te krijgen. 'Ik heb zijn gezicht niet gezien, niet goed. Er was alleen een donkere schaduw, en het gevoel dat er een gezicht in die schaduw zat. Het was alsof je in een zwart gat keek.'

'En hij sloeg Nadia eerst?'

John wilde huilen maar hij kon het niet. Zijn lege ogen brandden. De pijn, het verband om zijn hoofd – die voelde hij zo duidelijk, maar de emotie die hij wilde ervaren kon hij niet voelen. Hij had telkens voor korte of langere tijd het bewustzijn verloren, verkeerd in een toestand die beangstigend grillig was als een droom. De beelden. De geluiden. Het plotse besef wat er aan de hand was. Het feit dat deze man zo snel, zo beslist met de hamer op Nadia's hoofd had geslagen. Die hamer met een vloeiende klap op haar hoofd had laten neerkomen... met zo'n harde klap dat haar hoofd van de haarlijn tot de kaak was opengespleten.

'Ze was dood voor ze goed en wel besefte wat er gebeurde,' had zuster Geraldine Joyce eerder tegen hem gezegd. 'Geloof me, ik kan het weten.'

Woorden om hem gerust te stellen, om hem te laten inzien dat ze geen pijn had geleden, dat de man met de hamer wel zo nobel, edelaardig en barmhartig was geweest om ervoor te zorgen dat hij snel, doortastend, precies en nauwgezet te werk ging toen hij Nadia McGowan vermoordde. Doe het in één keer. Doe het goed. Dat was zijn filosofie.

Ik ben de Hamer van God.

'Ja,' fluisterde John. 'Hij sloeg Nadia eerst...'

En een moment, een paar tellen, snapte John niet wat er was gebeurd.

Er was geen referentiepunt. Hij kon wat hij zag onmogelijk verklaren.

De schaduw rees achter haar op. Een man. Een man met een gezicht, en ogen in dat gezicht die zo koel, zo zonder licht, naar hem keken dat hij onmogelijk kon bepalen wat de man wilde. Hij stond daar gewoon, en er lag een flauw glimlachje, een flauw verontrustend glimlachje rond zijn lippen – het soort uitdrukking dat je verwachtte van iemand die je een grap wilde vertellen, een amusante anekdote, die de clou wist en op het punt stond je daarmee te overvallen.

Maar dat deed hij niet.

Hij stond daar een ogenblik, en toen kwam zijn hand omhoog naar zijn zij, en hij tilde zijn arm op en zwaaide hem met heel veel kracht omlaag, en de hamer kwam op de bovenkant van haar hoofd terecht, precies achter haar haarlijn, en eerst scheen ze helemaal niets te voelen, en een tel later, misschien nog minder dan een tel later, zocht een dun, een naalddun streepje bloed, zo dun als een draadje, een weg omlaag vanaf de plaats van inslag en liep langs de zijkant van haar neus naar beneden, en toen begon het bloed harder te stromen, alsof iemand langzaam een kraan opendraaide, en de uitdrukking op het gezicht van Nadia McGowan veranderde, en al het licht dat ooit achter haar ogen had bestaan doofde, en John was sprakeloos en probeerde te begrijpen wat hij zag, en toen liep er bloed over haar wang, en toen liep er bloed over haar oog, en Nadia raakte in paniek toen ze dat voelde en bracht instinctief haar hand omhoog om het weg te vegen.

De rug van haar hand raakte haar wang aan, en het was net of ze door die beweging alle gevoel van evenwicht kwijtraakte, en ze helde opzij precies op het moment dat de man die woorden nogmaals zei: 'Ik ben de Hamer van God.'

De stem was kalm en zelfverzekerd, en vervolgens zwaaide hij de hamer nog een keer omlaag zodat hij de zijkant van haar hoofd raakte, op een punt net boven haar oor, en het gaf een geluid alsof iets van grote hoogte viel, het geluid van iets wat na een val van zeven verdiepingen op het trottoir terechtkwam, het geluid van iets wat zo krachtig was dat ze er nooit meer van zou herstellen...

En op het moment dat John Costello haar hand uit de zijne voelde glijden, op het moment dat hij opstond van de bank en haar probeerde op te vangen voor ze viel, zag hij die arm nogmaals omhooggaan, zag hij een tel het licht van een gele straatlantaarn weerspiegeld in de ronde stalen kop van de hamer en hoorde hij hem voor de derde keer zeggen...

'Ik ben de Hamer van God.'

'En toen sloeg hij jou?' vroeg Gorman.

Korte tijd zei John niets, en daarna keek hij aandachtig naar Gorman, keek naar hem alsof hij de redenen en argumenten probeerde te begrijpen.

'Kunnen we even een stukje terug?' vroeg Gorman. 'Nadat hij haar voor de tweede keer had geslagen? Ik wil graag weten wat hij nog meer heeft gezegd.'

'Als hij nog meer heeft gezegd, dan heb ik dat niet gehoord.'
Gorman schreef opnieuw iets op. 'En toen?'

Toen probeerde John te gaan staan, probeerde zijn armen naar haar uit te steken, zijn hand omhoog te houden als een soort verdediging tegen de klappen die neerregenden, maar de Hamer van God keerde zich om en vloog als een bliksemschicht op hem af, en hij ving de eerste klap op met zijn hand, en zijn pols werd verbrijzeld, en vervolgens raakte de tweede klap hem op de schouder, de derde kwam op zijn arm, en John Costello bloedde en schreeuwde, en hij wist dat hij ging sterven…

Hij viel opzij, met zijn knie tegen de rand van de bank, en een moment werd hij overvallen door besluiteloosheid, door het conflict tussen zelfbehoud en zijn instinctieve behoefte Nadia te beschermen – ook al wist hij op datzelfde moment dat zij aan de klappen overleden moest zijn.

Hij probeerde op te staan, zijn hand op de rug van de bank te leggen, maar de hamer kwam omlaag en schampte langs zijn oor, langs de zijkant van zijn hals, brak zijn sleutelbeen, zodat hij als een zak zout op de grond viel.

En op dat moment hoorde hij een gil.

Iemand gilde.

Het was Nadia niet, hij was het zelf niet. Het geluid kwam van de overkant van de straat…

En het feit dat iemand aan de overkant van de straat het incident had gezien, het feit dat een vrouw aan de overkant van de straat had gezien wat er gebeurde en gilde, was de enige reden dat hij het overleefde.

De hamer kwam nog een keer omlaag, was al onderweg toen de vrouw gilde, en hij raakte John Costello op de zijkant van zijn gezicht, en er werd genoeg kracht onder zijn oor tegen de kaak uitgeoefend om zijn zenuwstelsel stil te leggen.

Hij zag niets meer toen. Helemaal niets.

Alles werd koud en lichtloos, en er hing een geur van bloed, en er hing een geur van honden en het geluid van rennende voeten weerklonk.

Het duurde lang voor John Costello weer wakker werd, en toen hij wakker werd was de wereld veranderd.

Gorman draaide zich om toen de deur openging.
Zuster Geraldine Joyce. 'Genoeg geweest,' zei ze zacht. 'Hij moet rusten.'

Gorman knikte, stond op. Hij boog zich naar John Costello. 'Binnenkort praten we verder,' zei hij, en toen bedankte hij hem voor zijn tijd en vertelde hem dat het hem speet van het meisje, en daarna liep hij bij het bed weg en ging de deur uit zonder achterom te kijken.

Hij kwam vier of vijf keer in de dagen daarna, en ze praatten telkens weer over dezelfde paar minuten.

Zuster Joyce bracht hem de woensdag daarna de krant.

Ze legde hem neer op de rand van het tafeltje naast het bed van John Costello, en hij zag hem toen hij wakker werd.

JERSEY CITY TRIBUNE
woensdag 5 december 1984

VERDACHTE HAMERMOORDEN GEARRESTEERD

De officier van justitie in Jersey City heeft vandaag in een verklaring de eerdere berichten bevestigd dat in de zaak van de hamermoorden een verdachte is gearresteerd. Hoewel de naam van de verdachte niet is vrijgegeven, hebben we uit de mond van rechercheur Frank Gorman van de afdeling Moordzaken van de politie in Jersey City het volgende opgetekend: 'We hebben reden om aan te nemen dat de persoon die in hechtenis is genomen, ons belangrijke informatie met betrekking tot deze recente moorden kan verstrekken.'

In Jersey City heeft grote angst geheerst vanwege de dood van vijf jongelui in de laatste vier maanden, te beginnen met de brute moord op Dominic Vallelly (19) en Janine Luckman (17) op woensdag 8 augustus, de gewelddadige dood van Gerry Wheland (18) en Samantha Merrett (19) op donderdag 4 oktober, en de fatale aanval op Nadia McGowan (17) op de avond van vrijdag 23 november. Alle moorden zijn naar men aanneemt door een en dezelfde persoon gepleegd. De jongeman die ten tijde van de aanval bij Nadia McGowan was, John Costello (16), liep ernstige verwondingen aan zijn hoofd op, maar volgens een verklaring van het Jersey City Hospital is zijn toestand stabiel.

Frank Gorman kwam na de lunch. Hij bleef stil, geduldig in de deuropening staan en wachtte tot John Costello iets zei.

'U hebt hem.'

Gorman knikte.

'Heeft hij zichzelf aangegeven?'

'Nee, niet echt.'

'Hoe heet hij?'

Gorman schudde zijn hoofd, stapte de kamer in en kwam bij Johns bed staan. 'Dat kan ik je nog niet vertellen.'

'Hoe is het gegaan?'

'We hadden een aanwijzing... We hebben zijn huis gevonden. We zijn erheen gegaan, hebben aangeklopt, hij deed open en toen heeft hij bekend.'

'Wat zei hij?'

'Wat hij al eerder had gezegd. "Ik ben de Hamer van God."'

'En heeft hij alles bekend?'

'Hij heeft bekend dat hij in totaal drie stelletjes heeft aangevallen. Jullie waren het laatste.'

'Wat gaat er nu met hem gebeuren?'

'Hij krijgt een psychologisch onderzoek. Hij krijgt alle gebruikelijke onderzoeken. Hij moet terechtstaan. Hij gaat naar een dodencel. We brengen hem ter dood.'

'Tenzij hij ontoerekeningsvatbaar wordt verklaard.'

'Inderdaad.'

'Wat waarschijnlijk zal gebeuren.'

'De kans is groot, ja.'

John Costello was een poosje stil en dacht na. Toen vroeg hij: 'Wat vindt u daarvan?'

'Van het feit dat hij misschien ontoerekeningsvatbaar wordt verklaard en niet ter dood wordt gebracht?'

'Ja.'

'Ik probeer het me niet aan te trekken. Hoezo? Wat vind jij ervan?'

John aarzelde, en toen fronste hij, bijna alsof hij verbaasd was over zijn eigen antwoord. 'Het kan mij ook niet schelen, rechercheur Gorman... Het kan me helemaal niets schelen.'

'Is er nog iets wat je je inmiddels herinnert? Iets anders wat je hem hebt horen zeggen?'

'Dat maakt toch niet meer uit? Hij heeft bekend.'

'Misschien zouden we meer inzicht kunnen krijgen in wat er in zijn hoofd omging.'

'Waarom zou u willen weten wat er in zijn hoofd omging?'

'Omdat we zo veel mogelijk informatie willen verzamelen waarmee we de officier van justitie en de rechter kunnen bewijzen dat hij wist wat hij deed. Dat hij zich tot op zekere hoogte bewust was van zijn daden. Dat hij echt besefte wat hij deed.'

'Waarom? Om te kunnen aantonen dat hij niet ontoerekeningsvatbaar is?'

Gorman knikte. 'Ja. Om te kunnen zeggen dat hij verantwoordelijk was voor de gevolgen van zijn eigen daden.'

'Zodat jullie hem ter dood kunnen brengen.'

'Ja.'

John Costello sloot zijn ogen. Hij probeerde na te denken, maar er was niets.

'Nee,' zei hij. 'Het spijt me, rechercheur... Ik geloof niet dat hij nog iets anders heeft gezegd.'

Verhoren Warren Hennessy/Frank Gorman – Robert Melvin Clare; deel een (pagina's 86-88)

WH: Zeg, Robert, vertel het nog eens een keer, vertel ons nog eens hoe het zat met die hamer.

RMC: Wat wilt u weten?

WH: Waarom ze moesten worden vermoord met een hamer.

FG: Ja, Robert. Waarom die hamer? Waarom niet gewoon een vuurwapen, of een mes of zo?

RMC: Hoort bij het ritueel.

FG: Het ritueel?

RMC: Het reinigingsritueel. Ze moesten worden gereinigd.

WH: Waarvan, Robert?

RMC: Van wat hun was aangedaan.

WH: De dingen die jij ze hebt aangedaan?

RMC: Nee. Ik heb ze niets aangedaan. Ze moesten worden gereinigd van de seksuele dingen die hun waren aangedaan. Kan ik iets te drinken krijgen? Kan ik iets van limonade krijgen of zo? Kan ik hier een 7UP krijgen?

WH: We zullen zo een 7UP voor je halen, Robert.

RMC: Ik heb dorst. Ik wil nu een 7UP. Is dat soms te veel gevraagd? Lastig praten als je mond gortdroog is, toch? 'k Wil een 7UP… 'k Wil een 7UP… 'k Wil een 7UP.'

FG: 'Ik zal een 7UP voor je halen, Robert… Vertel jij dan tegen rechercheur Hennessy hoe dat zat met die reiniging?'

RMC: Mij best.

(Opmerking: Op dit punt verlaat rechercheur Frank Gorman de verhoorkamer voor ongeveer twee minuten.)

WH: Goed, laten we het even over de reiniging hebben, Robert.

RMC: Ja, de reiniging.

WH: Hoe zat het daarmee?

RMC: Hoe zat het daarmee? Wat bedoelt u, rechercheur Hennessy? Het moest gewoon gedaan worden.

WH: Ja, ja, dat had ik al begrepen, Robert. Laten we even teruggaan naar wat je daarnet zei: dat die kinderen moesten worden gereinigd na wat hun was aangedaan.

RMC: Na wat hun was aangedaan, ja.

WH: Vertel het me nog eens.

RMC: Ze moesten worden gereinigd.

(Opmerking: Op dit moment komt rechercheur Gorman terug en overhandigt een geopend blikje 7UP aan de verdachte, Robert Melvin Clare.)

RMC: Dank u wel, rechercheur Gorman.

FG: Niets te danken, Robert. Sorry dat ik je onderbrak. Wat wilde je rechercheur Hennessy vertellen?

RMC: Ik vertelde hem over de reiniging.

FG: Juist ja… Ga rustig verder met je verhaal.

RMC: Er waren vieze dingen gedaan, snapt u? Het waren heel vieze dingen… dingen waardoor de geest en de ziel voor altijd wordt bevlekt. Dat soort viezigheid kan op geen enkele manier worden weggewassen. Je moet ze er anders uit laten zien.

WH: Die jongelui?

RMC: Ja, de jongens en meisjes. Je moet ze er anders uit laten zien.

WH: Waarom, Robert? Waarom moet je ze er anders uit laten zien?

(Verdachte zwijgt ongeveer vijftien seconden.)

WH: Waarom, Robert? Vertel eens waarom je de meisjes en jongens er anders uit moest laten zien.

RMC: Weten jullie dat niet?

WH: Nee, Robert, dat weten we niet. Vertel het eens.

RMC: Zodat God ze niet herkent. Zodat Hij niet zou zien dat ze de jongens en meisjes waren die die heel vieze dingen hadden gedaan.

FG: En wat zou er met ze gebeuren als God ze herkende?

RMC: Dan zou Hij ze niet in de hemel laten, of wel soms? Hij zou ze in de hel werpen. Maar ik heb ze gereinigd, snapt u? Ik heb ze er anders uit laten zien en God heeft ze niet herkend.

WH: En wat is er dan met ze gebeurd, Robert?

(Verdachte zwijgt ongeveer achttien seconden.)

FG: Robert?

RMC: Het zijn engelen geworden, rechercheur Gorman. Allemaal. God heeft ze niet herkend. Ze zijn door de poorten van de hemel gegaan. Ze zijn binnengelaten in de hemel en engelen geworden.

JERSEY CITY TRIBUNE

vrijdag 7 december 1984

NAAM VERDACHTE HAMERMOORDEN VRIJGEGEVEN

In een officiële verklaring van de politie van Jersey City heeft rechercheur Frank Gorman, hoofd van de afdeling Moordzaken in het tweede politiedistrict, het volgende gezegd: 'Vanochtend hebben we Robert Melvin Clare, een inwoner van Jersey City, in staat van beschuldiging gesteld voor de moord op Dominic Vallelly, Janine Luckman, Gerry Wheland, Samantha Merrett en Nadia McGowan. Hij wordt ook beschuldigd van poging tot moord op John Costello. De heer Clare heeft tot op heden niet verzocht om juridische bijstand en hem zal een pro-Deoadvocaat worden toegewezen, die hem zal bijstaan tijdens de voorbereidingen voor zijn proces.'

Robert Clare (32), geboren en getogen in Jersey City, wonende in Van Vorst Street en werkzaam als automonteur bij Auto-Medic Vehicle Repair and Recovery op Luis Muñoz Boulevard, werd door collega's omschreven als 'nogal fanatiek'. De eigenaar van Auto-Medic weigerde alle commentaar en zei alleen: 'Als er iemand bij mij werkt, wil dat niet zeggen dat ik verantwoordelijk ben voor de dingen die hij doet als hij naar huis gaat.'

Verhoren Warren Hennessy/Frank Gorman
– Robert Melvin Clare; deel twee (pagina's 89-91)

FG: Geloof je dat werkelijk, Robert? Dat ze engelen zijn geworden en in de hemel zijn gekomen?

RMC: Ja, zo is het gegaan.

FG: Alle vijf?

(Verdachte zwijgt ongeveer drieëntwintig seconden.)

WH: Robert?

FG: Vijf, Robert. De laatste, de jongen… Die gaat het halen.

RMC: Gaat hij het halen? Juist niet, rechercheur.

WH: Toch wel. De artsen zeggen dat hij er weer bovenop komt.

RMC: Artsen? Ik heb het niet over artsen. Ik heb het over het halen… het halen in de ogen van de Heer. De hemel halen. Die vijf gaan het halen. De zesde, helaas voor hem, niet. Hij is nu vervloekt. Hij draagt de vloek. Voor altijd.

FG: Vertel dan eens hoe die jongelui werden uitgekozen, Robert. Vertel eens hoe dat ging.

RMC: Ze zagen er allemaal hetzelfde uit, nietwaar? Ze waren allemaal jong en mooi en onschuldig, en ze deden dingen die ze niet hoorden te doen. Deden dingen op straat, in het openbaar. Allemaal. Ze deden allemaal dat soort dingen, en hun gezichten moesten verdwijnen. Ik moest ze laten verdwijnen, snapt u? Ik moest ervoor zorgen dat ze weggingen, en dat was de enige manier waarop ze ooit in de hemel konden komen.

FG: Koos je ze van tevoren uit, of ging je gewoon 's avonds op stap met je hamer?

RMC: Het was mijn hamer niet.

WH: Van wie was die hamer dan?

RMC: Van God. Het was de Hamer van God. Hebben jullie niet geluisterd naar wat ik zei?

Verhoren Warren Hennessy/Frank Gorman
– Robert Melvin Clare; deel drie (pagina's 93-94)

FG: Vertel ons eens over het eerste stel, Robert… Vertel ons eens over Dominic en Janine. Heb je ze een tijdje in de gaten gehouden? Heb je ze uitgekozen, of was het maar toeval?

RMC:	Ze werden uitgekozen.
WH:	En hoe ging die selectieprocedure in zijn werk, Robert?
RMC:	Ze moesten er op een bepaalde manier uitzien, denk ik. Ik weet niet hoe ze worden uitgekozen.
WH:	Kies jij ze uit, of worden ze voor je uitgekozen?
RMC:	Ze worden voor me uitgekozen.
WH:	En wie doet dat dan voor je, Robert?
RMC:	Dat weet ik niet.
FG:	Weet je dat niet, of ben je het vergeten?
RMC:	Ik weet het niet. Ik weet dat er iemand wordt gestuurd, en iemand laat me zien wie er is uitgekozen.
FG:	Er wordt iemand gestuurd?
RMC:	Daar ga ik niet meer over zeggen.
FG:	Best, best. Vertel ons dan maar wat je je herinnert van de eerste twee die je hebt aangevallen.
RMC:	Ik weet nog dat ze gilde… Misschien dacht ze dat iemand haar zou horen als ze maar genoeg lawaai maakte en haar zou komen helpen. Ik heb de jongen eerst geslagen. Dat was fout. Ik heb geleerd dat je het meisje eerst moet slaan omdat die de meeste herrie maakt, maar je moet snel zijn en het meisje hard genoeg slaan om haar stil te krijgen. Dan moet je de jongen slaan voor hij de kans heeft om te reageren.
FG:	En wat heb je met haar gedaan, Robert?
RMC:	Ik heb haar heel goed gereinigd, snap je? Mag ik je Frank noemen? Is het goed als ik je Frank noem, rechercheur Gorman?
FG:	Natuurlijk, Robert.
RMC:	Frank en Warren. Goed.
FG:	Waar was je gebleven?
RMC:	O ja… Het is heel goed afgelopen met haar, Frank. Dat is een goede naam. Frank. Frank is een goede naam… een goede mannelijke naam, simpel, in Frank zul je je niet gauw vergissen, hè, Frank?
FG:	Nee, Robert, in Frank zul je je niet gauw vergissen. Vertel eens verder over wat er met haar is gebeurd.
RMC:	Ze had witte sokken aan, geloof ik – en gympen. Ja, witte sokken en gympen. En ze zat helemaal onder het bloed. Veel bloed, geloof ik. Maar ze had zo'n blik op haar gezicht alsof ze iets hoopvols vanbinnen had, iets wat haar zei dat ze moest doen alsof ze ervan genoot en dat ze het dan misschien zou overleven.

WH:	Maar dat gebeurde niet, hè, Robert? Ze overleefde het niet.
RMC:	Nee, Warren... Ze overleefde het niet.
FG:	En verder?
RMC:	En verder niets. Ik heb die jongen geslagen, ik heb het meisje geslagen, alles was klaar. Ik ben naar huis gegaan. Ik was van plan onderweg een pizza te halen, maar ik had niet zo'n honger.

JERSEY CITY TRIBUNE

donderdag 20 december 1984

Redactioneel commentaar

DE DOOD VAN DE GEMEENSCHAP

Als hoofdredacteur van een groot dagblad word ik voortdurend herinnerd aan het feit dat onze maatschappij ingrijpend is veranderd. In de drieëntwintig jaar dat ik als journalist en krantenman werkzaam ben, heb ik week in week uit, jaar in jaar uit de koppen gezien en ik heb de indruk dat een verslaggever tegenwoordig niet alleen de feiten moet kunnen weergeven. Hij moet vooral de brute waarheid over wat mensen elkaar kunnen aandoen kunnen verdragen.

Het moet wel treurig gesteld zijn met onze gemeenschap als een man een beroep moet doen op de officier van justitie om zijn huis en bedrijf te beschermen tegen mensen die hij omschrijft als 'moordfanaten'. (Zie pagina 1 van deze krant: WERKGEVER 'HAMER VAN GOD' ONDERNEEMT GERECHTELIJKE STAPPEN TEGEN INDRINGERS.) Don Farbolin woont en werkt al negentien jaar in Jersey City. Zijn vrouw, Maureen, werkt samen met hem in hun eigen zaak, Auto-Medic Vehicle Repair and Recovery, een klein maar redelijk goedlopend garagebedrijf op Luis Muñoz Marin Boulevard. De heer Farbolin heeft verklaard dat zijn omzet sinds de arrestatie van Robert Clare, die op dit moment is ondergebracht in de State Psychiatric Facility in Elizabeth, waar zal worden beoordeeld of hij in staat is terecht te staan voor vijf recente moorden, sterk is gedaald. Deze daling is te wijten aan het verlies van klanten, dit verlies vooral aan het feit dat zowel zijn huis als zijn bedrijf druk wordt bezocht door mensen die uit zijn op een 'aandenken' aan Clare, een seriemoordenaar. 'Ik begrijp het niet,' zei de heer Farbolin. 'Welke dwaas wil er nu iets hebben wat eigendom is geweest van iemand als Robert Clare? Die man heeft mensen omgebracht. Hij was een slecht mens, zo simpel is het. Ik heb het gevoel dat ik nu het mikpunt ben geworden omdat ik het fatsoen had iemand een baan te geven. Het is verkeerd. Dit hoort niet te gebeuren in Amerika.' (vervolg op pagina 23)

Verhoren Warren Hennessy/Frank Gorman – Robert Melvin Clare; deel vier (pagina 95)

WH: Wat gebeurde er toen, nadat je naar huis was gegaan, Robert?

RMC: Ik weet niet direct wat er gebeurt… Later, als alles…

WH: Als alles wat, Robert?

RMC: Ik weet het niet meer.

FG: Vertel eens iets wat je nog wel weet.

RMC: Het bloed. Ik herinner me het bloed. Ik herinner me het geluid van de hamer toen hij de jongen raakte. En nog een keer toen hij het meisje raakte. Dat was de eerste keer dat ik het deed, en ik werd er een beetje onpasselijk van, maar ik had geen keuze. Ik weet nog dat ik naar dat eerste meisje keek… dat ik zag hoe haar blik veranderde, weet je wel? De dingen die met haar werden gedaan… hoe ze een vrouw werd terwijl ze nog niet eens oud genoeg was om te begrijpen wat dat inhield, een vrouw zijn. Ik zag het allemaal. Het maakte me gek, Frank, echt gek. Al dat zoenen en aaien…

FG: En hoe voelde je je later? Je weet wel, later, toen je thuis was. Hoe voelde je je na de eerste?

(Verdachte zwijgt negenenveertig seconden.)

FG: Robert?

RMC: Hoe ik me voelde? Hoe voelt iemand zich na zoiets? Ik voelde me de Hamer van God.

FG: En de tweede keer?

RMC: De tweede keer?

FG: Ja, na Dominic Vallelly en Janine Luckman? Herinner je je die keer?
       4 oktober. Gerry Wheland en Samantha Merrett.

RMC: Ja, die herinner ik me.

WH: Vertel eens wat er gebeurde tussen de eerste aanval en de tweede.

RMC: Wat er gebeurde? Er gebeurde niets.

FG: Je wachtte bijna twee maanden voor je opnieuw iemand aanviel.
       Waarom zo lang?

RMC: Ik had er niets over te zeggen, Frank. Ik had er geen enkele zeggen-
       schap meer over.

FG: Wat bedoel je daarmee, met dat je er geen zeggenschap meer over
       had?

RMC: Alles was een eigen leven gaan leiden. Het was alsof ik bezeten
       was… alsof iets in me was gekropen en ik het niet kon tegenhou-
       den. Daar waren ze – ze zaten recht voor mijn neus – en ik kon met
       geen mogelijkheid voorkomen dat het gebeurde. Als ik het niet had
       gedaan zou alles veel erger zijn geweest. Ik kan niet verwachten dat
       je begrijpt hoe het was… Je hebt nog nooit zoiets gezien als wat ik
       heb gezien…

WH: Wat je hebt gezien? Waar dan?

RMC: De avond dat ik weer op pad ging. De tweede avond. In oktober. Ik
       dacht dat het niet meer zou gebeuren, dat twee misschien genoeg
       was. Maar die avond kreeg ik de boodschap weer… de boodschap
       dat ik opnieuw aan het werk moest…

WH: Waar kwam die boodschap vandaan, Robert?

RMC: Dat weet ik niet. Had ik dat al niet gezegd, dat ik dat niet weet? Ik
       weet niet waar de boodschap vandaan kwam… Het is helemaal
       donker vanbinnen, de hele tijd donker, alsof er geen ramen zijn, en
       ik ga erheen en ik zie ze, en ik hoor ze huilen en schreeuwen alsof
       hun zielen huilen en schreeuwen… alsof ze weten dat het verkeerd
       is wat ze doen en dat ze moeten worden gereinigd, maar ze zijn te
       bang om het zelf te doen dus moet ik ze helpen… en ik voelde hoe
       bang ze waren, en er was maar één manier om ze niet meer zo bang
       te laten zijn; daarvoor moesten ze in één keer de hemel in worden

gezwiept. Het bevel komt en dat negeer je niet, hè? Het was alsof er een lamp boven ze ging branden en dan wist ik dat zij het waren… En het bewijst zonder enige twijfel dat God barmhartig is, dat Hij van alle mensen houdt ongeacht wat ze hebben gedaan.

FG: Hoe dat zo, Robert?

RMC: Omdat zelfs de slechte mensen, weet je… zelfs de slechte een kans wordt geboden. Ze krijgen een kans, en ze pakken hem, en ik hoefde er alleen maar naartoe te gaan om het te regelen zodat zij hun kans zouden krijgen op het juiste moment.

FG: En wat gebeurde er na de tweede aanval? Wat heb je toen gedaan?

RMC: Ik ben naar huis gegaan en heb een douche genomen.

FG: Je hebt een douche genomen?

RMC: Klopt.

FG: Om het bloed eraf te wassen?

RMC: Nee, omdat ik altijd een douche neem. Elke avond voor ik naar bed ga, neem ik een douche en drink ik een glas melk en dan ga ik naar bed. Ik kan niet slapen als ik me vies voel.

WH: Dus je bent naar huis gegaan, hebt een douche genomen en bent gaan slapen?

RMC: Klopt. O, wacht even. Nee, ik heb een douche genomen en melk gedronken en ik heb een tijdje tv gekeken.

FG: Waar heb je naar gekeken, Robert?

RMC: Ik heb naar *The Rockford Files* gekeken.

FG: En was dat bij het stel daarna ook zo?

RMC: Wat?

FG: De loop van de gebeurtenissen… Je ging op pad, je viel ze aan, en toen je klaar was ging je naar huis, nam een douche en keek tv?

RMC: De derde keer heb ik geen tv gekeken. Toen ben ik vroeg naar bed gegaan en heb ik een boek gelezen.

FG: Welk boek?

RMC: Ik was Raymond Chandler aan het lezen. Ik hou van Raymond Chandler. Hou jij van Raymond Chandler, Frank?

FG: Ik heb nog nooit wat van hem gelezen, Robert.

RMC: Dat zou je wel moeten doen… Als rechercheur. Je zou Raymond Chandler moeten lezen.

donderdag 27 december 1984

HAMERMOORDENAAR PLEEGT ZELF-
MOORD IN KLINIEK

Robert Melvin Clare (32), gearresteerd wegens vijf gevallen van
moord en één poging tot moord, is vanochtend dood aangetroffen
in zijn kamer in de Jersey State Psychiatric Facility in Elizabeth.
Volgens onbevestigde berichten heeft Clare zich opgehangen aan
een touw gemaakt van repen laken. Het hoofd van de kliniek, dr.
Mitchell Landsen, was niet beschikbaar voor commentaar, maar
een woordvoerder van de kliniek heeft gezegd dat er onmiddellijk een diepgaand onderzoek naar de toedracht van het gebeuren
zal worden ingesteld. Clare was al over de recente hamermoorden
verhoord door rechercheur Frank Gorman, hoofd Moordzaken in
Jersey City, en gedurende de opname in de Jersey State Psychiatric
Facility zou worden onderzocht of hij in staat was voor de rechtbank te verschijnen. Desgevraagd zei rechercheur Gorman dat hij
teleurgesteld was dat Clare niet zou terechtstaan voor deze moorden. Tevens verklaarde hij dat Clare naar zijn stellige overtuiging
schuldig was, en dat door zijn zelfmoord de staat de kosten voor
een proces niet zou hoeven dragen en de familie van de slachtoffers het verdriet zou worden bespaard de namen en foto's van hun
zoons en dochters in de krant te zien staan. Het Openbaar Ministerie heeft geen officiële verklaring uitgegeven.

'Heb je gehoord wat er is gebeurd?' vroeg Gorman.
'Ik heb gehoord dat hij zelfmoord heeft gepleegd.'
'Hij heeft zich opgehangen… een laken in repen gescheurd en die in elkaar
gedraaid om een touw te maken.'
'Waar heeft hij de strop aan vastgemaakt?'
'Hij heeft zijn bed verticaal tegen de muur gezet. Eerlijk gezegd heeft hij zich ei-
genlijk niet opgehangen, maar gewurgd. Hij moest zijn voeten van de vloer houden.'
John Costello zei een tijdje niets. Moeizaam draaide hij zijn hoofd en keek
naar het raam. 'Denkt u dat hij de dader was?'

'Geen twijfel mogelijk,' antwoordde Gorman.

'Heeft hij bekend?'

Gorman was een ogenblik stil. 'Ik hoor niets over zijn verhoor te vertellen, maar, ja, hij heeft bekend.'

'Heeft hij gezegd waarom hij het heeft gedaan?'

'Ja.'

John glimlachte bleekjes, draaide zijn hoofd en keek Gorman aan.

'Het was gekkenpraat, John. Er was geen reden. Natuurlijk was er geen rationele reden. Je kunt irrationeel gedrag niet rationeel verklaren.'

'Maar hij had wel een reden waar hij in geloofde, hè?'

'Inderdaad.'

'Wilt u me vertellen wat het was?'

'Nee, natuurlijk wil ik dat niet.'

'Maar u doet het wel, hè?'

'Denk je dat het iets uithaalt?'

'Voor mij?' vroeg John. 'Nee, dat denk ik niet. Zoals u al zei, het is gekkenpraat. Hij moet wel gek zijn geweest, hè? Normale mensen slaan andere mensen niet de schedel in met een hamer.'

'Hij dacht dat hij iets goeds deed,' zei Gorman. 'Hij dacht dat hij de mensen die hij vermoordde hielp in de hemel te komen.'

John glimlachte spottend. 'Wat een waanzin.'

'Zeg dat wel.' Hij zweeg enkele ogenblikken en zei toen: 'Hoe dan ook, we spreken elkaar later. Ga nu maar een beetje rusten. Je ziet eruit alsof je aan de beterende hand bent.'

'U ziet eruit alsof u nooit slaapt.'

'Ik slaap ook niet veel.'

'Misschien nu wel, hè? Nu het voorbij is.'

'Ja, jongen. Misschien nu wel.'

JERSEY CITY TRIBUNE

vrijdag 4 januari 1985

'HAMER VAN GOD'-RECHERCHEUR OVERLEDEN

Rechercheur Frank Gorman, hoofd van de afdeling Moordzaken van de politie van Jersey City, betrokken bij het onderzoek naar de hamermoorden, is gisteravond overleden in het toilet van een restaurant, naar men aanneemt aan de gevolgen van een hartaanval. Gorman (51), al achtentwintig jaar in dienst bij de politie, ongetrouwd en kinderloos, had volgens onze bronnen alleen gedineerd. Hoofdcommissaris Marcus Garrick heeft vanochtend een verklaring afgelegd waarin hij stelde dat Gorman een gedreven en toegewijd politieman was die zeer gemist zal worden. De begrafenisplechtigheid, die op woensdag 9 januari plaatsvindt, zal worden gehouden in de First Communion Church of God. Hoofdcommissaris Garrick heeft verzocht in plaats van bloemen geld te doneren aan het weduwen- en wezenfonds van de politie van Jersey City.

John Costello is zo iemand geworden die zekerheid zoekt in gewoonten. In tellen. In lijstjes maken.

Hij is niet bang in het donker, want hij draagt genoeg van het donker in zich.

Als je hem op straat zag, zou hij je niet opvallen.

Als je met hem praatte, zou hij de indruk wekken dat hij precies hetzelfde was als jij.

Maar dat is hij niet.

En dat zal hij nooit zijn.

1

Juni 2006

Carnegie Deli, het restaurant op 7th Avenue 854, met het verkleurde gele reclamebord, de rode markiezen, en het feit dat ze alles altijd zelf hadden gedroogd, gerookt en ingelegd, was een stukje hemel op aarde. En eenmaal binnen gaven de aroma's van gezouten rundvlees, zure haring en kippensoep met knoedels, de foto's aan de muur, de oude obers, hun befaamde lompheid die alleen werd goedgemaakt door glimlachende serveersters, een heerlijk vertrouwd gevoel.

Ray Irving, afdeling Moordzaken van het bureau in district 4, was zelf niet joods, maar meende dat zijn maag een goede kandidaat was.

Van het uitgebreide menu met invloeden uit de koosjere keuken koos hij zijn ontbijt: omelet met bologneseworst, of dik gesneden Virginia-ham met eieren. Andere ochtenden vroegen om gebakken gerookte zalm met roomkaas, sla, Bermuda-ui, met een bagel erbij, Elberta-perziken, *babka* met chocola, fruit en noten, geroosterd roggebrood en cranberrysap.

Voor de lunch waren er sandwiches, maar het waren geen gewone sandwiches. Het waren de beroemde sandwiches met gezouten rundvlees die groot genoeg waren om als maaltijd voor een klein gezin te dienen; de *Gargantuan Combos* met namen als *Fifty Ways To Love Your Liver, Ah, There's The Reuben, Beefmania* en *Hamalot*. En voor het diner waren er gehaktbrood en gebakken runderkoteletten, gebraden kalkoen met zoete aardappel en cranberrysaus, Roemeense *paprikash* met kip, pastrami geserveerd op eigengemaakte aardappelknisjes met gesmolten Zwitserse kaas. Als je een salade wilde, maakten ze een salade: *Central Park, Julienne Child, George Shrimpton, Zorba the Greek, AM-FM Tuna,* de *Hudson Liver* en, veruit de lekkerste volgens Ray Irving, *Salmon Chanted Evening*.

Irving had een appartement in een gebouw van bruinrode zandsteen op de West Side op de hoek van 40th Street en 10th Avenue. Hij was niet getrouwd. Hij had geen kinderen. Hij kon niet koken. Het politiebureau van district 4 zat op 6th Avenue ter hoogte van 57th Street, zodat hij op weg van zijn huis naar zijn werk en vice versa Carnegie kon aandoen: parkeren achter het Arlen Building vlak bij het ondergrondsestation 57th Street, een stukje lopen en hij was er. Ze kenden hem van gezicht en bij naam, en ze behandelden hem niet als een politieman. Ze behandelden hem alsof hij familie was. Ze namen boodschappen voor hem aan als hij thuis of op het bureau niet bereikbaar was. Zijn verteringen werden op de lat geschreven en hij betaalde één keer per maand. Ze vroegen er nooit om en hij was nooit te laat. Zo ging het al jaren, geen reden om het te veranderen. Te midden van alle verschrikkingen die zijn leven uitmaakten, de dingen die hij zag, de rol die hij speelde als getuige van de wreedheden waartoe mensen in staat waren en die ze achteloos jegens elkaar begingen, meende hij dat sommige dingen intact en onveranderd moesten blijven. Carnegie Deli & Restaurant was er een van.

Ray Irving sliep goed, hij at goed, en was tot zeven maanden geleden geregeld op bezoek gegaan bij een zekere Deborah Wiltshire, die in West 11th Street woonde, vlak bij het St.-Vincent's Medical Center. Ze hadden luchtige gesprekken gevoerd, bourbon gedronken en gekaart, ze hadden Miles Davis en Dave Brubeck gedraaid, ze hadden met elkaar gevreeën als tieners. Deborah was negenendertig, gescheiden, en Ray vermoedde dat ze vroeger hoer was geweest... of stripper misschien. Hun relatie had negen jaar geduurd. Hij had haar leren kennen tijdens een buurtonderzoek nadat er achter het gebouw waar ze woonde een vermoorde tiener was aangetroffen. Ze had hem geen informatie kunnen geven waar hij iets aan had, maar toen hij al zijn vragen had gesteld, had ze hem aangekeken met die speciale fonkeling in haar ogen en gezegd dat hij maar terug moest komen als hij nog iets nodig had. Hij was de volgende dag teruggegaan om te vragen of ze vrijgezel was, haar uit te nodigen iets met hem te gaan drinken. Ze gingen een paar maanden met elkaar om en toen had hij zich gewaagd aan wat juristen 'een verzoek om nadere bijzonderheden' zouden noemen.

'Wil je van onze relatie ooit iets –'

'Wat?' had ze gezegd. 'Iets serieus maken?'

'Ja. Je weet wel, eh...'

'Wil je soms dat ik bij je intrek?'

'Dat bedoel ik niet, nee. Tenzij je dat wilt natuurlijk. Ik bedoel alleen –'

'Toe nou, Ray, waarom zouden we het verpesten? We zijn goed voor elkaar. We hebben het leuk samen. Als we elkaar vaker zien ontdekken we al die kleine eigenaardigheden die er uiteindelijk altijd weer toe leiden dat je bij iemand weggaat. Het is goed zo. Ik heb het vaker meegemaakt en ik weet dat dit beter is dan alle andere regelingen die ik heb gehad. Het bevalt me prima. Als dat niet zo was, zou ik het niet doen.'

Hij had het nooit meer gevraagd.

Er was bijna tien jaar weinig veranderd, en toen was Deborah Wiltshire overleden. Eind november 2005, plotseling, volkomen onverwachts, een erfelijke hartafwijking. In elkaar gezakt en weg. Neergevallen als een baksteen.

Ray Irving had op het nieuws gereageerd als op een schot in het hoofd. Hij was een maand volkomen van de kaart geweest en had zich toen op de een of andere manier teruggeklauwd naar de realiteit.

Uiteindelijk werd Irvings terugkeer naar de echte wereld ingeluid door de moord op een kind. Het doden van een kind was niet uit te leggen noch te rechtvaardigen. Het maakte niet uit wie het deed of wat de omstandigheden, de vermeende redenen en argumenten waren, een dood kind was een dood kind. Het was een lastige zaak geweest, die maanden had geduurd, maar dankzij Rays inzet en toewijding was ten slotte een onverbeterbaar mens veroordeeld.

In de zes maanden daarna had Irving zijn werk gebruikt als anker en was, met behulp van de vastigheid die het bood, van de rand van de afgrond weggekrabbeld. Hij zou Deborah Wiltshire nooit vergeten, zou haar nooit willen vergeten, maar hij was gaan geloven dat in de kleine wereld waartoe hij behoorde zijn aanwezigheid nog nodig was. Er was geen makkelijke uitweg uit verdriet – dat begreep hij wel – en daarom was hij opgehouden met zoeken.

Het appartement van Ray Irving zag er nog net zo uit als op de dag dat hij er elf jaar geleden in was getrokken. Acht ritten met een stationcar vanaf zijn vorige huis, armen vol eigendommen, geen dozen, geen kratten. Die bezittingen hadden hun rechtmatige plaats ingenomen, en waren daar al die tijd blijven staan. Zijn moeder kwam niet op bezoek omdat ze begin '84 was overleden aan longemfyseem. Zijn vader dominode en prevelde honkbaluitslagen in een verpleeghuis aan de andere kant van Bedford-

Stuyvesant. Er was niemand om tegen hem te zeggen dat hij anders moest leven. Zo stonden de zaken. En zo zou het naar zijn idee altijd blijven.

De ochtend van zaterdag 3 juni, kort na negenen, werd Ray Irving weggeroepen. De straten en stoepen glommen van de regen. Onvoldoende afstand tussen aarde en hemel. Het was de hele week al bewolkt geweest en het was benauwd, broeierig en drukkend. Het vochtige weer, waar voorlopig geen verandering in leek te komen, had misschien enig nut voor boeren en tuinders, maar voor Irving was het gewoon lastig. Regen liet bewijzen verdwijnen, veranderde aarde in modder, spoelde dingen schoon, wiste gedeeltelijke vingerafdrukken uit.

Tegen de tijd dat hij bij Bryant Park was, achter de bibliotheek en dicht genoeg bij 5th Avenue om het geld te ruiken, had de uniformdienst de plaats delict al afgezet. Het gras lag plat, de grond was net havermout, en door het heen-en-weergeloop was de plek langs de rand al kapotgetrapt.

'Melville,' zei de agent die de leiding had, en vervolgens spelde hij zijn naam.

'Net als Herman, hè?' zei Irving.

Melville glimlachte. Ze hoopten allemaal dat je aan hen zou denken. Ze hoopten allemaal dat ze het telefoontje van de afdeling Moordzaken, Zedendelicten of Narcotica zouden krijgen: Je hebt goed werk geleverd, jongen, je wordt bevorderd tot rechercheur.

'Wat hebben we?'

'Een meisje,' antwoordde Melville. 'Tiener, zou ik zeggen. Ingeslagen schedel. Lichaam verpakt in zwart plastic en daar onder de bomen gelegd.'

'Wie heeft haar gevonden?'

'Stel dikke jochies van de overkant van de straat. Een tweeling. Veertien jaar oud. Een van mijn mensen is bij de ouders.'

'Kenden die jochies het slachtoffer?'

Melville schudde zijn hoofd. 'Niet aan de hand van haar kleding. Hoofd is zo'n puinhoop dat gezichtsherkenning onmogelijk is.'

'Loop even met me mee,' zei Irving.

De grond zoog aan zijn schoenen. Het regende inmiddels iets minder hard. Er viel nu een fijne motregen die heimelijk overal in doordrong. Irving had niet door hoe nat zijn haar was tot hij met zijn hand over de achterkant van zijn hoofd streek en de druppels in zijn nek voelde lopen.

Irving wist niets van bomen, maar de bomen waar het lichaam van het meisje lompweg onder was gedumpt, waren laag en dik en de onderste takken vormden een dicht bladerdak. Dat was nog een geluk. De grond onder de bomen was relatief hard, in aanmerking genomen dat het regende. Er zaten sleepsporen en afdrukken in de aarde, stukken gras waren platgetrapt, en naast het lichaam zaten twee duidelijke kuiltjes. Blijkbaar had iemand daar op zijn knieën gezeten. Het lichaam zelf was in zwart plastic gehuld. Het meisje was vanaf haar bovenlichaam tot aan haar voeten ingepakt. Alleen haar schouders, haar hals, het weinige wat van haar gezicht over was, waren zichtbaar. Irving trok latex handschoenen aan, tilde voorzichtig aan één kant het plastic op en keek naar de handen van het meisje. Die waren zo te zien intact. Misschien kon ze geïdentificeerd worden op basis van haar vingerafdrukken, misschien aan de hand van haar gebit. Hij liet het plastic zakken. Achter de bomen stond een smeedijzeren hek, daarachter lag het trottoir van 42nd Street. Het hek en de bomen schermden de plaats delict goed af. Irving vroeg zich af hoeveel mensen, misschien zelfs haar ouders, vlak langs het lijk waren gelopen zonder het zich te realiseren.

'Is het forensisch lab onderweg?' vroeg hij terwijl hij zijn handschoenen uittrok en in zijn jaszak propte.

Melville knikte. 'Kan nog even duren... een halfuurtje of zo.'

Irving kwam overeind. 'Zet een paar mannen aan deze kant neer, en een paar in de straat. Ik ga met die jochies praten.'

Melville was barmhartig geweest met zijn beschrijving. De tweeling was niet dik. 'Gigantisch' was het woord dat in gedachten kwam. Strakgespannen huid, overbelasting van het hart al zichtbaar in hun ogen. Ze zagen er bleek, koud, ontzet, identiek uit. De ouders waren het tegenovergestelde: de moeder verschrikkelijk mager; de vader van gemiddelde lengte, minder dan gemiddeld gewicht.

Melville bleef bij de voordeur staan om eventuele nieuwsgierigen op afstand te houden.

Een vrouwelijke agent stond op van een stoel aan de keukentafel toen Irving binnenkwam. Hij kende haar van het bureau. Ze was getrouwd met een undercoveragent van de afdeling Narcotica die goede arrestatie- en veroordelingscijfers had, maar een te groot aantal waarschuwingen wegens buitensporig geweld.

'Meneer en mevrouw Thomasian,' zei ze, en vervolgens knikte ze naar de jongens. 'En dit zijn Karl en Richard.'

Irving glimlachte.

Meneer Thomasian stond op, stak zijn hand uit, vroeg Irving te gaan zitten.

Irving glimlachte, bedankte hem, zei dat hij niet lang bleef. 'Ik zal u niet ophouden. Ik wilde alleen even kijken of het goed ging met de jongens, zien of u iets nodig had, of er iemand moest komen om met ze te praten misschien.' Hij keek de beide kinderen om beurten aan. Ze staarden hem aan met een wezenloze, door een suikerdip veroorzaakte apathie.

'Het gaat wel,' zei mevrouw Thomasian. 'We komen er wel uit. Het komt wel goed, hè, jongens?'

Een van hen keek naar zijn moeder, de andere bleef Irving aanstaren.

Mevrouw Thomasian glimlachte nogmaals – geforceerd, bijna pijnlijk. 'Het komt wel goed... heus.'

Irving knikte, liep naar de keukendeur, vroeg de agente om met hem mee te gaan naar de hal bij de voordeur.

'Geadopteerd,' vertelde ze hem. 'Hebben hun biologische ouders een jaar of vier geleden verloren. Een of ander ongeluk. Het gaat wel met ze. Ze weten niet wie het meisje was. Ze hadden vanochtend een extra uur bijles van een van de leraren op school. Karl gooide Richards werkboek over het hek. Ze liepen samen om om het te pakken en toen vonden ze haar.'

'Laat de ouders de verklaring medeondertekenen, allebei, en laat die knullen ook tekenen. Geen vragen zonder beide ouders erbij.'

'Uiteraard... Zou niet bij me opkomen.'

Irving vertrok en liep samen met Melville terug naar de plaats delict. Mensen van het forensisch lab waren bezig sporenkoffers uit te pakken.

De leidinggevende forensisch analist, Jeff Turner, een lange, smal gebouwde man, hield een zakje omhoog. Er zaten twee of drie dingen in, onder andere een schoolpas.

'Als die pas van haar is, dan is het Mia Grant, vijftien jaar oud,' zei Turner.

Irving richtte zich tot Melville. 'Geef maar door. Eens kijken of ze van huis was weggelopen.'

Melville liep terug naar de politieauto die achter het ondergrondsestation stond geparkeerd.

'En wat hebben we?' vroeg Irving op kalme, berustende toon.

'Eerste bevindingen, meer niet. Doodsoorzaak is het stompe trauma. Geen andere duidelijke aanwijzingen. Geen snoersporen, geen schotwonden. Ik heb nog niet gekeken of ze is verkracht, maar het ziet er niet naar uit dat ze seksueel misbruikt is, en ze is ergens anders overleden. Hier is ze alleen maar neergelegd. Als ik een gokje mag wagen, zou ik zeggen vierentwintig uur geleden, misschien minder. Ik zou de temperatuur van de lever kunnen meten, maar ik denk niet dat we daar veel aan zullen hebben met dit weer.'

'Vrijdagavond de deur uit gegaan,' zei Irving. 'Nooit meer thuisgekomen.'

Melville riep Irving van dertig meter afstand, wenkte hem.

'Ze staat geregistreerd als vermist,' zei hij. 'Ouders hebben het gisteravond doorgegeven, kort na elven. Zeiden dat ze om halfacht van huis was gegaan; ze ging achter een baantje aan. Woont in Tudor. Geen procesverbaal omdat het nog geen achtenveertig uur is, maar het is genoteerd door de balie.'

'We moeten zeker zijn van de identiteit voor we met de ouders praten,' zei Irving. 'Ik ga daar niet heen om ze te ondervragen over de moord op hun dochter zolang ik het risico loop dat het hun dochter niet is.'

'De kans dat het iemand anders is –'

'Is vrijwel nihil,' vulde Irving aan. 'Dat weet ik, maar ik moet volledige zekerheid hebben.'

Turner knikte. 'We hebben hier nog een uur nodig…' Hij keek op zijn horloge. 'Bel me om elf uur, dan zal ik kijken wat we hebben.'

Om kwart over elf kreeg Jeff Turner Irving te pakken op het bureau. 'We hebben haar gevonden,' zei hij. 'Haar vingerafdrukken zitten in het systeem. Haar vader is jurist. Anthony Grant, bekende advocaat… Heeft zijn dochter in de centrale persoonsdatabase laten zetten toen ze dertien was. Ik heb ze gevraagd hierheen te komen.'

'Ik kom naar je toe.' Irving trok zijn jasje van de rug van zijn stoel en meldde dat hij naar het mortuarium ging.

2

Evelyn Grant was een wrak. Haar echtgenoot, advocaat, een man die Irving nu meende te herkennen van een opzienbarende rechtszaak over een moord van enkele jaren geleden, zat onverstoorbaar, uiterlijk emotieloos, als een spartaan op zijn stoel, maar in zijn ogen daagde die smartelijke en ontstellende realiteit die nu nooit meer zou worden vergeten.

'Een baantje?' vroeg Irving.

Anthony Grant knikte. 'Ze spaarde voor een auto. Ze wilde genoeg hebben voor een auto als ze van school kwam. Ik had haar beloofd dat ik het bedrag dat ze zelf verdiende zou verdubbelen. Ik wilde haar leren –'

Hij zweeg toen zijn vrouw zijn hand greep. Een gesmoorde snik bleef in haar keel steken en ze begroef haar gezicht in haar zakdoek.

Grant schudde zijn hoofd. 'Ik wilde haar leren dat het belangrijk is ergens voor te werken.'

'En dat baantje?'

'Huishoudelijk werk, schoonmaken of zo. Ik weet het niet precies.' Grant keek naar zijn vrouw. Zijn vrouw keek de andere kant op, alsof ze hem verantwoordelijk stelde. 'Ze was een zelfstandig meisje,' hernam Grant. 'Ik liet alles wat ze zelf kon aan haar over. Ze ging op bezoek bij mensen die ze kende, ze kwam thuis op de tijd die we hadden afgesproken. Soms bleef ze bij vrienden slapen. Ze was heel volwassen in die dingen.'

'Het eerste wat ik moet vragen, heeft uiteraard met u te maken, meneer Grant,' zei Irving. 'Ontevreden cliënten. Als u openbaar aanklager was zou het meer in de lijn der verwachting liggen, maar zelfs een advocaat maakt vijanden.'

'Zeker.' Hij aarzelde en schudde zijn hoofd. 'Jee, ik zou het niet weten. Ik heb honderden mensen vertegenwoordigd in de rechtszaal. Ik win veruit de meeste zaken, maar ik verlies ook wel eens. Wie niet? Er zitten veel mensen in de gevangenis die kwaad op me zijn.'

'En zijn er ook mensen weer op vrije voeten die u iets verwijten?'

'Zou heel goed kunnen.'

Grant keek nogmaals naar zijn vrouw. Er lag een verwijtende blik in haar ogen, en Irving begreep dat ze een harde vrouw was. Hij vermoedde dat al het werk om de relatie in stand te houden door de echtgenoot werd gedaan.

'Zeg, ik snap dat dit allemaal noodzakelijk is, maar moet het nu? Ik denk echt niet dat het...'

Irving glimlachte begrijpend. 'Ik moet alleen weten of u enig idee hebt waar ze naartoe ging.'

Grant schudde zijn hoofd. 'Ze heeft alleen gezegd dat ze misschien een parttime baantje kon krijgen in Murray Hill. Ze zou er met de ondergrondse naartoe gaan. Ik had haar wel willen brengen, maar mijn vrouw en ik hadden al een andere afspraak staan.'

'En het tijdstip dat Mia van huis ging?'

'Zes uur, halfzeven misschien. Wij vertrokken ongeveer een halfuur later, waren kort na tienen weer thuis. Mia was er niet en ze nam haar mobiel niet op. Om elf uur heb ik de politie gebeld. Daar zeiden ze tegen me –'

'Dat ze de eerste achtenveertig uur geen proces-verbaal konden opmaken,' maakte Irving de zin af.

'Ja, dat klopt.'

'En ze heeft verder niet gezegd waar ze naartoe ging of met wie ze had afgesproken?'

Grant was enige tijd stil en schudde toen langzaam zijn hoofd. 'Nee, niet dat ik me kan herinneren.'

'Goed... En waar kunnen we u bereiken?'

'Ik breng straks mijn vrouw naar mijn moeder in Rochester,' zei Grant. 'Ik kom morgen terug om alles te regelen.' Hij haalde een vel briefpapier uit zijn koffertje en gaf het aan Irving. 'Het nummer van mijn werk en mijn mobiel staan hier...' Hij schreef nog twee nummers op het papier. 'Dat is mijn huis hier in de stad, en dat is het nummer van mijn moeder als u me echt vanavond nodig hebt. Bel alstublieft eerst mijn mobiel, maar waar zij woont is het signaal heel slecht, en ik zou liever hebben dat u niet belde. Ik kom morgen wel bij u langs. U zit toch in district 4?'

'Ja, op 6th Avenue bij 57th Street.'

Grant stond op van zijn stoel, hielp zijn vrouw. Ze was met haar geest, met haar gevoel wellicht, niet meer in de kamer. Ze was reeds lang vertrokken. Ze zag haar echtgenoot niet, zag Irving niet, zag de agent niet die de deur voor hen openhield en hen naar de uitgang bracht. Zo zou ze dagenlang blijven. Grant zou uiteindelijk een arts bellen en de arts zou haar iets geven om de werkelijkheid nog iets langer op afstand te houden.

Irving ging linksaf de gang in en zocht Turner op.

'Geen seksueel misbruik,' vertelde Turner hem. 'Ik heb haar niet opengemaakt, maar aan de buitenkant zijn er geen andere letsels dan het stompe trauma aan het hoofd. Doet denken aan een hamer, iets kleins, snap je? Aan de *livor mortis* en de fixatie van de lijkvlekken te zien zou ik zeggen tussen halftien en elf uur gisteravond. Op de plek waar ze is vermoord is ze niet lang gebleven. Vrijwel onmiddellijk verplaatst. Het horizontale patroon van de gefixeerde lijkvlekken waarmee ze in het park lag is primair, niet secundair. Dat betekent dat je nog een andere plaats delict moet zien te vinden.'

'Als er nog iets is, bel je me dan?'

'Uiteraard.' Turner knikte. 'De ouders?'

'Nog niets waar we veel aan hebben. Het meisje ging achter een baantje aan. Rond een uur of halfzeven.'

'Hij zei trouwens niets toen hij haar zag,' zei Turner. 'Zelfs zoals ze eruitziet, scheen het hem niet aan te grijpen.'

'Dat komt nog wel,' zei Irving. 'Vanavond, morgen, volgende week. Dat komt nog wel.'

'Hij is geen verdachte?'

'Het zijn allemaal verdachten tot ze het niet meer zijn. Maar Grant voor de moord op zijn eigen dochter? De eerste indrukken die ik heb wijzen daar niet op. Het zou een wraakneming kunnen zijn, iemand die hij niet zo goed heeft verdedigd. Maar ja, de waarheid is altijd vreemder.'

Turners pieper ging. Hij moest weg. Hij en Irving schudden elkaar de hand. Turner verzekerde Irving dat hij hem zou bellen als er bij de autopsie iets belangrijks werd gevonden.

Dat gebeurde niet.

Het forensische onderzoek leverde ook niets op.

Rapporten van beide afdelingen kwamen binnen op de ochtend van de vijfde. Mia Emily Grant, vijftien jaar oud, geboren 11 februari 1991. Doodsoorzaak was stomp trauma aan het hoofd, ernstige inwendige bloeding; er was geen sprake van seksueel misbruik. Vastgesteld was dat de plek aan de rand van Bryant Park onder een hemel van bomen de dumpplaats was, maar niet de primaire plaats delict. Een buurtonderzoek had zeer weinig opgeleverd. Al het personeel van de ondergrondsestations 34th en Penn, 50th, 42nd, Times Square, Grand Central, 33rd – alle mensen die Mia Grant zouden kunnen hebben gezien toen ze van haar huis bij St.-Vartan's Park naar Murray Hill reisde, kregen een foto van haar te zien en werden ondervraagd. Uiteraard wist Irving dat het helemaal niet vaststond dat ze in de ondergrondse had gezeten. Hij wist dat de mogelijkheid bestond dat ze niet verder was gekomen dan het einde van de straat. Hij wist ook dat het parttimebaantje een smoes kon zijn geweest om haar ouders een rad voor ogen te draaien. Slim, knap, vijftien jaar oud meisje... Genoeg gezegd.

Op zaterdag 10 juni, krap een week na de vondst van haar lijk, liep de zaak vast. Alle aanknopingspunten, alle sporen, alle mogelijke scenario's die Irving uit de dood van het meisje had kunnen afleiden, waren onderzocht, opnieuw onderzocht, voor de derde keer onderzocht. Het alibi van de ouders was waterdicht. Er was niets. Irving stond met lege handen.

Het dossier lag op de rand van zijn bureau. Algauw ging het schuil onder een exemplaar van *The New York Times*, een envelop met foto's waarop het etiket met het nummer van de zaak ontbrak, een koffiekopje, een leeg colablikje.

Nog geen vijf blokken verder naar het zuidwesten staarde John Costello naar een prikbord tegenover zijn bureau op de afdeling Research van de *New York City Herald*. Op ooghoogte hing de smalle vijf centimeter brede krantenkolom waarin de ontdekking van het lichaam van Mia Grant werd beschreven, met de paar bijzonderheden over haar leeftijd, haar school, het beroep van haar vader, en helemaal onderaan – nu met rood onderstreept – het feit dat ze blijkbaar op weg was geweest naar een sollicitatiegesprek in Murray Hill.

Naast het krantenknipsel hing een halve pagina die uit het plaatselijke gratis krantje was gescheurd, en daarop stond – met pen omcirkeld – een advertentie van donderdag 1 juni.

Meisje gevraagd. Parttime huishoudelijk werk in Murray Hill. Salaris in overleg. Flexibele werktijden.

Eronder stond een telefoonnummer.

In zijn gelijkmatige en precieze handschrift had John Costello 3 *juni personeelsadvertentie Carignan* geschreven en naast de omcirkelde advertentie: ????

Te oordelen naar waar hij zat en de geconcentreerde uitdrukking op zijn gezicht was hij gebiologeerd door deze knipsels.

Toen de telefoon op zijn bureau overging schrok hij, griste de hoorn van de haak.

Hij luisterde, glimlachte flauwtjes en zei toen: 'Ja, ik kom eraan.'

3

'Het is een feit dat we per jaar in de Verenigde Staten met zo'n achttien-duizend moorden te maken hebben. Dat is vijftienhonderd per maand, ruwweg vierhonderd per week, zevenenvijftig per dag, om de vijfentwintig en halve minuut één. Daarvan zijn er maar tweehonderd per jaar het werk van een seriemoordenaar...' John Costello glimlachte. 'Voor zover bekend.'

Leland Winter, adjunct-hoofdredacteur van de *New York City Herald*, leunde achterover in zijn stoel. Hij zette zijn vingers tegen elkaar en keek vragend naar Karen Langley, chef Misdaadredactie, de vrouw voor wie John Costello werkte.

John Costello telde de bonsaiboompjes op Winters bureau. Het waren er acht. De tweede van rechts was bijna volmaakt symmetrisch.

'En wat willen jullie dan van mij?' vroeg Winter.

'Drie pagina's, op drie opeenvolgende zondagen,' zei Langley. Ze keek naar Costello en glimlachte.

'Redactioneel hoofdartikel over de slachtoffers van seriemoordenaars die nooit de voorpagina halen?'

'Precies,' zei Karen Langley.

Winter knikte langzaam en wendde zich tot Costello.

Costello keek Winter aan. Hij liet zijn hoofd schuin naar een kant zakken. 'Mag ik u iets vragen, meneer Winter?'

'Tuurlijk,' zei Winter.

'Die boompjes... Die op uw bureau staan –'

'John,' kwam Karen Langley tussenbeide. Het geluid van zijn naam was een gefluisterde lettergreep, een waarschuwing, een berisping.

Winter glimlachte, leunde naar voren. 'Die boompjes... Ja. Wat wil je weten?'

Costello knikte. 'Ik geloof niet dat ik ooit zoiets moois heb gezien, meneer Winter. Het zijn echt heel bijzondere exemplaren.'

'Weet je iets van bonsai?' vroeg Winter. 'En John, niemand noemt me meneer Winter behalve de belastingdienst en de politie. Noem me alsjeblieft Leland.'

Costello schudde zijn hoofd. 'Of ik iets van bonsai weet? Nee, niet echt, maar genoeg om te zien of iemand weet wat hij doet.'

'Nou, dank je wel, John. Dat is aardig van je. Het is een grote hobby van me.'

'Dat is te zien, Leland, dat is echt te zien.'

Leland Winter en John Costello zaten een tijdje zwijgend tegenover elkaar. Het was stil in de kamer. Ze keken van weerszijden van het bureau naar de bonsaiboompjes. Karen Langley kreeg het gevoel dat ze er net zo goed niet had kunnen zijn.

Uiteindelijk richtte Winter zijn blik op haar. 'Kom maar met een voorstel, Karen... Maak een paar voorbeeldpagina's, laat me zien wat je in gedachten hebt, goed? Drie hele pagina's, dat weet ik niet, maar laten we maar eens kijken wat we hebben, ja?'

Karen Langley glimlachte, stond op van haar stoel. 'Bedankt, Leland, dat is geweldig... We zullen voor woensdag iets in elkaar zetten.'

John Costello stond op, deed een stap naar voren, stak zijn hand uit.

Leland Winter drukte hem lachend de hand. 'Hoelang ben je nu al hier, John? Bij de krant, bedoel ik.'

'Hier?' Costello trok zijn mondhoeken omlaag. Hij draaide zich om naar Karen Langley.

'Achtenhalf jaar,' zei Karen Langley. 'John werkt inmiddels achtenhalf jaar voor me... Is ongeveer zes maanden na mijn komst begonnen.'

'Merkwaardig dat we elkaar nooit eerder hebben gezien... Ik ben hier natuurlijk pas half zo lang, maar dan nog...'

John Costello knikte. 'Niemand heeft me verteld dat je bonsaiboompjes had, Leland, anders was ik allang hier geweest.'

Leland Winter glimlachte nog eens en leidde hen met een zelfvoldane blik op zijn gezicht zijn kamer uit.

'Jij bent ook een portret, John,' zei Karen Langley. 'Schandalig gewoon, ik heb nog nooit zoiets meegemaakt.'

'Misschien krijg je nu je pagina's, hè?'

'We zullen zien... Je moet me wel helpen iets in elkaar te zetten, hoor. Ik moet wat hebben voor de planningsvergadering, woensdag op zijn laatst.'

'Ik zal in mijn agenda kijken,' zei Costello.

Langley haalde uit met de leren map die ze bij zich had en mepte Costello op zijn arm.

'In je agenda kijken… Allemachtig, je zou zaterdagavond een halfuurtje in de Comedy Club moeten optreden. Kun je het er allemaal in één keer uit gooien.'

Ze kwamen bij de lift, ze drukte op de knop NEER.

'Vraag,' zei Costello. 'Waarom zei je tegen hem dat ik hier pas achtenhalf jaar was?'

Karen glimlachte. 'Ik heb niet gezegd dat je hier pas achtenhalf jaar was. Ik heb hem verteld dat je zo lang al voor me werkt.'

Costello trok zijn wenkbrauwen op.

'Echt, John. Als ik tegen mensen zeg dat je hier al bijna twintig jaar werkt, vinden ze het raar dat ze niet weten wie je bent. Dan voelen ze zich opgelaten.'

Costello deed zijn mond open om iets te zeggen, maar scheen van gedachten te veranderen. Hij haalde zijn schouders op en liep in de richting van het trappenhuis.

'O ja,' zei ze. 'Niet met de lift.'

Hij glimlachte bescheiden, liep het trappenhuis in en nam de trap naar beneden. Hij telde de treden onder het lopen, zoals altijd.

4

Op maandag 12 juni stond Max Webster 's ochtends in de file op Franklin D. Roosevelt Drive. Hij had de Queens Midtown Tunnel willen nemen, was van gedachten veranderd toen hij zag hoe druk het aan het einde van East 42nd Street was, dacht dat hij beter op de Williamsburg Bridge kon gokken en had het erop gewaagd. Max was van middelbare leeftijd, wat dat ook mocht betekenen. Vertegenwoordiger van een klein maar winstgevend chemisch bedrijf in Rivington Street in Lower East Side dat zijn waren van Waterbury, Connecticut, in het noorden helemaal tot aan Atlantic City in het zuiden aan de man bracht. Max was een betrouwbare vent, een vent die nooit anders bekend zou staan dan als een fatsoenlijke en goede man. Lid van die broederschap van eenvoudige mensen met een eenvoudig leven, het punt van frustratie over wat mogelijk zou zijn geweest, had kunnen gebeuren, had moeten gebeuren, nooit zou gebeuren allang voorbij. Niet gecompliceerd, alleen beperkt.

Max moest bij twee klanten langs en daarna terug naar kantoor om een paar potentiële klanten te bellen. Het bedrijf waar hij werkte, Chem-Tech, hoefde niet meer te vechten om orders, en Max besefte tot op zekere hoogte dat zijn werk alle uitdaging had verloren. Hij was niet fanatiek meer, niet zoals tien jaar geleden. Toen was het ruziën met voorraadmanagers en bezorgers en magazijnmedewerkers. Toen was het drie Weesgegroetjes als hij uit de auto stapte en op weg ging naar een bedrijfsgebouw, handen schudden, breed en dom glimlachen, de potentiële klant laten denken dat hij de baas belde om te zien of ze een procentje van de prijs konden doen als de order meer dan drieduizend en nog wat bedroeg. Toen was het iets om je bed voor uit te komen. Nog vijf jaar, dan hield hij het voor gezien, dan kocht hij een boot en ging vissen, en vijf jaar lang nog meer van hetzelfde kon hij wel hebben. Want Max Webster was een fatsoenlijke, eerlijke vent, een vent van wie mensen zich na zijn dood niet veel zouden herinneren, alleen dat hij een goeie kerel was.

In de file staan kon hij ook. Hij was nog op tijd voor zijn afspraak. Maar hij had die ochtend een tweede kop koffie gedronken en zittend in zijn auto op Roosevelt Drive kreeg hij het gevoel dat een sadistisch persoon een knoop in zijn blaas had gelegd en de inhoud ervan onder in zijn buik perste. Ondanks al zijn goede eigenschappen was Max niet zo goed in ontbijten. Misschien rookte hij te veel. Wat de reden ook was, 's ochtends vroeg was eten wel het laatste waar hij aan dacht. Was altijd zo geweest; hij at niet voor tienen of elven, en die ochtend klotste die tweede kop koffie in zijn buik.

Een kwartier later was hij nog geen vijfhonderd meter opgeschoten. Zijn knokkels waren wit, zo hard kneep hij in het stuur. Er was een dun laagje zweet uitgebroken op zijn voorhoofd en hij had het gevoel dat hij, als hij nu niet ging, ter plekke in zijn broek zou plassen.

Hij wierp een blik naar rechts naar de lege vluchtstrook en gaf een ruk aan het stuur, trapte op het gaspedaal en scheurde de laatste paar honderd meter naar de afrit. Hij dook onder de snelweg door en stopte bij East River Park. Een met water gevulde ballon probeerde zich uit zijn lichaam naar buiten te persen. Hij aarzelde een paar seconden en zette toen, in een moment van ongebreidelde spontaniteit, de motor uit, stapte uit de auto en haastte zich van het talud omlaag naar een groep opschietende bomen bij de rivier.

De opluchting was overweldigend en onmiddellijk. Hij urineerde met zo veel kracht dat hij een ruit had kunnen breken. Hij urineerde als de nationale kampioen. Zoals altijd op dit soort momenten was de geproduceerde hoeveelheid vele malen groter dan twee koppen koffie en hij keek schichtig om zich heen of niemand hem zag. De bomen stonden dicht genoeg op elkaar, boden genoeg dekking, en aan zijn gevoel van opluchting kwam pas hortend en stotend een einde toen hij omlaagkeek.

Aanvankelijk trok hij alleen even zijn wenkbrauwen op, maar toen het besef langzaam begon te dagen, zijn hoofd in gleed als de zon van Ponce De Leon Bay naar de Golf van Mexico, tuurde hij met samengeknepen ogen naar de grond, begon zich te concentreren op wat hij daar zag. Tussen de gevallen bladeren en flessendoppen, tussen de vochtige stukken krantenpapier en een enkel verroest colablikje, tussen de dingen die je verwachtte in een groepje bomen langs de snelweg, lag een mensenhand, met de palm naar boven. De vingers lagen naar hem toe gekruld, alsof ze naar hem wezen, beschuldigend bijna, en hoewel de pols onder een vochtige hoop gevallen bladeren was verdwenen, was het net of de vingers als een bizarre en onnatuurlijke plant uit de grond groeiden.

Hoe fatsoenlijk Max Webster ook was, hij sproeide over de voorkant van zijn oude brogues. Het laatste beetje urine doorweekte de rechterpijp van zijn broek en hij nam nauwelijks de tijd zijn lul weg te stoppen, draaide zich abrupt om, zodat hij bijna viel, stoof tussen de bomen uit en rende met een gezicht waar al het bloed uit was getrokken en grote, starre ogen naar zijn auto. Hij graaide zijn mobiele telefoon uit het handschoenenkastje en belde het alarmnummer, en voor het eerst zo lang hij zich kon herinneren vloekte hij volmondig – zoiets als: Er ligt godverdomme een lijk, een lijk godverdomme, tussen de bomen! – en de telefoniste aan de andere kant van de lijn hield het hoofd koel en liet hem uitleggen waar hij was en wat hij had gezien, en gaf hem het strikte bevel zich niet te verroeren.

En hij verroerde zich niet. Hij wilde niet eens achteromkijken naar de bomen. Vroeg zich een moment af wat hij hun zou vertellen, of het bij de wet verboden was binnen een paar honderd meter van Franklin D. Roosevelt Drive te urineren, maar eerlijk als hij was, besloot hij dat er maar één waarheid was. En hij vertelde die waarheid tegen de kerels die in de patrouillewagen naar hem toe kwamen, een stel jonkies die hoogstens een jaar van de politieacademie af konden zijn, en een van hen bleef bij Max terwijl de andere naar de bomen toe liep om te kijken of de hand die Max had gezien werkelijk van een mens was en niet een of ander dom ding uit een feestartikelenwinkel dat kinderen daar hadden neergegooid.

De hand was echt, het lichaam erachter net zo echt, en de agent kwam even geschrokken en bleek tussen de bomen uit. Hij gaf het door. De meldkamer nam contact op met het Medical Examiner's Office en het adjunct-hoofd Forensische Geneeskunde werd onmiddellijk op pad gestuurd. Hij heette Hal Gerrard, was midden veertig, wist dat hij zonder goddelijk ingrijpen nooit hoofd Forensische Geneeskunde zou worden en had zich daar vele jaren geleden kalm bij neergelegd. Hij nam een forensisch analist mee, een zekere Lewis Ivens, en samen maakten zij de grond rond het lijk vrij en vonden nog een lichaam. Twee meisjes. Jong, niet ouder dan een jaar of zestien, zeventien. Gerrard maakte alvast wat aantekeningen, stemde in met Ivens, die het tijdstip van overlijden schatte op vierentwintig uur geleden. Het ene meisje was in het achterhoofd geschoten en daarna in de borst; het andere had een schot in het achterhoofd gekregen, waarvan de uitgangswond bij de rechterwenkbrauw zat, en ze had nog een kogel in het hoofd gekregen, die was uitgetreden achter het linkeroor. Ondanks hun jonge leeftijd waren beide meisjes gekleed als prostituee; het eerste meisje had een afgeknipte spijkerbroek en roze haltertop aan; het tweede netkousen en stilettohakken, een minirok niet breder dan een riem.

'Tippelt dat al?' vroeg Ivens. 'Op deze leeftijd?'

Gerrard schudde alleen gelaten het hoofd. Hij zei niets. Hij had het allemaal al eens gezien, en hoe, en er viel eigenlijk niet veel te zeggen.

Ze zochten de onmiddellijke omgeving af om te controleren of er verder niets lag wat van belang kon zijn. Ze vonden een tasje met een lippenstift, mondverfrisser, een bus pepperspray en zes condooms. Daar vlakbij lag een verfrommeld pakje Marlboro met drie sigaretten. In het pakje zat ook een lucifersboekje uit de EndZone-nachtclub gepropt. Gerrard en Ivens zetten de plaats delict af met lint, schoten een heel rolletje vol vanuit elke mogelijke hoek en belden om een tweede wagen van het mortuarium.

De aanwezige agenten, John Macafee en Paul Everhardt, namen Max Webster een korte verklaring af terwijl hij achter in hun wagen zat. Ze vroegen om zijn kaartje, het nummer van zijn mobiele telefoon, vertelden hem dat ze contact zouden opnemen als ze meer informatie nodig hadden. Max liep terug naar zijn eigen auto en belde zijn werk. Hij vertelde zijn regiomanager wat er was gebeurd, vroeg of het goed was als hij de afspraken afblies en een dag vrij nam. De manager, een meelevende en begripvolle man, zei dat hij de afspraken wel voor zijn rekening zou nemen. Max Webster reed naar huis. Hij zou over zijn ontdekking lezen in de dagbladen, zijn eigen naam in de krant zien staan, het verhaal nog drieëntwintig keer vertellen tijdens verschillende bijeenkomsten, barbecues, tuinfeesten en allerlei zakelijke afspraken. Hij zou met ene rechercheur Lucas praten, één keer slechts, een relatief kort telefoongesprek, maar wat dode jonge meisjes betrof had hij zijn rol gespeeld, zich professioneel van zijn taak gekweten, en daar bleef het bij. Hij dronk 's ochtends nooit meer twee koppen koffie, en hij stopte nooit meer vlak bij de snelweg om te plassen.

Nog geen uur later had Karen Langley van de *City Herald* lucht gekregen van het nieuws. Er werden twee verslaggevers op pad gestuurd: een om

Max Webster te zoeken, een om de plaats waar de lichamen waren gevonden te bekijken. De eerste journalist kreeg een ijzig onthaal van Harriet, de vrouw van Max. Ze vertelde hem in niet mis te verstane bewoordingen dat Max niet beschikbaar was voor commentaar. De verslaggever was niet gezegend met de charme van een geslepen advocaat zoals Karen Langley en vertrok met lege handen. De andere journalist stond boven aan het talud te kijken naar de groep bomen, het zwart met geel gestreepte politielint dat om de stammen zat en de vindplaats afsloot, en vroeg zich af wat hij nu geacht werd te doen. Hij maakte een paar foto's, maar er liepen agenten beneden en ze wilden hem geen toestemming geven dichterbij te komen.

Karen Langley belde het Medical Examiner's Office, stopte Gerrard een veer in zijn reet en hoorde als eerste alles over de dode meisjes.

Ze belde John Costello. Hij zei enige tijd niets.

'John?' drong ze aan.

'Het kaliber. Ze zijn neergeschoten, hè? Ik moet weten met welk kaliber.'

'Weet ik veel, dat heb ik niet gevraagd. Hoezo?'

Wederom zei Costello enige tijd niets. Karen Langley kon hem door de hoorn horen ademen.

'Kun je dat navragen, Karen? Het kaliber van het wapen waarmee ze zijn neergeschoten? Kun je uitzoeken of het een .25 was?'

'Ik weet niet of dat lukt, hoor, John... Ik zal Gerrard nog een keer bellen.'

'Ja, als je dat zou willen doen. Dat zou fijn zijn.'

Karen hing op met een frons op haar gezicht. Costello was een bijzondere en merkwaardige man, dat stond buiten kijf. Buitengewoon intelligent, een uitzonderlijk goed geheugen, een encyclopedie vol feiten, waarvan het merendeel triest en schokkend. Ze wist van zijn verleden, had de artikelen over de Hamer van God gelezen, maar toen ze hem er een keer naar vroeg, had hij niet veel gezegd en haar duidelijk gemaakt dat hij er verder niet over wilde praten. Maar goed, al meer dan twintig jaar in de krantenwereld en ze had nog nooit een researcher als John Costello gehad. Ze wilde hem niet kwijt en daarom had ze niet aangedrongen.

Ze belde Hal Gerrard. Hij was niet op zijn plaats, maar ze kreeg Ivens aan de lijn.

'Dat mag ik je niet vertellen, Karen... Vertrouwelijk, snap je?'

'Ik moet weten of het een .25 was, Lewis, dat is alles.'

Lewis Ivens zweeg. Hij dacht na. En toen hij begon te praten, zat er iets in zijn stem wat Langley herkende. 'Je wilt weten of ze zijn neergeschoten met een .25?'

'Ja, met een .25.'

Opnieuw zweeg Ivens.

'Als ik veronderstel dat ze met een .25 zijn neergeschoten, zou dat dan onjuist zijn?' vroeg Langley.

Ivens ademde in, ademde langzaam uit. 'Als je veronderstelt dat ze met een .25 zijn neergeschoten, zou ik daar geen probleem mee hebben,' antwoordde hij.

'Bedankt, Lewis, dat meen ik.'

'Je hoeft me nergens voor te bedanken,' zei hij. 'We hebben elkaar vandaag niet gesproken. Ik ken jou niet. We hebben elkaar nog nooit gezien.'

'Sorry... ik heb een verkeerd nummer, denk ik,' antwoordde Langley, en ze hing op.

Ze pakte de telefoon opnieuw, draaide Costello's nummer.

'Een .25,' zei ze zakelijk.

'En het waren er twee? Tienermeisjes, toch?'

'Voor zover ik weet, ja.'

'Best, best... Laat mij maar even mijn gang gaan. Ik denk dat ik over een paar dagen wel iets voor je heb.'

'Wat zoal? Waar hebben we mee te maken?'

'Het zou iets kunnen zijn... Of niet. Ik weet het nog niet. Om het zeker te weten moet ik er eerst nog een vinden.'

'Wat, John? Wat moet je vinden?'

'Laat het nu maar aan mij over... Je hoort het wel als er iets uit komt. Als ik het je nu vertel, raak je weer door het dolle en word je alleen maar lastig.'

'Krijg toch de pest, Costello...'

'Dat is nou echt nergens voor nodig,' zei hij, en ze hoorde hem lachen toen hij ophing.

5

Op maandag 12 juni 2006 werd kort na enen in het mortuarium door het adjunct-hoofd Forensische Geneeskunde Hal Gerrard officieel de identiteit vastgesteld van de lichamen van de vijftien jaar oude Ashley Nicole Burch en de zestien jaar oude Lisa Madigan Briley. Lewis Ivens was erbij aanwezig, evenals Jeff Turner, de forensisch analist die de leiding had in de zaak-Grant. Er waren geen overeenkomsten tussen de zaken; Turner was er alleen omdat hij Ivens persoonlijk kende. Die middag zouden ze samen een lezing bijwonen van dr. Philip Roper van het ondersteuningsbureau van de Scientific Investigations Division over *Het achterhalen van de niet-gedocumenteerde herkomst van kogels: trekken, velden, groeven en krassen.* Ze vertrokken samen om tien voor halftwee, haalden koffie bij Starbucks, namen de auto van Ivens. Hal Gerrard belde rechercheur Richard Lucas van het bureau in district 9, de man van het korte telefoongesprek met Max Webster.

'Ik heb je meisjes hier,' zei Gerrard tegen hem. 'Het rapport is af, voor zover je dat nu nodig hebt. Twee kogels allebei, van dichtbij, uit een wapen met kaliber .25... Ik laat die kogels natrekken, maar je weet hoe het is, hè?'

Lucas vroeg of er al iemand bij de ouders was geweest om hen op de hoogte te brengen.

'Geen idee... Dat is jouw terrein, kerel, gelukkig wel.'

Lucas informeerde naar drugs.

'Alcohol, een grote hoeveelheid. Ze konden volgens mij niet meer op hun benen staan, maar geen drugs.'

Ze zeiden elkaar gedag en het gesprek werd beëindigd.

Lucas belde een van de vrouwelijke agenten die dienst hadden, stuurde haar naar Gerrard om de rapporten en de adressen van de slachtoffers te halen, wachtte tot ze terugkwam en zei toen dat ze met hem mee moest. De slachtoffers woonden allebei in een blok van de Chelsea Houses achter 9th Avenue bij Chelsea Park.

Zoals altijd het geval was bij dergelijke bezoeken overdag waren de vaders naar hun werk en was het aan de moeders om het slechte nieuws te ontvangen en de vragen te beantwoorden. Ashley Burch had tegen haar ouwelui gezegd dat ze bij Lisa Briley zou blijven slapen; Lisa Briley had haar ouders verteld dat ze bij Ashley ging logeren. Het was een oude truc, maar de oude waren de beste. Ze hadden zich klaarblijkelijk verkleed als hoer, waren naar EndZone gegaan, hadden zich vol laten lopen en waren daarna... tja, waren met iemand in aanraking gekomen, en die iemand bleek de laatste persoon te zijn die ze ooit zouden zien.

Lucas belde om nog een vrouwelijke agent, liet er bij beide moeders een achter tot de vaders waren gebeld en van hun werk naar huis waren gekomen. Hij ging naar EndZone, liet foto's van de meisjes zien, werkte routineus de geijkte vragen af, zette de manager onder druk, riep iets over het schenken van alcohol aan minderjarigen. Het leidde nergens toe. De tent had die avond uitgepuild van de mensen, het maximumaantal van zestienhonderd bezoekers gehaald. Het was een goede avond geweest.

Lucas vertrok met lege handen.

Twee dagen lang gebeurde er niets.

Woensdag 14 juni om acht uur 's avonds vroeg een anonieme beller de politieman te spreken die onderzoek deed naar de dood van de twee meisjes die afgelopen maandag waren gevonden. Lucas zat bij toeval achter zijn bureau. Hij nam het telefoontje zelf aan.

'Ik denk dat mijn vriend een moordenaar is,' zei de beller tegen hem.

'Met wie spreek ik?' vroeg hij. 'Hoe heet je?'

'Geen vragen stellen, alleen luisteren,' zei ze, 'anders hang ik op.'

'Ik luister,' antwoordde Lucas, en hij gebaarde naar een van zijn collega's dat hij de opnameknop op het bedieningspaneel moest indrukken.

'Ik probeer na te gaan of de persoon die ik ken, die toevallig mijn vriend is, het daadwerkelijk heeft gedaan. Hij zegt van wel. Ik heet Betsy.'

'Betsy?' vroeg Lucas.

'Zei ik Betsy? Nee, ik heet Claudia.'

'Dit is heel goed van je,' zei Lucas. 'We zijn echt blij met je hulp. Kun je ons de naam van je vriend geven?'

'Nee, dat kan ik niet doen.'

'Kun je ons wel iets vertellen, Claudia?'

'Ik kan jullie vertellen dat hij bruin krullend haar heeft en blauwe ogen. Zijn voornaam is John, en hij is eenenveertig jaar oud. Ik heb een plunjezak in zijn auto gevonden met dekens en papieren handdoeken en zijn kleren, allemaal onder het bloed.'

'Goed, goed, hier zijn we heel blij mee... Kun je ons zijn naam vertellen, Claudia?'

'Hij zegt dat hij vier kogels heeft afgevuurd,' vervolgde de beller, zonder in te gaan op Lucas' vraag. 'Hij zegt dat hij vier kogels heeft afgevuurd. Twee in het hoofd van één meisje, sloegen haar hoofd er vrijwel af. Eén kogel in het hoofd en één kogel in de borst van het andere meisje. Hij heeft een pistool gebruikt met een kaliber van .25. Komt dat overeen met wat jullie hebben?'

'Ja, ja... Hier hebben we heel veel aan, Claudia... Maar we moeten echt de naam van deze man weten. Als je ons zijn naam geeft kunnen we voorkomen dat er nog meer slachtoffers vallen...'

De verbinding werd verbroken.

Een uur later vroeg Richard Lucas om een uitdraai van alle mensen die het afgelopen jaar een vergunning voor een vuurwapen met een kaliber van .25 hadden aangevraagd. Hij liet in de databases zoeken naar alle bij de politie bekende gewelddadige personen van eenenveertig jaar met bruin krullend haar en blauwe ogen die binnen de stadsgrenzen van New York woonden.

Richard Lucas zette, met de allerbeste bedoelingen, een operatie op touw die in de daaropvolgende drie dagen bijna driehonderd manuren zou kosten.

Allemaal voor niets.

Er waren geen aanwijzingen die resulteerden in nieuwe ontwikkelingen in de zaak.

De volgende dag bekeek John Costello, staande bij de waterkoeler op de begane grond van het gebouw van de *New York City Herald*, het berichtje in *The New York Times* van 13 juni over de moord op Burch en Briley; het berichtje dat hij met rood had omcirkeld en drie keer had onderstreept.

In zijn kleine kamer op de eerste verdieping knipte hij het artikeltje uit en hing het naast dat van Mia Grant. Hij plakte een geeltje onder het krantenknipsel en schreef *12 juni Clark, Bundy, Murray – Sunset Slayer,* en zette ook daar vier vraagtekens bij.

Hij deed een stap achteruit, bracht zijn hand naar de achterkant van zijn hoofd en streek zijn haar glad. Hij telde de woorden in de twee artikeltjes en telde ze vervolgens nog een keer.

Hij voelde het smalle litteken onder de haarlijn boven zijn nek.

Hij voelde de stille aandrang van zijn eigen bange hart.

6

Van Ashley Burch en Lisa Briley wist Ray Irving niets. Zij waren een zaak van Richard Lucas – ander bureau, andere modus operandi. Irving was pragmatisch, systematisch in zijn aanpak, geneigd tot geniale ingevingen, maar deze kwamen – naarmate hij ouder werd – steeds minder vaak voor.

Ray Irving was een geboren rechercheur, buitengemeen nieuwsgierig, altijd vragen stellend, maar genoegzaam bekend met de realiteit van de wereld waarin hij leefde om in te zien dat sommige vragen altijd en eeuwig onbeantwoord zouden blijven. Misschien niet te beantwoorden waren.

Nietzsche heeft gezegd dat wie monsters bevecht ervoor moet waken dat hij al doende zelf een monster wordt. Als je in de afgrond kijkt, zei hij, kijkt de afgrond terug.

Irving liep al enkele jaren langs de rand van de afgrond. Hij had zijn stappen weloverwogen, voorspelbaar zelfs, gezet, maar hoewel hij een spoor over de rand had uitgesleten merkte hij toch dat die rand steeds smaller werd. Met elke nieuwe zaak kwam hij dichter bij het middelpunt van iets. Met elke moord, elk geval van absolute wreedheid door de ene mens tegen een ander begaan herkende hij steeds meer van de waanzin. Soms werd hij, ondanks alles wat hij had gezien, toch nog verbijsterd door de pure inventiviteit die bij de dood en vernietiging van identiteit en individu werd aangewend. En hij had geleerd dat irrationeel gedrag niet rationeel verklaard kon worden. Net als bij een verslaving was de noodzakelijkheid sterker dan loyaliteit en afspraken. Zij die doodden in woede waren één ding; zij die worstelend met passie een moord pleegden waren een speciaal slag. Mensen die een verlángen om te doden als drijfveer hadden bestonden feitelijk niet: het was geen verlangen, maar een dwangimpuls. De dwang was sterker dan liefde, dan familie, dan elke gedane belofte en elke eed die men zichzelf of een ander had gezworen. Het waren individuen die doodden omdat ze móésten doden. Het was geen verlangen, het was een plicht.

Zo'n groot deel van zijn leven was hij getuige van gebeurtenissen die tegen de natuurlijke orde der dingen indruisten. Ouders die hun kinderen begroeven. Mensen die een bekentenis aflegden, hun bloederige handen toonden, en vervolgens vrijuit gingen om opnieuw te moorden. De waarheid maakte mensen niet vrij. Vormfouten waren tegenwoordig de weg naar verlossing. Dat had nooit zo mogen zijn, maar het was zo.

Ray Irving meende dat hij tegen de tijd dat hij doodging misschien een klein deel van wat hij had meegemaakt zou begrijpen, maar hij zou het nooit allemaal begrijpen. Het was gewoon niet mogelijk het allemaal te begrijpen.

Een maand was voorbijgegaan sinds de dood van Mia Grant. Hij had haar nooit gekend, miste haar daarom niet. Deborah Wiltshire miste hij echter wel, en hij miste haar anders dan eerst. Ze was nu zeven maanden dood, en hoewel er in Irvings appartement kleine herinneringen aan haar aanwezigheid, haar persoonlijkheid waren achtergebleven – een keramische stijltang, een paar platte schoenen waarvan de rechterneus was doorgesleten – bekeek hij deze dingen nu met een zekere evenwichtigheid en objectiviteit die in de loop der tijd waren gegroeid. Aanvankelijk was hij, om wat ze symboliseerden, niet bij machte geweest ze op te ruimen; ze waren domweg blijven staan omdat het alles was wat er van haar over was. Nu er meer dan een halfjaar was verstreken, beschouwde hij deze voorwerpen als voortdurende herinneringen aan de persoon die ze was geweest, de vooruitgang die hijzelf had geboekt, het stille besef dat hij haar dood had verwerkt. Deborah Wiltshire, zijn niet-erkende grote liefde, was niet meer. De enige ironie was, vreemd genoeg, dat ze niet was vermoord. Naar Irvings idee – misschien door een klein en bescheiden duister element dat hij in zich droeg, de afschaduwing van de afgrond die in hem was gedrongen op het moment dat hij in de diepte tuurde – zou zoiets de enige passende manier zijn geweest waarop ze dood had kunnen gaan. Hij was rechercheur Moordzaken en als wie of wat verantwoordelijk was voor het karma van zijn leven echt bij het plan had ingehaakt, dan zou het de vrouw hebben laten vermoorden. Dat zou passend zijn geweest. Dat zou toepasselijk zijn geweest. Maar nee – niets daarvan. Haar leven was op slinkse wijze, bijna stil, weggenomen, een voortschrijdend verval van minuten, elke minuut korter dan de vorige terwijl ze vocht tegen iets wat ze niet eens kon zien. En toen werd haar vlam gedoofd. Ze brandde niet langzaam op. Ze ging uit. Ze verdween niet in kleine onwaarneembare stapjes, als een aquarel die mettertijd vervaagde. Ze hield gewoon op te bestaan.

En Ray Irving bleef achter met een gevoel dat hij niet prettig vond noch begreep. Het was geen eenzaamheid, noch zelfmedelijden. Het was leegte. Een leegte die niet gevuld kon worden. Hij herinnerde zich iets van Hemingway over verlies. Als je iets verloor, of het nu goed of slecht was, liet het een leegte achter. Als het iets slechts was, werd de leegte vanzelf weer opgevuld; als het iets goeds was, moest je iets beters zien te vinden, anders bleef de leegte eeuwig bestaan. Iets van die strekking. Irving vond het wel overtuigend, hoewel hij niet kon zeggen en zich niet kon voorstellen wat beter zou kunnen zijn dan Deborah Wiltshire.

De leegte, als het dat tenminste was, zou blijven.

Hij deed zijn werk, hij at in Carnegie, hij tuurde in de duisternis en drukte een zakdoek tegen zijn gezicht. Hij zag hoe levens in het wilde weg kapot werden gemaakt. Hij stelde veel vragen, maar kreeg slechts op enkele antwoord. Hij eindigde elke dag voor het raam van zijn appartement, waar hij keek hoe de wereld stil werd.

De ochtend van 29 juli kwam de wereld hem opzoeken. Hij kwam met kleuren, met cheerleaders en muziektenten, met praalwagens en blaasorkesten, marsmuziek van Sousa en majorettes. Hij kwam met het gezicht van een clown. East 39th Street ter hoogte van 9th Avenue aan de kant van Murray Hill. Was het ten oosten van 2nd Avenue geweest, dan zou het buiten Irvings jurisdictie zijn gevallen, maar nee, de wereld wilde dat hij naar James Wolfe toe ging.

James was een goede knul die een veelgeplaagde jongeman werd. Afkomstig uit Lower East Side, bij Vladeck Park. Hij had belangstelling voor architectuur, design, dat soort dingen, maar zijn vader was een harde vent, een man van aanpakken, zweet en koud bier, die op Pier 34 tot en met 42 in de schaduw van de Manhattan Bridge, met de lucht van de Wallabout Bay in zijn longen had gewerkt zolang hij de kracht had om te sjouwen en te zwoegen. Dennis Wolfe was geen hoogopgeleide man, hij had geen diploma's of kwalificaties. Hij droeg een keer een man een kilometer naar een ziekenhuis en redde zijn leven door het bloed dat uit een buikwond gutste te stelpen met een dot lappen in een plastic tasje. 'Dat leek me het beste,' zei hij tegen de verpleegkundige op de Spoedeisende Hulp. 'Als je er een zootje lappen in stopt, zuigen ze het bloed op en dan blijft het lopen, hè? Stop ze in een plastic tasje en het sluit de boel af… Althans dat dacht ik.' Dennis Wolfe had goed gedacht. Gedroeg zich verlegen, gegeneerd zelfs, toen ze een week later een feestje voor hem gaven. De voorman kwam langs en schudde hem de hand, gaf hem een kleine koperen plaquette met zijn naam. Dennis had voorkomen dat een bedrijfsongeval was uitgelopen op een rechtszaak wegens dood door schuld. Hij wikkelde die plaquette in een stuk krant en legde hem op de vliering boven de trap, de plek waar hij alle spullen opborg waar hij niet veel aan had. Ieder mens met een beetje gezond verstand zou hetzelfde hebben gedaan, dacht hij, en dat was zijn stellige overtuiging. Hij had het er nooit meer over.

Dennis Wolfe had grote moeite met zijn zoon. Hij wist zeker dat de jongen geen nicht was, maar hij begreep dat artistieke gedoe gewoon niet. James' moeder, Alice, was een goede vrouw, misschien een beetje simpel, maar pragmatisch en ordelijk. Daar zat niets artistieks in. James had haar een paar jaar geleden meegenomen naar het Whitney Museum of American Art. Ze had een opmerking gemaakt over de thee die ze in het kleine café buiten hadden gedronken. De thee was het enige wat haar was opgevallen, vrijwel het enige wat haar was bijgebleven. James had twee zussen, allebei jong getrouwd, allebei moeder, allebei verbonden met een wereld die Dennis begreep aangezien hun echtgenoten in de haven werkten. Er zat toekomst in voorspelbaarheid. Er zat vastigheid in traditie en herhaling, in het doen van wat bekend was, niet in nieuwe onbeproefde dingen. Bouwkunde? Binnenhuisarchitectuur? Voor dergelijke dingen was ongetwijfeld plaats, maar niet in de familie Wolfe. De Wolfes waren zwoegers, geen dromers. De Wolfes werkten zich in het zweet terwijl de mensen uit de betere wijken zich verpoosden in koffiebars en ouwehoerden.

Dennis Wolfe onderbrak zijn pauze om een telefoontje aan te nemen in het kantoortje van de voorman. De voorman had een kop als een houten hamer, lompe trekken, nog lomper karakter. Het telefoontje was kort en zakelijk. Dennis Wolfe toonde geen emotie, zei alleen tegen de chef dat hij weg moest vanwege een familieaangelegenheid. Hij zou de verloren tijd inhalen – morgen, misschien de dag erna.

Een paar straten van de parkeerplaats stopte Dennis Wolfe voor het rode licht, en toen drong het tot hem door: hij zou zich geen zorgen meer hoeven maken of zijn zoon een nicht was of niet, want zijn zoon was dood.

Toen Ray Irving aan de achterkant van het Wang Hi Lee Carnival & Firework Emporium arriveerde, was de plaats delict al afgegrendeld. Agenten hadden rondom het gebouw afzethekken neergezet en zwart met geel ge-streept lint opgehangen. Ze hadden een strook van zevenenhalve meter vrijgelaten om in te werken. Jeff Turner, de forensisch analist die de leiding had in de zaak-Mia Grant, was er al, en de blik op zijn gezicht toen hij Irving zag, deed de rechercheur het ergste vrezen.

'Het lijkt erop dat hij eerst is gewurgd, hoogstwaarschijnlijk met een touw,' zei Turner. 'Dat is wat mij betreft voorlopig de doodsoorzaak. Zijn identiteit is nog niet officieel vastgesteld, maar de knul had een portemon-nee bij zich met een studentenpas. Als die echt is, dan is het James Wolfe.'

'Eerst gewurgd?' vroeg Irving. 'En daarna?'

'Tja, de dader heeft zijn lichaam min of meer in tweeën gebroken.'

'Zijn lichaam in tweeën gebroken? Wat moet ik me daarbij voorstel-len?' vroeg Irving terwijl ze onder het politielint door doken en naar de achterkant van het gebouw liepen. Overal hing de geur van zwavel en verf.

'Zijn lichaam in een vierkant valluik in de vloer geduwd, een put van een afvoerkanaal of zoiets. Negentig bij vijfenveertig centimeter, zo om en nabij, en ik heb de indruk dat de lijkstijfheid toen al was ingetreden. Als ik gelijk heb...' Turner schudde zijn hoofd. 'Als hij al stijf was, dan moet er iemand op zijn buik hebben staan springen tot die arme knul dubbel klapte. Anders zouden ze hem er nooit in gekregen hebben.'

Voor hen schoof een agent de gigantische houten deur van het pakhuis open om hen binnen te laten.

'En zijn gezicht is geschminkt,' zei Turner.

Irving vertraagde zijn pas en bleef staan. 'Wat?'

'Zijn gezicht... het gezicht van die knul is geschminkt en iemand heeft hem een rode pruik op gezet...'

'Dat meen je niet.'

Turner haalde een keer diep adem en richtte zijn blik naar voren. 'Kom mee. Dan laat ik het je zien.'

7

De foto van James Wolfe, van zijn als Pennywise de Clown geschminkte gezicht, zijn lichaam dat op een afschuwelijke manier in een gat in de betonnen vloer van het Wang Hi Lee Carnival & Firework Emporium was gepropt, verscheen op de voorpagina van de *New York Daily News*. Het enige wat ervoor nodig was geweest was een politieman met alimentatie en aflossingstermijnen voor een auto die betaald moesten worden, een ex-vrouw of wat, en een mobiele telefoon met een camera.

Schimmen op de achtergrond – groteske draaimolenpaarden, een vijf meter hoog duveltje in een doosje, de kop van een Chinese draak – en grote krantenkoppen over de hele breedte van de pagina werden uitgestald in de kiosken en meegenomen in de ondergrondse en bediscussieerd bij waterkoelers en tuinhekken. De Clown Killer. Geef het een naam; ze moesten het altijd een naam geven, want een ding was geen ding tot het een naam had.

Maandag 31 juli stond Ray Irving 's ochtends in de gang tegenover de deur van zijn kamer. In de gang zat een raam dat uitkeek op de straat, in zijn kamer niet. Voldoende anciënniteit voor een eigen kamer, onvoldoende voor daglicht. Hij had kamerplanten: een of ander soort varen, een lepelplant. Hij had een percolator, die de kamer vulde met het bittere aroma van donkere Italiaanse koffie als hij ervoor in de stemming was. Hij had een bureau, een telefoon, een archiefkast, een stoel met een verende leuning om de spanning in zijn rug te verminderen en een kurkbord aan de muur. Daarop waren allerlei aandenkens geprikt; naast foto's van plaatsen delict en stukjes papier waarop nauwelijks leesbare telefoonnummers stonden gekrabbeld, hingen een recept voor amandelmuffins, een zwart-witfoto van hem en Deborah Wiltshire van toen hij jonger was en zij nog leefde. Zijn kamer leek op zijn appartement. Zijn kamer was onopvallend, kaal, onpersoonlijk. Had iemand Irving aangeraden eens een beetje te gaan leven, dan had hij mogelijk geglimlacht en gezegd: 'Gaan leven? Ik leef toch?'

Mia Grant en James Wolfe waren pechvogels, te midden van zo veel pechvogels. In de Verenigde Staten werden achttienduizend moorden per jaar gepleegd en New York was een van de koplopers onder de voorkeurslocaties. In wezen was heel New York een plaats delict. Misschien was het nu beter dan in de jaren tachtig, maar van hem uit gezien leek het toch of de rustige tijden – de tijden tússen de moorden – ver uit elkaar lagen en geen enkele samenhang vertoonden. Zijn leven bewoog zich snel en soepel van de ene primaire plaats delict naar de andere.

De secundaire plaats delict was in het geval van Mia Grant een klein stukje aarde onder overhangende boomtakken achter een hek naast een druk trottoir; de primaire was nog niet bekend. De primaire in de zaak-Wolfe werd nog geanalyseerd, maar over een paar dagen was het alleen nog een gat in de vloer achter in een pakhuis dat eigendom was van een Chinees vuurwerkbedrijf. Meer zou er niet van over zijn. Het lichaam was begraven, gecremeerd, al naargelang de wensen van de familie, en daarna zou de rest van de wereld het vergeten. De familieleden zouden het probéren te vergeten, zich schuldig voelen dat ze daartoe een poging waagden.

Irving zuchtte. Hij sloot zijn ogen een moment, en draaide zich vervolgens om toen hij de telefoon in zijn kamer hoorde overgaan.

'Irving.'

'Ray? Ik heb een journalist van de *City Herald* aan de lijn.'

Irving ging zitten. 'Verbind maar door,' zei hij gelaten.

'Rechercheur Irving?'

'Daar spreekt u mee.'

'Hallo… fijn dat u me te woord wilt staan. Ik ben Karen Langley, van de *New York City Herald*. Ik had een paar vragen waar u misschien antwoord op kunt geven.'

'Brand maar los.'

'Mia Grant.'

'Ja?'

'Ik vroeg me af of er al nieuws van de lijkschouwer was over het wapen dat is gebruikt.'

'We hebben besloten die informatie niet vrij te geven,' zei Irving.

'Dus u weet wel wat voor wapen er is gebruikt?'

'Natuurlijk weten we wat voor wapen er is gebruikt, mevrouw Langley.'

'Maar dat zegt u niet?'

'Nee, dat zei ik al.'

Karen Langley zweeg een moment. 'Die twee tieners is geen zaak van u, toch?'

'Tieners?' vroeg Irving.

'De twee meisjes die in East River Park zijn gevonden, vijftien en zestien jaar oud. Neergeschoten. Ik heb hun namen hier...'

'Ik heb geen neergeschoten jongelui,' merkte Irving op. 'De laatste paar weken niet. Van wanneer is dit?'

'Nee, u hebt gelijk,' zei Langley. 'Het is rechercheur Lucas van het bureau in district 9.'

'Dan zult u het er met hem over moeten hebben.'

'Goed, nog één ding... die clownsmoord...'

'Ik vind het vreselijk als jullie dat doen, weet u dat wel?' zei Irving.

'Wat?'

'Die dingen een naam geven.'

'Niet mijn schuld, rechercheur... Dit is te danken aan de ongebreidelde fantasie van iemand anders.'

'Ja, best, maar deze dingen zijn op zich al erg genoeg. Die schoften hoeven niet ook nog eens zo veel publiciteit te krijgen. Jezus, het slachtoffer was nog maar een kind. Hoe oud was hij? Negentien?'

'Het spijt me, rechercheur Irving...'

Irving zuchtte hoorbaar. 'Ach, wat zit ik ook te zeuren... Ik heb genoeg van dit soort dingen gezien voor ik weet niet hoeveel levens. Wat wilde u vragen, mevrouw Langley?'

'Het slachtoffer is op zaterdag gevonden, klopt dat?'

'Ja, dat klopt, op zaterdag. Twee dagen geleden.'

'En kunt u me vertellen of hij zijn gezicht zelf had geschminkt of dat dat door zijn moordenaar was gedaan?'

'Wat?'

'Of hij zelf zijn gezicht had geschminkt... U weet wel, omdat hij naar een feest ging of zo. Of dat zijn moordenaar zijn gezicht heeft geschminkt. Dat wilde ik graag weten.'

'Dat kan ik u niet vertellen, mevrouw Langley, niet omdat ik dat niet wil, maar omdat ik dat niet weet.'

'Had hij een clownspak aan?'

Irving zei niets.

'Rechercheur?'

'Ik heb u wel gehoord.'

'En... Had hij een clownspak aan? Als hij een clownspak aanhad, dan had hij waarschijnlijk...'

'Ik weet waar u heen wilt, mevrouw Langley.'

Karen Langley zweeg. Ze wachtte geduldig tot Irving iets zei.

'Hoezo?' vroeg Irving ten slotte.

'Hoezo? Ik ben nieuwsgierig of hij wel of niet...'

'Nieuwsgierig?' herhaalde Irving. 'Weet u iets over deze zaak?'

'Eh, nee, ik weet niets over deze zaak in het bijzonder...'

'U stelt specifieke vragen over drie zaken die niets met elkaar te maken hebben, mevrouw Langley.'

Langley zweeg.

'Toch?' drong Irving aan.

'Mijn beurt om niets te zeggen,' antwoordde Langley.

'Hebben ze voor zover u weet wel iets met elkaar te maken?' vroeg Irving.

'Misschien,' zei Langley.

'Ingeslagen schedel, slachtoffers die zijn neergeschoten en een geval van wurging... slachtoffers staan in geen enkele relatie tot elkaar, drie verschillende locaties, twee verschillende politiedistricten. De werkwijzen...'

'We extrapoleren, rechercheur Irving, net als u.'

'Als u er maar niets mee in gang zet, mevrouw Langley.'

'In gang zet?'

'In de krant, iets waardoor mensen zich zorgen gaan maken dat er meer aan de hand is dan er in feite is.'

'Vier vermoorde jongelui in zeven weken?'

Irving leunde achterover en sloot zijn ogen. 'Alstublieft, mevrouw Langley...'

'Ik wilde alleen antwoord op een paar vragen, rechercheur, dat was alles. We maken er iets uit op, of niet. Als u antwoord gaf op de vragen, zouden we de ideeën die we hebben misschien kunnen vergeten...'

'Dat is onzin, mevrouw Langley, en dat weet u heel goed. U denkt toch niet echt dat ik daarin trap?'

'We doen wat we doen, rechercheur, en hoe we het doen maakt niet zo veel uit. Dank u voor uw tijd.'

'U bent niet van plan mij wat ruimte te geven, is het wel?' vroeg Irving.

'Wat ruimte?'

'U gaat een verhaal in elkaar draaien en publiceren zonder met ons samen te werken.'

'Wanneer heeft de pers bij dit soort dingen ooit met de politie samengewerkt?' vroeg Langley met een glimlach in haar stem. 'Sterker nog, wanneer heeft de politie ooit met ons samengewerkt?'

'Is dat niet het halve probleem?' vroeg Irving.

'Dat beschouw ik maar als een retorische vraag. Ik heb mijn vragen gesteld, u hebt antwoord gegeven, of niet, en dat is het dan.'

'Waarschijnlijk wel.'

'Een fijne dag nog verder, rechercheur Irving.'

'U ook, mevrouw Langley... O, wacht even.'

'Ja, rechercheur?'

'U werkt als stagiair bij welke krant?'

'Erg grappig, agent Irving, erg grappig.'

De verbinding werd verbroken en Irving hing op.

Hij sloeg het dossier over Wolfe dat op zijn bureau lag open en keek nogmaals naar het monsterlijk opzichtig geschminkte gezicht van de jonge clown, de schokkende rode pruik, zijn lichaam dat klem zat in een gat in de grond, zijn tong die opgezwollen uit zijn mond hing, de scherp afgetekende snoersporen op zijn hals.

Wat voor leven is dit, vroeg hij zich voor de zoveelste keer af, en toen herinnerde hij zichzelf eraan dat hij er in feite zelf voor had gekozen.

8

Voor zover de aanwezige forensisch analisten en de lijkschouwer konden vaststellen, waren de drie jonge slachtoffers die in de vroege uurtjes van maandag 7 augustus werden gevonden nog geen acht tot tien uur dood. Op het eerste gezicht leken de moorden niets met elkaar te maken te hebben, want er waren twee plaatsen delict, maar het simpele gegeven van een tweetal mobiele telefoons maakte duidelijk dat er een verband was. Onder een overhangend gedeelte van de Queensboro Bridge werd het naakte en mishandelde lijk van een jong meisje aangetroffen. Vlakbij lag haar mobiele telefoon, die nog aanstond. De achtergrondfoto op het scherm was een foto van een jongeman. De technisch rechercheur ter plaatse belde het laatste nummer dat was gedraaid, drukte op de knop met het groene telefoontje en kreeg tot zijn verbazing een stem aan de lijn die hij herkende. De technisch rechercheur op de andere plaats delict – twee neergeschoten tienerjongens aangetroffen in de kofferbak van een auto – nam de mobiele telefoon aan die was gevonden in de jas van een van de jongens. Later kwamen ze erachter dat zijn achtergrondfoto er een van het vermoorde meisje was. Misschien was een digitale afbeelding van de ander het laatste wat ze ieder hadden gezien. De primaire plaatsen delict lagen een eind van elkaar, in verschillende politiedistricten, maar omdat op beide locaties dezelfde bandensporen werden aangetroffen, werd het één zaak.

Rechercheur Moordzaken Gary Lavelle van het bureau in district 5 kreeg de zaak van het dode meisje. Uit het identiteitsbewijs dat ze bij zich droeg kon worden opgemaakt dat het ging om de zeventien jaar oude Caroline Parselle. Bij een eerste vluchtig onderzoek werd vastgesteld dat ze niet was verkracht, maar ze was ergens mee gewurgd.

'Niet met een touw,' vertelde de forensisch analist aan Lavelle. 'Eerder met een stang, snap je? Dus dat de dader een stang heeft gebruikt, een staaf van het een of ander, waarmee hij haar tegen de grond heeft gedrukt met dat ding op haar keel tot ze stikte.' Hij nam de rechercheur mee naar de plaats waar het lichaam van het meisje nog altijd met de armen en benen wijd in de modder lag. 'Kijk,' zei hij, wijzend op de woeste afdrukken rond haar voeten, haar handen, haar ellebogen. 'Ze heeft zich verzet, in de aarde geklauwd… Ze heeft gevochten, maar iemand leunde ergens mee op haar keel. Die persoon was veel en veel sterker dan zij, einde verhaal.'

De andere plaats delict was veel schokkender. Onder toezicht van een rechercheur uit district 3 werd rond de donkergrijze Ford, waarvan de kofferbak niet was afgesloten, een ruim stuk straat afgezet. De auto, die op de hoek van East 23rd Street en 2nd Avenue stond, net over de grens van het district Gramercy, was eerder die ochtend opgemerkt. Een curator van het New York Police Museum, een voormalige brigadier van het bureau in district 11, was eigenlijk alleen naar de auto toe gelopen omdat hij was geparkeerd op een plek waar een parkeerverbod gold. Omdat de kofferbak een stukje openstond en er in de bovenkant van het achterspatbord duidelijk een kogelgat was geslagen, was hij achterdochtig geworden.

Binnen een uur was de identiteit van de jongens achterhaald en de doodsoorzaak vastgesteld. De zeventien jaar oude Luke Bradford was overleden aan de gevolgen van twee schoten in het hoofd. Een van de kogels was eerst door zijn arm gegaan. Misschien had hij die omhooggestoken om zichzelf te beschermen. Het tweede slachtoffer – het achttien jaar oude vriendje van Caroline Parselle, Stephen Vogel – was vier keer in het hoofd geschoten; een van die kogels was dwars door de schedel heen gegaan en had vervolgens via het achterspatbord de auto verlaten. De jongens waren in de kofferbak van de auto vermoord, en de auto was onafgesloten en duidelijk zichtbaar achtergelaten.

Simpel gezegd: het had er alle schijn van dat de moordenaar wilde dat de auto zo snel mogelijk werd gevonden.

Ray Irving ontbeet die maandagochtend in Carnegie. Hij bestelde een omelet met bologneseworst, dronk twee koppen koffie. Het verkeer was drukker dan normaal en toen hij bij het bureau arriveerde was het al halftien geweest. Er lag een bericht op hem te wachten. *Farraday wil je direct zien.*

Irving en commissaris Bill Farraday hielden er een neutrale werkrelatie op na. Farraday was al zestien jaar verbonden aan het bureau en de last van die jaren volgde hem als een tweede schaduw, versomberde zijn blik met een altijd aanwezig besef dat er ergens iets verkeerd ging.

'Ray,' zei hij zakelijk toen Irving de kamer binnenkwam.

'Chef.'

Irving ging zitten. Hij liet snel de maand sinds hun laatste gesprek de revue passeren, probeerde het aantal onvolledige en onopgeloste zaken te tellen. Het moesten er vijftien zijn, mogelijk meer.

'Hoe staat het met Mia Grant?' vroeg Farraday. Hij zat op de vensterbank, met zijn schouders tegen het glas.

'Wat wilt u weten?'

Farraday haalde zijn schouders op. 'Vertel maar wat je hebt.'

Irving trok zijn mondhoeken omlaag. 'Niet veel. Meisje gevonden door een paar jongens aan de rand van Bryant Park achter de bibliotheek. Schedel ingeslagen en haar lichaam in zwart plastic verpakt. Vader is advocaat.'

'Ze ging toch solliciteren op een advertentie?'

'Kennelijk. Dat heeft ze in elk geval tegen haar ouders gezegd.'

Farraday knikte langzaam. 'Ik heb het dossier niet gelezen,' zei hij. Zijn stem klonk afgemeten en kalm.

Irving fronste.

'Weet je hoe ik van die advertentie weet?'

Irving schudde zijn hoofd.

'Ik heb een artikel gelezen dat mogelijk in de *City Herald* zal verschijnen.'

Irving wilde iets zeggen, maar Farraday snoerde hem de mond en zei: 'Ken jij een zekere Richard Lucas uit district 9?'

Na een moment nadenken schudde Irving zijn hoofd. 'Nee, die ken ik niet...' En daarna zweeg hij. Hij dacht aan het telefoontje van de journalist. Hoe heette ze ook alweer? Langdon? Langford?

'In de tweede week van juni kreeg hij een zaak. Twee meisjes, gevonden op zo'n tweehonderd meter afstand van Roosevelt Drive. Neergeschoten.'

Irving ging ongemakkelijk verzitten. Ook hij had het gevoel dat er ergens iets verkeerd ging.

'En jij had op zaterdag toch iets?' vroeg Farraday. 'Een knul in een pakhuis. Met een geschminkt gezicht, hè?'

Irving knikte.

'Lees jij de *City Herald*?'

'Nee.'

'Ik wel,' zei Farraday, 'en de hoofdcommissaris ook. Hij schijnt goed bevriend te zijn met de hoofdredacteur, zodoende is hij gewaarschuwd...' Hij leunde naar voren, pakte een stapeltje papier van zijn bureau en gooide het naar Irving.

Het bovenschrift luidde in grote vette letters: OUDE MOORDEN GE-IMITEERD DOOR NIEUWE DADER.

Op de naamregel stond *Karen Langley*.

Irving keek op naar Farraday.

Farraday trok zijn wenkbrauwen op. 'Je kunt toch lezen?'

Irving richtte zijn blik weer op het stapeltje papier. Nog voor hij begon voelde hij de haren in zijn nek overeind gaan staan.

'Dit is de ruwe versie van een mogelijk hoofdartikel,' zei Farraday. 'Die man van de *Herald* houdt het voorlopig tegen, maar dat doet hij alleen omdat hij nog iets goed te maken heeft met de hoofdcommissaris.'

Irving begon te lezen:

Dinsdag 1 mei 1973 werd in de *Seattle Times* in de rubriek 'personeel gevraagd' een advertentie geplaatst voor een baantje bij een plaatselijk benzinestation. Op de advertentie werd gereageerd door de vijftienjarige Kathy Sue Miller. Ze hielp haar vriendje, die werkzoekende was. De man die de telefoon opnam toen Kathy Sue belde, vertelde haar dat hij een meisje zocht, en Kathy Sue sprak na schooltijd met hem af. Hij zou haar voor het Sears Building oppikken en met haar naar het benzinestation rijden om de sollicitatieformulieren in te vullen. De moeder van Kathy verbood haar dochter naar de afspraak met de potentiële werkgever te gaan. Kathy beloofde dat ze het niet zou doen. Later verbrak ze de belofte aan haar moeder en ze werd niet meer levend teruggezien.

Op 3 juni vonden twee zestien jaar oude jongens het lichaam van Kathy Sue Miller in Tulalip Reservation. Het lichaam was verpakt in zwart plastic en was in verre staat van ontbinding, zodat het aanvankelijk moeilijk was het geslacht van het slachtoffer vast te stellen. De identificatie geschiedde aan de hand van het gebit en bij de autopsie werd vastgesteld dat ze was overleden aan de gevolgen van een stomp trauma aan het hoofd.

Vele jaren daarna werd aan de dader, Harvey Louis Carignan, die al met al ten minste vijftig moorden op zijn geweten had, een simpele vraag gesteld: als je een dier kon worden, welk dier zou je dan willen zijn? Zijn antwoord: een mens.

Drieëndertig jaar later, wederom op 3 juni, vinden twee schoolkinderen tussen de bomen aan de rand van Bryant Park het in plastic verpakte lichaam van de vijftienjarige Mia Grant. Ze is overleden aan de gevolgen van een stomp trauma aan het hoofd. Er zijn sterke aanwijzingen dat ze ging solliciteren op een advertentie in het plaatselijke gratis krantje, in de volksmond ook wel het sufferdje genoemd, waarin een parttime huishoudelijke hulp werd gevraagd in Murray Hill.

Irving keek op. 'Klopt dit?'

Farraday schudde zijn hoofd. 'Wie zal het zeggen? Ik hoop het niet. Lees de rest eens.'

Donderdag 12 juni 1980 werden de naakte lichamen van twee knappe meisjes gevonden op een talud bij de Ventura Freeway in Hollywood. De namen van de slachtoffers waren Cynthia Chandler en Gina Marano. Op Cynthia was twee keer geschoten met een wapen van kaliber .25. De eerste kogel was via de achterkant van haar hoofd in haar hersenen gedrongen. De tweede kogel had haar long doorboord en haar hart beschadigd. Gina Marano was ook twee keer geraakt. Eén kogel was achter haar linkeroor haar hoofd binnengedrongen en naast haar rechterwenkbrauw uitgetreden; de tweede kogel ging door haar achterhoofd. Twee dagen later werd de Northeast Division van de LAPD in Van Nuys gebeld door een vrouw. Deze vertelde de rechercheur die de telefoon opnam dat ze vermoedde dat haar vriend een moordenaar was. 'Ik probeer na te gaan of de persoon die ik ken, die toevallig mijn vriend is, het daadwerkelijk heeft gedaan,' zei ze. 'Hij zegt van wel. Ik heet Betsy.' Voor het einde van het telefoongesprek veranderde ze haar naam in Claudia en daarna zei ze: 'Hij heeft bruin krullend haar en blauwe ogen. Zijn voornaam is John, en hij is eenenveertig jaar oud. Ik heb een plunjezak in zijn auto gevonden met dekens en papieren handdoeken en zijn kleren, allemaal onder het bloed.'

Tot op de dag van vandaag is over de reeks moorden gepleegd door een of meer personen die bekendstaan als de Sunset Slayers nog veel onduidelijk. Er waren drie mensen bij betrokken: Douglas Clark, Carol Bundy en John 'Jack' Murray. Ze brachten minstens vijf prostituees in Los Angeles om het leven. Carol Bundy en Jack Murray waren een stel. Ze hield zo veel van hem dat ze hem op zondag 3 augustus 1980 tweemaal in zijn hoofd schoot, een aantal keren met een zwaar uitbeenmes stak en vervolgens onthoofdde. Ze reed een tijdje rond met het hoofd van Jack Murray op de passagiersstoel naast haar. Uiteindelijk werd Carol Bundy veroordeeld tot levenslang. Douglas Clark kreeg de doodstraf en werd opgesloten in een dodencel in de San Quentin-gevangenis.

En op maandag 12 juni jongstleden, zesentwintig jaar later, werden de lichamen van de vijftienjarige Ashley Nicole Burch en de zestienjarige Lisa Madigan Briley gevonden door de vertegenwoordiger Max Webster.

Irving schudde zijn hoofd. 'Dat kan toch niet waar zijn,' zei hij. 'Als dit waar is, dan...'

'Heb je het hele stuk al gelezen, tot en met James Wolfe?'

Irving richtte zijn aandacht weer op het stapeltje papier met een verwarrend gevoel van onbehagen, dat steeds sterker werd en hem van de wijs bracht.

In de nabije omgeving van de noodafrit van Franklin D. Roosevelt Drive, tussen enkele bomen in het East River Park, werden de twee lichamen 's ochtends enkele minuten over negen ontdekt. De meisjes waren neergeschoten met een wapen van kaliber .25; op beiden waren twee kogels afgevuurd. De verwondingen kwamen precies overeen met die bij de Chandler/Marano-moorden uit juni 1980.

Een vaak gehoorde uitspraak luidt: één keer is een incident, twee keer is toeval, maar een derde keer wijst op opzet.

Dat is iets wat we, gezien het meest recente geval, in gedachten moeten houden.

John Wayne Gacy, een van Amerika's beruchtste seriemoordenaars, was verantwoordelijk voor de dood van John Butkovitch, een zeventienjarige jongen uit Chicago. Butkovitch had een Dodge uit '68 waarmee hij wedstrijden reed, een dure hobby die hij betaalde met het geld dat hij verdiende met werkzaamheden voor het aannemersbedrijf van Gacy, PDM Contractors. Op dinsdag 29 juli 1975 ging Butkovitch, die dacht dat Gacy een deel van zijn loon had ingehouden, bij Gacy thuis langs. Werknemer en werkgever raakten verwikkeld in een heftige woordenstrijd. Het geschil werd niet beslecht, maar later vroeg Gacy Butkovitch naar zijn huis te komen. Hij bood Butkovitch blijkbaar zijn verontschuldigingen aan, gaf toe dat er sprake was geweest van een misverstand, gaf de jongen iets te drinken en vermoordde hem. Gacy verpakte het lijk in tarpaulin en sleepte het naar de garage. Daar bleef het liggen totdat de stank hinderlijk werd, waarna Gacy, die geen mogelijkheid zag het lichaam naar een andere locatie te verplaatsen, een put van ongeveer negentig bij vijfenveertig centimeter in de vloer van zijn garage groef. Vanwege de lijkstijfheid moest Gacy een aantal malen op het lichaam van Butkovitch op en neer springen. Toen het lichaam van Butkovitch ten slotte werd gevonden, stelde de lijkschouwer vast dat hij was gewurgd met een touw.

Op 29 juli, nog maar acht dagen geleden, werd het lichaam van de negentienjarige James Wolfe gevonden in een gat van negentig bij vijfenveertig centimeter in de betonnen vloer van het Wang Hi Lee Carnival & Firework Emporium in East 39th Street. Hij was gewurgd met een touw.

Het enige afwijkende, en misschien wel meest onrustbarende aspect van deze zaak is dat James Wolfe verkleed was als clown. Zijn gezicht was geschminkt en op zijn hoofd stond een felrode pruik. De uitmonstering waarin hij werd aangetroffen is veelzeggend. John Wayne Gacy was een actief lid van de maatschappij, op het oog een filantroop, organisator van de Polish Constitution Day Parade, een gebeurtenis waarbij hij werd gefotografeerd op het moment dat hij Rosalynn Carter, de toenmalige First Lady, de hand schudde. Gacy zamelde geld in voor bejaardenhuizen; hij was secretaris-penningmeester van het Norwood Park Township Lighting District en lid van de Jolly Jokers' Club. In zijn hoedanigheid als Jolly Joker verkleedde hij zich als Pogo de Clown om kinderen te vermaken tijdens feestjes en in ziekenhuizen. Naar verluidt heeft Gacy, toen hij eindelijk in een dodencel zat, gezegd: 'Er is niets zo eng als een clown in het donker.'

Drie afzonderlijke gevallen van moord, met in totaal vier slacht-offers, waarbij de wijze van overlijden en de datum exact overeen-komen; waarbij de methode en werkwijze vrijwel identiek zijn aan eerdere moorden gepleegd door mensen die sindsdien zijn geëxecu-teerd, of nog in een federale strafinrichting worden vastgehouden. Op dit moment zijn nog niet alle feiten bekend. In het geval van Mia Grant is de vraag of de moordenaar een hamer heeft gebruikt om haar de dodelijke verwondingen aan het hoofd toe te bren-gen zoals Harvey Carignan destijds bij Kathy Sue Miller. Alleen de lijkschouwer en de mensen die op de hoogte zijn van de precieze details van die zaak zullen dit weten. En is de politie na de moord op de twee meisjes die door Max Webster vlak bij de Franklin D. Roosevelt Drive werden gevonden ook gebeld door een anonieme vrouw en heeft zij dezelfde mededeling gedaan als de vrouw die na de dood van Cynthia Chandler en Gina Marano in juni 1980 belde? Zo ja, wie is deze vrouw? En, belangrijker nog, waarom belde ze?

Het antwoord op deze vragen is nog onduidelijk, zoals ook de identiteit van de moordenaar of moordenaars nog niet bekend is. Wordt het verleden hier geïmiteerd door het heden? Heeft New York een seriemoordenaar die zijn jonge slachtoffers op een zeer specifieke en persoonlijke manier wenst te vermoorden, of hebben we te maken met een zeldzaam en frappant toeval? Dat laatste lijkt, gezien de feiten, zeer onwaarschijnlijk, zodat we alleen maar kunnen concluderen dat een of meer daders nog vrij rondlopen.

Harvey Louis Carignan is inmiddels negenenzeventig jaar oud en bevindt zich in de Minnesota Correctional Facility in Stillwater, Minnesota. John Murray is dood, Carol Bundy zit een straf van twee keer levenslang uit, en Douglas Clark wacht in San Quentin op een ontmoeting met de beul. John Wayne Gacy heeft de beul al ontmoet en werd op 10 mei 1994 in de Stateville Penitentiary in Crest Hill, Illinois, door toediening van een dodelijke injectie terechtgesteld.

De vraag blijft dus: huist er in New York een seriemoordenaar die moorden uit het verleden nabootst? Vertegenwoordigers van de politiebureaus in district 4, 9 en 5 onthouden zich van commen-taar, evenals de afdeling Voorlichting van de politie, de hoofdcom-missaris en de burgemeester.

Irving leunde naar voren en legde het stapeltje papier op de rand van Farradays bureau. Zijn hart liep zichzelf voorbij, het zweet stond in zijn handen. Dit was niet de opwinding die gepaard ging met nieuw bewijsmateriaal in een verwaterde zaak; dit was niet de agitatie die ontstond wanneer het schaduwen van een verdachte vruchten afwierp. Dit was veel verontrustender. Ray Irving had het gevoel dat er iets onder zijn huid was gekropen en zich daar voorlopig had genesteld.

Farraday glimlachte veelbetekenend. 'Wil je iets horen wat echt eng is?'

'Nog enger dan dit?'

Farraday duwde zich van zijn hoge zitplaats op de vensterbank af en zette zich achter zijn bureau. 'Ik heb rechercheur Lucas van district 9 gebeld, en twee dagen nadat die meisjes waren gevonden hebben ze een anoniem telefoontje gekregen. Ze werden gebeld door een vrouw, en ze zei precies hetzelfde als die vrouw in 1980. Ze hebben het opgenomen en ik heb ze voorgelezen wat er in de *Herald* stond. Ze hebben het met elkaar vergeleken... Het was hetzelfde, exact hetzelfde, verdomme.'

'En is het bekend wie er heeft gebeld?' vroeg Irving.

'God mag het weten,' antwoordde Farraday. 'Een medeplichtige? Iemand die hij heeft betaald om dat telefoontje te plegen? Ik heb geen idee.'

Irving keek op naar Farraday. 'Die journalist heeft mij gebeld,' zei hij. 'Die Karen Langley.'

'Dat meen je niet!'

'Ze belde me een week geleden. Vroeg naar die jongen in het pakhuis, of hij soms verkleed was als clown.'

Farraday zei niets.

'Het was een doodgewoon telefoontje van de pers, niets bijzonders...'

Farraday stak zijn hand op. 'Probleem is alleen dat iemand anders, een godvergeten journalist nota bene, heeft ontdekt dat drie op het eerste gezicht op zichzelf staande plaatsen delict iets met elkaar te maken hebben, en als het waar is wat ze beweert...'

'Dan zitten we in de problemen.'

'Ga met haar praten, Ray. Zoek uit wat er aan de hand is, ja? Zoek uit of ze een fout lijntje met iemand in het korps heeft. Zoek uit hoe het kan dat zij dingen weet die wij verdomme niet weten.'

Irving stond op.

Farraday leunde naar voren. 'Ik heb tot nu toe vandaag al negen telefoontjes gehad. Van het stadhuis, de hoofdcommissaris, drie kranten, iemand van de FBI, nog een keer de hoofdcommissaris, een vrouw uit het herverkiezingscomité van de burgemeester en iemand van de redactie van CBS. En dat dan alleen nog maar vanwege een paar geruchten. God mag weten wat er gebeurt als het daadwerkelijk in de krant komt.'

'Wat doen we ermee?' vroeg Irving.

'Nog niet besloten. Eerst stoppen we dat gedoe bij die krant. We drukken dat licht ontvlambare mengsel van speculaties dat ze daar aan het brouwen zijn zo snel mogelijk de kop in. Ik heb over een paar uur een bespreking met de hoofdcommissaris. Ik, de andere commissarissen, die vent Lucas uit district 9 en nog een paar. Ze vroegen ook om jou, maar ik heb gezegd dat dat niet doorging.'

Irving trok vragend zijn wenkbrauwen op.

'Je zit hier bijna het langst van allemaal. Als ze iemand in de vuurlinie willen zetten, dan word jij dat hoogstwaarschijnlijk. Dat wil ik voorkomen. Ik wil niet hebben dat dit bureau nu het middelpunt van een of ander kloterig mediacircus wordt.'

Farraday stond op, stak zijn handen in zijn zakken. Uit zijn blik sprak berusting in de onontkoombaarheid van slecht nieuws en, als het eenmaal was gebracht, de zekerheid dat er meer onderweg was. 'Ga met die journalist praten. Vertel haar hoe het werkt. Vertel haar dat ze zich gedeisd moet houden en ons ons werk moet laten doen, goed?'

'Ik ben al weg,' zei Irving.

Hij trok de deur zacht achter zich dicht en begaf zich door de gang naar de trap.

9

Irving ging rechtsaf 9th Avenue op langs de Port Authority Terminal, vond het gebouw van de *New York City Herald* op de hoek van 31st Street en 9th Avenue, tegenover het hoofdpostkantoor. De hemel was bewolkt, als dof geworden zilver. Hij was zich bewust van de geur van de stad, de zware lucht, alsof ademhalen moeite zou kosten. Hij parkeerde zijn auto achter het gebouw van de *Herald* en liep om naar de receptie aan de voorkant. Liet zijn identiteitskaart zien, wachtte geduldig, kreeg te horen dat het nog een uur zou duren voor Karen Langley beschikbaar was. Irving was beleefd, zei dat hij koffie zou gaan drinken en om elf uur zou terugkomen. Het meisje achter de receptie glimlachte naar hem. Ze was knap, haar haar van achteren kort, lang aan de zijkant. Het omlijstte haar gezicht als een plaatje. Deed hem denken aan Deborah Wiltshire, niet aan hoe ze eruitzag maar aan het gevoel dat er iemand voor je was. Hij dacht terug aan de dagen na haar overlijden, de momenten dat hij in zijn keuken was, dat hij een kastje had opengedaan en plotseling doodstil was blijven staan, of naar voren had geleund en zijn voorhoofd tegen de bovenrand van de koelkast had gelegd. De regelmatige, stille trilling van de motor door zijn huid heen had gevoeld, als een enkele uitademing zonder onderbreking. Dat de motor opeens was afgeslagen, hem had doen opschrikken; dat hij had gemerkt dat de tranen in zijn ogen stonden. Allemaal omdat er een potje mosterd op de plank stond. Hij had een hekel aan mosterd. Hij had het voor haar gekocht, voor die enkele keer dat ze bij hem thuis was en een boterham maakte. Zoiets. Een onbelangrijk detail dat ineens belangrijk werd.

Hij dronk zijn extra kop koffie verkeerd aan een hoektafeltje, waar hij nog net uitzicht had op de synagoge in de verte. Hij vroeg zich af of een man zoals hij troost zou vinden in een geloof. Hij vroeg zich af of de vragen die hij met zich meedroeg ooit zouden worden beantwoord, en of hij ze, als ze beantwoord waren, zou loslaten. Of was de last van die vragen vertrouwd, prettig, noodzakelijk geworden?

Om vier minuten over elf stond hij voor het knappe meisje met het mooie haar.

'Ze is terug,' zei het meisje.

'Je hebt mooi haar,' merkte Irving op.

Het meisje trok een brede glimlach, was kennelijk erg blij dat hij het zei. 'Dank u wel. Ik wist niet zeker of... Nou ja, of het niet een beetje streng was... Snapt u?'

Irving schudde zijn hoofd. 'Je lijkt wel een filmster.'

Een moment wist ze kennelijk niet wat ze moest zeggen, en toen pakte ze de telefoon en belde Karen Langley.

Woorden werden gewisseld, de telefoon weer neergelegd, en het meisje wees naar de lift. 'Ga maar naar boven,' zei ze. 'Tweede verdieping. Karen wacht boven op u.'

Irving knikte, begaf zich naar de lift.

'Een fijne dag nog,' riep het meisje hem na.

'Jij ook,' antwoordde hij.

Karen Langley was een leuke vrouw om te zien, maar toen ze haar mond opendeed zei ze: 'U komt me vertellen dat ik mijn kop moet houden, hè?' en dat op zo'n scherpe toon dat Irving van zijn stuk raakte.

Hij glimlachte, probeerde de strengheid van haar vraag weg te lachen, maar er lag maar weinig humor in de ogen van de vrouw en in haar stem.

Ze ging hem voor naar een kamer rechts van de lift. Er stonden niet veel persoonlijke dingen. Geen snuisterijen, geen familiefoto's op het bureau en de planken.

Karen Langley liep om het bureau heen en ging zitten. Ze bood Irving geen stoel aan, maar hij nam toch plaats.

'Ik heb het druk,' zei ze.

'Wie niet?' antwoordde hij.

Karen Langley glimlachte – een beetje geforceerd, maar het verried iets van de persoon achter het emotionele steekvest waarin ze zich had gehuld. Ze was achter in de dertig, begin veertig misschien. Aan de kleur van haar oogwit te zien dronk ze iets te veel. Huid was gaaf, had niet de vale tint en vermoeide vouwen van een zware roker. Nagels waren kortgeknipt maar goed verzorgd. Geen nagellak. Eenvoudige donkere rok, witte blouse, bovenste knoopje open, een dun zilveren kettinkje om haar hals. Geen ringen, geen oorbellen, schouderlang haar, bijna volkomen steil met een lichte krul onderin. Ze zag er onpersoonlijk uit omdat ze er zo uit wilde zien. Naar Irvings idee was ze eenzaam, het soort vrouw dat alle leemten opvulde met werk dat overbodig was.

'Ik ben rechercheur Ray Irving,' zei hij.

'Ik weet wie u bent.'

'Ik had de leiding in de zaak-Mia Grant...'

'Had?' Langley fronste. 'Is hij al afgesloten? Ik dacht dat jullie daar nog niemand voor hadden aangehouden.'

Irving knikte. 'Ik heb de leiding in de zaak-Mia Grant.'

'En die van James Wolfe, toch? En in district 9 werkt Richard Lucas aan de moord op Burch en Briley van 12 juni, en inmiddels zitten Gary Lavelle in district 5 en Patrick Hayes in district 3 op de drievoudige moord van gisteren.'

Irving zei niets.

Karen Langley glimlachte veelbetekenend. 'Dat zei ik om u op stang te jagen,' zei ze. 'U wist helemaal niet van die drievoudige moord van gisteren, of wel soms?'

Weer zei hij niets. Hij werd in een hoek gedreven en dat beviel hem niet.

'Drie kinderen. Twee jongens doodgeschoten in de kofferbak van een auto, vriendinnetje van een van hen zo'n vijf kilometer daarvandaan aangetroffen, naakt en gewurgd.'

'En hoe komt u aan die informatie?'

'We hebben scanners. We praten met bepaalde mensen. We krijgen anonieme tips, meestal onzin, maar soms zitten er juweeltjes tussen.'

Irving glimlachte. 'Bent u echt zo hard als u klinkt?'

Langley schoot in de lach. 'Ik laat me speciaal voor u van mijn snoezige kant zien, rechercheur. Normaal gesproken ben ik een kreng.'

'En hoe zit het met die drievoudige moord van gisteren?'

'Zegt de naam Kenneth McDuff u iets?'

'Nee, nooit van gehoord.'

'In november 1998 terechtgesteld. Pleegde een drievoudige moord in augustus '66...'

'Op de zesde zeker.'

'De spijker op zijn kop. Op 6 augustus, drievoudige moord. Twee jongens aangetroffen in de kofferbak van een auto; een meisje ongeveer anderhalve kilometer daarvandaan, gewurgd met een bezemsteel. Had een handlanger, Roy Green, een halvegare. McDuff was een beest. Geen hart. Weet u wat hij tegen Green zei?'

Irving schudde zijn hoofd.

'Een vrouw doden is hetzelfde als een kip doden. Ze kakelen allebei.'

'Lekker portret.'

Langley leunde opzij naar de rechterkant van haar bureau en pakte een dossiermap. Ze sloeg hem open, bladerde door de inhoud en overhandigde toen een velletje papier aan Irving.

'Dit is een kopie van een deel van de verklaring van Green die hij na zijn arrestatie heeft afgelegd.'

Irving wierp er een vluchtige blik op, sloeg zijn ogen op naar Langley. 'Gaat uw gang,' zei ze. 'Lees maar.'

Maandag 8 augustus 1966

Verklaring van Roy Dale Green, handlanger van Kenneth Allen McDuff, afgelegd aan rechercheur Grady Hight, Sherrif's Department Milam County, Texas

Moord op Robert Brand (18), Mark Dunman (16) en Ellen Louise Sullivan (16) op zaterdag 6 augustus 1966

We reden in de buurt van het honkbalstadion en kwamen op een onverharde weg terecht. Hij [McDuff] zag een auto staan, en we stopten ongeveer honderdvijftig meter er voorbij. Hij pakte zijn wapen en zei dat ik moest uitstappen. Ik dacht dat het een grap was. Ik geloofde gewoon niet wat hij had gezegd. Ik liep een stuk met hem mee naar de auto, en hij liep door. Hij zei tegen de jongelui in de auto dat ze moesten uitstappen, anders zou hij ze neerschieten. Ik liep ernaartoe en hij had ze in de kofferbak van hun auto gestopt. Hij reed met zijn auto terug naar hun auto, en hij zei tegen me dat ik in zijn auto moest stappen en achter hem aan moest rijden. Dat deed ik, en we reden een tijdje over de doorgaande weg waarover we gekomen waren, en hij sloeg af naar een braakliggend terrein. Ik reed achter hem aan, en hij zei dat het geen goede plaats was, dus we staken achteruit en reden naar een ander terrein. Hij stapte uit en zei tegen het meisje dat ze moest uitstappen. Hij zei tegen me dat ik haar in de kofferbak van zijn auto moest stoppen. Ik deed de kofferbak open en ze klom erin. Toen zei hij dat we geen getuigen mochten achterlaten, of zoiets. Hij zei: 'Ik zal ze uit de weg moeten ruimen,' of zoiets.

Ik werd vreselijk bang. Ik dacht wel dat hij een grapje maakte, maar ik wist het niet zeker. Ze zaten op hun knieën en smeekten hem hen niet dood te schieten. Ze zeiden: 'We zullen het tegen niemand vertellen.' Ik keek naar hem en hij stak het wapen in de kofferbak waar die jongens in zaten en begon te schieten. Ik zag de vlam uit het wapen komen bij het eerste schot, en ik bedekte mijn oren en keek de andere kant op. Hij schoot zes keer. Hij schoot de ene twee keer in zijn hoofd, en hij schoot de andere jongen vier keer in zijn hoofd. Eén kogel ging door een arm van een van de jongens toen hij het schieten probeerde te stoppen. Hij [McDuff] probeerde de kofferbak dicht te doen, maar dat lukte niet. Toen zei hij tegen me dat ik zijn auto moest halen. Inmiddels ging ik bijna dood van angst, en ik deed wat hij zei. Hij stapte in de auto van de jongen en reed hem achteruit tegen een hek aan, en hij stapte uit en zei tegen me dat ik hem moest helpen de vingerafdrukken weg te poetsen. Ik was niet van plan tegen hem in te gaan. Ik verwachtte dat ik de volgende zou zijn, dus hielp ik hem.

We veegden de bandensporen uit en stapten in zijn auto en reden zo'n anderhalve kilometer verder en draaiden een andere weg in en hij stopte, en hij haalde het meisje uit de kofferbak, en zette haar op de achterbank. Hij zei tegen me dat ik moest uitstappen, en ik wachtte totdat hij tegen haar zei dat ze zich moest uitkleden. Hij trok zijn kleren uit en toen neukte hij haar. Hij vroeg of ik ook wilde, en ik zei van niet. Hij vroeg me waarom niet, en ik zei dat ik er gewoon geen zin in had. Hij boog zich naar me toe, en ik zag het wapen niet, maar ik dacht dat hij me dood zou schieten als ik het niet deed, dus trok ik mijn broek en shirt uit en klom op de achterbank en neukte het meisje. Ze spartelde niet tegen, en ik weet niet of ze iets heeft gezegd, maar ik heb niks gehoord. De hele tijd dat ik boven op het meisje lag hield ik hem in de gaten. Daarna nam hij haar nog een keer.

Hij zei tegen het meisje dat ze moest uitstappen. Hij dwong haar op de zandweg te gaan zitten, en hij haalde een stuk bezemsteel van ongeveer negentig centimeter uit zijn auto en duwde daarmee haar hoofd achterover tot het op de grond lag. Hij begon haar te wurgen met dat stuk bezemsteel. Hij drukte heel hard, en zij begon met haar armen te zwaaien en haar benen te schoppen. Hij zei tegen me dat ik haar benen moest vasthouden, maar dat wilde ik niet, en hij zei: 'Het moet,' en ik pakte haar benen en hield ze een paar tellen vast, en toen liet ik ze los. Hij zei: 'Nog een keer,' en dat deed ik, en toen hield ze op met vechten. Hij liet me haar handen pakken en hij pakte haar voeten en we tilden haar over een hek heen. We klommen zelf over het hek, toen sleepte hij haar een stukje over de grond en toen begon hij haar nog een keer te wurgen. We legden haar tussen een paar struiken.

Irving keek op van het vel papier.

'Genoeg gelezen?' vroeg Langley.

Hij knikte.

'Ik kan vrijwel zeker garanderen dat de modus operandi in het rapport over de plaatsen delict van gisteren hetzelfde luidt als deze verklaring,' zei ze.

'Twee jongens, één meisje, zegt u?'

Langley knikte. 'Twee jongens doodgeschoten in de kofferbak van een auto, een naakt meisje ongeveer anderhalve kilometer daarvandaan gevonden dat ergens mee was gewurgd.'

'Dus we hebben te maken met een na-aper.'

'Een na-aper die het doet op dezelfde datum als de oorspronkelijke moord. En die niet één moordenaar imiteert, maar verschillende. Op dit moment heeft hij Carignan, in de volksmond bekend als "Harv the Hammer", Murray de Sunset Slayer, John Gacy, en dan nu Kenneth McDuff gedaan. Zeven slachtoffers, allemaal jongelui, allemaal in nog geen twee maanden.'

'We gaan u vragen uw artikel niet te publiceren.'

'Dat weet ik,' antwoordde Langley.

'U gaat me vertellen dat het grote publiek recht heeft op informatie, persvrijheid, al dat gelul.'

Langley schudde haar hoofd en glimlachte.

Ze zag er echt veel beter uit als ze lachte, vond Irving.

'Nee, daar ga ik het niet over hebben. Het doet er niet toe of het grote publiek recht heeft op informatie en wat de persvrijheid betreft... Ach, u en ik zijn allebei door de wol geverfd en cynisch genoeg om te weten dat die persvrijheid niet zo veel voorstelt. Nee, ik ga u vertellen dat u een gerechtelijk bevel zult moeten hebben om mij het zwijgen op te leggen, omdat ik nu eenmaal een onruststoker ben. Ik heb in mijn leven al te vaak gedaan wat me gezegd werd en ik ben nu eindelijk op een punt aanbeland dat ik mijn werk leuk vind en dat ik mijn baan wil houden, en dit soort rotzooi verkoopt goed.'

'Ik zal zorgen voor een gerechtelijk bevel,' zei Irving.

'Doe wat u niet laten kunt, rechercheur.'

Irving mocht de vrouw wel. Kon haar wel slaan, maar mocht haar toch. Hij stond op.

'Hoelang heb ik nog?' vroeg ze.

Irving wierp een blik op de verklaring van Roy Green die op het bureau lag. 'Gaat u een artikel publiceren over die drievoudige moord?'

Langley haalde haar schouders op. 'Gaat u me vragen het niet te doen?'

'Ik vraag niets van u behalve een beetje gezond verstand en enige erkenning van wat wij proberen te doen.'

Langley deed haar mond open om iets te zeggen, maar bedacht zich. 'Goed, daar hebt u een punt, rechercheur Irving.' Ze stond op, liep om het bureau heen en ging voor hem staan. 'Vierentwintig uur,' zei ze. 'Hier binnen vierentwintig uur terug met een gerechtelijk bevel en dan wint u, dan publiceer ik niet. Geen gerechtelijk bevel, dan gaat het morgen in de avondeditie.'

Irving stak zijn hand uit. 'Afgesproken,' zei hij.

Ze schudden elkaar de hand.

'O, nog één ding,' zei Langley. 'We moeten hem natuurlijk nog een naam geven. Niemand bestaat zolang hij geen naam heeft. Na-aper is zo uit de tijd, vindt u niet? Dat is nog een woord van voor de oorlog.'

'Daar ga ik niet eens op in,' zei Irving.

'Hij imiteert moordenaars en vermoordt mensen op dezelfde dag en dezelfde manier als zij,' zei Langley. 'Ja, dat lijkt me wel wat. De Imitator.'

'Zal ik u eens iets zeggen, mevrouw Langley? Ik vind echt dat u ...' Hij zweeg, schudde zijn hoofd.

'Wat?'

'Laat maar,' antwoordde Irving. Hij liep de kamer uit, trok de deur resoluut achter zich in het slot.

10

'En ze heeft verder niets gezegd over die personeelsadvertentie?' vroeg Farraday.

'Wat viel er verder nog te zeggen? Het was een gok van ze en toevallig was het raak ... Volgens mij weten ze niet eens dat ze raak hebben geschoten.'

Farraday leunde naar voren en pakte het conceptartikel. '"Er zijn sterke aanwijzingen dat ze ging solliciteren op een advertentie in het plaatselijke gratis krantje, waarin een parttime huishoudelijke hulp werd gevraagd in Murray Hill." Zo heeft Karen Langley het opgeschreven.' Hij gooide het artikel op het bureau. 'En ze speculeert ook over het telefoontje na die dubbele moord, de twee neergeschoten meisjes bij Roosevelt Drive.'

'Ze is onredelijk,' zei Irving. 'Ze is niet zo hard als ze doet voorkomen, maar ze zal niet over zich laten lopen en haar gelijk proberen te krijgen. Als ze van het telefoontje van die Betsy wist, zouden we onze handen vol hebben aan haar.'

'En nu heeft ze ook nog die verklaring die ze je heeft laten zien over een andere drievoudige moord, een moord die niet eens in haar artikel wordt genoemd ...' Farradays stem stierf weg.

Stilte, en toen: 'We krijgen nooit een gerechtelijk bevel,' stelde hij nuchter vast.

'Dat weet ik,' antwoordde Irving.

'Het heeft niet eens zin het te vragen.'

'En wat dacht u van district 5 en 9?'

'Hoe bedoel je?'

'Nou, daar zit Lucas, die de leiding heeft over het onderzoek naar de twee meisjes, en verder Lavelle en Hayes, die bezig zijn met die drievoudige moord, de jongens in de kofferbak en het meisje dat is gewurgd, toch? Haal ze hierheen, laten we met ze samenwerken. Er is toch iets van een patroon. Ik weet dat er sprake is van verschillende werkwijzen, verschillende slachtoffers, verschillende jurisdicties, maar we hebben tenminste iets...'

Farraday glimlachte sardonisch. 'En wat we hebben, hebben we te danken aan die kloterige *New York City Herald*. Wat ik niet snap is hoe ze die dingen zo verdomde snel aan elkaar hebben gekoppeld. Ze nemen drie moordzaken, en binnen een paar dagen hebben ze een link gelegd met oude moorden die veertig jaar teruggaan, en nu hebben ze er nog een paar, met dat meisje en die jongens in die auto.'

Irving ging ongemakkelijk verzitten.

'Ik snap er niets van,' zei Farraday. Hij keek naar Irving alsof Irving iets nuttigs zou gaan zeggen, maar de rechercheur zweeg en keek wezenloos voor zich uit.

'Ik zal met de hoofdcommissaris praten,' zei Farraday na een paar seconden. 'Eens horen hoelang de hoofdredacteur van de *Herald* hem ter wille zal blijven. Ik zal hem vertellen wat we hebben, kijken wat hij te zeggen heeft over het samenwerken met de andere bureaus.'

'En verder?'

'Ga nog maar een keer naar die Langley. Zoek uit wat ze over die advertentie weten – waar komt dat verhaal over het sufferdje vandaan? Hoe hebben ze dat achterhaald? Ze moet ergens iemand hebben die haar informatie verstrekt... Ik wil weten of er een lek is dat we moeten dichten.'

Irving knikte, stond op, draaide zich om naar de deur.

'En Ray?'

Irving keek achterom naar Farraday. 'Als je te horen krijgt dat er iemand van dit bureau op hun loonlijst staat, kom mij dat dan eerst vertellen, ja?'

'Wie anders?' antwoordde hij.

Een uur later stond Ray Irving opnieuw in de hal van de *City Herald*. Het meisje van die ochtend was er niet, misschien was ze vroeg gaan lunchen, en de man die haar verving was kortaangebonden en onbehulpzaam. Hij zei alleen dat Irving moest wachten tot hij Karen Langley had kunnen vinden.

Voor hij iets hoorde was het al bijna één uur. Langley zou over een kwartiertje terug zijn. Ze wist dat Irving op haar wachtte, was bereid hem te woord te staan, maar had zeer weinig tijd.

'Ik heb het verschrikkelijk druk,' verklaarde ze toen ze de hal binnensnelde. Ze had haar armen vol met dossiers, achter haar een man met een camera, een schoudertas, een statief. Karen Langley bleef voor Irving staan. Irving stond niet op.

'Later, Karen,' zei de man met de camera.

'Maak een back-up van alle foto's,' zei ze. 'Mail ze naar me, dan probeer ik ze straks door te nemen.'

De man knikte en verdween door een deur rechts van de trap.

'En wat wilt u?' vroeg Langley.

'Een kwartier van uw tijd,' antwoordde Irving.

'Ik heb geen kwartier.'

Ray Irving pakte zijn jas van de stoel naast hem. Hij stond langzaam op, keek haar een moment aan en zei: 'Een andere keer dan.'

Hij stapte om Karen Langley heen en begaf zich naar de deur. Bleef staan toen hij haar hoorde lachen.

'Je bent ook een lul ook,' zei ze.

Hij draaide zich om.

'Kom mee,' zei ze. 'Maar echt hoor... een kwartier, niet langer, goed?'

Irving haalde onverschillig zijn schouders op.

'Wat moest dat voorstellen?' vroeg ze.

'Wat?'

'Dat van zo-even... wat u zonet deed, alsof het niet uitmaakte. Godallemachtig, rechercheur, u hebt meer dan een uur op me zitten wachten.'

'Dat is niets,' antwoordde Irving. 'Ik sta erom bekend dat ik wel eens meer dan twee uur achter elkaar stil heb gezeten.'

Langley glimlachte. Een echte glimlach. De tweede die Irving van haar had gezien. Het was het soort glimlach waaruit bleek dat ze warempel een hart had.

Hij liep naar haar toe. Ze dumpte de dossiers die ze bij zich had in zijn armen.

'Wilt u deze even dragen?'

'Dat is wel het minste wat ik kan doen, mevrouw Langley.'

'Karen,' zei ze. 'Als we elkaar dan toch in de zeik gaan nemen, kunnen we elkaar net zo goed tutoyeren.'

'Ik heet Ray.'

'Dat weet ik. Dat had je me al verteld.'

Ze gingen aan hetzelfde bureau zitten, in dezelfde kamer. Ze bood hem koffie aan; hij sloeg het aanbod af.

'Ik wil graag één ding weten,' zei Irving. 'Wat me intrigeert is hoe jullie de link tussen nu en toen hebben gelegd. Die moorden gaan tot wel veertig jaar terug.'

Ze schudde haar hoofd. 'Dat kan ik niet vertellen.'

'De personeelsadvertentie,' ging Irving verder. 'Hoe kwamen jullie daarbij? Zonder die advertentie was het gewoon een dood meisje.'

'Ze was verpakt in zwart plastic,' zei Langley. 'Dat was de overeenkomst. Daarna hoefden we alleen nog maar te kijken waar ze woonde, waar ze was gevonden, een lijn te trekken en te zien welke districten op die route lagen. We nemen het sufferdje door, we vinden een personeelsadvertentie...'

'Onzin,' zei Irving. 'Zo simpel kan het niet geweest zijn. Jullie vonden zomaar een personeelsadvertentie?'

Langley knikte.

'Je kon alleen maar weten dat je naar een personeelsadvertentie moest zoeken als je op de hoogte was van de oorspronkelijke zaak in... Wanneer was het?'

'Negentiendrieënzeventig. Een zekere Kathy Sue Miller.'

'Je moet dus iets over die zaak hebben geweten om op het idee van die personeelsadvertentie te komen. Ik heb heel wat lijken gezien die in plastic vuilniszakken waren verpakt.'

Langley zweeg.

'Je gaat niets zeggen?'

'Nee.'

'En de meisjes? Je vermeldt in je artikel expliciet dat ze waren neergeschoten met een wapen van kaliber .25, en dat het patroon van de verwondingen overeenkwam met de eerdere moorden.'

'De Sunset Slayer. Cynthia Chandler en Gina Marano. Juni 1980.'

'Je kent vast iemand bij de politie.'

Karen Langley begon te lachen. Het was niet neerbuigend noch gegeneerd, louter de simpele reactie van iemand die iets anders wilde doen dan Ray Irving stil aankijken.

'Dat vat ik maar op als een ja,' zei Irving.

'Ik zeg niks.'

'Dat hoeft ook niet.'

'We schieten niet erg op, hè, rechercheur Irving...'

'Ray,' merkte hij op. 'We tutoyeren elkaar omdat we elkaar toch met een kluitje in het riet sturen, nietwaar?'

'We schieten dus niet erg op, hè, Ray? Ik heb veel werk liggen...'

'Laten we het op een akkoordje gooien,' zei Irving.

Langley fronste.

'Jij stelt mij een vraag, ik vertel de waarheid. Daarna draaien we het om.'

'Als jij eerst gaat,' zei ze.

'Vertrouw je me niet?'

'Wat ken ik je nou, behalve van dat we elkaar in de zeik nemen? Natuurlijk vertrouw ik je niet, je bent van de politie.'

'Dat je dat durft te zeggen.'

Langley haalde haar schouders op. 'Ja, dat durf ik best. Je bent toch een grote jongen.'

'Nou, wat denk je?'

'Eén vraag?'

'Ja, één vraag.'

'En ik mag eerst?' zei Langley.

'Tuurlijk, waarom niet... We weten allemaal dat journalisten veel eerlijker en betrouwbaarder zijn dan politiemensen.'

'Het telefoontje,' zei Langley. 'Heeft er toen de twee meisjes waren doodgeschoten een anonieme vrouw gebeld met informatie?'

Irving knikte bevestigend.

'Dat meen je niet,' zei Langley, oprecht verbaasd.

'Woord voor woord hetzelfde. Op het bureau in district 9 hebben ze het gesprek opgenomen.'

'Allemachtig,' zei ze. 'Dat is toch niet te geloven.'

'Het is helaas waar,' zei Irving. 'En nu is het mijn beurt.'

Ze keek hem aan.

'De link. Hoe heb je nu echt de link gelegd tussen deze moorden en die uit het verleden?'

Langley glimlachte. 'Dat heb ik niet gedaan,' zei ze.

Irving fronste.

'Ik heb de research voor dit artikel niet gedaan, Ray, dat was iemand anders. Daar heb ik een researcher voor.'

'En die heet?'

Karen Langley stond op van haar stoel. Ze glimlachte naar Irving, stak haar hand uit alsof ze hem de deur wilde wijzen. 'Dat zijn twee vragen,' zei ze.

Irving stond op. 'Je bent een harde, hè?'

'Tot morgen dan maar?' Ze glimlachte opnieuw.

Irving liep de kamer door. 'Of later vandaag.'

Aan het einde van de gang las Irving een naam op een kamerdeur boven aan de trap. Gary Harmon. Daarna keek hij over zijn schouder. Hij zag nog net hoe Karen Langley haar kamer in liep alsof ze hem na had staan kijken maar niet gezien had willen worden.

Beneden in de hal was het meisje terug.

'Bent u er alweer?' vroeg ze.

'Kan niet wegblijven,' zei Irving. 'Zeg… de researcher van Karen Langley, dat is toch Gary Harmon?'

Het meisje fronste. 'Gary? Nee, dat is John. John Costello.'

Irving glimlachte, alsof hij een beetje verstrooid was geweest. 'Ach ja, natuurlijk,' zei hij. 'Dank je wel.'

'Niets te danken,' antwoordde het meisje, en Ray Irving keek naar haar mooie glimlach, haar filmsterrenkapsel, en dacht: in een volgend leven. Misschien in een volgend leven…

11

Ray Irving pluisde oude edities van het sufferdje uit. Het kostte niet veel tijd om een advertentie voor een baantje in Murray Hill te vinden. Het nummer dat stond vermeld was van een mobiele telefoon. Hij belde het; het was buiten gebruik. Nam contact op met de telefoonmaatschappij, sprak met drie mensen, kwam uiteindelijk te weten dat het nummer tijdelijk was uitgegeven voor een telefoon zonder abonnement. Dertig dollar, een goedkoop wegwerpding, maak de belminuten op en gooi weg. Niet na te trekken.

Hij belde het politiearchief, kreeg iemand aan de lijn die hem wilde helpen.

'Oude zaken,' zei Irving. 'Uit '66, '73, '75 en '80.'

'Hier?'

'Verschillende plaatsen. L.A., Seattle, Chicago en Texas.'

'Je maakt een grapje zeker.'

'Nee, ik ben zo serieus als wat.'

'Dan denk ik niet dat ik je kan helpen… Nou ja, ik zou je wel kunnen helpen, maar de tijd die dat gaat kosten… Allemachtig. Dan moet ik alle bureaus bellen die de oorspronkelijke misdrijven hebben behandeld, toestemming krijgen om dossiers over te brengen, iemand erheen sturen om ze op te zoeken. Dat is niet zomaar een paar uurtjes werk, rechercheur Irving, en iemand zal die uren en de kosten moeten fiatteren.'

'Wat moet ik dan hebben?'

'Je moet een zogenaamde "Opdracht voor het opvragen en overbrengen van interregionale archiefstukken" hebben. Moet worden ondertekend door een hoofdinspecteur, op zijn minst. Alleen dan kan ik je helpen, anders niet.'

'En waar haal ik zo'n ding?'

'Geef me je mailadres maar, dan stuur ik je er een. Print het, vul het in, laat het tekenen, dan praten we verder.'

Irving bedankte de man en hing op.

Gezeten achter zijn eigen computer zocht hij John Costello op. Vond drie Johns, één Jonathan. Ze hadden allemaal op enig moment in New York gewoond; twee waren opgepakt wegens rijden onder invloed, een voor zware mishandeling; een was betrokken geweest bij een geval van investeringsfraude en belastingontduiking in het begin van de jaren tachtig. Van deze personen hadden er twee de staat verlaten, een was er dood, de enige die zich nog levend en wel in New York bevond, liep tegen de zestig en woonde in Steinway. Tenzij die kerel een dwangmatige forens was, betwijfelde Irving dat het die man was. Vervolgens ging hij naar de website van de *City Herald*, klikte op *Over ons*, vond daar foto's van Karen Langley, Leland Winter en de hoofdredacteur, een ernstig kijkende man die luisterde naar de naam Bryan Benedict. Costello stond niet vermeld. Hij tikte de zoekopdracht *costello + researcher* in, kreeg een lijst met allerlei artikelen die het woord bevatten, uiteenzettingen van universitaire docenten, niets van enig belang. Dus John Costello had geen strafblad. John Costello werkte voor de *New York City Herald* en had de link weten te leggen tussen een aantal recente moorden en moorden die tot veertig jaar teruggingen.

Irving noteerde het telefoonnummer, belde de *Herald* en vroeg naar Costello.

'Hij heeft geen eigen nummer,' vertelde de receptioniste hem.

'Ik was net nog bij jullie,' zei Irving. 'Rechercheur Irving.'

'O ja. Hallo. Hoe is het met u?'

'Prima, het gaat prima met me, maar ik moet John Costello spreken.'

'Dan kan ik de boodschap doorgeven en hem terug laten bellen, of ik kan het hem vragen als hij naar huis gaat aan het einde van de dag.'

'Hoe laat is dat?' Irving keek op zijn horloge. Het was kwart over twee.

'Een uur of vijf. Halfzes misschien.'

'Ben jij er dan?'

'Ja hoor. Ik moet tot zes uur werken.'

Irving zweeg een moment. 'Sorry, maar ik heb je naam niet verstaan.'

'Emma,' zei de receptioniste. 'Emma Scott.'

'Ik heb een idee, Emma. Ik wil om een uur of kwart over vijf naar jullie toe komen en wachten tot meneer Costello naar huis gaat, en als jij me dan even zegt wie hij is, kan ik direct met hem praten.'

'Heeft hij iets... Hij zit toch niet in de problemen, hè?'

'Nee, helemaal niet, integendeel. Ik denk juist dat hij mij een hoop problemen kan besparen. Hij heeft ergens onderzoek naar gedaan en ik heb zijn advies nodig.'

'En dit is allemaal legaal, toch? Ik krijg geen...'

'Nee, daar hoef je niet bang voor te zijn, Emma. Je hoeft hem alleen maar voor me aan te wijzen zodat ik met hem kan praten.'

'Goed dan,' zei ze aarzelend. 'Ja... Dan zal het wel in orde zijn, rechercheur Irving. Komt u maar om ongeveer kwart over vijf, dan zal ik u aan John voorstellen.'

'Bedankt, Emma... Tot straks.'

De "Opdracht voor het opvragen en overbrengen van interregionale archiefstukken" was een document van negen dichtbedrukte pagina's met enkele regelafstand en in puntgrootte tien. Hij wist de namen en de data van de eerdere slachtoffers, maar alleen uit het conceptartikel van Karen Langley. Hij wist geen bureaus, afdelingen, of namen van rechercheurs – die hoogstwaarschijnlijk allang met pensioen waren, of dood. Hij had bij Langley de uitgeschreven verklaring van Roy Green gezien, met de naam van de persoon die het verhoor had afgenomen bovenaan, maar hij kon zich die met de beste wil van de wereld niet herinneren. Overwoog Langley te bellen om het haar vragen, weerstond de neiging. Hij wilde geen hulp van haar, hij wilde niet dat ze het idee kreeg dat ze iets aan dit onderzoek had bijgedragen. De *City Herald* had de politie het nakijken gegeven. De *City Herald* was van plan geweest New York iets te vertellen wat de politie niet wist. Hoe? Met behulp van John Costello, wie dat ook mocht zijn.

Uiteraard was Irvings eerste gedachte dat Costello de dader was. Slechts enkele dagen na het feit wordt in een voorstel voor een krantenartikel de link met eerdere moorden gelegd. Onwaarschijnlijk, zelfs in het gunstigste geval. Uit het weinige wat Irving van seriemoordenaars wist, had hij begrepen dat het veel van hen om de publiciteit ging. *Mijn pik is te klein, ik heb geen sociaal leven, ik kan met niemand neuken tenzij ik dreig met een dodelijk wapen, en als ik klaar ben vernietig ik het bewijs van mijn wandaad. Ik ben als kind misbruikt. Ik ben een zielige klootzak en iedereen moet medelijden met me hebben en met me meevoelen. Ik moest ze allemaal vermoorden omdat ze eigenlijk allemaal mijn moeder waren. Ik heb belangrijk werk te doen, een*

zakelijke onderneming zou je kunnen zeggen... waarom zou je je dochter niet
investeren? Ik ben zo gek als een deur.

Genoeg.

Irving glimlachte bij zichzelf en richtte zijn aandacht weer op het document.

12

Ray Irving liet zich zelden op het verkeerde been zetten.

Er waren in feite zeer weinig mensen die hem konden verrassen, naar zijn idee althans.

Maar John Costello deed juist dat, en hij deed het op een manier die Irving nooit had verwacht.

'Ik kan niet met u praten,' waren de eerste woorden die Costello zei toen Irving hem in de hal van het gebouw van de *New York City Herald* op de hoek van 31st Street en 9th Avenue aansprak.

John Costello zag er niet anders uit dan de talloze andere mannen van eind dertig die in de kantoren en banken en computerbedrijven van New York werkten. Zijn kapsel, zijn kleding – donkere pantalon, lichtblauw overhemd met open boord, colbert – het donkerbruine diplomatenkoffertje dat hij bij zich had; de manier waarop hij de deur openhield om een vrouwelijke collega voor te laten gaan; de manier waarop hij knikte en glimlachte toen ze hem bedankte; zijn ogenschijnlijk ontspannen manier van doen… Al die dingen maakten het makkelijker voor Irving om John Costello's arm aan te raken, zijn naam te zeggen, zich voor te stellen: *Meneer Costello, ik ben rechercheur Ray Irving, politiebureau district 4. Ik wilde vragen of u even tijd had…*

En Costello sneed hem de pas af met zes woorden: *Ik kan niet met u praten.*

Irving glimlachte. 'Ik begrijp dat u graag naar huis wilt…'

Costello schudde zijn hoofd, glimlachte flauwtjes en zei: 'Een man staat midden op de weg. Hij is van top tot teen in het zwart gekleed. Heeft een zwarte bivakmuts op, draagt een zonnebril, zwarte handschoenen. Alle straatlantaarns zijn kapot, en toch weet een auto die zonder licht rijdt met een snelheid van honderdtwintig kilometer per uur hem te zien en uit te wijken. Hoe kan dat?'

'Sorry,' antwoordde Irving. 'Ik begrijp niet goed...'

'Het is een raadsel,' zei Costello. 'Weet u het antwoord?'

Irving schudde zijn hoofd. 'Ik heb niet echt geluisterd...'

'Het gebeurde overdag,' zei Costello. 'U veronderstelde dat het nacht was toen ik de kapotte straatlantaarns noemde, maar het is dag. De bestuurder van de auto kan de man zien omdat het dag is. Veronderstellingen zijn gevaarlijk, die leiden tot blunders.' Costello liet zijn hoofd schuin zakken en glimlachte.

'Ja... ja, natuurlijk,' zei Irving, en hij deed een stap zijwaarts naar de buitendeur toe, alsof hij Costello vóór wilde zijn.

'U bent uitgegaan van de veronderstelling dat ik beschikbaar ben, maar dat ben ik niet. Ik ben ervan overtuigd dat het heel belangrijk is wat u met me wilt bespreken, rechercheur Irving, maar ik heb een afspraak. Ik kan nu niet met u praten, begrijpt u.' Costello wierp een blik op zijn horloge. 'Ik moet weg.'

'Goed, ja... Ik begrijp het, meneer Costello. Misschien kunnen we na uw afspraak even met elkaar praten. Zal ik later vanavond naar uw huis komen?'

Costello glimlachte. 'Nee.' Hij zei het zo ferm en beslist dat Irving een ogenblik met zijn mond vol tanden stond.

'U wilt met me praten over het conceptartikel,' zei Costello nuchter.

Irving knikte. 'Ja,' zei hij. 'Het artikel over...'

'We weten allebei over welk artikel, rechercheur Irving, maar niet nu.' Hij wierp nogmaals een blik op zijn horloge. 'Ik moet nu echt weg. Sorry.'

Voor Irving de kans had een antwoord te formuleren, was Costello langs hem heen gestapt en naar buiten verdwenen.

Irving richtte zijn blik op Emma Scott. Ze was in gesprek met een vrouw van middelbare leeftijd. Hij keek naar de straat en besloot puur in een opwelling achter John Costello aan te gaan.

Costello, een snelle loper, ging rechtsaf en liep over 9th Avenue in de richting van St.-Michael's Catholic Church. Daar ging hij linksaf West 33rd Street in, en Irving – die zo veel mogelijk afstand hield zonder de man uit het oog te verliezen – liep achter hem aan naar 11th Avenue, waar Costello rechts afsloeg naar het Javits Center, maar voor hij daar was ging hij nogmaals rechtsaf, 37th Street in, bleef een moment staan om in zijn diplomatenkoffertje te kijken, haastte zich toen de stoep van een gebouw op en ging naar binnen.

Tegen de tijd dat Irving er was, was er van zijn prooi geen spoor meer te bekennen. Hij bekeek het gebouw. Een kleine hardstenen trap, twee barokke miniatuurstraatlantaarns aan weerszijden van de brede deur, en in bescheiden letters op het glazen bovenlicht de woorden WINTERBOURNE HOTEL.

Irving aarzelde, vroeg zich af of hij niet beter naar het bureau kon gaan. Hij wierp een blik op zijn horloge; het was twintig minuten over vijf. Hij stak over en keek omhoog naar de voorgevel van het hotel. Achter verschillende ramen brandde licht – drie verdiepingen in totaal, twee ramen per verdieping. Ervan uitgaande dat er ook kamers aan de achterkant van het gebouw lagen moesten er in totaal twaalf kamers zijn. Het Winterbourne Hotel. Irving had er nog nooit van gehoord, maar waarom zou hij ook.

Het was bijna zes uur toen hij besloot naar binnen te gaan. In gedachten had hij allerlei mogelijkheden overwogen. Hij had geen idee waar Costello woonde. Er werd altijd verondersteld dat mensen een huis bezaten of een appartement huurden, maar nee, sommige mensen woonden in een hotel. Mensen gingen naar een hotel om te dineren, voor seksuele ontmoetingen, voor heimelijke afspraken die naar hun idee niet thuis konden plaatsvinden. Mensen gingen op bezoek bij andere mensen die in een hotel verbleven...

Irving kon niet pretenderen dat hij wist wat Costello in het hotel deed. Of hij ging naar binnen om het te vragen, of hij ging weg.

Hij koos voor het eerste.

De man achter de receptie was op leeftijd, achter in de zestig, of begin zeventig. Hij glimlachte vriendelijk toen Irving op hem af kwam. Zijn gezicht verkreukelde als een papieren zak.

'U bent de rechercheur,' zei de oude man.

Irving bleef abrupt staan, begon te lachen – een verlegen, nerveuze reactie.

'Meneer Costello heeft een boodschap voor u achtergelaten.'

'Een boodschap?'

De oude man glimlachte opnieuw, haalde een opgevouwen stukje papier voor de dag.

Irving pakte het aan, vouwde het open en zag in een pietepeuterig handschrift de woorden *Carnegie's Delicatessen, 7th Avenue bij 55th Street. 8 uur.*

Irvings ogen werden groot. Hij kreeg een raar gevoel, alsof er iets langs zijn ruggengraat omhoog kroop naar zijn nek. Hij huiverde zichtbaar, draaide zich van de receptie af, aarzelde, keerde zich weer om.

'Meneer?' zei de oude man.

'Heeft de heer Costello dit voor me achtergelaten?' vroeg Irving, die het nauwelijks kon geloven, laat staan bevatten.

'Ja, meneer Costello.'

'Zegt u eens, woont hij hier?'

'O, nee, hij woont hier niet, komt hier alleen voor de bijeenkomsten. Dat doen ze allemaal. Tweede maandag van elke maand. Al zo lang als ik me kan herinneren.'

'Bijeenkomsten?' vroeg Irving. 'Wat voor bijeenkomsten?'

De oude man schudde zijn hoofd. 'Het spijt me, meneer, dat mag ik u helaas niet vertellen.'

Irving schudde vol ongeloof zijn hoofd. Hij had het gevoel dat hij in een land achter een lachspiegel terecht was gekomen. 'Dat mag u mij niet vertellen?'

'Nee, meneer.'

'Hoezo niet… Is het zoiets als de Anonieme Alcoholisten of zo?'

'Ja, of zo. Ja, je kunt wel zeggen dat het zoiets is, denk ik.'

'Sorry, maar ik begrijp er niets van. Meneer Costello komt hier de tweede maandag van elke maand voor een bijeenkomst en u mag mij niet vertellen wat dat voor bijeenkomsten zijn.'

'Dat klopt.'

'En er komen ook andere mensen?'

'Dat kan ik niet zeggen.'

'Maar u zei toch dat het een bijeenkomst was? Je kunt niet in je eentje een bijeenkomst houden, of wel soms?'

'Nee, dat lijkt me niet.'

'Dus er moeten meer mensen naar die bijeenkomsten komen.'

'Dat kan ik niet zeggen.'

'Dit is belachelijk,' zei Irving. 'Hoe heet u?'

'Ik heet Gerald, meneer.'

'Gerald… Gerald hoe?'

'Gerald Ford.'

Irving knikte, maar toen bedacht hij zich. 'Gerald Ford. Zoals president Gerald Ford, ja?'

De oude man glimlachte met zo veel oprechtheid dat Irving van zijn stuk raakte. 'Precies, meneer, net als president Gerald Ford.'

'U neemt me in de maling.'

'Helemaal niet. Zo heet ik.'

'En dit hotel is van u?'

'Nee, meneer, dit hotel is niet van mij. Ik werk hier alleen maar.'

'En hoelang duren die bijeenkomsten?'

Ford schudde zijn hoofd.

'Dat kunt u me zeker niet vertellen?'

'Inderdaad, meneer.'

'Wat een onzin... Het is te gek voor woorden.'

Ford knikte, glimlachte opnieuw. 'Ja, misschien wel.'

Irving keek nogmaals naar het stukje papier, het adres van het restaurant waar hij bijna dagelijks kwam, en hij vroeg zich af of enig aspect van de zaak waar hij mee bezig was werkelijk toeval was, of...

'Goed,' zei hij. 'Goed... Zeg maar tegen meneer Costello dat ik zijn boodschap heb gekregen en dat ik er om acht uur zal zijn.'

'Dat zal ik doen, meneer.'

Irving deed een stap naar de deur, bleef staan, keek achterom naar de oude man achter de receptie, en liep toen naar buiten, de stoep af naar de straat.

Een moment twijfelde hij wat hij zou doen en toen besloot hij via het Garment District terug te lopen naar het bureau. Hij had de ondergrondse kunnen nemen, maar hij wilde een tijdje kunnen nadenken. Hij begreep wat er in het Winterbourne Hotel was voorgevallen niet. Hij begreep de paar woorden die hij met Costello in de hal van de *City Herald* had gewisseld niet. Hij voelde zich verloren en hij begreep niet waarom hij zoiets zou moeten voelen. Het was hem allemaal een raadsel. Alles.

Eenmaal op het bureau vernam Irving dat Farraday al naar huis was. Dat luchtte hem enigszins op; hij had geen zin iets uit te moeten leggen wat hij zelf niet begreep. Zijn instinct zei hem dat hij John Costello naar het bureau moest halen voor verhoor, ook al had hij alleen vage vermoedens, dat hij hem moest ondervragen, moest uitzoeken hoe hij zogezegd tot zijn bevindingen was gekomen, maar de gedachte aan Karen Langley hield hem tegen. Er lag al een voorstel voor een krantenartikel, en één was meer dan genoeg.

Er waren geen berichten voor hem, en hij nam aan dat er geen overeenstemming was bereikt over een gezamenlijk onderzoek van de verschillende betrokken bureaus. Er was immers geen bewijs, zelfs geen indirecte aanwijzingen met enige bewijskracht, dat deze recente moorden iets met elkaar te maken hadden. Er was alleen een artikel, geschreven door Karen Langley, waarvoor onderzoek was verricht door John Costello.

Ray Irving zat achter zijn bureau met een kop zwarte koffie en surfte op het internet in de hoop meer te weten te komen over de oorspronkelijke moorden die klaarblijkelijk werden nagebootst. Hij las wat informatie over Harvey Carignan, de man wiens moord op Kathy Sue Miller in 1973 was geïmiteerd met de dood van Mia Grant. Hij vond een citaat over Carignan van een zekere Russell Kruger, een technisch rechercheur uit Minneapolis. 'Die vent is de duivel,' had Kruger gezegd. 'Die hadden ze jaren geleden al moeten elektrocuteren, klaar, en dan zouden ze in de rij hebben gestaan om de schakelaar om te zetten. Zodra hij dood was hadden ze een staak door zijn hart moeten slaan en hem moeten begraven, en hem dan een week later moeten opgraven om nog een staak in zijn hart te rammen om er zeker van te zijn dat hij echt dood was.'

Hij vond ook een stukje over de executie van Kenneth McDuff, de moordenaar wiens drievoudige moord in 1966 was nagebootst met de dood van Luke Bradford, Stephen Vogel en Caroline Parselle. McDuff was op 17 november 1998 terechtgesteld in de Walls Prison in Huntsville, Texas. Hij had ten minste vijftien moorden op zijn geweten en volgens de verslagen van ooggetuigen van de terechtstelling was er niet één tegenstander van de doodstraf komen opdagen om te protesteren. De executie werd voltrokken onder toezicht van de assistent-bewaker verantwoordelijk voor terechtstellingen, Neil Hodges.

Naar verluidt had Hodges gezegd: 'Men denkt dat het allemaal pijnloos is en zo. Dat is het niet. Het is echt een lijdensweg. Ze zijn min of meer verlamd, maar ze kunnen nog wel horen. Ze verdrinken in hun eigen vocht en stikken eigenlijk. Ja, we hebben wel eens problemen. Soms wil de man niet op de tafel gaan liggen. Maar we hebben hier in Texas een heel grote bewaker. Die zorgt er wel voor dat ze op die tafel komen, geen probleem. Binnen een paar tellen liggen ze vastgebonden. Geen probleem. Ze gaan die tafel op en ze krijgen het slaapsapje, of ze het leuk vinden of niet.'

Irving keek op de klok boven de deur. Hij had een akelig gevoel van onrust onder in zijn buik. Het was tien over halfzeven. Nog een uur voor hij naar Carnegie zou gaan. Hij dronk zijn koffie. Hij snakte voor het eerst zo lang als hij zich kon herinneren naar een sigaret.

Het viel hem op dat er websites waren voor mensen die een bijzonder ongezonde belangstelling hadden voor het leven en de dood van serie-moordenaars. Hij beschouwde zichzelf als iemand die niet gauw ergens van stond te kijken, maar in sommige artikelen vond hij verontrustende aanwijzingen voor verafgoding en fixatie. Een obsessief en onweerstaan-baar verlangen te weten wat er werkelijk omging in het hoofd van Jeffrey Dahmer en Henry Lee Lucas en anderen van hun slag wanneer ze tiental-len mensen afslachtten, leek hem niet zo'n gezond tijdverdrijf.

Toch merkte Irving dat hij – enigszins vergelijkbaar met de manier waarop men afremt om naar een ongeluk te kijken – onwillekeurig werd teruggelokt naar de informatie over Kenneth McDuff, de laatste uren van die man, het verslag op internet over wat er werkelijk was voorgevallen bij zijn executie.

Dit was de man die verantwoordelijk was voor de dood van Robert Brand, Mark Dunman en Ellen Louise Sullivan in augustus 1966, de moor-den die beschreven stonden in de verklaring die Karen Langley hem had laten lezen. Irving herinnerde zich het totale gebrek aan menselijkheid dat deze man tentoon had gespreid toen hij een zestien jaar oud meisje herhaaldelijk verkrachtte en haar vervolgens wurgde met een stuk bezem-steel van negentig centimeter. Het had tweeëndertig jaar geduurd voor hij uiteindelijk zijn gerechte straf had ondergaan. McDuff had drie doodvon-nissen gekregen in 1968, twee jaar na de moord op Brand, Dunman en Sullivan. Die doodvonnissen waren later omgezet in levenslang, en op 11 oktober 1989 was McDuff in vrijheid gesteld. Een paar dagen later had hij alweer een moord gepleegd. Twee jaar later, op 10 oktober 1991, liet hij een prostituee een afschuwelijke marteldood sterven. Vijf dagen daarna bracht hij een andere vrouw om het leven, en vier dagen na Kerstmis ont-voerde hij een tweeënvijftig kilo wegende vrouw van één meter vijfenzes-tig uit een autowasplaats. Haar verkrachte en vermoorde lichaam werd pas zeven jaar later gevonden. En zo ging het maar door, een hele waslijst van wreedheden en onmenselijke daden die McDuff kennelijk geen halt had kunnen toeroepen. Hij bracht zijn slachtoffers niet alleen om het leven, hij ging hen op een beestachtige manier te lijf. Hij tuigde hen af met stok-ken en knuppels. Hij verkrachtte vrouwen met een sadistische razernij die doorgewinterde politiemensen nachtmerries bezorgde. Hij schoot het gezicht van slachtoffers van dichtbij aan flarden, hij hakte op hen in en maakte hen af met messen.

Irving richtte zijn aandacht weer op het verslag van de terechtstelling van McDuff en kon het niet helpen dat hij een prettig gevoel van genoegdoening kreeg toen hij het las.

McDuff was per auto van Ellis Unit overgebracht naar de Walls, een afstand van ongeveer vijfentwintig kilometer. Hij had een cel gekregen met niet meer dan een bed, een kleine tafel en een stoel. Bovendien was het een cel voor gevangenen met wie alle contact was verboden en was de deur afgedekt met een fijnmazig stalen scherm. McDuff at zijn laatste maaltijd: twee T-bone steaks, vijf gebakken eieren, groenten, patat, kokostaart en Coca-Cola. Om 17.44 uur gaf men hem een voorbereidende injectie met 8 cc van een 2-procentoplossing van natriumpentothal. Zwijgend wachtten in een aangrenzend vertrek de leden van het verwijderingsteam, allemaal gehuld in beschermende kledij en gewapend met knuppels. Om 17.58 uur kreeg McDuff te horen dat het Supreme Court zijn laatste verzoek om uitstel van executie had afgewezen. Getuigen kwamen de gevangenis al binnen en werden via de hoofdingang naar de observatieruimte in het blok met dodencellen geleid. Om 18.08 uur werd McDuff gevraagd zijn cel te verlaten en naar de executiekamer te lopen. Hij verzette zich niet. Hij werd op de brancard gelegd, waar men hem een uur liet liggen voor de riemen werden vastgemaakt. Medisch personeel bracht in beide armen een infuus aan, dat met slangen was verbonden met de plaats waar de beul zat. Een hartmonitor en stethoscoop werden op de borst van McDuff aangesloten. De gordijnen die de executiekamer scheidden van de observatieruimte werden opengetrokken en bewaker Jim Willett vroeg McDuff of hij nog iets wilde zeggen.

McDuff zei alleen: 'Ik ben er klaar voor om verlost te worden. Verlos me.'

In de observatieruimte zat de vierenzeventig jaar oude vader van Robert Brand, de jongen van achttien die tweeëndertig jaar eerder samen met Mark Dunman en Ellen Sullivan om het leven was gebracht.

In de volgende tien seconden werd McDuff natriumthiopental gegeven, een snelwerkend verdovingsmiddel. Na nog eens een minuut werd hem 15 cc zoutoplossing toegediend om de doorstroming te vergemakkelijken van 50 cc vloeistof met 50 mg pancuronium bromide, een van curare afgeleide spierverslapper die de ademhaling stillegt. McDuff moest last hebben gekregen van een zeer zware druk op zijn borst, een gevoel alsof hij stikte zodat hij instinctief naar adem hapte, en van duizeligheid en hyperventilatie, en zijn hart zou steeds sneller zijn gaan kloppen terwijl zijn gehele zenuwstelsel werd bestookt met gif. Vanaf dat moment kon McDuff zich niet meer bewegen, maar hij kon nog wel horen en zien. Zijn ogen sperden zich open, elk haartje op zijn lichaam stond rechtop, en vervolgens werden met nog eens 15 cc zoutoplossing zijn aderen vrijgemaakt voor een zeer zware dosis kaliumchloride. Bij intraveneuze toediening geeft kaliumchloride een brandende pijn. Het verstoort ogenblikkelijk het chemisch evenwicht in het lichaam. Het leidt tot extreme samentrekkingen in alle spieren en wanneer het bij het hart komt veroorzaakt het een hartstilstand. McDuff, die niet meer kon schreeuwen, zou alleen een ondraaglijke kramp rondom zijn hart hebben gevoeld. Na nog eens twee minuten werd hij onderzocht en doodverklaard. Een andere getuige, Brenda Solomon, de moeder van een van de slachtoffers van McDuff, werd gedreven tot de uitspraak: 'Hij was net de duivel. Hij gaat naar de plek waar hij heen moet. Ik ben blij... Ik voel me heerlijk.'

Onder aan het artikel zag Irving dat de auteur de kosten van de medicijnen die waren gebruikt om McDuff om te brengen had vermeld: zesentachtig dollar en acht cent.

Irving leunde achterover in zijn stoel, sloot zijn ogen en dacht na. Het was zijn wens geweest rechercheur te worden; hij had Narcotica en Zedendelicten ingeruild voor Moordzaken. Hij had geleerd en geblokt en lange dagen gemaakt om te slagen voor examens en diploma's te halen. Niets van dat alles had hem voorbereid op de verschrikkingen die hij had gezien, maar cynisch en verbitterd als hij soms kon zijn, geloofde Irving toch nog altijd in de fundamentele goedheid van de mens. Hij meende dat mensen die moordden, zelfs in een uitbarsting van jaloezie en haat, in de minderheid waren. Maar met dit soort dingen, met deze sadistische moorden, en de terechtstellingen door de staat die slechts met de kilste precisie uitgevoerde bureaucratische wraaknemingen leken te zijn, kwamen de meeste mensen nooit in aanraking. Het was de eeuwige vraag: levenslange gevangenisstraf of de doodstraf? Was het echt oog om oog?

En wie waren die mensen, vroeg Irving zich af. En waarom waren ze zo? In een laatste artikel dat hij las, stelde een andere veroordeelde seriemoordenaar eenvoudigweg: 'Het maakte niet uit wat ze zeiden of deden. Ze waren dood zodra ik ze zag. Ik gebruikte ze. Ik misbruikte ze en daarna maakte ik ze af. Ik behandelde ze alsof ze een stuk vuil waren. Wat moet ik er verder over zeggen?'

In de stilte van zijn kamer, van de gang voor zijn deur, stond één vraag op de voorgrond in Irvings gedachten: als Langley en Costello gelijk hadden, áls ze gelijk hadden, dan liep er iemand rond in de stad die doelbewust doorging waar deze mensen waren opgehouden...

Hij liep achter zijn bureau vandaan en stapte zijn kamer uit. Er was niemand meer. Het licht in de kamers verderop in de gang was uitgedaan.

Hij was onrustig, slecht op zijn gemak. Voor het eerst sinds zijn jeugd ervoer hij het angstige gevoel dat je bekroop als je alleen was in een donker huis.

Hij ging terug voor zijn jas, zijn autosleutels, en toen haastte hij zich de kamer uit en de trap af.

Het was een opluchting toen hij op de begane grond bekende gezichten zag, de brigadier van dienst kon groeten, en toen was hij buiten op straat, het gedruis van mensenmassa's en verkeer, het lawaai en de geur en de geluiden van de stad.

Hij dacht nogmaals aan John Costello, de naderende afspraak in de Carnegie Deli – en het bizarre raadsel over de hard rijdende auto. Veronderstellingen beperken het observatievermogen; een oude wijsheid die hem talloze jaren geleden op de academie was meegegeven.

Veronderstellingen beperken het observatievermogen, en observeren heeft tot doel te zien wat er echt is, niet wat je verwacht dat er zal zijn.

Irving stak zijn handen in zijn zakken en liep over de afrit omlaag naar de ondergrondse parkeergarage.

13

Een traanvormige vlek op de das van de rechercheur. Zo'n vlek zou eruit gaan met een schoon doekje en een beetje sodawater.

John Costello telde de ruitjes in het patroon op die das. Het waren er drieëndertig, vijfendertig als je de twee die gedeeltelijk schuilgingen in de knoop meetelde.

Uit de donkere kringen onder Irvings ogen maakte John Costello op dat Ray Irving het alleen-zijn moe was.

Alleenmoe. Zoiets.

Irving was moeilijk te doorgronden. Hij had verschillende kanten, en daardoor ontstond de indruk van diepzinnigheid, hoewel Costello niet zeker wist of die diepzinnigheid er was.

Costello begreep dat er iemand was overleden. Een belangrijk iemand. Mensen droegen dat soort dingen met zich mee als een tweede huid.

'Bent u getrouwd geweest?' vroeg hij Ray Irving.

Irving glimlachte. 'Nee, ik ben niet getrouwd geweest. Waarom vraagt u dat, meneer Costello?'

Costello schudde zijn hoofd. Zei niets.

Ze zaten zeker al acht of tien minuten aan een tafeltje voor Costello hem vertelde waarom hij het restaurant had uitgekozen.

'Ik heb u in juni opgezocht, toen het meisje Grant was vermoord. Het was niet moeilijk te achterhalen op welk bureau u werkte, en daarna heeft iemand die ik ken u een paar keer hier gezien. We kwamen tot de conclusie dat u waarschijnlijk niet ver hiervandaan woonde als u hier regelmatig kwam.' Costello glimlachte.

'We?'

'Een vriend van me… Een kennis eigenlijk.'

Irving schudde zijn hoofd. 'Ik geloof dat ik iets heb gemist, meneer Costello… U zegt dat u me in juni hebt opgezocht?'

'Dat klopt.'

'En waarom zou u me opzoeken?'

'Uit nieuwsgierigheid.'

'Hoezo?'

'We wilden weten wie de leiding zou hebben over het onderzoek naar de moord op Mia Grant. We… Ik was benieuwd of u iets te weten zou komen wat nog niet bekend was.'

Ter rechterzijde van Irving verscheen een serveerster.

'Ik hoef niets,' zei Costello. 'Wilt u iets, rechercheur Irving?'

Irving schudde zijn hoofd.

Costello glimlachte naar de serveerster. 'Koffie… Brengt u me voorlopig alleen maar koffie, alstublieft.'

De serveerster bracht een kopje, schonk het vol, liet een kan met koffie verkeerd op tafel staan.

Irving leunde achterover en nam John Costello aandachtig op. Vrees? Achterdocht? Gewoon slecht op zijn gemak? Het gezicht van Costello had iets ondoorgrondelijks.

'Vertelt u me eens wat u weet over deze moorden,' zei Irving.

'Niet veel meer dan u, rechercheur. Iemand, misschien meer dan één persoon, kopieert moorden van seriemoordenaars uit het verleden. Daar lijkt het op. Wat mij intrigeert is dat u van de drie rechercheurs die aan deze op het eerste gezicht losstaande onderzoeken werken de enige bent die met Karen Langley is komen praten.'

'U doet onderzoek voor haar, nietwaar?'

Costello knikte.

'Tja, meneer Costello… U kunt zich voorstellen wat mijn eerste gedachte was…'

'Dat ik misschien de dader was?'

Irving werd opnieuw op het verkeerde been gezet. De ontmoeting in het gebouw van de krant, de in het hotel achtergelaten boodschap, het feit dat ze nu samen in Carnegie zaten. Hij had het gevoel dat hij bij iedere stap was overtroefd. Dat was niet de manier.

'Tja, u kunt zich mijn reactie op het artikel wel voorstellen,' zei Irving. 'U noemde het feit dat Mia Grant mogelijk ging solliciteren op een advertentie voor een baantje in Murray Hill.'

'Ik geloof dat we hebben gezegd dat er sterke aanwijzingen waren.'

'Dus de vraag is…'

'Hoe ik dat wist?'

'Inderdaad.'

'Ik heb gekeken waar ze woonde. Ik heb gekeken waar ze was gevonden. Ik had het vermoeden dat ze naar Murray Hill ging als ze ergens naar onderweg was. Toen heb ik een exemplaar van het sufferdje gehaald, de advertenties doorgenomen, gezocht naar een advertentie waar een meisje van haar leeftijd op zou solliciteren...'

'Dat weet ik,' merkte Irving op. 'Dat snap ik. Maar ik begrijp niet hoe u op de gedachte kwam dat ze misschien op weg was naar een sollicitatiegesprek.'

Costello fronste, scheen zich over de vraag te verbazen. 'Vanwege Kathy Sue Miller.'

'Het oorspronkelijke slachtoffer.'

'3 juni 1973. Het meisje dat werd vermoord door Harvey Carignan.'

Irving voelde een lichte ergernis en frustratie in zich opkomen. 'Ja, meneer Costello, dat begrijp ik,' antwoordde hij enigszins geprikkeld. 'Maar dat u wist wie Kathy Sue Miller was, roept op zichzelf al vragen op. U moest bekend zijn met een moord die bijna vijfentwintig jaar geleden heeft plaatsgehad om de overeenkomst tussen de twee gevallen te zien. U moest weten dat Kathy Sue Miller toentertijd op weg was naar een sollicitatiegesprek om überhaupt in het sufferdje te gaan zoeken. Dat is de vraag die gesteld moet worden. En dan die moorden daarna, die twee meisjes...'

'Ashley Burch en Lisa Briley.'

'Ja, precies... U beweert dat die moorden verband houden met vergelijkbare incidenten die in het begin van de jaren tachtig hebben plaatsgehad.'

'12 juni 1980,' zei Costello. 'Cynthia Chandler en Gina Marano, om het leven gebracht door de Sunset Slayers. Voor zover ik kan zeggen. Ik heb geen toegang tot het rapport van de lijkschouwer en ik kan alleen maar veronderstellen dat Burch en Briley gedood zijn met een .25.'

'En daarna die jongen die in dat pakhuis is gevonden.'

'Dat was een wat vrijere interpretatie.'

'Een vrijere interpretatie?'

'Ja, bij James Wolfe werd enige artistieke vrijheid genomen. De dader imiteerde naar alle waarschijnlijkheid de moord op John Butkovich, maar John Gacy heeft zijn slachtoffers nooit als clown geschminkt; hij schminkte zijn eigen gezicht. Het enige wat ik kan bedenken is dat de dader er zeker van wil zijn dat we het verband zien... Hij onderschat ons vermogen om overeenkomsten te herkennen zonder –'

'Goed, goed,' zei Irving terwijl hij zijn handen opstak. 'Hou maar op. Er moet ergens een verbindende factor zijn. U beweert dat u de feiten van een nieuwe moord naast die van een moord uit het verleden kunt leggen, een moord die tot wel veertig jaar geleden gebeurd kan zijn, en overeenkomsten kunt ontdekken...'

'Zeker. Uiteraard.'

'En dat kunt u met elke willekeurige moordzaak?'

Costello schudde zijn hoofd. 'U zoekt er veel meer achter dan nodig is. We hebben het niet over iets paranormaals, het is een exacte studie. Het is het resultaat van jarenlang proberen te begrijpen waarom mensen dit soort dingen doen. Het is een poging om te begrijpen en in te zien wat mensen ertoe drijft zoiets te doen.'

'En dat hoort bij uw werk bij de krant?'

'In zekere zin. Het is een interesse. Ik ben lid van een groep die dergelijke dingen bekijkt en conclusies probeert te trekken uit de weinige informatie die we kunnen verzamelen...'

'Een groep?'

'Jazeker.'

'Wilt u zeggen dat er een groep mensen is die moorden bestudeert...'

'Seriemoorden, rechercheur, alleen seriemoorden.'

'En...?'

'We komen de tweede maandag van elke maand bij elkaar in het Winterbourne Hotel, en de rest van de tijd houden we contact via internet of de telefoon... dat soort dingen.'

Irving leunde – met zijn mond vol tanden, een gevoel van stille verbijstering – achterover in zijn stoel.

'We lezen de krant en kijken naar het nieuws,' ging Costello verder, 'en enkele leden van de groep hebben politiescanners en kennen mensen bij de politie, en we zetten alle feiten op een rijtje en proberen conclusies te trekken.'

'En dan?' vroeg Irving.

'Hoe bedoelt u?'

'De informatie die jullie hebben verzameld. Jullie trekken conclusies over...'

'Over niets in het bijzonder, rechercheur, over niets in het bijzonder.'

'Waarom doen jullie het dan? U wilt toch niet beweren dat zoiets voldoening geeft? Lezen over mensen die andere mensen dit soort dingen aandoen?'

'Voldoening?' Costello lachte. 'Nee, zeker geen voldoening… Het is gewoon een manier om ermee om te gaan. Voor sommigen is het misschien een manier om het te verwerken, voor anderen een kans om echt met mensen in contact te komen die hetzelfde hebben meegemaakt… om te proberen te bevatten wat hun is overkomen in het licht van de ervaringen van andere mensen.'

'Ervaringen waarmee, meneer Costello, ervaringen waarmee?'

'Met vermoord worden… of liever gezegd, met bijna vermoord worden.'

'Vermoord worden?'

'Dat is het, snapt u. Daar gaat het om in die groep. We hebben allemaal één ding gemeen.'

Irving trok zijn wenkbrauwen op.

'We hebben het allemaal overleefd. Op de een of andere manier hebben we het allemaal overleefd.'

'Wat overleefd? Waar hebt u het over?'

'Een poging tot moord. We zijn allemaal het beoogde slachtoffer geweest… het slachtoffer van een seriemoordenaar, en om de een of andere reden, een reden waar de meesten van ons niet eens meer naar zoeken, hebben we het overleefd.'

Irving keek John Costello zwijgend aan.

Costello glimlachte; de eenvoud van zijn blik was bijna ontwapenend.

'U hebt een moordpoging van een seriemoordenaar overleefd?' vroeg Irving.

Costello knikte. 'Grotendeels, rechercheur… Ik heb het grotendeels overleefd.'

14

Irving praatte nog een tijdje door met Costello, maakte hem duidelijk dat hij nu een wezenlijk onderdeel van het onderzoek was, dat hij de stad niet mocht verlaten, noch met anderen mocht praten over de vragen die Irving had gesteld en de antwoorden die hij had gegeven. Het scheen Costello koud te laten. Irving vroeg Costello naar zijn adres en telefoonnummer, maar Costello was niet bereid die te geven, zei dat hij altijd zonder problemen bereikt kon worden bij de krant. Irving meende dat hij de man niet kon dwingen en liet het rusten.

'U begrijpt dat ik nog niet helemaal overtuigd ben...'

'Waarvan?' merkte Costello op. 'Dat iemand van alles over seriemoordenaars kan weten zoals andere mensen dingen over honkbalspelers of voetbalteams weten? Als ik u had verteld dat ik de uitslag wist van alle wedstrijden die de Giants de laatste twintig jaar hebben gespeeld, dat ik de namen van de spelers kende, hun gemiddelde score wist –'

Irving legde hem met een gebaar het zwijgen op. 'Blijf in de stad,' zei hij kortaf.

'Ik ben absoluut niet van plan de stad te verlaten, rechercheur, heus.'

Uiteindelijk viel er niets meer te vragen. Irving liet Costello gaan. Hij had geen reden hem langer op te houden en keek hem na toen hij het restaurant verliet en links afsloeg.

Irving liep naar de hoek van East 57th Street, ging in zuidwestelijke richting naar Tenth Avenue. Toen hij de voordeur van zijn appartement op slot deed en zijn schoenen uitschopte was het bijna tien uur.

In de keuken schonk hij drie centimeter Four Roses in een glas, ging voor het raam staan dat uitkeek op het De Witt Clinton Park. In de verte zag hij de pieren in de Hudson schemeren, links helemaal tot aan het Sea-Air-Space Museum, rechts tot aan de Convention. Slierten auto's bewogen zich voort over de West Side Highway. De wereld draaide door. Mensen begonnen nieuwe hoofdstukjes in hun leven, of sloten er een af. Mensen kwamen tot elkaar en raakten elkaar kwijt, herinnerden zich en vergaten. In deze minuut, ergens ter wereld, gebeurde alles. Degene die Mia Grant had vermoord, Ashley Burch en Lisa Briley had afgeslacht; degene die het lichaam van James Wolfe had bewerkt tot het zwichtte voor het gat in een betonnen vloer; degene die twee jongens had doodgeschoten in de kofferbak van een auto, en vervolgens een stuk bezemsteel had gepakt en met zijn hele gewicht op de nek van een arm kind was gaan hangen... Die onbekende persoon – of personen – was ergens. Dacht na, at, sliep, verzon dingen, loste problemen op, was bang – of niet. Misschien was hij uitgelaten, of juist onverschillig, en dacht hij nooit meer aan wat hij had gedaan.

En Ray Irving probeerde niet aan John Costello te denken, omdat John Costello wat Irving betrof in geen enkel referentiekader paste.

John Costello had, als het waar was wat hij zei, een moordpoging van een seriemoordenaar overleefd. Hij was lid van een groep van vergelijkbare mensen. Ze kwamen de tweede maandag van elke maand bij elkaar om over hun ervaringen te praten. Ze spraken over moorden die hadden plaatsgevonden, nog steeds plaatsvonden misschien, en ze formuleerden hypothesen en trokken conclusies. En deden vervolgens niets. Behalve een krantenartikel schrijven. Dat deden ze, en dat krantenartikel was nu, in beginsel althans, een bron van kolossale problemen voor het politiekorps. Niets was zo erg als een zaak die door iemand onder de aandacht van de politie werd gebracht terwijl de politie er niets vanaf wist. Het was gênant, een politieke en diplomatieke faux-pas. Het leidde tot vragen, pijnlijke momenten op persconferenties, discussies tussen de hoofdcommissaris van politie en de burgemeester over het toewijzen van fondsen, budgetaanpassingen, kandidaatstellingen. Zoiets wakkerde geruchten aan, intern en extern, en kon leiden tot publieke verontwaardiging, tot paniek zelfs...

Er liepen een of meer seriemoordenaars rond in New York en het politiekorps besefte het niet.

Het schiep precedenten voor de pers; ze konden publiceren wat ze wilden: vermoedens, praatjes, geruchten, speculaties...

Maar Ray Irving wist dat dat niet het geval was. Ray Irving wist dat John Costello iets had aangeroerd wat meer waarheid bevatte dan Costello zelf misschien besefte. Want die meisjes waren inderdaad doodgeschoten met een wapen van kaliber .25; er wás twee dagen na die moorden in het East River Park een anoniem telefoontje van 'Betsy' gekomen; en Irving wist diep in zijn hart dat het werkelijk om imitaties van eerdere moorden ging. Hij begreep dat ze een blijk van waardering waren, een hulde zelfs, een middel waarmee iemand ergens een uitspraak deed die nog tot niemand was doorgedrongen.

En dat hij zou doorgaan tot de boodschap was overgekomen.

Wilden ze dat niet allemaal? Weten dat de wereld hoorde wat ze te zeggen hadden?

En zou die persoon, die ene stem daarbuiten, John Costello kunnen zijn?

Irving hoopte van niet. Als John Costello de Imitator was, dan was zijn vermetelheid misschien nog angstaanjagender dan de moorden zelf.

In de twee weken daarna bleef het werk gestaag binnenstromen op het bureau. Tussen 7 augustus en 10 september waren er nog eens negen sterfgevallen: twee springers, een verdrinking, een dodelijk ongeluk waarbij iemand was doorgereden, een winkelbediende in een slijterij van dichtbij neergeschoten met een Mossburgh Magnum van kaliber 12, officieel geïdentificeerd aan de hand van een tatoeage op zijn oorlel (genoemde oorlel elf meter van de rest van zijn lichaam op straat gevonden); twee zelfmoorden en tot slot een gecombineerde moord-zelfmoord: man en vrouw maken ruzie, hij dreigt met een pak slaag, zij zegt dat ze hem helemaal zat is, probeert weg te gaan, hij wurgt haar, beseft wat hij heeft gedaan, stapt in zijn auto, rijdt met honderddertig per uur over de snelweg en versmelt naadloos met een betonnen zuil van een viaduct. Hoe ze wisten dat het zelfmoord was? Geen remsporen op de weg.

Mia Grant en James Wolfe bleven op Irvings bureau liggen, maar ze oogstten zijn aandacht slechts sporadisch, en slechts enkele minuten per keer tussen de ene menselijke knal en de andere door.

Farraday bracht Lucas, Lavelle en Hayes niet meer ter sprake. De bureaus in district 3, 5 en 9 namen geen contact op. Blijkbaar vormde één conceptartikel voor een dagblad niet zo'n grote bedreiging voor de statusquo dat het kostbare vormen van samenwerking en speciale eenheden rechtvaardigde.

Irving besefte dat hij cynisch was, maar dat inzicht veranderde er niets aan.

Karen Langley belde hem niet en hij hoorde niets van John Costello. Hij had Costello nagetrokken, ontdekt dat hij in ten minste één opzicht de waarheid had verteld.

John Costello en Nadia McGowan. Respectievelijk zestien en zeventien jaar oud. 23 november 1984, een zaterdagavond.

En vóór hen waren er Gerry Wheland en Samantha Merrett geweest, voor hen Dominic Vallelly en Janine Luckman.

De moorden door de Hamer van God.

Irving had heel weinig bijzonderheden over de zaak gevonden, maar wat hij had gelezen had hem een gevoel van onrust bezorgd dat niet minder werd na verloop van tijd. Het was een verontrustend idee. John Costello was het slachtoffer van een seriemoordenaar, een overlevende, en hij ontmoette andere overlevenden die dood hadden moeten zijn, maar het niet waren. En de tweede maandag van elke maand zaten ze in een onopvallende hotelkamer te praten over het feit dat iemand die ze niet kenden hen had willen vermoorden.

Irving probeerde niet aan die mensen te denken, maar ze waren er. Hij wist dat er vele kanten aan het onderwerp zaten, en het was niet langer de vraag of het door zijn hoofd zou blijven spoken of niet, maar hoelang.

Het was net of het allemaal op hem wachtte, en het zou net zo lang wachten als nodig was.

Hij wist dat *het* – wat *het* dan ook was – alle tijd van de wereld had.

15

Vijfde gedenkdag van 9/11; dat was het bijzondere aan deze dag. Maandag 11 september 2006, en Carol-Anne Stowell, die toentertijd niemand had verloren, maar niettemin genoeg compassie en medemenselijkheid bezat om te beseffen en te erkennen dat het een dag vol betekenis was, overwoog een moment wat er zou gebeuren als ze niet ging werken.

Carol-Anne was zevenentwintig jaar oud. Ze onderhield een heroïneverslaving die haar bijna tweehonderd dollar per dag kostte. Haar werknaam was Monique, en ze beschouwde zichzelf niet meer als twee verschillende mensen. Wat ze echt geloofde en wat ze geloofde omdat ze het zichzelf wijsmaakte, waren nu een en hetzelfde. Ze had de auto van haar eigen moeder gestolen en hem verkocht voor driehonderdvijftig dollar. Ze was verkracht, geslagen, beroofd, neergestoken; ze was eenendertig keer gearresteerd, in staat van beschuldiging gesteld en gedagvaard; ze had drie maanden in Bayview Correctional gezeten, en dat allemaal voor de heroïneroes. Ze kende de roes. Ze kende hem goed, beter dan zichzelf. En hoe meer ze van dat spul rookte, des te groter de afstand werd tussen haarzelf en de roes. Daarvoor in de plaats kwamen de misselijkheid en het overgeven, het slechte gebit en het ontstoken tandvlees, de constipatie, het transpireren, de depressies en anorgasmie; het geheugenverlies, de slapeloosheid en het slaapwandelen, de duizend-en-een substituten van de roes die je er gratis bij kreeg. En daarom hing ze de hoer uit. Was begonnen toen ze eenentwintig was. Ze schooierde overal waar ze kon haar klanten bij elkaar. Mannen waren altijd op zoek. Zo waren mannen. Ze keken, zij glimlachte, ze liep, ze praatte, ze verkocht zichzelf, ze neukte hen, zij betaalden. Zo moeilijk was het niet. Het stelde niet veel voor. Ze had haar gevoelens al lang geleden in de ijskast gezet. Het was vijftig dollar, soms zestig, of tachtig als ze zonder condoom wilden of anaal. Het was business. Ze beschikte over een gewild artikel. Ach, iedereen was een hoer. Iedereen naaide altijd wel iemand voor geld.

Kort na middernacht, in de vroege uurtjes van maandag de elfde, trok Carol-Anne afgetrapte stilettohakken, een rok van amper vijfentwintig centimeter lang en een strakke nylon blouse met korte mouwen aan. Ze maakte zich op, alles overdreven, extra benadrukt, alsof ze eruit moest zien als een clown om gewoon te lijken in het donker – altijd in het donker. Zelfs zij begreep ondanks haar wanhoop en zelfmisleiding dat ze er bij daglicht uitzag als een lijk. 's Nachts was het anders. 's Nachts kon ze eruitzien zoals zij wilden. Ze deden toch maar alsof, speelden dat ze de verloren geliefde was, het kleine meisje van de overkant, de cheerleader, de koningin van het schoolbal. Ze verkocht een droom, zij betaalden in dollars – en die dollars baanden de weg naar tijdelijke vrijheid.

Ergens na middernacht pijpte ze een vent achter in zijn stationwagon. Hij noemde haar Cassie. Toen hij klaar was wist hij niet hoe snel hij weg moest komen, duwde haar bijna de auto uit. Hij zou misselijk van schaamte naar huis rijden, zich druk maken over ziekten ook al had hij een condoom gebruikt. Hij zou zich afvragen of hiv kon worden overgebracht door vingertoppen, door zweet, door de kleren van een hoer. Hij zou zich proberen te herinneren of hij haar op het moment suprême misschien had aangeraakt. Carol-Anne had de trouwring gezien. Hij zou zich beroerd voelen als hij zijn vrouw of zijn kinderen omhelsde, doodsbenauwd dat hij nu de wegbereider van een virus was dat zijn gezin zou uitroeien… Wat Carol-Anne betrof was het gewoon een pijpbeurt, niet het einde van de wereld. Ze had het einde van de wereld gezien, en een pijpbeurt was dat niet.

Een paar minuten over één stopte er een nachtblauwe personenauto. Raampje ging een fractie omlaag. Carol-Anne deed het loopje, legde één hand op het dak, de andere op haar heup. Glimlachte alsof er paparazzi waren.

'Hoe oud ben je?' vroeg de bestuurder.

Ze kon hem niet goed zien omdat het raampje niet ver genoeg open was. 'Tweeëntwintig.'

'Gelul,' zei de bestuurder. 'Vertel me je echte leeftijd, of rot op.'

'Zevenentwintig,' zei Carol-Anne.

'Zevenentwintig is goed,' zei de bestuurder.

Ze hoorde het slot openspringen. Ging rechtop staan, deed een stap achteruit, trok aan de hendel en maakte het portier open.

Toen ze eenmaal in de auto zat, kon ze de bestuurder goed zien. Donker, van achteren kortgeknipt haar, goede ogen – geen drugsverslaafde. Gladgeschoren, rechte tanden. Zag eruit als een bankman.

'Geen rare dingen,' zei hij zakelijk. 'Normale seks, eerst een tijdje pijpen.'

'Zestig dollar,' zei ze.

'Prima.'

Carol-Anne glimlachte bij zichzelf. Hij was een nieuweling. Hij hoorde af te dingen, haar zover te krijgen dat ze het voor vijfenveertig deed.

'Hoe heet je?' zei ze.

De man schudde zijn hoofd. 'Dat doet er niet toe.'

'Maar hoe moet ik je dan noemen?'

De man glimlachte. Het was een mooie glimlach. 'Hoe heette de beste vent die je ooit hebt gekend?' vroeg hij.

'De beste vent die ik ooit heb gekend... Jeetje, wat een vraag. Beste vent die ik ooit heb gekend was een docent op de middelbare school. Echt een schatje.'

'Hoe heette hij?'

'Errol.'

'Noem me dan maar Errol,' zei de man. 'Doet je denken aan betere tijden, hè?'

Errol leunde opzij en legde zijn hand op Carol-Annes linkerknie. Zijn vingers drukten zacht, zijn hand was warm, en een moment had ze het gevoel dat ze vrienden hadden kunnen zijn. In een ander leven. In een ander leven hadden ze heel goed vrienden kunnen zijn.

Errol zette de auto in de versnelling, zwenkte de weg op, reed een stukje en sloeg rechts af een zijstraat in. Hij praatte niet, hij stelde geen vragen. Hij voelde zich blijkbaar volkomen op zijn gemak. Dat vond Carol-Anne merkwaardig, gezien het feit dat hij niet had gepingeld. Hij gedroeg zich als een man die veel ervaring had met dit soort dingen, maar hij had geen bezwaar gemaakt tegen de prijs. Was het belangrijk? Tuurlijk niet. Zestig dollar was zestig dollar. Paar van dit soort kerels en ze was klaar voor vandaag.

Hij zette de motor uit en doofde de dashboardverlichting.

Hij keerde zich naar Carol-Anne en glimlachte opnieuw. 'Je moet iets voor me doen,' zei hij.

Gaan we weer, dacht ze.

De man boog zich naar de achterbank en pakte een plastic tasje.

'Je moet dit voor me aantrekken,' zei hij.

'Wat is het?'

'Spijkerbroek, topje, teenslippers.'

'Hè?'

Errol glimlachte. 'Dat wil ik graag,' zei hij. Hij sprak langzaam, zijn stem klonk vriendelijk, alsof het werkelijk belangrijk voor hem was hoe ze eruitzag.

Hij glimlachte opnieuw – oprecht, bijna hartelijk – en knikte naar het tasje.

Carol-Anne haalde het leeg. Een Calvin Klein-spijkerbroek, een wit topje met rode schouderbandjes, een paar blauwe teenslippers.

'Serieus?' zei ze.

'Ja,' zei Errol. Hij haalde zijn portemonnee tevoorschijn, telde vier briefjes van twintig uit. 'Als je het doet krijg je twintig dollar extra.'

Carol-Anne glimlachte, schopte haar schoenen al uit.

'Ik wil dat je alles uittrekt behalve je slipje,' zei Errol. 'Je kousen, je blouse… Alles. Je hoeft alleen maar de spijkerbroek, het topje en de teenslippers aan.'

'Je wilt dat ik iemand ben?' vroeg Carol-Anne.

Errol knikte. 'Je hebt me door.'

'Je vriendinnetje van de middelbare school?'

'Zou kunnen.'

'Hoe heet ze?'

'Hè?'

'Dat meisje in de spijkerbroek en het topje.'

'Ze… Ze heette Anne Marie.'

'Heette?'

Errol keek Carol-Anne aan. Er lag opeens een gereserveerde uitdrukking op zijn gezicht.

'Sorry,' zei Carol-Anne. 'Het was niet mijn bedoeling je…'

Errol stak zijn hand uit en raakte de zijkant van haar gezicht aan. Een moment lang voelde ze niets anders dan de lichte druk van zijn vingertoppen tegen haar oor.

Ze ademde in, sloot een tel haar ogen. Ze vroeg zich af of ze zich ooit zou herinneren hoe het was als iemand van je hield om wie je was en niet om wie je van hem moest zijn.

'Het geeft niet,' zei Errol. 'Het geeft niet.'

'Wil je me Anne Marie noemen?'

'Trek gewoon die kleren maar aan, lieverd.'

Carol-Anne worstelde met de spijkerbroek in de krappe ruimte van de auto. Met uitkleden had ze meer ervaring.

Een paar minuten later was ze klaar. Haar eigen kleren zaten in het plastic tasje.

'Ik voel me net of ik naar het strand ga,' zei ze. Ze kromde haar tenen en liet de teenslippers tegen haar voetzolen kletsen.

Errol legde zijn arm op de hoofdsteun en keerde zich naar haar toe.

Carol-Anne begon zijn kruis te masseren. Ze trok de rits open en wurmde haar vingers door het gat. Met haar andere hand maakte ze zijn riem los, ze knoopte zijn broekband open, leunde naar voren toen ze de reactie in zijn geslacht bespeurde.

Haar gezicht hing enkele centimeters boven zijn dij toen ze zijn hand in haar nek voelde.

'Zachtjes, zachtjes,' zei ze, maar Errol scheen haar niet te horen. De vingers in haar nek spanden zich.

Carol-Anne probeerde haar hoofd op te tillen uit Errols kruis, maar ze was niet sterk genoeg om zich tegen zijn krachtige greep te verzetten.

Haar benen staken onder het dashboard en toen ze zich met haar voeten schrap wilde zetten stootten ze tegen het portier. Ze trok onwillekeurig haar knieën op en voelde een ondraaglijke pijn toen ze tegen de onderkant van het dashboard knalden.

'Hé!' riep ze en dat had effect. Errol rukte direct haar hoofd omhoog, greep haar bij haar haar, trok haar helemaal naar achteren tot ze het koele raampje tegen haar wang voelde, en toen had hij opeens allebei zijn handen om haar hals en was er de harde, onophoudelijke druk van zijn duimen die in haar keel werden geduwd.

Zelfs al had ze durven gillen, dan had ze het niet gekund.

Ze voelde haar ogen opzwellen.

Een zwarte duisternis benevelde in golven haar blik. Ze zag het bloed achter haar ogen toen het door de kassen probeerde te ontsnappen.

Ze snakte hysterisch naar adem, maar Errols greep werd alleen maar steviger, tot ze het gevoel had dat zijn duimen midden op haar hals zijn vingertoppen zouden raken.

Ze probeerde haar armen op te tillen, maar haar kracht nam al af. Ze wist één hand omhoog te brengen, maakte een klauw van haar hand om met haar nagels gaten in Errols gezicht te slaan, maar hij zag het aankomen, trok haar hoofd naar voren en kwakte haar vervolgens weer achteruit tegen het raampje. De bewusteloosheid kwam snel, maar tijdelijk, een korte black-out, meer niet, voor ze haar ogen weer opende en besefte dat ze nog leefde. Errols gezicht bevond zich enkele centimeters voor het hare. Hij scheen geen haast te hebben, alsof dit niet belangrijker was dan koffiedrinken, en ze kon zien dat hij glimlachte. Wat hij dacht was niet van zijn gezicht af te lezen. Hij keek nog steeds vriendelijk, meelevend zelfs, alsof hij vond dat hij iets deed wat moeilijk was, maar desalniettemin absoluut noodzakelijk – alsof iemand het moest doen, en waarom hij dan niet.

Was Carol-Anne Stowell sterker geweest, was haar immuunsysteem minder verruïneerd, waren haar spieren niet aangetast en haar ademhalingssysteem niet zo verzwakt, dan had ze het misschien een paar tellen langer volgehouden. Maar ze was hoe dan ook niet opgewassen tegen haar aanvaller. Hij was vele malen sterker dan zij, en uit de overtuiging waarmee hij te werk ging bleek maar al te zeer dat het volkomen uitgesloten was dat ze het zou overleven.

En zo gebeurde het, op de vijfde gedenkdag van 9/11. Zevenentwintig jaar oud. Een leven dat eigenlijk niet veel zaaks was geweest. Carol-Anne gaf zich gewonnen en stopte met ademhalen. Misschien was ze zelfs ietwat opgelucht. Skag stelde niets voor vergeleken met sterven. Sterven gaf gewoon de grootste kick van allemaal.

16

Aan het einde van de late dienst op maandag had de afdeling Moordzaken van het bureau in district 7 van de NYPD, bekwaam vertegenwoordigd door rechercheur Eric Vincent, nog heel weinig.

Ze was een hoer, daar was geen twijfel over mogelijk, kort na zes uur in de ochtend gevonden door een havenarbeider bij Pier 67, op enkele meters van 12th Avenue. Om halfacht wisten ze haar naam, hadden ze haar spoor terug gevolgd tot aan de rand van de theaterbuurt, maar afgezien van een mogelijk verband met een nachtblauwe personenauto hadden ze niets. Eric Vincent had acht meisjes ondervraagd; vijf van hen noemden een man in een auto die was gestopt om hun naar hun leeftijd te vragen, meer niet. Ze hadden hem verteld hoe oud ze waren, hij had zijn twijfels geuit over wat ze zeiden, zij hadden naar waarheid geantwoord en hij was doorgereden. In hun vak was het niet ongebruikelijk dat een klant een bepaalde lengte, haarkleur, cupmaat wilde. Leeftijd was misschien een beetje ongewoon, maar in dit werk leken zelfs de vreemdste verzoeken na een tijdje normaal. Een signalement? Ze hadden geen van allen zijn gezicht gezien. Het raampje was maar een heel klein stukje opengedaan zodat hij hen net kon zien, de vraag kon stellen, het antwoord horen.

Carol-Anne Stowell was gewurgd. Haar lichaam was van de kade gegooid en gevonden op de kiezels langs de oever van de Hudson. Ze lag op haar linkerzij in een halve foetushouding. Ze had een Calvin Klein-spijkerbroek aan die omlaag was getrokken tot op haar enkels en binnenstebuiten was gekeerd. Een wit topje met rode schouderbandjes was om haar rechterpols gedraaid, en vlakbij werd een paar blauwe teenslippers aangetroffen. Naast de bloeduitstortingen op haar keel, een ontvelde knie en een bult op de zijkant van haar hoofd, was er een pluk haar uit haar hoofd getrokken en waren haar ogen verwijderd. De forensisch analist kwam, nam foto's, verzamelde spullen uit de omgeving, maar het lichaam moest worden weggehaald. Het water steeg en al het bewijsmateriaal dat er misschien nog lag, zou weldra verloren gaan.

Eric Vincent maakte zo veel mogelijk aantekeningen en deelde de forensisch analist mee dat hij zich op de hoogte zou komen stellen van de autopsie. Ze gingen uit elkaar – Vincent en Carol-Anne Stowell – en hij stond een moment stil aan het einde van 12th Avenue toen de wagen van het mortuarium wegreed. Het waren niet de ontbrekende ogen die Vincent dwarszaten, noch de pluk haar die uit haar hoofd was getrokken. Het waren de teenslippers. Niemand ging op teenslippers naar zijn werk, zeker hoeren in New York niet, dus moest iemand haar hebben aangekleed – vóór of na haar dood. En als iemand haar had aangekleed, dan hadden ze niet te maken met een opportunist, of met een beschaamde klant die de gedachte dat het meisje iemand zou vertellen wat hij met haar had gedaan niet kon verdragen. Noch hadden ze te maken met haar pooier, die woedend was omdat ze uit het vak wilde stappen. Nee, ze hadden te maken met opzet en voorbedachte rade, met een creatief iemand. En de creatievelingen waren per definitie het ergst.

Irving was laat. Een gozer, niet ouder dan een jaar of vijfentwintig, had in Carnegie een epileptische aanval gekregen en was in elkaar gezakt. Irving had geholpen, hem in een stabiele zijligging gelegd, mensen weerhouden van hun claustrofobie opwekkende nieuwsgierigheid, en op de ambulance gewacht. Tegen de tijd dat die kwam was de knul weer prima in orde, maar ze namen hem toch mee. Hij had Irving bedankt zonder te weten waar hij hem voor bedankte.

Het was net tien uur geweest toen Irving zijn naam op de presentielijst zette en de brigadier van dienst – een zekere Sheridan – Irving een onopvallende bruine envelop overhandigde.

Irving trok zijn wenkbrauwen op. 'Wat is dit?'

'Hoe moet ik dat weten? Iemand is hem komen brengen, heeft hem aan me gegeven. Ik heb hem nog gevraagd of hij je wilde zien, maar hij zei van niet. Daarna is hij vertrokken. Einde verhaal.'

'Hoe laat was dat?'

'Een halfuur geleden ongeveer, veertig minuten misschien.'

Irving glimlachte, bedankte Sheridan, maakte de envelop open toen hij naar zijn kamer liep.

Het duurde een paar minuten voor hij begreep wat hij in zijn handen had. De pagina's waren blijkbaar afkomstig van een website. De link stond links onderaan vermeld:

Ergens weggestopt in het cellenblok voor eenzame opsluiting van de Sullivan Correctional Facility in Fallsburg, New York, zit een zekere Arthur John Shawcross. Zijn naam komt van het Oud-Engelse *crede cruci*, letterlijk 'geloof in het kruis', maar niets is meer bezijden de waarheid. Shawcross, door de media 'The Monster of the Rivers' gedoopt, heeft naar men aanneemt ten minste drieënvijftig moorden op zijn geweten, alhoewel in slechts dertien gevallen overtuigend is bewezen dat hij de dader was. Deze man – een sadist van kindsbeen af, een inbreker, verkrachter, pedofiel, winkeldief en vroegtijdig schoolverlater – werd als tiener voor het eerst gearresteerd in december 1963 voor een inbraak in een Sears Roebuck-winkel. Hij werd niet tot gevangenisstraf veroordeeld, maar kreeg een proeftijd van achttien maanden. Op dat moment had hij, als jongen van amper zeventien, al bepaalde eigenaardigheden en gedragskenmerken ontwikkeld. Hij sprak met een hoge, kinderlijke stem. Hij had de gewoonte op hoge snelheid, met zijn armen zwaaiend alsof hij in de schoolfanfare liep, zijn lichaam rechtop en stijve armen overal dwars doorheen te lopen. In het geheim genoot hij van het gezelschap van veel jongere kinderen. Hij speelde met kinderspeelgoed. Hij had vaak ongelukjes, sloeg zichzelf buiten bewustzijn bij het polsstokspringen, werd geraakt door een discus en liep daarbij een haarscheurtje in zijn schedel op, werd bijna geëlektrocuteerd door slecht werkende apparatuur, kreeg een klap van een mokerhamer, viel van een ladder en werd opgenomen in het ziekenhuis nadat hij op straat was aangereden door een vrachtwagen.

Irving las een stuk of tien alinea's vluchtig door en toen viel zijn oog op een gemarkeerd gedeelte een paar pagina's verder:

Anne Marie Steffen, 27, was een aan heroïne verslaafde prostituee die na de dood van haar verlamde zus begon met tippelen om haar verslaving te bekostigen. Naar verluidt werd ze voor het laatst op 9 juli 1988 in Lyell Street in het leven gezien. Aan de hand van indirecte bewijzen en de latere verklaring van Arthur Shawcross heeft men kunnen vaststellen dat Shawcross Steffen heeft ontmoet bij het Princess Restaurant op Lake Avenue en vervolgens met haar naar een buurt achter het gebouw van de YMCA is gelopen. Enige tijd later is hij met haar in zijn auto naar de Driving Park Bridge gereden en heeft hij haar tijdens orale seks gewurgd. Toen ze dood was, heeft hij haar lichaam over de rand van de Genesee River Gorge geduwd. Anne Marie Steffen werd gevonden op haar linkerzij in een foetushouding. Ze had een Calvin Klein-spijkerbroek aan die omlaag was getrokken tot op haar enkels en binnenstebuiten was gekeerd. Een wit topje met rode schouderbandjes was om haar rechterpols gebonden, en in de nabije omgeving werd een paar blauwe teenslippers aangetroffen, waarvan werd vastgesteld dat ze van het slachtoffer waren. Een grote pluk haar was uit haar hoofd getrokken en haar ogen waren uit de oogkassen verdwenen.

Irving pakte de telefoon en belde de balie.

'Is er vannacht een melding binnengekomen over een vermoorde vrouw?' vroeg hij Sheridan.

'Nee, niks gezien… Ik heb nog niet de rapporten van alle wagens binnen, maar voor zover ik weet niet. Hoezo?'

'Ik denk dat er misschien een geweest is,' antwoordde Irving. 'Ik kijk wel even bij de korpsberichten.'

Irving hing op en zette zijn computer aan.

Hij vond twee doden: een in district 11 en een in 7. De dode in district 11 was een vrouw van middelbare leeftijd, fatale schotwond; de lijkschouwer moest nog bevestigen of het moord of zelfmoord was. Het rapport uit district 7 was vaag, maar voor hem aanleiding genoeg om te bellen.

Toen Irving met de balie van het bureau in district 7 sprak, voelde hij de haren in zijn nek overeind gaan staan.

'Het gaat om een hoer, geloof ik. Eric Vincent is ermee bezig geweest… Misschien is hij er nog, blijf even aan de lijn.'

Irving wachtte. Hij had een nerveus en onrustig gevoel onder in zijn buik.

'Vincent.'

'Rechercheur Vincent, met Ray Irving van district 4.'

'Ja, wat is er? Ik wilde net naar huis gaan.'

'Het duurt niet lang. Ik wilde alleen een paar gegevens over jullie moord.'

'Op die hoer?'

'Het was een hoer? Dat weet je zeker?'

Irving kon Vincents spottende glimlach bijna horen. 'Nou, Ray, als dat geen hoer was, dan wist ze echt niet hoe ze voor zichzelf moest zorgen.'

'Waar is ze gevonden?'

'Bij Pier 67... Waarom vraag je dat?'

'Ik denk dat ik misschien iets heb, maar ik wil eerst een paar dingen checken.'

'Best joh... Wat wil je weten?'

'Is ze gewurgd?'

'Aan de bloeduitstorting op de keel te zien wel. En anders is haar keel dichtgeknepen tot ze bewusteloos was en haar nek gebroken door de val van de pier. We zullen het autopsierapport moeten afwachten.'

'En haar kleren?'

'Haar kleren?'

'Ja... Wat had ze aan?'

Vincent zweeg een moment.

En toen wist Irving het zeker.

'Nou, dat is het rare. Voor zover we weten was ze aan het werk, maar ze had een spijkerbroek aan en teenslippers...'

Irvings hart sloeg een slag over, en daarna nog een.

'En een topje, maar dat zat om de een of andere reden om haar pols gedraaid.'

Irving slikte. Hij haalde een keer diep adem. 'Zevenentwintig jaar oud, hè? En haar ogen waren weg.'

Vincent zei niets.

'Eric?'

'Hoe weet je dat?' vroeg Vincent.

'Ik denk dat er een seriemoordenaar aan het werk is,' antwoordde Irving.

'Heb je nog iemand met uitgestoken ogen?'

'Nee, maar er is een overeenkomst met een paar eerdere zaken.'

'En wat wil dat zeggen? Ga je hem dan nu van me overnemen? Jee, als je dat zou doen, zou ik je heel dankbaar zijn.'

'Dat weet ik nog niet,' antwoordde Irving. 'Ik weet nog niet wat ik ga doen, ik moet eerst met mijn chef praten, kijken of we hierbij kunnen samenwerken. Je zei dat je naar huis ging?'

'Mijn zoon viert vandaag zijn verjaardag,' zei hij. 'Daar moet ik echt bij zijn. Ik kan niet zomaar...'

'Geeft niet. Ik regel het wel,' antwoordde Irving. 'Mijn chef zal met de hoofdcommissaris moeten praten. God mag weten hoelang dat gaat duren, en of er überhaupt iets uit komt... Je weet hoe die dingen gaan. Kan ik je ergens bereiken?'

Vincent gaf Irving het nummer van zijn mobiele telefoon.

'Hoe heette ze?' vroeg Irving.

'Carol-Anne Stowell.'

'En wanneer is ze gevonden?'

'Vanochtend om een uur of zes.' Vincent haalde hoorbaar adem. 'Je hebt me nogal laten schrikken, kerel. Wat moet ik hier nu van denken?'

'Volgens mij was de dader op zoek naar een bepaald soort meisje van een zeer specifieke leeftijd.'

'Zou heel goed kunnen,' antwoordde Vincent. 'We hebben een paar meisjes gesproken en vijf van hen hadden het over een klant in een nacht-blauwe personenauto die naar hun leeftijd vroeg, doorreed tot hij Carol-Anne tegenkwam.'

'Ze waren geen van allen zevenentwintig, daarom,' zei Irving. 'Hij moest iemand van zevenentwintig hebben, en hij had de kleren bij zich. Haar eigen kleren zouden ergens kunnen liggen, maar waarschijnlijk heeft hij ze meegenomen nadat hij haar had vermoord.'

'En het gaat om een serie?' vroeg Vincent. 'Hoeveel zijn er al geweest?'

'Tot nu toe, voor zover we weten, zou jouw hoer het totaal op acht brengen.'

Vincent floot tussen zijn tanden. 'Godallemachtig. Wil die vent soms het record breken?'

Irving glimlachte. 'Geen schijn van kans. Ik zit juist te lezen over een lekkertje dat er drieënvijftig op zijn geweten schijnt te hebben.'

'Nou, jij liever dan ik. Ik ga naar die verjaardag, als je het goed vindt.'

Het gesprek werd beëindigd.

Irving leunde achterover en sloot zijn ogen. Hij haalde diep adem, pro-beerde al zijn aandacht te concentreren op de dingen die waren gebeurd.

Mia Grant, de meisjes uit het East River Park, James Wolfe, de twee jongens in de kofferbak, het dode meisje onder de Queensboro Bridge en nu Carol-Anne Stowell.

Hij leunde naar voren en pakte de stukken die die ochtend waren bezorgd. Hij nam ze nogmaals vluchtig door, kwam bij het gemarkeerde gedeelte.

Irving wist wie de stukken had gebracht en waarom. Wat hij niet begreep was hoe iemand zo snel de link had kunnen leggen. Het meisje was om zes uur gevonden, dat zou om zeven uur op de radio zijn geweest, en om halftien had John Costello de moord al weten te plaatsen, een website gevonden, de relevante pagina's afgedrukt en ze op het bureau afgeleverd.

Hij pakte de telefoon om de *City Herald* te bellen, maar bedacht zich. Hij vroeg zich af of deze stukken hem genoeg grond voor verdenking gaven voor een officieel verhoor, voor een bezoek aan het Winterbourne Hotel en een gesprek met de rest van Costello's rariteitenkabinet. Het was tenslotte de tweede maandag van de maand.

17

Het duurde even, maar uiteindelijk werd het hun duidelijk.

De hoofdredacteur van *The New York Times*, Frank Raphael, een oude rot in het vak, wist direct dat er iets niet in de haak was toen de brief kwam. Het was de gedenkdag van 9/11 en in de postkamer was de waarschuwingsfase van kracht. *The New York Times* had wel vaker met idioten en engerds te maken, maar voor zo'n dag maakte de krant geld vrij voor extra personeel, om alles wat dikker was dan een brief door de metaaldetector te halen, twee extra mensen met een röntgenapparaat in te huren. Het was treurig, maar zo ging het tegenwoordig.

De brief kwam met de normale post. Hij werd geopend door een zekere Marilyn Harmer, en toen ze de gelijkmatige, bijna volmaakte symbolen zag, ging haar een lichtje op. Ze legde de brief zo voorzichtig mogelijk neer, pakte een van de plastic zakken met druksluiting die waren uitgedeeld en schoof de brief met de envelop erin. Ze belde de beveiliging, gaf het document af en wachtte.

De brief kwam om zes minuten over tien die ochtend op het bureau van Frank Raphael terecht en om tweeëntwintig over tien stonden er drie andere redacteurs, twee columnisten, een fotograaf en een politiek correspondent, allemaal met dat onaangename gevoel van ontzetting dat gepaard gaat met ongedefinieerde angst, over zijn schouder mee te kijken.

'Weet iemand hoeveel het er waren?' vroeg Raphael.

'In totaal eenentwintig, geloof ik.'

Raphael keek op naar een van de adjunct-redacteurs, midden dertig, vlijmscherp. Zijn naam was David Ferrell.

'Weet je er wat van?' vroeg Raphael, en toen werd hij zich kennelijk bewust van het grote aantal mensen dat achter hem stond. 'Ga in godsnaam zitten, ja, of maak dat je wegkomt.'

Ze lieten er geen gras over groeien. De fotograaf liep de kamer uit, de anderen namen plaats rond de grote vergadertafel.

'Niet zo heel veel,' zei Ferrell. Hij ging rechts van Raphael zitten. 'Ik geloof dat er eenentwintig brieven zijn geweest; het begon halverwege 1969, stopte in april '78. En er waren een stuk of vijf andere dingen die ze de Riverside Writings noemen en nog een boodschap die bij Lake Berryessa op het portier van de auto van een van de slachtoffers werd achtergelaten.'

Raphael fronste. 'Hoe weet je dat allemaal? Jezus, man, soms schrik ik van je.'

Ferrell glimlachte. 'Gewoon interesse, meer niet. Ik ben zeker geen autoriteit op dit vlak.'

'Goed, dus we hebben te maken met een imitator. Misschien is het dezelfde non-valeur, wie zal het zeggen, maar afgaande op wat ik me ervan herinner, lijkt het er verdomd veel op.'

'Wie moeten we nu bellen?' vroeg Ferrell.

Raphael haalde zijn schouders op. 'Weet ik veel, de hoofdcommissaris van politie misschien... Hoe luiden de richtlijnen voor dit soort dingen?'

'Het moet een vervalsing zijn,' zei Ferrell. 'Er wordt algemeen aangenomen dat die vent al jaren dood is.'

'Zal best... Bel het hoofd van het dichtstbijzijnde politiebureau maar. Welk is dat?'

'Districtsbureau 2,' antwoordde Ferrell.

'Bel hem maar en zeg hem dat we de gelukkige ontvanger zijn van de eerste Zodiac-brief in achtentwintig jaar.'

Het hoofd van het bureau in district 2, Lewis Proctor, kende Bill Farraday van zijn werk, niet privé, maar wel zo goed dat hij zijn naam herkende toen er een gesprek was binnengekomen bij de hoofdcommissaris. Proctor zat met hoofdcommissaris Ellmann in een tweemaandelijkse voortgangsbespreking toen Farraday belde over een mogelijke samenwerking tussen district 4 en 9.

'Ken je Farraday?' had Ellmann hem gevraagd toen het gesprek was afgelopen.

Proctor had geknikt. 'Een beetje.'

'Hij wil een gezamenlijk onderzoek, een of andere idioot die seriemoorden uit het verleden nabootst.'

Meer was er niet gezegd, maar toen David Ferrell van *The New York Times* die maandagochtend belde, gingen in Proctors hoofd de alarmbellen rinkelen.

Hij nam direct contact op met Bill Farraday, vertelde hem het nieuws. Farraday was enige tijd stil.

'Wil je erheen?' vroeg Proctor hem.

'Ga jij?'

'We hoeven er niet allebei heen.'

'Ik neem wel iemand mee,' zei Farraday. 'Als het iets is, bel ik je wel.'

'Bedankt, Lewis.'

Het gesprek werd beëindigd. Farraday piepte Irving op, hoorde dat hij een stukje verderop in de straat zat te lunchen.

Irving was binnen een kwartier op Farradays kamer.

'We gaan naar *The New Tork Times*,' zei Farraday tegen hem. 'Ze hebben een brief ontvangen... Lijkt op een Zodiac-brief.'

Irvings ogen werden groot. 'U neemt me in de maling.'

'Nee, maar iemand anders kennelijk wel,' antwoordde Farraday.

'Die brief heeft er misschien niets mee te maken.'

'Dat geldt voor alles. We weten het gewoon niet, hè? We moeten even gaan kijken. Een vent van *The Times* heeft Proctor van district 2 gebeld, Proctor heeft mij gebeld, en ik jou. Dat is nou wat je delegeren noemt. We moeten erlangs. Kijken of het iets is.'

Irving overwoog de documenten ter sprake te brengen die eerder die ochtend van John Costello waren gekomen over Arthur Shawcross en de Genesee River-moorden. Hij zag er voorlopig van af.

Het was twaalf uur geweest toen ze bij het gebouw van *The Times* aankwamen. Hoofdredacteur Frank Raphael ontving hen, kreeg te horen waarom er mensen uit district 9 in plaats van district 2 waren gekomen. Hij liet David Ferrell komen, die de brief en de envelop in het plastic zakje meebracht en een exemplaar van het boek *Zodiac* van Robert Graysmith.

'Ik heb de brief ontcijferd,' zei Ferrell. 'De hele code staat in dit boek, vrijwel...'

Hij overhandigde de originele brief aan Farraday, de vertaling aan Irving.

Farraday, die niet bekend was met de Zodiac-brieven, bestudeerde de keurig geschreven symbolen.

Irving pakte de ontcijferde versie en las hem hardop voor.

'Er is mij gevraagd: heb ik gedood? Ja, te vaak voor één mens. Ik heb mezelf een god gewaand. Ik ben de rechter, jury en de beul geweest. Ik heb, beste mensen, in mijn leven drieënvijftig personen vermoord, afgeslacht en totaal vernietigd. Waarom?'

Irving zweeg, keek op naar Farraday, naar Frank Raphael. De spanning in de kamer was om te snijden.

'Ga door,' zei Raphael zacht.

Irving richtte zijn blik weer op de brief:

'Stelt u voor: er is me geleerd uren achter elkaar stil te zitten en niet te bewegen; er is me geleerd de vijand, wat ze in mijn ogen zijn, op te sporen en te vernietigen.

De prostituees die ik volgens de beschuldigingen heb vermoord, waren voor mij op hun eigen manier de vijand, omdat zij ongestraft kunnen doden met sociale ziekten en aids. Of ik er spijt van heb, is mij gevraagd. Mijn antwoord is: ik heb er zeer veel spijt van, zo veel dat ik me heb afgevraagd waarom ik ben gekozen om deze opdracht uit te voeren.

De overheid van de Verenigde Staten heeft mij geleerd te doden; wat ze me niet heeft bijgebracht was het verlangen het niet te doen. Ik krijg die gevoelens nog altijd – maar de pillen die ik nu slik onderdrukken ze in zoverre dat ik kalm word. Waarom niet eerder?

Waarom ik ben zoals ik ben? Zoek het uit – probeer het antwoord te vinden voor er te veel mensen worden vermoord. Ik ben net een roofdier, ik kan jagen en moedwillig doden op elk willekeurig moment. Ik ben onder druk gezet en bedreigd, maar op de een of andere manier wordt het verlangen om te vechten onderdrukt of minder sterk door de pillen. Als ik ga vechten, zal er geen sprake zijn van zelfbeheersing, dat weet ik, dan ben ik weer een roofdier.

De meeste mensen zeggen dat ik in de gevangenis zal sterven. (Nou en.) Kunnen jullie kiezen wanneer en waar jullie zullen sterven? Veel mensen denken dat ze na hun dood naar de hemel gaan. Dat is niet zo. Je ziel wacht tot hij wordt geroepen. Lees de Bijbel als je daarin gelooft. Ik persoonlijk zal opnieuw leven en doorgaan naar de volgende transitie. Ik ben een spiritualist. De dood is slechts een transitie van de ziel. De mensen die ik heb gedood zijn in hun volgende stadium. Ze zullen opnieuw leven, maar op een veel betere manier dan in het leven dat ze hebben achtergelaten.

Iedere man en vrouw en ieder kind van tien jaar of ouder is in staat bewust te doden. Velen van jullie schilderen me af als stapelkrankzinnig. Dat mogen jullie zelf weten. Maar het hoeft niet te kloppen.

Kijk naar de hemel, daar kom ik vandaan. Jullie ook, maar jullie willen het niet toegeven. Mijn tijd in deze transitie is bijna gekomen. Ik zal binnenkort naar een volgend stadium overgaan, ik voel wat ik voel. Als alle mannen, vrouwen en kinderen hetzelfde hadden als anderen, zouden misdaad en oorlog niet bestaan.

Denk erom: kijk naar de hemel, we komen je redden van jezelf.

Ik wel, of niet?'

Irving keek op naar Bill Farraday, naar Frank Raphael en David Ferrell.

'Godver,' zei Raphael.

'Wat weten jullie van die vent?' vroeg Farraday.

Ferrell leunde naar voren. 'Ik heb heel wat over hem gelezen voor een researchproject dat ik een paar jaar geleden heb gedaan. Ik weet niet veel, maar voor zover ik kan zien is de brief in dezelfde stijl geschreven, krampachtig, met blauwe viltstift, sommige letters lopen aan de rechterkant schuin omlaag. Degene die hem heeft geschreven heeft het dubbele aantal postzegels op de envelop geplakt. Dat hadden al die brieven ook gemeen. Zodiac schreef altijd iets op de buitenkant van de envelop waarin hij degenen die de brieven bezorgden vroeg dat snel te doen. De linkerkantlijn en de tekst lopen kaarsrecht, alsof hij er bij het schrijven een gelinieerd vel onder heeft gelegd. Zodiac schreef op een bepaald soort briefpapier, Eaton-bankpost. Ik heb geen idee of dat wat jullie daar hebben hetzelfde is, maar het is negentien bij vijfentwintig centimeter en dat is even groot. Hij begon elke brief met de zin: "Hier spreekt de Zodiac." Dat heeft onze briefschrijver niet gedaan, maar daar is een verklaring voor…'

Ferrell zweeg.

'Nou?' drong Raphael aan.

'Er stond iets in wat me ergens aan deed denken. Ik heb een paar van de zinnen uit de brief op internet opgezocht, en ik ben erachter gekomen van wie die brief was.'

'Van wie hij was?' vroeg Farraday. 'Wat bedoel je?'

'De afzender van dit epistel heeft een bestaande brief omgezet in de Zodiac-code en vervolgens naar ons opgestuurd. Het is geen Zodiac-brief, het is een brief van een andere seriemoordenaar.'

'Van wie dan?' vroeg Farraday.

'Arthur John Shawcross...'

'O god,' riep Ray Irving uit. 'De Genesee River-moorden.'

Farraday keek hem verbaasd aan. 'Hè?'

'Shawcross,' zei Irving. 'We hadden vanochtend een kopie van een Shawcross... Eric Vincent van district 7.'

'Vanochtend... Hoe kun jij dat dan al weten?'

Irving stak zijn hand in de binnenzak van zijn jasje en haalde de opgevouwen vellen papier eruit. Hij vouwde ze plat op zijn knie en overhandigde ze aan Farraday.

'Wat is dit? Waar komen deze vandaan?'

'Lang verhaal,' antwoordde Irving.

Farraday knikte, stond op. 'We nemen die brief mee,' zei hij tegen Raphael. 'Er is duidelijk veel meer aan de hand.'

'Dat begrijp ik,' zei Raphael, 'maar we moeten wel een verhaal hebben, commissaris Farraday.'

Farraday glimlachte droogjes. 'Ik denk niet dat dit een verhaal is dat jullie willen hebben.'

'We zijn *The New York Times*... Het verhaal dat wij niet willen hebben bestaat niet.'

'Dit is niet zomaar iets,' antwoordde Farraday. 'Het gaat hoogstwaarschijnlijk naar de hoofdcommissaris. En dan... Tja, wat er dan gaat gebeuren weet ik niet.'

'U kunt die brief niet zomaar meenemen. Hij is naar ons gestuurd.'

'Moet ik van alles overhoophalen? Wilt u dat?' vroeg Farraday. 'Ik kan nu de officier van justitie bellen, of we kunnen er samen uit komen, meneer Raphael.'

Raphael schudde zijn hoofd. 'Doe maar wat u moet doen,' zei hij gelaten, 'maar we willen wel de exclusieve rechten op het verhaal als dat er komt.'

'De politie geeft niemand exclusieve rechten, dat weet u.'

'Dan staan we wel bovenaan voor de persconferentie, hoe dit ook naar buiten komt.'

'Als het naar buiten komt.'

'Dus als het naar buiten komt worden wij als eerste ingeseind over de persconferentie, afgesproken?'

Farraday stak zijn hand uit en ze schudden elkaar de hand.

De hoofdinspecteur zei niets tot hij met Irving in de hal was en toen vertraagde hij zijn pas en bleef staan. 'Wie was het van district 9?' vroeg hij.

'Lucas, Richard Lucas.'

'En dat van vanochtend?'

'Eric Vincent van district 7.'

'Nog meer?'

'Patrick Hayes van district 3 en Gary Lavelle van district 5 – een drievoudige moord in de eerste week van augustus.'

'Haal ze bij elkaar,' zei Farraday. 'Bel ze op, zeg dat ze naar ons toe moeten komen. We moeten hierover praten.'

'Vincent kan er misschien niet bij zijn,' zei Irving. 'Hij is vanochtend naar huis gegaan om de verjaardag van zijn zoon te vieren.'

'Zeg hem maar dat er nog meer verjaardagen komen… We moeten iedereen die er iets mee te maken heeft erbij hebben, voor de rest van de stad erachter komt wat er aan de hand is.'

18

Tegen de tijd dat iedereen was gewaarschuwd, was het bijna drie uur. Irving
was op Farradays kamer gebleven, had hem verteld wat hij wist over de
reeks moorden, de data, over Karen Langley en John Costello. Om halftwee
drong het tot hoofdcommissaris Anthony Ellmann door dat er iets aan de
hand was. Er volgde een kort telefoongesprek met Farraday, en daarna met
alle commissarissen in de relevante districten. Ze kregen allemaal hun instructies: er zou om vijf uur die middag een bijeenkomst zijn op het bureau in district 4. Niemand zou te laat komen. Adjunct-hoofd Forensische
Geneeskunde Hal Gerrard zou er zijn, maar hoofdcommissaris Ellmann
moest zelf verstek laten gaan; hij had een vergadering met de burgemeester
over een andere kwestie, maar hij wilde voor het einde van de dag een uitgebreid schriftelijk rapport hebben. Farraday was tot nader order aangesteld
als coördinator. Zodra ze het eens waren geworden over een manier van
aanpak, zou hoofdcommissaris Ellmann bekijken welke middelen beschikbaar waren en deze zo nodig herverdelen. Allereerst moesten ze vaststellen
of er inderdaad sprake was van een patroon en of deze moorden met elkaar
samenhingen. Zo ja, dan moesten ze de resultaten van hun forensische en
technische onderzoeken naast elkaar leggen, een analyse van het kritieke
pad opstellen, een voorstel doen voor een manier en een methode om de
dader of daders te arresteren en in verzekerde bewaring te stellen. En dat
allemaal zonder nadelige gevolgen voor de uitoefening van hun gebruikelijke taken, het oplossen van andere lopende zaken. In theorie simpel; in
werkelijkheid – zoals altijd het geval was – een volstrekt ander verhaal.

Farraday ontruimde de afdeling Moordzaken. Hij haalde alle scheidingswandjes uit de kantoortuin, liet drie tafels tegen elkaar zetten, stuurde iemand om een whiteboard en een overheadprojector.

Rond halfvier ontstond in het bureau van district 4 een chaotische
drukte toen mensen uit de hal werden doorverwezen. Agenten in uniform

traden op als begeleider van de arriverende rechercheurs en forensisch analisten, en dossiers werden met armen vol tegelijk uit kofferbakken gehaald en naar de tweede verdieping gebracht.

De verantwoordelijke forensisch analisten van alle relevante zaken kwamen een voor een aan, zo ook de aangewezen rechercheurs, en Ray Irving had het hoofdonderwerp voor hun discussie al vastgesteld. Aan het hoofd van de tafel had hij een groot whiteboard neergezet, en daarop de namen van de recente slachtoffers geschreven, met daarnaast de namen van de oorspronkelijke moordenaars wier misdaden kennelijk waren geïmiteerd. Aanwezig – zo niet fysiek, dan toch zeker in de geest – waren enkele van de meest extreme en sadistische seriemoordenaars die de Verenigde Staten ooit hadden gekend. Onder hun naam had Irving hun geboortedatum geschreven en, indien van toepassing, de datum van hun terechtstelling; en bij hen die zich nog in het federale penitentiaire stelsel bevonden, de laatst bekende plaats van opsluiting. Hoewel hij toegang had tot de federale database, had Irving gemerkt dat het bijzonder lastig was de verblijfplaats van een aantal van die mensen te achterhalen, maar niet van Shawcross – ironisch, gezien het feit dat hij er als laatste bij was gekomen. Shawcross zou er niet bij hebben gestaan als Carol-Anne Stowell die ochtend niet was gevonden en John Costello de documenten niet naar Irving had gebracht. Arthur John Shawcross, had Irving ontdekt, wilde met iedereen corresponderen en had zijn gevangenennummer en zijn adres in Sullivan Correctional Facility in Fallsburg op talloze websites openbaar gemaakt. Op het moment dat de rechercheurs bij elkaar kwamen, kwijnde Shawcross weg in een cel op niet meer dan honderddertig kilometer afstand van de plek waar ze zaten.

Daarnaast had Irving het initiatief genomen om het conceptkranten-artikel te kopiëren en voor elke stoel aan de tafel een exemplaar neer te leggen. Het was het eerste wat de groep aanwezigen las, en het artikel van Karen Langley vormde het uitgangspunt van hun bespreking.

Bill Farraday, die niet bekend was met het protocol voor dergelijke bijeenkomsten, trad niettemin op als voorzitter. Hij bracht twijfels ten aanzien van het artikel naar voren, handelde het daaropvolgende spervuur van vragen af, en stak een stokje voor het mogelijk verhitte debat dat anders zou zijn gevolgd door het kader vast te stellen waarbinnen ze te werk zouden gaan.

Farraday stond op van zijn stoel en liep naar het whiteboard.

'Wat we hier hebben,' zei hij zacht, 'is een aantal mogelijkheden. Meer hebben we niet. Als we veronderstellen dat deze incidenten niets met elkaar te maken hebben...' Hij zweeg, glimlachte wrang. 'Dan hebben we hier het opmerkelijkste geval van toeval dat ooit is vertoond.' Hij keek naar de verzamelde gezichten, die allemaal aandachtig, geconcentreerd stonden. 'We moeten wel aannemen, en ik gebruik het woord "aannemen" met enige terughoudendheid... We moeten aannemen dat er een verband is.'

Lucas stak zijn hand op. 'Volgens mij is iedereen ervan overtuigd dat ze verband houden met elkaar... Ik denk dat we rekening moeten houden met de mogelijkheid dat we er pas erg laat bij zijn.'

'Hoezo?'

'Wie zegt dat het meisje Grant de eerste was?' luidde de retorische wedervraag van Lucas. 'Het is misschien al jaren aan de gang. Wie zal het zeggen?'

'Ik denk dat ik daar een antwoord op heb,' zei Irving. 'Ik denk dat we te maken hebben met iemand die wil dat we weten wat hij doet.'

'Dat is nogal een aanname,' merkte Lucas op. 'Waarom denk je dat?'

'Om drie redenen,' antwoordde Irving. 'Ten eerste het telefoontje na de dubbele moord. Ashley Burch en Lisa Briley. Voor zover ik heb begrepen kwam dat telefoontje via de centrale van het bureau in district 9, dus zullen we het nooit kunnen traceren. Misschien heeft hij zelf gebeld met behulp van een programma voor stemvervorming, misschien heeft hij iemand geld gegeven om het te doen. Wie weet. Ten tweede nam de dader in het geval van James Wolfe de moeite de jongen als clown te schminken. Gacy deed dat nooit. Die schminkte alleen zijn eigen gezicht, nooit dat van iemand anders. De dader heeft Wolfe geschminkt omdat hij wilde dat wij het verband zagen. En vanochtend, het feit dat we het lichaam van het meisje vonden en de kleding die ze aanhad, dat er haar uit haar hoofd was getrokken, en haar ogen waren uitgestoken... Dat bij elkaar had genoeg moeten zijn om ons op het verband met Shawcross en het geval Anne Marie Steffen te wijzen.' Hij zweeg een moment. 'Maar nee, hij wilde er absoluut zeker van zijn dat we het zagen, vandaar die brief naar *The Times*. Hij gebruikt de Zodiac-code om ons de brief van Shawcross te geven.'

'Waarom de Zodiac-code?'

'Ook een vermoeden,' zei Irving, 'maar de gedachte die bij mij opkwam was dat hij ons wil laten weten dat hij slimmer is dan alle anderen... Zodiac incluis. De daders uit het verleden zijn allemaal gepakt, een paar zijn er terechtgesteld, maar Zodiac niet...'

'Waarom pleegt hij dan geen moord in de stijl van Zodiac, waarom stuurt hij een brief?'

'Misschien kopieert hij alleen moorden van mensen die gepakt zijn,' zei Irving.

'Het zijn allemaal maar veronderstellingen en aannamen,' zei Gary Lavelle. 'Ik heb gezien hoe dat meisje onder de Queensboro Bridge was gegooid. Dat kind was helemaal lens geslagen. Anderhalve kilometer daarvandaan vinden we twee jongens die overhoop zijn geschoten en in de kofferbak van een auto gestopt. Ik weet niet wat er aan de hand is, wie die vent probeert te zijn, maar het blijft een feit dat we minstens acht slachtoffers hebben en nog steeds geen gezamenlijke strategie. Dit is al aan de gang sinds... Ja, sinds wanneer eigenlijk?'

'De eerste, de eerste waarvan we weten althans, was Mia Grant begin juni,' zei Irving.

'Dus het is al meer dan twee maanden aan de gang, en waar zijn we nou helemaal?'

'We zijn precies waar we moeten zijn,' zei Farraday, 'maar dat we hier zijn komt eigenlijk niet door wat we hebben gedaan of nagelaten, maar door dit conceptartikel voor de krant.'

'En hoe zit het daarmee, als ik vragen mag?' vroeg Vincent.

'Er is een groep burgers,' zei Irving langzaam. 'Een groep mensen, hoeveel weet ik niet, die de tweede maandag van elke maand in het Winterbourne Hotel in West 37th Street bij elkaar komen. Voor zover ik heb begrepen, zijn het allemaal mensen die een moordpoging van een seriemoordenaar hebben overleefd...'

'Wat?' vroeg Lavelle. 'Je gaat me toch niet vertellen dat we met een burgerwacht zitten?'

Irving schudde zijn hoofd. 'Ik weet niet of het wel een burgerwacht is. Een van de leden is een zekere John Costello. Hij doet de research voor Karen Langley bij de *City Herald*, en hij heeft het verband tussen deze moorden gelegd.'

'Verdenk je hem?' vroeg Lucas.

'Ik weet niet wat ik van hem moet denken. Hij is lastig te doorgronden. Hij is een beetje afwijkend, maar ik denk niet dat Karen Langley de knappe kop achter het artikel is. Volgens mij is hij dat. Ik denk dat hij het werk doet, zij de artikelen schrijft en met haar naam in de krant komt, omdat hij niet op aandacht zit te wachten. Eigenlijk weet ik het gewoon niet. Ik weet niet hoe het zit met Costello, en ik weet niet wat de beste aanpak is wat hem betreft. Het zou heel goed kunnen dat het allemaal volstrekt onschuldig is, gewoon een slimme vent die heel veel van seriemoordenaars weet. Hij is tenslotte de researcher van een misdaadjournalist, hij hóórt dit soort dingen te weten. Het feit dat hij zo snel verbanden weet te leggen… Tja, dat is voor mij op zich al een reden om aan te nemen dat deze moorden niet verder teruggaan dan Mia Grant. Als dat wel zo was, hadden we dat artikel volgens mij al eerder gezien.'

'Goed, dus hij heeft het artikel geschreven,' zei Lucas. 'Verder nog iets?'

Irving knikte. 'Een paar uur na de vondst van die hoer vanochtend heeft hij de biografie van Arthur John Shawcross al bij me afgeleverd.'

'Dat meen je niet!'

'Jawel,' antwoordde Irving.

'En wie is dat dan, die Shawcross?' vroeg Lavelle.

Irving schudde zijn hoofd.

Hannah Doyle, de forensisch analist van Hayes uit district 3, stak aan het andere eind van de tafel haar hand op. 'Ik weet wel iets van hem af, hij was een van mijn researchprojecten. Hij werd The Monster of the Rivers genoemd, en ook wel de Genesee River Killer. Hij beweert dat hij drieënvijftig mensen heeft vermoord, maar in slechts dertien gevallen is overtuigend bewezen dat hij de dader was. Het gebruikelijke verleden van een seriemoordenaar… Sadisme op jeugdige leeftijd, dieren martelen, geleidelijk overgegaan tot inbraak en brandstichting. Het normale patroon, je weet wel: contactgestoord, moeite met het onderhouden van relaties, een brekebeen. Hij heeft een tijdje in het leger gediend, en aan het begin van de jaren zeventig bijna twee jaar in Attica gezeten voor een poging tot diefstal en brandstichting. Toen hij vrijkwam, is hij getrouwd – ergens in april 1972, geloof ik… Een paar weken later vermoordde hij een tienjarige jongen, en drie of vier maanden daarna verkrachtte en wurgde hij een meisje van acht. Daar hebben ze hem voor gepakt en daarna heeft hij bijna vijftien jaar gezeten, deels in Attica, deels in Greenhaven. Hij kwam begin '87 vrij, pleegde opnieuw een moord in '88, en de volgende was deze Anne Marie Steffen, in september van datzelfde jaar. Ergens in 1990 werd hij opnieuw gearresteerd, bekende ik weet niet hoeveel andere moorden. Hij werd veroordeeld tot tweehonderdvijftig jaar en zit in Sullivan.'

'Die staat toch in Fallsburg?' vroeg Vincent.

'Dezelfde gevangenis als Berkowitz.'

'Berkowitz?' vroeg Lucas.

'Je weet wel, Son of Sam,' zei Hannah Doyle.

'En hoe nu verder?' vroeg Farraday. 'We weten het nodige over deze mensen, de moordenaars die worden geïmiteerd, maar wat kunnen we daaruit opmaken over de huidige dader?'

'Van de oorspronkelijke moordenaars is niemand in voorwaardelijke vrijheid gesteld,' zei adjunct-hoofd Forensische Geneeskunde Gerrard. 'Klopt dat?'

'Voor zover ik heb kunnen nagaan, zit Carignan in Minnesota Correctional,' zei Irving. 'Carol Bundy heeft levenslang gekregen, maar komt wel in aanmerking voor strafvermindering. Douglas Clark wacht op zijn terechtstelling in San Quentin, Jack Murray is dood. Gacy is in 1994 ter dood gebracht in Stateville en Kenneth McDuff in november 1998 in de Wall in Texas. En dan hebben we nog Shawcross, die in Sullivan zit en niet vrij zal komen.'

'En de mogelijkheid dat de huidige dader een van hen zou kunnen zijn, sluiten we volledig uit,' stelde Gerrard vast.

Irving knikte. 'Dat lijkt me vrij zeker.'

'En Zodiac?' vroeg Vincent.

'De laatste vermoedelijke moord van Zodiac was in mei 1981,' zei Jeff Turner. Hij keek naar Hannah Doyle en glimlachte. 'Mijn researchproject ging over Zodiac, en slachtoffers van Zodiac hebben bepaalde kenmerken die nooit veranderden. Hij pleegde zijn moorden altijd in het weekend in de omgeving van water, altijd bij volle of nieuwe maan. Afgezien van een taxichauffeur viel hij stelletjes aan, vooral jonge studenten. Het gebeurde altijd in de schemering of 's avonds, en hij gebruikte elke keer een ander wapen. Er was nooit sprake van beroving, en hij heeft zijn slachtoffers nooit seksueel misbruikt of gemolesteerd, niet voor noch na hun dood. Er werden vierenzestig moorden aan hem toegeschreven, maar in feite is slechts in zes gevallen bewezen dat hij de dader was.'

Farraday leunde naar voren. 'Zodiac is het niet. Ik denk dat we die mogelijkheid veilig kunnen uitsluiten.'

Er klonk een instemmend gemompel van de aanwezigen.

'Hoe nu verder?' vroeg Vincent.

'Dat is nogal duidelijk. We vragen de officier om een aanhoudingsbevel voor die Winterbourne-groep,' zei Lavelle.

'Waarom?' vroeg Farraday. 'Omdat ze slimmer zijn dan goed voor ze is?'

'Omdat ze slimmer zijn dan goed voor ons is,' merkte Lucas op. 'Door die idiote klootzakken lijken wij wel een stelletje wijven.'

'Leuk,' zei Hannah Doyle sarcastisch.

Lucas glimlachte verlegen, stak zijn hand op in een verzoenend gebaar. 'Sorry. Ik vergat even dat er vrouwen bij waren.'

'Ik ga er nog een keer heen,' zei Irving. 'Ze komen vanavond bij elkaar…'

'Jij hebt die vent gesproken, hè?' vroeg Lucas.

Irving knikte.

'Hoe kwam hij op je over?'

Irving haalde zijn schouders op. 'Ja, hoor eens, ik woon in New York… Hier is volgens mij geen normaal mens te vinden.'

Glimlachjes van herkenning bij de anderen, gevolgd door gebabbel, en korte tijd leek het erop dat door Irvings grapje de spanning was gebroken. Tot dan toe hadden ze het geen van allen werkelijk beseft, maar het was er. Acht slachtoffers. Ze wisten heel weinig en ze waren zich ervan bewust dat heel weinig bijna niets was.

'Hij is, wat zal het zijn… Achter in de dertig…' begon Irving.

'Hij is ooit zelf aangevallen, hè?' vroeg Hannah Doyle. 'Door wie?'

Irving leunde achterover, vouwde zijn handen op zijn buik. 'Iemand wel eens gehoord van de Hamer van God-moorden?'

Lavelle stak zijn hand op. 'In het begin van de jaren tachtig, toch? Waar was het ook alweer? In Jersey City?'

'Klopt, in Jersey City. Een zekere Robert Clare. Heeft er vijf vermoord, allemaal jongelui, verliefde stelletjes, je weet wel. Sloeg hun schedel in met een hamer. Deze John Costello is de enige die het heeft overleefd. Zijn vriendinnetje, Nadia McGowan, heeft het niet gehaald. Hij was zestien, zij was een jaar ouder of zo. Costello raakte ernstig gewond, heeft enige tijd in het ziekenhuis gelegen, maar hij is erbovenop gekomen.'

'Ze hebben die Clare toch te pakken gekregen?'

'Ja, ze hebben hem te pakken gekregen,' zei Irving. 'In december '84. Hij heeft zelfmoord gepleegd voor hij moest voorkomen. Heeft zich opgehangen in een psychiatrische inrichting.'

'En je indruk van die vent, die Costello?'

'Ik heb hem maar één keer ontmoet. Hij had uitgezocht waar ik altijd ga eten en vroeg of hij me daar kon ontmoeten.'

'Wat?'

Irving glimlachte. 'Hij wist wie ik was. Hij wist dat ik de zaak-Mia Grant had gekregen. Ik was bij Karen Langley van de *City Herald* geweest, zij vertelde dat hij de research voor haar artikel had gedaan.'

'Wat moet ik me voorstellen bij dat mens, die Langley?' vroeg Lucas. 'Geilt ze soms op dit soort dingen?'

'Maak je niet druk,' zei Vincent, 'het is een journalist. Die zijn allemaal hetzelfde.'

'Hoe dan ook,' ging Irving verder, 'voor zover ik heb begrepen zal dit artikel niet in de *Herald* verschijnen en ook niet in *The New York Times*, en ik heb nog niets gehoord over tv-ploegen die bij politiebureaus op de stoep staan, of nieuwsberichten die worden uitgezonden.'

'Dat komt nog wel,' zei Lucas. 'Wacht maar af. Als ze eenmaal doorkrijgen dat we met z'n allen aan een zaak werken, zijn ze niet meer te houden.'

'We dwalen een beetje af,' zei Vincent. 'De vraag is of die Costello een mogelijke kandidaat is.'

'Op dit moment net zo goed als ieder ander,' zie Irving. 'Mijn intuïtie zegt van niet, maar ik heb me wel vaker vergist. Als hij de man is die we zoeken, dan kan hij zich bijzonder goed van den domme houden.'

'Goed, plan de campagne,' zei Farraday. 'Aangezien district 4 twee afzonderlijke incidenten heeft en district 9, 5, 7 en 3 elk maar één, stel ik voor hier voorlopig het coördinatiecentrum in te richten. Bezwaren?'

Die waren er niet.

'Goed, wat het forensische en technische onderzoek betreft, wie van jullie heeft daar het langst ervaring mee?'

Turner stak zijn hand op. Hij was duidelijk de oudste van de groep.

'Mooi, iemand er bewaar tegen als Jeff Turner de leiding heeft wat betreft de forensische en technische kwesties?'

Opnieuw had niemand bezwaren tegen het voorstel van Farraday.

'Mooi zo. Dan bundelen Irving en Turner hun krachten. Ik stuur vanavond een verslag naar hoofdcommissaris Ellmann. We laten die Karen Langley en de *City Herald* het zwijgen opleggen en we spreken met *The Times* af dat ze niets met die Zodiac-brief doen zolang er een onderzoek loopt. Alle vragen van de pers, verzoeken om een verklaring of een persconferentie gaan rechtstreeks naar mij... En wees nou niet zo dom om "geen commentaar" tegen iemand te zeggen. Als je "geen commentaar" zegt weten ze direct dat we ergens mee bezig zijn. Als iemand vraagt waar dit voor was, zeg je maar dat we hebben vergaderd over de beveiliging van de burgemeester tijdens zijn herverkiezingscampagne. Het voornaamste is dat we dit stilhouden, ervoor zorgen dat het niet opvalt. We hebben er tot nu toe alles aan gedaan om het buiten de publiciteit te houden en dat wil ik graag zo houden. Op grote koppen in de krant zit ik niet te wachten, begrepen?'

'En John Costello?' vroeg Lavelle.

'Ik ga wel achter John Costello en die Winterbourne-groep aan,' zei Irving.

Farraday stond op. 'Ik stel voor dat we ons onderzoek uitbreiden naar alle bekende seriemoordenaars van de laatste vijftig jaar. We zetten een database op en voeren de datum in van alle seriemoorden uit het verleden die tussen nu en Kerstmis plaatsvonden. Ik weet dat het een verschrikkelijke klus wordt. Ik begrijp dat we op geen enkele manier kunnen voorspellen welke moord hij hierna gaat imiteren, maar als we weten dat er geen moord was tussen, zeg, nu en volgende week dinsdag, dan kunnen we tenminste even op adem komen.'

Hij zweeg een moment, keek alle aanwezigen afzonderlijk aan. 'Nog vragen?'

Die waren er niet en vrijwel onmiddellijk stonden er mensen op, liepen om de tafel heen om met elkaar te praten. Het rumoer van discussiërende stemmen nam zulke vormen aan dat Ray Irving Farraday nauwelijks kon verstaan toen hij zei: 'Zorg er in godsnaam voor dat er een einde aan komt… Kunnen jullie dat voor me doen?'

Farraday wachtte niet op een antwoord. Hij trok slechts zijn jasje recht, omzeilde de groep rechercheurs en forensisch analisten en liep de kamer uit.

Irving bleef enige tijd staan en probeerde zich te herinneren hoe zijn leven er voor 3 juni had uitgezien.

19

'Hebt u de envelop gekregen?' vroeg John Costello.

Hij stond op de stoep voor het Winterbourne Hotel in 37th Street. Hij glimlachte tegen Ray Irving alsof dit een onverwachte hereniging van oude en belangrijke vrienden was.

'Ja.'

'Shawcross, klopt?'

'Klopt.'

'Dat zal heel wat ophef hebben veroorzaakt.'

Irving knikte. Hij stond een moment zwijgend naar John Costello te kijken, alsof hij hem voor het eerst zag.

Costello was van gemiddelde lengte, ongeveer één meter vijfenzeventig tot één meter tachtig. Hij ging goed gekleed – droeg een mooie broek, een colbert, een schoon, gestreken wit overhemd. Zijn haar was keurig geknipt, hij was gladgeschoren, zijn schoenen waren gepoetst. Hij zag eruit als een architect, een schrijver, een directeur van een reclamebureau die naam had gemaakt met geslaagde campagnes en nu zijn krachten wijdde aan adviesgesprekken.

Hij zag er niet uit als een seriemoordenaar die moorden uit het verleden imiteerde en daar vervolgens krantenartikelen over schreef.

Maar ja, dacht Irving, wie wel?

'Maken jullie al vorderingen?' vroeg Costello.

'Wat wilt u dat ik zeg, meneer Costello?'

Costello keek achterom de straat door alsof hij iets verwachtte te zien. 'Ik weet het niet, rechercheur... Waarschijnlijk hoop ik nog altijd dat jullie de andere mensen altijd een stap voor zullen zijn.'

'De andere mensen?'

'Lieden als Shawcross en McDuff en Gacy. Is het niet frustrerend om altijd in een positie te verkeren dat je jacht maakt op mensen die verschrikkelijke dingen hebben gedaan, in plaats van ze te pakken te krijgen voor ze het opnieuw doen?'

'Misschien moet je het zo bekijken dat we bij degenen die we hebben gearresteerd hebben voorkomen dat ze nog meer verschrikkelijke dingen doen. We kunnen wat is gebeurd niet ongedaan maken, maar we kunnen levens redden die anders misschien verloren waren gegaan.'

Costello sloot zijn ogen een moment en glimlachte toen gelaten. 'Als u hoopte dat u kon zien wie er nog meer op onze bijeenkomst was... Ik heb ze door de achteruitgang laten vertrekken. Ik ben momenteel een beetje uit de gratie.'

'Omdat?'

'Omdat ik een fundamentele regel van de groep heb geschonden.'

'En dat is?'

'Dat alles binnen de groep blijft.'

'Dat is niet zo'n verantwoordelijke opstelling.'

'Hangt ervan af hoe je het bekijkt,' antwoordde Costello. 'Ik ben het enige lid van de groep wiens aanvaller daarna niemand meer heeft aangevallen. De man die mij wilde vermoorden...'

'Heeft zelfmoord gepleegd, hè? Robert Clare.'

'Ja, Robert Clare. De anderen hebben allemaal een aanval overleefd van iemand die daarna nog meer moorden heeft gepleegd.'

'Dus de leden van de groep hebben niet veel op met de politie,' stelde Irving nuchter vast.

'Dat kun je rustig zeggen, denk ik.'

'Hoeveel zijn het er?'

'Buiten mij zijn er nog zes. Vier vrouwen, twee mannen. Zeven leden in totaal.'

'En wie heeft de leiding over de groep, wie heeft hem opgericht?'

'Edward Cavanaugh.' Costello glimlachte. 'Strikt genomen had hij iets anders in gedachten dan wat het is geworden. Cavanaugh was zelf geen slachtoffer, dat was zijn vrouw. Hij zag het als een manier om steun en hulp te krijgen van mensen van wie hij dacht dat ze misschien begrepen hoe hij zich voelde. Zijn vrouw is enkele jaren geleden vermoord, en hij zette een soort rouwgroep op, om elkaar te steunen, een soort broederschap, zo je wilt. De mensen die op zijn advertentie reageerden, waren mensen die zelf een poging tot moord hadden overleefd, geen partners of familieleden.'

'En Cavanaugh is een van de mannelijke leden die u noemde?'

'Nee. Hij heeft enige tijd geleden zelfmoord gepleegd.'

'En hoe hebt u van de groep gehoord?'

'Ik had contact met iemand op het internet, in 2000. We stuurden elkaar e-mails en we belden elkaar soms. Er was niets tussen ons, alleen een zekere vriendschap. Zij hoorde van de groep en ze wilde erheen, maar ze wilde niet alleen. Ze vroeg of ik haar wilde vergezellen en dat heb ik gedaan.'

'En ze hoort nog steeds bij de groep?'

Costello schudde zijn hoofd. 'Nee, ze heeft zowaar iemand leren kennen en is getrouwd, naar Boston verhuisd. Ik spreek haar nooit meer. Ze is een van de gelukkigen.'

'Hoezo?'

'Ze is eroverheen gekomen. Ze heeft het kunnen verwerken en is een nieuw leven begonnen. Ik geloof dat ze zelfs kinderen heeft gekregen, snapt u? Zullen we ergens gaan zitten?' stelde Costello voor. 'Zullen we een kop koffie gaan drinken, of iets anders? Ik vermoed dat dit zo'n onofficieel officieel gesprek is, en als ik zeg dat ik naar huis moet, dan bent u niet blij.'

'Ik moet echt met u praten, meneer Costello,' zei Irving. 'Ik vind het heel belangrijk wat u doet en ik wil horen wat u allemaal weet.'

Costello glimlachte. 'Ik voel me gevleid, rechercheur, maar het zal u misschien tegenvallen hoeveel ik weet.'

Ze liepen een stukje, vonden een cafetaria op de hoek van 38th Street en Tenth Avenue. Costello wilde zwarte koffie zonder suiker. Irving vroeg om een decafé.

'Ik slaap niet zo goed,' zei hij tegen Costello. 'Koffie maakt het er niet beter op.'

Ze zaten een tijdje zwijgend bij elkaar en toen vroeg Costello aan Irving wat er volgens hem met zijn zaak zou gebeuren.

'Het zou morgen mijn zaak niet meer kunnen zijn,' zei Irving.

'Hoezo?'

'Er zijn vijf verschillende bureaus bij betrokken, en elk bureau heeft een commissaris, en iedere commissaris heeft een hoeveelheid werk en een hoeveelheid middelen, en de hoofdcommissaris van politie zal alles verdelen zoals het hem goeddunkt. De zaak kan net zo goed aan iemand anders worden toegewezen.'

'Maar op dit moment?' vroeg Costello.

'Op dit moment? Nou, om eerlijk te zijn, zijn alle betrokkenen heel erg benieuwd wie u bent, meneer Costello… En wie er bij uw groep hoort, en wat ze er mogelijk mee te maken hebben.'

'Dat is begrijpelijk,' antwoordde Costello, 'maar ik kan u verzekeren dat niemand in de groep iets met deze moorden van doen heeft, en dat hun belangstelling puur academisch van aard is.'

Irving glimlachte. 'Dat weet ú, meneer Costello, en ik zou dat misschien wel van u willen aannemen, maar –'

Costello stak zijn hand op en Irving viel stil.

'Er zijn zeer veel redenen voor wat we doen,' zei Costello. 'Wat we gemeen hebben heeft iets te maken met onze bereidheid onder ogen te zien wat ons angst aanjaagt. Het is niet ingewikkeld, en het is zeker geen nieuw idee. We praten over sterven, en we praten over mensen die in staat zijn andere mensen om het leven te brengen, en soms praten mensen over hun nachtmerries, snapt u? Dat is wat ze doen, en als ze over hun aanvankelijke woede en boosheid heen zijn, beginnen ze weer een beetje om zich heen te kijken… Na te denken over de mogelijkheid dat er misschien nog een leven is na alles wat ze hebben meegemaakt. Zoals mensen die worden vrijgelaten uit de gevangenis of die gemarteld zijn, of een oorlog hebben meegemaakt… Zoiets. Na dat soort dingen lijkt het net of je leven alleen daaruit bestaat, en als je met andere mensen praat die zoiets hebben meegemaakt, ja, dan begin je te denken dat er misschien toch nog meer is.' Hij glimlachte weemoedig. 'Het gaat in principe om een groep mensen die allemaal geloven dat ze eigenlijk dood hadden moeten zijn, maar ze zijn het niet… En het is niet makkelijk om daarmee om te gaan.'

'Dat snap ik allemaal wel,' zei Irving, 'maar waarom spelen jullie dan voor detective? Wat heeft dat voor nut?'

'U moet er niet meer van maken dan het is,' antwoordde Costello. 'Dat is iets voor journalisten, niet voor de politie.' Hij glimlachte om zijn eigen sarcasme. 'Dit onderzoeksdomein heeft mijn interesse, hoofdzakelijk althans, maar er is nog iemand, iemand die…' Hij zweeg, pakte zijn koffiekopje, nam een slok, zette het kopje terug op het schoteltje. 'Een kennis van me. Hij is goed met data en tijden en plaatsen, snapt u? Hij onthoudt die dingen.'

'Heeft hij de link gelegd tussen…'

Costello knikte.

'En hoe zal de zaak volgens hem verder verlopen?' vroeg Irving.

'Hoe het volgens hem zal verlopen? Jeetje, het zijn mensen die geïnteresseerd zijn in seriemoorden, geen spiritualistische groep.'

Irving glimlachte en een tijdje zwegen ze allebei.

'Zeg, rechercheur Irving,' zei Costello. 'Weet u iets over de dader? Hebt u enig idee wat er te gebeuren staat?'

Irving schudde zijn hoofd. 'Daar kan ik geen antwoord op geven. Ik mag niet over een lopend onderzoek praten.'

'Maar dat doet u al.'

'Ja, maar ik vertel u niets wat u niet al weet...'

'Laten we dan een afspraak maken, rechercheur.'

Irving trok zijn wenkbrauwen op.

'U vertelt me iets wat ik nog niet weet, en dan vertel ik op mijn beurt iets aan u.'

Irving dacht aan zijn gesprek met Karen Langley. Hij leunde achterover, keek uit het raam, zag een man aan de overkant van de straat worstelen met een omgeklapte paraplu en besefte dat het regende. Auto's reden voorbij, een taxi, een bus, en het leek allemaal net een scène uit een film. De mensen gingen door met hun leven en waren onwetend van wat er gebeurde.

'Dat is een potentieel compromitterende situatie,' zei Irving, bijna tegen zichzelf.

'Het draait allemaal om vertrouwen, rechercheur,' antwoordde Costello.

'U werkt voor een krant.'

'En u werkt voor de politie van New York.'

Irving glimlachte. 'Wilt u beweren dat politiemensen niet te vertrouwen zijn?'

'Niet allemaal, nee.'

'Maar sommigen wel.'

'Uiteraard...' Costello's opmerking bleef in de lucht hangen.

'En wat wilt u weten?' vroeg Irving.

'Iets wat niet in de krant staat, wat ik niet gehoord kan hebben op een politiescanner. Een klein detail. Een kenmerk van zijn persoonlijkheid. Een feit dat – naar uw mening – van belang is voor deze zaak.'

'En in ruil daarvoor?'

'Vertel ik u iets wat u nog niet weet.'

'Wat iets met de zaak te maken heeft?'

Costello knikte.

'En dit is een harde afspraak, geen lullig spelletje?'

'Het gaat om mensenlevens...'

'Er zijn geen getuigen bij dit gesprek,' zei Irving. Hij boog zich plotseling, onverwachts, naar voren en greep Costello's hand beet. Costello deinsde instinctief achteruit, maar Irving hield hem stevig vast. Nog geen tel later had Irving zijn hand over Costello's beide schouders, over zijn borst omlaag, onder zijn armen door gehaald, en toen liet hij hem los.

'Wat nou?' vroeg Costello. 'Denkt u dat ik dit gesprek opneem?'

'Ik ben rechercheur,' zei Irving. 'Ik werk al twintig jaar bij de politie van New York. Ik ben in 1997 rechercheur geworden, meneer Costello, en ik heb bij Zedendelicten, Narcotica en Moordzaken gewerkt. Ik heb meer dode lichamen gezien dan u zich kunt voorstellen, en dan heb ik het niet over websites en foto's in de krant of over een escapistisch tijdverdrijf dat mensen het gevoel geeft dat ze begrijpen wat het betekent om bij de politie te werken... Ik heb het over echt, rechtstreeks, van dichtbij, concreet getuige zijn van het ergste wat mensen elkaar kunnen aandoen. Snapt u?'

Costello deed zijn mond open om iets te zeggen.

'Ik ben nog niet klaar, meneer Costello. U hebt een artikel geschreven. Goed, het is niet in de krant gekomen, maar dat had kunnen gebeuren. U hebt bepaalde conclusies getrokken over enkele moorden die in de laatste paar weken hebben plaatsgehad. U hebt het allemaal gereconstrueerd. U hebt de politie van New York te kijk gezet als een stelletje domme klootzakken die nog niet eens hun eigen veters kunnen strikken. Ik kom op het bureau en dan blijkt dat u zo vriendelijk bent geweest wat informatie af te leveren over een zaak waar ik niet eens van wist, en nu zitten we hier spelletjes te spelen. Nu drinken we samen koffie en lullen we over wat ik misschien weet en wat u me misschien zou kunnen vertellen. Dit is het echte leven, meneer Costello, dit is heel, heel echt, en op dit moment heb ik niet zo veel geduld –'

'Stop maar,' onderbrak Costello hem. 'Zo is het wel genoeg, rechercheur. Mij valt niets kwalijk te nemen. Ik ben een bezorgde burger, meer niet. Ik werk als researcher voor een krant en ik weet bepaalde dingen... Ik hóór bepaalde dingen te weten. Dat is mijn werk. Ik hou mijn ogen en oren open, ik bel mensen, kijk op internet. Ik controleer feiten en schrijf ze zo op dat de krant niet het risico van een veroordeling wegens smaad en laster loopt. Het klopt niet wat u denkt. Ik ben niet de man die u zoekt, begrepen? Ik wil u niet dwarszitten, maar juist helpen. Ik ben niet achterlijk, rechercheur, en als ik iets te maken had met deze moorden zou ik u zeker geen informatie sturen die u zou kunnen helpen mij te pakken...'

'U zou verbaasd staan, meneer Costello, neem dat maar van mij aan. U zou verbaasd staan wat sommige van die idioten al niet doen voor een beetje aandacht.'

'En wat heeft deze specifieke idioot gedaan, rechercheur? Wat heeft hij gedaan dat alleen jullie weten?'

Irving aarzelde, keek nog een keer naar buiten. Het was kennelijk opgehouden met regenen, maar het trottoir en de weg glommen. Weerspiegelingen van de straatlantaarns en lichtbakken van winkels, mensen alleen en in tweetallen, het geluid van muziek dat uit een bar ergens in de buurt doorsijpelde... Het wekte allemaal de indruk dat dit een normale stad was, een veilige plaats om te wonen, een plaats waar mensen door konden gaan met hun leven zonder zich zorgen te maken over hun eigen veiligheid. Maar zo was het niet. Zo was het nooit geweest, in Irvings hele leven niet, en zoals het er nu voor stond, zou het naar zijn idee ook nooit zo worden.

'Rechercheur?'

Irving richtte zijn blik weer op John Costello. Hij durfde de man niet te vertrouwen. Niemand was te vertrouwen. Niet volledig.

'Weet u iets waar we wat aan hebben?' vroeg Irving.

'Ik weet nog een ingang waarmee u misschien iets verder komt,' antwoordde Costello.

'Dat klinkt nogal onzeker.'

'Alles is onzeker, rechercheur, dat weet u net zo goed als ik.'

'En wat wilt u van mij hebben?'

'Iets, maakt niet uit wat,' zei Costello. 'Een feitje... Iets wat ik nog niet weet.'

'En als ik u iets vertel, wat houdt u dan tegen om te beweren dat u het al wist?'

Costello schoot in de lach. 'Hoe is het om je leven te leiden zonder enig vertrouwen, rechercheur?'

Irving keek hem recht aan, en Costello keek niet weg. Op dat moment accepteerde Irving om de een of andere reden het idee dat Costello de waarheid sprak.

'Hij heeft een brief gestuurd,' zei Irving. 'Vanochtend... Aan *The New York Times*.'

'Wat stond erin?' vroeg Costello.

'Het ging niet zozeer om wat erin stond, niet om de woorden. Het was een brief die Arthur Shawcross heeft geschreven, maar onze vriend schreef hem in de Zodiac-code.'

Costello hapte naar adem. Zijn ogen werden groot. Hij leunde achterover en schudde zijn hoofd. 'Net als bij James Wolfe,' zei hij zacht.

'Hè?'

'Hij wil echt dat we het verband zien. Hij voert een toneelstuk voor ons op en hij wil niet dat we er iets van missen. Hij vermoordt iemand op dezelfde manier als een slachtoffer uit het verleden, maar hij is bang dat we de link niet leggen.'

'Goed, nu heb ik iets verteld,' zei Irving.

Costello zat met zijn hoofd te knikken, hij dacht nog na. 'Denkt u dat het een boodschap is?' vroeg hij.

'Wat?'

'Het feit dat hij die brief in de Zodiac-code heeft geschreven?'

'Over zijn volgende slachtoffer?'

'Ja,' zei Costello. 'Dat hij zijn volgende slachtoffer zal ombrengen in de stijl van de Zodiac.'

'Wie zal het zeggen,' zei Irving. 'Ik moet nu alle bekende seriemoordenaars van de laatste vijftig jaar doornemen en de sterfdatum van alle slachtoffers tussen nu en Kerstmis in een database zetten.'

'U weet dat maar in zes gevallen is bewezen dat de Zodiac de dader was?'

'Dat heb ik me laten vertellen, ja.'

'En u moet kijken naar de moorden die alleen op bepaalde data zijn gepleegd, klopt dat?'

'Dat klopt.'

Costello haalde een blocnootje en een pen uit de binnenzak van zijn colbert. 'Goed, wat hebben we?' vroeg hij aan zichzelf. 'Op 27 september 1969 hadden we Bryan Hartnell en Cecilia Shepard, allebei neergestoken bij Lake Berryessa. Hij heeft het overleefd. Zij niet. Op 11 oktober '69 hadden we Paul Stine die werd neergeschoten in San Francisco. Op 26 september 1970 hadden we Donna Lass in Nevada, alleen hebben ze haar nooit gevonden... Op 29 september 1974, Donna Braun, gewurgd in Monterey. En ten slotte hebben we Susan Dye, op 16 oktober 1975 gewurgd in Santa Rosa. Alleen van Hartnell, Shepard en Stine is onomstotelijk vastgesteld dat ze slachtoffers van de Zodiac waren. Hartnell heeft het overleefd...'

'Ik zou hem schrijven als ik u was,' zei Irving. 'Vragen of hij lid wil worden van uw groep.'

Costello reageerde niet op Irvings sarcastische opmerking.

'Dus als hij een Zodiac-moord pleegt, dan zoekt u naar een moord die op de 26e, 27e of 29e van deze maand zal plaatsvinden, maar hij kan ook wachten tot 11 of 16 oktober.'

'Áls hij een Zodiac-moord pleegt.'

'Inderdaad,' zei Costello, 'als hij een Zodiac-moord pleegt, en alleen als hij besluit de onbewezen moorden te imiteren. Als hij kiest voor het enige erkende Zodiac-slachtoffer, dan zijn het Hartnell en Shepard op de zevenentwintigste.'

'En als hij dat niet doet?'

'Dan moet u uw ogen en oren goed de kost geven, want als je rekening houdt met ongeveer tweehonderd seriemoorden per jaar over een periode van vijftig jaar, dan is er elke dag wel ooit iemand doodgegaan.'

'Dat is een hele geruststelling.'

Costello klapte zijn blocnootje dicht, stak het weer in zijn zak.

'En nu u,' zei Irving. 'Nu gaat u me iets vertellen wat ik nog niet weet.'

'Er bestaat een subcultuur, een groep mensen die artefacten verzamelt,' zei Costello. 'Artefacten van seriemoorden.'

'Daar weet ik van, van die onzin,' zei Irving.

'Nee,' zei Costello. 'Deze verzamelaars niet. Dit zijn niet van die idioten, mensen die foto's van plaatsen delict verkopen en t-shirts met bloedvlekken. Ik heb het over serieuze mensen. Mensen met heel veel geld. Het soort dat een snuffmovie voor je weet te regelen, een echte.'

'En wat hebben die mensen met de zaak te maken?'

'U zou met ze moeten praten,' zei Costello. 'De kans bestaat – althans dat denk ik – dat de man die u zoekt een van die mensen is, of met die mensen in contact is gekomen omdat hij meer inzicht wilde hebben in een bepaalde moord.'

'U roept maar wat,' zei Irving. 'We hadden een afspraak… We hadden afgesproken dat je me iets zou vertellen wat ik nog niet wist…'

'Ik heb een naam voor u,' zei Costello. 'Leonard Beck.'

'En wie mag dat dan wel zijn?'

'Iemand die u mogelijk beter kan helpen dan u zich realiseert.'

'En waar vind ik deze Leonard Beck?'

'In het telefoonboek, rechercheur… Gewoon in het telefoonboek.

Voor zover ik weet woont hij momenteel in Manhattan, en hij is de enige die erin staat.'

'Dat is het?'

'Dat is het, rechercheur.'

'Nu heb ik twee vragen voor u, meneer Costello.'

Costello trok zijn wenkbrauwen op.

'Was Mia Grant de eerste?'

'Volgens mij wel.'

'Hoezo? Hoe weet u dat zo zeker? Misschien is het al jaren aan de gang.'

'Ik weet het ook niet zeker. Hemel, hoe kan iemand ooit iets zeker weten. Ik heb...' Costello zweeg een moment. 'Ik ben hier al enige tijd in geïnteresseerd.'

'In seriemoorden.'

'Moordenáárs. Het gaat niet om wat ze doen, maar waarom ze het doen. Het gaat om de situationele factoren. De manier waarop dingen in elkaar grijpen en hoe iemand zover komt dat hij gelooft dat een ander mens van het leven beroven, iemand die hij niet eens kent, een rationele daad is, een oplossing voor iets.'

'Niet voor een probleem dat u of ik als een probleem zouden zien.'

'Nee, natuurlijk niet. U kunt irrationeel gedrag niet rationeel verklaren. We hebben het niet over mensen die de geaccepteerde denk- en handelwijzen volgen. We hebben het over mensen die alles wat doorgaat voor normaal allang achter zich hebben gelaten.'

'En welk probleem lost dit voor u op, meneer Costello?'

'Probleem?' Costello schudde zijn hoofd. 'Ik beschouw mezelf als een wetenschapper, rechercheur Irving, dat is alles. Als u denkt dat ik probeer een demon uit het verleden uit te drijven, dan vergist u zich. Ik ben aangevallen door iemand die geen enkele reden had om me aan te vallen. Hij probeerde ons allebei te vermoorden, maar hij heeft alleen het meisje vermoord dat op dat moment bij me was. Ze was zeventien jaar, en toen ik van de lichamelijke verwondingen was hersteld moest ik de mentale en emotionele gevolgen verwerken.'

'En die hebt u nu verwerkt?'

'Ik heb veel gelezen, rechercheur. Boeken over psychologie, psychiatrie, psychoanalyse, allerlei dingen, en ze verklaren geen van alle hoe een mens in elkaar zit. Niet echt met zekerheid, en met inzicht in de mate waarin een individu zichzelf kan begrijpen. Ik heb het idee dat ik mezelf tot op zekere hoogte heb leren begrijpen en daardoor kan ik mijn leven nu leiden zonder de last van het verleden met me mee te zeulen. Ik heb mijn goede momenten...' Costello glimlachte gereserveerd. 'Ik heb mijn eigenaardigheden. Ik heb geen relatie met iemand, en eerlijk gezegd denk ik niet dat ik die ooit zal krijgen.' Hij zweeg een moment. 'Ik tel dingen...'

Irving keek hem vragend aan. 'Wat voor afwijking hebt u, rechercheur? Wat voor dingen doet u zonder dat iemand het weet? Vermijdt u de scheuren in het trottoir, of controleert u voor u van huis gaat drie keer of de deur op slot is?'

Irving lachte. 'Ik lees de krant achterstevoren... Ik lees de artikelen niet echt achterstevoren, maar ik begin achter in de krant en werk langzaam naar de voorpagina toe.'

'Waarom? Dat is echt raar.'

Irving haalde zijn schouders op. 'Ach, ik weet niet, mijn vader deed het altijd. Of misschien heb ik ervan gemaakt dat hij dat deed, je weet wel. Dat hij de sportpagina las, daarna de strips en de horoscoop, en ten slotte de berichten die hem interesseerden. Ik had altijd het idee dat hij de krant achterstevoren las.'

'Had u een goede band met uw vader?'

'Niet echt... Volgens mij schoot ik in zijn ogen in alle opzichten tekort.'

'Geen broers en zussen?'

'Nee, alleen ik.'

'En bént u tekortgeschoten?'

'Ik hoop het niet.'

'Dus misschien hebben mensen van dat soort kleine gewoonten en eigenaardigheden die ze van andere mensen overnemen omdat ze hun een veilig gevoel geven... houvast geven, snapt u?'

'Wat krijgen we nu?' vroeg Irving. 'Ben ik nu ineens in therapie?'

'Nee,' zei Costello. 'Ik wilde alleen iets duidelijk maken. We doen allemaal dingen die eigenlijk heel onzinnig zijn, en meestal weten we niet eens waarom we ze doen. De mensen die andere mensen deze dingen aandoen... de gekken, de gestoorden, de seriemoordenaars, die zijn precies hetzelfde, rechercheur Irving. Ze doen ongetwijfeld op hun eigen verknipte manier ook gewoon wat ze doen zonder werkelijk te beseffen of in te zien waarom ze het doen... Het maakt ook niet uit, het maakt feitelijk niet uit waarom ze het doen, ze weten gewoon dat het gedaan moet worden, en dat het nu gedaan moet worden, en het valt niet te ontkennen dat het leven zo in elkaar steekt. Wat ze doen is voor hen volkomen logisch.'

'Dat is een zeer simplistische zienswijze, meneer Costello.'

'Wie zegt dat het ingewikkeld moet zijn?'

'De tweede vraag,' zei Irving.

'Ga uw gang.'

'Die kennis van u... Die kennis die namen en data onthoudt, die de link met de oude moorden heeft gelegd?'

Costello knikte.

'Die kennis bestaat niet, is het wel?'

Costello glimlachte.

'De namen en data van de Zodiac-moorden... De moorden die zijn bewezen en de andere. U hebt die data onthouden, nietwaar?'

'Dat klopt.'

'Weet u ze alle zesenveertig?'

'Wat is dit, een popquiz?'

'Nee, meneer Costello, dat is het niet. Maar als u me hiermee wilt helpen, dan moet alles van nu af aan volkomen helder zijn tussen ons, vind ik.'

'Vraagt u me om mijn hulp, rechercheur?'

'Bent u bereid die te geven?'

'Als u denkt dat ik u kan helpen, ja.'

'Dan kom ik misschien nog een keer met u praten als ik Leonard Beck heb gesproken. U zei dat er maar één in Manhattan in het telefoonboek staat?'

'Maar één die opvalt. Hij is arts.'

Irving stond op, stak zijn hand uit en Costello drukte hem de hand. Hij meende dat zijn gevoel van vertwijfeling op de een of andere manier werd weerspiegeld in de gezichtsuitdrukking van Costello. Het was geen ongebruikelijk gevoel, de wetenschap dat er levens in de waagschaal lagen, dat – afhankelijk van besluiten die nu vielen, afhankelijk van acties die werden ondernomen – mensen zouden doorgaan met leven, onwetend van het feit dat een onbekende hen dood had gewenst, hun dood zelfs al tot in het kleinste detail had voorbereid. Maar dat er als Irving een aanwijzing over het hoofd zag, een oplossing over het hoofd zag, onverbiddelijk een einde aan een leven zou worden gebracht. Zulke dingen wogen zwaar, en de last werd zwaarder met de jaren.

'Dus we zijn klaar,' zei Costello zacht.

'Voorlopig wel, meneer Costello, voorlopig wel.'

20

Laat in de avond, kort na tienen, zocht Ray Irving Edward Cavanaugh op
op internet, en vond allerlei informatie over de moord op zijn vrouw. Sarah
Cavanaugh, geboren Russell, het vierde van zes slachtoffers. Ontvoerd voor
de deur van haar werk op de avond van donderdag 13 mei 1999. Echtgenoot
deed die avond aangifte van vermissing, en de volgende middag nogmaals.
Er werd pas vrijdagavond 14 mei een officiële dienstmededeling rondge-
stuurd. Toen besefte de speciale taakeenheid van de NYPD in Manhattan
– die onderzoek deed naar een recent groot aantal gevallen van ontvoering
en moord – dat hun dader dezelfde werkwijze had. Sarah werd in de vroege
uurtjes van zaterdag 15 mei gevonden in een vuilcontainer achter een goedkoop hotel in het centrum. Ze was geblinddoekt met ducttape, haar hoofd
was kaalgeschoren, haar vingertoppen en tenen verwijderd met een snoei-
schaar. De doodsoorzaak was één enkele steekwond in haar keel; ze was
leeggebloed via de halsader. Evenals bij de drie slachtoffers daarvoor waren
er geen aanwijzingen voor seksueel geweld, hoewel in de buik van Sarah
Cavanaugh met een stanleymes het woord *slut* was gekerfd. De dader, Frederick Lewis Cope, een ontwapenend knappe man, had daarna nog twee
vrouwen vermoord, een in juni en een in augustus. Alle zes de slachtoffers
waren hoogopgeleide vrouwen geweest in de leeftijd van vijfendertig tot
eenenveertig jaar, werkzaam op een kantoor of een bank in het financiële
district in Manhattan. Ze waren allemaal 's ochtends van de buitenwijk waar
ze woonden naar hun werk gereden, en 's avonds weer naar huis. Ze waren
allemaal kinderloos geweest, allemaal getrouwd met een effectenmakelaar.
Waarom Frederick Lewis Cope zich genoodzaakt zag de vingers en tenen
van vrouwen van effectenmakelaars uit Manhattan af te snijden en hen in
vuilcontainers te laten doodbloeden, werd nooit duidelijk. Op 4 september
1999 zat Copes taak er blijkbaar op en sneed hij zijn keel door met het stanleymes dat hij ook had gebruikt om zijn slachtoffers te bewerken.

Edward Cavanaugh was ten tijde van de moord aspirant-partner van Machin, Freed and Langham, een klein investeringsbedrijf met kantoren in New York, Boston en Manchester, New Hampshire. Na de dood van zijn vrouw kreeg hij drie maanden betaald verlof, maar hij keerde niet terug naar zijn werk. Uit allerlei artikelen en blogs die hij op internet had gepubliceerd, bleek dat Cavanaugh was ingestort en nooit meer helemaal de oude was geworden. Cope, in de volksmond ook wel The Slut Killer genoemd, bleek een soort icoon en rolmodel voor een rockband te zijn geworden. The Slut Killers, die zichzelf uitriepen tot 'culturele revolutionairen tegen de gevestigde orde', hadden van 2000 tot eind 2002 een kleine schare fanatieke volgelingen aan de oostkust. Hun fans droegen T-shirts waarop Frederick Cope stond afgebeeld, en soms ook zijn slachtoffers. Cavanaugh probeerde The Slut Killers voor het gerecht te dagen, maar de zaak kwam nooit voor. Het standpunt van de rechtbank was dat de band niet verantwoordelijk was voor de daden van hun fans, en dat de term 'slut killer' geen handelsmerk noch een geregistreerde merknaam was, zodat een reden voor vervolging ontbrak. Cavanaugh zette zijn eigen website op.

Deze website leidde uiteindelijk tot een bijeenkomst van verschillende overlevenden van seriemoordenaars, het handjevol mensen dat de Winterbourne-groep werd. Irving las talloze pagina's, en werd daarop geconfronteerd met de almaar afnemende levenslust van een gebroken en wanhopige man. Hoewel Cavanaugh aanvankelijk had gesproken van hoop en toekomst, hoewel hij in het begin nog enigszins de indruk had gewekt dat hij wilde samenwerken met anderen die mogelijk vergelijkbare dingen hadden meegemaakt, verwerd de website uiteindelijk tot een gedenkplaats voor zijn overleden vrouw. Cavanaugh sprak over hun leven samen, het feit dat ze slechts een week voor haar dood een eerste poging hadden gedaan een kind te verwekken. Ze hadden plannen gemaakt voor de toekomst, en in een tel was aan die toekomst een einde gemaakt.

In de dagen voor zijn zelfmoord vertelde Edward Cavanaugh over zijn wanhoop, zijn gebrek aan vertrouwen in enige vorm van universele gerechtigheid. Hij vertelde over zijn jeugd, zijn kerkse ouders, dat het geloof in God dat hij ooit misschien had gehad, lang geleden was verdwenen. Hij sprak over toeval, geluk, noodlot, karma, over reïncarnatie; over de opvatting dat mensen ter verantwoording werden geroepen voor wat ze mogelijk in een vorig leven hadden gedaan. De pagina's stonden vol met dit soort dingen, soms logische en samenhangende gedachten, soms verwarde uiteenzettingen en monologen. En met elke nieuw stukje op zijn website leek hij verder weg te glijden van een wereld waarin hij zich ooit thuis had gevoeld en waarin hij ooit had geloofd. Zijn laatste notitie, van een uur voor zijn zelfmoord op woensdag 15 mei 2002, precies drie jaar nadat het lijk van zijn vrouw was gevonden, luidde simpelweg: *Fuck it.*

Edward Cavanaugh nam zevenenveertig tabletten Seconal en sneed in bad zijn polsen door.

Irving leunde achterover en masseerde zijn slapen. Hij was doodmoe maar hij wist dat hij niet zou kunnen slapen. Hij had behoefte aan gezelschap, het soort gezelschap dat Deborah Wiltshire zo vanzelfsprekend had geboden. Hij had behoefte aan zin en doel in het leven, aan rust en redelijkheid, en hij wilde iets van zijn leven begrijpen. Hij wilde weten wat hij deed, en waarom. In de wetenschap dat die dingen op dat moment te hoog gegrepen waren, richtte hij zijn aandacht op het telefoonboek van Manhattan en zocht Leonard Beck op. Deze stond vermeld in grote vette letters, heel opvallend, zoals John Costello had gezegd, en toen hij Beck opzocht op internet, ontdekte hij dat zijn praktijk niet ver van het bureau was gevestigd. Beck was cardioloog, een man met meer letters achter zijn naam dan erin. Hij zou morgen bij Beck langsgaan.

Tien over halftwaalf zette Irving alles uit.

Hij zat aan de keukentafel, luisterde naar het verkeer op Tenth Avenue, en dacht na over John Costello, een man die zich had toegelegd op het onthouden van data en plaatsen van moorden, alsof hij daardoor evenwichtig en gezond van geest zou blijven. Of misschien niet. Misschien was er helemaal geen reden voor. Misschien was het – zoals het geval leek te zijn bij Harvey Carignan en Kenneth McDuff, bij John Gacy en Frederick Cope – gewoon iets wat gedaan moest worden.

21

Het was een indrukwekkend gebouw. Op de hoek van East 37th Street en Madison Avenue, vlak bij de Piermont Morgan Library. Eindeloos veel verdiepingen en een hal zo groot als de Grand Ole Opry. Beck had drie verdiepingen voor zichzelf. Groot arts. Groot geld. Grote handdruk toen hij zijn kamer uit kwam om Irving te begroeten.

'Rechercheur Irving,' zei hij, en hij glimlachte breed en vriendelijk, maar iets in die glimlach wees erop dat hij een voorzichtig man was.

De inrichting van Becks kamer kwam zo uit een tijdschrift, allemaal plantenbakken en marmeren objecten, en zijn bureau was groter dan Irvings keuken. Ondanks het grote aantal stonden de dure speeltjes op het blad er verloren bij.

Hij leidde Irving naar een diepe leunstoel, vroeg of hij koffie wilde, vruchtensap misschien, of een glas water? Irving sloeg het aanbod af.

Leonard Beck was halverwege de veertig of iets ouder, schatte Irving. Hij gedroeg zich vormelijk, zoals iemand die zeker is van zijn positie in het leven. Hij wist het, anderen wisten het ook, en verder hoefde het allemaal niet zo helder te zijn. Er was hier genoeg geld om eventuele gênante aangelegenheden te laten verdwijnen. Het was echter niet moeilijk geweest een afspraak met de man te maken. Eén telefoontje, het feit dat Irving hulp nodig had bij een zaak, en toen kreeg hij te horen dat hij direct moest komen.

'Ik stel het op prijs dat u tijd voor me wilde vrijmaken,' zei Irving.

'U hebt geluk dat ik er ben,' zei Beck. Hij nam tegenover Irving plaats. 'Ik ben een paar dagen de stad uit geweest, en morgenochtend vertrek ik naar Atlanta.'

'Dit is geen officieel bezoek, niet als zodanig,' zei Irving, 'maar ik heb uw naam gekregen van iemand die dacht dat u me misschien kon helpen.'

'Een medische kwestie?' vroeg Beck.

'Nee, niet als arts...' Irving zweeg, voelde zich opgelaten. 'Het is een enigszins vreemde...'

'Mijn hobby?' vroeg Beck.

Irving kon zijn verbazing niet verbergen.

'In mijn werk heb ik geen tijd om spelletjes te spelen, rechercheur, zoals ook voor u geldt, neem ik aan. Ik ben in de eerste plaats cardioloog en als het om het hart gaat wind je er geen doekjes om. Ik heb wat sommigen een morbide fascinatie zouden noemen voor een bepaald deel van de menselijke conditie. Ik zou u, in alle oprechtheid, niet kunnen zeggen waarom.' Beck glimlachte, sloeg zijn benen over elkaar, scheen zich volkomen op zijn gemak te voelen. 'In mijn verleden is niets te vinden waaruit je een reden voor deze interesse van mij zou kunnen afleiden, maar als je wordt opgeleid tot arts kom je in aanraking met bepaalde elementen van de menselijke psychologie, psychosomatische ziekten, dat soort dingen. Dat onderwerp leek een nadere studie waard en daarom heb ik heel veel gelezen, en tijdens dat lezen kwam ik in aanraking met de psychiatrie en psychoanalyse, en daarvandaan was het slechts een kleine stap naar de criminele psychologie.'

Beck zweeg een moment en wees naar de boeken die links van zijn bureau stonden. 'Op de tweede plank van boven staan er een paar die ik bij de hand hou.'

Irving volgde Becks blik, en daar op de plank zag hij Geberth, *Praktijk van het moordonderzoek: werkwijze, procedures en forensische technieken*; Ressler en Shachtmann, *De jacht op de seriemoordenaar*; Turvey, *Daderprofilering: een inleiding op de analyse van gedragskenmerken*; Ressler, Burgess en Douglas, *Seksuele moorden: patronen en motieven*; en Egger, *De moordenaars onder ons: een onderzoek naar de opsporing van seriemoordenaars*.

'Een relatief onschuldige interesse, fascinerend, dat wel, maar niet het onderwerp waarover u met mij wilde praten.'

Irving schudde zijn hoofd. 'Ik weet niet precies wat ik u zou moeten vragen, maar ik had het idee dat het misschien niet zo theoretisch maar juist wat –'

'Praktischer zou zijn?' bracht Beck in het midden. 'U doelt op mijn verzameling.'

'Verzameling?'

Beck knikte. 'Mag ik u vragen van wie u mijn naam hebt gekregen, rechercheur?'

'Zeker, uiteraard… van een zekere John Costello.'

'Hamer van God,' zei Beck.

'Kent u hem?'

'John Costello. Nee, ik ken hem niet. Ik heb van hem gehoord, maar alleen vanwege de aanslag die op hem is gepleegd. Hij was de enige die die reeks heeft overleefd.'

'Ik dacht het wel,' zei Irving, en hij was opeens in de war, kreeg het gevoel dat hij aan de rand van een afgrond stond, alsof hier de grens tussen de hem vertrouwde wereld en iets veel duisterders lag.

'Dat denkt u goed,' zei Beck. 'Op 23 november 1984 werden hij en zijn vriendinnetje, Nadia McGowan, aangevallen door Robert Melvin Clare. Zij werd gedood, hij overleefde het. Hij is lid van die groep, hè? Die door Edward Cavanaugh is opgericht.'

'Ja, dat klopt. Mensen die een aanval van een seriemoordenaar hebben overleefd. Ze komen elke maand bij elkaar…'

'U ziet er een beetje ontdaan uit, rechercheur.'

'Zou kunnen,' antwoordde Irving. 'Er bestaat blijkbaar een geheim wereldje onder…'

'Er zit overal wel iets onder,' merkte Beck op. 'De groep van Cavanaugh, wat ik doe… Die dingen zijn niets vergeleken met wat er echt gebeurt. Er zijn mensen die werkelijk geobsedeerd zijn door het onderwerp en er volledig door in beslag worden genomen. Ze besteden hun hele leven, elke minuut en elke dollar die ze te pakken kunnen krijgen aan het opsporen van artefacten.' Beck wierp een blik op zijn horloge, scheen zich iets in zijn hoofd te prenten. 'Hebt u wel eens van Truman Capote gehoord?'

Irving knikte.

'Zijn boek *In koelen bloede*, over de moord op de familie Clutter in Kansas. Ze werden doodgeschoten met een geweer, maar bij de vader werd ook de keel doorgesneden. Ik ken een man die elf jaar bezig is geweest en meer dan tachtigduizend dollar heeft uitgegeven om het mes dat was gebruikt op te sporen.'

Irving fronste.

'U vraagt zich af waarom?'

'Ja,' antwoordde Irving.

'Om dezelfde reden als waarom ik arts ben geworden, en u rechercheur. Waarom zou iemand zijn handen in iemands borstholte willen stoppen, zijn hart eruit halen, het vervangen? Waarom zou iemand zoals u zich dagen achtereen willen verdiepen in de details van afschuwelijke moorden?'

'Volgens mij is wat wij doen wel iets anders dan je verliezen in een morbide interesse in het leven en de artefacten van seriemoordenaars,' zei Irving.

'In onze ogen misschien wel, rechercheur, maar voor degenen die het doen niet. Je zult nooit met succes een rationele verklaring kunnen geven voor iets wat je als irrationeel beschouwt.'

'Dat heb ik eerder gehoord.'

'Laat ik een voorbeeld geven,' zei Beck. 'Kunt u zich voorstellen hoe iemand als John Costello zich voelt? Kunt u zich voorstellen hoe hij zichzelf in de maanden na dat incident de maat heeft genomen? Hij is zestien, hij is op stap met zijn vriendinnetje, het eerste echte vriendinnetje waarschijnlijk dat hij ooit heeft gehad, en hij wordt aangevallen door iemand met een hamer. Die slaat zijn schedel in. Die vermoordt haar, maar hij overleeft het. Hij vraagt zich af waarom het is gebeurd, hij vraagt zich af waarom hij het heeft overleefd en zij niet. Hij denkt na over het lot, over God, over goddelijke vergelding. Hij vraagt zich af of er geen fout is gemaakt, of hij niet degene was die gedood had moeten worden. Mensen stellen vragen, rechercheur Irving, en ze beantwoorden ze zo goed mogelijk. Ze moeten het doen met de antwoorden die ze bedenken, want er is verder niemand die een autoriteit is op dat terrein.'

'En waarom verzamelt u dan dingen...' Irving zweeg, glimlachte. 'En wat verzamelt u eigenlijk?'

'Voornamelijk brieven,' zei Beck. 'Ik heb de belangrijkste verzameling brieven en documenten van bekende seriemoordenaars in het land, misschien wel ter wereld. Ik heb documenten die zijn ondertekend. Ik heb liefdesbrieven, klaagbrieven, verzoek- en verweerschriften, brieven aan moeders en vaders, brieven van overlevenden aan hun aanvallers, en brieven die de aanvallers hebben teruggeschreven aan hun slachtoffers. Ik heb meer dan dertienduizend bladzijden vol woorden en tekeningen. Ik heb zelfs een tekening van de hand van Perry Smith, een van de moordenaars uit Kansas waar Capote over heeft geschreven.'

'En om die dingen te krijgen?'

Beck glimlachte. 'Dat is de reden dat uw vriend meneer Costello u heeft aangeraden met mij te gaan praten, nietwaar?'

'O ja?' pareerde Irving.

'Om uw vraag te beantwoorden, rechercheur... Hoe kom ik aan die dingen? Ik krijg die dingen door zaken te doen met bepaalde personen die ik beslist niet bij me thuis zou uitnodigen.'

'Andere verzamelaars?'

'In zekere zin wel. Er zijn twee zeer verschillende typen mensen in deze handel. De verzamelaars en de verkopers. De verkopers zijn de mensen die op zoek gaan naar het spul, en soms wil ik niet weten hoe ze eraan zijn gekomen. Ze vinden het, ze laten me het weten, ik bel een paar mensen, ik bekijk de spullen, onderhandel over een prijs en koop wat ik hebben wil. Tegenwoordig koop ik veel minder dan vroeger. Er is de laatste tijd een enorme hoeveelheid vervalst materiaal op de markt – geënsceneerde foto's, vervalste documenten, waarmee allerlei ingewikkelde trucs worden uitgehaald om de schijn te wekken dat ze echt zijn. Het overgrote deel van wat ik tegenwoordig zie is waardeloos of vervalst.'

'Goed... Dus als ik een plaats delict wilde reproduceren... Als ik foto's van een plaats delict in handen wilde krijgen zodat ik hem nauwkeurig kon namaken... De positie van het lichaam, de kleren van het slachtoffer, dat soort dingen?'

'Dan zou u veel verder onder het oppervlak moeten gaan zoeken dan u nu doet.'

'Wat bedoelt u?'

'De clandestiene wereld. De sub-subcultuur van deze handel. U zou naar de plaatsen moeten gaan waar dergelijk materiaal gekocht kan worden.'

'En hoe zou ik daar binnenkomen? Hoe moet ik er trouwens achter komen waar die zijn?'

'Ja, ze adverteren zeker niet in *The New York Times*.' Beck was een moment stil, en toen stond hij op en liep naar het bureau. 'Het echte materiaal dat op zulke plaatsen wordt verkocht is vaker wel dan niet gestolen door iemand binnen het federale of gerechtelijke systeem. Griffiers, mensen die in een archief werken, stenografen, personeel van de depots voor bewijsmateriaal... Daar komen de meeste echte spullen vandaan. Het is hun equivalent van nietjes en memoblokjes stelen van kantoor. Een oude zaak, dossiers die uit elkaar vallen, een met de hand geschreven bekentenis van een moordenaar waar niemand ooit nog naar zal kijken omdat die vent in 1973 is terechtgesteld... U snapt wel wat ik bedoel. Het verdwijnt in iemands zak, hij verkoopt het aan iemand voor vijfhonderd dollar, en drie jaar later koop ik het uiteindelijk voor twaalf ruggen. Het andere materiaal, dat veel vaker wordt aangeboden, is vals. Maar het zijn hoe dan ook allebei illegale activiteiten. Het ene is het stelen en vervolgens verkopen van gestolen overheidsdocumenten, het andere is vervalsing. Een rechercheur van politie is wel de laatste die dat soort mensen op hun ruilbeurzen zouden willen zien.'

'Ik laat mijn uniform thuis,' zei Irving.

Beck aarzelde. 'Ik geloof dat er vrijdag de 15e een bijeenkomst is.'

'Waar?'

'Ik weet niet zeker of –'

'Het gaat om echte mensen, dokter Beck,' merkte Irving op.

Beck stak zijn hand op. 'Ik kan u vertellen waar het is, rechercheur, maar ik kan u niet naar binnen krijgen. Dat zult u zelf moeten doen.'

Irving zei niets.

'Ik word wel op de hoogte gehouden van deze bijeenkomsten, maar ik ben er al jaren niet naartoe geweest. De mensen met wie ik zakendoe organiseren privébezichtigingen...'

'Waar vindt de bijeenkomst plaats, dokter Beck?'

'Het mag niet zo zijn dat u –'

'Ik stel het op prijs dat u eerlijk tegen me bent geweest,' zei Irving. 'Ik begrijp ook dat het niets zou uithalen als ik u met dreigementen onder druk probeer te zetten. U weet net zo goed als ik dat het voor mij geen enkele zin heeft uit te zoeken hoe u aan de documenten en brieven bent gekomen. Dat zou op niets uitlopen. Ik vraag u om me te helpen domweg omdat –'

'In Greenwich Village,' zei Beck. 'In West 11th Street ter hoogte van Greenwich Avenue staat een hotel, het Bedford Park. Het klinkt keurig, maar dat is het niet. Het is een luizige tent. Vrijdagavond is daar een bijeenkomst.'

'En hoe kom ik binnen?'

'Op persoonlijke voordracht,' antwoordde Beck. 'Dat is de enige manier.'

'En dat kan ik niet aan u vragen?'

'Laten we het zo zeggen: u zou me een groot plezier doen als u dat niet aan me vroeg, rechercheur Irving.'

Irving bleef een tijdje zwijgend zitten, toen stond hij op, trok zijn jasje recht en zei: 'Het is vandaag dinsdag. Als ik donderdagochtend nog niets heb, kom ik wellicht nog een keer bij u langs.'

'Zoals ik al zei, rechercheur, ik vertrek morgen naar Atlanta. Ik kom pas volgende week maandag terug.'

'Kan ik u ergens bereiken?'

Beck overhandigde Irving zijn kaartje. 'Het nummer van mijn mobiele telefoon en mijn pieper staan erop.'

Irving keek naar het kaartje, niet om te lezen wat erop stond, maar om zichzelf een paar tellen de tijd te geven om zijn gedachten op een rijtje te zetten.

Die gedachten, wat ze ook inhielden, werden onderbroken door Beck. 'Wat is de reden hiervoor eigenlijk?' vroeg hij. 'Is er iemand mensen aan het vermoorden?'

Irving keek op. 'Er is altijd wel iemand mensen aan het vermoorden, dokter Beck. Blijkbaar kan het niet anders.'

22

Commissaris Farraday was niet blij. Hoofdcommissaris Ellmann was die ochtend geweest en had Irving persoonlijk willen spreken. Farraday had hem ontvangen, gezegd dat Irving achter een zeer belangrijke aanwijzing aan was. Ellmann wilde bijzonderheden, Farraday had er een beetje omheen geluld. Ellmann had het doorgehad, tegen Farraday gezegd dat het hoog tijd werd dat hij de zaak serieus nam en zich naar behoren gedroeg. Dat waren letterlijk zijn woorden. Irving vond het onvoorstelbaar dat iemand zoiets zei. Daarna had Ellmann tegen Farraday gezegd dat het bureau in district 4 de zetel van deze nachtmerrie werd, dat Irving de leiding had, dat het hun zaak was. Ze zouden een budget krijgen voor extra uren van de uniformdienst om aan de dossiers te werken, voor aanvullend onderzoek, dat soort dingen, maar rechercheurs uit district 9, 7, 3 en 5 plukken, dat zou niet gebeuren.

'Hoeveel moorden dit jaar?' had Ellmann Farraday gevraagd.

Farraday had zijn hoofd geschud. 'Dit bureau... god... tweehonderdveertig. Misschien tweehonderdvijftig, zo om en nabij.'

'En hoeveel rechercheurs?'

'Zes.'

'Dat is veertig of vijftig de man,' had Ellmann geantwoord. Hij vuurde opmerkingen op Farraday af alsof hij op de schietbaan stond. 'Irving krijgt ze alle acht. Dit is zijn kindje. Het is een goede rechercheur. Hij heeft eervolle vermeldingen gehad. Hij heeft nooit met Interne Zaken in de clinch gelegen. Hij kan het wel aan. En zorg er verdomme voor dat het niet in de krant komt.'

'Maar...'

Ellmann had zijn hoofd geschud. 'Het zijn acht moorden. Ik zit met een campagne voor mijn aanstelling als hoofdcommissaris, de burgemeester heeft zijn eigen herverkiezing. Een hoog oplossingspercentage, dat hebben we nodig, commissaris. Ik kan niet vier of vijf bureaus al hun mankracht laten inzetten voor iets wat in feite één onderzoek is. Irving is een grote jongen, hij kan het wel aan. Ik heb ervoor gezorgd dat de *Herald* het zwijgen is opgelegd, en we hebben met *The Times* gesproken over die brief die ze hebben ontvangen. Nu willen ze nog wel meewerken, maar als ze er lucht van krijgen dat we alle beschikbare middelen in deze zaak stoppen, nou, dan weet je wel wat een opwinding dat bij ze zal veroorzaken. Irving moet het doen. Zeg tegen hem dat het snel en goed moet gebeuren.'

De boodschap werd doorgegeven toen Irving op het bureau kwam.

Hij was niet verbaasd. Hij had het min of meer verwacht.

'Ik heb je de achterste helft van de afdeling gegeven,' zei Farraday. 'Daar kun je je crisiscentrum inrichten. De dossiers liggen er. Ze hebben alles van de andere bureaus hierheen gebracht. Het is een zootje, maar je mag een paar agenten hebben om het uit te zoeken. Ik ben hier nog een uur of drie en dan ben ik weg tot donderdagochtend. Is er iets wat je nu direct al nodig hebt?'

'Ik moet een hotelreservering controleren, en dan moet iemand in de gaten houden wie daar komt opdagen.'

'Ik teken wel voor alles wat je nodig hebt, stuur maar iemand naar me toe met de papieren.'

'Hoe kan ik u bereiken als ik nog iets anders nodig heb?'

Farraday schudde zijn hoofd. 'Officieel ben ik onbereikbaar. Als het een kwestie van leven en dood is, moet je mijn mobiel maar bellen en een bericht inspreken. Dan bel ik je zo snel mogelijk terug.'

'Mag ik een van die agenten houden?' vroeg Irving.

'Nee, ik kan ze niet missen. Tot halverwege volgende maand kan niemand in zijn eentje ergens aan werken. Ik heb een even aantal mensen. Ik geef je er twee, want het is twee of niets. Je krijgt ze tot de lunch en daarna moeten ze naar buiten. Op dit moment draait alles om zichtbaarheid op straat...'

'De verkiezingen,' stelde Irving nuchter vast.

'Onze baan,' zei Farraday. 'Als je het zo bekijkt, lijkt het niet zo goedkoop.'

Irving bracht eerst een kort bezoekje aan zijn eigen kamer en liep toen nog een trap op naar de tweede. De ruimte waar ze de vorige dag hadden gezeten, was in de lengte met scheidingswandjes in tweeën verdeeld. Aan de linkerkant zaten de werkplekken van de gewone rechercheurs

Moordzaken. Hun bureaus waren dicht op elkaar geschoven om de nodige ruimte te maken. Aan de rechterkant stonden een paar bureaus met de korte kant tegen elkaar aan en de whiteboards. Bovendien lagen daar de dossiers en de stukken die uit de andere districten waren gebracht opgestapeld op de vloer.

Na enkele minuten verschenen de twee agenten al.

'Neem die muur,' zei Irving. 'Schuif de bureaus er in de lengte tegenaan. Maak vijf stapels van de dossiers, één voor elke moord, en dan wil ik aan de muur foto's hebben van de slachtoffers en van de plaatsen delict. Helemaal rechts wil ik de spullen van Shawcross hebben, de brief die naar *The Times* is gestuurd –'

De jongste van de twee agenten, Michael Kayleigh, onderbrak Irving. 'Ik weet zeker dat die brief naar het forensisch lab is. Volgens mij heeft Turner hem gisteren meegenomen.'

Irving knikte. 'Best. Bespaart een van jullie een wandeling.'

'Ik weet wat er moet gebeuren,' zei de tweede agent. Zijn naam was Whittaker, hij was onlangs overgeplaatst van het bureau in district 11. 'Ik heb het eerder gedaan.'

'Mooi, dan laat ik het aan jullie over. Neem alles door, zoek uit wat er ontbreekt in de stukken, maak een lijst voor me. Alles waar je niet zeker van bent leg je opzij. Daar kijk ik dan wel naar als ik weer terug ben.'

'U weet toch dat we maar tot de lunch kunnen blijven?' zei Kayleigh.

Irving keek op zijn horloge. Het was kwart voor elf. 'Dan zou ik maar gauw aan de slag gaan,' zei hij.

23

De naam van de persoon die voor vrijdagavond de vergaderzaal van het Bedford Park Hotel had gereserveerd kostte Irving veertig dollar. Bij twintig was de receptionist nog terughoudend, niet overtuigd geweest en daarom had Irving het verdubbeld.

Irvings vermoedens over het Bedford Park werden volledig bevestigd. Het hotel was waarschijnlijk gebouwd in het begin van de jaren vijftig, tijdens de onstuimige periode van groei en welvaart die New York na de oorlog had beleefd. Het had betere tijden gekend, en er hing een waas van eenzame wanhoop omheen die sprak van heimelijke afspraakjes, drugsdeals, hoeren die hun lichaam per uur verkochten en ongedierte. In het gebouw stonk het naar zweet, een aandenken aan de ongewassen en ongewenste figuren die zich van het ene tijdelijke baantje naar het volgende sleepten. Het was deprimerend en Irving was bijzonder opgelucht toen hij er weg kon.

George Dietz. Dat was alles wat Irving had, alles wat zijn veertig dollar hem had opgeleverd.

Eenmaal weer op het bureau voerde hij de naam in in zijn computer, maar vond niets. Hij belde met het archief, sprak met een van de meisjes over pseudoniemen, dossiers met aliassen en valse namen.

'Allemaal gedigitaliseerd,' zei ze, 'maar die bestanden zijn alleen toegankelijk vanaf een computer in het archief, niet vanaf je eigen pc.'

'Kun jij het voor me nakijken?'

'Geef de naam maar.'

Irving spelde hem.

'Ik bel je wel.'

Irving keek een tijdje hoe Whittaker en Kayleigh de muur aankleedden met de recente moorden. Acht gezichten keken hem aan: Mia Grant, Ashley Burch en Lisa Briley, James Wolfe – die hem met de afschuwelijke starre clownskop beschuldigend aanstaarde, alsof hij vroeg: *Waarom was je er niet? Waarom was er niemand om me te helpen?* Vervolgens de drie uit district 3 en 5: Luke Bradford, Stephen Vogel en Caroline Parselle. De laatste was de hoer, de Shawcross-kopie, Carol-Anne Stowell.

De telefoon ging.

'George Dietz was het, hè?' zei het meisje van het archief.

'Ja, iets gevonden?'

'Het is een bekende alias voor een zekere George Thomas Delaney, en als je die naam intypt op je pc, zul je zien wat een charmant en lekker heerschap dat is.'

Irving bedankte haar, hing op, voerde de naam in en zag het strafblad van de man verschijnen.

Delaney was zesenveertig jaar oud, geboren in Scranton, Pennsylvania. Zeven keer gearresteerd, voor het eerst toen hij negentien was. Onzedelijk gedrag, exhibitionisme, poging tot verkrachting (aanklacht wegens gebrek aan bewijs niet ingebracht), verdacht van exploitatie van prostitutie door minderjarigen, inbraak (het magazijn van een importeur van pornografische films), aanzetten tot prostitutie, poging tot omkoping van een politieagent en zware mishandeling. Hij had nooit gezeten. Hij had de gevangenisbus op een haar na gemist. Delaney had het pokdalige en vetharige air met half geloken ogen dat in zijn beroep vereist scheen te zijn. Hij had het Bedford Park gereserveerd. Een vergaderzaal reserveren was geen overtreding, voor wat voor ontaarde dingen men die zaal ook wilde gebruiken. Via Delaney zou hij niet binnen kunnen komen. Delaney zou te bekend zijn.

Irving noteerde het adres van Delaney, een koopflat niet ver van het Bedford Park in Bleecker Street. Hij drukte de foto van de man af, stopte hem in zijn jaszak, wisselde een paar woorden met Kayleigh en Whittaker, bedankte hen voor hun tijd en vertrok.

Hij reed terug zoals hij ongeveer een halfuur geleden was gekomen, een stuk over Sixth Avenue, rechtsaf West 14th Street in, over 8th Avenue naar Abingdon Square en Bleecker Street.

Het flatgebouw waar George Delaney woonde was een uitgewoonde bende, passend voor een man met zijn reputatie en maatschappelijke positie. De verf bladderde op talloze plaatsen, op de muren zat onder de goot een lappendeken van roestvlekken, en op de galerij lag allerlei vuilnis uitgestrooid: een kapotte stoel, waarvan de vulling door een bolstaande naad naar buiten puilde; een driewieler, eens vrolijk gekleurd maar nu achtergelaten en vergeten; een stapel verweerde kranten met een touwtje eromheen. Irving kon zich maar moeilijk voorstellen dat mensen zo wilden leven. Als hij in die flat had gewoond, had hij de buren opgetrommeld, een paar flesjes bier opengemaakt, de galerij opgeruimd, de gevel geschilderd, de schijn opgehouden dat het de moeite waard was de boel te onderhouden... Maar de mensen hier leidden een uitzichtloos, eenzaam bestaan – ze waren werkloos, zaten met hun hoofd tussen hun schouders weggekropen in een stoel en rookten hasj, dronken lauw bier, aten koude pizza en bekeken met het zweet op hun lijf talloze hedonistische beelden op internet.

Irving parkeerde aan de overkant van de straat, waar hij goed uitzicht had op het gebouw. Er stonden auto's voor geparkeerd, drie stuks, en hij noteerde de kentekens. Het dashboardklokje stond op tien voor twaalf. Hij haalde de foto van Delaney uit zijn jaszak, vouwde hem plat, legde hem schuin tegen het stuur. Hij keek naar het gezicht van de man en vroeg zich af wat voor duistere en meedogenloze wereld er achter die ogen lag.

Irving vervloekte zichzelf dat hij geen broodje of iets dergelijks had meegenomen, maakte het zich gemakkelijk en wachtte.

Na drie kwartier kwam aan de overkant van de straat een gammele Buick Regal tot stilstand. Er stapte een bijzonder onopvallende man uit, één uit duizenden. Verschoten spijkerbroek, leren jasje, glad naar achteren gekamd haar, ongeschoren, een sigaret bungelend in zijn mondhoek. Hij deed de auto op slot, liep snel het trottoir over, rende de trap op en liep rechtstreeks naar de deur van Delaney. Irving noteerde het kenteken, belde de meldkamer en vroeg of ze het wilden natrekken.

Wat ze met elkaar bespraken deed er niet toe; dat Delaney zijn gezicht niet liet zien deed er nog minder toe. Het enige wat Irving interesseerde was de naam die hij doorkreeg van de meldkamer, dat de vent die bij Delaney op bezoek was, ene Timothy Walter Leycross, precies het soort man was dat Irving nodig had. Leycross was eenendertig; hij had drie bekeuringen voor verkeersovertredingen uitstaan, zeven maanden in de jeugdgevangenis gezeten, nog eens tweeënhalf jaar in Attica voor een poging tot verkrachting van een minderjarige, en was op dit moment in afwachting van een bericht van het Openbaar Ministerie of een computer die in hun bezit was zijn geheimen prijsgaf. Leycross was gearresteerd bij een actie van het gezamenlijke politiekorps van New York tegen mensen die kinderpornografie verspreidden op internet, zijn computer was in beslag genomen en de beste computerkrakers van het Openbaar Ministerie probeerden het doolhof van omwegen en onzichtbare computers te ontwarren dat dergelijke mensen gebruikten om de bewijzen van hun voorkeuren te versluieren en te verbergen. Irving was op de hoogte van de zaak – Operatie Veiligstellen – en hoewel deze zijn bureau niet had gepasseerd, had hij genoeg tijd op Zedendelicten doorgebracht om te weten hoe moeilijk het was een veroordeling te krijgen. Door het optreden van de politie liepen de activiteiten van deze mensen vertraging op, maar er zou geen einde aan komen. En als ze met succes werden voorgeleid, aangeklaagd, voor de rechter gebracht, veroordeeld en gevangengezet, zouden ze door de milde straffen van tegenwoordig na een paar maanden weer in het normale leven terugkeren, waarna ze dubbel zo hard aan de slag gingen. Er viel geld te verdienen met hun handel, bakken met geld, hoewel Irving meende dat ze zo verslaafd waren aan het onderwerp zelf dat de financiële opbrengst hen minder interesseerde. Delaney en Leycross waren voorbeelden van een bepaald slag mensen, en de wereld waarin zij leefden was bijzonder verdorven.

Het gesprek bij Delaney aan de deur duurde nog geen minuut. Er verwisselde iets van eigenaar, en toen Leycross op weg ging naar het trappenhuis zag Irving dat hij iets onder zijn jas stopte.

Leycross reed haastig weg, keek niet achterom, scheen niet te merken dat Irving achter hem aan kwam. Irving volgde de Buick een eindje, deed het zwaailicht op het dashboard aan toen ze Gansevoort Street passeerden en zette Leycross na het kruispunt van West 13th en Hudson Street aan de kant.

Irving was ongewapend, en liet zijn vuurwapen in de kofferbak van de auto liggen. Hij kende talloze lui als Leycross en wachtte rustig tot de man de spullen die hij bij Delaney had opgehaald onder de passagiersstoel had geschoven.

Toen Irving vlak bij de achterbumper van de auto was, ging het portier aan de bestuurderskant open.

'Blijf in de auto zitten, Timothy,' riep hij.

Het was een standaardtruc: stap uit, loop naar de politieman toe, begin een gesprek, houd hem uit de auto, de aandacht altijd weg van de auto.

Timothy Leycross zakte terug in de stoel en trok het portier dicht.

De uitdrukking op zijn gezicht toen Irving op hem neerkeek was zeer bekend. Godver, zei die blik. Godverdegodver.

'Hoe staan de zaken, Timothy?' vroeg Irving.

'Goed... ja. Het gaat goed. Lekker.'

'Fijn om te horen dat het lekker gaat. Rij- en kentekenbewijs zijn waar precies?'

'In het handschoenenkastje.'

'Rustig aan dan, kerel. Doe het open en laat me eerst kijken voor je er iets uit haalt, ja?'

Leycross was blijkbaar bijzonder goed op de hoogte van de gang van zaken. Hij werkte mee. Hij weigerde niet, maakte geen bezwaar, begon niet te zeuren en te klagen. Hij vroeg niet waarom hij aan de kant was gezet. Hij wist precies waarom, wist ook dat er geen ontkomen aan was.

Uitsluitend om Leycross nog iets langer in spanning te houden, bestudeerde Irving de papieren alsof er iets belangrijks uit op te maken viel.

Toen hij ze teruggaf zag hij een tel, langer niet, aan Leycross' gezicht dat deze zich afvroeg of dit alles was.

'Er staan nog drie bekeuringen van je open,' zei Irving.

Het gezicht van Leycross betrok.

'Ik ga ze betalen...'

Irving stak zijn hand op. 'Er staat een computer van je bij het Openbaar Ministerie, Tim. Ze hebben je computer... Pluizen hem helemaal uit om te zien of ze alle kinderporno kunnen vinden, hè?'

Leycross veinsde verontwaardiging, deed zijn mond open om het een of ander te spuien.

'Ik wil het niet weten,' zei Irving. 'Dat is tussen jou en de officier van justitie.' Irving bukte, legde zijn hand op het dak van de auto en glimlachte vriendelijk. 'Maar wat ik wel wil weten is wat je zo-even bij George Delaney hebt gekocht.'

'Delaney? Ik ken –'

'Niemand die Delaney heet,' vulde Irving voor hem aan. 'Je kent niemand die Delaney heet, of Dietz, en als het je onder een bekeuring uit zou helpen, kende je je eigen moeder ook niet.'

Leycross was geagiteerd, zijn ergernis sloeg langzaamaan om in boosheid, met op de achtergrond de nare overtuiging dat dit niet goed voor hem zou aflopen.

Er werd niet meer dan een minuut of vier heen en weer gepraat. Leycross voerde aan dat Irving het recht niet had om hem aan de kant te zetten, zei dat er geen redelijk vermoeden van schuld was en dus geen reden om de auto te doorzoeken. Irving zei dat Leycross zich direct nadat hij de auto tot stilstand had gebracht voorover had gebogen om iets onder de passagiersstoel te stoppen. Een vuurwapen? Een hoeveelheid drugs misschien? Natuurlijk was er een redelijk vermoeden van schuld. Hij zag de ogen van Leycross vlammen van boosheid, maar zodra die boosheid zichtbaar werd, liet hij verslagen de schouders hangen. Irving wilde iets, Leycross twijfelde er geen moment aan dat dat het geval was. Moest hij zich hard opstellen en zich laten oppakken, of moest hij open kaart spelen en dan maar hopen dat hij er een aardige deal uit kon slepen?

'Je moet het zo zien,' zei Irving tegen hem. 'Als je meewerkt, komen we er wel uit. Als je je gedraagt als een klootzak, kan ik je garanderen dat iemand op die computer van je precies zal vinden wat hij nodig heeft, en dan ga je terug naar Attica met het toevoegsel kinderverkrachter achter je naam.'

'Ik heb niemand verkracht,' zei Leycross.

'Je bent er geweest, Tim. Je weet hoe het er gaat. Het maakt ze geen moer uit of je het hebt gedaan, of ernaar hebt gekeken, of er plaatjes van hebt verkocht. Er zijn dingen die zelfs de slechtste mensen ter wereld niet dulden. Je moet niet vergeten dat de meesten zelf kinderen hebben, en terwijl zij binnen zitten en zich zorgen maken over hun kinderen, zien ze jou daarbuiten achter ze aan gaan met je filmcamera.' Irving stak zijn hand in zijn jaszak en haalde er een lege hersluitbare plastic zak uit. Hij trok hem open, hield hem Leycross voor.

Leycross aarzelde, en toen werd alles wat hij wilde zeggen voorgoed ingeslikt. Hij deed afstand van het pakketje onder de passagiersstoel.

Acht dvd's, bij iemand thuis gemaakt, gebrand op een pc. Geen etiket of niets. Hij liet ze in de zak vallen en Irving drukte de bovenkant dicht.

'Hoe oud?' vroeg Irving.

Leycross trok zijn wenkbrauwen op.

'De kinderen in deze films?'

Leycross schudde zijn hoofd.

'Zit er één bij die ouder is dan twaalf, Tim?'

Leycross keek weg, door de voorruit naar de overkant van de straat.

'Ik wil het eigenlijk niet eens weten, Tim.'

Leycross keerde zijn gezicht uitdagend naar Irving.

'Dat feestje vrijdagavond,' zei Irving. 'Ga je erheen?'

'Welk kutfeestje?'

'Ik zou een beetje oppassen welke krachtterm je hier kiest, Tim.'

'Ik weet niet waar je het over hebt.'

'Het feestje dat je vriend George organiseert in het Bedford Park.'

Het gezicht van Leycross veranderde van uitdrukking. Een onderdeel van een seconde lag er een blik van paniek in zijn ogen. Had hij Irving niet recht aangekeken, dan had Irving het misschien niet eens gezien.

'Belangrijke avond vrijdagavond, kerel,' zei Irving op achteloze, nonchalante toon. Hij sprak alsof het oud nieuws was voor de hele NYPD.

'Ik weet niets van een feestje,' zei Leycross. 'Ik heb geen idee waar je het over hebt.'

'Nou, dan zorg je maar dat je precies weet waar ik het over heb, anders maken we een ritje naar het bureau en maak ik een proces-verbaal tegen je op vanwege die verkeersboetes, en stoppen we daarna deze dvd's in de dvd-speler in de kantine en gaan een stuk of vijf doorgewinterde en cynische rechercheurs van Zedendelicten, die trouwens allemaal kinderen hebben, jouw clandestiene kopieën van *Jurassic Park* en *Star Wars* bekijken... Want dat hebben we hier, neem ik aan, Tim. Toch?'

Leycross boog zijn hoofd. Hij slaakte een diepe zucht, en toen hij zijn gezicht weer ophief naar Irving lag er zo'n gelaten en zielige blik in zijn ogen dat Irving moeite moest doen om niet in lachen uit te barsten.

'Wat wil je?' vroeg Leycross.

'Ik wil dat je me meeneemt.'

'Hè?'

'Naar het Bedford Park Hotel, vrijdagavond. Ik wil dat je me meeneemt als introducé.'

'Je bent niet goed bij je hoofd, man!'

Irving boog zich naar voren. Hij kon de lichaamsgeur van Leycross door het open raampje ruiken. 'Het is of dat, of we gaan op het bureau praten over je terugkeer naar Attica die al veel te lang op zich laat wachten.'

'Jezus, man, wat wil je nou? Heb je enig idee wat er met me zal gebeuren als ik je daar mee naartoe neem en jij mensen begint te arresteren...'

'Ik ga niemand arresteren, Timothy. Ik ben een bezoeker, een potentiële koper van wat jouw vrienden daar allemaal te koop aanbieden...'

'Het zijn mijn vrienden niet.'

'Des te beter. Veel beter als ze je niet kennen. Dan gaan ze je ook niet vragen wie ik ben.'

'Je weet er toch zo veel van, je weet waar het is, ga dan zelf.'

'Ik weet hoe die dingen werken, Tim, heus. Naar sommige dingen ga je niet zonder uitnodiging of persoonlijke aanbeveling. Vrijdagavond, beste kerel, hebben wij een afspraakje. Trek iets leuks aan, hè?'

'Al dat gelul –'

Irving sloeg met zijn hand op het dak van de auto. Leycross schrok ervan.

'Nu is het genoeg,' zei Irving. Hij hield de plastic zak omhoog. 'Jij neemt me mee naar het Bedford of ik neem je mee naar het bureau.'

'Goed, goed, goed… God, man, je jaagt me de stuipen op het lijf. Dit is verdomme intimidatie!'

'En dit?' zei Irving, terwijl hij Leycross in de schouder porde met de zak met dvd's. 'Dit is zeker een beetje onschuldig vermaak voor de huiselijke kring? Je bent een beest, kerel, een godvergeten beest. Dus begin tegen mij niet over intimidatie, ja?'

Leycross stak zijn handen op in een verzoenend gebaar. 'Zeven uur,' zei hij. 'Weet je het St.-Vincent?'

'Het ziekenhuis?'

'Ik zie je daar op de parkeerplaats vrijdagavond… Zeven uur.'

'Moet ik je nog vertellen dat je tegen iedereen je mond moet houden?'

Leycross schudde zijn hoofd. Hij wierp een blik op de dvd's in Irvings hand.

'O nee, kerel, deze hou ik. Die zijn mijn onderpand. Als jij niet komt opdagen, of ik ga erheen en de bijeenkomst is afgeblazen – als ik ook maar het flauwste vermoeden krijg dat ze weten wie ik ben – dan gaan we jouw lievelingsfilms aan de rest van de wereld laten zien, begrepen?'

Leycross zei geen woord.

'Begrepen, Tim?'

'Ja, ja,' snauwde hij boos.

'Goed. De parkeerplaats van het St.-Vincent om zeven uur.'

Toen Irving Leycross zag wegrijden, vroeg hij zich af wat voor soort God dergelijke mensen had geschapen, en toen glimlachte hij: hij had zijn geloof in het bestaan van een God al heel lang geleden opgegeven.

24

Er waren hiaten. Te veel om te tellen. Incidentverslagen waaraan namen, mede-ondertekeningen op verklaringen van getuigen en omwonenden ontbraken. Irving wist zeker dat de ouders van de veertienjarige tweelingbroers die het lichaam van Mia Grant hadden gevonden, een toestemmingsbewijs voor het opnemen van een verklaring van minderjarigen hadden ondertekend, maar noch Kayleigh noch Whittaker had het kunnen vinden. Irving piepte de vrouwelijke agent op die bij hen thuis was geweest, werd teruggebeld door een collega met de mededeling dat ze er de rest van de week niet was. Irving nam zelf alle dossiers door en ontdekte nog meer fouten. Foto's van plaatsen delict waren verkeerd gedateerd. Een lijst met namen – van iedereen die in de omgeving van de moord op Burch en Briley was ondervraagd – werd genoemd in de inhoudsopgave van het dossier, maar had ook de benen genomen. In de verklaring van de man die de meisjes had gevonden – Max Webster, een vertegenwoordiger – werd melding gemaakt van zijn visitekaartje met het nummer van zijn mobiele en vaste telefoon, maar Irving kon het niet vinden. Het was ongetwijfeld tijdens het transport uit een van de mappen gevallen. Nu kon het overal zijn, op een trap, in de kofferbak van iemands auto, ergens onder een bureau. De man kon makkelijk worden opgespoord, maar dat was het punt niet. Het feit dat er iets ontbrak deed vermoeden dat er nog meer dingen ontbraken. En zolang hij niet wist wat er weg was, zou hij ook niet weten dat hij ernaar op zoek moest.

Irving legde de zak met dvd's van Leycross achter slot en grendel in de onderste la van zijn bureau. Zodra Leycross hem bij de bijeenkomst in het Bedford Park Hotel binnen had gekregen, zouden die dvd's op de afdeling Zedenmisdrijven terechtkomen. Als het om individuen zoals Leycross ging, had Irving er geen moeite mee zijn woord te breken. De schoft zou teruggaan naar Attica, dat stond vast.

Irving noteerde op het whiteboard de dingen waarnaar gezocht moest worden. Daaronder schreef hij *Winterbourne-groep*, daaronder *John Costello*. Aan de linkerkant van het bord schreef hij *Bedford Park Hotel, vrijdag 15.09.06 Timothy Walter Leycross*, onder Leycross' naam *George Delaney, alias Dietz*.

Een bijeenkomst van slachtoffers van seriemoordenaars in het ene hotel op de tweede maandag van elke maand, leden onbekend. Een bijeenkomst van handelaren in kinderpornografie, pedofielen en allerhande gespuis in een ander hotel. Hadden ze iets met elkaar te maken? Waren er lijnen die deze mensen met elkaar verbonden, en was er iets wat hem kon helpen bij zijn huidige taak, wat hem de weg zou wijzen naar de dader die hij moest identificeren en lokaliseren?

Irving deed er een uur over om zijn eerste verslag te typen, stuurde een kopie naar Bill Farraday en zocht vervolgens op internet naar de namen en data van de bewezen en vermoedelijke Zodiac-slachtoffers tussen dinsdag 12 september en Kerstmis. Gedachten aan de feestdagen riepen gedachten op aan Deborah Wiltshire, het feit dat het de tweede Kerstmis na haar dood zou worden. Hij richtte zijn aandacht weer op de namen van de Zodiac-slachtoffers, noteerde ze op een ander whiteboard: vijf moordpogingen, vijf slachtoffers, één overlevende. Hij dacht aan Costello, dat hij de Hamer van God had overleefd; besefte dat Robert Clare in drie aanvallen dezelfde hoeveelheid schade had aangericht. Net als bij de Zodiac waren het vijf doden, één overlevende geweest.

Hij schreef hun naam op, de datum waarop ze waren vermoord: 26, 27 en 29 september, 11 en 16 oktober. Vijf data, de eerste over twee weken. Kon hij de Imitator binnen twee weken vinden?

Irving moest de feiten onder ogen zien. Ongeacht het aantal dode jongelui, was deze zaak, zolang hij niet tot krantenkoppen en persconferenties leidde, in principe niet anders dan andere zaken.

Men had *The Times* en de *City Herald* te verstaan gegeven dat de NYPD en de burgemeester wilden dat alle berichtgeving tot nader order werd opgeschort. Zo'n verzoek zou niet eeuwig worden gehonoreerd. Uiteraard zou de pers minder geïnteresseerd zijn naarmate er meer tijd was verlopen na de laatste moord. Als het vandaag was gebeurd, gisteren, ja, dan konden ze er iets mee. Het nieuws van vorige week was goed om onder in een vogelkooi te leggen en vis in te verpakken. De beste indicatie van de steun en middelen die hij kon verwachten waren de twee uur van Kayleigh en Whittaker die aan hem waren toegewezen. Wat kon hij daaruit opmaken? Dat Farraday aan zijn kant stond, uiteraard. Maar zelfs Farraday was aan handen en voeten gebonden, omdat hij moest zorgen voor genoeg dienders op straat, een grote politieaanwezigheid moest laten zien met het oog op de verklaringen van de burgemeester dat de misdaadcijfers waren gedaald omdat de politie zichtbaar was. En dan was er nog hoofdcommissaris Ellmann, die bezig was zijn eigen kamp voor de verkiezingsstrijd op te zetten. Een nieuwe burgemeester zou een nieuwe hoofdcommissaris van politie kunnen betekenen. Ellmann wilde dat het huidige bestuur zijn positie behield. Ellmann was een goede hoofdcommissaris, een van de beste die Irving had meegemaakt, maar hij zou beslist zijn baan niet willen opofferen vanwege één zaak. Vijfentwintig agenten en vier rechercheurs aan één zaak laten werken, dat zou niet gebeuren. Dus wat bleef er over? Irving glimlachte spottend. Het enige wat overbleef was John Costello – ook al was hij gek en zelf een verdachte bij gebrek aan een betere – die Irving nu op bescheiden schaal dingen aanreikte die Irving niet altijd begreep. Hij was gewoon de pineut, hij zat met lege handen. Het was inmiddels dinsdag, drie dagen voor de bijeenkomst in het Bedford Park, en die zou misschien niet eens iets opleveren. Het was op zijn best een gok. Hij moest meer aanknopingspunten hebben, meer wegen die hij kon inslaan. Hij moest alles nog een keer doornemen, ordenen, reorganiseren. Hij moest alles tot in detail uitpluizen en de losse eindjes zien te vinden. En hij wilde weten wie Costello werkelijk was en waarom hij er zo op gebrand was zich te bemoeien met iets wat hem niet aanging... ogenschijnlijk niet aanging.

Ray Irving leunde achterover en sloot een moment zijn ogen. De hele zaak kwam als een vertraagde nachtmerrie op hem af. Bijna alles lag voor zijn neus – de foto's, de verslagen, alle ooggetuigenverklaringen die ze hadden – en daarin zat ergens één feit, een dun draadje, en als hij dat vond, wist hij, kon hij het volgen. Aan het einde ervan bevond zich de man die deze dingen deed. Het was domweg een kwestie van dat ene spoor vinden.

Irving opende zijn ogen, tilde de eerste stapel dossiers van de vloer en begon te lezen.

25

Woensdagochtend, 13 september, en Irving had helemaal niet geslapen, had urenlang de stukken van alle zaken tot nu toe doorgeworsteld, had het spoor niet gevonden. Hij had gezocht, en was doodmoe geworden van het zoeken. Na een poosje hadden het slechte handschrift en de talloze typefouten hem alleen nog maar geërgerd. Niemand had gebeld toen hij daar zat, zelfs Farraday niet. In die vroege uurtjes was het in de wereld buiten het crisiscentrum rustig geweest, rustiger dan anders, bijna alsof er een vacuüm was waarin alleen Irving een geluid mocht maken. De wereld wachtte op wat hij te zeggen had.

Ik heb het... Ik heb ontdekt wie het is... Ik weet waar hij woont... Het arrestatieteam is onderweg...

Irving was om halfdrie vertrokken, mogelijk iets later, had zich naar huis gesleept en was op bed gaan liggen tot een uur of vier. Toen had hij een douche genomen, was weer naar bed gegaan, had onrustig liggen draaien tot zes uur. Hij had geprobeerd tv te kijken, maar kon zich niet concentreren.

Om kwart over acht reed hij naar Carnegie. Hij bestelde Virginia-ham, at een paar happen, dronk anderhalf kopje koffie, vergat een fooi neer te leggen. Hij wilde roken, een heel pakje, misschien wel twee. Hij was gestrest, wist maar al te goed welke kant het nu op zou gaan als hij er niet in slaagde objectief te blijven. In dit werk ging het altijd om leven en dood. Niet die van hemzelf, maar van iemand anders.

Er lagen zeven berichten bij de balie: drie van Jeff Turner, een van Farraday om te bevestigen dat hij het rapport van Irving had ontvangen, een van de stomerij, een van de telefoonmaatschappij, en tot slot een van Karen Langley van de *City Herald*. Hij belde Turner eerst, vernam dat Turner alleen maar had willen zeggen dat er een foto van de autopsie van Mia Grant was blijven liggen en dat hij hem door een koerier zou laten brengen.

Om tien voor halftien belde Irving Karen Langley. Hij werd een minuut of twee in de wacht gezet, toen kwam ze aan de lijn en opende met een volkomen onverwachte vraag.

'Kun je het nog een beetje volhouden, rechercheur?'

Irving was direct van slag. 'Hè?'

'Ja. Kun je het nog een beetje volhouden nu het jouw kindje is geworden? Nu jullie mijn verhaal in de ijskast hebben laten zetten.'

'Hebt u dat gehoord?'

'Ik heb grote oren,' antwoordde ze, en hij hoorde de licht verbitterde toon in haar stem.

'Hopelijk is uw mond niet navenant,' antwoordde Irving.

'Wat wil je daarmee zeggen?'

'Hou u maar niet van den domme, mevrouw Langley, u bent journalist. Dat is een heel apart slag mensen.'

'Net als rechercheurs.'

'U bent vast niet aan de telefoon gekomen om mij een beetje tegen de haren in te strijken, mevrouw Langley.'

'Karin.'

Irving glimlachte zuur. 'Mevrouw Langley,' herhaalde hij. 'We hebben een puur professionele, en, als ik het zeggen mag, zeer bescheiden zakelijke relatie... We staan niet op voet van tutoyeren met elkaar en dat kunnen we maar beter zo houden.'

'Jij bent ook een harde.'

'Harder dan ik eruitzie.'

Langley zweeg een moment, en toen ze weer begon te praten was de uitdagende toon uit haar stem verdwenen. 'Je weet toch dat ons het zwijgen is opgelegd?'

'Dat is een beetje melodramatisch, vindt u ook niet?'

'Noem het hoe je wilt,' antwoordde ze. 'Het blijft een feit dat het verhaal in de ijskast is gezet.'

'U begrijpt natuurlijk wel waarom.'

'Ik begrijp wel waarom iemand dénkt dat het in de ijskast moet worden gezet, maar wat ik niet snap is waarom iemand het nodig vindt om het te doen.'

'Omdat wij het niet als onze taak zien het ego van een psychopaat te bevredigen door de wereld te vertellen dat hij zo'n slimme klootzak is...'

'Is dat jouw opvatting?'

'Wat?'

'Dat mensen die dit soort dingen doen alleen maar om aandacht vragen?'

'Ik zou het niet weten, mevrouw Langley, dat weet ik echt niet, en eerlijk gezegd vind ik de reden waarom iemand iets doet altijd minder interessant dan het hoe en wanneer.'

Er viel een korte stilte en toen veranderde ze onverwachts van onderwerp. 'John... Heeft hij je kunnen helpen?'

'Meneer Costello?' vroeg Irving. Hij leunde naar voren, zette zijn ellebogen op het bureau met één hand tegen zijn voorhoofd en de hoorn in de andere. Er verscheen een frons op zijn gezicht. 'Meneer Costello is... Hij is...'

'Een raadsel?' opperde Langley.

'Dat is nog zachtjes uitgedrukt. Ik heb een paar gesprekken met meneer Costello gehad –'

'En de gedachte is bij je opgekomen dat hij wel eens de man zou kunnen zijn die je zoekt?'

'Iedereen is verdacht, tot het tegendeel is bewezen –'

'Maar je vraagt je af of hij het echt is?'

'Is dit soms een slechte gewoonte van u, mevrouw Langley?'

'Wat?'

'Voortdurend iemands zinnen afmaken?'

Ze lachte. 'Sorry, Ray. Ik heb gewoon –'

'Geen manieren?' viel Irving haar in de rede.

'Touché.'

'Ik wil u iets vragen, mevrouw Langley.'

'Wat wilde je vragen?'

'Iets over John Costello... Ik ben in zijn verleden gedoken, niet al te diep. Wat is uw relatie met hem?'

'Hij doet research voor me. Werkte al voor mijn voorganger, ik kreeg hem erbij toen ik hier begon. Hij is al zo'n twintig jaar bij de krant.'

'En zou u hem een vriend noemen?'

'Ja... Hij is zeker een vriend van me, maar een vriendschap met John Costello lijkt absoluut niet op een vriendschap die je met iemand anders zou hebben.'

'Hoe dat zo?'

'Ik zou het niet weten, Ray. Je vraagt me objectief te zijn over iets wat heel subjectief is. Ik weet honderd procent zeker dat hij niet de man is die je zoekt. Ik weet dat hij je wil helpen, maar hij kan niet zo goed met mensen omgaan.'

'U weet toch van de groep waar hij lid van is?'

'De overlevenden?'

'Noemen ze zich zo?'

'Nee, ik geloof niet dat ze echt een naam hebben. Het is gewoon een stel mensen dat elke maand bij elkaar komt om te praten over dingen die alleen zij kunnen begrijpen.'

'In het Winterbourne Hotel.'

'Ik weet niet waar ze bij elkaar komen. John gaat de tweede maandag van elke maand naar zijn bijeenkomst. Daar komt niets tussen, dat gaat altijd voor. Zelfs als we moeten overwerken doen we dat niet. Snap je?'

'Ja, zeker. En wat is uw indruk van hem? Eerlijk.'

'Jeetje, ik zou niet weten waar ik moest beginnen. Hij is intelligent... akelig intelligent als je begrijpt wat ik bedoel.'

'Dat is een raar woord in dit verband... Akelig.'

'Heb je wel eens iemand ontmoet bij wie je al na vijf minuten wist dat hij intellectueel gezien zo ver boven je uitstak dat je waarschijnlijk maar beter je mond kon houden?'

Irving dacht een moment na. Hij herinnerde zich een buurman uit zijn jeugd. 'Ja,' zei hij.

'Zo is John. Hij heeft een uitzonderlijk goed geheugen, kan zich een gesprek herinneren dat we vijf jaar geleden hebben gehad... Onthoudt namen, data, plaatsen, telefoonnummers... Onthoudt dingen waarvan je denkt dat het volkomen zinloos is om ze te onthouden, maar dan moet je opeens iets weten en als je het dan aan hem vraagt heeft hij de vraag al beantwoord voor je hem helemaal hebt gesteld.'

'Is dat met alles zo? Kan hij alles onthouden?'

'Die indruk krijg je wel. Ik dacht eigenlijk dat hij autistisch was, zo-iets... Een van die mensen die gewoon belachelijk intelligent zijn, maar die wat het echte leven betreft – met mensen omgaan, de boel op orde houden – echt hopeloos zijn, nog geen boterham kunnen smeren, dat soort dingen, maar zo is hij niet... Maar hij heeft zijn momenten.'

'Momenten?'

'Dingen die hij nooit zal doen. Rare kronkels, eigenaardigheden. Die hebben we allemaal, nietwaar? Misschien heeft John er wat meer dan anderen.'

'Zoals?'

Langley zweeg een moment. 'Ik weet eigenlijk niet eens waarom ik je dit vertel. Het is persoonlijk. Het gaat over iemand die ik als een goede vriend beschouw–'

'Die ervoor heeft gekozen zich met een onderzoek naar een aantal moorden te bemoeien, en die scherp in de gaten zal worden gehouden tenzij ik kan verklaren en rechtvaardigen waarom hij zich zo gedraagt. Dat is de stand van zaken, mevrouw Langley... We beschouwen hem als een mogelijke verdachte, en hoewel het me echt een aardige vent lijkt, met al zijn eigenaardigheden, heeft hij zichzelf in de vuurlinie geplaatst wat mogelijke kandidaten betreft. Ik heb al met de gedachte gespeeld hem naar het bureau te halen voor een paar foto's en een confrontatie met getuigen –'

'Hij is niet de man die je zoekt,' stelde Langley met klem.

'Als hij dan niet de man is die ik zoek, moet ik weten wie hij is en vooral waarom hij er zo op gebrand is zich te bemoeien met iets wat hem eigenlijk niet aangaat.'

'Ik kan nu niets meer zeggen,' antwoordde Langley. Haar stem klonk opeens gespannen.

'Best... Dan zal ik het onderzoek naar onze vriend zelf moeten voortzetten...'

'Nee,' zei ze, 'luister nou... Ik kan nú niets meer zeggen.'

Irving begreep het. 'Hij staat zeker bij u in de kamer.'

'Ja.'

'Goed. Wat doen we...'

'Zullen we ergens afspreken?'

'Ja, prima. Een kop koffie drinken of zo.'

'Ja, een kop koffie drinken, tenzij het natuurlijk voor jou niet gepast is om met me uit te gaan.'

'Gepast? Wat bedoelt u?' vroeg Irving.

'Ik vraag je uit, snap je? Begrijp je wat dat betekent?'

'Uit op die manier?'

'Je hoeft niet zo verbaasd te doen. Jeetje, je zou denken dat ik had aangeboden je moeder dood te schieten.'

'Eh... Ja, tuurlijk... Zeker...'

'Doe in godsnaam niet zo afwerend,' zei Langley. 'Je ziet eruit als iemand die zelf zijn overhemden strijkt, dus ik neem aan dat je op dit moment niemand hebt.'

'Ik zie eruit als iemand die zelf zijn overhemden strijkt… En wat mag dat dan wel betekenen?'

'Precies wat ik zeg, meer niet. Je ziet eruit als een dubbelganger van Columbo.'

'U bent echt de vriendelijkheid zelve.'

'Nou, wat denk je? Wil je met me uit of niet? We kunnen iets gaan eten en dan ons gesprek voortzetten.'

Irving aarzelde, maar niet lang. 'Ja,' zei hij, en hij besefte dat het iets was wat hij werkelijk wilde doen. 'Ach ja, waarom niet?'

'Geweldig,' zei Langley. 'Je doet het voorkomen alsof ik het laatste redmiddel voor een wanhopig mens ben.'

'Zo bedoelde ik het niet…'

'Al goed… Rustig aan maar. Ik ben tussen zes en halfzeven klaar, en ik neem je niet mee naar een duur restaurant, dus je hoeft je niet te verkleden.'

'U neemt mij niet mee naar een duur restaurant?'

'De jaren vijftig waren gouden tijden, Ray, maar ze zijn voorbij. Het is volkomen normaal dat een vrouw iemand mee uit neemt.'

'Goed, ja… Natuurlijk. Goed dan. Tussen zes en halfzeven… Zal ik u dan ophalen?'

'Je wilt niet dat je collega's mij zien. Heel begrijpelijk.'

Irving fronste. 'Dat bedoelde ik niet –'

'Jeetje,' viel Langley hem in de rede. 'Jij bent ook makkelijk op de kast te krijgen. Doe eens niet zo gespannen, ik plaag maar. Kom me hier maar halen tegen zevenen, goed?'

'Prima, mevrouw Langley.'

'Mevrouw Langley?' Ze lachte. 'Tot straks, recherchéúr Irving.'

De verbinding werd verbroken. Irving bleef een moment met de zoemende hoorn tegen zijn oor zitten. Toen leunde hij naar voren en legde hem neer, stond met een merkwaardige halve glimlach op zijn gezicht op en liep naar het raam.

Hij was zojuist uitgevraagd. Door een vrouw. Uitgevraagd door Karen Langley van de *New York City Herald*. Hij had zich ingesteld op ruzie toen hij haar belde, maar ruzie was het niet geworden. Hij was uitgevraagd, en hij had ja gezegd, en over – hij wierp een blik op zijn horloge – over ongeveer achtenhalf uur zou hij voor het eerst in zeer, zeer lange tijd uitgaan. Door het verlies van Deborah Wiltshire was zijn hart gebroken en was hij vastgelopen. Had hij ooit gedacht aan de mogelijkheid helemaal opnieuw te beginnen?

Irving glimlachte. Hij liep veel te ver op de zaken vooruit. De vrouw had hem uitgevraagd. Ze moesten een gesprek afmaken. Op dit moment was het zakelijk, niet meer en niet minder. Het zou beter zijn om het zo te houden, maar Irving wist wat eenzaamheid was en kwam tot de ontdekking dat hij zich niet kon concentreren op zijn werk.

Daardoor, met name daardoor, wist hij dat hij al in de problemen zat.

26

Ray Irving had één goed pak. Van wol en kasjmier, donker roodbruin met een dun krijtstreepje. Hij had het gekocht voor een trouwerij die hij met Deborah had bijgewoond. Van een vriendin van haar, een goede vriendin, en Deborah had tegen hem gezegd dat ze hem niet meenam als hij niet een beetje zijn best deed. Hij had graag meegewild. Het was belangrijk voor haar en hij wilde haar niet teleurstellen. Daarom had hij het pak gekocht. Was naar een exclusieve herenmodezaak vlak bij de synagoge in West 34th Street gegaan en had zeshonderd dollar uitgegeven. Had het één keer gedragen bij de trouwerij en daarna in de kast gehangen.

Woensdag 13 september reed hij 's middags om vijf uur naar huis. Hij nam een douche en schoor zich, streek een overhemd, zocht een das op. Hij haalde het pak uit de kast waar het bijna vijf jaar had gehangen, en hoopte dat het nog zou passen. Het paste nog, behalve rond zijn middel. Hij was afgevallen, niet meer dan een centimeter of twee rond zijn middel, maar het herinnerde hem eraan dat de kwaliteit van zijn bestaan met Deborah beter was geweest. Ze had erop gestaan dat hij goed at. Ze had ervoor gezorgd dat hij stopte met roken. Ze had hem een paar dingen bijgebracht over muziek en literatuur, en hem uren naar jazzklassiekers, Sjostakovitsj en Mahler laten luisteren, hem overgehaald Paul Auster, William Styron, John Irving te lezen. Voor Deborah had hij zijn best gedaan. Deborah was het soort vrouw voor wie hij een beter mens wilde worden.

Hij trok zijn pas gestreken overhemd aan en zijn ene goede pak, strikte de bijpassende das, en bleef een moment bij de voordeur van zijn appartement op de hoek van West 40th Street en Tenth Avenue staan terwijl hij zich afvroeg of hij dit kon.

Uit eten gaan met een vrouw.

Een andere vrouw dan Deborah Wiltshire.

En als hij het kon, zou het dan een nieuw begin zijn, een verandering van gevoel, een andere richting – of zou het verraad zijn?

Voor hij vertrok liep hij terug naar zijn slaapkamer, pakte een zilveren lijstje met een kleine foto die hij had bewaard. De enige foto van Deborah die hij had. Hij had haar zus gevraagd al het andere weg te halen, en haar zus had geglimlacht, ze begreep het, ze had de sleutel van zijn voordeur aangepakt en was samen met haar man gekomen toen Irving naar zijn werk was. Ze had bijna alles meegenomen, en pas weken later vond hij de stijltang, het paar platte schoenen waarvan de rechterneus was doorgesleten, de dingen waar hij nu kalm en met enig gevoel van afstand naar kon kijken. Maar hij had ernaar gekeken als een man alleen, een man zonder partner. Nu keek hij naar buiten, voorbij de erkende grenzen van wat hun relatie had betekend. Eenheid. Een simpele afspraak. We hebben elkaar. Er is niemand anders. Had deze stilzwijgende overeenkomst zich ooit uitgestrekt tot 'er zal nooit iemand anders zijn'?

Irving streek over het spiegelende glas van het fotolijstje. Deborah Wiltshire keek hem aan. Ze glimlachte fijntjes, een blik die zei dat alles wat dit moment belangrijk maakte al bekend was. *Ik ben hier,* zei die blik. *Ik ben ik. Ik zal nooit iets meer of minder zijn dan wie ik nu ben. Dus graag of niet.*

Irving zette de foto terug op zijn rechtmatige plaats boven op de ladekast. Hij liep naar de deur zonder achterom te kijken. Uit haar gezicht op de foto sprak geen veroordeling, noch kritiek. Ze begreep Ray Irving, had hem beter begrepen dan wie ook, en ze zou begrip tonen voor zijn huidige situatie. Zou ze willen dat hij trouw bleef aan hun herinnering, alle anderen negeerde, zijn eigen emotionele en lichamelijke behoeften negeerde, of zou ze willen dat hij een rijk gevuld leven leidde? Hij meende dat ze het laatste zou willen, en daarom voelde hij zich niet schuldig toen hij zijn appartement uit ging en naar de auto liep met zijn gepoetste schoenen, zijn gestreken overhemd en zijn goede pak, dat voor het eerst in vijf jaar het daglicht zag.

De avond was zonder hem begonnen. Het was bewolkt en het zag ernaar uit dat het ging regenen.

Irving was om vijf voor halfzeven bij het gebouw van de *New York City Herald*. Hij ging niet naar binnen, wilde niet gezien worden door mensen die hem kenden. Wilde vooral niet dat John Costello hem zag. Wat er ook zou gebeuren, hij mocht zich niet laten meeslepen. Hij moest realistisch blijven. Karen Langley was journalist. Costello was haar researcher en, op dit moment, een man die waarschijnlijk beter dan wie ook wist wat de portee van de recente moorden was.

In dit licht vroeg hij zich af, toen hij geduldig wachtte tot Karen Langley uit het gebouw van de *City Herald* op de hoek van 31st Street en Ninth Avenue kwam, of hij al niet een zeer ernstige fout had gemaakt.

27

Misschien was Karen Langley ook bang dat iemand haar zou zien, want ze liep snel achter Irvings auto om zonder te wachten tot hij het portier voor haar opendeed. Ze was buiten adem, enigszins verhit, en toen Irving achter het stuur zat, wilde ze zo snel mogelijk vertrekken. Of misschien niet. Misschien was het zijn verbeelding en liet hij zich voor niets van de wijs brengen.

'In East 72nd Street,' zei ze. 'In de buurt van de St.-James en het Whitney Museum... Daar zit een leuk restaurant.'

Irving startte de auto, maar hij aarzelde voor hij wegreed.

'Wat is er?' vroeg Langley.

Hij keek haar kant op. 'Dit doe ik eigenlijk nooit,' zei hij.

'Wat... Autorijden?'

Irving glimlachte. Ze probeerde hem op zijn gemak te stellen.

Karen Langley legde haar hand op zijn arm. 'Ik doe dit eigenlijk ook nooit, rechercheur...'

'Ik denk dat we dat vormelijke gedoe nu maar moeten vergeten, wat vind je?'

Karen Langley schudde haar hoofd en fronste. 'Sorry... Hoe heette je ook alweer?'

'Pestkop,' zei Irving, en hij begon te lachen, en ze lachte met hem mee. Hij schakelde en zwenkte de weg op. Wat ze wellicht hadden willen zeggen hoefde niet meer gezegd.

Het was een goed restaurant. Er hing een prettige sfeer en het was er niet zo druk dat het hun moeite zou kosten zich boven het geroezemoes uit verstaanbaar te maken. Op de achtergrond speelde muziek die Irving herkende: Teddy Wilson, Stan Getz. Hij voelde zich veel te netjes in zijn goede pak met zijn zijden stropdas; ze maakte er geen opmerking over en daar was hij blij om.

'Je vroeg naar John,' zei ze, nadat ze de menukaart hadden bekeken.

Irving schudde zijn hoofd. 'We moeten een gedragslijn afspreken, denk je niet?'

Ze fronste.

'Ik heb de leiding over een onderzoek naar een aantal moorden. Jij bent journalist. Hoe je het ook bekijkt, het is geen goede combinatie voor een tafelgesprek.'

'Ik ben een mens, weet je.'

'Ik heb niet gezegd dat je dat niet was.'

'Dat bedoel ik niet. Ik bedoel dat het werk op een bepaald punt ophoudt.'

Irving glimlachte gelaten. 'Misschien is dat mijn probleem… Misschien is er geen punt waar het werk ophoudt.'

'Jij bent anders,' zei ze.

'Anders?'

'Jouw werk betekent veel meer voor mensen dan het mijne. Jij moet ervoor zorgen dat mensen in leven blijven, ik hoef ze er alleen achteraf over te vertellen.'

'Dus we zijn het eens?'

Ze raakte opnieuw zijn hand aan. 'We zijn het eens, Ray, maak je geen zorgen. Er zijn geen taperecorders.'

'En jij hebt niet het geheugen van John Costello?'

'O nee, die man is een wandelende encyclopedie.'

'Ja, hoe zit dat nu precies?' vroeg Irving.

Karen Langley vouwde haar servet open en legde het op haar schoot. 'Ja, dat weet ik eigenlijk niet. Ik heb begrepen dat bepaalde verstandelijke vermogens door de verwondingen die hij heeft opgelopen in zijn jeugd toen hij werd aangevallen zijn opgerekt.'

'Opgerekt?'

'Zo zegt hij het, hij noemt het opgerekte vermogens. Hij zegt dat hij gewoon dingen kan onthouden. Nou, hoe dan ook, als researcher kun je je geen betere wensen. Die man is net het internet, alleen hoef je je niet door driehonderd pagina's onzin heen te worstelen om te vinden wat je zoekt. In het begin, de eerste paar weken, wachtte ik tot hij het gebouw uit was en dan keek ik alles na om er zeker van te zijn dat alle data en tijden en plaatsen klopten, maar na een tijdje ben ik daarmee opgehouden.'

'Omdat het niet nodig was.'

'Alles wat ik opzocht bleek juist te zijn. Het was te gek. Echt te gek.'

'En wat denk je van hem?'

'Echt? Het is een goeie vent. Ik weet niet wat ik moet zeggen. Hij doet dingen op een bepaalde manier. Hij eet iedere week elke dag ongeveer hetzelfde.'

Irvings gezicht zei genoeg.

Karen lachte. 'Op maandag is het Italiaans, op dinsdag eet hij Frans, op woensdag neemt hij hotdogs met ketchup en Duitse mosterd, donderdag laat hij aan het toeval over, op vrijdag gaat hij naar een Perzisch restaurant in het Garment District vlak bij waar hij woont. In de weekenden haalt hij geloof ik iets bij de Chinees of zo. Hij luncht elke dag in hetzelfde café vlak bij de krant. Ik geloof niet dat hij een vriendin heeft, en als hij er wel een heeft, dan heeft hij het tegen mij nog nooit over haar gehad, in bijna tien jaar niet. Zijn ouders zijn overleden. Hij heeft geen broers en zussen.'

'Eenzaam,' zei Irving.

'Alleen ja, maar ik zie hem niet als eenzaam,' zei Karen. 'Hij heeft zijn vaste gewoonten, en die dagelijkse routine is kennelijk genoeg voor hem. O, en hij telt dingen, en hij verzint namen voor mensen...' Ze glimlachte.

'Hè?'

'Hij heeft ook een naam voor jou.'

Irving trok zijn wenkbrauwen op. 'Een naam voor mij?'

'Jazeker. Hij plakt woorden aan elkaar, verzint een naam voor mensen die iets over ze zegt. Hij heeft er een voor mij, een voor de andere mensen bij de krant, en hij heeft er inmiddels ook een voor jou.'

'Wat dan?'

'Rechercheur Hardekant.'

'Hardekant? En wat mag dat dan wel betekenen?'

'John heeft een theorie. Hij denkt dat mensen niet één karakter, één persoonlijkheid hebben. Volgens hem hebben ze verschillende kanten en afhankelijk van hun omgeving en dingen als opvoeding, opleiding, familieverhoudingen – je weet wel, de gebruikelijke dingen – worden bepaalde facetten van de persoon dominanter dan andere.'

'Situationele factoren,' merkte Irving op.

'Ja. Dus, afhankelijk van wat iemand allemaal meemaakt, zijn er bepaalde aspecten van de persoonlijkheid die op de voorgrond treden.'

'En wat zegt die naam over mij?'

'Wil je dat echt weten?'

'Uiteraard,' zei Irving, glimlachend.

'Hij zegt dat je niet zo stoer bent als je lijkt, dat het door je werk komt dat je zo'n harde indruk maakt. Hij zegt dat je in feite wel een hart hebt, maar dat er iets in je leven is gebeurd en dat je je daarna overal voor hebt afgesloten...'

'Goed,' zei Irving. 'Dat is wel genoeg psychologie van de koude grond.'

'Je moet het niet te serieus nemen,' zei Karen Langley. 'Moet je horen hoe hij mij noemt.'

'Hoe noemt hij je dan?'

'De stille tornado.'

'En wat wil hij daarmee zeggen?'

'Dat ik het vermogen bezit om iemands verdediging neer te halen zonder dat hij het merkt.'

'O, op die manier,' zei Irving. 'Het mooie weer is echt voorbij, denk je niet? We gaan op weg naar de winter. Zullen we bestellen? Wil je een voorgerecht of zullen we direct een hoofdgerecht nemen?'

Karen Langley frommelde haar servet in elkaar en gooide het naar zijn hoofd. Ze glimlachte, een mooie glimlach. Heel mooi. Ze was kleurrijk, ze had inhoud; er was iets aan haar wat zijn verwachtingen verre overtrof, en een moment voelde hij zijn geweten knagen bij de gedachte dat wat hij deed kon worden opgevat als verraad. Deborah was overleden op... Hij aarzelde. Ze was dood sinds november, al bijna tien maanden. Misschien was hij ook dood geweest...

Karen onderbrak zijn gedachtegang. 'Ik vind je een leuke vent,' zei ze. 'Je hebt zelfs gevoel voor humor.'

'Dat is maar een gerucht,' antwoordde Irving. 'We denken dat we weten wie het in de wereld heeft gebracht en we hebben hem bijna te pakken.'

'Nou,' zei ze, 'ik wil een cocktail. Ik wil een Long Beach-ijsthee.'

'Een wat?'

'Een Long Beach-ijsthee... Gin, rum, wodka, triple-sec, citroensiroop en cranberrysap. Nog nooit gedronken?'

'Gelukkig niet, nee.'

'Dan wordt dit je eerste keer,' zei ze, en ze wenkte een ober.

Ze vroeg naar zijn ouders. Hij vertelde haar over het emfyseem van zijn moeder, haar overlijden in de eerste helft van 1984. Over zijn vader, die domino speelde, de uitslagen van honkbalwedstrijden uit 1973 mompelde, de namen van acteurs uit B-films opsomde, altijd de millimeterbrede frequentie op de schaal van de radio kon vinden waar zomaar uit het niets een onafhankelijke jazzzender om drie uur in de ochtend Wynton Marsalis en Dizzy Gillespie draaide. Het was het laatste wat ze met elkaar gemeen hadden. Na een veertigtal jaren waren 'One by One' en 'Slew Foot' kennelijk alles wat ze nog hadden.

'Mijn moeder woont hier in New York,' zei Karen. 'Het gaat goed met haar. Ik zie haar één, soms twee keer per week. Eigenlijk is ze te onafhankelijk. Ze wil niet dat ik haar help.'

Irving wist wat ze bedoelde. Hij had zelf zo'n situatie meegemaakt.

En toen vroeg ze: 'En hoe komt het dat je vrijgezel bent? Geen mevrouw Irving thuis?'

Irving keek haar aarzelend aan, en vroeg zich af of ze te vertrouwen was, of dat ze hem probeerde in te palmen om hem informatie over de moorden te ontfutselen. Hij haalde zijn schouders op.

'Nooit getrouwd geweest?'

'Nee, ik ben nooit getrouwd geweest. Jij?'

'Jazeker,' antwoordde ze. 'Elf jaar.'

'Met wie?'

'Met mijn echtgenoot,' zei ze met een stalen gezicht.

Irving sloeg zijn ogen ten hemel.

Karen glimlachte, pakte haar glas en nam een slokje van haar cocktail. 'Hij was journalist, net als ik,' zei ze. 'We hebben elkaar jong leren kennen. Hij is een tijdje mijn baas geweest, en toen is hij overgestapt naar *The Times*, en nu zit hij voor zover ik weet in Baltimore.'

'Geen kinderen?'

'Nee, het werk ging voor ons allebei vóór alles. Het was een vergissing maar, ach. Gedane zaken.'

'En gaat je werk nog steeds vóór alles?'

'Hoe oud ben je?' vroeg ze plotsklaps, zijn vraag negerend.

'Hoe oud ik ben? Ik ben vierenveertig. Hoezo?'

'Denk jij wel eens dat je er een mooie puinhoop van hebt gemaakt?'

'Waarvan?'

'Van je leven. Hoe het is verlopen, je weet wel? Denk jij nooit dat je het anders zou aanpakken als je het over mocht doen, en een heel andere kant op zou gaan?'

'Tuurlijk,' zei hij. 'Wie niet?'

'Maar ik bedoel het serieus… Je wordt zeg maar veertig en opeens dringt het tot je door dat als je nog iets anders wilt gaan doen, je het beter direct kunt doen. Want als je er nog langer mee wacht, is het te laat.'

'Nee, dat niet,' antwoordde Irving. 'Ik ben eigenlijk iemand die gelooft dat hij iets nuttigs doet. Misschien is dat niet zo, maar ik probeer mezelf er al zo lang van te overtuigen dat ik het inmiddels echt geloof.' Hij zweeg een moment, peinzend. 'Ik geloof eigenlijk dat ik ook niet geschikt zou zijn voor iets anders.'

Karen gaf geen antwoord. Ze pakte de menukaart, alsof ze hem nogmaals wilde lezen. Irving zag waar ze was, en een tijdlang was ze niet bij hem. Ze was duidelijk ergens anders en hij wachtte geduldig tot ze terugkwam.

'Ander onderwerp,' zei ze na een paar minuten. 'Dit gaat een beetje te ver voor een eerste afspraakje.'

'Is dit een afspraakje?' vroeg Irving. 'Ik zit te wachten tot het uithoren begint.'

'Het uithoren?'

'Informatie voor het volgende artikel over die vent. Ik weet zeker dat je met ingehouden adem zit te wachten tot er weer iets gebeurt.'

'Nee hoor,' antwoordde Karen.

'Welles.'

'Jij je zin, Ray. Als jij dat nou wilt denken. Ik ben hier om te eten en met je te kletsen. Ik had eigenlijk een andere afspraak maar hij moest de stad uit voor zaken.'

'Ja, vast.'

'Zie maar wat je ervan denkt,' zei ze. 'Ik ga bestellen.'

Ze vroeg hem of hij haar wilde terugbrengen naar het gebouw van de *Herald*, omdat haar eigen auto daar stond. Het was al elf uur geweest toen ze wegreed. Ze maakte een U-bocht en reed langs hem. Ze stak haar hand op, en door het zijraampje ving hij een glimp van een glimlach op. Hij liep een eindje, ging een cafetaria binnen en dronk een kop koffie tot hij het gevoel had dat hij weer enigszins met beide voeten op de grond stond en naar huis kon rijden. Hij had beslist te veel gedronken. Als hij werd aangehouden zou hij zijn politiekaart laten zien en dan was het bekeken, maar dat kon hem niet schelen. Hij voelde zich goed. Nou ja, misschien was 'goed' een beetje sterk uitgedrukt, maar hij voelde zich weer een mens, althans een beetje, en wat er die avond was gebeurd was naar zijn idee een mijlpaal, een emotioneel keerpunt. Ze hadden geen telefoonnummers uitgewisseld. Dat hoefde niet. Hij zat op het bureau van district 4, zij zat bij de *City Herald*. Toen ze afscheid namen had hij tegen haar gezegd dat hij een leuke avond had gehad.

'Ik ook,' antwoordde ze.

'Doen we het nog een keer?'

Ze had geaarzeld, peinzend gekeken en toen haar hoofd geschud. 'Nee,' had ze gezegd. 'Zo leuk was het nu ook weer niet.'

'Zeikerd dat je bent,' had hij geantwoord.

Ze leunde naar voren, raakte zijn arm aan en drukte een kus op zijn wang. Toen legde ze haar hand tegen de zijkant van zijn gezicht en wreef met haar duim de veeg lippenstift weg.

Haar haar rook heerlijk – naar citrusvruchten, zoiets – en het gevoel van haar hand op zijn arm, haar lippen die langs zijn oor streken... Die dingen herinnerden hem aan iets wat hij was vergeten.

Iets belangrijks. Iets wat het leven enige inhoud gaf.

Daarom zei hij: 'Ik vind het voor herhaling vatbaar, Karen.'

En zij zei: 'Ik ook.'

'Ik bel je.'

'Dan neem ik op.'

'Rij voorzichtig.'

Ze glimlachte, hij deed het portier voor haar open, keek hoe ze instapte en haar riem vastmaakte. Hij sloot het portier en een tel later zakte het raampje een paar centimeter omlaag.

'Tot ziens, rechercheur Irving.'

'Tot ziens, mevrouw Langley.'

En toen was ze weg.

Later, toen hij alleen was, voelde hij iets. Opnieuw een licht schuldgevoel misschien? Aanvankelijk schreef hij het toe aan het feit dat hij tijd had doorgebracht met een journalist, en toen keek hij nogmaals naar de zwart-witfoto van Deborah Wiltshire en vroeg zich af wat zij ervan zou hebben gedacht. *Je bent wie je bent, Ray Irving, zou ze hebben gezegd. En daar kan alleen jij mee leren leven.*

28

Vrijdagavond bracht een onweersbui. De hemel – die de hele dag betrokken was geweest – scheurde ten slotte rond zes uur open, en toen Irving
van de uitgang aan de achterkant van het bureau naar zijn auto rende,
werd hij gegeseld door de regen die tegelijkertijd verticaal omlaag viel en
van opzij kwam.

Hij had zich die ochtend niet geschoren; had een zwarte spijkerbroek
aangetrokken, een donkere sweater, een bordeauxrood jack, kleren voor
klusjes rondom het huis: de vuilnisbak legen, bladeren uit de voortuin
harken. Hij zag er een beetje ruig uit. Hij zag er niet uit als een rechercheur
Moordzaken, wilde er ook niet uitzien als een rechercheur Moordzaken.
Er waren bijna achtenveertig uur verstreken sinds zijn etentje met Karen
Langley, en in die tijd had hij alles nog een keer doorgelezen. Hij had haar
niet gebeld, had geen bericht gekregen dat zij voor hem had gebeld. Hij
had het toestemmingsbewijs voor het opnemen van een verklaring van
minderjarigen uit het dossier van Mia Grant gevonden, en een paar andere
verdwaalde stukken. Nu was zijn administratie op orde, maar daardoor
had hij niet meer inzicht gekregen in de zaak. Hij had het aanknopingspunt niet kunnen vinden, dat ene ding dat de waarheid zou onthullen
niet ontdekt. Vier dagen sinds het laatste slachtoffer en hij was geen steek
wijzer.

Farraday had niet naar hem gevraagd. Irving had zijn rapporten op
tijd geschreven en ingediend, maar er was niet op gereageerd. In zekere
zin was hij daar blij om. Hij moest het alleen uitzoeken en dat vond hij
een prettige manier van werken. New York was een miljoenenstad. Acht
vermoorde mensen waren – zelfs als het het werk was van één nijvere man
– een relatief onbeduidend aantal.

Tim Leycross stond op de parkeerplaats achter het St.-Vincent toen
Irving aankwam.

'Dit is echt gezeik,' was zijn openingszet.

'Denk je dat ik dat niet weet?' zei Irving. Hij liep om de voorkant van Leycross' auto heen en legde zijn hand op de hendel van het rechterportier.

'Mijn auto?'

'Mijn kenteken staat geregistreerd op het bureau,' zei Irving.

Leycross lachte, schudde zijn hoofd. 'Wat denk je dat het voor mensen zijn? Van de inlichtingendienst soms? Ze hebben echt de middelen niet om je kenteken te controleren. Jezus, je doet alsof ze netvliesscans en DNA-profielen gaan vergelijken.'

'We gaan in jouw auto, Timothy, en daarmee uit.'

Zo'n vijf- tot achthonderd meter verder parkeerde Leycross vlak bij het Bedford Park Hotel. Ze hadden kunnen gaan lopen, maar Irving wilde dat iedereen zag dat ze samen in Leycross' auto kwamen. Het waren geen mensen van de inlichtingendienst, zeker. Maar vaak was onvoldoende aandacht voor een klein detail al genoeg om het zorgvuldigste plan om zeep te helpen. Een undercoveragent van Narcotica had een keer vergeten zijn trouwring af te doen. Zijn vrouw en kinderen kregen een driehoekig opgevouwen vlag en een pensioen.

De man die de gasten ontving zag eruit als een prijsbokser op zijn laatste benen. Hij was topzwaar, zou van één snelle trap tegen zijn knieën al omdonderen, maar hij voldeed. Hij zag er eerder nijdig dan dreigend uit, maar hij was zeker een kop groter dan Irving. Voor deze bijeenkomst was een lidmaatschapskaart niet nodig; er werd alleen vijfentwintig dollar toegang geheven. Daarvan werd de zaal betaald, dat was alles. Er waren geen cocktails, geen hapjes. Dit soort kerels dronk goedkoop bier en sportdrankjes.

Het leek wel een ruilbeurs van een fanclub, zo'n bijeenkomst waar je minder bekende beroemdheden verwachtte, bijrolspelers en figuranten die posters van de originele tv-serie *Battlestar Galactica* signeerden. Een tiental mannen, allemaal gezet, de meesten met bril, in dikke sweaters of truien met een v-hals. Ze stonden achter tafels, en op die tafels lag hun verzameling foto's en dvd's. Verkeersslachtoffers, zelfmoorden, verbrandingen, afgerukte ledematen, onthoofdingen, amputaties, springers en verhangingen. Foto's die duidelijk uit politiedossiers afkomstig waren: steekpartijen, dodelijke schotwonden, mensen met doorgesneden keel, uitgestoken ogen, uitgesneden tong. Welke echt waren en welke het werk van bijzonder goede grimeurs zou Irving niet hebben kunnen zeggen, maar zoals bij alle hobby's en interesses gold waren ook hier mensen die het als hun taak zagen feit van fictie te onderscheiden. Op ieder terrein waren er deskundigen, en deskundigen hadden één ding met elkaar gemeen: ze wilden altijd laten zien hoeveel ze wisten. Zo'n kans lieten ze zich niet ontzeggen.

Irving neusde rond. Was hij niet zo ervaren, door herhaling gehard geweest, dan zou zijn maag zijn omgedraaid. Ondanks zijn jaren bij Zedendelicten en Narcotica, ondanks zijn huidige aanstelling bij Moordzaken, ondanks regelmatige bezoeken aan het mortuarium, waar hij geduldig toekeek hoe een dood meisje van keel tot navel werd opengeritst, was hij niet gespeend van alle gevoel. De foto van een verkracht kind zei alles wat er te zeggen viel over de subcultuur van personen die dergelijk materiaal leverden. Ze waren niet echt het laagste van het laagste, maar veel scheelde het niet.

Hij bleef er een uur. Hij kocht een paar foto's van een plaats delict met het stempel van het bureau in district 3 op de achterkant. Er was een vrouw op te zien die was gewurgd met haar eigen netkousen. Hij betaalde dertig dollar, kreeg geen bonnetje. Hij raakte in gesprek met de verkoper, een zekere Chaz, een man van achter in de veertig met een baard. Chaz droeg een bril met jampotglazen, waardoor zijn ogen veel groter leken dan ze waren. Hij tuurde bijziend naar de wereld, en de wereld zag er ongetwijfeld verschrikkelijk vreemd uit.

'Goeie foto's,' zei Irving tegen hem.

'Komt doordat ze echt zijn,' antwoordde Chaz. Hij leunde naar voren en legde zijn hand tegen de zijkant van zijn mond. 'Het meeste hier is waardeloos,' fluisterde hij samenzweerderig.

Irving haalde zijn schouders op. 'Ik weet er nog niet zo veel van,' zei hij. 'Ik heb dingen op internet gezien…'

Chaz knikte en glimlachte. 'Het internet is negentig procent troep, en tien procent nog ergere troep.'

'Je moet goed op de hoogte zijn om te weten wat je krijgt.'

'Je moet er je werk van maken. Je moet het professioneel doen of niet. Ik heb een naam hoog te houden,' zei Chaz. Er klonk enige trots door in zijn stem, alsof hij iets deed wat gold als eerbaar vrijwilligerswerk. Het verschilde tenslotte niet zo veel van koekjes van de padvinderij. Mensen hadden behoeften, behoeften moesten worden vervuld. Hij kon beter in die behoefte proberen te voorzien dan dat mensen uit moorden gingen om hun eigen fotografische onderwerpen te maken. Er werd altijd gerationaliseerd. Er werd altijd een manier gevonden om iets te rechtvaardigen.

'Deze zijn ongetwijfeld echt,' zei Irving. Hij draaide een van de foto's om. Hij wees naar de stempel op de achterkant.

'Ik kan alles uit het archief van de politie voor je krijgen,' zei Chaz. 'Binnen zekere grenzen natuurlijk.'

'Alles?'

'Geef me een naam, een datum, een politiebureau, wat je wilt... Dan bezorg ik je foto's. Ik heb contacten. Iemand die er werkt, snap je?' Chaz knipoogde met een scheef glimlachje. Hij was de man. Hij kon je alles verkopen voor bijna niets.

'Zo, dat is nogal wat,' zei Irving. 'Ik heb wel interesse...'

Chaz stak zijn hand op. 'Er hangt natuurlijk wel een prijskaartje aan. Hoe moeilijker het materiaal des te duurder.'

Irving knikte. 'Alle waar naar zijn geld.'

'Zo is het,' antwoordde Chaz. 'Is er iets speciaals waar je interesse in hebt?'

'Misschien.'

'Hoe misschien? Heel erg of een beetje?'

Irving trok zijn mondhoeken omlaag. 'Ik heb iets met... Iets met...'

'We hebben allemaal onze eigen voorkeur,' zei Chaz. 'Meisjes, jongens...'

'Geen kinderen,' antwoordde Irving. 'Aan kinderen doe ik niet.'

'Wat zou je dan graag willen hebben, hm...?'

'Gary is de naam,' zei Irving.

Chaz stak zijn hand uit. Ze schudden elkaar de hand. Chaz glimlachte. Hij deed het verkooppraatje. Hij had een nieuweling aan de haak geslagen. Hij haalde hem langzaam in en dat wist hij.

'Goed, Gary... Zeg maar waar je van houdt, en dan zal ik kijken wat ik voor je kan doen.'

'Zouden we elkaar dan onder vier ogen kunnen spreken?'

Chaz lachte. 'Tuurlijk. Dit is maar een rommelmarkt. De jaarmarkt op het dorpsplein. Stelt niets voor. Het is alleen een gelegenheid om te netwerken, nieuwe contacten te leggen, snap je? Ik heb een bedrijf in het centrum. Ik heb een verzameling spullen om je vingers bij af te likken – ik doe dit al vijftien jaar...'

'En wanneer spreken we dan af?' vroeg Irving.

Chaz keek op zijn horloge. 'Dit duurt tot halfnegen, negen uur misschien. Van uitstel komt afstel, zeg ik altijd maar. Ik heb vanavond wel tijd als je even rustig wilt praten.'

Irving probeerde een onnozele indruk te maken. 'Je bent toch niet... Je bent toch niet van de politie of zo, hè?'

Chaz greep Irving bij de schouder. 'Tuurlijk ben ik van de politie,' zei hij. 'Ik ben de hoofdcommissaris, weet je dat niet? Ik ben de hoofdcommissaris en jullie zijn allemaal gearresteerd.'

Hier en daar in de zaal werd gelachen. Chaz was de grappenmaker. Hij was een leuke kerel.

'Sorry,' zei Irving. 'Ik ben gewoon bang dat... Nou ja, je weet wel...'

'Gary,' begon Chaz. 'Neem jij eens gauw een valiumpje, wil je? Je zit hier goed, kerel. We blijven hier nog een tijdje hangen. Je kunt me straks helpen de boel in te pakken, en dan gaan we samen een biertje drinken, zullen we eens kijken wat ik voor je kan doen.'

'Klinkt goed,' zei Irving. 'Bedankt... Ik vind het echt fideel van je.'

'Niks te danken, kerel. We moeten elkaar een beetje helpen, hè? Voor onze eigen mensen zorgen.'

29

Leycross kneep ertussenuit. Het ene moment was hij er nog, en het volgende moment was hij verdwenen. Hij had Irving binnen gekregen bij de bijeenkomst, was kennelijk van mening dat zijn taak erop zat en was vertrokken.

Om kwart over negen hielp Irving Chaz zijn mappen met foto's in kartonnen dozen te doen. Chaz kletste ondertussen over een wedstrijd van de Knicks. Irving luisterde maar half. Hij was gespitst op namen die in de zaal werden genoemd, prentte gezichten in zijn geheugen – wie belangrijk leek, wie niet. Chaz had een donkerblauwe stationwagen, die achter het hotel stond geparkeerd. Ze laadden de dozen in en gingen te voet naar een bar die een eindje verderop in de straat zat en Freddie's heette.

Irving wist dat dit een spoor was, niets meer en niets minder. Hij was niet zo naïef om te denken dat Chaz de Imitator had voorzien van foto's van plaatsen delict. Hij kon er zelfs niet van uitgaan dat de dader gebruik had gemaakt van dat soort foto's. De imitaties waren goed, maar niet per se perfect. Het waren accurate nabootsingen van de oorspronkelijke plaatsen delict. Van alle moorden was wel iets bekend geworden. Er was allerlei informatie – doodsoorzaak, kleding van het slachtoffer, positie van het lijk, mate van ontbinding – te vinden in boeken, tijdschriften over waargebeurde misdrijven, op websites. Dit was een gok – beredeneerd of blind, dat maakte niet uit, het was een gok. Als er echt een contactpersoon bestond, iemand bij de politie of een mortuarium, iemand die toegang had tot foto's en originelen stal of kopieën maakte om die te verkopen, dan was dat op zichzelf ook een zaak. Als het er alleen op uitdraaide dat zo'n operatie werd stopgezet, het zij zo; Irving zou blij moeten zijn met wat hij kon krijgen.

'Zeg eens, Gary,' zei Chaz. 'Waar gaat je voorkeur naar uit?'

'Meervoudige moorden,' antwoordde Irving. 'Twee, drie, meer zelfs. Seriemoorden.'

Chaz glimlachte. 'Jeetje, man, dat is makkelijk. Ik dacht dat je met iets heel moeilijks zou komen.'

Irving fronste.

'Je moest eens weten wat ze allemaal aan me vragen. Kolere, man, je hebt geen idee. De aparte zijn het moeilijkst. De gevallen die de voorpagina hebben gehaald. Wij noemen ze historisch. Ze hebben een plaats in de geschiedenis verdiend. Dat zijn de belangrijke.'

'Zoals?'

'O, ik weet niet... Originele afdrukken van bewezen moorden... Mensen als Ted Bundy, de Zodiac, Aileen Wuornos, vooral sinds die film met Charlize Theron. En dan had je dat ding van Capote...'

'Truman Capote?'

'Ja, die film die ze hebben gemaakt. De vent won een Oscar. Die moorden in de jaren vijftig. Iemand vroeg me om de originele foto's van dat gezin, de ouders, de jongen en het meisje. Heb je de film gezien?'

Irving schudde zijn hoofd.

'Goeie film,' zei Chaz. 'Maar lastig om de foto's te krijgen.'

'Is het je gelukt?'

'Ja, kopieën, geen originelen. Kopieën deden het goed, maar ze brachten lang niet zo veel op. Kopieën gingen voor tweeënhalf. Originelen zouden voor tien keer zoveel zijn gegaan, misschien nog wel voor meer.'

'Vijfentwintigduizend dollar?' vroeg Irving.

'Ja, vijfentwintigduizend dollar. Dat is nog niets vergeleken bij andere dingen waar ik soms van hoor.'

'Zoals?'

'Wat het duurste is, bedoel je?'

'Ja,' zei Irving.

'Het duurste wat ik ooit heb gehoord was geen foto van een plaats delict. Het was een foto van Gacy.'

'John Wayne Gacy?'

'In hoogsteigen persoon. Gesigneerd, en met een typische boodschap van Gacy erop.'

Irving trok zijn wenkbrauwen op.

'Het schijnt dat iemand een foto van Gacy de gevangenis in heeft gesmokkeld, hem vijfhonderd dollar heeft gegeven om hem te signeren, iets persoonlijks erop te schrijven, snap je? Weet je wat hij boven zijn naam schreef? *Fuck you to death. Much love, John.* En drie kusjes eronder.'

'Dat meen je niet.'

'Geen woord van gelogen. *Fuck you to death. Much love, John.* Drie kus-jes eronder.'

'En voor hoeveel is die verkocht?'

'Voor driehonderdveertigduizend.'

'Nee toch,' riep Irving uit.

'Zeker wel. Voor driehonderdveertigduizend, aan een Rus die gesig-neerde foto's van allerhande lui had ... van Dahmer en Bundy, zelfs van die kannibaal die ze allemaal opat, ook een Rus, ik ben zijn naam vergeten.'

'Wat een handel,' zei Irving.

'Vraag en aanbod, beste man, vraag en aanbod.'

'En jij hebt iemand ... Waar? Bij de politie?'

Chaz glimlachte geheimzinnig. 'Ik heb iemand, en meer hoef je niet te weten.'

Irving knikte. 'Sorry, ik wil niet nieuwsgierig zijn, maar ik vind het hele gedoe gewoon fascinerend.'

'Het is ook fascinerend. Maar goed, wil je nog een biertje?'

'Ja, lekker,' zei Irving. 'Wacht, ik haal ze wel.'

'Fijn,' zei Chaz. 'Geef mij maar een Schlitz.'

Ze praatten nog een uur over van alles en nog wat. Rond halfelf zei Chaz dat hij weg moest. Hij zette Irving voor het blok. Wat wilde hij heb-ben? Waar was hij naar op zoek?

'Meervoudige moorden,' zei Irving. 'Meer dan twintig jaar oud, bij voorkeur met duidelijke details – je weet wel, kleren, positie van het lijk – dat soort dingen ... Niet alleen gezichten, snap je? Het hele plaatje.'

'En dat is het? Alleen meervoudige moorden?'

'Ja, alles met twee of meer slachtoffers. Of bijzondere dingen, dat het slachtoffer was verkleed, iets aan had moeten trekken wat voor de moor-denaar belangrijk was.'

Chaz pakte een bierviltje en schreef het nummer van zijn mobiele te-lefoon op. 'Bel me morgen rond lunchtijd, één uur, halftwee, daar in de buurt,' zei hij. 'Dan weet ik meer.'

Irving glimlachte, trok een verbaasd gezicht. 'Dat is snel.'

'Als je iets doet, moet je het professioneel aanpakken, zeg ik altijd maar. Ik kan krijgen wat je hebben wilt, of niet. Het is niet ingewikkeld en ik ga je niet aan het lijntje houden. Bel me morgen, dan laat ik je weten of ik je kan helpen.'

Ze namen op de parkeerplaats achter de bar afscheid van elkaar. Chaz had minstens vier biertjes gedronken, hoorde niet achter het stuur van de stationwagen te kruipen, en Irving hoopte dat hij niet werd aangehouden. Een nacht in de cel zou weinig goeds betekenen voor het telefoontje morgen.

Irving liep terug naar het St.-Vincent om zijn auto op te halen en reed naar het bureau. Het was bijna middernacht toen hij daar aankwam.

Hij noteerde het nummer van Chaz' mobiele telefoon dat op het bierviltje stond en het kenteken van zijn stationcar en trok ze allebei na.

Charles Wyngard Morrison, 116 Eldrigde Street in de Bowery. Irving vond het nummer van zijn vaste telefoonlijn, zijn identiteitsnummer, het feit dat hij als computerprogrammeur voor een kleine firma in Bedford-Stuyvesant had gewerkt. Chaz Morrison had geen strafblad, maar hij had wel een waarschuwing gekregen wegens het hinderen van een politieagent op een plaats delict. Hij was een moordjunkie. Was er waarschijnlijk naartoe gegaan om foto's te maken.

Irving was een uur kwijt aan het invullen van de vereiste formulieren voor het afluisteren van zowel de vaste lijn als de mobiele telefoon. Hij ging grondig en zorgvuldig te werk. Hij sloeg niets over. Hij vermeldde nadrukkelijk dat hij had afgesproken Morrison zaterdag om één uur te bellen en dat de tap op zijn telefoons zo snel mogelijk moest worden geplaatst. Irving hoopte dat Morrison met zijn telefoontjes zou wachten tot het einde van de volgende ochtend en ze niet vannacht zou plegen.

De foto's die hij had gekocht legde hij achter slot en grendel in de la met de dvd's van Leycross. Hij werd al een echte verzamelaar.

Hij vertrok rond halftwee, reed langzaam naar huis. Hij was moe, maar hij wist dat hij niet zou slapen. Hij zou die millimeterbrede ontsnappingsroute opzoeken op de schaal van de radio en daar – alsof ze op hem hadden gewacht – zouden Dave Brubeck en Charlie Mingus zijn.

Deed hem aan zijn vader denken, het feit dat hij sinds mei niet meer bij hem was geweest. Herinnerde hem eraan dat de levenden evenveel aandacht behoefden als de doden.

30

Toen Irving de volgende ochtend wakker werd, met de sluimerende hoofdpijn die gepaard gaat met te weinig slaap, dacht hij niet aan Deborah Wiltshire, maar aan Karen Langley. Het was kwart voor zeven. Hij bleef liggen tot zeven uur, probeerde niet te denken, probeerde helemaal nergens te zijn, en toen stond hij op en nam een douche. Het was zaterdag. Eigenlijk had er nu een laat ontbijt horen te zijn, de weekendkrant, plannen om naar een honkbalwedstrijd te gaan, naar een film of het theater. Maar voor dergelijke dingen was momenteel geen plaats in Irvings leven – nog niet althans.

Hij belde Farraday van district 4, reed naar zijn huis en liet hem het formulier voor de telefoontap medeondertekenen. Hij ging er direct mee naar rechter Schaeffer, keiharde vent, kop als een houten hamer, bekend om zijn bereidheid de politie ter wille te zijn in plaats van ze tegen te werken. Om elf uur was de tap geplaatst, twee agenten geposteerd en geïnstrueerd dat ze met alle gesprekken moesten meeluisteren, inkomende en uitgaande; het smerige wereldje van Charles Morrison werd vastgelegd. Als hij nu de aankoop van de dingen waar Irving om had gevraagd per telefoon regelde, wisten ze wie zijn contactpersoon was.

Omdat hij niet veel meer kon doen dan wachten, richtte Irving zijn aandacht op de Winterbourne-groep. Als Costello zelf een mogelijke verdachte was, dan gold dat voor alle leden. Hij wist niet wie ze waren, en de kans dat hij een bevelschrift zou krijgen om de hoteleigenaar te dwingen die informatie vrij te geven was zeer klein. Costello was bijzonder behulpzaam geweest, maar juist door zijn bereidheid zich, officieel of anderszins, te bemoeien met het onderzoek was Irvings achterdocht gewekt. Hij wist weinig van seriemoordenaars, van het hoe en waarom van dat soort lui, maar hij wist wel dat het niet ongebruikelijk was dat een dader zich inliet met de politie, en zelfs assisteerde bij het rechercheren. De ontvoerder van een kind, bijvoorbeeld, die omwonenden bijeenriep om in de omgeving naar een kind te zoeken dat hij zelf had ontvoerd, verkracht, in stukken gesneden en begraven; of de moordenaar van jonge vrouwen die zich aanmeldde als vrijwilliger om van deur tot deur te gaan met een foto van het vermiste slachtoffer. Wat bracht hen ertoe? Zelfverloochening, een poging zich te distantiëren van de misdaad door zogenaamd hun eigen ondergang te bewerkstelligen? Het idee dat ze hierdoor konden bepalen hoeveel informatie de politie had en maatregelen konden nemen om te voorkomen dat er vooruitgang in het onderzoek naar hun identiteit werd geboekt? Een verlangen om te bewijzen dat ze beter, slimmer waren...

Irving riep zichzelf een halt toe.

Hij liep naar het raam van het crisiscentrum en keek omlaag naar de straat. Hij kon een stukje van Bryant Park zien, en daarachter het ondergrondse op 42nd Street. Voetgangers waren op dit tijdstip op zaterdagochtend dun gezaaid en er was nog relatief weinig verkeer.

Een verlangen om te bewijzen dat hij beter was...

Hij moest denken aan iets wat Costello had gezegd – was het Costello geweest? – dat de moorden allemaal kopieën waren van misdrijven gepleegd door mensen die waren opgepakt. Sommigen waren voorgoed opgeborgen in het federale penitentiaire systeem, anderen waren geëxecuteerd, eentje was een natuurlijke dood gestorven voor zover Irving zich kon herinneren. En dan was er nog de Zodiac-brief. Het was uiteraard een letterlijke transcriptie van een brief van Shawcross, maar geschreven in de Zodiac-code, de code die na mislukte pogingen van de FBI en de inlichtingendienst van de marine was ontcijferd door een geschiedenisleraar en zijn vrouw. De identiteit van de Zodiac was naar men zei nooit achterhaald, en hij was voor zover bekend nooit opgepakt. Misschien sleet de Zodiac op dit moment zijn dagen in een cel ergens in een gevangenis omdat hij was opgepakt, berecht en veroordeeld voor een heel ander misdrijf, zonder dat iemand het wist. Misschien zou hij ergens overlijden en bewijzen nalaten van wie hij was, wat hij had gedaan... Een verklaring misschien waarom hij het had gedaan. Maar op dit moment wist niemand nog wie hij was. Als seriemoordenaar was de Zodiac een succes. Hij pleegde zijn misdrijven. Hij kwam ermee weg. Hij bleef een raadsel.

Irving zocht in de stapel papier op zijn bureau naar aantekeningen die hij eerder had gemaakt: de volledige lijst met alle bewezen en onbevestigde moorden van de Zodiac.

Michael Mageau en Darlene Ferrin, allebei onomstotelijk het slacht-offer van de Zodiac, waren op 5 juli 1969 neergeschoten. Mageau bleef in leven, Ferrin niet. Buiten hen waren er in totaal nog zevenentwintig slacht-offers aangevallen op een datum vóór 16 september. Zonder rekening te houden met het jaar, want aan de Zodiac werden moorden van oktober 1966 tot mei 1981 toegeschreven, waren er vijf gepleegd in februari, negen in maart, één in april, twee in mei, drie in juni, vijf in juli, één in augustus en in september vóór de 16e, de datum van vandaag, had er één plaatsge-had. De Imitator had ze allemaal kunnen nabootsen, en als hij zich alleen aan de bewezen moorden had gehouden, zou er op 5 juli al een verjaring van een Zodiac-misdrijf zijn geweest. Voor zover Irving wist was er op 5 juli nergens in de staat New York een dubbele moord gerapporteerd, en mocht dat wel het geval zijn geweest, dan had Costello het vast en zeker geweten.

Irving keek in zijn computer om het te controleren. Hij had gelijk. Er was in de hele staat geen enkel geval dat in enig opzicht overeenkwam met het neerschieten van Michael Mageau en Darlene Ferrin op 5 juli 1969 in Vallejo. En wat betekende dat? Dat de moordenaar alleen die moorden reproduceerde die waren gepleegd door geïdentificeerde en veroordeelde personen? Waarom had hij dan de Zodiac-code gebruikt voor de brief van Shawcross? Wilde hij er alleen zeker van zijn dat ze het verband zagen tussen wat hij deed en de moorden uit het verleden, of was er nog een andere reden?

Om vijf voor halféén belde Irving de *New York City Herald*. Hij trof John Costello niet, maar kreeg Karen Langley aan de lijn.

'Hoi.'

'Karen.'

'Zoek je John?'

'Ja, klopt.'

Een korte aarzeling en toen zei Irving: 'Ik wilde je nog bellen...'

'Dat is geen moeten, hoor,' antwoordde Karen.

'Ik weet dat het geen moeten is, ik wil het. Maar ik zit een beetje krap in mijn tijd, weet je. Je snapt dat wel. Jij hebt toch ook deadlines?'

'Tuurlijk.'

'Ik vond het erg gezellig, Karen.'

'Dat weet ik,' antwoordde ze.

'Wijsneus.'

'Maar goed, John is er niet, hij is thuis vandaag. Tenminste, ik neem aan dat hij thuis is. Om eerlijk te zijn heb ik absoluut geen idee wat John doet met zijn tijd.'

'Heb je zijn nummer?'

'Dat kan ik je niet geven.'

'Dat kun je me niet geven, of dat wil je me niet geven?'

'Ik wil het niet. Ik wil het hem niet aandoen.'

Irving zweeg, een beetje verbaasd.

'Kom op, Ray, je kent hem. Je weet hoe hij is. Hij kan niet zo goed met mensen omgaan. Hij houdt er niet van als de dagelijkse gang van zaken wordt verstoord.'

'Hoe kan ik hem dan te spreken krijgen?'

'Ik bel hem wel. Ik zal zeggen dat je hem wilt spreken. Ik weet niet of hij je terugbelt...' Ze maakte haar zin niet af en Irving moest aandringen.

'Hij heeft een probleem,' zei Karen.

'Een probleem?'

'Een probleem met jou.'

'Waar heb je het over?'

'Het feit dat we uit eten zijn geweest. John is niet helemaal gerust over jou.'

'Over mij? Tjezus, wat krijgen we nu weer?'

'Nou, ik ben een vriendin van hem. We werken al jaren samen. Hij voelt zich op de een of andere manier verantwoordelijk voor me. We hebben nooit iets met elkaar gehad afgezien van een professionele en platonische relatie, maar hij maakt zich toch druk over me.'

'Goed,' zei Irving. 'Daar kan ik in komen, maar wat heb je tegen hem gezegd? Heb je soms gezegd dat ik een klootzak was?'

'Nee, natuurlijk niet.'

'Hoe zit het dan? Als ik nog een keer met je uit wil, moet ik hem dan meevragen als chaperon?'

'Doe niet zo sarcastisch, Ray. Accepteer het maar gewoon. Wil je nu nog dat ik hem bel of niet?'

'Ja, graag. Dat zou fijn zijn. Zeg hem dat ik zijn hulp nodig heb.'

'Heb je zijn hulp nodig?'

'Ja. Wat is daar zo raar aan? Hij is toch de verdomde Rainman? Hij is de man die driehonderdduizend gevallen van moord kan onthouden.'

'Zo is het wel genoeg.'

Irving haalde een keer diep adem. 'Sorry, Karen, maar...'

'Niks maar. Je behandelt hem zoals iedereen, ja? Je hoeft hem niet te kleineren. Als ik hoor dat je hem van streek hebt gemaakt...'

'Dat zal ik niet doen. Het spijt me. Het spijt me echt, oké? Het kwam er een beetje verkeerd uit.'

'Ja, en dat vind ik helemaal niet aardig. Hij is een goeie vent, en een zeer goede vriend van me. Als je hem van streek maakt, zie je mij niet meer terug, en dat niet alleen, dan publiceer ik alles wat ik wil en kunnen jij en de hoofdcommissaris en de burgemeester de pest krijgen, begrepen?'

'Karen, even serieus...'

'"Ja", Ray, meer hoef ik niet. Ik hoef alleen een simpel ja te horen.'

'Ja. Goed. Ik begrijp het.'

'Mooi zo, dan zal ik John bellen. Je doet aardig tegen hem. Als je hem kwaad maakt, kom ik naar je toe en geef ik je een pak op je lazer. En als je een keer tijd hebt, mag je me bellen en ook aardig tegen mij doen en dan ga ik misschien nog een keer met je uit. En je mag me bloemen sturen of zo, om je excuses aan te bieden omdat je zo'n klootzak bent geweest, goed?'

'Je bent echt verschrikkelijk...'

'Ik ga nu ophangen, rechercheur Irving...'

En dat deed ze.

De hoorn zoemde beschuldigend in zijn oor.

Het kostte hem tien minuten om het nummer van een bloemenzaak te vinden. Toen hij de telefoon wilde pakken, ging hij over. Geschrokken greep hij de hoorn.

'Rechercheur Irving.'

'Meneer Costello?'

'U wilde me spreken.'

'Ja, dat klopt. Fijn dat u me even belt.'

'U zult snel moeten zijn. Er komt zo een programma op tv dat ik moet zien.'

'Ja, natuurlijk. Jeetje, u overvalt me. Het was alleen...'

'Iets over de zaak?'

'Ja, iets over de zaak... Over onze dader. De moorden die hij kopieert en de brief die hij heeft gestuurd.'

Costello lachte – een korte en onverwachte reactie. 'U en ik hebben kennelijk dezelfde gedachte gehad,' constateerde hij.

Irving fronste. 'Hoe dat zo?'

'De vraag waar ik mee zit is waarom hij alleen moorden kopieert die zijn gepleegd door mensen die zijn gepakt, maar toch de Zodiac-code gebruikt in de brief van Shawcross. Vroeg u zich dat af?'

Irving zat enkele seconden met zijn mond open van verbazing.

'Rechercheur? Bent u er nog?'

'Ja... Ja, ik ben er nog... Ja, natuurlijk. Jeetje. Dit kwam nogal onverwachts. Sorry, ik was er niet op bedacht. Ik... ik had...'

'Precies dezelfde gedachte?'

'Ja. Dat is toch opmerkelijk.'

'Nee, niet echt. Als je objectief naar het geval kijkt, zie je dat het niet logisch is. Dat is het eerste wat je met dit soort dingen moet doen. Zoeken naar dat ene dat niet logisch is.'

'En ik heb de data van alle bewezen en onbevestigde moorden van de Zodiac doorgenomen en ik ben erachter gekomen dat...'

'Hij er eentje in elke maand had kunnen kopiëren behalve in januari. Er zijn moorden gerapporteerd in elke maand van het jaar behalve in januari.'

'Dat klopt... En de enige die in september plaatshad vóór de datum van vandaag was...'

'Op 4 september,' merkte Costello op. 'Alexandra Clery. Doodgeslagen op 4 september 1972, een maandag. Niet bewezen.'

'Dus hij imiteert de Zodiac niet.'

'Nog niet, nee,' zei Costello. 'Hoewel er nog drie moordpogingen in september waren, maar ná de 16e.'

'Dus wat is uw conclusie?' vroeg Irving.

'Een eerbetoon,' zei Costello zacht.

'Sorry?'

'De brief was volgens mij een eerbetoon aan de Zodiac.'

'Een eerbetoon?'

'Ja. Hij pleegt moorden zoals andere moordenaars. Wat zegt hij daarmee? Hij zegt dat hij kan doen wat zij doen. Hij kan het beter. Hij kan het zonder gepakt te worden. Hij stuurt de brief van Shawcross in de Zodiac-code met twee bedoelingen. Ten eerste weet hij dat de politie niet zo slim is als hij, dus moet hij ervoor zorgen dat ze het verband zien tussen de bij de pier gevonden hoer en het meisje Steffen, dat Shawcross in 1988 vermoordde. Ten tweede, en dat is volgens mij belangrijker, wil hij ons vertellen waar hij zal eindigen...'

'Zal eindigen?'

'In de handboeken, snapt u? In televisieprogramma's over waar gebeurde misdrijven. Hij wil een ster worden.'

'Hij wil net zo beroemd worden als de Zodiac.'

'Hij wil Ted Bundy worden, John Wayne Gacy, waarschijnlijk zelfs de echte Hannibal Lecter, snapt u? Maar hij wil voor altijd onbekend blijven net als de Zodiac, en misschien wil hij zelfs het record breken.'

'Jezus, maar Carignan vermoordde meer dan vijftig mensen...'

'Dat is niet bewezen. Het bewezen aantal ligt ergens tussen twaalf en twintig. Dat is altijd het probleem. Die mensen liegen doorgaans over wat ze hebben gedaan. Ze bekennen moorden die ze niet hebben gepleegd, en ze weigeren moorden toe te geven die overduidelijk hun werk zijn. Het is altijd een schatting, snapt u? Maar over het algemeen wordt aangenomen dat de Sunset Slayers zeven slachtoffers hebben gemaakt, Gacy drieëndertig, Kenneth McDuff ongeveer vijftien voor zover op te maken valt uit de bewijzen, en Shawcross beweert dat hij er drieënvijftig heeft vermoord, maar zoals gezegd ligt het realistische getal ergens tussen de vijftien en vijfentwintig.'

'En de ergste?' vroeg Irving.

'Moeilijk te zeggen,' antwoordde Costello. 'De ergste ooit is geen Amerikaan. Een Colombiaan, Pedro López, heeft er meer dan driehonderd vermoord. Daarna komt een Amerikaans stel, Henry Lee Lucas en Ottis Toole, die er naar het schijnt meer dan tweehonderd hebben omgebracht. Hebben er na de zogenaamde Insterstate Killing Spree zo'n dertig bekend. De gezusters De González, Mexicaanse bordeelhoudsters, eenennegentig lijken aangetroffen in hun bordeel in het begin van de jaren zestig. Dan heb je Bruno Ludke, een Duitser, zo'n tachtig tot vijfentachtig. Vervolgens hebben we de beruchte Chikatilo, een Russische kannibaal, die heeft er iets meer dan vijftig vermoord. Onoprienko, ook een Rus, wilde blijkbaar het wereldrecord seriemoorden in handen krijgen, maar hij werd na tweeënvijftig moorden gearresteerd. Dan is er nog een Amerikaan, Gerald Stano, op zijn negenentwintigste veroordeeld voor het vermoorden van eenenveertig vrouwen, voornamelijk prostituees en van huis weggelopen meisjes in Florida en New Jersey. Die is in maart 1998 naar de elektrische stoel gegaan. Gary Ridgway, de Green River Killer, ergens tussen de vijfendertig en vijftig slachtoffers, voornamelijk in Seattle en Tacoma. Gacy komt daarna met drieëndertig, dan Dean Corll en Wayne Williams, allebei met zevenentwintig. Eerlijk antwoord op uw vraag is dat onze vriend aanmerkelijk meer dan vijftig moorden zou moeten plegen om in de recordboeken te komen, en dan hebben we het alleen nog maar over Amerikaanse seriemoordenaars. Als hij het wereldrecord in handen wil krijgen, moet hij bijzonder hard aan de slag.'

Irving bleef lange tijd stil. Hij voerde een gesprek over iets wat hij bijna onbevattelijk vond.

'En tot nu toe hebben we er acht,' zei hij uiteindelijk.

'Voor zover we weten,' zei Costello. 'De mogelijkheid bestaat dat hij uit een andere stad is gekomen. Het is zelfs mogelijk dat hij er een tijdje mee is gestopt en dat wij niet ver genoeg terug kijken om het eerdere deel van de cyclus te zien.'

Irving voelde de haren in zijn nek overeind gaan staan. *Het eerdere deel van de cyclus.* Het klonk zo klinisch.

'Eigenlijk kunnen we op geen enkele manier voorspellen wie hij nu weer besluit te worden,' zei Costello.

'Tenzij je iets kunt afleiden uit de voorgaande moorden, en wij die aanwijzing over het hoofd hebben gezien.'

'Denkt u dat hij jullie laat zien wat zijn bedoeling is?' vroeg Costello.

'Wie weet wat hij ons laat zien,' zei Irving. 'Wie weet wat hij de wereld laat zien.'

'Ik zeg niet dat het zo is,' zei Costello, 'maar ik denk dat hij de wereld wil laten zien dat hij de beste is.'

31

Een paar minuten over halféén, minder dan een uur voor hij Chaz Morrison moest bellen, kwam er van beneden het bericht dat Morrison om zeventien minuten over twaalf had gebeld met zijn vaste telefoon. Hij had iemand verteld wat hij nodig had: meervoudige moorden, bij voorkeur meer dan twintig jaar geleden; drie, vier slachtoffers, ongebruikelijke positie van het lijk, op de plaats delict achtergelaten kledingstukken; alles wat een beetje ongewoon was. Morrison en zijn contactpersoon maakten een grapje over afgezaagde wensen. De contactpersoon zei dat hij alles zou zien te krijgen wat Morrison nodig had, dat hij maandagavond moest terugbellen. Het gesprek werd beëindigd. Nog geen kwartier later had Irving het nummer al laten natrekken. Ze waren uitgekomen bij een adres in Greenwich Village vlak bij het station in 14th Street. Hij zocht het adres op in het personeelsbestand van de gemeente en vond een naam. Dale Haynes, vijfentwintig jaar, geen strafblad, momenteel werkzaam bij de afdeling Archiefherstel van de politie.

Irving had de verkoper te pakken. Ze konden hem arresteren wegens diefstal, overtreding van de geheimhoudingsclausule in zijn arbeidscontract, het verkopen van gestolen gemeente-eigendommen. Wat hij deed was voor Irving niet bijzonder belangrijk; hij wilde weten of deze Haynes de foto's van plaatsen delict had geleverd voor de Imitator. Wanneer, dacht Irving, gebruikte iemand ooit de term 'zekere gok'? Het was altijd een blinde gok. Dat was de aard van het beest.

Om halftwee had hij een huiszoekingsbevel en een bewakingseenheid bij Haynes' appartement. Dit was belangrijker dan het telefoontje naar Chaz Morrison en Irving besloot dat te vergeten. Farraday had Irving gevraagd hem volledig op de hoogte te houden van wat hij deed, had alles waar hij om had gevraagd goedgekeurd. Hij was kennelijk tevreden over Irvings aanpak, zei dat hij een eenheid van zes man van district 4 moest nemen en zelf maar moest bepalen hoe hij deze inzette. Haynes mocht onder geen beding vluchten – hij was op dit moment geen verdachte in de moordzaak, maar hij was een potentieel aanknopingspunt en ze moesten zich goed aan de voorschriften houden. Irving mocht geen deal met Haynes sluiten zonder strikte en specifieke toestemming van Farraday, en Farraday zou zelf contact houden met de officier van justitie. Het was een belangrijke zaak, en die mocht niet worden verknald door procedurele fouten.

Om drie minuten over twee op zaterdag 16 september stond rechercheur Ray Irving opzij van de deur van het appartement van Dale Haynes en klopte hard aan. Hij maakte zich luid en duidelijk bekend, ondernam geen verdere pogingen de verdachte op zijn aanwezigheid attent te maken, buiten dat hij een halve minuut wachtte en toen nogmaals aanklopte.

Om vierenhalve minuut over twee braken ze de deur open met een stormram.

Er ontstond chaos toen Irving met drie agenten naar binnen rende en alle kamers controleerde. Eén deur zat op slot, en voor Irving de kans had hem open te trappen, schreeuwde een stem vanuit de kamer: 'Wacht even… wacht dan even!'

'Dale Steven Haynes?' riep Irving.

'Ja… Ik ben hier… Wat is er aan de hand?'

'Kom naar buiten. Handen boven uw hoofd. We zijn van de politie.'

'Wat zullen we –'

'Kom naar buiten, meneer Haynes. Ik tel tot drie. Als de deur niet opengaat, komen we naar binnen…'

'Ja, ja… Jezus Christus, wat moet dit nu weer voorstellen?'

Irving knikte naar de agenten, die aan weerszijden van de deur gingen staan en zich tegen de muur drukten. De deurknop bewoog. Irving stapte achter een stoel en ging op zijn hurken zitten. Hij hield de deuropening onder schot.

De agenten trokken Haynes de kamer in en hadden hem al gevloerd en geboeid voor hij goed en wel wist wat er gebeurde. Hij had alleen een t-shirt en een onderbroek aan, zijn ogen stonden wijd opengesperd in zijn witte gezicht en drukten pure paniek uit.

'Dale Steven Haynes, u bent gearresteerd op verdenking van diefstal van gemeente-eigendommen, op verdenking van de illegale verkoop van gemeente-eigendommen. U hebt het recht te zwijgen, maar alles wat u zegt kan en zal tegen u worden gebruikt in de rechtszaal. Als u geen advocaat kunt betalen, zal u een advocaat worden toegewezen door de rechtbank –'

Haynes huilde inmiddels.

'Rechercheur?' riep een van de agenten uit de slaapkamer.

'Hou hem in de gaten,' zei Irving tegen de andere agent, terwijl hij langs de geknielde man stapte en naar de deuropening liep.

Er stonden zo'n tien kistjes. Bankkluisjes, van normale afmetingen, en in elk kluisje lagen mappen, en in elke map tientallen foto's. Je kon het zo gek niet verzinnen of het was er, werkelijk afgrijselijke foto's ook, en allemaal afkomstig uit dossiers die onder handen werden genomen in het kader van het archiefproject van de NYPD. Het waren allemaal oude zaken, en de foto's gaven de criminele historie van New York weer. Hier lagen haar spoken, haar schrikbeelden, de levens van duizenden mensen die waren kapotgemaakt door bekende en onbekende moordenaars. De nevenactiviteit van Dale Haynes was het verkopen van de donkerste herinneringen van New York.

Een tijdje kon Haynes geen woord uitbrengen, en toen hij zich ten slotte weer in de hand had stamelde hij alleen: 'Het was niet de bedoeling dat het zo erg werd... Het spijt me... Ik weet wat u wilt... Het spijt me zo verschrikkelijk... O, god, ik heb zo'n spijt...'

32

Haynes biechtte alles op zonder een officieel verhoor. Hij vroeg niet om een advocaat, maar Farraday concludeerde zodra Irving hem had gebeld dat het een belangrijk spoor kon zijn en eiste dat er een pro-Deoadvocaat werd gezocht en naar het bureau gehaald. Farraday belde hoofdcommissaris Ellmann, Ellmann belde de officier van justitie, en de officier van justitie stuurde een van zijn hulpofficieren om de verhoren als onafhankelijke waarnemer bij te wonen. Alle informatie die Haynes zou kunnen geven over de koper van materiaal dat verband hield met eerdere moorden moest waterdicht zijn. Geen dwang, geen twijfelachtige verhoormethoden, geen ongepaste pressie.

Tegen de tijd dat het hele circus zich had verzameld, was het bijna drie uur. Haynes was rustig maar bleef zich maar verontschuldigen. Hij keek iedereen die verscheen aan met een blik vol kruiperig zelfmedelijden. Hij wilde dat de wereld met hem meeleefde. Hij wilde mensen laten weten dat hij in de grond een goede vent was, die het slechte pad op was gegaan, dat hij uitsluitend probeerde zijn brood te verdienen, maar dat het uit de hand was gelopen...

Terwijl hij in een van de verhoorkamers zat, werd zijn appartement doorzocht. Negen kluisjes met gestolen foto's werden eruit gehaald. Haynes was in elk geval een zeer ordelijk mens. Hij had zijn foto's gesorteerd op geslacht, op leeftijdsgroep, en op wijze van overlijden. Jonge jongens en meisjes, mannelijke en vrouwelijke adolescenten, vrouwen boven de twintig, mannen boven de twintig, en dan een categorie voor de slachtoffers van boven de veertig. Hij had zijn best gedaan ze op te bergen onder zelfmoorden, neergeschoten slachtoffers, wurging, verstikking, vergiftiging, verkrachting gevolgd door moord, verdrinking, stomp trauma, onthoofdingen en neergestoken slachtoffers. En verder een categorie van allerlei eenmalige gevallen, waaronder een man bij wie de handen waren afgehakt bij de polsen nadat hij op een stoel was vastgebonden en die men had laten doodbloeden. Er waren volgens een eerste schatting meer dan zevenduizend foto's en Haynes – archivaris in hart en nieren – had een keurige administratie bijgehouden van gecodeerde namen, data, aantal gekochte foto's, hoeveel hij betaald had gekregen, of de klant ze persoonlijk had opgehaald of had verzocht ze over de post te verzenden.

In die administratie was Irving het meest geïnteresseerd, en uit die administratie diepte hij een klant op die stond vermeld als *1457 Post*. Deze 1457 Post had in mei van dat jaar drie aankopen gedaan. Onder die aankopen waren foto's van de plaats delict van Anne Marie Steffen, de vrouw die door Arthur Shawcross in 1988 was gewurgd.

Aanwezig in de verhoorkamer om tien voor vier waren Irving zelf, twee agenten, hulpofficier van justitie Harry Whittaker en de pro-Deoadvocaat, een vrouw van middelbare leeftijd die Fay Garrison heette. Het was geen lang verhoor, want Haynes beantwoordde Irvings vragen zonder aarzelen.

'Volgens je eigen administratie, die, moet ik zeggen, zeer nuttig is, heb je meer dan elfduizend dollar verdiend met je dynamische onderneminkje,' zei Irving. 'Ik denk dat de belastingdienst dat ook graag wil weten, denk je niet?'

Haynes liet een moment zijn hoofd hangen. Hij keek op, deed zijn mond open om iets te zeggen, maar toen hij weer begon met dat hij toch zo vreselijk, ongelooflijk veel spijt had, stak Irving zijn hand op en legde hem het zwijgen op.

'Een van je klanten heeft in mei van dit jaar drie verschillende series foto's van je gekocht. Een van de afbeeldingen was van Anne Marie Steffen, een prostituee die eind jaren tachtig is vermoord. Je noemt je klant 1457 Post. Wat betekent dat?'

Haynes probeerde zijn neus af te vegen met zijn mouw. Dat was lastig met zijn geboeide handen. 'Dat is waar ik ze naartoe heb gestuurd,' zei hij.

'Je hebt die klant nooit ontmoet?'

Haynes schudde zijn hoofd. 'Nee, nooit. Ik heb hem alleen aan de telefoon gehad. Hij belde, vertelde me wat hij wilde hebben. Gaf me het adres.'

'En hoe betaalde hij?'

'Hij stuurde het geld over de post. Alleen het geld, verder niets. Gaf me een postbusnummer waar ik ze naartoe moest sturen.'

'Postbus 1457?'

Haynes knikte. 'Dat klopt. Postbus 1457 in New York, dat was alles. Daar heb ik ze naartoe gestuurd.'

Irving gaf een van de agenten een teken met zijn ogen. De man knikte en verliet zachtjes de kamer. Hij zou onmiddellijk de formulieren in orde gaan maken die nodig waren om de identiteit van de houder van de postbus op te vragen bij de posterijen.

'Goed.' Irving leunde achterover in zijn stoel. 'Dit was best een onderneming, hè, Dale? Een heel bedrijf. We willen een uitgebreide verklaring van je hebben. Data, tijden, wanneer – en hoe – het is begonnen... Het hele verhaal wat dit kleine avontuur betreft. En daarna gaan we je in beschuldiging stellen, en voorleiden, en dan mag je je erop gaan verheugen dat je foto in een dossier terechtkomt dat zo naar het nieuwe archief kan.'

Opnieuw de kruiperige blik. 'Denkt u... Denkt u dat...'

'Dat je zult moeten zitten? Wilde je dat vragen?'

Haynes knikte, kon Irving niet recht aankijken.

'Wie zal het zeggen?' zei hij. 'Er moet nog een heleboel uitgezocht worden voor we zover zijn, Dale, dus je zou jezelf nu een grote dienst bewijzen als je een verklaring voor ons opschreef, zo volledig en eerlijk mogelijk, zonder belangrijke details achterwege te laten.'

'Ja,' mompelde Haynes. 'Ja, natuurlijk.'

Irving stond op. Hij vertrouwde Dale Haynes toe aan de zorg van de tweede agent en verliet de kamer, samen met hulpofficier Whittaker en Fay Garrison.

'Die hoeft niet te zitten,' zei Whittaker. 'Hij krijgt een tik op zijn vingers, een boete, misschien een werkstraf. Het is maar een kleine vis.'

'Dat weet ik wel,' zei Irving, 'maar nu is hij rustig en werkt hij mee en zo wil ik het graag houden.'

Irving schudde hun beiden de hand. 'Dank voor je hulp,' zei hij, 'maar ik moet direct verder.'

Whittaker en Garrison begrepen het. Ze wisten dat dit slechts het topje was van een veel grotere ijsberg.

33

Rechter Schaeffer tekende Irvings bevelschrift om vier uur achtenveertig. Irving belde de centrale inlichtingenafdeling van de posterijen in New York, stelde zich voor, gaf het nummer van het bevelschrift, noemde Schaeffers naam, en maakte een afspraak met het waarnemend hoofd Beveiliging om kwart over vijf. Hij zette een zwaailicht op de auto en was er om tien over.

Waarnemend hoofd Beveiliging Lawrence Buchanan was een New Yorker van Ierse afkomst, zo Iers-Amerikaans als maar kon. Hij was niet lang, maar zo'n één meter vijf- of zesenzestig, ongeveer vijfenzeventig tot tachtig kilo zwaar, en hij liep op schoenen met piepende spekzolen alsof hij het elk ogenblik op een hollen kon zetten. Hij glimlachte vriendelijk, hij schudde enthousiast handen, maakte de indruk verschrikkelijk veel van het leven te houden. Irving vertelde hem dat hij voor iets kwam wat zeer dringend was, dat het te maken had met een reeks moorden. Irving had zich geen zorgen hoeven maken, want waarnemend hoofd Beveiliging Buchanan grijnsde van oor tot oor en begon nog harder te lopen.

'Dan zal ik u zeker niet ophouden,' zei hij.

Om vier minuten over halfzes liep Irving het gebouw van de centrale inlichtingenafdeling van de posterijen van New York uit met een stukje papier in zijn binnenzak. Op het papiertje stond een adres in het centrum: flat 14B, 1212 Montgomery Street. De naam die was opgegeven door de man die postbus 1457 had gehuurd luidde A.J. Shawcross.

Irving belde alvast naar het bureau, sprak rechtstreeks met Farraday, legde uit wat de strekking van de opgegeven naam was. Dat was voldoende grond voor Farraday om tot actie over te gaan en hij belde rechter Schaeffer, regelde zelf het huiszoekingsbevel en stuurde een SWAT-team om de flat te doorzoeken. Een man die acht mensen had vermoord verdiende alleen de allerbesten.

Irving was een paar minuten over zes op het bureau. Farraday kwam naar hem toe, sprak zijn waardering uit voor zijn snelle en efficiënte manier van werken, zei dat er veel afhing van deze zaak en dat ze beiden veel lof zouden oogsten als hij snel werd opgelost. Net als Irving voelde de commissaris de opwinding en spanning van de jacht. Het was een zenuwslopend moment, een moment om de allerslechtste uitkomst te voorspellen maar te hopen op een goede afloop; om plannen te maken voor onvoorziene gebeurtenissen maar daarmee niet te hard van stapel te lopen. Als het goed werd aangepakt, hadden ze hun Imitator misschien te pakken. Eén verkeerde stap, één klein foutje, en ze waren terug bij af. Of erger nog: bewijsmateriaal gecontamineerd, protocol geschonden, en de man zou op grond van vormfouten alleen vrijuit kunnen gaan.

De operatie begon om kwart voor zeven. Drie normale auto's, een SWAT-busje, een communicatiewagen ter ondersteuning. Het verkeer was zoals verwacht, ze namen de kortste weg over Sixth Avenue en sloegen pas af bij West Houston Street, en om twintig minuten over zeven kruisten ze Delancey Street, met de Williamsburg Bridge aan hun linkerhand. Het gebied tussen Delancey Street, Franklin D. Roosevelt Drive en de Manhattan Bridge vormde een doodlopend stuk van een blok of acht. Achter FDR Drive lagen het Corlears Hook Park en de Wallabout Bay; op een heldere dag kon je aan de overkant van de East River de Brooklyn Navy Yard zien liggen. De huizen in Montgomery Street waren flats zonder lift en huurkazernes met brandtrappen aan de achterkant. Drie mannen gingen aan de voorkant het gebouw in, drie liepen achterom en via de smeedijzeren stellage naar boven. De leider van het SWAT-team gaf instructies alsof zijn taak niet meer inhield dan het organiseren van de activiteiten op een kinderfeestje. Doe dit, doe dat, daarna doe je dit; je hoeft niet na te denken, alleen te handelen. Irving keek toe vanaf de straat. Zijn hart lag als een gebalde vuist in zijn borst en hij merkte dat hij voor het eerst in maanden bad. Het was louter een instinctieve reactie, want hij had voor het laatst voor Deborah Wiltshire gebeden, en zijn woorden waren genegeerd.

Op de eerste verdieping van de flat in Montgomery Street liep de voor-uitgeschoven man van het SWAT-team met zijn rug tegen de muur gedrukt door de gang naar appartement 14B; twee meter van de deur, niemand in de flat zou hem hebben gezien door het kijkgaatje, want de hoek was niet groot genoeg.

De naam van de vooruitgeschoven man was Mike Radley, zijn teamgenoten noemden hem Boo, en het maakte niet uit hoe vaak hij dit al had gedaan, hoe vaak hij het nog zou moeten doen, hij zou altijd hetzelfde gevoel krijgen.

Spanning als een kluwen elektrisch geladen draad onder in zijn buik. Gevoel van evenwicht, ja, maar delicaat. Hij keek graag films – *Jarhead*, *Black Hawk Down* – en hij meende dat hij enigszins begreep wat dergelijke mensen meemaakten. Trek ten oorlog. Dat had hun motto moeten zijn. Word wakker, poets je tanden, kleed je aan, trek ten oorlog. De Lower East Side was geen Beiroet, of Bagdad, het was geen Bosnië of Stalingrad, maar waar je ook was, je nek, je gezicht, je schouders werden niet beschermd door een kogelvrij vest. De grote ader die aan de binnenkant van je been liep werd er niet door beschermd. Een vuurwapen was een vuurwapen, of de persoon die het richtte nu een terrorist was of een junkie, een drugsdealer, een hoer, een pooier, een ontsnapte gevangene, of een man die het op zich had genomen de straten van New York te zuiveren van gespuis. Kogels waren kogels. Dood was dood. Vandaag, morgen, volgende week dinsdag – het maakte niet uit. Je tijd was gekomen als je tijd was gekomen. Je moest het domweg zien uit te stellen.

Dus Boo Radley stond met zijn rug tegen de muur, zo'n dertig centimeter van de voordeur van 14B. Hij stond daar vrij lang terwijl hij luisterde naar de teamleider die de procedure doornam: *kalm aan, diep ademhalen, langzaam bewegen, snel denken.*

Hij gebaarde de code naar zijn collega's. Hij kreeg te horen dat het team aan de achterkant in positie was.

Hij klopte op de deur.

Hij luisterde ingespannen, elk zintuig gespitst op woorden, beweging, een aanwijzing dat de flat bewoond was.

Niets.

Hij klopte nogmaals, kondigde zijn aanwezigheid aan, maakte zich bekend als politie.

Radley wachtte, het leek een eeuwigheid, en toen draaide hij zich om en gaf het sein voor de aanval. Zijn tweede en derde man kwamen met de stormram. Radley sprak snel en bondig met de teamleider. Ze gingen naar binnen – achterkant en voorkant tegelijk – ze zouden de flat schoonvegen.

Later, toen de deur eenmaal was opengebroken, toen het geschreeuw was begonnen, toen het team aan de achterkant de flat was binnengedrongen via de brandladder en het keukenraam…

Later, toen Irving te horen kreeg dat er geen levende ziel in de flat te bekennen was, toen hij in het trappenhuis naar boven klom, kon hij al ruiken wat er op hem lag te wachten en had hij het gevoel van verlies dat hij kreeg wanneer zoiets als dit anders uitpakte dan zijn bedoeling was geweest...

Later, toen ze het mishandelde dode meisje hadden gevonden dat naakt op de vloer lag, haar handen geboeid met witte waslijn die strak om haar nek was getrokken, de stank van ontbinding die bijna niet te harden was voor een mens, en naast haar op de vloer geschreven in haar eigen bloed een aantal cryptische runen die Irving ogenblikkelijk herkende...

Na al die dingen... toen Hal Gerrard onderweg was, Jeff Turner vlak achter hem, paarsblauwe zwaailichten en sirenes die zich door de avondspits haastten... met heftige emoties en duizelig van paniek. Toen Irving in de gang voor het appartement stond met een zakdoek tegen zijn gezicht, terwijl hij iets voelde wat leek op afschuw en razernij, alles en niets voelde en wanhopig probeerde iets te begrijpen van deze nachtmerrie, met het koude zweet in zijn handen en misselijk – niet van de stank, niet door de toestand van dat arme meisje dat verrot was geslagen en in een leegstaand appartement in Montgomery Street was achtergelaten, niet van een boodschap op de vloer die duidde op iets wat zo verdorven was dat ze het zich geen van allen konden voorstellen – maar door de onvermijdelijkheid van de deceptie...

Het was nooit eenvoudig. Nooit zo eenvoudig als het moest zijn.

Dat was het moment – na al die dingen – dat Ray Irving werkelijk besefte hoe diep de afgrond was.

Het enige wat voorkwam dat hij viel was een zwakke greep op de werkelijkheid, een belofte van iets beters, de overtuiging dat hij hier op de een of andere manier doorheen zou navigeren en het achter zich zou laten...

Het ergste van alles leek nog zijn verlangen om op te geven.

34

Om tien uur wisten ze haar naam.

En ze ontcijferden het geheimschrift, de symbolen op de vloer, geschreven met het bloed van het meisje.

Ze was vierentwintig jaar oud, ze werkte in een platenzaak in het centrum. Ze was niet als vermist opgegeven. De mensen uit de winkel zouden later een verklaring afleggen. *We dachten dat ze het werk niet leuk vond... Ze was hier pas een paar weken.*

New York – een stad die groot genoeg was om zomaar mensen kwijt te raken. Je was iemand op het trottoir, vergeten tegen de tijd dat je overstak bij de hoek.

Laura Margaret Cassidy.

Op de vloer stond: *Oakland 4972 Bob Hall Starr was een watje.*

De persoon die de boodschap had geschreven, had een combinatie van codes uit Zodiac-brieven gebruikt – de brieven aan de *Vallejo Times-Herald*, de *San Francisco Examiner* en de *Chronicle*. Op 4 september 1972 werd in Oakland, California, de naakte, geboeide vierentwintig jaar oude Alexandra Clery gevonden. Ze was doodgeslagen. Clery was een van negen mogelijke slachtoffers van de Zodiac uit die periode: Betty Cloer, Linda Ohlig, Susan McLaughlin, Yvonne Quilantang, Cathy Fechtel, Michael Shane, Donna Marie Braun en Susan Dye. Het merendeel van de slachtoffers was vermoord omstreeks de zomerwende, de herfstequinox en de winterwende, Linda Ohlig zes dagen na de lente-equinox. Irving, die de stijl van het geheimschrift op de vloer van het appartement herkende, had in een mum van tijd de link gelegd tussen wat ze hadden en wat er vierendertig jaar geleden was gebeurd. Hij vond ook een verwijzing, samen met één andere naam, naar Bob Hall Starr.

Hal Gerrard en Jeff Turner bevestigden allebei dat het moment van overlijden van het slachtoffer in Montgomery Street – vastgesteld aan de hand van een voorlopig onderzoek, de mate van ontbinding – heel goed twaalf dagen geleden kon zijn. Op 4 september. De Imitator had hun een Zodiac-moord gegeven, maar ze hadden het niet geweten.

Laura Cassidy werd naar het mortuarium gebracht voor de lijkschouwing, Jeff Turner en zijn team van forensisch analisten begonnen aan het appartement.

Irving, die een bespreking had met Farraday op het bureau, vertelde wat hij ervan dacht.

'Volgens mij levert het appartement niet veel op.'

'Daar zou je wel eens gelijk in kunnen hebben,' zei Farraday. 'Onze enige hoop is dat ze daar is vermoord... De mogelijkheid dat hij iets heeft achtergelaten. Als ze daar na haar dood is neergelegd, dan komen we waarschijnlijk geen stap verder zonder de primaire plaats delict.' Hij stond op van zijn stoel en liep naar het raam. Hij stond met zijn rug naar Irving. 'En Bob Hall Starr?' vroeg hij.

'Was een naam, een pseudoniem eigenlijk, voor de hoofdverdachte van de politie van San Francisco.'

'Voor de Zodiac,' zei Farraday effen.

'Ja,' antwoordde Irving.

'En we gaan ervan uit dat het uitgesloten is dat de Zodiac nog in leven is.' Farraday draaide zich om en ging op de rand van de vensterbank zitten met zijn handen in zijn zakken.

'Daar gaan we van uit, ja.'

'Dus wat is je conclusie?'

'Dat hij misschien probeert te bewijzen dat hij beter is dan alle anderen. Het is maar een mening... Maar tot die conclusie zijn we gekomen...'

'We?' zei Farraday. 'Wie zijn we precies?'

Irving besefte dat hij zich had versproken, kon zichzelf wel voor zijn hoofd slaan. Hij keek de andere kant op, naar de muur waar Farradays eervolle vermeldingen, prijzen, getuigschriften en ingelijste foto's hingen. Hij keek niet echt, maar staarde afwezig voor zich uit. Hij was moe en verbijsterd, gedesillusioneerd, teleurgesteld, ontmoedigd, boos, gefrustreerd. Hij was ook vastbesloten dat hij geen zondebok van zichzelf zou laten maken als Farraday straks een enorme stortvloed van vragen over zich heen kreeg die hij niet kon beantwoorden. Het ging niet zoals het moest. Zo had hij zich zijn leven niet voorgesteld...

'Ray?'

Irving schrok op. Hij richtte zijn blik weer op Farraday. 'Ik heb wat hulp van buitenaf gekregen bij een paar aspecten van deze... Nou ja, niet zozeer hulp, inbreng eigenlijk.'

'Inbreng?'

'De man die de research heeft gedaan voor het artikel van de *City Herald*... Dat stuk waarin de link werd gelegd.'

Farraday zei een ogenblik niets. Hij liep terug naar zijn bureau en ging zitten. Het leek of hij in gedachten was verzonken, maar aan zijn gezicht te zien wist hij gewoon niet goed hoe hij moest reageren.

'Dat kan niet,' zei hij ten slotte. 'Dat is niet het soort inbreng van buiten dat goed overkomt...'

Irving leunde naar voren. 'Commissaris? Kunnen we dit even in een ander licht bekijken?'

Farraday trok zijn wenkbrauwen op.

Irving stelde zijn carrière in de waagschaal. 'Zonder de burgemeester en de hoofdcommissaris. Laten we de verkiezingen een ogenblik vergeten, wie er volgend jaar wel of geen baan krijgt. Kunnen we er gewoon even heel simpel naar kijken als naar een lopend moordonderzoek?'

'Ik hoop dat jij er op die manier naar gekeken hebt, Ray...'

'Ja, ik wel, maar verder niemand volgens mij... Althans, niet helemaal.'

'Leg uit.'

'Het bezuinigen op middelen ten eerste al. Ik krijg twee agenten voor een paar uur om me te helpen met het ordenen van alle stukken van meer dan vijf moordonderzoeken. Ik krijg een halve afdeling om in te werken, geen assistent, en er wordt me te verstaan gegeven dat ik niemand kan krijgen omdat iedereen op straat nodig is want alles moet er goed uitzien voor de burgemeester en de hoofdcommissaris –'

Farraday stak zijn hand op. 'Zo is het wel genoeg, Ray. Ik heb negen rechercheurs, van wie er twee met verlof zijn. Blijven er zeven over. Jij zit op deze zaak, de andere zes handelen alle andere dingen af die binnenkomen, en dan heb ik het nog niet eens over het feit dat twee van onze mensen op dit moment de linies in district 8 versterken. We zitten met het feit dat commissaris Hughes zijn handen meer dan vol heeft aan de mensen van de binnenlandse veiligheidsdienst. We zitten met het openbaar vervoer, de beveiliging van de luchthaven en de staking van de taxichauffeurs, en dan ook nog dat gedoe met het coördineren van de festiviteiten voor Thanksgiving –'

'Laat mij dan zelf voor wat hulp zorgen,' viel Irving hem in de rede.

'Wat bedoel je?'

'Laat me die vent hierheen halen ...'

'Welke vent? Die van de krant? Jezus, Ray, ben je gek geworden? Als de hoofdcommissaris er lucht van krijgt dat je een journalist aan een lopend politieonderzoek ...'

'Hij is geen journalist, hij doet onderzoek, en voor zover ik het kan overzien weet hij meer over seriemoordenaars dan wie ook, en hij is geen psychopaat, en hij is geen bekrompen bureaucratische klootzak van de FBI. Goed, hij heeft misschien een paar rare trekjes en eigenaardigheden ...'

'En wat mag dat dan wel betekenen?'

Irving wist dat hij zich op dun ijs bevond, maar dat kon hem niet schelen. Het kon volgens hem niet veel erger worden dan het al was.

'Het gaat om iemand met een stel hersens zo groot als een planeet die naar het schijnt al twintig jaar bezig is de relatie tussen God mag weten hoeveel seriemoorden in kaart te brengen en hij heeft zijn hulp aangeboden. Hij wíl helpen. Dat weten we omdat hij opbelt om me te vertellen van wie deze moorden imitaties zijn. Hij zoekt informatie op op internet en stuurt die naar me toe ...'

'En hij zou zo te horen je voornaamste verdachte kunnen zijn.'

'Des te meer reden om hem in de buurt te houden, hem precies daar te houden waar we hem hebben willen, en ondertussen maken we gebruik van alle informatie en inbreng die hij ons kan geven. Het is verdomme één grote nachtmerrie, commissaris, en ik zie niet in hoe iemand dit alleen zou moeten doen. Ik heb hulp nodig. Hij hoeft niet betaald te worden, en als hij onkosten maakt, betaal ik die wel uit eigen zak, en ...'

Farraday schudde zijn hoofd. 'Als we het doen, dan doen we het volgens het boekje. Hij wordt ingehuurd als researcher. Hij krijgt een titel, hij krijgt bevoegdheden, tot op zekere hoogte natuurlijk. Hij treedt met ons op, niet namens ons. Hij is geen vertegenwoordiger van het politiekorps, hij wordt door de politie aangetrokken in een adviserende rol, en hij krijgt een vooraf overeengekomen uurtarief betaald. Het zal me niet gebeuren dat een of andere journalist een verhaal gaat schrijven waarin hij beweert dat dit korps zo onderbemand is en zo weinig middelen krijgt dat het ongekwalificeerde hulp van buitenaf moet inhuren, en dat de onkosten door een van de rechercheurs Moordzaken uit eigen zak moeten worden betaald.' Farraday zweeg een moment. 'Begrijp je wat ik bedoel?'

'Ja, ik snap het... Logisch.'

Farraday stond op, liep weer naar het raam. Hij zweeg enige tijd. Zo nu en dan schudde hij zijn hoofd. Hij leek in stilte een gesprek met iemand te voeren, zichzelf te verantwoorden, zijn daden te rechtvaardigen misschien. 'Goed, ga maar met die vent praten,' zei hij ten slotte. 'Zoek uit hoe hij denkt te kunnen helpen. Als het de moeite waard is, prima, dan haal je hem hierheen en stellen we hem aan. Zo niet, dan laat je hem vallen en kom je bij me langs. Dan zullen we eens kijken of we iemand kunnen vrijmaken om je telefoontjes en administratieve zaken af te handelen en een agent om wat van het benenwerk te doen, goed?'

Irving stond op.

'Goed?' herhaalde Farraday. 'We begrijpen elkaar toch, hè, Ray?'

'Ja, commissaris,' antwoordde Irving. 'We begrijpen elkaar.'

35

'Ik heb geen idee,' zei Karen Langley.

Irving verplaatste de telefoon van zijn ene oor naar het andere. 'Je hebt geen idee?'

'Nee, Ray, ik heb geen idee.'

'Maar het is je collega, hoelang al? Acht, negen jaar?'

'Van hoeveel collega's weet jij waar ze wonen, hè? Hij woont ergens in New York, Ray, ik hoef niet precies te weten waar. Ik weet zeker dat zijn adres in het telefoonboek staat. En het is vast bekend bij personeelszaken en de salarisadministratie.'

Irving kon amper geloven wat ze zei. 'Ik weet het niet, hoor, Karen... Ik vind het maar raar dat je al zo lang met iemand samenwerkt en dan niet weet waar hij woont.'

'Je moet niet vergeten dat hij niet wil dat ik weet waar hij woont.'

'Allemachtig,' zei Irving bij zichzelf. Het was zondagochtend. Hij had Karen Langley op haar mobiele telefoon gebeld. Ze was thuis – alleen, nam hij aan – en ze leek blij te zijn zijn stem te horen. Tot hij haar vertelde waarom hij belde uiteraard. Toen werd ze zakelijk, een beetje gereserveerd en kortaf. De avond ervoor had zijn voorstel aan Farraday – dat Costello zou worden aangesteld om hem te helpen – zo zinnig geleken. Hij was geëmotioneerd geweest, bang – een gevoel van isolement, alsof geen mens ter wereld ooit zou kunnen begrijpen wat hij voelde. Nog een slachtoffer. Een Zodiac-moord van de Imitator. En een boodschap: *Bob Hall Starr was een watje.* Het was een provocatie. *Ik ben beter dan al die anderen. Ik ben de beste. Ik ben jullie zo ver vooruit dat jullie zelfs geen stof zien opdwarrelen... Sterker nog, ik werp niet eens stof op.* Dat had Irving in de boodschap gelezen: de onuitgesproken uitdaging, de uitnodiging. *Zet hem op. Probeer het.* Zo had Irving het begrepen, en hij had gedacht dat John Costello godbetert waarschijnlijk de enige was die zou inzien wat het betekende.

Daarnaast knaagde opnieuw de achterdocht. Costello had hem op het spoor van Leonard Beck gezet, Beck had hem bij Chaz Morrison gebracht, Morrison had hem Haynes opgeleverd en Haynes was een directe link met het dode meisje in het appartement geweest. Zonder deze trits zou ze nog niet gevonden zijn.

Irving wilde graag geloven dat dit resultaat te danken was aan zijn eigen volharding en harde werken, maar het was opnieuw allemaal weer net iets te toevallig.

In het koude daglicht gezien, na een gebroken en rusteloze nacht, was het hele gebeuren maar merkwaardig.

En Karen Langley... die hem vertelde dat ze al zo veel jaar met Costello samenwerkte en niet eens wist waar hij woonde...

'Wat is het probleem, Ray? Waar zit je mee?'

Het drong tot Irving door dat hij al enige tijd stil was. Hij had zijn ogen dichtgedaan, misschien vanuit de gedachte dat hij kon doen of hij ergens anders was als hij zijn omgeving niet kon zien.

'Ik moet bij hem langs.'

Ze aarzelde twee tellen.

'Wat nou?' vroeg Irving.

'Dat gaat niet gebeuren.'

'Wat bedoel je?'

'Dat jij bij John Costello langsgaat. Dat gaat niet gebeuren. Hoe stel je je dat voor? Je zoekt uit waar hij woont, kijkt in de database van de politie of zo? Heb je enig idee hoe hysterisch hij wordt als je ineens bij hem op de stoep staat?'

Irving liet niet blijken dat hij het adres van Costello in geen enkele database had kunnen vinden. 'Nee, maar ik begin me zo ondertussen wel af te vragen wie dat nu eigenlijk is, die man die voor je werkt.'

Hij hoorde dat ze glimlachte. 'Wat? Maak je je zorgen om mij?'

'Zeker, natuurlijk maak ik me zorgen.'

'Waarom in godsnaam?'

'Omdat ik je aardig vind. Omdat je een goed mens bent...'

'Je hebt niet gebeld,' zei ze plotsklaps, en zomaar opeens was het gesprek van richting veranderd.

Hoe kregen vrouwen dat toch altijd voor elkaar...

'Wat?'

'Je hebt niet gebeld. We zijn vorige week woensdag uit eten geweest, vier dagen geleden... Je hebt gezegd dat je zou bellen, maar je hebt het niet gedaan.'

Irving had zin om op te hangen. 'Sorry... Jezus, Karen, gaat het er nu ineens om dat ik niet heb gebeld?'

'Ja. Je belt me vanochtend, je zegt "Hoi, hoe gaat het?" Dat is alles. Meer niet. En dan wil je weten of ik jou in het appartement van John kan krijgen.'

'Ben je boos?' vroeg Irving.

'Natuurlijk ben ik boos. Lieve hemel, Ray, ben je echt zo onnozel?'

'Best, best. God, het spijt me. Ik heb het een beetje druk gehad, ja? Ik heb het een beetje druk gehad met deze zaak. Er is alweer een dood meisje gevonden, gisteravond laat, en ik probeer een beetje licht aan het andere eind van de tunnel te zien, en ik heb met mijn commissaris gepraat en tegen hem gezegd dat er misschien iemand is die ons kan helpen...'

'Wat heb je gedaan?'

'Ik heb met de commissaris gesproken... Over John. Gezegd dat ik dacht dat hij ons hier misschien bij kon helpen.'

Een tijdje zei ze niets, en door de manier waarop ze niets zei, kon Irving opgelucht ademhalen. Waarom wist hij niet, maar de spanning tussen hen leek zonder verdere woorden op te lossen.

'Ik zal hem bellen,' zei ze. 'Ik heb zijn nummer. Ik kan het niet aan je geven omdat hij me heeft gevraagd het nooit aan iemand te geven. Maar ik zal hem bellen.'

'Je begrijpt toch, hoop ik –'

'Dat ik hier niets over mag publiceren?'

'Inderdaad.'

'Ja. Ik zal hem bellen en dan bel ik je terug.'

'Dank je wel,' zei Irving. 'En dat ik je niet gebeld heb, dat spijt me, ja? Ik zou graag tegen je hebben gezegd dat ik er veel aan had gedacht, maar dat is niet zo. Ik heb wel aan jou gedacht, maar ik heb het zo druk gehad met die zaak...'

'Laat maar,' zei ze, en er klonk enige empathie door in haar stem. 'Ik begrijp het wel. Nu ga ik ophangen, want dan kan ik hem bellen.'

'Dank je wel, Karen.'

De verbinding werd verbroken.

36

Irving ging vroeg naar Carnegie, nam een tafeltje achterin, uit de buurt van de zondagse lunchdrukte.

Karen Langley had hem al na een paar minuten teruggebeld. Costello wilde wel met Irving praten, maar niet in zijn eigen appartement, en hij wilde dat Langley erbij was.

'Ergens op een openbare plaats, zei hij,' vertelde Langley tegen Irving.

'Tjezus, Karen...'

'Ja?'

Irving viel stil.

'Accepteer het maar gewoon. Hij zegt dat hij met je wil praten. Wees blij.'

Ze spraken af om één uur. Irving deed zijn best iets behoorlijks aan te trekken. Een zwarte lange broek, nog in het plastic van de stomerij van maanden geleden, en een donkerblauw colbert. Hij streek een wit overhemd, besloot een stropdas achterwege te laten, en poetste zijn nette schoenen. Hij moest naar de kapper. Hij moest een nieuw pak hebben. Hij moest een heleboel.

Toen hij in de gang voor de spiegel stond – de spiegel die Deborah hem daar had laten ophangen zodat ze zichzelf nog een laatste keer kon inspecteren voor ze de deur uit ging – vroeg hij zich af of hij al die moeite deed om er professioneel uit te zien, zoals hij geacht werd te zijn, of dat hij het voor Karen Langley deed. Een beetje van allebei, concludeerde hij. Deze zaak vereiste, misschien meer dan alle andere uit zijn loopbaan, stipte aandacht. Het was zondag, iets over twaalven, en hij had al gebeld om het autopsieverslag van Laura Cassidy. Het onderzoek zou geen stap verder komen zonder hem. De zaak zou niet stilletjes voorbijgaan of zomaar verdwijnen. Hij zou geen andere taak krijgen met een hogere prioriteit. Tot dit voorbij was. Tja, tot dit voorbij was, was het zijn leven.

Irving was vijfendertig minuten te vroeg in Carnegie. Hij bestelde koffie, zei dat er dadelijk nog twee personen zouden komen. Hij vertelde tegen de serveerster dat het gesprek enigszins vertrouwelijk van aard was, en dat ze als ze eenmaal iets te eten hadden besteld – als ze al iets te eten bestelden – beter met rust gelaten konden worden.

'Je kent me, lieverd,' zei ze. 'Ik ben niet iemand die zich ergens mee bemoeit als het niet hoeft. '

Irving drukte een opgevouwen briefje van tien dollar in haar hand, bedankte haar, ging zitten.

Irving kon zich vergissen, maar hij meende dat Karen Langley ook moeite had gedaan. Ze droeg een broekpak, een roomkleurige blouse met een sjaaltje losjes rond haar hals geknoopt. Ze zag er ontspannen maar toch ongedwongen chic uit. Ze was blijkbaar een vrouw met veel verschillende kanten, en Irving moest de eerste die hem niet beviel nog tegenkomen.

John Costello was daarentegen even bescheiden en nietszeggend gekleed als altijd. Misschien gaf hij er de voorkeur aan om buitengewoon onopvallend te zijn. Misschien was zijn missie in het leven nooit meer opgemerkt te worden – niet door een seriemoordenaar, door niemand.

'Karen. John.' Irving stond op en gaf hun beiden een hand.

Karen glimlachte. 'Wat doe je formeel,' zei ze. 'Ga alsjeblieft zitten.'

Irving deed wat hem werd gezegd.

Costello glimlachte naar Karen Langley. Hij was de geïnteresseerde ooggetuige, een toeschouwer bij dit kleine stukje theater.

'Fijn dat je kon komen, John,' zei Irving. 'Maar om te beginnen, gaan we iets eten?'

'Natuurlijk,' zei Costello. 'Zondag ligt niet vast. Hoe is het eten hier?'

'Goed. Heel goed, moet ik zeggen. Ik vind het erg lekker.'

'Wat hebben ze allemaal?'

Irving schudde zijn hoofd. 'Jeetje, ik weet niet, van alles. Heel veel koosjer eten natuurlijk. Ik vraag wel even de kaart...'

'Stel maar iets voor,' zei Costello. 'Vind je dat goed, Karen?'

'Ja, waarom niet. Maar geen kippenlevertjes. Ik hou niet van kippenlevertjes.'

Irving ving de blik van de serveerster en wenkte haar. 'Mogen we drie keer de kniesj met pastrami?' Hij keek naar Costello, naar Karen. 'Houden jullie van kaas?'

Costello knikte. 'Kaas is lekker.'

'Kaas op alle drie,' zei hij, 'en een Central Park-salade voor drie.'

'Koffie?' vroeg de serveerster.

'Hebt u thee?' vroeg Costello.

'Jazeker. Wat voor thee wilt u? We hebben Darjeeling, English breakfast, earl grey...'

'English breakfast.'

'Ik graag koffie,' zei Karen.

De serveerster verdween, kwam enkele momenten later terug met hun drankjes, en schonk het kopje van Irving nog een keer vol. 'Nog zo'n tien à vijftien minuten voor jullie eten komt, is dat goed?'

Irving bedankte haar.

'Ik heb begrepen dat je er nog een hebt gevonden,' zei Costello voor Irving de kans had iets te zeggen.

'Hij heeft de Zodiac gedaan,' antwoordde Irving.

'Welke?'

'Alexandra Clery... het meisje dat jij al had genoemd.'

'En wanneer heb je haar gevonden?'

'Gisteravond.'

'En ze was op 4 september overleden?'

Irvings ogen werden groot. 'Weet je de datum nog? Je moet me nu toch eens vertellen hoe je dat doet.'

Costello schudde zijn hoofd. 'Ik lees dingen. Ze blijven me bij. Niet alles natuurlijk, alleen de dingen die relevant zijn of belangrijk, neem ik aan. Vraag me niet waarom of hoe. Het is gewoon zo.'

Irving bedacht dat hij het misschien niet eens wilde weten.

'En?' drong Costello aan. 'Het antwoord op mijn vraag?'

'Op 4 september overleden? Ja, hoogstwaarschijnlijk wel. Ik heb het autopsieverslag nog niet gekregen.'

'En ze was doodgeslagen en naakt achtergelaten, zoals het meisje uit Oakland in 1972?'

'Daar ziet het wel naar uit,' zei Irving, en toen riep hij zichzelf een halt toe. 'Ho, even,' zei hij. 'We lopen veel te hard van stapel.'

'Te hard van stapel? Wat bedoel je?'

'Dat onderzoek... Dit... Waar we het over hebben. Ik heb je nog niet eens verteld wat ik met je wilde bespreken.'

'Ik weet wat je met me wilt bespreken, Ray.'

Irving deed zijn mond open om iets te zeggen.

'Karen heeft het me verteld. Je wilt me inhuren als onafhankelijke en externe...' Costello zweeg, schudde zijn hoofd. 'Onafhankelijke en externe wat?'

'Adviseur?' opperde Irving.

'Ja, dat is prima. Adviseur.'

Een paar tellen zei niemand iets.

'Goed,' zei Costello. 'Dat is wat je wilt?'

'Ja. Hoe je het ook wilt noemen. Normaal gesproken zou ik de afdeling Daderprofilering inschakelen, de FBI erbij betrekken, maar er is feitelijk geen bewijs van ontvoering en...'

'En zij hebben een opzienbarend beperkte kijk op dit soort dingen.'

'Wie weet,' zei Irving. 'Ik heb heel weinig met ze te maken.'

'Neem het maar van mij aan,' zei Costello. 'Ze hebben hun procedures en richtlijnen. Ze willen heel gedisciplineerd en ordelijk zijn en in belangrijke mate lukt hun dat, daar ben ik van overtuigd. Maar als er gedacht moet worden als een seriemoordenaar...' Hij schudde zijn hoofd. 'Er bestaan geen regels en richtlijnen voor wat deze mensen doen, afgezien van de regels en richtlijnen die ze zelf opstellen.'

'Dus je wilt het in overweging nemen?' vroeg Irving.

'In overweging nemen? Uiteraard, Ray. Ik heb al besloten je te helpen.'

Irving probeerde niet verrast noch tevreden te kijken. 'Het wordt wel officieel, natuurlijk. Je wordt formeel aangesteld door de NYPD als extern adviseur, als researcher bij gebrek aan een beter woord. Je krijgt betaald volgens een afgesproken uurtarief –'

'De details zijn niet belangrijk,' onderbrak Costello hem zacht. 'Het interesseert me, dat is alles. Het heeft me vanaf de eerste dag al bijzonder geïnteresseerd, en om toegang te hebben tot alle informatie van de plaatsen delict –'

'Binnen bepaalde grenzen,' merkte Irving op.

Costello zette zijn theekopje neer en leunde achterover. 'Er mogen geen grenzen worden gesteld,' zei hij. 'Niet wat betreft informatie die rechtstreeks verband houdt met de zaken zelf. Hoe kun je nu van mij verwachten dat ik een aanwijzing vind als ik niet alles mag zien?'

'Daar komen we wel uit,' zei Irving. 'Je moet goed begrijpen dat dit van mij uitgaat. Het is niet van hogerhand gevraagd. Het kostte enige moeite mijn commissaris te overtuigen, en God mag weten wat de hoofdcommissaris te zeggen zou hebben als hij ervan wist. Het is in feite bijzonder onorthodox. Een burger zonder officiële kwalificaties op het terrein van daderprofilering, niet echt bekend met politiewerk...'

'Maar wel twintig jaar ervaring als misdaadonderzoeker,' zei Karen.

'Ja, natuurlijk, ja,' antwoordde Irving.

'En de beste kwalificatie van allemaal, vergeet dat niet – waar niemand bij de politie of van de FBI aanspraak op kan maken,' voegde Costello eraan toe.

Irving keek hem aan.

Costello glimlachte. 'Ik heb het zelf meegemaakt, Ray. Ik weet hoe het is om zo iemand van heel dichtbij te zien.'

37

Tijdens het eten werd de zaak niet meer ter sprake gebracht. Karen Langley had hun gesprek netjes afgerond. Zij zou overleggen met de adjunct-hoofdredacteur van de krant, Leland Winter, zo nodig met Bryan Benedict, en ze zou haar best doen een regeling te treffen waarbij John Costello het politiekorps van advies kon dienen zonder zijn verantwoordelijkheden bij de *City Herald* volledig af te stoten.

'John is mijn rechterhand,' zei ze.

Costello negeerde haar compliment. Hij at met overgave, als een man met een doel, en scheen geen aandacht te hebben voor de details die ze bespraken.

Om kwart over twee stond hij op, vouwde zijn servet netjes op en legde het naast zijn bord. Hij bedankte Irving voor de lunch, nam afscheid van Karen Langley en draaide zich zonder nog iets te zeggen van de tafel af en verliet het restaurant.

Irving was enige tijd sprakeloos.

Karen had Costello nagekeken en toen ze zich weer tot Irving wendde, moest ze lachen om de uitdrukking op zijn gezicht.

'Je kijkt alsof iemand je een klap heeft verkocht,' zei ze. 'Zo is John. Schenk er maar geen aandacht aan. Je raakt wel gewend aan zijn rare gewoonten.'

'Denk je?' vroeg Irving, eigenlijk vooral aan zichzelf.

'Tuurlijk,' zei ze. 'Je hebt immers geen keuze.'

Ze bleven nog een uur zitten.

'Dit is ondertussen ons onofficiële tweede afspraakje geworden,' zei ze.

'Niet echt wat ik in gedachten had,' antwoordde Irving.

Karen leunde achterover en keek hem vragend aan. 'Ben je altijd zo serieus geweest?'

'Vind jij dat ik hier niet serieus over moet zijn?'

'Er is een verschil tussen serieus zijn en serieus over iets zijn. Natuurlijk is het serieus. Het is een moordonderzoek. Dat is iets om serieus over te zijn. Ik doelde niet op iets specifieks, ik bedoelde het in het algemeen.'

'Vind je me te serieus?'

'Ik vind iedereen te serieus, Ray. Volgens mij wordt de helft van de problemen van mensen veroorzaakt doordat ze zichzelf zo serieus nemen.'

'Wat wil je dan dat ik doe? Wat verwacht je van me?'

'Wat ik wil? Ik wil helemaal niks,' antwoordde ze. 'Ik dacht eigenlijk dat jij misschien iets wilde... Iets meer dan alleen een onderzoek naar een moord...'

'Ik kan op dit moment vrijwel nergens anders aan denken.'

'Kennelijk.'

Irving liet zijn hoofd schuin naar één kant zakken en keek haar argwanend aan. 'Wat bedoel je daarmee?'

'Ik bedoel niks, alleen dat je mijn woorden niet zo letterlijk moet nemen. Ik ga niet tegen je zeggen dat je eens wat vrolijker moet worden, want dat haalt niets uit, maar ik denk dat je toch eens...'

'Wat vrolijker zou moeten worden?'

'Ach ja, probeer het, Ray, misschien bevalt het wel.'

'Ik zal het doen,' zei hij gelaten. Hij wist wat ze bedoelde. Hij meende dat ze het hem niet had hoeven zeggen, maar dat iemand het hem zei was juist wat hij nodig had. Waarom was het toch altijd weer lastig, terwijl het eigenlijk het makkelijkst van alles had moeten zijn? Met iemand praten. Iemand leren kennen. Tijd met iemand doorbrengen. Er speelde altijd wel iets waardoor alles werd ontregeld.

'Ik moet je iets vragen,' zei Irving.

'Ga je gang.'

'Het gaat om geheimhouding... over het feit dat ik de integriteit van dit onderzoek moet bewaren nu...'

'Nu John eraan meewerkt?' Karen schudde haar hoofd. 'Jij denkt dat ik tegenstrijdige belangen heb, hè?'

'Het zou raar zijn als het niet zo was,' antwoordde Irving. 'Je hebt een zaak die de voorpagina zou halen, een researcher die daar rechtstreeks bij betrokken zal zijn, toegang tot informatie die geen enkele krant ooit zou krijgen, en je zult net zoals anders door de hoofd- en adjunct-redacteur achter de broek worden gezeten om met een goed artikel te komen.'

'Als je dat denkt, dan ken je John niet, en dan ken je mij zeker niet,' antwoordde Karen. 'Als John zegt dat hij ergens niet over zal praten, dan praat hij er niet over. Als hij een geheimhoudingsovereenkomst tekent, dan houdt hij zich daaraan.'

'Ik begrijp eigenlijk niet hoe je dat over hem kunt zeggen. Zoiets impliceert toch een aanzienlijke mate van zekerheid over iemands karakter...'

'Terwijl ik niet eens weet waar hij woont?'

Irving glimlachte. 'Nou ja, geef toe, Karen, een beetje ongebruikelijk is het wel.'

'Ik zou niet weten wat ik nog meer tegen je zou moeten zeggen. John is zoals hij is... Misschien is hij altijd zo geweest, misschien is hij zo geworden door wat hem is overkomen. Ik weet alleen dat hij voor mij van onschatbare waarde is. Wat mijn werk betreft zou ik me geen betere kunnen wensen, maar zoals iedereen heeft hij dingen waar je mee moet kunnen omgaan om met hem te kunnen opschieten. Misschien zijn ze bij hem wat opvallender, wat uitgesprokener, maar hij is ongevaarlijk...'

'Weet je dat zeker?'

Karen keek verbaasd, een plotse verandering op haar gezicht. 'Heb je nog steeds je twijfels over hem?'

'Ik ken hem net, Karen. Ik weet geen barst van hem.'

'Nogal raar om dan zijn hulp te vragen, vind je niet?'

'Vertel me dan eens wat je nog meer van hem weet,' zei Irving.

Ze glimlachte en schudde haar hoofd. 'Je zult er zelf achter moeten komen, Ray. Je hebt jezelf in deze situatie gebracht, je zult er ook zelf weer uit moeten komen.'

'Kom op, zeg, dat is niet eerlijk...'

Karen leunde opzij en pakte haar jasje. 'Ik ga nu,' zei ze.

'Wat?' vroeg Irving, met verbazing in zijn stem.

Karen Langley stak haar hand op en snoerde hem de mond voor hij de kans had nog iets te zeggen. 'Ik ga,' herhaalde ze. 'Ik zal met Leland praten, met anderen als dat nodig is. Ik zal het met John regelen.'

Ze stond op. Irving wilde ook opstaan.

Ze glimlachte, boog zich naar voren en raakte de zijkant van zijn gezicht aan. 'Blijf maar zitten,' zei ze. 'Dit is niet het goede moment voor wat we in gedachten hebben.'

'Maar...'

Ze schudde haar hoofd. 'Los dit op. En als je daarmee klaar bent, bel me dan. Misschien kunnen we overnieuw beginnen.'

'Karen,' begon Irving. 'Ik wilde je niet...'

'Laat maar,' zei ze zacht. Ze bukte en kuste Irving op de wang. 'Je hebt mijn nummer, en als je niets van me nodig hebt, moet je me bellen, goed?'

Irving keek haar alleen maar aan zonder iets te zeggen.

'Je hoeft alleen maar te knikken, Ray. Knik maar, dan weet ik dat je me hebt verstaan.'

Irving knikte.

Karen Langley glimlachte, bijna alsof ze dit had verwacht, alsof ze zich hier al tijden op had voorbereid en precies wist hoe te handelen, en toen draaide ze hem de rug toe en liep naar de deur.

Ray Irving kwam half overeind van zijn stoel; de voorkant van zijn colbert bleef achter het oortje van zijn koffiekopje hangen, en het viel om. Haastig trok hij servetjes uit de verchroomde houder en in de hectiek zag hij haar niet vertrekken, en toen hij opkeek was ze weg.

Misschien had ze achteromgekeken, een snelle blik, een flauwe glimlach – iets waarmee ze haar standpunt nogmaals bevestigde. Hij wist het niet en nu zou hij het nooit weten.

Hij ging weer zitten. De serveerster kwam en vroeg of hij een nieuw kopje koffie wilde. Hij zei nee en veranderde toen van gedachten.

Hij bleef nog een tijdje in het restaurant – twintig minuten, een halfuur misschien. Hij keek door het raam naar de wereld – Seventh Avenue op een zondagmiddag – en wist, absoluut zeker, dat dit het ergste tweede afspraakje uit zijn leven was geweest.

38

Het was bijna drie uur en het had niet veel zin naar huis te gaan. Irving ging naar het bureau, pleegde een paar telefoontjes, probeerde zo veel mogelijk aanvullende informatie over John Costello te vinden. De man had geen strafblad, was nooit gearresteerd, laat staan in staat van beschuldiging gesteld, en zijn vingerafdrukken zaten dan ook niet in het systeem. Uiteindelijk vond hij het identiteitsnummer van Costello, wat hem een adres opleverde: een appartement in een gebouw op de hoek van West 39th Street en Ninth Avenue waar Costello in januari 1989 was ingeschreven. Als het nog klopte – en Irving had geen reden om aan te nemen van niet – dan woonde Costello al bijna achttien jaar op hetzelfde adres. Irving kon er nu direct naartoe lopen. Een wandeling van vijftien, twintig minuten, dan stond hij bij John Costello voor de deur. Hij kon het appartement in gaan, eens een kijkje nemen in de wereld die John Costello voor zichzelf had geschapen. Hoe die mensen woonden was altijd de allerbeste indicatie van hun geestestoestand.

Irving riep zichzelf een halt toe. Die mensen? Hoe kwam hij erbij? Wat bedoelde hij met 'die mensen'? Deelde hij Costello nu in dezelfde categorie in als de man naar wie hij op zoek was?

Irving liet die gedachtegang stilletjes varen en richtte zijn aandacht op de computer.

De oorspronkelijke stukken over de Hamer van God-moorden waren gescand en uit Jersey naar hem doorgestuurd. Ze waren aan het einde van 2002 gedigitaliseerd. Irving was op de hoogte van het project, een gigantische onderneming die was opgezet om de enorme hoeveelheid dossiers die in gemeentelijke archieven lagen opgeslagen te ordenen en veilig te stellen; een poging om de hoeveelheid opslagruimte terug te dringen, de integriteit van documenten te behouden, het handmatig zoeken van overeenkomsten tot het verleden te laten behoren. Uiteraard was, zoals altijd bij dit soort projecten, het budget uiteindelijk uitgeput, of ingetrokken, of had iemand de gelegenheid te baat genomen en de belastingbetaler te veel laten betalen door hoog betaalde adviseurs en duur personeel voor de data-invoer aan te trekken. Uiteindelijk zou iemand het project opdiepen, verdergaan waar men gebleven was, en zou er een tweede, derde en zelfs een vierde poging worden ondernomen om het af te maken. Irving had geluk dat New Jersey tot begin '86 was gekomen. De laatste aanslag van de Hamer van God – die op John Costello en Nadia McGowan – had in november '84 plaatsgehad. Irving drukte de hele zooi af. *Treeware*, dacht hij, en hij glimlachte toen hij zich de term herinnerde die computernerds gebruikten voor papieren documentatie. In de kelder van het bureau ging hij achter het microfichesysteem zitten, zocht de oorspronkelijke artikelen uit de *Jersey City Tribune* uit '84 op: woensdag 5 december –VERDACHTE HAMERMOORDEN GEARRESTEERD; vrijdag 7 december – NAAM VERDACHTE HAMERMOORDEN VRIJGEGEVEN; woensdag 12 december – HAMERMOORDENAAR VOORGELEID; een artikel van donderdag de twintigste over de werkgever van Robert Clare die gerechtelijke stappen had willen ondernemen tegen moordfanaten die naar het garagebedrijf kwamen waar Clare had gewerkt om zich te verkneukelen en aandenkens te verzamelen. Ten slotte, op 27 december, een kort artikel met de naakte feiten over de zelfmoord van Clare. Toen hij zijn zoektocht naar verhalen over de Hamer van God voortzette, stuitte Irving op een artikel dat iets te dichtbij kwam. Het was misschien het treurigste van alles. Het was gedateerd vrijdag 4 januari 1985, en de kop luidde: 'HAMER VAN GOD'-RECHERCHEUR OVERLEDEN.

In het artikel stond dat rechercheur Frank Gorman, hoofd van de afdeling Moordzaken van de politie van Jersey City, in het toilet van een restaurant was overleden aan de gevolgen van een hartaanval. Gorman was een eenenvijftigjarige vrijgezel die, om het gevoel van tragiek nog te verhogen, alleen had gedineerd toen hij was overleden. Als iemand die achtentwintig jaar bij de politie werkzaam was geweest, had hij slechts een artikeltje van dertien regels in de *Tribune* verdiend.

Verloren in gepeins leunde Irving achterover. Hij vroeg zich af hoeveel mensen de begrafenis van Gorman op woensdag 9 januari 1985 in de First Communion Church of God hadden bijgewoond... hoeveel mensen die niet bij de politie werkten.

Die simpele alinea's zeiden alles. De geschiedenis herhaalde zichzelf. Gorman was niet anders geweest dan hij. Geen familie, geen kinderen, geen nalatenschap. Geen bloemen nodig. Ze zouden toch maar verwelken en worden weggegooid.

Hij zette het microficheapparaat uit en ging terug naar de afdeling. Hij bestudeerde de verhoren die Gorman en Hennessey hadden afgenomen, vond een notitie die op een hoekje van het oorspronkelijke incidentverslag McGowan/Costello was gekrabbeld. Hij was geschreven in het handschrift van Hennessey, dat kon Irving zien, en luidde simpelweg: *Imitator??*

Blijkbaar hadden Frank Gorman en Warren Hennessey enkele van dezelfde vragen overwogen als Irving. Costello was de enige overlevende geweest. Had hij zichzelf de verwondingen toegebracht? Had hij eerst de stelletjes vermoord en daarna, om de aandacht van zichzelf af te leiden, zijn eigen vriendin omgebracht en zichzelf verwond? Als dat zo was, wie was Robert Melvin Clare dan, en waarom had hij bekend? Vergeleken met nu stonden de forensische onderzoekstechnieken in 1984 nog in de kinderschoenen. Misschien was er een simpeler verklaring – misschien waren er twee van dat soort moordenaars geweest. Bestond de mogelijkheid dat John Costello destijds op zestienjarige leeftijd een seriemoord van de Hamer van God kon hebben nagebootst?

Irving huiverde bij de gedachte. Het was nogal een boude veronderstelling. Was het echt mogelijk dat hij de Imitator was? Had je aan John Wayne Gacy en Kenneth McDuff, Arthur Shawcross en Harvey Carignan kunnen merken wie ze echt waren? Of was totale misleiding in dergelijke gevallen essentieel? *Ik ben niet wie je denkt dat ik ben. Ik ben zelfs niet wie ik zelf meen te zijn.*

Irving zocht in de interne database naar rechercheur Gormans collega Warren Hennessey. Volgde hem tot juli 1994. Er waren twaalf jaar verstreken. Zou Hennessey nog leven? Waar zou hij zijn? Had het enige zin de tijd en middelen te spenderen die nodig zouden zijn om hem op te sporen? Wat zou Hennessey hem over John Costello kunnen vertellen? Dat hij ook de mogelijkheid had overwogen dat Costello de signatuur van de Hamer van God-moordenaar imiteerde? Dat hij Costello er korte tijd van had verdacht dat hij de grootste misleider van allemaal was?

Irving liet de gedachte varen. Hij geloofde het niet. Hij was lege plekken aan het vullen met alles wat hij kon vinden, en wat hij gebruikte paste gewoon niet.

John Costello was een slachtoffer dat het had overleefd. Dat was alles. Hij was een man met een buitengewone gave om de puntjes met elkaar te verbinden, en van dat talent zou hij wellicht heel goed gebruik kunnen maken om te doorgronden wat er was gebeurd. Dat was alles. De man was een raadsel, dat was waar, maar Irving wilde heel graag geloven dat hij geen seriemoordenaar was.

Om vijf uur spendeerde hij, vermoeid van het lezen van eindeloos veel dichtbedrukte pagina's met informatie, een uur aan het opnieuw ordenen van dossiers en foto's om ze in chronologische volgorde te leggen. Hij onderstreepte bepaalde punten op bepaalde bladzijden van originele incidentverslagen. Hij maakte aantekeningen van dingen waar hij aan moest denken wanneer Costello kwam.

Voor hij wegging belde hij het mortuarium, vroeg om het verslag van de autopsie op Laura Cassidy. Hal Gerrard was er niet, maar een van zijn assistenten zei dat Irving langs kon komen om het op te halen.

Dat deed Irving en daarna ging hij naar huis. Iets na zevenen zat hij in de keuken van zijn appartement en las hij de korte notities over de dood van een vierentwintigjarige bediende uit een platenzaak die New York al was vergeten. Laura Margaret Cassidy, vermoord op dezelfde manier als Alexandra Clery, een mogelijk slachtoffer van de Zodiac.

Het waren wederom allemaal maar veronderstellingen. Het verband was op zijn best zwak. Wat kon bewijzen dat deze stroom moorden door een en dezelfde man was gepleegd? Alleen de data, dat was alles. Alleen het feit dat deze mensen op een bepaalde manier waren vermoord op een bepaalde datum.

Was dat genoeg?

Irving gooide de bladzijden neer en leunde achterover. Hij sloot zijn ogen, voelde ergens achter zijn ogen een beginnende hoofdpijn.

Het zou genoeg moeten zijn, dat was de waarheid, omdat het alles was wat ze hadden.

39

'Krijg ik een penning?' vroeg Costello met een uitgestreken gezicht, zonder een spoortje humor.

'Een wat?'

'Een penning. Alsof ik officieel in dienst ben van de politie.'

Irving fronste. 'Dat meen je niet.'

Costello haalde zijn schouders op. Hij stond op van de stoel achter het bureau in Irvings geïmproviseerde crisiscentrum en liep naar het raam, waar hij een moment bleef staan om auto's te tellen, witte auto's. Het was twintig minuten over tien, maandagochtend 18 september. Karen Langley had met Leland Winter gesproken, Winter had met Bryan Benedict gesproken. Benedict en commissaris Farraday hadden niet meer dan een kwartier met elkaar getelefoneerd, en toen was Costello van het gebouw van de *New York City Herald* naar het politiebureau van district 4 op de hoek van 57th Street en Sixth Avenue gestuurd. Er waren geen concessies gedaan. Er was niet overeengekomen dat de *City Herald* de exclusieve rechten op het verhaal zouden hebben als er een doorbraak in de zaak zou zijn. Er waren geen speciale gunsten verleend. De *City Herald* leende een misdaadonderzoeker uit aan de NYPD, een man met twintig jaar ervaring op dit terrein, een man die misschien buiten het geijkte kader kon denken. John Costello – meende men – zou niet denken als een rechercheur Moordzaken. Hij zou anders denken, en deze andere kijk, deze verschuiving van het standpunt, was volgens Irving wat ze nodig hadden.

Costello draaide zich af van het raam met zijn handen in zijn zakken. 'Simpel gezegd hebben we negen slachtoffers,' zei hij. 'Het eerste was van drie juni, het laatste, Laura Cassidy, was naar we aannemen van 4 september, hoewel ze pas op zaterdag de 11e werd gevonden.' Costello glimlachte naar Irving. 'Ik vraag me af hoe hij zich voelde in de periode dat ze nog niet was ontdekt.'

'Dat heb ik me ook afgevraagd,' zei Irving. 'Waarom stuurt hij ons de Shawcross-brief om ons op de link met Anne Marie Steffen te wijzen, waarom schminkt hij het gezicht van Wolfe, en laat hij zijn Zodiac-meisje zo achter?'

'Hij moet buiten zichzelf geweest zijn van frustratie.'

'Het zou kunnen dat hij het aantal aanwijzingen domweg wil beperken. Dat hij ons genoeg aanknopingspunten wil geven, maar niet te veel.'

'Mystiek,' zei Costello.

'Mystiek?'

'Daar draait het toch allemaal om? John Douglas van de afdeling Daderprofilering van de FBI heeft gezegd dat al deze mensen eenzelfde motivatie hebben: hun eigen mythe in het leven roepen en in stand houden. Ze willen allemaal belangrijk zijn, maar dat zijn ze niet, dus moeten ze zichzelf belangrijk maken om gehoord te worden.'

'Het cliché van het misbruikte en verwaarloosde kind,' zei Irving.

'Clichés zijn alleen maar clichés omdat ze zo veel waarheid bevatten dat ze vaak worden herhaald.'

Irving liep naar de borden achter in het vertrek. Nog geen tel later stond Costello naast hem en ze bestudeerden beiden de gezichten van de slachtoffers, hun namen, de data en tijdstippen van overlijden, de spelden en vlaggetjes op de kaart van de stad die de locatie van de plaatsen delict aangaven.

'Er hoeft toch geen logica in te zitten?' vroeg Irving.

'Logica?' herhaalde Costello. 'Nee, er hoeft geen enkele logica in te zitten.'

'Behalve voor hem.'

'Voor hem is het volkomen logisch, anders zou er geen reden zijn om het te doen.'

'Doet je beseffen hoe volslagen krankzinnig sommige mensen zijn.'

'Het gevoel is wederzijds,' zei Costello. 'Die man denkt hetzelfde van ons als wij van hem.'

'Geloof je dat echt?'

'Ja.'

Een tijdlang zeiden ze geen van beiden iets en toen draaide Costello zich om en liep terug naar het bureau. 'Foto's van de plaatsen delict,' zei hij. 'Ik denk dat we alle foto's die zijn genomen moeten bekijken, en als we niet kunnen vinden wat we zoeken, dan zouden we naar de plaatsen delict zelf moeten gaan.'

'De signatuur zoeken,' zei Irving. 'De foto's vind ik prima. Maar of je toegang krijgt tot de plaatsen delict, weet ik niet.'

'Ik heb er begrip voor dat er vertrouwelijk moet worden omgesprongen met de informatie, maar als er grenzen worden gesteld...'

'Laten we eerst de foto's bekijken,' zei Irving. 'Als we naar de plaatsen delict toe moeten, maken we ons daar wel druk over als het zover is.'

Ze togen aan het werk, haalden alle foto's uit de respectievelijke dossiers. Al met al bleken er meer dan tweehonderd opnamen te zijn gemaakt.

Costello en Irving schoven de bureaus tegen de muur tegenover het raam. Ze legden de foto's uit op de grond, naast elkaar, geval bij geval, totdat er geen centimeter tapijt meer te zien was.

Costello ging op een bureau staan, met zijn handen op zijn heupen, en nam de puzzel van foto's op de grond in ogenschouw. Irving stond bij het raam.

'Kom hier staan,' zei Costello. 'Dan zie je het eens vanuit een andere hoek.'

'Dan zie ik het eens vanuit een andere hoek? Je bent echt –'

'Serieus,' onderbrak Costello hem. 'Kom kijken.'

Irving liep op zijn tenen tussen de rijen foto's door naar de andere kant van het vertrek. Hij klom op het bureau en ging naast Costello staan. Getweeën keken ze neer op de vele kleurenfoto's.

'Het meisje dat in het appartement is gevonden,' zei Costello. 'De persoon die de postbus heeft gehuurd heeft toch een identiteitsbewijs moeten overleggen?'

'Je kunt een postbus huren met een rijbewijs of iets dergelijks,' zei Irving. 'In elk geval heeft hij een vals identiteitsbewijs gebruikt met de naam Shawcross, en als adres het appartement in Montgomery Street opgegeven.'

Costello was een moment stil, en toen zei hij: 'Zie je overeenkomsten?'

'Ik heb die dingen al tien keer in mijn handen gehad. Ik heb ze van voor naar achteren, ondersteboven, van alle kanten bekeken... om te zien of er iets was wat eruit sprong, maar ik heb niets kunnen vinden.'

'Er is geen signatuur,' zei Costello. 'Hij is een kameleon. Hij neemt gewoon de kleur van iemand anders aan.'

'Heel poëtisch,' merkte Irving op, met enig sarcasme in zijn stem.

'Alleen een bepaald soort persoon kan zo veel van zichzelf opofferen, denk je niet?'

'Opofferen?'

'Misschien niet het goede woord, maar je begrijpt wat ik bedoel. De dader moet genoodzaakt zijn het te doen, denk je niet? Dit is een dwanghandeling. Dit zijn geen gelegenheidsmisdrijven. Dit vergt een zeer systematische voorbereiding, zeer precies wat betreft het slachtoffer, de manier van overlijden, de locatie van het lichaam, de houding waarin het wordt achtergelaten, al die dingen. Hij is een perfectionist, en toch is hij kennelijk in staat niets van zichzelf achter te laten. Hij wil niet dat wij weten wie hij is in twee opzichten. Ten eerste omdat hij niet gepakt wil worden, en ten tweede omdat hij denkt dat hij superieur is – niet alleen aan al die eerdere moordenaars, maar ook aan ons.'

'Nu klink je net als een crimineel psycholoog,' zei Irving. 'Je hoeft ons niet te vertellen wat voor man het is. Je moet met behulp van je kennis voor ons bepalen wie hij hierna zal imiteren.'

Costello klom van het bureau af en stapte voorzichtig tussen de foto's. Hij raapte er een op van een van de meisjes die waren gevonden bij het East River Park. Hij bekeek hem en legde hem weer neer. Daarnaast lag een foto van Mia Grant, het meisje dat door de tweeling van de familie Thomasian was gevonden, de moord na de advertentie voor een baantje in Murray Hill.

'Harv the Hammer,' zei Costello. 'Dat was Harvey Carignans bijnaam. Dan heb je de twee meisjes bij het park vermoord door de Sunset Slayers. John Wayne Gacy... die heeft voor zover ik weet nooit een bijnaam gekregen, evenmin als Kenneth McDuff. Shawcross werd The Monster of the Rivers genoemd, en ten slotte hebben we het meisje in het appartement, Cassidy, waar we de beroemdste van allemaal gepresenteerd krijgen, de Zodiac.'

'Waar zoek je naar?' vroeg Irving.

'Niets speciaals. Alles wat ik kan vinden,' antwoordde Costello. 'Hij kiest ze ergens om uit, misschien om de naam van de oorspronkelijke moordenaar, de naam van het slachtoffer, de datum...' Costello zweeg, keek op naar Irving.

'Wat?'

'Ik wil een lijst van alle data maken, de oorspronkelijke data en de nieuwe.'

Dat deden Costello en Irving, waarbij ze ervan uitgingen dat Laura Cassidy was vermoord op 4 september. Costello noteerde de data op volgorde, te beginnen bij Mia Grant op 3 juni, en daarna berekende hij het aantal dagen dat ertussen lag.

'Van Mia Grant tot de twee meisjes, Ashley Burch en Lisa Briley, is negen dagen. Vanaf daar naar de knul in de vuurwerkopslag is zevenenveertig dagen. En van die dag naar het meisje en haar twee vrienden in de kofferbak van de auto is acht dagen. Dan hebben we een gat van negenentwintig dagen tot 4 september, met Laura Cassidy. Ten slotte, hoewel ze eerder is gevonden dan het meisje Cassidy, hebben we daarna een onderbreking van zeven dagen tot de moord op Carol-Anne Stowell. Dat is negen, zevenenveertig, acht, negenentwintig, en dan zeven…'

'Negen, acht, zeven zijn de tussenliggende getallen,' zei Irving. 'Als we de onderbrekingen van zevenenveertig en negenentwintig dagen buiten beschouwing laten, hebben we een reeks.'

'Dus als er dan werkelijk een opzettelijke reeks in zit, zal hij op een niet nader te bepalen datum een moord plegen, en dan zes dagen later weer.' Costello schudde zijn hoofd. 'Ik denk niet dat er iets in die data zit. Het zijn geen priemgetallen, ze zijn niet allemaal even of oneven. De getallen die halverwege tussen de verschillen zitten vormen geen reeks.'

Irving ging op de vensterbank zitten met zijn handen in zijn zakken. 'Hij heeft gewoon bepaalde moordenaars, of bepaalde soorten moorden genomen. Ik denk niet dat het gecompliceerder is dan we aanvankelijk al dachten.'

'Hij wil domweg zijn genialiteit tonen aan de wereld.'

'Zo kun je het ook zeggen,' zei Irving.

'Dus als het niet de slachtoffers zijn, en als hij zich niet beperkt tot moordenaars die zijn opgepakt – wat hij niet doet – dan is het iets anders…' Hij zweeg een moment en zei toen: 'Dan gaan we naar de plaatsen delict.'

'Ik zal doen wat ik kan.'

'Dan wacht ik tot je me belt,' zei Costello. Hij kwam achter het bureau uit en trok zijn jasje aan. 'Laat maar een boodschap achter bij Karen, dan bel ik je terug.'

'Een vraag.'

Costello glimlachte, alsof hij wist wat er kwam.

'Waar woon je?'

'Je weet waar ik woon, Ray.'

Irving kon het niet ontkennen, probeerde dat ook niet. 'Ik begrijp niet hoe je zo'n geïsoleerd leven kunt leiden…'

'Geïsoleerd?' vroeg Costello. 'In welk opzicht leid ik een geïsoleerd leven?'

'Je gaat naar je werk. Degene voor wie je werkt is nog nooit bij je thuis geweest. Je hebt blijkbaar geen specifieke sociale gewoonten. Ik neem aan dat je op dit moment geen relatie hebt...'

'En jij vindt dat een probleem?'

'Nou, het is niet noodzakelijkerwijs een probleem als zodanig, maar ik dacht gewoon dat je wel eenzaam zou zijn...'

Costello stopte zijn handen in zijn zakken en keek een moment omlaag naar de vloer. Toen hij opkeek had hij een kalme en onaangedane uitdrukking op zijn gezicht.

'Ons kent ons, hè, Ray?'

Ray Irving keek hem na toen hij wegliep en zei geen woord.

40

De gedachte bleef door zijn hoofd malen: hun eigen mythe in het leven roepen en in stand houden.

Irving kon er niet van slapen, en hoe langer hij erover nadacht, des te overtuigender vond hij het.

Om een uur of twee stapte hij uit bed en zocht het woord op in het woordenboek. Mythe. Er stond iets over bovennatuurlijke wezens, half-goden, godheden. Er stond iets over gecreëerde identiteiten, aangewend om het onverklaarbare te verklaren.

Het was niet mogelijk een rationele verklaring te geven voor de daden van deze man. Het was zelfs niet nodig. Ze hoefden alleen een poging te doen hem te begrijpen, want zodra ze hem begrepen, zouden ze voorspellingen kunnen doen. Wat zou hij gaan doen? Wie zou hij worden? En wanneer?

Irving viel tegen drieën in slaap, werd om halfacht wakker, was om kwart over acht de deur uit.

Hij besloot het ontbijt in Carnegie te laten schieten, haalde een kop koffie, en ging direct op weg naar het bureau. Toen zat hij vast in het verkeer op Tenth Avenue tot hij in 42nd Street een omweg kon nemen, die hem langs de noordkant van Bryant Park voerde. Mia Grant. Vijftien jaar oud. In één klap dood, in de stijl van Harv the Hammer.

Farraday zou er om negen uur zijn, geen bericht bij de balie dat dat tegensprak, en Irving wachtte op de gang voor de kamer van de commissaris tot hij boven aan de trap verscheen.

'Goed, slecht, of neutraal?' vroeg Farraday.

'Ik moet met Costello naar de plaatsen delict.'

Farraday bleef staan, met de sleutel in zijn hand. Stak de sleutel in het slot. Haalde een keer langzaam adem en sloot een moment zijn ogen.

'Hij is niet de man die we zoeken,' zei Irving.

'Ik heb eens nagedacht,' merkte Farraday op. Hij draaide de sleutel om, deed deur open, stapte zijn kamer in.

Irving liep achter hem aan, ging niet zitten. Hij was niet van plan lang te blijven.

'Leugendetector,' zei Farraday zakelijk.

'Voor Costello?' Irving schudde zijn hoofd. 'Kom nou... Dat gaat het niet worden. Die dingen zijn trouwens zo onbetrouwbaar als de pest –'

'Laat me uitspreken, Ray, laat me uitspreken.' Farraday ging achter het bureau zitten, zette zijn vingertoppen tegen elkaar en keek Irving ernstig aan. 'Ga zitten,' zei hij.

Dat deed Irving.

'Goed, hij heeft hier dus een tijdelijke aanstelling. Hij is misdaadon-derzoeker, hij heeft hier een functie. Tot zover geen probleem, maar laten we het eens van een andere kant bekijken. Laten we zeggen dat het fout loopt. Laten we zeggen dat het iemand van die groep van hem is. Ik weet het niet, ik roep maar wat, snap je? Ik wil er zeker van zijn dat ons straks niet kan worden verweten dat we dit besluit hebben genomen.'

'Ik neem die man geen leugendetectortest af, commissaris, echt niet. Ten eerste is het niet eens geoorloofd, en als het fout loopt zou het als verweer niet standhouden, en ten tweede... God, de man is al nerveus genoeg. Hij doet dit niet zomaar omdat hij het wil, hij doet het omdat hij vindt dat het moet.'

'Maar waarom dan?' vroeg Farraday.

'Wie zal het zeggen. Zijn eigen verleden? De fundamentele menselijke aard misschien.'

Farraday glimlachte cynisch.

'Laat me met hem langs de plaatsen delict gaan. Zo'n probleem hoeft dat niet te zijn. Er is geen mens die het merkt. Laat me hem een paar uur rondleiden, dan zijn we ervanaf. Misschien vindt hij zelfs iets wat wij over het hoofd hebben gezien.'

'Geloof je dat echt?'

'Ach, hij heeft al eerder een paar kleine dingetjes opgemerkt die wij niet hadden gezien, hè?'

'Sarcasme kan ik niet gebruiken,' zei Farraday. 'Nou goed, doe het dan maar.' Hij maakte een afwijzend gebaar met zijn hand. 'Maar ik wil er van niemand iets over horen behalve van jou.'

'Dat beloof ik.'

Anderhalf uur later stapte John Costello voor het bureau in district 4 uit een taxi en liep over het voorplein naar Irving, die op hem stond te wachten. Het was een droge en heldere dag, lekker fris, en opnieuw werd Irving eraan herinnerd dat het algauw Kerstmis zou zijn en hij dacht aan het gevoel van eenzaamheid dat inherent scheen te zijn aan de feestdagen. Hij zou niemand aanraden zijn partner in november te verliezen.

'Alles goed?' vroeg Irving.

Costello knikte van ja. 'Waar gaan we eerst heen?' zei hij.

'Naar Mia Grant,' antwoordde Irving, en hij liep met Costello naar de auto die achter het gebouw stond.

Bryant Park, de lage overhangende boomtakken waaronder de tweeling van de familie Thomasian het in plastic verpakte lichaam van het meisje had ontdekt. Vandaar naar de weg bij Roosevelt Drive, langs het East River Park, waar ze samen zwijgend stilstonden bij het groepje bomen waar Ashley Burch en Lisa Briley waren gevonden door Max Webster. Irving hield de volgorde van de plaatsen delict aan en nam Costello vervolgens mee naar East 39th Street, naar het Wang Hi Lee Carnival & Firework Emporium, het kleine gat in de betonnen vloer waaruit het groteske als clown geschminkte gezicht van James Wolfe hen had aangekeken. En verder gingen ze, naar de vindplaats van het mishandelde lichaam van Caroline Parselle, onder de Queensboro Bridge, en vervolgens naar de locatie van de donkergrijze Ford op de hoek van East 23rd Street en Second Avenue waar de twee jongens waren gevonden, en daar vroeg Costello naar de auto, wat ermee was gebeurd.

'Die staat in het depot,' zei Irving. 'Alle vingerafdrukken waren weggepoetst. Bijna twee maanden daarvoor als gestolen opgegeven, maar er zat niets in waar we iets mee konden.'

Costello knikte, stelde geen verdere vragen.

Ten slotte reden ze van East 23rd Street via 12th Avenue naar Pier 67. Daar leunde Costello over de balustrade en keek omlaag naar de plek waar het lichaam van Carol-Anne Stowell was gedumpt. Het klotsende water van de Hudson was grijs en koud en meedogenloos. Alle sporen die er mogelijk waren geweest, waren allang weggespoeld. Alle herinneringen aan Carol-Anne Stowell lagen nu op de bodem van de rivier, en de rivier zou ze nooit meer afstaan.

Irving en Costello zaten zwijgend in de auto. Het was twintig minuten over drie, de hemel was bewolkt, het zag ernaar uit dat er weer regen op komst was.

'Wat eet je op dinsdag?' vroeg Irving.

'Heeft Karen je dat verteld?'

Irving gaf geen antwoord.

'Op dinsdag eet ik Frans.'

'Iets speciaals?'

'Nee, maakt niet uit. Bourguignon. Crêpes.'

'Is de cajunkeuken Frans genoeg voor je?'

Costello lachte. 'Waarom vraag je dat?'

'Ik weet een heel goed cajunrestaurant... Daar zouden we moeten gaan eten.'

Costello zei enkele momenten niets en toen glimlachte hij, bijna in zichzelf. Hij keek Irving niet aan, maar hij knikte langzaam en zei: 'Goed, het is een beetje een ruime opvatting, maar ik denk dat de cajunkeuken wel Frans genoeg is voor een dinsdag.'

Ze spraken niet over de plaatsen delict. Er viel niet veel over te zeggen. De rondgang had in elk geval een ontnuchterend effect gehad. Costello zei dat het hem van de kaart had gebracht, maar lichtte dat verder niet toe. Irving had de neiging Costello te vragen naar de aanslag die op zijn leven was gepleegd, naar Robert Clare, naar Frank Gorman – wat voor man dat was geweest, of ze ooit met elkaar hadden gesproken over dingen die niet direct met het onderzoek te maken hadden – maar hij zei niets. Costello deed zijn mond niet open, en toen ze klaar waren met eten bracht Irving hem terug naar het gebouw van de *Herald* en bedankte hem voor zijn tijd.

'Je hebt niet veel aan me gehad,' zei Costello.

'Ik moest dat doen,' zei Irving, 'en het was beter om het niet alleen te doen.'

'En nu?'

'Ik ga de ouders, de vrienden, de mensen die de slachtoffers als laatste in leven hebben gezien nog een keer ondervragen. Ik ga bij de mensen langs die de lichamen hebben gevonden. Ik neem de hele zaak nog een keer van begin af aan door.'

'Als je me nodig hebt, moet je bellen,' zei Costello. 'Ik zal mijn ogen en oren openhouden.'

'Bedankt.'

'Het blijft afwachten, hè?' zei Costello zonder een antwoord te verwachten.

Irving knikte. 'We houden alles in de gaten. We wachten. We hopen dat we ervan verlost zijn.'

Costello gaf geen antwoord, maar de uitdrukking op zijn gezicht zei genoeg.

Ze wisten allebei heel goed dat ze er nog niet van verlost waren.

Ze wisten allebei dat de Imitator nog maar net was begonnen.

Ze wachtten achtentwintig dagen.

Irving en Costello spraken elkaar in die periode bij elf gelegenheden, maar dat was meer beleefdheid, een noodzakelijke herinnering dat ze nog contact met elkaar hadden, dat John Costello zijn ogen en oren nog openhield, dat Irving Costello's rol in het geheel erkende. Irving nam geen contact op met Karen Langley anders dan uit zakelijke overwegingen. Soms liet hij bij haar een boodschap voor Costello achter, en een paar keer hadden ze op zo'n moment een babbeltje gemaakt, elkaar gevraagd hoe het ging, maar de echte vragen werden nooit gesteld. Ze wisten allebei dat Irving geen rust zou kennen voor deze zaak was afgehandeld.

Er vonden besprekingen met Farraday plaats, maar tijdens die besprekingen werden de echte problemen omzeild. Farraday wilde geloven dat de moorden waren gestopt. Hoewel hij niet kon voorkomen dat Irving bleef proberen nogmaals met iedere getuige en ieder familielid, alle bekende contacten van ieder afzonderlijk slachtoffer te praten, hoewel hij Irving er niet van kon weerhouden langs te gaan bij Hayes, Lucas, Lavelle en Vincent, en zelfs bij de forensisch analisten van de vijf plaatsen delict, gingen er toch geruchten over nieuwe taken, dat Irving er andere zaken bij zou nemen waar hij naast zijn primaire verantwoordelijkheden aan kon werken. Irving vroeg niet of dergelijke geruchten klopten. Hij lokte geen discussies met Farraday uit. Hij bleef in het crisiscentrum, of ging op pad. Hij werkte zichzelf stug de eenzaamheid en een stille obsessie in.

41

Woensdag 18 oktober. Alsof hij uitsluitend werd gedreven door het perverse verlangen de wereld te laten zien waartoe hij in staat was, legde de moordenaar van Lynette Berry haar lichaam precies midden tussen de standbeelden van Alice in Wonderland en Hans Christian Andersen in Central Park neer, vlak bij het Loeb Boathouse, aan de rand van de Conservatory Pond. Ze was lang, ze was zwart, en ze was naakt achtergelaten op het gras, liggend op haar buik in de houding van een kruisbeeld maar met haar rechterhand naar binnen gedraaid, haar benen wijd. Ze was gewurgd met iets wat op het eerste gezicht een stuk stof leek. Ze werd geïdentificeerd door mensen van de afdeling Zedendelicten in district 11. Ze wisten haar naam, kenden haar ook als 'Christy', als 'Domino', en ten slotte als 'Blue', van Blue Berry, de naam die ze gebruikte wanneer ze danste in de Showcase Revue Bar bij het University Hospital.

Om zes minuten over tien kreeg Irving een telefoontje van John Costello.

'Ze hebben een nieuwe in Central Park,' zei hij nuchter. 'Zwart meisje. Gewurgd. Ik weet haar naam nog niet, maar...'

Irving ademde uit.

Costello stopte met praten.

Irving voelde hoe het hart hem in de schoenen zonk. Hij ervoer onaangenaam tegenstrijdige emoties: een ongewenste bevestiging dat de moorden niet in september waren opgehouden met Carol-Anne Stowell en Laura Cassidy, maar aan de andere kant een opvlammend gevoel van hoop dat dit misschien iets zou opleveren, dat er misschien een aanwijzing was achtergebleven.

'Ray?'

'Ja, ik ben er nog.'

'Zoals ik al zei, ik weet de naam van het slachtoffer niet, maar voor zover ik kan nagaan is dit een kopie van de moord op Yolanda Washington.'

'Hoe spel je dat?'

'Y-O-L-A-N-D-A, en Washington weet je wel, neem ik aan,' zei Costello. 'De oorspronkelijke moord was op 18 oktober 1977, met dank aan Kenneth Alessio Bianchi, B-I-A-N-C-H-I.'

'Hoe weet je dit trouwens?'

'Op de scanner gehoord vanochtend.'

'Godver,' zei Irving.

'Nogal open en bloot vergeleken met de andere, hè?'

'Waar ben je?' vroeg Irving.

'Op de krant.'

'Ik moet even een paar mensen bellen. Blijf daar. Ik zal erheen moeten en jij gaat met me mee.'

'Ik wacht hier op je.'

Irving sprak met Farraday, Farraday sprak met commissaris Glynn in district 11. Glynn gaf de zaak zonder protest aan Farraday. Farraday zei tegen Irving dat hij Jeff Turner moest meenemen om zijn werkzaamheden af te stemmen met de forensisch analisten die al ter plekke waren. Hij aarzelde toen Irving hem vertelde dat Costello zou meegaan.

'Denk aan ons gesprek,' zei Farraday. 'Als dit verkeerd afloopt, dan...' Hij maakte de zin niet af.

Irving belde Costello terug, vertelde hem dat hij voor het gebouw van de *Herald* moest klaarstaan, dat hij hem zou oppikken. Ze gingen naar Central Park.

Er hing een lage mist ondanks het tijdstip. Het was kwart over elf toen Ray Irving, Jeff Turner en John Costello naar het afgezette stuk bij de Conservatory Pond liepen. Er waren tv-ploegen, minstens vier, en de sfeer op de plaats delict was volkomen anders dan die op de eerdere locaties. Het was een circus, met veel media en bedrijvigheid van de politie. Dit was Central Park, laat in de ochtend; het was geen vuilnisbak achter een armzalig hotel, geen braakliggend stuk grond onder een brug.

'Nu is het voor de hele wereld open en bloot te zien,' zei Irving, als een herhaling van Costello's eerdere observatie.

Turner scheen hem niet te horen; hij liep door om met de forensisch analist te spreken. De schouwarts was gebeld, maar nog niet gearriveerd, en Irving nam de tijd om de afzetting in orde te maken, met de mensen van district 11 te praten, ervoor te zorgen dat het geloop tot een minimum werd beperkt. Dit was hem. Dit móést hem zijn – één simpele aanwijzing die hen op het goede spoor zou zetten. Lynette Berry moest hun iets opleveren.

Costello liep langs de hele afzetting. Hij maakte zichzelf zo onzichtbaar mogelijk. Twee keer werd hij staande gehouden door politiemannen, twee keer verwees hij hen naar Irving. Hij bleef uit de buurt van de tv-camera's. Hij had een hekel aan camera's, wilde niet dat men zag dat hij er was. De plek had iets onheilspellends. Er hing een ondefinieerbare geur – het rook niet naar bloed, of vocht, of iets anders wat hij kon thuisbrengen. Hij vroeg zich af of je angst kon ruiken, en huiverde bij de gedachte.

Irving was binnen een uur bij hem terug. 'Dit is niet de primaire plaats delict,' zei hij. 'Ze is ergens anders vermoord en toen verplaatst.'

Costello knikte. 'Dat past bij de moord van Bianchi.'

'Wat was dat voor geval? Hoe zat het daarmee?'

'De Hillside Stranglers,' zei Costello. 'Zo stonden ze bekend. Kenneth Bianchi en zijn neef, Angelo Buono. Los Angeles in de jaren zeventig. Hebben er samen zo'n vijftien vermoord. Jonge meisjes, hoeren, studentes, waar ze maar zin in hadden. Buono is in 2002 in de gevangenis in Calapatria overleden. Bianchi zit voor zover ik weet nog in het speciale cellenblok in de strafinrichting in Washington.'

Irving herinnerde zich vaag de naam Hillside Stranglers, maar had de zaken niet bestudeerd.

Costello keek achterom naar de plaats waar het lichaam van het meisje lag. 'Ben je iets wijzer geworden?'

'Jeff is bezig. Als er iets is, vindt hij het wel.'

'Mag ik een kijkje gaan nemen?'

Costello's verzoek scheen Irving te verbazen. 'Wil je dat echt?'

Er brak een ironisch glimlachje door op het gezicht van Costello. 'Of ik dat wil?' Hij schudde zijn hoofd. 'Nee, natuurlijk niet. Het moet, denk ik.'

'Loop maar mee,' zei Irving. 'Blijf dicht bij me. Niets aanraken.'

Vijf meter van het lichaam voelde Costello de angst van onder uit zijn buik opkomen. Zijn zenuwen waren gespannen, zijn ademhaling werd oppervlakkig, en hij voelde dat het zweet hem in de handen stond.

'Gaat het?' vroeg Irving. 'Je ziet eruit alsof je gaat flauwvallen.'

'Nee, het gaat wel,' zei Costello, bijna fluisterend.

Ze liepen nog een stukje door, naast elkaar, en toen keek Costello neer op het afgedankte lichaam van Lynette Berry, op het mens dat ze eens was geweest. Haar tong stak zwart en gezwollen uit een grijnslach. Haar vingers waren verkrampt tot akelige klauwen, haar haar zat vol modder en bladeren, haar huid was stijf en koud en haar ogen staarden hen aan met een blik die Irving tot zijn gruwel maar al te bekend was. *Waar waren jullie? Waarom was er niemand om me te helpen? Waarom moest me dit overkomen?*

'Hoe oud?' vroeg Costello.

'Laat-adolescent, begin twintig,' antwoordde Irving.

'Yolanda Washington was negentien.' Costello keek op. 'Bianchi zocht in dezelfde omgeving naar slachtoffers als Shawcross, weet u, in Rochester, lang voordat hij in L.A. bij zijn neef ging wonen. Ze zijn bekend geworden als de Double Initial Murders. De voor- en achternaam van de slachtoffers begonnen allebei met dezelfde letter, vandaar. Carmen Colon, Wanda Wlakowitz, Michelle Maenza. De eerste was tien jaar oud, Wanda en Michelle waren allebei elf. November '71 tot november '73. Het gerucht ging dat de man die ze had verkracht en gewurgd zich had voorgedaan als politieagent, hetzelfde wat in L.A. gebeurde.'

'Denk je dat de persoon die dit lijk hier heeft gedumpt een uniform aanhad?'

Costello haalde zijn schouders op. 'Jee, dat weet ik niet. Een politie-uniform is het enige waar niemand echt aandacht aan besteedt, behalve criminelen.' Hij keek nogmaals naar het meisje dat met gespreide armen en benen op het gras lag en draaide zich om. 'Genoeg,' zei hij zacht, en hij begon terug te lopen zoals ze waren gekomen.

Een halfuur later zaten ze in de auto.

'Denk je dat dit geval je iets zal opleveren?' vroeg Costello.

'Even afwachten wat Jeff vindt,' antwoordde Irving. 'Hij verzamelt de gegevens op de plaats delict, en dan krijgen we ook nog het autopsieverslag.'

'Dacht je echt dat hij er misschien mee was opgehouden?'

'Omdat er een maand lang niets is gebeurd?' Irving schudde zijn hoofd. 'Ik hoopte het. Hopen is behoorlijk nutteloos, ik weet het, maar het kon volgens mij geen kwaad. Ach, ik weet niet wat ik dacht. Ik heb de afgelopen paar weken nog een keer met alle betrokkenen gepraat, mensen van streek gemaakt door dingen op te rakelen terwijl ze dachten dat het achter de rug was...' Zijn stem stierf weg en hij draaide zijn hoofd af om uit het raampje naar de plaats delict te kijken.

'Aan de zaak van de Hillside Stranglers werkten vierentachtig politiemensen,' zei Costello. 'Tienduizend aanwijzingen, een beloning van honderdveertigduizend dollar uitgeloofd, en zoals ik al zei ging het verhaal dat de daders zich voordeden als politiemannen. Mensen wilden niet meer stoppen voor de politie, ze reden gewoon door, en daarom hebben ze toen een ander beleid ingevoerd. Als een politieauto je aan de kant probeerde te zetten, mocht je doorrijden naar het dichtstbijzijnde bureau en hoefde je pas te stoppen als je voor het gebouw stond.'

'Dat is echt opwekkend, wat je me nu vertelt,' zei Irving.

'Ze hebben ze gepakt. Uiteindelijk hebben ze ze te pakken gekregen.'

'Maar hoeveel slachtoffers waren er toen al gevallen? Daar gaat het om, nietwaar? Hoeveel mensen moeten er sterven voor ik hem werkelijk een halt toeroep?'

Costello gaf geen antwoord. Hij volgde Irvings blik; hij telde bomen, telde uniformen, telde auto's wanneer ze voorbijreden.

Ten slotte keek hij weer naar Irving en in zijn ogen lag een vraag.

'Wat?' vroeg Irving.

'Raak je hier ooit aan gewend?'

'Aan de doden?'

'Aan wat mensen elkaar aandoen,' zei Costello.

Irving schudde zijn hoofd. 'Net als ik begin te wennen aan wat mensen doen, doen ze iets wat nog erger is, lijkt het wel.'

42

De telefoon ging onophoudelijk; was dat niet zo geweest, dan had hij misschien wel tot twaalf uur geslapen.

Irvings lichaam leek zich tegen hem te verzetten, hem met een diepe gravitationele kracht omlaag te trekken. Blijf liggen, zei het. Als je zo doorgaat, wordt het je dood.

Maar de telefoon hield niet op, en schudde hem wakker, deed hem van zijn bed naar het tafeltje onder het raam lopen, en toen hij opnam en zijn naam brabbelde, werd hij onthaald op de stem van Farraday die boos tegen hem uitvoer.

'Wat… wat?' stamelde hij, en Farraday herhaalde zichzelf en Irving was stomverbaasd en sprakeloos.

Hij was in een kwartier aangekleed en de deur uit, stortte zich op Ninth Avenue in het ochtendverkeer, en opnieuw in 42nd Street toen hij een kortere weg dwars door de stad probeerde te nemen. Hij sloeg zijn koffie over, hij stopte niet bij Carnegie; toen hij bij het bureau aankwam was het pas kwart over zeven en had hij een verschrikkelijke hoofdpijn.

Farraday was er, evenals een zekere Garrett Langdon van de afdeling Voorlichting van de NYPD, en ze stonden een moment zwijgend bij elkaar voor Farraday de krant omhoogstak en hem voor Irving op het bureau smeet.

Pagina 3 van *The New York Times*, zeker een halve pagina alles bij elkaar. Een duidelijke en onmiskenbare foto van rechercheur Ray Irving, uit district 4 van de NYPD, met naast zich John Costello, misdaadonderzoeker van de *New York City Herald*, overlevende van de Hamer van God-moorden uit het begin van de jaren tachtig in Jersey. Ze stonden naast elkaar bij het standbeeld van Alice in Wonderland in Central Park, met op de achtergrond het politielint, de uniformen, de vaag zichtbare schim van een zwarte vrouw die naakt en gewurgd op het gras was achtergelaten.

'Moet je zien,' zei Farraday, lang voordat Irving de kans had gehad zijn gedachten op een rijtje te zetten, de portee van dit artikel in te schatten, tot zich door te laten dringen hoe onthutst hij was. 'Dit is precies, en dan bedoel ik ook precies, wat ik wilde vermijden.'

Irving opende zijn mond om iets te zeggen.

'Nee, zeg maar niets, Ray,' merkte Farraday op. 'Ik wilde dit stilhouden, onder de radar, maar nee hoor, zo simpel is het nooit bij jou, hè? Ik vraag je discreet te zijn, en godallemachtig als ik niet een foto van jullie aantref op pagina drie van *The New York Times*! En dan heb ik het nog niet eens over de nieuwsberichten over dat meisje in het park.'

'Commissaris –' begon Irving.

Farraday legde hem het zwijgen op. 'Het maakt niet uit waarom, Ray, dat maakt echt niet uit. Het is gebeurd. Gedane zaken. Ik ben pisnijdig...' Hij schudde langzaam zijn hoofd. 'Godallemachtig, dat is ook het understatement van de eeuw.' Hij liet zich op zijn stoel vallen.

Irving ging ook zitten. Wat hij had willen zeggen was allang vergeten.

Langdon deed een stap naar voren. 'Schade beperken,' zei hij. 'Wat we nu als eerste moeten doen is een koers bepalen, en daar niet van afwijken. Het ergste wat we kunnen doen is ontkennen dat Costello bij het onderzoek is betrokken. We hebben hem officieel aangesteld, maar het was slechts een tijdelijke aanstelling en slechts in zijn hoedanigheid van misdaadonderzoeker, verder niet. Dat hij zelf een aanval van een seriemoordenaar heeft overleefd speelt geen rol, en nee, er is absoluut geen verband tussen de moord die in Central Park heeft plaatsgehad en de Hamer van God-moorden...'

'Alsjeblieft zeg, wat kan mij het nou schelen wat die rotkranten schrijven,' antwoordde Irving. 'Ik maak me zorgen om Costello...'

'Nou, Ray, het kan mij wel degelijk schelen wat de kranten schrijven,' merkte Farraday op. 'Het is verdomme pagina drie van *The New York Times*. Heb je enig idee wat een ellende dit gaat veroorzaken? Jezus, man, ik geloof mijn oren gewoon niet.'

'Ik zit met negen lijken, commissaris...'

'Ik ben me er zeer wel van bewust hoeveel doden er zijn, Ray, geloof me. Daarom is het ook des te belangrijker dat we voorkomen dat deze zaak in de publiciteit komt.'

'Nou, weet u, misschien pakken we het juist verkeerd aan. Misschien wordt het tijd om het openbaar te maken. Hij is er kennelijk klaar voor de wereld te laten zien waar hij mee bezig is.'

Farraday keek naar Langdon. Langdon schudde zijn hoofd, had de blik van iemand wiens geduld vrijwel op was. Ze werden geconfronteerd met iemand die domweg niet begreep hoe de wereld in elkaar stak.

'Ga jij het maar uitleggen aan hoofdcommissaris Ellmann,' zei Farraday, en toen schudde hij zijn hoofd. 'God, nee, wat haal ik me in mijn hoofd. Jij bent wel de laatste die het aan Ellmann moet gaan uitleggen. Dat dode meisje is op tv geweest, Ray. Hoelang duurt het nog voordat iemand doorkrijgt dat het allemaal met elkaar te maken heeft? Je zegt dat dit weer een kopie is van God mag weten wanneer, maar wat zo opvallend ontbreekt in je rapport is een aanbeveling over hoe we het moeten aanpakken.'

'Ik doe wat ik kan,' zei Irving. 'Heus, met de middelen die ik heb doe ik wat ik kan.'

Farraday stak zijn hand op. Nog een verzoek om assistentie wilde hij niet horen. Hij keek naar Langdon, hield *The Times* omhoog. 'En dit?' vroeg hij.

'Dat kunnen we wel regelen,' zei Langdon. 'We kunnen het regelen als we goed voor ogen blijven houden wat we proberen te bereiken. We moeten andere publicaties zo veel mogelijk voorkomen. We moeten met *The Times* praten, uitzoeken waar die foto vandaan komt, wie hem heeft genomen, controleren of hij niet bij het persbureau staat. Dat ding mag niet in elke krant tussen Rochester en Atlantic City verschijnen. Dat kunnen we niet hebben. Het is zaak dit hele gedoe te bagatelliseren, niets ontkennen, geen officiële verklaringen uitgeven die de aandacht erop vestigen, dan kunnen we er zonder al te veel schade vanaf komen.'

'Dat vindt u het belangrijkst? Dat we er zonder de aandacht te trekken vanaf komen?' vroeg Irving.

'Absoluut, rechercheur Irving, dat is absoluut het belangrijkst,' antwoordde Langdon.

'Godallemachtig. Ik dacht dat we moesten zien te voorkomen dat een seriemoordenaar nog meer slachtoffers maakt.'

'Hé!' snauwde Farraday. 'Laat dat verdomde sarcasme maar achterwege, Ray.'

Irving deed er het zwijgen toe.

'Ja?'

Irving knikte langzaam met zijn lippen stijf op elkaar gedrukt. Hij moest al zijn wilskracht aanwenden om niet zijn echte mening over deze poppenkast te geven.

'Ga het uitzoeken,' zei Farraday. 'Ga met *The Times* praten, kijk wie die foto heeft genomen. Hou het binnen de perken, zorg ervoor dat het niet verder gaat.' Hij wendde zich tot Langdon. 'Jij gaat met me mee naar de hoofdcommissaris. We kiezen voor de aanval; we gaan ermee naar hem toe voordat hij de kans heeft ermee bij ons te komen, ja?'

Langdon knikte met tegenzin.

'Jij bent toch het pr-genie? Je moet me helpen Irving uit de stront te halen.'

Farraday stond op van zijn stoel, deed de deur open voor Irving.

'Bel me zodra je die foto hebt veiliggesteld,' zei hij.

Irving aarzelde.

'Schiet op!' zei Farraday. 'Ga er als de donder naartoe en zorg dat het in orde komt.'

Irving, die de neiging had terug te slaan met alle frustratie die hij voelde, hield zijn mond.

Hij liep door de gang naar de trap, ging met twee treden tegelijk naar boven en sloeg de deur van zijn kamer dicht.

The Times had de foto niet gekregen van het persbureau, hij was niet afkomstig van een van hun fotografen en kwam ook niet uit de filmbeelden die de talloze tv-ploegen die aanwezig waren geweest hadden gemaakt. De foto van rechercheur Ray Irving en John Costello was de avond ervoor om acht minuten over elf in een simpele bruine envelop afgegeven bij de bureauredactie. Irving sprak met de fotoredacteur, een zekere Earl Rhodes, en naar het zich liet aanzien was hij genomen met een digitale camera, afgedrukt met een kleurenprinter van goede kwaliteit en afgeleverd door een motorkoerier. Op de envelop stonden vier woorden geschreven – *Bureauredactie, New York Times* – en nee, hij had de envelop niet bewaard. Ja, er hingen bewakingscamera's in de hal van het gebouw, en binnen een paar minuten waren de naam en het adres van het koeriersbedrijf achterhaald. Op de vraag waarom hij de envelop niet had bewaard zei de fotoredacteur: 'Wat denkt u nou, rechercheur? Hebt u enig idee hoeveel foto's we hier bij *The New York Times* dagelijks ontvangen?'

'En zat er iets bij de foto waaruit u kon opmaken wie het waren?'

'Stukje papier. Daar stond zoiets op als "Rechercheur NYPD schakelt hulp in van misdaadonderzoeker". Zoiets.'

'En u was niet verbaasd? U vroeg zich niet af waar hij vandaan kwam?'

'Zoals ik al zei, u hebt geen idee hoeveel foto's ik dagelijks binnen-krijg. Ik heb staffotografen, freelancers, fotojournalisten, spullen van het persbureau, dingen van AP, Reuters… Er komt geen einde aan. Foto's die binnenkomen kunnen zijn besteld, maar het kunnen wat mij betreft net zo goed cadeautjes van de aartsengel Gabriël zijn, ik zeg maar wat. Er zijn tientallen journalisten, en ze hebben allemaal hun eigen contacten en bronnen. De foto's komen binnen, ik zorg ervoor dat ze op de goede plaats komen.'

'En deze?'

'Ging naar de misdaadredactie,' antwoordde Rhodes.

'En het stukje papier dat erbij zat?'

'Is meegegaan met de foto.'

'Naar?'

'God, dat weet ik niet, hoor. Dan moet u naar boven gaan en uitzoeken aan welke redacteur ze het hebben gegeven.'

Irving bedankte Rhodes, schreef de naam van het koeriersbedrijf op, vroeg waar hij de misdaadredactie kon vinden.

Derde verdieping, een doolhof van werkplekken, een muur van la-waai van telefoongesprekken, printers, faxapparaten, deuren die open- en dichtgingen, de drukte die gepaard ging met 'al het nieuws dat geschikt is om gedrukt te worden' op een donderdagochtend.

De redacteur die verantwoordelijk was voor het artikel kwam achter zijn bureau vandaan en liep naar Irving toe.

Hij glimlachte alsof hij wist dat Irving kwaad op hem was, maar hij stak zijn hand uit, stelde zich voor als Gerry Eckhart, nam Irving mee naar een rij stoelen tegen de muur rechts van de lift.

'Het stukje papier dat bij de foto zat?' vroeg Irving.

Eckhart fronste en schudde toen zijn hoofd. 'O, ja, dat heb ik ge-woon weggegooid,' zei hij. 'Maar wacht even…' Hij stond plots op en liep weg.

Nog geen halve minuut later kwam Eckhart terug met een stukje pa-pier niet groter dan een bankpas in zijn hand. Keurig getypt, in een veelge-bruikt en onopvallend lettertype, stonden daarop de woorden *Rechercheur* NYPD *werkt samen met misdaadonderzoeker.*

'En aan de hand hiervan heb je uitgevogeld dat het een foto van mij en John Costello was?'

'Dat was niet zo moeilijk,' zei Eckhart. 'Er waren er zo al drie die je direct herkenden. Een van hen zei dat je van district 6 was, maar de anderen zeiden dat je van district 4 was. Je kent Danny Hunter toch?'

Irving knikte. Danny Hunter had een jaar of wat geleden verslag gedaan van een slepende rechtszaak in verband met een moord waarbij Irving was gehoord omdat hij de arrestatie had verricht.

'Nou, Danny wist wie je was, en toen was het gewoon een kwestie van uitzoeken wie die andere man was. We hebben elke krant in de stad gebeld, gevraagd of ze een misdaadonderzoeker hadden die met de politie samenwerkte aan een of andere zaak, en bij de *Herald* hadden we beet. Toen we de naam van die man eenmaal wisten, hadden we natuurlijk een ander verhaal.'

'De moorden van de Hamer van God,' zei Irving.

'Inderdaad,' antwoordde Eckhart. 'De moorden van de Hamer van God.'

'Dit is voor mij niet zo gunstig,' zei Irving volkomen overbodig.

'Ja, wat wil je dat ik zeg? Wij moeten ook ons werk doen.'

'Dit stukje papier hou ik,' zei Irving.

'Prima.'

Irving haalde zijn notitieboekje tevoorschijn. 'Kun je me de namen geven van alle mensen die de foto mogelijk hebben aangeraakt?'

'Alleen ik, denk ik,' zei Eckhart. 'Ik heb hem ingescand en toen naar beneden gestuurd naar het archief. Die foto zit daar ergens in een dossier.'

'Wil je hem voor me halen?'

'Tuurlijk.'

'Hou hem aan de rand vast en doe hem in een envelop of zo.'

Eckhart knikte, ging de foto halen.

Irving's pieper ging. Hij keek erop en voelde de verantwoordelijkheid op hem drukken. Het was het nummer van Karen Langley. Hij bekeek de eerdere oproep. Ook van Karen Langley. Hij wist waarover ze belde en hij had geen zin de confrontatie met haar aan te gaan.

Eckhart kwam terug met de originele foto van Irving en Costello in een envelop met een doorzichtige voorkant. Irving stopte het stukje papier erbij, bedankte Eckhart en ging op weg naar de lift.

'Denk je dat de dader hem heeft genomen?' vroeg Eckhart.

'Ik heb geen idee. En mag ik je vragen –'

Eckhart was hem voor. 'Er niets meer over te schrijven?'

Irving knikte.

'Dat mag je vragen,' antwoordde Eckhart. 'Maar dat wil niet zeggen dat ik er gehoor aan geef.'

'Zou je me willen bellen als je iets gaat publiceren en het me laten weten voor het in de kiosken ligt zodat ik de schade zo veel mogelijk kan beperken als dat nodig is?'

'Dat wil ik wel doen.'

'Bedankt,' zei Irving, en hij drukte op de liftknop voor de begane grond.

Het koeriersbedrijf vond hij zonder problemen. Hij reed erheen, door het staartje van de ochtendspits naar een gebouw tegenover Grand Central.

De bedrijfsleider, een zekere Bob Hyams, stond Irving te woord. 'Ik had gisteravond dienst. Hij bracht het persoonlijk langs om een uur of halfelf.' Hyams was achter in de veertig, maakte een capabele indruk, maar de hulp die hij kon bieden was beperkt. Het kantoor van City Express Delivery was niet uitgerust met bewakingscamera's en er was geen handtekening van de persoon die de envelop had afgeleverd.

'Ze komen binnen, ze geven ons het pakje, ze betalen de kosten, we geven ze een ontvangstbewijs. Einde verhaal. Met de hoeveelheid stukken die we hier afhandelen, kunnen we echt niet...' Hij maakte de zin niet af.

Irvings pieper ging voor de derde keer.

'Dus die man komt binnen en overhandigt je die envelop?' zei Irving.

'Ja, precies. Hij overhandigt me de envelop, betaalt de kosten, ik geef hem een ontvangstbewijs, hij gaat naar huis.'

'En hoe ziet hij eruit?'

'Hij ziet er goed uit. Alsof hij is afgevallen, alsof het hem is gelukt te stoppen met roken.' Hyams schudde zijn hoofd en sloeg zijn ogen ten hemel. 'Hoe moet ik verdomme weten hoe hij eruitziet? Het is een gewone vent. Hij ziet eruit als alle andere kerels die hier binnenkomen. Donker haar, gladgeschoren, overhemd, colbertje. Wat wil je nu dat ik zeg? Ik weet niet hoe hij eruitziet.'

'En het werd direct naar *The Times* gebracht?'

'Daar betaalde hij voor. Spoedbezorging. Kostte hem tachtig dollar, verblikte of verbloosde niet. Betaalde het geld, zei dank je wel, ging weg.'

'Contant betaald?'

'Ja... en voor je het vraagt, al het geld wordt direct naar de bank gebracht. We hebben liever geen contant geld hier, dat zul je wel begrijpen.'

'Breng je een geldzak naar een nachtkluis of gaan jullie naar de balie?'

'We gaan naar de balie. We doen tegenwoordig niet zo veel contant betaalde opdrachten meer. Voornamelijk klanten op rekening. Misschien vijfhonderd dollar in contanten per dag.' Hyams trok een grijnslach. 'Je hebt echt je dag niet, hè?'

'Mijn jaar niet,' zei Irving.

'Moet je die vent hebben dan?' vroeg Hyams.

'Nou en of.'

'Tja, ik ben bang dat ik je verder niet kan helpen, maar als je iemand te pakken hebt en je wilt dat ik even naar hem kom kijken, snap je? Als jullie een confrontatie doen of zo?'

'Bedankt,' zei Irving. 'Misschien hou ik je daaraan.'

'Mij best,' zei Hyams. 'Veel succes.'

Irving gaf geen antwoord, zei hem alleen gedag en liep het gebouw uit.

Terug op het bureau gaf hij de foto en het getypte briefje aan een agent met de mededeling dat hij ze naar Jeff Turner moest brengen om te laten onderzoeken op vingerafdrukken, merk printer, alle typische kenmerken waarmee ze de bron van de foto en de boodschap misschien zouden kunnen achterhalen. Hij noemde Eckharts naam, zei dat zijn vingerafdrukken onder medewerkers van *The New York Times* in de databank zouden staan zodat ze geëlimineerd konden worden. Hij vroeg hem ook Turner te vragen naar het forensisch rapport over de plaats delict van de moord op Lynette Berry. 'Zeg hem dat hij me moet oppiepen zodra hij het heeft,' zei Irving. Hij talmde een moment in de gang terwijl de agent haastig naar de trap liep, en draaide zich toen om naar zijn kamer. Eenmaal binnen bleef hij een minuut of twee stil zitten, vermande zich en pakte de telefoon om Karen Langley te bellen.

43

'Hij is niet komen werken vanochtend.'

Irving zei niets.

'Heb je dat artikel gezien? In *The Times*?'

'Ja,' zei Irving. 'Ik heb het gezien.'

'Heb je enig idee hoe erg dit voor hem is? Verdomme, Ray... Jezus...'

'Ik wist echt niet dat het in de krant terecht zou komen. Kom op, Karen, het is een heel belangrijk verhaal –'

'Een heel belangrijk verhaal dat jullie me uit handen hebben geslagen...'

'Ik heb het je niet uit handen geslagen...'

'Zal best, Ray... Waar het op neerkomt is dat we er heel veel werk in hadden gestoken en het niet mochten publiceren. Dat heb ik je vergeven, maar dit?'

'Het was niet mijn bedoeling...'

'Je hebt hem meegenomen, Ray, naar een plaats delict in Central Park. Heb je dan geen moment aan de tv-ploegen gedacht? Het was niet ergens achter een verwaarloosd flatgebouw, het was verdomme midden in Central Park...'

'En waar is hij?' vroeg Irving.

'Thuis ongetwijfeld. Ik denk dat hij zich schuilhoudt in zijn appartement met de gordijnen dicht en de deuren op slot en zich afvraagt of seriemoordenaar nummer twee hem de schedel zal komen inslaan.'

Irving ademde langzaam in met gesloten ogen en masseerde zijn voorhoofd met zijn rechterhand. 'Tjezus... verdomme...' zei hij uitademend.

'Er is nu niets meer aan te doen,' zei Karen. 'Het leed is al aangericht.'

'En je hebt niets van hem gehoord?'

'Nee, niets.'

'Heeft hij dit al eens eerder gedaan?'

'John is nooit ziek, Ray. Hij is nog nooit een dag thuisgebleven. Hij neemt geen vakantie en geen vrije dagen. In al die jaren dat ik hem ken...'

'Ik snap het... En er is volgens jou geen kans op dat hij het niet heeft gezien?'

'Nou ja, tenzij die idioot eerder bij hem was en hij nu dood is, was John Costello waarschijnlijk een van de eerste mensen in de stad die het heeft gezien. Zo zit hij in elkaar, Ray, of wist je dat nog niet? Hij luistert naar de politiescanner, hij leest kranten, hij snuffelt op internet naar dit soort dingen. Zoekt hij op dit moment niet naar overeenkomsten voor jullie? Dat was je toch nog niet vergeten?'

'Karen... heus, ik ben zo vreselijk moe, en ik ben zo gespannen door dit hele gedoe, dat een hele lading sarcasme van jou wel het laatste is wat ik kan gebruiken.'

'Zal best, Ray... Ik ga proberen of ik hem kan bereiken, en als ik hem te pakken heb, ga ik kijken wat er aan de hand is en dan zal ik hem helpen dit te verwerken. Misschien bel ik je nog wel.'

'Als je dat doet,' zei Irving, 'kun je dan proberen jezelf er van tevoren van te overtuigen dat ik best een fatsoenlijke vent ben?'

'Wie is hier nu de sarcastische klootzak?' zei Karen Langley, en ze hing op.

Om kwart over tien had Irving de vier tv-zenders gevonden die mensen op de plaats delict van de moord op Lynette Berry hadden gehad. NBC, NET, ABC en CBS. Hij belde Langdon van de afdeling Voorlichting, vertelde hem dat hij een kopie moest hebben van al het filmmateriaal van alle vier de netwerken, niet alleen de beelden die ze wilden uitzenden, maar de onbewerkte opnamen. Langdon zei dat hij hem binnen een uur zou terugbellen.

Irving weifelde niet lang over een bezoekje aan Costello. Wachten zou de situatie er alleen maar erger op maken. Hij overwoog bij Karen Langley langs te gaan, maar wat moest hij zeggen? Hij had al genoeg op zijn bord zonder Costello's paranoia. Hij meende dat hij met hem moest meevoelen – de man deed tenslotte zijn uiterste best hen te helpen, en daarvoor zou Irving hem dankbaar moeten zijn – maar in dit stadium van het onderzoek leek sympathie een irrelevante en onmogelijke emotie. Niemand had tijd om iets anders te zijn dan efficiënt en doeltreffend. De schade beperken bij Karen Langley was een aparte kwestie. Het zou vanzelf overgaan, of niet. Hij vond haar aardig, maar jee, hij was niet met haar getrouwd. Als ze nooit meer met hem zou praten, was dat dan het einde van de wereld?

De telefoon ging over. Irving greep de hoorn en trok het ding bijna van het bureau.

'Ja.'

'Ray, met Karen. John heeft de krant gezien. Hij wil zijn huis niet uit. Hij zegt dat hij niet paranoïde is, maar praktisch.'

Irving begon te glimlachen. Het was een reactie, meer niet. Het was de vermoeidheid, de stress, het pure ongeloof dat samenging met dergelijke scenario's.

'Dus hij zegt dat hij zich een tijdje gedeisd houdt...'

'Zich gedeisd houdt? Wat betekent dat nou verdomme weer?'

'Zeg, hou jij je grote mond eens, Ray. Ik heb deze nare situatie niet gecreëerd, dat heb jij gedaan. Je kunt me met enig respect behandelen en anders kun je fijn...'

'Sorry, Karen.'

'Ja, laat maar. Ik hoef je verontschuldigingen niet, ik wil dat je je mond houdt en me laat uitspreken. Hij houdt zich dus een tijdje gedeisd. Hij zegt dat hij zich moet concentreren. Hij wil proberen wat meer inzicht te krijgen in hoe het zit met die vent. Hij heeft het gevoel dat hij er te dicht bovenop zit en een beetje afstand moet nemen.'

'Wat is er nu aan de hand, Karen? Met wat voor persoon heb ik nu eigenlijk te maken?'

'Wat voor persoon? Jezus, Ray, soms ben je echt een driedubbel door-gehaalde klotenklapper.'

Irving kon het niet helpen. Hij schoot in de lach.

'Weet je, Karen? Zal ik je eens iets vertellen?'

'Ga je gang, Ray, doe je best.'

Irving, die haar van repliek wilde dienen met een scherpe opmerking, beet op zijn tong. Hij nam zichzelf in ogenschouw. Een moment meende hij werkelijk dat hij zichzelf van een afstand zag – wat hij dacht, wat hij voelde, wat hij had willen zeggen tegen deze vrouw aan de andere kant van een telefoonlijn... een vrouw die hij nauwelijks kende, een vrouw om wie hij op een vreemde en onbeholpen manier gaf. En hij hield zich in. Hij zei het niet. Hij zei alleen: 'Het spijt me, Karen. Het spijt me echt dat het zo is gelopen. Ik begrijp... Ach, nee, ik heb geen flauw idee wat hij doormaakt, maar zeg maar tegen hem dat ik begrip heb voor zijn situatie. Zeg hem dat het me spijt dat het zo is gelopen. Als ik het op de een of andere manier zou kunnen terugdraaien, zou ik het doen. Zeg hem dat hij rustig de tijd moet nemen, dat hij weet waar hij me kan vinden. En als hij iets te melden heeft, moet hij me maar bellen…'

Karen Langley zei niets.

'En wat jou aangaat,' ging Irving verder. 'Het spijt me dat we elkaar hebben leren kennen vanwege een seriemoordenaar. Als we elkaar op een andere manier hadden ontmoet zouden we nu misschien prima met elkaar overweg kunnen –'

'We kunnen prima met elkaar overweg, Ray,' merkte Karen op. 'Zo gaan die dingen soms. Ik zal je boodschap aan John doorgeven, hij zal er blij mee zijn. Laat gauw weer wat van je horen, hè?'

De verbinding werd verbroken.

Irving bleef achter met een sterk gevoel van eenzaamheid, alsof hij nu de enige ter wereld was die een einde aan deze moorden kon maken.

44

Gezeten in een kleine geluiddichte cabine bij het forensisch lab met een koptelefoon op zijn oren en het zweet op zijn rug, werkte Ray Irving met Jeff Turner van iets voor twaalven tot bijna vier uur. Van de digitale opnamen die in Central Park waren gemaakt, bepaalden ze eerst uit welke hoek de beelden waren genomen. Uiteindelijk bleven NBC en CBS over. Daarna bestudeerden ze de gezichten van omstanders, mensen van de tv, persfotografen en journalisten, in een poging dat ene gezicht te vinden dat er niet bij hoorde, die ene persoon met een camera die een foto van Irving en Costello had genomen toen ze bij Lynette Berry kwamen kijken.

Om tien over vier, juist toen Irving dacht dat hij nooit meer iets anders zou voelen dan wanhoop en nutteloosheid, kwam een forensisch analist naar de cabine met een bericht voor hem. Hij moest Karen Langley bellen. Het was dringend.

'John moet je spreken,' zei ze tegen Irving. 'Waar zit je?'

Irving vertelde het haar, gaf haar het nummer, en een paar minuten later had hij Costello aan de lijn.

'John... wat is er?'

'Het is een politieman,' zei hij.

'Wat?' Het was alsof Irving plots ergens van af was gevallen en naar beneden stortte.

'Nee, shit... Dat wilde ik niet zeggen,' antwoordde Costello. 'Ik neem aan dat je de opnamen uit het park hebt bekeken, ja?'

'Ja, klopt... Maar dat van die politieman, John. Wat wil je...'

'Iemand die zich uitgeeft voor politieman,' zei Costello. 'Er was daar een heleboel politie. Hij stond er ergens tussen. Het is de Bianchi-moord, hè? De Hillside Stranglers gaven zich uit voor politiemannen. Weet je nog wat ik heb verteld? Dat mensen zo bang werden dat ze niet eens meer wilden stoppen voor de politie? Ze gaven zich uit voor politiemannen. Zo deden ze het. Ik denk dat hij in het park was. Ik denk dat hij er was en dat hij een politie-uniform aanhad. Op die manier kon hij dichtbij komen, en had hij de gelegenheid de foto te nemen.'

Turner stond naast Irving, fronsend.

'Jezus... Jezus...' zei Irving.

'Ik denk dat hij er was, Ray, dat denk ik echt.'

'Goed, goed... Oké... Ik zal nog een keer kijken. Ik bel je. Ach, nee... dat kan ik niet...'

'Heb je een pen?'

'Een pen? Ja, tuurlijk.'

'Ik geef je mijn nummer, Ray. Het staat niet in het telefoonboek. Ik vertrouw erop dat je het voor je houdt, goed?'

'Ja... uiteraard.'

Costello gaf hem het nummer. Irving schreef het op. Irving bedankte hem, hing op, keek naar Turner.

'We moeten een politieman met een camera vinden,' zei hij effen, en hij liep terug naar de cabine.

NBC had hem gefilmd. Een motoragent. De enige die er was. Hij had zijn helm geen moment afgezet, en hoewel de zon niet scheen, had hij zijn zonnebril niet afgedaan. Hij was letterlijk een paar seconden in beeld, toen hij zo'n tien tot vijftien meter van de plaats waar de naakte en koude Lynette Berry lag over het gras liep. Hij had iets in zijn hand en aanvankelijk nam Irving aan dat het zijn portofoon was, maar dankzij de kwaliteit van het digitale systeem dat NBC standaard gebruikte, konden ze het stukje film beeldje voor beeldje uitvergroten. Een mobiele telefoon. Waarschijnlijk een met een camera. En daarmee had hij de foto van Irving en Costello genomen. Het beeld was zo scherp dat ze het identiteitsnummer op zijn jas konden lezen. Ze trokken het nummer na en het bleek niet te bestaan.

Irvings frustratie kende geen grenzen.

'Godallemachtig, Ray, dat kon je toch onmogelijk weten,' zei Turner.

'Hij was er, Jeff. Hij was er nota bene. Twintig meter van waar wij stonden. Die kerel was daar gewoon en –'

'En jij wist het niet, en je had het ook niet kunnen weten, en je kunt er nu absoluut niets meer aan veranderen. Je hebt een man met een zonnebril en een motorhelm. Het enige wat we eruit kunnen afleiden is zijn vermoedelijke lengte en gewicht...'

Irving stond op van zijn stoel. Hij ijsbeerde door de cabine, sloeg een paar keer met zijn vuist op de muur bij de deur, en bleef toen met zijn ogen dicht staan. Hij probeerde zich te concentreren, probeerde een manier te vinden om iets anders dan nutteloosheid en wanhoop te voelen.

'Misschien heeft hij de motor gestolen, Ray. Zoek uit of er motoren van de politie gestolen zijn...'

'Ja, ja, ik weet het.' Irving hief zijn handen en balde zijn vuisten. 'Ik weet wel hoe ik nu verder moet... Het is alleen dat we goddomme op schreeuwafstand van die vent hebben gestaan en...' Hij knarsetandde, schudde zijn vuisten, met zijn ogen dicht, de spieren en aderen zichtbaar in zijn hals.

Na een tijdje liet hij zijn armen zakken, bleef stil met gebogen hoofd staan. 'Druk een paar exemplaren voor me af van wat we hebben,' zei hij zacht. 'Een close-up van de zijkant van zijn hoofd, de jas, het identiteits-nummer... alles wat je kunt onderscheiden, goed? Kun je ze naar het bureau sturen zo gauw je ze klaar hebt?'

'Ik doe het wel direct. Je kunt erop wachten.'

'Ik moet hier weg, Jeff. Ik moet even een frisse neus halen of zo. Ik ga... Jezus, ik weet verdomme niet wat...'

'Ga maar,' zei Turner. 'Ik zorg dat die spullen binnen een uur bij je zijn.'

Irving bedankte hem, trok de deur open en liet hem achter zich in het slot vallen. Hij liep door het forensisch lab en de trap op naar buiten. Hij maakte twee keer een ommetje om het blok en ging toen naar zijn auto.

Het was bijna zes uur, het verkeer was verschrikkelijk; het kostte hem haast een uur om bij het bureau te komen.

Turner leverde de resultaten van de autopsie en het rapport over de plaats delict tegelijk af. Het forensisch lab had sigarettenpeuken, een afdruk van een sportschoen van het merk Nike in maat drieënveertig, een leeg cola-blikje met drie gedeeltelijke onbekende vingerafdrukken, één blonde haar die in het schaamhaar van Lynette Berry verstrikt had gezeten. Er waren geen aanwijzingen voor verkrachting, geen onderhuidse bloeduitstortin-gen, geen plakresten van tape op de polsen en enkels. Er was haar in de laatste vierentwintig uur voor haar dood een sterk barbituraat toegediend. De doodsoorzaak was verstikking; gewurgd met een stuk stof, nergens op de plaats delict of op het lichaam vezels van die stof. Van de autopsie werd Irving niets wijzer. Central Park was de secundaire plaats delict, en te oordelen naar een aantal kleine schrammen op de rechterschouder van Lynette Berry, schrammen waarin een geringe hoeveelheid motorolie was aangetroffen, had ze zich hoogstwaarschijnlijk, ondanks het kalmerende middel, onwillekeurig verzet, op een plaats waar een auto had gestaan. Een garage, een autowinkel, daar kon geen uitspraak over worden gedaan. Ook deze keer was, net als bij Mia Grant en Carol-Anne Stowell, de primaire plaats delict onbekend.

Om twintig minuten over acht belde Ray Irving Karen Langley op haar werk en kreeg haar voicemail. Hij liet geen bericht achter; hij wist niet eens zeker wat hij gezegd zou hebben als ze had opgenomen. Hij zat in het crisiscentrum en staarde naar de borden aan de muur. Het gezicht van Lynette Berry was aan de groep toegevoegd, en ze keek hem aan vanaf een foto die zeer onlangs was genomen. Ze was een knap meisje, en hij had begrepen dat ze een meer dan middelmatige studente was geweest, geen drugsverslaving, niets in het toxologische rapport behalve de barbituraten. Moeder leefde nog, vader was overleden, drie zussen, één broer, en zij was de jongste. Waarom ze was gaan tippelen, op haar negentiende terwijl de hele wereld voor haar openlag, zou Irving nooit weten. Oorlogsslachtoffers – dat waren ze in zijn ogen nu allemaal. Welke oorlog en wie hem voerde zou hij niet kunnen zeggen. Een innerlijke oorlog, iets wat alleen in de geest van één man bestond, of een oorlog tegen iets, of iemand, uit het verleden: een gehate zus, een ontrouw vriendinnetje, een sadistische moeder. Er was altijd een reden, hoe irrationeel ook, en de reden kennen diende slechts één doel: verder verlies van levens voorkomen. Die reden was Irving nu net zo onbekend als hij begin juni was geweest toen hij naar het in plastic verpakte lijk van een jong meisje liep.

Hij typte zijn dagelijkse rapport voor Farraday, de bijzonderheden over de foto, het koeriersbedrijf, de informatie van *The New York Times*, en voor hij het afmaakte belde hij Jeff Turner.

'Niets,' zei Turner. 'Alle vingerafdrukken op de foto zijn afkomstig van die man van *The Times*. Het briefje dat erbij zat... Het enige wat ik daaruit kan opmaken is dat het is afgedrukt op een laserprinter van het merk Hewlett Packard, een ouder model, misschien een 4M of een 4M Plus. De foto was afgedrukt op een algemeen verkrijgbaar merk papier, te koop op talloze plaatsen. Meer kan ik er niet van maken, ben ik bang.'

Irving bedankte hem, beëindigde het gesprek, voegde de frustrerende laatste alinea toe aan zijn rapport. Hij stelde een bericht inzake gestolen politiemotoren op, markeerde het als SPOED, stuurde het naar alle politie-bureaus in de stad en zette daarna zijn computer uit.

Hij pakte zijn jas van de achterkant van de deur en vertrok.

Het was achttien minuten over negen, de lucht was helder. Hij reed naar Carnegie, gewoon voor de vriendelijke sfeer, voor de bekende geluiden, voor het gezelschap van mensen die niets wisten van de Imitator.

45

Op de ochtend van vrijdag de twintigste kwam er een rapport binnen over een gestolen politiemotor, ontvreemd bij een door de NYPD goedgekeurd garagebedrijf in Bedford Stuyvesant, vlak bij het Tompkins Square Park. De motor was op zaterdag 14 oktober ingeboekt, pas op dinsdag 17 oktober 's middags nagekeken. Volgens de administratie was de motor die donderdagmiddag om vijf minuten over halfvier geïnspecteerd, volledig in orde bevonden op de normale onderhoudsbeurt van olie/remvloeistof/bandendruk na en die was nog niet uitgevoerd toen de vraag kwam via het bureau in district 12.

Irving werd gebeld door de brigadier van dienst, die het rapport doorstuurde en hem het adres van de garage gaf. Irving ging erheen, was er tegen twaalven en sprak met de eigenaar.

'Ik weet niet wat ik moet zeggen,' zei hij tegen Irving. Zijn naam was Jack Brookes en hij maakte een overgedienstige indruk. 'We doen dit werk al jaren, nooit problemen gehad. Het is echt ongelooflijk. Het zal wel heel lastig worden om het contract te houden.' Hij schudde gelaten zijn hoofd. 'Hij was ingeboekt, nagekeken, de onderhoudsbeurt was ingepland; die zouden we morgen uitvoeren. Als het inventarisatieverzoek niet was gekomen, hadden we pas over vierentwintig uur gemerkt dat hij weg was.'

Irving vroeg Brookes hem te tonen waar de motoren werden gestald. Ze hadden een kleine beveiligde opslag, met zo'n dertig tot vijfendertig motoren, maar geen bewakingscamera's.

'Bewakingscamera's zijn niet vereist volgens het contract,' zei Brookes. 'Meestal zijn ze hier binnen een dag of wat weer weg, zeker de motoren die alleen een beurt hoeven te hebben, maar we hebben een paar schadegevallen gehad en die hebben voorrang gekregen. Een paar van die motoren hadden naar mijn idee beter verschroot kunnen worden, maar ik denk dat er iemand in de begroting zit te snijden, snapt u?'

Irving bedankte Brookes, liet hem gaan. Hij liep een uur rond in het bedrijf. Hij stelde vragen aan het personeel, de monteurs, de mensen van de administratie. Normaal gesproken kwamen de motoragenten zelf hun machine halen. Irvings fotograaf had zo naar binnen kunnen lopen, omdat zijn uniform als legitimatie volstond, en een motor uit de opslag kunnen halen. Het garagebedrijf had in de politie een tevreden klant, ze hadden nooit problemen gehad, en deden hun werk uitgaande van de veronderstelling dat die ook niet te verwachten waren.

Irving vertrok een paar minuten voor twee met een zwaar gemoed en hoofdpijn.

Op het bureau belde hij Costello op zijn privénummer.

'Je had gelijk,' zei hij. 'Motoragent. Heeft ergens na afgelopen dinsdag een motor uit een garagebedrijf gehaald. Niemand kan zich iets herinneren, geen bewakingscamera's, niets.'

'Hij weet wat hij doet,' zei Costello. 'Perfectionist.'

'Maar waarom...' Irving bracht een gedachte onder woorden en bedoelde het niet zozeer als vraag.

'Omdat hij zo gek is als een deur,' stelde Costello nuchter vast. 'Ik denk niet dat je daar ingewikkeld over hoeft te doen.'

Irving was een moment stil en toen zei hij: 'Hoe gaat het met je?'

'Goed, weet je? Ik was een beetje overstuur toen ik mijn foto in de krant zag. Dat bracht me echt van mijn stuk. Maar vandaag? Vandaag gaat het weer goed met me. Ik ga na de lunch naar mijn werk, bij Karen langs, kijken wat er gedaan moet worden.'

'En in het weekend?'

'Weet ik niet. Ik maak geen plannen. Meestal blijf ik thuis, kijk een paar films, maar je hebt nu mijn nummer... als je me nodig hebt.'

'Bedankt, John. Ik bel als ik iets ben opgeschoten.'

'Nou, veel geluk dan, hè?'

'Geluk wordt overgewaardeerd,' zei Irving. 'Verdomd ernstig overgewaardeerd.'

Irving hing op. Hij leunde naar voren en legde zijn voorhoofd tegen de rand van zijn bureau.

Hij was zo moe, zo ontzettend uitgeput, dat hij waarschijnlijk in slaap was gevallen als de telefoon niet was gegaan.

46

De brief was met de gewone post gekomen. Hij was geadresseerd DRIN-GEND SPOED SNEL BEZORGEN aan Karen Langley. Karen maakte hem open, las hem, liet hem op haar bureau vallen en belde Ray Irving.

Ze was de hele ochtend weg geweest, een paar minuten daarvoor te-ruggekomen om haar post door te nemen en daar was hij.

Irving zette het zwaailicht op zijn auto en reed plankgas naar West 31st Street. Hij zei tegen haar dat ze moest blijven waar ze was, niets doen, niemand bellen, vooral de brief niet aanraken. De hele weg bonsde zijn hart in zijn borst. Zijn mond was droog en bitter, hoewel zijn handen zweetten.

Toen Irving arriveerde was John Costello er al, had de brief al gezien.

'Gewoon wit briefpapier,' zei hij tegen Irving. 'Ik heb hem niet aange-raakt. Ik weet wat hij betekent.'

De boodschap, geschreven in kinderlijke blokletters op één velletje papier, was duidelijk en onrustbarend:

EEN VERMOORD IN NEW YORK
LICHTBRUIN HAAR
BLAUWE OGEN
NEW YORK
BUFFALO
ZOU GEWURGD ZIJN
MET WIT TOUW
GOUDEN OOR
KNOPJES
HAD JURK
IN APPARTEMENT
WIT MOOI GEBIT

MET SPLEETJE TUSSEN
BOVENTANDEN
BLAUWE OGEN KLEIN KNOPJE
OOR
HAAR OVER SCHOUDERS
DOOR OVER
BRUG
HOOFD EN VINGERS
WEG

Irving las hem twee keer, staande voor het bureau van Karen Langley, met Langley rechts, Costello links van hem.

'Henry Lee Lucas,' zei Costello. 'Dit is een van zijn bekentenissen in briefvorm uit oktober 1982.'

'En het slachtoffer?'

'God, iemand van de tientallen. Hij had een partner, een zekere Ottis Toole, en ze gingen langs de I-35 in Texas uit moorden.'

'Werkwijze?'

'Geen specifieke. Ze hebben mensen neergeschoten, doodgeslagen, gewurgd, anderen in brand gestoken, gekruisigd. Meestal waren het seksuele moorden. Ze verkrachtten vrouwen én mannen. Ze hadden een paar kinderen bij zich, een meisje van dertien dat ze als lokmiddel gebruikten om vrachtwagenchauffeurs tot stoppen te dwingen op de snelweg, en dan trokken ze ze eruit en brachten ze om.'

Irving haalde een keer diep adem. 'En de data?'

'Er zijn er in heel oktober en november wel een aantal geweest, als dat je vraag is.'

Irving knikte. 'Ja, dat wilde ik weten.'

'En wat doe je nu hiermee?' vroeg Karin, naar de brief wijzend.

'Heb je een plastic zak, een mapje of zo, iets om hem in te doen? Hij gaat naar het forensisch lab. Ik ga hem brengen, kijken of er iets op zit. Gezien de eerdere brieven zal dat wel niet zo zijn.'

Irving keek op naar Karen Langley. Haar gezicht was wit, doodsbleek, en haar ogen waren groot. 'Hij weet wie we zijn,' zei ze, bijna fluisterend. 'Hij heeft John gefotografeerd, en nu heeft hij mij die brief gestuurd...'

'Het is geen dreigement aan jouw adres...' begon Irving.

'Hoe weet je dat nu, Ray? Hoe weet je nu dat het geen dreigement aan mijn adres is?'

Hij wilde antwoord geven, maar besefte dat hij niets te zeggen had.

'Je weet het niet, hè?' zei ze. 'We weten niets over hem. We weten niet wat hij wil. We weten niet...' Ze stopte midden in haar zin, terwijl de tranen in haar ogen opwelden. Ze liep achteruit en ging zitten op een stoel bij het raam.

Irving liep naar haar toe, knielde voor haar neer, nam haar handen in de zijne.

'Ik zet iemand neer bij je huis,' zei hij geruststellend. 'Ik zal ervoor zorgen dat er een surveillancewagen in de buurt van je huis staat. Ik laat iemand bij je thuis komen. Ik zal ervoor zorgen dat als hij ideeën in die richting heeft...'

Karen schudde haar hoofd. 'Jezus, Ray, dit verdienen we toch niet? Wat hebben we dan gedaan? Wat heeft het met ons te maken?'

'Wij zijn gewoon de tegenstanders,' zei Costello. 'Dit is een spel en wij zijn de tegenstanders, niets meer en niets minder. Hij moet iemand hebben om tegen te spelen en toevallig zijn wij er.'

'Maar dit is anders,' zei Karen. 'Het is verdomme heel anders nu. Ik bedoel, jezus, ik heb al heel wat gezien, wij allemaal. Maar dan is het ergens anders, hè? Ik bedoel... ik bedoel, dan is het ver van ons bed, en dan kijken we ernaar en schrijven we erover, en soms zien we foto's, maar dit...'

Ze begon te hyperventileren.

Irving wierp een blik op Costello. Hij voelde zich slecht op zijn gemak. Hij wilde die vrouw in zijn armen nemen, tegen zich aan drukken, haar vertellen dat het allemaal goed zou komen, dat het in orde zou komen, maar dat geloofde hij niet, en Costello's aanwezigheid maakte hem verlegen.

Karen probeerde met het topje van een vinger de tranen van haar onderste oogleden af te halen, met als enig resultaat dat haar mascara uitliep. Ze zag er verslagen, verpletterd uit.

'Zo wil ik me niet voelen,' zei ze, 'zo bang... Hij weet wie we zijn, Ray... Hij heeft me goddomme die brief gestuurd.'

Ze haalde een keer diep adem. Ze sloot haar ogen en ademde uit. Toen ze haar ogen opendeed keek ze naar Costello.

'Ik ben het met Ray eens,' zei Costello. 'Hij zal ons niets doen. Waarom zou hij? Dit gaat niet om ons, het gaat om hem. Dat hij doet wat hij wil zonder dat hij gepakt wordt. Dat hij zijn kleine toneelstukje opvoert en toekijkt als de NYPD, de kranten en de tv-netwerken allemaal schrikken. Als hij ons iets aandoet, wie is er dan nog over om het spel met hem te spelen?'

Karen hernam zich. Ze haalde een papieren zakdoekje uit haar tas en probeerde de mascaravlekken weg te vegen. 'Ik ben toe aan koffie,' zei ze. 'Ik ga koffie halen in de kantine.' Ze stond op en trok haar rok recht. 'Willen jullie ook?'

Irving zei dat hij wel wilde, Costello paste, en toen ze de kamer uit was ging Irving op haar stoel zitten en bekeek de brief.

'Geloof je dat echt, wat je net tegen haar zei?' vroeg hij.

Costello schudde zijn hoofd. 'Nee,' antwoordde hij.

'Ik ook niet.'

'En er zit vast ook niets op die brief wat ons dichter bij zijn identiteit brengt.'

'Daar durf ik op te wedden.'

'Was er iets van de plaats delict in het park?'

'Niets bruikbaars.'

'Dus we weten alleen dat hij een moord à la Henry Lee Lucas heeft gepleegd, of gaat plegen.'

'Kun je een overzicht maken van de data van de moorden die aan hem zijn toegeschreven?' vroeg Irving.

'Tuurlijk kan ik dat... Wil je erop wachten? Dan doe ik het meteen.'

'Ja, graag. Dat zou fijn zijn.'

Costello liep de kamer uit.

Irving ging naar het raam en keek omlaag naar de straat, stond daar nog steeds toen Karen terugkwam met koffie en haar valse hoop dat dit niet persoonlijk was.

'Gaat het?' vroeg Irving.

'Ja hoor, prima.'

'Ik wacht nog even op wat informatie van John en dan breng ik die brief naar het forensisch lab.'

'Kun je echt een paar mensen mijn huis laten controleren?'

'Natuurlijk... Weet je, zeg maar hoe laat je naar huis gaat, dan kom ik het zelf doen.'

'Tja, dat weet ik niet precies,' antwoordde ze. 'Om een uur of zes, zeven, zoiets.'

'Bel me als je klaar bent, dan rij ik achter je aan naar je huis, goed?'

'Dank je wel, Ray.' Ze ging zitten, hield het kopje koffie tussen haar handen en sloot haar ogen. 'Getver, wat voel ik me rot,' zei ze. 'Ik ben echt geschrokken.'

Irving ging naast haar staan, legde zijn hand op haar schouder. 'Ik weet het,' zei hij zacht. 'Ik weet het.'

47

Irving verliet het gebouw van de *City Herald* met de brief en het overzicht van de moorden van Henry Lee Lucas. Ze waren verspreid over alle maanden, en er zat zo te zien geen regelmaat in, maar hij en zijn partner, Ottis Toole, hadden niet stilgezeten samen. 22 oktober 1977, Lily Pearl Darty, doodgeschoten. Datzelfde jaar hadden ze op 1 november in Waco, Texas, Glen D. Parks gekneveld en doodgeschoten met een .38. Op 31 oktober 1978 had het duo in Kennewick, Nevada, ene Lisa Martini in haar eigen appartement verkracht en vermoord. Op 5 november 1978 ontdekten ze toen ze over de I-35 in Texas reden een jong stel, Kevin Kay en Rita Salazar. Salazar verkrachtten ze, en daarna brachten ze haar met zes kogels om het leven; ze schoten Kay ook dood, gooiden de beide lichamen brutaalweg in de berm. Een jaar later werd op 3 oktober 1979 Sandra Mae Stubbs door Lucas en Toole beroofd, verkracht en vermoord. Tien dagen later schoten ze een man en een vrouw dood in hun familiebedrijf, een slijterij in Austin, Texas. Op 31 oktober werd nog een vrouw dood aangetroffen langs de I-35; haar identiteit werd nooit vastgesteld. 21 november verkrachtte Lucas tijdens een roofoverval op een motel in Jacksonville, Cherokee County, de eenendertigjarige Elizabeth Knotts. Achttien dagen daarna werd een jong meisje verkracht en neergestoken in haar eigen huis. Haar stoffelijke resten werden in een nabijgelegen bos gevonden.

En zo ging het maar door – moorden tijdens de kerstdagen, in heel januari, februari en maart 1980.

Hun moordzucht kende geen grenzen, tot Henry Lee Lucas in oktober 1982 werd gearresteerd. Uiteindelijk bekende Lucas honderdzesenvijftig moorden, en enkele wapens die hij naar zijn zeggen had gebruikt waren pistolen, jachtgeweren, tafelpoten, telefoonsnoeren, messen, bandenlichters, bijlen, snoeren van stofzuigers en zelfs een auto. Achteraf gezien meende men dat van de moorden waarvan hij werd beschuldigd een groot deel op het conto moest worden geschreven van overijverige rechercheurs Moordzaken die zo veel mogelijk onopgeloste zaken hadden willen afsluiten. Niettemin gaf het overzicht van de moorden Irving een vage indruk van de nachtmerrie die hem te wachten stond. De Lucas-Toole-kopie kon al zijn gepleegd, maar hij zou ook alleen kunnen zijn gepland. Ze konden onmogelijk bepalen welke moord zou worden nagebootst, en wanneer.

Dat was het scenario dat hij Jeff Turner vertelde toen hij enkele minuten voor zes uur die avond op het forensisch lab arriveerde.

Turner bekeek de brief en het overzicht dat Costello had uitgetypt. Hij bleef enige tijd zwijgend zitten.

'Je zou een doodzonde kunnen begaan,' zei hij tegen Irving.

'En dat is?'

'Iets naar de pers laten lekken, ervoor zorgen dat het in het nieuws komt. Zo veel ophef veroorzaken dat je meer mensen krijgt.'

Irving glimlachte spottend. 'Ik zal maar doen alsof ik dat niet heb gehoord.'

'Doe wat je niet laten kunt, Ray. Het meisje in Central Park heeft alles bij elkaar ongeveer vijfentwintig minuten in beslag genomen. Ik heb op drie verschillende zenders het nieuws gezien. Men wil het niet weten. Ze was een hoer, godbetert. Mensen zien hoeren niet als echte mensen. In het beste geval krijg je als reactie dat ze het waarschijnlijk hadden verdiend.'

'Alsof ik dat niet weet.'

Turner leunde achterover. Hij zag er net zo moe uit als Irving. 'Hoe ga je nu verder?' vroeg hij.

'Ik wacht tot jij die brief hebt onderzocht,' zei hij, wijzend naar het vel papier op het bureau.

'En als ik je straks vertel dat er niets op zit, geen vingerafdrukken, geen karakteristieke sporen...'

'Hopelijk doe je dat niet, maar als je het wel doet, en dat doe je ongetwijfeld, dan zien we wel weer verder.'

Irvings pieper ging. Opnieuw Karen Langley.

Irving stond op. 'Ik moet even bellen. Ik ben zo terug.'

'Karen.'

'Je moet John bellen. Hij heeft nog iets voor je.'

'Heeft hij gezegd wat?'

'Nee. Bel hem maar gewoon. Ik moet naar een vergadering.'

Irving bedankte haar, draaide het nummer van Costello, ijsbeerde in de gang tot hij opnam.

'John, met Ray.'

'Hij heeft een woord weggelaten.'

'Wat?'

'In de brief die hij naar Karen heeft gestuurd… Daar heeft hij een woord in weggelaten.'

'Welk woord?'

'Joanie.'

'Is dat een naam?'

'Het is de Orange Socks Murder,' zei Costello. 'Die gaat hij kopiëren.'

'Welke moord?'

'Op 31 oktober 1979 vond een automobilist op de I-35 een lijk in een duiker. Ze had niets aan, behalve een paar oranje sokken en een zilveren ring. Geen kleren, geen tasje, niets. Alleen die oranje sokken. Ze had een gaaf gebit, geen oude botbreuken, er bestonden geen gebitsgegevens of medische dossiers aan de hand waarvan ze kon worden geïdentificeerd, en voor zover ik weet hebben ze nog steeds geen flauw idee wie ze was. Verder hadden ze alleen de inhoud van haar maag, en een in de directe omgeving aangetroffen slipje, waar een provisorisch maandverband in zat.'

'En het staat vast dat dat een moord van Lucas was?'

'Nou, Lucas werd gearresteerd in Montague County, en een van de moorden die hij heeft bekend was die op een liftster die hij net buiten Oklahoma City had opgepikt. Hij beweert dat ze Joanie of Judy heette, en hij reed met haar over de I-35 naar een chauffeurscafé, waar ze een hamburger met frites en een cola nam. De restanten van een dergelijke maaltijd werden in de maag van het meisje aangetroffen. Vervolgens zei hij dat ze vrijwillig seks met hem had gehad, en toen ze klaar waren had hij haar gewurgd en in een duiker gegooid. Hij vertelde ook dat ze een soort maandverband had, dat hij een "kotex" noemde.'

'En het woord "joanie" ontbrak in de brief?'

'Ja, tussen "in appartement" en "wit mooi gebit" had "joanie" moeten staan.'

'Jezus,' zuchtte Irving. 'Als je gelijk hebt…'

'Dan weten we een datum.'

'Met Halloween. Over elf dagen.'

'En ze wordt ergens langs een snelweg in een duiker gegooid.'

'Ja... ja,' antwoordde Irving. Het duizelde hem al van het aantal snelwegen en hoofdwegen dat New York doorkruiste, en bovendien van het aantal rioolputten en afwateringsbuizen die je als duiker kon omschrijven.

'John... ik moet hiermee aan de slag, goed? Ik bel je later.'

'Laat me weten wat eruit komt,' antwoordde Costello, en daarna hing hij op.

Irving liet een bericht achter bij de receptionist in de hal van het forensisch lab. Hij reed door de stad naar de gemeentelijke rioleringsafdeling, riep de hulp in van een van de technici en liet hem een digitale kaart opzoeken van het buizenstelsel en rioleringsnetwerk die zich over de hele stad uitstrekten.

'Welke wil je erop hebben?' vroeg de technicus, een gedrongen man met een rood gezicht die Victor Grantham heette.

'Kun je gewoon een kaart van het rioleringsstelsel in de hele stad laten zien?'

'Zeker,' antwoordde Grantham. Hij typte, hij scrolde, hij klikte, en een overzicht van de stad verscheen op het scherm.

'Goed, laten we Hudson Parkway, De West Side Highway, South Street tot en met het viaduct nemen. FDR Drive, Harlem River Drive, Bruckner, de bruggen – de Triborough, de Queensboro en de Williamsburg –' Irving zweeg een moment. 'Wacht even,' zei hij. 'Welke snelwegen lopen er door de stad?'

Grantham scrolde omlaag, opende een bestand en zei: 'Alleen door de stad, of wil je de directe omgeving ook?'

'Alleen de stad.'

'We hebben de I-87, dat is de Major Deegan Expressway, de I-95 die over de Washington Bridge naar New Jersey loopt, de Bruckner Expressway, dat is de I-298, en dan nog de I-495 die buiten de stad aansluit op de 678. O, en ten zuiden van Lower Manhattan heb je de Brooklyn Bridge Tunnel, en dat is in wezen de I-478.'

'Goed. En als we ons beperken tot de snelwegen, hoeveel rioolputten en afwateringsbuizen zijn er dan?'

'Meen je dat?'

Irving keek hem alleen maar aan.

'Je meent het,' zei Grantham zacht, en hij toog aan het werk.

Het duurde nog geen twee minuten voor Victor Grantham Irving de door hem ongewenste uitslag kon geven.

'Iets meer dan achthonderdvijftig… en dat is dan nog alleen wat ik met dit systeem kan bestrijken. Als je de snelwegen in alle richtingen helemaal tot aan de gemeentegrenzen volgt, zullen het er duizenden zijn.'

Irving sloot zijn ogen. Hij slaakte een diepe zucht en liet zijn kin op zijn borst zakken.

'Niet wat je wilde horen, hè?'

Irving schudde zijn hoofd zonder het op te tillen.

'Mag ik vragen waarom je het wilt weten?'

'Omdat we denken dat iemand van plan is met Halloween een lijk in een van die duikers te gooien.'

'Een lijk?'

Irving keek op. 'Ja, een lijk.'

'En je weet niet in welke?'

'Nee, ik weet niet in welke. Als ik dat wist, kon ik daar op wacht gaan staan en de man grijpen.'

'En hoeveel mensen heb je om de boel in de gaten te houden?'

Irving moest bijna lachen, maar hij hield zich in. Er viel niets te lachen. 'Niet genoeg,' zei hij zacht.

'Volgens mij sluit een lijk zo'n duiker helemaal af,' zei Grantham. 'En als zo'n ding verstopt raakt, verschijnt hij op het scherm. Daar is het systeem voor bedoeld, dat we kunnen zien waar een verstopping zit waardoor het water niet kan worden afgevoerd, en dan sturen we er een ploeg heen.'

Irving ging rechtop zitten en sperde zijn ogen open. 'Hoeveel ploegen hebben jullie?' vroeg hij.

'Hoeveel we er hier hebben, of hoeveel we er voor het hele gemeentelijke rioolstelsel hebben?'

'Voor het hele systeem,' zei Irving.

'Nou, als de nood aan de man komt zouden we zo'n driehonderd ploegen kunnen mobiliseren, twee man per ploeg.'

'En hoe ver zitten die duikers uit elkaar?'

'Dat verschilt per stuk snelweg. Hangt af van de hellingen, of het water snel of langzaam naar beneden komt, de gemiddelde hoeveelheid verkeer…'

'Ruw geschat,' merkte Irving op. 'Hoe ver uit elkaar ruwweg?'

'God, dat weet ik niet. Twee-, driehonderd meter misschien, zo ongeveer.'

'Dus als je al de driehonderd ploegen mobiliseert, kunnen ze elk drie duikers voor hun rekening nemen van die verzameling van achthonderdvijftig, en als ze dan bij de middelste duiker van de drie postvatten, staat er een team van twee man op niet meer dan twee- of driehonderd meter van elk punt in het hele systeem.'

Grantham knikte. 'Zou een hele operatie zijn, zoiets organiseren, maar ja, je hebt gelijk, als je alle teams op pad stuurde, zou je binnen schootsafstand van elke afvoerbuis in het netwerk zijn.'

Irving gaf geen antwoord. Er flonkerde iets in zijn ogen. Zijn hart sloeg twee keer zo snel als normaal.

'En hier zou iemand achter deze computer binnen tien of vijftien seconden kunnen zien of een van de afvoeren ergens door verstopt raakte,' voegde Grantham eraan toe.

'En dan hadden we al iemand ter plaatse,' zei Irving. 'Dan konden we de snelweg afsluiten en iedere bestuurder binnen een straal van achthonderd meter van de bewuste plek ondervragen.'

'Ja,' zei Grantham. 'Dat is een aardig plan, lijkt me. Maar wel een plan waarvoor een lijk nodig is...'

'Dat weet ik,' zei Irving zacht. 'Maar zoals het nu gaat...' Hij maakte de zin niet af.

'Toe maar,' zei Victor. 'Ga je bazen maar vertellen dat het kan.'

48

'Geen haar op mijn hoofd,' verklaarde Farraday kortaf.

Veertig minuten later, het politiebureau van district 4, Irving bij het raam in de kamer van commissaris Farraday.

Farraday had een telefoongesprek onderbroken om Irving te ontvangen, misschien omdat hij dacht dat Irvings haast het gevolg was van een doorbraak, niet van een waanzinnig plan om de gemeentelijke rioleringsafdeling van New York in de arm te nemen.

'Ze hebben een systeem,' herhaalde Irving. 'Elke afvoerput staat op hun scherm. Als iemand er een lijk in stopt...'

'En hij is gewapend, en gevaarlijk, en hij let scherp op of hij niet gevolgd wordt, en een arme drommel van de riolering besluipt hem van achteren en krijgt een kogel in zijn kop. Jezus, Ray, waar zit je verstand?'

'Maar commissaris...'

'Nee,' zei Farraday. Hij kwam achter het bureau vandaan en ging midden in de kamer staan. 'Ik snap wat je hebt... die brief, het feit dat er een gerede kans is dat dit de volgende moord wordt, maar heb je enig idee wat ervoor nodig is om een gemeenschappelijke actie van de NYPD en de rioleringsafdeling op poten te zetten, hoeveel geld dat zou kosten, hoeveel levens je in de waagschaal zou stellen? En dan heb ik nog niet eens rekening gehouden met de hoeveelheid mankracht en de middelen die je moet hebben om de snelweg af te sluiten en iedere bestuurder binnen een straal van een halve kilometer te ondervragen...' Farraday zweeg om op adem te komen. 'Ik kan me niet eens voorstellen wat daarvoor nodig is.'

'Wat wilt u dan dat ik doe?' zei Irving. 'Wat moet ik hier in godsnaam mee beginnen? Ik werk me uit de naad om...'

'Dat weet ik. Ik zie de rapporten, Ray, ik zie je rapporten echt en ik lees ze van voor naar achter. Ik snap dat je hard werkt, maar dan komen we weer op het gesprek dat we al eerder hadden. Dit is niet de enige zaak waar we mee zitten, en op grond van het bewijsmateriaal dat we hebben zouden ze als losstaande zaken kunnen worden beschouwd. Dat met die data is in feite alleen maar indirect bewijs...'

'Ik kan me niet voorstellen dat iemand –'

'Dat als indirect bewijs zou zien,' vulde Farraday aan. 'Dat weet ik, maar de lui met wie ik te maken heb zijn geen politiemensen. Het zijn geen rechercheurs. Het zijn bureaucraten, Ray, niets meer dan bureaucraten, en zij kijken naar het grote plaatje. Ze zien de berovingen, de verkrachtingen, de autodiefstallen, winkeldiefstallen vorig kwartaal met zesentwintig procent gestegen. Moorden... God, Ray, het aantal moorden is ten opzichte van dezelfde periode vorig jaar met negentien procent gedaald, en de evaluatieperiode waarmee de cijfers worden vergeleken is voorbij. Jouw slachtoffers... Tja, dat is een probleem voor het volgende kwartaal, en het volgende kwartaal zijn de verkiezingen geweest, en is hoofdcommissaris Ellmann wel of geen hoofdcommissaris en is de burgemeester wel of geen burgemeester, zo simpel is het.'

'Wat kunt u dan voor me doen?' vroeg Irving. 'Een algemene waarschuwing uit laten gaan?'

'Een algemene waarschuwing? Wat voor waarschuwing dan? Zeggen we tegen ieder meisje in de stad dat ze moet oppassen voor iemand die haar wil vermoorden? Dat ze als iemand haar staande houdt en probeert over te halen een paar oranje sokken aan te trekken, direct de benen moet nemen?'

Irving deed er het zwijgen toe.

Farraday stond op en ijsbeerde met een peinzend gezicht door de kamer. Na enige tijd zei hij: 'Ik zal je vertellen wat ik voor je kan doen. Misschien twintig motoragenten en, zeg, tien surveillanceteams op afroep op de eenendertigste. Ik snap wat je hebt en het is in mijn ogen concreet genoeg. Ik ben vóór alles politieman en ik zou geen donder om die verkiezingen geven, ware het niet dat als die verkiezingen verkeerd uitpakken we hier misschien niet eens meer aan politiewerk toekomen. Je wilt niet weten wat de komende bestuurders in petto hebben als ze winnen. De commissie van controle en toezicht, de nieuwe classificatie van vergrijpen, de hoeveelheid papierwerk waar we in zullen verzuipen. Daar moet ik rekening mee houden, Ray, dat is niet slechts één slachtoffer wiens leven op het spel staat, dat zijn er talloze, en wat er met hen zou kunnen gebeuren als het systeem verandert. Het enige probleem is dat de mensen in deze stad misschien niet verder kijken dan hun neus lang is en zo opgewonden raken van iets nieuws dat ze geen oog hebben voor de langdurige ellende die ze zich met hun stem op de hals halen.'

'Twintig motoragenten, tien surveillanceteams?'

'Op wat voor dag valt de 31e?' Farraday stak zijn hand uit naar zijn bureauagenda. 'Dinsdag. Mooi, een dinsdag is stukken beter dan een vrijdag of een zaterdag. Ja, dat kan ik je wel geven, misschien meer. Hangt ervan af wat er allemaal speelt.'

Irving draaide zich om naar de deur.

'En tussen nu en dan?' vroeg Farraday aan zijn rug.

Irving keek achterom en de blik op zijn gezicht maakte duidelijk dat dat nu net het soort vraag was dat je hem niet moest stellen.

Farraday drong niet aan, hij liet Irving gaan. Hij had zelf lang genoeg bij Moordzaken gezeten om te weten dat het mogelijk nergens zo somber was als daar.

Kwart over zes stond Ray Irving geduldig in de hal van het gebouw van de *City Herald* te wachten. Hij had naar boven gebeld om Karen te laten weten dat hij er was en te horen kregen dat ze zo naar beneden kwam.

Hij vroeg haar of ze een kop koffie met hem wilde drinken voor hij haar thuisbracht, en in de warme beslotenheid van een café in West 28th Street vertelde hij haar over Farradays reactie op zijn voorstel.

'Wat zo moeilijk is, is dat je weet dat er iemand gaat sterven,' zei hij. 'Dat je weet hoe ze zal sterven, hoe de dader zich van het lijk zal ontdoen, maar niet wie of waar.'

'Het is afschuwelijk,' zei Karen. 'Het is volgens mij het luguberste wat ik ooit heb gehoord. Ik kan me niet voorstellen…' Ze schudde haar hoofd. 'Wat zeg ik nu? Ik kan me heel goed voorstellen dat iemand zo gek is.'

'Hij geniet ervan, volgens mij,' zei Irving. 'Hij weet wie ik ben, hij kent John, en omdat hij wil dat we beseffen hoe geniaal hij is stuurt hij de brief aan jou… Om duidelijk te maken hoe slim hij wel niet is.'

'En wat ga je nu doen?'

'Ik heb alles nog een keer doorgenomen. Ik heb met alle familieleden, alle getuigen, iedereen die er direct of indirect iets mee te maken heeft gesproken.'

'Heb je nog kans gezien achter de groep aan te gaan waar John lid van is?'

'Die mensen uit het Winterbourne Hotel. Nee, dat is een van de dingen waar ik niet meer achteraan ben gegaan. John heeft me wel verteld dat er buiten hem vier vrouwen en twee mannen bij horen.'

'Kan het een vrouw zijn?'

'De dader die we zoeken is geen vrouw.'

Karen trok Irvings overtuiging niet in twijfel. Ze zweeg. Ze dronk koffie. Ze had het gevoel dat ze niets belangrijks te zeggen had.

Ze vertrokken om tien over zeven. Langley reed voorop, Irving volgde haar in zijn eigen auto, en toen ze bij haar appartement bij het Joyce Theater in Chelsea waren, liet Irving haar in het halletje wachten terwijl hij haar flat doorzocht.

Er was niets. Dat had hij wel geweten, evenals zij, maar het gaf hem het gevoel dat hij iets zinvols deed. Het was zijn taak te beschermen en te dienen en dat deed hij.

Bij de deur kuste ze hem op zijn wang. Ze hield zijn hand een moment vast en bedankte hem.

'Misschien als dit voorbij is…' zei ze, en Ray Irving voelde vluchtig iets kriebelen in zijn vermoeide en gebroken hart.

Hij vertrok zonder nog iets te zeggen, maar hij glimlachte vanaf de trap en zij stak haar hand op.

Hij liep naar de auto, de laatste paar meter hard omdat het begon te regenen. Hij reed terug naar het bureau om de doodeenvoudige reden dat hij niet alleen wilde zijn.

Het was 20 oktober. Tien slachtoffers tot nu toe. Nog elf dagen wachten voor er weer iemand zou sterven.

49

En die elf dagen werden een van de ergste periodes uit Ray Irvings leven.

Deborah Wiltshire had hem alleen gelaten toen ze overleed. Na vele jaren toch een echte relatie te hebben gehad – een relatie waar etentjes bij hoorden, bioscoopbezoeken, een concert in Central Park, een keer dat hij griep had en zij naar zijn appartement kwam met neusdruppels en paracetamol – was er niets meer. Iets goeds was verdwenen, en in die elf dagen was hij zich daarvan wellicht sterker bewust dan op enig ander moment in het jaar sinds haar dood.

Karen Langley was ook een goed mens. Dat geloofde Irving. Maar geen van beiden verkeerden ze in een wereld die vergevingsgezind was. Hun werelden leken elk in een andere baan te draaien, en hij had om de een of andere reden het gevoel dat het ongepast en onmogelijk was iets meer van hun vriendschap te maken.

De Imitator, want zo had Irving besloten hem te noemen, had zijn bestaan op zijn kop gezet.

De Imitator had hem alle kans op een geregeld leven ontnomen, en dat nam Irving hem kwalijk. Een onbekende had Irvings wereld doen instorten, en hij keek onder het puin uit en wachtte op het moment dat de architect van deze ineenstorting zijn gezicht liet zien.

De nacht voor 31 oktober kon Irving niet slapen.

Vier minuten na middernacht ging de telefoon.

'Ray?'

'John?'

'Ja… ik dacht, ik zal maar eens bellen om te zien hoe het met je is.'

'Ik kan niet slapen,' zei Irving. 'Fijn dat je belt.'

'Ja.' Costello zweeg een moment. 'Kan ik iets doen?'

'Ik zou het niet weten, John… Ik weet niet wat we nog zouden kunnen doen. We zullen moeten afwachten.'

'Dat is geen goede positie.'

'Het is niet anders... Als het loopt zoals we verwachten, is er morgen om deze tijd iemand dood.'

'Dat is een afschuwelijke gedachte.'

'Maar waar.'

Costello zei een poosje niets en toen schraapte hij zijn keel en zei: 'Je hebt mijn nummer.'

'Als ik een slimme ingeving krijg bel ik je,' zei Irving, en hij probeerde het te laten klinken alsof hij glimlachte, positief was, geloofde dat hier iets goeds uit zou voortkomen. Hij kon niet bedenken wat dat zou kunnen zijn, maar daarom hoopte hij het nog wel.

'Tot morgen dan,' zei Costello.

'Tot morgen,' herhaalde Irving.

Op de ochtend van 31 oktober regende het pijpenstelen. Irving belde Victor Grantham om halfacht. Ze hadden elkaar in de voorbije week tweemaal gesproken en Grantham had toestemming om de hele dag met Irving samen te werken.

'Ik zit hier voor dat ding,' zei Grantham. 'Ik heb een slecht functionerende klep bij een afscheider in East 128th Street net voor deze de Hudson over gaat naar de I-87, maar afgezien daarvan is alles in orde. De regen is in elk geval handig voor ons.'

'Hoezo?'

'Het hele netwerk is ontworpen om spul af te voeren, toch? Als het dat niet doet merken we dat snel genoeg.'

'En wie heb je vandaag die kunnen helpen?' vroeg Irving.

'Ik heb in theorie ongeveer negentig ploegen. Er zitten door heel de stad hulpstations, andere werktijden, andere taken, maar voor zover ik kan zien zijn er geen defecten in het netwerk. De hele dag ligt nog voor ons.'

'Geen dag waar ik naar heb uitgekeken,' zei Irving.

Grantham antwoordde niet.

'Dus je blijft bereikbaar op het rechtstreekse nummer, hè?'

'Ik ben hier de hele dag,' zei Grantham. 'Mijn vrouw heeft brood voor me gesmeerd, ik heb een thermoskan koffie, een paar boeken om te lezen. Ik ben er voor je tot het voorbij is, hoe dan ook.'

'Fijn... Dat stel ik erg op prijs, Victor.'

'Ach, man, wat moet je anders? Het gaat toch om iemands leven?'

'Dat is zo,' antwoordde Irving. 'Dus je hebt dit nummer. Dit is een aparte lijn. Niemand anders op deze lijn behalve jij en ik.'

'Precies... Alleen jij en ik.'

Een moment zeiden ze geen van beiden iets en toen stelde Victor Grantham de vraag die ze geen van beiden wilden beantwoorden.

'Denk je dat het ons gaat lukken, Irving?'

'Wil je het echt weten, Victor? Nee, ik denk dat we geen schijn van kans maken, maar zoals je al zei, wat moet je anders.'

'Succes.'

'Jij ook.'

Irving hing op, leunde achterover in zijn stoel en keek naar de prikborden die tegenover hem aan de muur hingen.

'Dit is het dan,' zei hij bij zichzelf, en hij wenste dat het niet zo was.

Er was drie keer vals alarm geweest voor het donker werd. Twee keer was het een simpele mechanische fout, de derde keer een plastic tas met bierblikjes die iemand uit een rijdende auto had gegooid. Irving was net ter hoogte van het ondergrondsestation op 23rd Street toen Grantham hem op zijn mobiele telefoon belde om het te vertellen. Hij was na een vliegende start binnen een paar minuten met zwaailicht en gillende sirene bij het bureau weggereden. Met bonkend hart, een hartslag die twee keer zo hoog was als normaal, was hij langs de kant van de weg gaan staan en had met de muis van zijn handen op het stuur gebeukt. Hij had luid gevloekt, een paar keer, en was daarna een paar minuten stil blijven zitten met gesloten ogen en zijn hoofd tegen de steun, tot hij voelde dat zijn lichaam weer in zijn normale toestand kwam. Het enige wat resteerde toen hij terugreed naar het bureau was de warboel van zenuwen onder in zijn buik. Hij had maar één keer eerder zoiets gevoeld, zo'n sterke emotie, zo'n machteloze wanhoop, en dat was net voordat de arts hem kwam vertellen dat Deborah Wiltshire was overleden. Dat had enkele minuten geduurd. Dit duurde al de hele dag. Emoties waren oncontroleerbaar en onverbiddelijk. Emoties kregen je te pakken en er was geen ontkomen aan.

De avond viel en tegen zevenen vloog Irving tegen de muren op van frustratie. Hij ijsbeerde onophoudelijk door het crisiscentrum. Farraday kwam twee keer bij hem langs, vertelde dat hij het hem zou laten weten als er nog meer eenheden beschikbaar kwamen. Irving hoorde hem nauwelijks, stond bij het raam en keek naar de caleidoscoop van de straatlichten die werden gebroken en verstrooid door de regen op het glas. Hij was daarbuiten. Ergens. Misschien in een auto. Om een dood meisje te vervoeren naar een zijstraat, een van tevoren uitgekozen rioolput waar hij haar gewoon van de snelweg zou kieperen en zou kijken hoe ze in het af- voerkanaal terechtkwam. En dan zou weglopen, zijn jasje afkloppen en in de auto stappen. Zijn riem omdoen en voorzichtig rijden. Want hij wilde niet worden aangehouden voor te hard rijden, voor het niet dragen van een veiligheidsgordel. Vijf kilometer per uur boven de maximumsnelheid zodat de politie niet zou denken dat hij zijn best deed om niet op te vallen. Er zonder problemen vandoor gaan.

Irving had geen idee of een mens zich rotter kon voelen dan hij zich nu voelde. Wilde het ook niet weten. Vier keer belde hij Victor Grantham, uitsluitend om te controleren of de lijn goed was, of hij nog in bedrijf was, en vier keer verzekerde Grantham Irving dat hij een mobiele telefoon had, dat hij het nummer van Irvings mobiel had, het nummer van het bureau, en dat zijn chef Irving zou bellen als hij een hartaanval kreeg om te zeggen dat hij Granthams plek overnam.

'Aan deze kant is alles onder controle,' zei hij.

Irving probeerde enkele dossiers van de zaak te lezen. Hij maakte een aantekening over de Winterbourne-groep, dat hij alle leden nu echt moest natrekken, ook al had Costello hem verzekerd dat die mensen slachtof- fers en geen daders waren. Dat was onprofessioneel geweest. Dat was iets waarvoor hij ter verantwoording zou worden geroepen als –

Een agent bleef in de deuropening staan, vroeg Irving of hij iets kon doen.

Irving schudde zijn hoofd. 'We zitten gewoon te wachten,' zei hij.

'Ik weet precies wat u bedoelt,' antwoordde de agent.

Dat lijkt me sterk, dacht Irving, maar hij zei niets.

Hij staarde naar de telefoon op het bureau. Hij beval hem over te gaan, maar er gebeurde niets. Hij probeerde te tellen zoals John Costello, de ta- pijttegels op de vloer, het zich herhalende patroon op de muur, het aantal auto's dat tussen het groene en het rode licht over het kruispunt reed...

Toen de telefoon ten slotte ging, trok Irving bijna het snoer uit de muur toen de telefoon op de grond viel zodat hij alleen met de hoorn in zijn hand stond.

'Rechercheur... ik heb er een op de plek waar de Queens Midtown Tunnel eindigt. In de tunnel feitelijk... recht onder FDR...'

Irving liet de hoorn vallen en begon te hollen.

Victor Grantham bleef gewoon doorpraten, totdat hij besefte dat er niemand aan de telefoon was.

Tegen de tijd dat Irving op de bewuste plek was waren er al vier motoragenten, een surveillancewagen, en drie technische ploegen van Grantham. Zeven blokken hadden hem ondanks de sirene en het zwaailicht tweeëntwintig minuten gekost. Hij had vanuit zijn auto radiocontact gehouden met het bureau. Wegblokkades waren opgericht, op Borden Avenue aan het andere eind van de tunnel aan de kant van Hunters Point, in East 36th en 37th Street, en ook op Second Avenue aan de kant van Tudor City. Maar ze waren te laat opgericht en er waren te veel auto's, en zo'n plan had ook nooit kunnen werken met de hoeveelheid verkeer, het donker, de regen, de beperkte middelen. De bestuurder van de wagen had direct rechts af kunnen slaan naar 54th Avenue en nog geen vijf minuten nadat hij van de bewuste plaats was vertrokken achter het station Long Island City kunnen verdwijnen.

Ze vonden het meisje om twee minuten over acht. Ze was naakt op een paar oranje sokken en een zilveren met paarlemoer ingelegde ring na. Vlakbij lag een slipje met daarin een stapeltje tissues bij wijze van maandverband. Er was geen portemonnee, geen handtas, geen andere kleding. Haar lichaam was gaaf op de door het wurgen veroorzaakte bloeduitstortingen in haar hals na. Irving belde Turner met zijn mobiele telefoon. Turner was binnen een paar minuten op weg. Irving belde daarna de patholoog-anatoom, en zodra de patholoog-anatoom was opgetrommeld liep hij zo'n dertig meter de tunnel in en belde John Costello.

'Jullie hebben haar gevonden, hè?' constateerde Costello voor Irving iets had gezegd.

'Hoe...'

'Het nummer van je mobiel verscheen,' zei Costello. 'Ik neem dus maar aan dat je niet op het bureau bent.'

'Oranje sokken. Een zilveren ring. Ze is het.'

Costello zei niets.

'Ik vond dat je het moest weten, John, dat is alles... Ik moet verder. Ik heb werk te doen.'

'Bel me als ik iets voor je kan betekenen.'

'Doe ik.'

Irving klapte zijn telefoon dicht, draaide zich om, liep terug naar de zwaailichten en de consternatie van de achtste plaats delict, het elfde lijk.

50

Turner bleef nadat het lichaam was weggehaald. Hij had drie andere forensisch analisten bij zich, en met elkaar zetten ze de plaats delict af, fotografeerden, verzamelden, plaatsten booglampen, zochten op handen en knieën zes meter weg af naar beide kanten tot Turner er zeker van was dat er niets over het hoofd was gezien.

'Ik geloof niet dat er iets was wat we over het hoofd hadden kúnnen zien,' zei hij tegen Irving.

Het was al elf uur en Irving stond daar kalm en emotieloos in de kou met zijn handen diep in zijn zakken en herinnerde zich vaag dat hij sinds laat in de ochtend niets meer had gegeten.

'Hij heeft haar hier alleen maar neergegooid. Hij is aan komen rijden, gestopt, heeft haar uit de auto gehaald, in de duiker gegooid en is weer weggereden.' Hij draaide zich om en keek naar het einde van de tunnel aan de kant van Hunters Point. 'Die kant op.'

Irving zei niets. Hij draaide zich alleen om en keek waar Turner naar wees, misschien vanuit de gedachte dat er iets te zien zou zijn. De Queens Midtown Tunnel, onnatuurlijkerwijze zonder enig verkeer, gaapte hem leeg, geluidloos, bijna honend aan.

'Ik ben hier klaar,' zei Turner. 'Wil je een lift?'

'Nee. Ik ben met de auto.'

'Ik ben tot zes uur op het forensisch lab,' zei Turner. 'Bel me als er iets is wat ik kan doen.'

Irving gaf geen antwoord. Hij bleef zwijgend staan toen Turner zijn mensen verzamelde, opdracht gaf de uitrusting in te laden, sloeg hen gade toen ze de lampen uit elkaar haalden, het zwart-gele lint oprolden, de verkeerspaaltjes oppakten en de driepoten inklapten. Binnen twintig minuten was iedereen weg. Irving stapte achteruit, ging dicht tegen de muur aan staan en keek hoe het verkeer door de tunnel weer op gang kwam.

Als je het niet had geweten, zou je niet hebben geloofd dat slechts een paar uur eerder op nog geen tien meter van de plek waar hij stond een dood lichaam was gedumpt. Hij boog zijn hoofd en begon terug te lopen over de verhoging voor onderhoudstechnici die zich over de hele lengte van de tunnel uitstrekte. Hij bleef nog een laatste vruchteloos moment bij de duiker staan. Hij zag niets, want er was niets te zien.

Dit was een spel. Ingewikkeld, gecompliceerd, gestuurd door iets waar hij geen snars van begreep, maar niets meer dan een spel.

En vanaf dat moment wist Ray Irving dat hij aan het verliezen was.

Adjunct-hoofd Forensische Geneeskunde Hal Gerrard kwam Irving tegemoet in de gang voor Snijzaal Twee.

'Ze was schoongeboend,' zei hij. 'Ze is gewurgd en daarna is ze gewassen en schoongeboend met een soort carbolzeep waar fenol in zit, een derivaat van benzeen, en dat reinigt en desinfecteert behoorlijk grondig. Ik ben nog niet helemaal klaar, maar het enige wat ik je nu kan vertellen is dat ze is gewurgd door een rechtshandig iemand, niets onder haar nagels, niets in het schaamhaar. Geen sporen van mishandeling, lichamelijk noch seksueel, geen bewijs voor verkrachting.'

'Was het een hoer?'

Gerrard haalde zijn schouders op. 'Wie zal het zeggen. Haar vingerafdrukken zitten niet in het Automatische Vingerafdrukkensysteem. We hebben nog geen DNA-onderzoek gedaan, nog geen toxicologie, dus ik weet niet of ze verslaafd was. Geen sporen op haar armen, niets tussen haar tenen of in haar knieholten. Ze verkeert in een redelijk goede conditie, al met al.'

'Tijdstip?'

'Laat in de middag,' zei Gerrard. 'Levertemperatuur, lijkvlekken… Rond een uur of vijf, zou ik zeggen.'

Irving probeerde zich te herinneren wat hij om vijf uur had gedaan. Hij wist het niet meer.

'En hoelang nog voor je klaar bent?'

'Toxicologie en alles, je zult haar hier moeten laten. Ik zal het DNA laten controleren, röntgenfoto's van haar gebit, alles wat we kunnen doen om erachter te komen wie ze is, en dan bel ik je.'

'Je hebt het nummer van mijn mobiel toch?'

'Ja, dat heb ik.'

Irving liep terug zoals hij was gekomen. Op de parkeerplaats bleef hij een tijdje in zijn auto zitten. Het was bijna middernacht. Hij had zin om naar het appartement van Karen Langley in Chelsea te rijden. Hij wilde bij haar aanbellen en haar vertellen wat er was gebeurd. Hij wilde dat ze tegen hem zei dat het goed was, dat het in orde zou komen, dat hij moest binnenkomen, zijn schoenen uittrekken, even de gedachten verzetten. Een glas wijn drinken, een beetje tv-kijken, naast haar in slaap vallen met de geur van haar haar en haar parfum om hem heen…

Dat wilde hij, maar hij deed het niet.

Hij startte de motor, keerde de auto honderdtachtig graden en reed terug naar het bureau.

Ray Irving ging dinsdagnacht niet naar huis. Terwijl half New York sliep met de herinnering aan *trick or treat* en zakjes snoep, terwijl mensen thuiskwamen, en weer de deur uit gingen om naar hun werk te gaan, van een vrije dag te genieten, een bezoek aan vrienden op het platteland te brengen, zat hij achter zijn bureau zich voor te stellen wat hij zou doen als hij een slimmere man was.

En daar zat hij nog, in hetzelfde stel kleren, ongeschoren en zonder geslapen te hebben, toen er een telefoontje kwam van *The New York Times* dat er weer een brief was gebracht.

51

Misschien kwam het door het dreigement, misschien door het feit dat de
briefschrijver zinspeelde op eerdere moorden. Tot dan toe had niets een
schokeffect gehad dat groot genoeg was om de gedachten en ideeën van
de mensen die direct of indirect bij het onderzoek waren betrokken op
één lijn te brengen.

Misschien – zoals Irving eerder had vermoed – hadden Farraday,
hoofdcommissaris Ellmann en anderen die de rapporten lazen zichzelf er
gewoon van overtuigd dat er zoiets bestond als toeval. Toeval, hadden ze
besloten te geloven, speelde hier een rol. Er was geen seriemoordenaar;
dat leek maar zo.

De brief die woensdag 1 november 2006 's ochtends bij *The New York
Times* terechtkwam, was fascinerend – en zo gedetailleerd dat hij alle twijfels die iemand nog over de aard van deze zaak kon hebben in één klap
van tafel veegde.

Op één velletje roomkleurig velijnpapier, in hetzelfde veelgebruikte
lettertype als het vorige briefje bij de foto van Irving en Costello in Central
Park, verhaalde de brief van Mia Grant die *o zo stil in de zoete nacht was verdwenen; van twee meisjes die gekleed in een topje en een spijkerbroek smeekten
als een stelletje zielige snollen, tegen me zeiden dat ze niets hadden misdaan,
dat ze onschuldig waren, en ik luisterde naar wat ze te zeggen hadden, en ik
liet ze nog een tijdje langer smeken, en toen schoot ik ze allebei dood terwijl ze
op hun knieën zaten, klaar.* Hij sprak over John Wayne Gacy, noemde hem
*een vuile nichterige stumper die niet kon krijgen wat hij hebben wilde zonder
een vuurwapen in iemands gezicht te duwen.* En toen sprak hij over hoeren,
*die smerige beesten, erger nog dan smerige beesten, het laagste van het laagste,
met hun ziekte en losbandigheid.* Tot slot citeerde hij Jesaja, hoofdstuk 66,
vers 24, en schreef hij: 'Wanneer zij naar buiten gaan zullen zij de lijken
zien van de mensen die tegen Mij in opstand zijn gekomen: hun worm zal

niet sterven, en hun vuur zal niet uitgaan; en zij zullen weerzinwekkend zijn voor alle levenden.'

En hij eindigde de brief met een duidelijke uiteenzetting van wat hij wilde, en wat er zou gebeuren als aan zijn wensen niet werd voldaan.

Publiceer dit op de voorpagina van jullie New York Times, schreef hij.

Publiceer dit in hoofdletters zodat heel New York en de hele wereld het kan lezen.

IK BEN HET REINIGENDE LAM VAN CHRISTUS.

IK BEN AARDE EN LUCHT EN VUUR EN WATER.

ZOEK VERGEVING, TOON BEROUW VOOR JE ZONDEN, EN IK ZAL JE VERLOSSEN.

En vervolgens gaf hij opdracht de foto's van al zijn slachtoffers onder zijn woorden af te drukken, met een laatste waarschuwing:

En als jullie dit niet doen, stuur ik nog een familie van zondaars naar de hel. Minstens zes. Misschien meer.

En daarna wordt het persoonlijk.

De brief was niet ondertekend, er was geen alias die de aandacht trok.

En de verzamelde groep mensen die in de directiekamer van *The Times* stonden en neerkeken op die brief – onder wie Ray Irving en Bill Farraday, de hoofdredacteur, de adjunct-redacteur, de coördinator van de redactie, twee contractueel aan *The Times* verbonden juristen die permanent bij de krant waren gestationeerd – mensen die al met al heel wat van het leven hadden gezien en gehoord, verloren door de beangstigende eenvoud en genadeloze openhartigheid van de brief om de een of andere reden iets van hun kracht en bekwaamheid.

Irving wilde weten wie de brief had aangeraakt, en hij belde naar het bureau dat ze iemand moesten sturen om vingerafdrukken te nemen teneinde bepaalde personen uit het onderzoek te elimineren.

Farraday sprak met de brigadier van dienst, gaf hem opdracht de hulp-officier van justitie en hoofdcommissaris Ellmann te bellen, alle rechercheurs Moordzaken die zich in de stad bevonden en op dat ogenblik niet op een plaats delict aan het werk waren op te sporen, en hen allemaal om elf uur op het bureau in district 4 te verzamelen.

De juristen van de krant namen de situatie in beraad, schaarden zich in eerste instantie achter Farraday, die zei dat zoiets niet mocht worden gepubliceerd, zeiden dat ze in dit geval de instructies van het Openbaar Ministerie zouden opvolgen. Met dit soort situaties waren ze niet bekend.

Ze traden op in rechtszaken wegens laster en smaad, op dat terrein waren ze deskundig, niet op het gebied van strafrecht. Hier stonden levens op het spel. Ze schuifelden achteruit de kamer uit en verdwenen.

Irving en Farraday verlieten de bijeenkomst tegen tienen. Ze waren in aparte auto's gekomen en vertrokken op dezelfde manier. Farraday had de brief bij zich in een doorzichtige plastic envelop en hij reed er meteen mee naar Jeff Turner, die erop zou toezien dat de brief werd geanalyseerd en een kopietje voor Farraday zou regelen dat hij kon meenemen naar de bijeenkomst op het bureau.

Irving en Farraday zagen elkaar weer om kwart over elf in het crisiscentrum. De rechercheurs Moordzaken Ron Hudson en Vernon Gifford waren aanwezig, en enkele tellen later hoorde Irving hulpofficier van justitie Paul Sonnenburg de trap op komen, met zijn mobiel in zijn hand, ruziënd met iemand over 'het onmiskenbare feit dat ze goddomme niets meer hebben dan indirecte bewijzen'. Hij beëindigde het gesprek met een smalend gebrom toen hij de zaal binnenstapte, en na de aanwezigen te hebben toegeknikt vroeg hij wie er nog moesten komen.

'Alleen de hoofdcommissaris,' zei Farraday, en hij wees waar Sonnenburg kon gaan zitten.

Ellmann kwam vier minuten te laat. Hij verontschuldigde zich niet, ging zitten en las de kopie van de brief. Hij gaf hem terug aan Farraday, leunde achterover en zette zijn vingertoppen tegen elkaar.

'Hoeveel mensen heb je die hieraan kunnen werken?' vroeg hij.

'Op dit moment drie,' antwoordde Farraday. 'Irving hier. U hebt zijn rapporten gelezen. Hij heeft er al die tijd al aan gewerkt. Hudson en Gifford kan ik erop zetten.'

'Wie is er bezig met de originele brief?'

'Jeff Turner.'

'Doet die niet dat meisje uit de tunnel?'

'Al gedaan,' merkte Irving op. 'Rapporten van de autopsie en de plaats delict zijn onderweg.'

'Hoe zie jij het?' vroeg Ellmann aan Irving.

Irving schudde zijn hoofd. 'Ik twijfel er niet aan dat hij zal doen wat hij zegt. De vraag is alleen hoelang voor het gebeurt.'

'En staat er iets in deze brief waar we iets mee kunnen?'

'Misschien,' antwoordde hij. 'Volgens mij doet hij niets zomaar. Ik denk dat elk woord van die brief zorgvuldig is gekozen om –'

Ellmann viel hem in de rede. 'Wat moeten we doen om van "denken" bij "weten" te komen?'

'Mij een beetje tijd geven...?' zei Irving, met een vragende toon in zijn stem.

Ellmann keek op zijn horloge. 'Ik moet naar een andere vergadering,' zei hij, en hij kwam langzaam overeind van zijn stoel. 'Om twee uur hier terug, en dan wil ik antwoorden hebben. Er komt niets in de krant, helemaal niets.' Hij gebaarde dat Farraday met hem mee moest lopen. Boven aan de trap spraken ze met elkaar voor Ellmann vertrok.

Farraday kwam terug. 'En?' vroeg hij Irving.

'Ik heb wat tijd nodig voor die brief,' zei Irving.

'Wat ga je dan doen?'

Irving stond op. 'Uitzoeken wat hij echt betekent.'

'Denk je dat er iets anders wordt bedoeld dan wat er staat? Volgens mij is het verdomde simpel. We moeten de boel publiceren, anders vermoordt hij er nog eens zes.'

'Dat ga ik juist uitzoeken.'

'Zorg dat je bereikbaar bent, zet je telefoon niet uit,' zei Farraday. 'Om één uur terug. En dan wil ik wat vooruitgang zien, ja?'

Irving draaide het nummer van Karen Langley terwijl hij het crisiscentrum uit liep. De telefoon ging al over voor hij bij de trap was.

52

'Het is ten eerste de vraag of hij werkelijk een doorgedraaide gelovige is, wat ik ernstig betwijfel, of dat dit allemaal misleiding is,' zei John Costello.

'En ten tweede wie hij bedoelt als hij zegt dat het hierna persoonlijk gaat worden,' zei Karen Langley.

Ze – Irving, Costello en Karen Langley – zaten gedrieën in de kamer van Langley. Toen Irving er aankwam was het al tien over halftwaalf.

Costello pakte nogmaals de brief, las hem nog een keer door, sloot een moment zijn ogen.

'De Shawcross-brief, die in de Zodiac-code, was domweg een transcriptie van een bestaande brief. De brief van Henry Lee Lucas, die waaraan een woord ontbrak, was precies zoals Lucas hem had geschreven, alleen was de naam van het meisje weggelaten. Deze...'

'Is volledig van zijn hand?' vroeg Irving.

'Ik ben in elk geval niet bekend met iets wat er hetzelfde uitziet en net zo klinkt,' zei Costello, 'maar dat betekent niet dat iemand anders die meer over brieven en schriftelijke verklaringen van de seriemoordenaars weet hem niet zou herkennen. Iemand als Leonard Beck misschien.'

'De brievenverzamelaar, ja, misschien zou hij het wel weten,' zei Irving.

'En ik zal je vertellen wie er nog meer enig licht op zou kunnen werpen,' ging Costello verder. 'Alleen al vanuit het idee dat er allerlei verborgen betekenissen in kunnen zitten.'

'Wie dan?'

'De mensen van de bijeenkomsten in het Winterbourne,' zei Costello.

'Denk je dat...?'

Costello stond op van zijn stoel en liep naar de deur. 'Jij belt jouw man,' zei hij. 'Ik de mijne.'

Leonard Beck wilde met alle plezier helpen, hoewel hij aan de andere kant van de stad was en naar een vergadering moest. Hij herinnerde zich zijn gesprek met Irving in september, schrok enigszins toen hij hoorde dat Irving nog steeds bezig was met dezelfde zaak.

'Ze verdwijnen niet zomaar,' zei Irving. 'Dat gebeurt pas als je werkelijk de waarheid hebt ontdekt.'

'Maar ik weet niet hoe ik u zou kunnen helpen,' zei Beck.

'Ik heb een brief,' legde Irving uit. 'Er staan Bijbelteksten in en verwijzingen naar eerdere moorden, en hij besluit met een dreigement: als wij niet tegemoetkomen aan een bepaalde eis van de schrijver, volgen er nog meer moorden.'

'Ach, ja, het gebruikelijke zelfingenomen gedoe,' zei Beck sarcastisch. 'En wat wilt u nu van mij?'

'Ik wilde vragen of u hem wilde lezen, wilde kijken of hij u aan een andere brief doet denken die u mogelijk een keer hebt gezien.'

'Hebben jullie niet hele afdelingen die zich met dat soort dingen bezighouden? Heeft de FBI geen crimineel psychologen en documentanalisten en –'

'Ja, die hebben ze,' zei Irving, 'maar dit is geen zaak van de FBI. Het enige aspect van het onderzoek waarmee zij zich zouden kunnen bemoeien is ontvoering, en op dit moment hebben we uitsluitend indirecte bewijzen van een mogelijke ontvoering van een van de slachtoffers.'

'Kunt u bij een computer en een scanner?'

'Ja, dat zal wel lukken.'

'Scan hem en mail hem naar me. Dan kijk ik wel.'

'U moet het meteen doen, dokter Beck... vóór uw vergadering.'

'Stuur hem dan direct. Hebt u een pen?'

'Zeker.'

Beck gaf Irving zijn mailadres. Irving hing op, gaf het document aan Karen, die het scande, als bijlage bij een e-mail voegde, naar Beck stuurde.

'En als je commissaris erachter komt dat je die brief aan Beck hebt laten lezen?' vroeg ze, terwijl ze keek hoe de e-mail werd verzonden.

'Dan sta ik op straat,' zei Irving, 'en moet jij me in huis nemen.'

Korte tijd later verscheen Costello in de deuropening. 'Je hebt er vijf,' zei hij buiten adem. 'Een van de vrouwen is de stad uit, maar de anderen willen helpen... niet hier, en niet op een politiebureau. Er staat een hotel in 45th Street vlak bij de Stevens Tower. We hebben daar afgesproken om kwart voor één.'

Irving schudde zijn hoofd. 'Ik moet om één uur terug zijn op het bureau.'

'Dan ben je wat later,' zei Costello.

Irving keek op zijn horloge. 'We moeten binnen tien minuten weg,' zei hij, en toen ging zijn mobiele telefoon.

'Rechercheur Irving?'

'Dokter Beck. Hebt u hem?'

'Ja, ik heb hem ontvangen, en bekeken... Komt me niet bekend voor. Er zijn ook duizenden brieven met Bijbelcitaten, maar dat het een brief is die ik eerder heb gezien...' Hij maakte de zin niet af. Meer hoefde hij ook niet te zeggen.

'Dokter Beck?'

'Ja.'

'U moet iets voor me doen.'

'Ik moet de e-mail van de computer verwijderen, en dit gesprek heeft nooit plaatsgehad, nietwaar?'

'Inderdaad,' zei Irving.

'Komt voor elkaar, rechercheur, en veel succes ermee.'

'Dank u wel, dokter Beck, heel vriendelijk van u.'

Irving beëindigde het gesprek en keek naar Costello. 'Kom op, dan gaan we,' zei hij, waarop Karen naar haar jas reikte.

Irving trok zijn wenkbrauwen op.

'Je denkt toch niet dat ik hier ga zitten wachten terwijl jullie met z'n tweeën door de stad zwerven?'

'Karen...'

Ze stak haar hand op, een duidelijk en beslist gebaar. 'Geen woord meer, Ray. Ik ga mee.'

Irving keek naar Costello, die glimlachte, zijn schouders ophaalde. 'Niet mijn pakkie-an,' zei hij. 'Vecht het zelf maar uit.'

53

De vijf beschikbare leden van de Winterbourne-groep kwamen keurig op tijd en er zat niet meer dan een paar minuten tussen de eerste en de laatste. Irving had niet geweten wat hij moest verwachten; angstige en ingetogen personen met een overmaat aan nerveuze trekjes misschien, maar dat was niet wat hij kreeg. De mensen die een voor een de kamer binnenkwamen verschilden in niets van de duizenden lieden die dagelijks met de ondergrondse of hun auto naar hun werk gingen, die verspreid over heel de stad kinderen grootbrachten. John Costello stelde hen voor en ze gaven Irving en Langley allemaal een hand en namen toen plaats aan de halfronde vergadertafel midden in de kamer.

Drie vrouwen: Alison Cotten, begin dertig, een knappe brunette die qua uiterlijk een beetje op Karen Langley leek; Barbara Floyd, zo'n vijf jaar ouder dan Alison, kort haar, bijna te streng voor haar gezicht, maar een ontspannen en natuurlijke manier van doen waardoor je de indruk kreeg dat ze goed kon luisteren; ten slotte Rebecca Holzman, tussen de vijfentwintig en dertig jaar oud, blond haar, groene ogen, iets te zwaar opgemaakt om de acne op de onderste helft van haar gezicht en een groot deel van haar hals te verbergen. Van de twee aanwezige mannen was de eerste – George Curtis – tussen de vijftig en vijfenvijftig jaar oud. Hij had een grote bos grijs haar, waardoor hij eruitzag als een professor in de wiskunde of iets dergelijks. Naast hem zat Eugene Baumann, onberispelijk gekleed in een donkerblauw driedelig pak, met wit overhemd en lichtblauwe das – het soort man dat bankdirecteur is, of een van de vennoten van een groot advocatenkantoor. Toch nam Irving aan dat er hoogstwaarschijnlijk een wereld van verschil was tussen hoe ze eruitzagen en wie ze echt waren. John Costello was in elk geval het bewijs dat uiterlijk de werkelijkheid verdoezelde.

Costello ging rechts van Irving zitten en nam als eerste het woord.

'Dit is rechercheur Ray Irving van de afdeling Moordzaken in district 4. En dit is Karen Langley,' voegde hij eraan toe, terwijl hij naar Karen Langley wees, die links van Irving zat. 'Chef Misdaadredactie van de *City Herald*... En zoals ik al zei toen ik jullie belde, hebben we jullie hulp nodig.'

Baumann leunde naar voren, schraapte zijn keel en richtte het woord tot Irving. 'Ik wil graag op alle mogelijke manieren helpen, rechercheur, maar ik kan u op dit moment slechts een halfuur van mijn tijd geven.' Hij keek op zijn horloge. 'Uiteraard, als dit langer gaat duren, dan zal het –'

Irving glimlachte. 'Eerlijk gezegd heb ik vandaag nog minder tijd dan u, meneer Baumann. Het gaat om een heel simpele vraag, en u zult er enig licht op kunnen werpen of niet, maar voordat ik de situatie toelicht, wil ik heel duidelijk stellen dat we een afspraak met elkaar moeten maken. Alles wat we bespreken blijft binnen deze kamer...'

'Ik denk niet dat u zich daar zorgen over hoeft te maken,' zei Alison Cotten. 'Vanwege onze persoonlijke omstandigheden zijn wij juist mensen die de aandacht niet op zichzelf willen vestigen.' Ze glimlachte geduldig, alsof ze dingen wist die Irving niet eens zou kunnen bevatten.

'Ik wilde niet de suggestie wekken dat...'

'Zullen we ter zake komen, rechercheur?' zei Curtis. 'Hoe kunnen we u helpen?'

Irving begon te praten. Hij ging terug naar Mia Grant, helemaal terug naar het begin voor zover hij wist, en vatte de aard van de zaak kort samen. Hij sprak over de kopiemoorden, de Shawcross-brief, het gebruik van de Zodiac-code, en toen haalde hij de laatste brief die aan *The Times* was gestuurd voor de dag en hield hem omhoog zodat iedereen hem kon zien. Na een paar tellen gaf hij de brief aan Costello, die hem weer aan Barbara Floyd overhandigde. Ze bestudeerden de brief om beurten, lazen hem nogmaals door, overlegden met elkaar. Irving liet hen begaan, sloeg hen gade toen ze vragen aan elkaar stelden en voor elkaar beantwoordden, toen er ideeën werden geopperd, en pas toen Eugene Baumann de brief weer naar hem toe schoof besefte hij dat ze tot een zeker definitief standpunt waren gekomen.

'Die brief betekent niets,' zei Baumann. 'Er klopt niet veel van. De enige hoeren waren dat meisje Carol-Anne dat u noemde, en dat meisje in Central Park. Die andere twee meisjes waren geen prostituees, toch?'

'Dat klopt,' antwoordde Irving.

'Het enige belangrijke element is naar ons idee het dreigement zelf, dat hij nog zes mensen zal vermoorden als u die dingen niet in de krant publiceert, en naar mijn mening…' Baumann zweeg en keek naar de andere leden van de Winterbourne-groep.

'Het zou wel kunnen kloppen,' zei Rebecca Holzman. 'Wat de datum betreft, snapt u?' Ze glimlachte. 'Richard Segretti zou ons nu goed kunnen helpen. Hij wist daar alles van.'

Irving fronste.

'Hij kwam vroeger wel eens naar een bijeenkomst,' zei Baumann, 'maar voor zover ik weet woont hij niet meer in New York.'

'Het is DeFeo, hè?' merkte Costello opeens op.

Baumann glimlachte. 'U had ons helemaal niet nodig,' zei hij. 'U hebt Costello.' Hij kwam langzaam overeind van zijn stoel.

'Hè?' zei Irving, en de opwinding was duidelijk hoorbaar in zijn stem. 'Wat bedoel je met DeFeo?'

'Vertel het hem dan,' zei Costello tegen Curtis.

'De DeFeo-moorden,' zei Curtis. 'Op 13 november 1974, dat is over een week precies tweeëndertig jaar geleden.'

Costello keek naar Irving. 'Ken je de film *The Amityville Horror*?'

'Ja,' zei Irving. 'Ik heb hem gezien.'

'Die was gebaseerd op een boek uit de jaren zeventig,' zei George Curtis. 'Ging zogezegd over een paranormaal fenomeen waar het gezin dat na de DeFeo-moorden in het huis op 112 Ocean Drive kwam wonen mee te maken kreeg. De ouders werden vermoord, Ronald en Louise DeFeo, en vier van hun kinderen. Dawn, Allison, Marc en John. Ronald junior was de oudste en hij was… Nou ja, hij werd voor de moorden veroordeeld.'

'Wat zeg je dat aarzelend,' zei Irving.

'Er waren dingen die niet klopten,' zei Curtis. 'Het oudste meisje, Dawn, was achttien jaar oud. Op haar nachthemd werden kruitsporen gevonden, waaruit je zou kunnen opmaken dat ze zelf een wapen in haar handen had gehad en had afgevuurd, en er waren nog meer dingen… Maar Ronald DeFeo werd veroordeeld voor zes moorden. Hij kreeg zes keer vijfentwintig jaar tot levenslang. Hij zit in de Green Haven, toch, John?'

Costello knikte. 'Ja, in de Green Haven-gevangenis in Beekman.'

'Alle gezinsleden werden gedood met een Marlin-geweer van kaliber 35,' zei Baumann. 'De snelheid waarmee het werd gedaan, het feit dat er geen geluiddemper op het wapen was gezet, en zoals de lichamen werden aangetroffen… allemaal met het gezicht omlaag, geen van allen geboeid, geen van allen gedrogeerd, en dat er tot en met het laatste slachtoffer ken-

nelijk niemand wakker was geworden van het geluid van de schoten…
Dat waren allemaal dingen die niet klopten.'

'Toch werd DeFeo veroordeeld,' zei Costello. 'Hij heeft talloze verzoeken
tot vervroegde vrijlating ingediend, maar die zijn stuk voor stuk afgewezen.'

'Dus daar gaat het om?' vroeg Irving.

'Dat is het enige in die brief wat oprecht klinkt,' zei Curtis. 'Hij bazelt
over hoeren, maar zijn slachtoffers waren voornamelijk jongelui, jongens
en meisjes. Maar twee van de tien waren prostituee.'

Irving keek nogmaals naar de brief en kon het gevoel dat er iets afschuwelijks stond te gebeuren niet van zich afzetten. En het was zijn zaak, uiteindelijk alleen zijn verantwoordelijkheid, om leiding te geven, besluiten
te nemen, te delegeren en op te treden.

De Imitator had nog eens zes moorden beloofd, en de ervaring leerde
dat het hem kennelijk geen moeite kostte zijn woord gestand te doen.

Een kwartier later ging de groep uiteen.

Irving en Langley, met Costello naast hen, bedankten hen alle vijf bij
het weggaan.

De laatste die vertrok was Eugene Baumann, die een moment bleef
staan en zich naar Irving toe boog.

'Ik ben in 1989 aangevallen,' zei hij. 'Ik heb vier maanden in coma gelegen en terwijl ik op sterven lag had mijn vrouw een avontuurtje met
een veel jongere man. Vorige week ben ik onderzocht. De dokter zei dat
ik gezonder was dan ooit. Maar mijn vrouw heeft het zwaar aan haar hart
en haalt Kerstmis misschien niet eens. Wat ik heb meegemaakt, heeft me
iets heel waardevols geleerd. Heeft me geleerd dat je alleen echt faalt als je
opgeeft. Een cliché ongetwijfeld, maar dan nog, hè?' Hij glimlachte vriendelijk, pakte Irvings hand. 'Bel me als ik iets kan doen. John weet hoe hij
me kan bereiken. Ik ben misschien een beetje gek, maar dan nog, ik help
u met alle plezier als er iets is wat ik kan doen.'

Irving bedankte hem, liep met hem naar de deur en deed deze resoluut
achter hem dicht.

'Ik moet terug naar het bureau,' zei hij. 'Ik zet jullie wel even af bij de
Herald.'

'Ga maar,' zei Karen. 'Wij nemen wel een taxi.'

Irving pakte haar hand, gaf een geruststellend kneepje.

Hij knikte Costello gedag, liep toen ook de hotelkamer uit en haastte
zich naar zijn auto.

54

Farraday schudde langzaam zijn hoofd en liet zich in zijn stoel vallen. 'Jezus,' zei hij met een zucht. 'Godallemachtig...'

'Het is het enige wat we kunnen doen,' zei Irving. 'Ik zie echt geen andere manier –'

'Weet je wel hoeveel mankracht daarvoor nodig is?'

'Nee,' zei Irving, 'en ik denk ook niet dat we dat kunnen bepalen zolang we niet weten om hoeveel gezinnen het gaat.'

'Waar was het?'

'Amityville? Dat was – is – op Long Island.'

'En je denkt dat dit ergens binnen de grenzen van New York City gaat gebeuren?'

'Alle moorden waar we van op de hoogte zijn, zijn in de stad gepleegd. Hij houdt zich niet aan de oorspronkelijke locaties, kopieert alleen de moorden zelf, en ik denk dat het deze keer niet anders zal zijn. Hij zal een gezin van zes personen vermoorden, op precies dezelfde manier, en het zal relatief dichtbij gebeuren.'

'Goed,' zei Farraday, die opeens inzag dat dit bij gebrek aan iets anders tenminste actie was in plaats van dadeloosheid. 'Ga maar met de burgerlijke stand praten, met het verkiezingsregister... Ik zal de hoofdcommissaris op de hoogte stellen en kijken of we wat hulp van de FBI kunnen krijgen bij het opzetten van een database... Kijken of we binnen vierentwintig uur een min of meer complete lijst kunnen hebben. Akkoord?'

'Akkoord.'

Het kostte geen vierentwintig uur. Het kostte haast zesennegentig uur. Bijna vier dagen en nog meende Ray Irving dat het onmogelijk was een beknopte en volledige lijst van alle zes leden tellende gezinnen met kinderen in de puberleeftijd, of jonger, binnen de grenzen van New York City

samen te stellen. Mensen verhuisden, mensen scheidden; soms bleek opeens dat van een gezin met twee volwassenen en vier kinderen, een van
de kinderen naar een andere staat was verhuisd. Bij één gezin waren drie
leden de maand ervoor omgekomen bij een verkeersongeluk. De burgerlijke stand werkte mee, en de staf van het verkiezingsregister van de staat
New York, en Ellmann verzekerde zich van de hulp van vier federale agenten in een toezichthoudende rol. Ze konden hun eigen database niet gebruiken omdat de moorden van de Imitator geen federale kwestie waren.
Federale agenten konden alleen spionage, sabotage, ontvoeringen, bank-
overvallen, drugshandel, terrorisme, schendingen van de burgerrechten
en overheidsfraude onderzoeken. De agenten waren echter goede kerels,
harde werkers, en ze kwamen met een controlesysteem waarmee ze de ene
database op de andere konden afstemmen om dubbele namen en adressen eruit te halen, de hoeveelheid gegevens te beperken, en nogmaals te
beperken, en enige orde in het geheel te scheppen. Zonder hen zou Irving
verloren zijn geweest.

Toch wist iedereen die bij het project betrokken was in de vroege
avond van zaterdag 4 november dat ze, ondanks het feit dat het hun was
gelukt een lijst van vijfhonderdtweeënveertig bestaande zeskoppige gezinnen binnen de stadsgrenzen samen te stellen, op geen enkele manier
konden bepalen of ze iedereen hadden. De lijst was zo volledig als hij ooit
zou worden. Hij omspande geheel New York City, en Irving en Farraday,
met op de achtergrond de hoofdcommissaris van politie en de burgemeester, hadden de taak deze mensen te wijzen op het gevaar dat hun boven
het hoofd scheen te hangen. Of niet. Ze konden het niet met honderd
procent zekerheid zeggen. Maar, zoals Irving zichzelf telkens voorhield,
enige vorm van actie, hoe slecht ook uitgevoerd, was beter dan lijdzaam
afwachten. Ellmann hield vast aan zijn besluit met betrekking tot de kranten. Er zou niets worden gepubliceerd.

'Elf jaar geleden hebben we iets vergelijkbaars gehad,' vertelde hij Farraday. 'Voor mijn tijd als hoofdcommissaris, maar iets waar mijn voorganger het nog heel vaak over heeft. Een vent had zijn vrouw en kind
verloren door een fout in het ziekenhuis. Ze overleed in het kraambed,
samen met het kind, en hij was in alle staten en wilde het de medische
professie betaald zetten. Net zoiets als dit, een dreigement, als er iets niet
in de krant kwam, zou hij een wraakexpeditie tegen artsen beginnen. Dus
publiceerden ze de waarschuwing in een of andere krant, en medici be-

gonnen een wapen te dragen. In de volgende paar weken vonden er elf schietincidenten met artsen plaats. Die artsen speelden voor burgerwacht, snap je? En ten minste vijf onschuldige mensen raakten ernstig gewond. Ik ben niet van plan zoiets opnieuw te laten gebeuren.'

Farraday bracht dit over aan Irving, en Irving – gezeten achter zijn bureau, vermoeider dan hij ooit eerder had meegemaakt – was gevoelig voor Ellmanns standpunt en begreep het, het was ook zijn angst, maar hij stond niettemin voor de taak om de operatie te coördineren waarbij vijfhonderdtweeënveertig gezinnen gewezen moesten worden op het mogelijke gevaar dat ze over negen dagen zouden kunnen lopen.

'We doen alles wat we kunnen,' zei Farraday. 'We hebben toestemming om die gezinnen te verdelen over alle relevante bureaus. We gaan de surveillanten inzetten om bij deze mensen langs te gaan op hun normale route. Op de een of andere manier zullen we ze allemaal bereiken, met het hoofd van het gezin praten, ze inlichten over wat we hebben zodat ze op de hoogte zijn van het feit dat als er in de nacht van de dertiende een ongewenst voorval plaatsheeft, de kwestie met voorrang zal worden aangepakt.'

'Het is nogal een operatie,' zei Irving.

'Gigantisch,' zei Farraday. 'De grootste actie voor één zaak die ik ooit heb meegemaakt, maar we doen alles wat we kunnen. Ik weet hoe hard je hieraan hebt gewerkt, en…'

'En misschien hebben we toch nog een gezin gemist, of zes, of twaalf… Heus, commissaris, ik denk niet dat het mogelijk is alle gezinnen die binnen deze demografische categorie zouden kunnen vallen ertussenuit te halen. Stel nu dat hij een gezin van vier leden op het oog heeft, maar weet dat op de avond van de dertiende oma en opa een paar dagen komen logeren…'

'Ray… toe nou. Hou alsjeblieft op. Je hebt gedaan wat je kunt. Het loopt allemaal precies volgens plan. Er wordt contact opgenomen met die mensen, misschien besluiten ze wel een tijdje de stad uit te gaan –'

'En stel nu dat we het volledig bij het verkeerde eind hebben? Dat het helemaal niets te maken heeft met de moorden uit '74?'

'Ray, je moet iets voor me doen.'

Irving keek op.

'Je moet nu naar huis gaan en een poosje gaan slapen. Ik heb het niet over twee of drie uur met je hoofd op je bureau. Ik heb niets aan je als je zo slecht in vorm bent. Je moet naar huis gaan en in je bed kruipen. Gaan

liggen, snap je? Echt gaan liggen in een bed en zeven of acht uur slapen.
Doe je dat?'

'Maar...'

'Ga naar huis,' zei Farraday met klem. 'Ik beveel je nu naar huis te gaan
en je gaat.' Hij stond op. 'We zien elkaar morgenochtend weer.'

Farraday liep naar de deur. 'Ik stuur over een kwartier iemand langs om
te controleren of je bent vertrokken.'

Irving glimlachte. 'Ik ga al,' zei hij. 'Ik ben al weg.'

Op weg naar huis stopte Irving bij Carnegie. Het leek eeuwen geleden
dat hij aan zijn tafeltje in de hoek koffie had zitten drinken en een praatje
met de serveerster had gemaakt. Hij at zo veel van een omelet als hij op
kon, maar zijn eetlust was slecht, was de laatste paar dagen steeds slechter
geworden, en hij wist dat Farraday gelijk had. Er moest geslapen worden.
En hij moest met Costello praten, en met Karen Langley. Zij snapten misschien beter dan wie ook in wat voor situatie hij zat, wat voor dagen er
voor hem lagen. Hij wil geen medeleven, dat nog het minst; het was gewoon de behoefte om bij mensen te zijn die begrepen wat er aan de hand
was. Deze mensen waren zijn vrienden geworden. Zo was het gewoon. Op
hun eigen manier deden ze er alles aan om te helpen, en dat was onder
mensen een zeldzaam en buitengewoon goed. De meeste lui waren blind,
of onverschillig, of deden hun uiterste best zichzelf ervan te overtuigen dat
de harde kanten van het leven hen niet konden raken...

Irving moest glimlachen.

Hardekant.

De naam die Costello voor hem had verzonnen.

En toen hoorde hij de stem van Deborah Wiltshire, iets wat ze vaak
had gezegd zodat hij het nooit zou vergeten. *Je moet mensen een beetje dichterbij laten komen, Ray... Je moet ze een beetje van jezelf geven voor je iets
terugkrijgt.*

Hij vroeg zich op dat moment af of hij dezelfde man zou zijn als dit
voorbij was.

Ergens betwijfelde hij het, en in zekere zin hoopte hij van niet.

55

De zeven dagen daarna werkte Ray Irving, ondanks de bittere kou die New York plotseling in zijn greep kreeg, ondanks het ophanden zijnde feest van Thanksgiving en de nakende kerst, achttien tot twintig uur per dag. Hij hield niet op, hij deed het geen moment rustig aan. Hij sprak met Karen, met John Costello; hij had vergaderingen met Farraday, met hoofdcommissaris Ellmann, met de mensen van de FBI, met agenten die waren ingezet om een deel van het werk uit te voeren; hij putte rechercheur Hudson en rechercheur Gifford volkomen uit en liet ze alles controleren, nog eens controleren, persoonlijk bij mensen langsgaan. Toen gebeurde het onvermijdelijke.

De heer David Trent, midden veertig, getrouwd, een werkloze vader met vier kinderen, zo'n man die heimelijk geloofde dat de maatschappij verplicht was hem te onderhouden, nam het op zich de wereld op de hoogte te brengen. Ook al had rechercheur Vernon Gifford de situatie uitgelegd en benadrukt dat men zich niet van streek moest laten maken door de aard van de situatie; ook al had hij de heer Trent op het hart gedrukt dat geheimhouding van het grootste belang was, dat er alles aan gedaan moest worden om paniek over een mogelijke seriemoordenaar te voorkomen… Hoezeer ze ook hadden geprobeerd de heer Trent aan het verstand te brengen wat er aan de hand was, toch belde de heer Trent *The New York Times*, ging ernaartoe, en vertelde daar dat er iets aan de hand was.

Later, met het artikel in de hand zittend tegenover commissaris Farraday en hoofdcommissaris Ellmann, besefte Irving dat zoiets onmogelijk volkomen te vermijden was geweest. Klaarblijkelijk had Trent op donderdag 9 november met *The Times* gesproken, en vrijdag 10 november, drie dagen voor de verjaring van de Amityville-moorden, verscheen op pagina twee van het dagblad met de grootste oplage in de staat een ontegenzeglijk pakkende kop: IS NEW YORK IN DE GREEP VAN EEN SERIEMOORDENAAR?

Enigszins onvolledig beschreef het artikel de moord op Mia Grant, de dood van Luke Bradford, Stephen Vogel en Caroline Parselle op 6 augustus, een op zichzelf staande moord uit diezelfde maand en maakte de inwoners van New York, 'zoals de pers betaamt' attent op het feit dat de politie een kolossale onderneming op touw had gezet om enkele honderden gezinnen te waarschuwen. Er werden geen bijzonderheden over de aard van de waarschuwing gegeven, behalve dat deze gezinnen 'mogelijk gevaar lopen door toedoen van een of meer onbekende personen'. Het artikel vermeldde niet dat het uitsluitend ging om gezinnen bestaande uit zes personen, en het deed zo veel stof opwaaien dat hoofdcommissaris Ellmann diezelfde vrijdag aan het begin van de middag een persconferentie belegde in een poging alle angst weg te nemen en paniek te voorkomen.

'Er is op dit moment geen doorslaggevend bewijs dat in New York een seriemoordenaar aan het werk is. Het is mogelijk zelfs volkomen onjuist deze term te gebruiken.' Hij sprak met gezag. Was Irving niet op de hoogte geweest, dan had hij het misschien zelfs geloofd. Tenslotte was Ellmann de hoofdcommissaris van politie in New York.

'We zijn enkele dagen geleden gestart met een actie,' ging Ellmann verder, 'waarbij we contact opnemen met een aantal gezinnen binnen de grenzen van New York City – gezinnen die kunnen worden omschreven als behorend tot een bepaalde bevolkingsgroep. Het doel van deze actie is problemen te voorkomen. We willen geen ongerustheid of paniek veroorzaken onder de inwoners van New York. Als u of een van uw gezinsleden niet is benaderd door iemand van de politie van New York, dan kan ik u verzekeren dat u buiten de betreffende bevolkingsgroep valt en geen reden tot zorg hebt.'

Toen een journalist van NBC vroeg wat de aanleiding voor deze actie was geweest, antwoordde Ellmann zonder aarzelen.

'Tijdens een van de vele onderzoeken waarmee we ons bezighouden, hebben we – op dit moment nog onbewezen – informatie ontdekt waaruit blijkt dat een individu mogelijk een poging zal doen nog meer moorden te plegen. Zoals ik al heb gezegd, en nogmaals wil benadrukken: er is geen reden tot paniek. Middels acties die op dit moment worden ondernomen door de politie van New York, zeer kundig bijgestaan door vertegenwoordigers van de Federal Bureau of Investigation, hebben we de situatie onder controle. Ik kan u verzekeren dat het zeer onwaarschijnlijk is dat zich een ongewenst voorval voordoet, en dat met de grootst mogelijke spoed en snelheid alle noodzakelijke maatregelen worden genomen om te voorkomen dat burgers van New York gevaar lopen. Ik zou alle New Yorkers willen aanraden hun bezigheden normaal voort te zetten. We hebben een van de beste politiekorpsen in het land, dat zich volledig inzet om de straten en huizen van deze geweldige stad veilig te maken.'

Te midden van een tumult van vragen en flitslichten beëindigde hoofdcommissaris Ellmann de persconferentie.

Ray Irving en Bill Farraday, die op de kamer van Farraday voor de tv zaten, wisselden een blik met elkaar toen Ellmann van het podium af liep. Farraday zette de tv uit en ging achter zijn bureau zitten.

'Soepeltjes,' zei Irving.

'Daarom is hij ook de hoofdcommissaris,' antwoordde Farraday.

'Maar toch heeft onze dader nu een beetje zijn zin gekregen.'

'Denk je dat het hem alleen daarom gaat... aandacht in de pers?'

'Wie zal het zeggen. Het zal er best bij horen, denkt u niet? Zo luidt het cliché toch? Iemand heeft niet geluisterd, iemand heeft geen aandacht geschonken, dus nu moet de hele wereld zien wat hij kan?'

'Tja,' zei Farraday met een knikje naar de tv, 'maar het enige wat ik naar aanleiding van die verklaring kan zeggen is dat we er maar beter voor kunnen zorgen dat het niet misgaat. Als er maandag een gezin van zes personen de dood vindt... God, daar wil ik niet eens aan denken.'

'Ik ook niet,' antwoordde Irving.

'Dus hoe ver zijn we nu?'

'Tachtig, vijfentachtig procent,' antwoordde Irving. 'We lopen natuurlijk wel tegen dingen op. Gezinnen die weg zijn, gezinnen waarvan het hoofd van het huishouden de staat uit is, al die dingen die we al hadden voorspeld... Maar van die vijfhonderd en nog wat gezinnen hebben we nu ongeveer vijfentachtig procent benaderd.'

'Gewoon doorgaan,' zei Farraday. 'Er zit niets anders op.'

'Wat u zegt,' zei Irving, terwijl hij achteruit naar de deur toe liep.

'En Ray...'

'Ja?'

'Als het maandag allemaal misloopt... ik bedoel, als we eindigen met nog eens zes doden, dan zal de pers zich als een stelletje aasgieren op ons storten.'

'Zoals ik me nu voel, denk ik niet dat er tegen die tijd nog iets is om leeg te pikken.' Hij trok de deur van Farradays kamer achter zich dicht en liep snel de trap af.

56

Haar naam was Marcie, zo wilde ze tenminste worden genoemd. Haar doopnaam Margaret vond ze – op achtjarige leeftijd al – dom en ouderwets, een naam voor oude vrouwen, en Marcie was leuk en simpel, en twee lettergrepen. Twee lettergrepen was perfect. Eén was te weinig. Drie was te veel. Marcie. Marcie Allen. Acht jaar. Eén jongere broer, Grandon, die ze 'Buddy' noemden, en hij was zeven, en dan was er nog Leanne van negen en Frances, die dertien was. Dat was vier bij elkaar en met pa en ma erbij waren ze met zijn zessen, en de avond van zondag 12 november keken ze samen naar een maffe film, met het hele gezin, en aten ze pizza en popcorn, want het was de laatste avond voor school, en ze deden altijd iets met elkaar op zondagavond want zo'n soort gezin waren ze.

Jean en Howard Allen waren goede mensen. Ze werkten hard. Ze geloofden niet in mazzel of geluk, behalve wanneer die mazzel of dat geluk door henzelf was gemaakt. Howard speelde verdienstelijk golf en herinnerde zichzelf voortdurend aan de oude uitspraak van Arnold Palmer: *Hoe meer ik oefen des te meer geluk ik heb.* Howard meende dat zo'n filosofie op vrijwel alles van toepassing was en zodoende werkten ze zich met vlijt en duidelijke normen en waarden vooruit in het leven. Hoewel ze geen gelovig gezin waren en niet ter kerke gingen, hadden Jean en Howard Allen hun kinderen toch opgevoed volgens het wijze principe dat je terugkreeg wat je gaf. Bullshit uit, bullshit in, zei Howard vaak, hoewel Jean dergelijk taalgebruik in de buurt van de kinderen afkeurde.

De familie Allen kende gespreide bedtijden. Buddy ging om halfacht naar boven, Marcie en Leanne om kwart over acht. Frances mocht tot negen uur opblijven, maar ze klaagde altijd dat negen uur te vroeg was, dat haar vriendinnen om tien uur naar bed gingen, en er was altijd een scène op de overloop tot Howard zijn 'harde fluisterstem' en strenge gezicht opzette en zei dat ze nu heel gauw naar bed moest gaan want anders kreeg ze huisarrest. Ze was geen slecht kind, in de verste verte niet, maar haar ouders vonden haar eigenwijs en koppig, en dachten stiekem dat die eigenschappen haar in de toekomst goed van pas zouden komen. Ze zeiden het natuurlijk niet tegen haar, maar ze geloofden dat vooral Frances zich goed door het leven zou slaan en zich zou onderscheiden.

Howard Allen was een trotse man, en daar had hij alle reden toe. Hij had een eigen bedrijf, een groothandel in elektrische onderdelen, en het huis met twee verdiepingen dat ze bewoonden in East 17th Street vlak bij het Beth-Israel Medical Center was op dertigduizend dollar na afbetaald. Er was een studiefonds voor ten minste twee van de kinderen, en Jean en Howard Allen speelden met het idee een aanbetaling te doen op een flat in de buurt van Kips Bay Plaza en die aan studenten van de NYU Medical School te verhuren. De toekomst wenkte, er moesten dingen worden gepland, dingen worden overwogen, en ze dachten geen moment aan de mogelijkheid dat het allemaal opeens afgelopen kon zijn.

Om tien over acht op zondagavond 12 november belde Irving Karen Langley bij de *City Herald*. Waar de behoefte om te praten vandaan kwam kon hij niet zeggen, en de gedachte dat ze er misschien niet zou zijn kwam ook niet bij hem op, dus belde hij, kreeg haar voicemail en liet een simpel bericht achter: *Wilde alleen even praten, niets belangrijks. Bel me als je tijd hebt.*

Hij had haar privénummer ergens, en zou het trouwens makkelijk hebben kunnen achterhalen, maar dat deed hij niet. Misschien wilde hij haar niet echt spreken. Misschien wilde hij alleen dat ze zou zien dat hij met de gedachte had gespeeld, dat hij het had geprobeerd, want als ze had opgenomen zou hij niet hebben geweten wat hij moest zeggen.

Vannacht. Na twaalf uur vannacht. Als we het bij het goede eind hebben, gaat hij vannacht op pad om zes mensen te vermoorden…

En wat zou ze hebben teruggezegd?

Ray Irving ijsbeerde over de afdeling. Hij had de vorige dag een batterij telefoontoestellen laten installeren, één toestel per twee districtsbureaus binnen de stadsgrenzen. Gifford en Hudson zouden ze bemannen, en er waren vier agenten van de uniformdienst beschikbaar mocht er extra hulp nodig zijn. Alle surveillanceteams in de stad waren gewaarschuwd en er was een speciale frequentie vrijgemaakt voor het bureau van district 4, dat dienstdeed als coördinatiecentrum. Er waren zo veel variabelen, zo veel onbekenden. Er waren te veel mogelijkheden, zo veel potentiële fouten van mensen of anderszins, dat Irving er niet eens aan durfde denken wat er allemaal kon misgaan. Op dit moment, terwijl hij tussen het raam en de deur heen en weer liep, vloekend op Gifford en Hudson, die al twaalf minuten te laat waren, konden er ergens al zes mensen dood zijn. De moorden, gesteld dat ze zouden plaatsvinden, hadden al gepleegd kunnen zijn. Hij had de Amityville-zaak eindeloos bestudeerd: van het moment dat de oudste zoon, Ronald 'Butch' DeFeo, op 13 november 1974 's avonds rond halfzeven in Henry's Bar verscheen en riep: 'Jullie moeten me helpen! Ik geloof dat mijn vader en moeder zijn doodgeschoten', tot aan zijn uiteindelijke bekentenis de volgende dag met de woorden: 'Toen ik eenmaal was begonnen, kon ik niet meer ophouden. Het ging allemaal zo snel.' Irving had niet alleen kopieën van het oorspronkelijke politiedossier opgevraagd, maar alles gelezen wat hij over de moorden zelf had kunnen vinden. Om ze te begrijpen misschien, om iets op te sporen wat hem een indicatie zou geven van hoe, of waarom, of waar. Hij had niets gevonden, niets wat zijn taak er iets eenvoudiger of minder ingewikkeld op maakte.

Dus ijsbeerde hij over de afdeling en wachtte hij op Hudson en Gifford, en de batterij telefoons stond daar stil en vol verwachting, en Ray Irvings hart was zwaar.

Acht minuten nadat Frances eindelijk had berust in haar lot en zich had teruggetrokken in haar slaapkamer, zaten Jean en Howard Allen in de keuken en keken elkaar afwachtend aan. Er moest een belangrijke kwestie worden besproken, en geen van beiden wilden ze het onderwerp aansnijden. Jeans moeder, een moeilijk mens op zijn zachtst gezegd, al elf jaar weduwe, zeer onafhankelijk en zelfs nu nog niet geheel tevreden met de echtgenoot die haar dochter had gekozen, was in afwachting van de uitslag van een biopsie. De tekenen voorspelden niet veel goeds. Ze was afgevallen, heel wat in de laatste drie maanden alleen al, en twee keer had ze 'een rare aanval' gekregen, een keer in het winkelcentrum, de tweede keer thuis bij de familie Allen op zondag tijdens het avondeten.

Nu, op deze zondagavond, zei Jean ten slotte: 'Als de uitslag positief is, zullen we haar in huis moeten nemen. Dat weet je.'

Howard zei niets.

'Dat huis is veel te groot, Howard. Ze had het moeten verkopen na de dood van vader –'

'Ik denk niet dat ze bij ons wil komen wonen,' zei Howard, hoewel hij zich er sterk van bewust was dat zo'n opmerking niets te betekenen had. 'Ik weet ook wel dat ze niet wil. Dat is wel duidelijk. Ze zal moeten. We zullen haar aan haar verstand moeten brengen dat ze geen keus heeft.'

'Er is altijd nog de mogelijkheid...'

'Ik ga haar echt niet in een tehuis stoppen, Howard. Bovendien zouden we dat niet eens kunnen betalen...'

'Het huis?' opperde Howard, in de wetenschap dat hij zich op dun ijs begaf, waagde, liever gezegd, en niet voorzichtig maar stampend, alsof hij erdoorheen wilde, het donkere en ijskoude water in om zichzelf in schaamte en schande te verdrinken omdat hij zoiets had voorgesteld.

'Ik ga het huis waarin ik ben opgegroeid niet verkopen om het verblijf van mijn moeder in een verpleegtehuis te kunnen bekostigen, en je weet best dat ze er nooit mee zou instemmen. Jezus, Howard, soms vraag ik me af of je wel iets om haar geeft.'

Howard, bedreven in het gladstrijken van de scherpe randjes die eens in de zoveel tijd in hun relatie ontstonden, legde zijn hand op die van Jean. Hij glimlachte vriendelijk, het soort glimlach dat Jean eraan herinnerde dat er een goede man tegenover haar zat, een echte man, een man met een hart en een goed verstand en een sterk besef van wat juist was. Een man met wie ze terecht was getrouwd. Vijftien jaar waren ze nu bij elkaar, en al die tijd had Howard het bitse commentaar, de steken onder water, de sluwe kritiek vermomd als constructieve ideeën verduurd waarmee Jeans moeder, Kathleen Chantry, hem bestookte. Want Kathleen had normen, normen die zo streng waren dat geen mens er ooit aan zou kunnen voldoen en omdat ze niet besefte dat zo iemand onbestaanbaar was, vond ze dat Jean zichzelf tekort had gedaan toen ze Howard Allen trouwde. Howard, met zijn grote inzet voor zijn werk, zijn uitzonderlijke geduld met zijn kinderen en zijn niet-aflatende toewijding en onwankelbare trouw aan zijn vrouw, die aan de schittering in zijn ogen als hij naar haar keek kon zien dat ze altijd onvoorwaardelijk zou worden liefgehad...

Jean en Howard waren als goede mensen geboren en zo zouden ze ook sterven.

Om tien uur begon Irving zichzelf ervan te overtuigen dat ze de brief verkeerd hadden geïnterpreteerd. Hij stelde zichzelf de vraag hoe aannemelijk zijn vermoeden nu eigenlijk was, en probeerde te vergeten dat Farraday hem uiteindelijk net zo lang het vuur na aan de schenen had gelegd tot hij had verteld waarom hij tot een dergelijke conclusie was gekomen.

'Dat meen je niet. Allemachtig, Ray, een maf stel slachtoffers van een seriemoordenaar... en die heb jij die brief laten zien?'

En wat Irving ook zei, hoe hij ook had geprobeerd uit te leggen waarom hij het had gedaan, Farraday wilde het hem niet vergeven. Maar toen was het al te laat. Er was al drie dagen aan het project gewerkt. Farraday had Irving laten zweren dat het Ellmann nooit ter ore zou komen. Hij kon zich niet eens voorstellen wat Ellmann te zeggen zou hebben over de kwaliteit van de leiding van het bureau in district 4 als bekend werd dat de meest tijdrovende en kostbaarste politieoperatie van de laatste drie jaar was gebaseerd op een vermoeden dat vijf mensen die een aanslag van een seriemoordenaar hadden overleefd in een hotelkamer hadden geuit. Farraday bracht het, tot Irvings opluchting, niet meer ter sprake, en toen Farraday die zondagavond persoonlijk in het crisiscentrum kwam kijken, toen hij zeker een kwartier zonder iets te zeggen naast Irving bleef staan, misschien met de vurige wens dat een van die telefoons overging en er een einde aan de afschuwelijke spanning kwam, was Irving weer enigszins gerustgesteld. Farraday was in de eerste plaats politieman. Dat was altijd zo geweest en dat zou nooit veranderen, en hij voelde zich meer verplicht aan de inwoners van New York dan aan de politici.

'Niets?' zei Farraday.

Irving schudde zijn hoofd.

'Laten we hopen dat het zo blijft.'

En toen heerste er opnieuw stilte.

Een stilte die niet geheel anders van aard was dan die in het huis van de familie Allen. Een onderbreking in de discussie over zaken die spanningen konden veroorzaken, een korte pauze waarin Jean en Howard elkaar over de keukentafel heen aankeken, behaaglijk in elkaars gezelschap, met genoeg waardering voor elkaars standpunt om te begrijpen dat een kwestie als Kathleen Chantry nooit in één avond zou worden opgelost.

'Laten we eerst de uitslag afwachten,' zei Howard, en hij trok nogmaals die glimlach en hield Jeans hand geruststellend vast.

Ze knikte, want als ze nog iets zei eindigde ze misschien in tranen en vanavond wilde ze niet huilen, vanavond wilde ze vroeg naar bed en goed slapen, want morgen ging ze naar haar moeder en zou ze langzaam en geduldig iets proberen te gaan doen aan de weerstand tegen elke vorm van verandering van die vrouw. Want er zouden dingen veranderen – dat was onvermijdelijk.

Ze wierp een blik op de klok aan de muur boven het fornuis. 'Het is al tien uur,' zei ze. 'Ik neem een kopje thee... Jij ook?'

'Earl grey,' zei Howard. 'Ik moet nog een offerte opstellen voor morgen.'

'Hoelang ben je daarmee bezig?'

'Een kwartiertje?'

Jean legde een hand tegen Howards wang. 'Dan mag je me daarna naar bed brengen,' zei ze, 'en me een verhaaltje voorlezen.'

'O, ik weet nog een heel leuk verhaaltje,' zei Howard ondeugend, en hij stond op van zijn stoel en ging achter haar staan. Hij greep haar bij de schouders en toen leunde hij naar voren en drukte een kus op haar kruin.

'Nou, aan de slag dan,' zei ze. 'Als het langer duurt dan een kwartier, doe ik niet meer mee.'

57

Het gevoel dat Ray Irving overviel toen de telefoon ging was onbeschrijf-lijk.

Hij had het moment voorzien, had zich van heel veel dingen een voor-stelling gemaakt – van zijn reactie, wat er aan het andere eind van de lijn zou worden gemeld, dat er een schok door zijn hart zou gaan alsof het was aangesloten op een accu – maar niets had hem kunnen voorbereiden op de enorme stoot adrenaline die door zijn lichaam ging.

Vernon Gifford griste de hoorn van de haak, blafte in het mondstuk, stond al op terwijl hij nog luisterde, en Irving rende zowat de drie meter naar het bureau.

'Op de hoek van East 35th Street en 3rd Avenue, East 35th Street en 3rd Avenue,' zei Gifford telkens, en Hudson stond al aan de andere telefoon, een sneltoets die hem verbond met de centrale meldkamer, en de details werden doorgegeven, en op het moment dat Gifford de hoorn neersmeet en naar de deur liep, op het moment dat Irving achter hem aan ging, ach-terom riep dat Hudson op zijn post moest blijven, eventuele andere te-lefoontjes moest afhandelen, controleren of er wagens onderweg waren, voelde Irving de kick die de situatie hem gaf...

Op de op twee na laatste tree van de trap verloor hij bijna zijn even-wicht. Hij voelde iets verdraaien in zijn enkel, maar er was geen pijn, helemaal niets wat tot hem doordrong behalve de haast, de paniek, de noodzaak buiten te zijn, in een auto snel op weg naar de kruising van East 35th Street en 3rd Avenue, waar de melding vandaan was gekomen.

Het was een van de gezinnen. Een van de gezinnen waarmee ze had-den gesproken. Twee ouders en vier kinderen, en er was gebeld met het alarmnummer... er was iemand gezien in de achtertuin van het huis.

Irving had zijn sleutels in zijn hand, rukte het portier open terwijl Gifford de passagiersdeur met een klap achter zich dichttrok. Er bleef een geschroeide boog rubber op het asfalt achter toen ze wegreden, met gillende sirene, zwaailicht aan, en Irving baande zich zigzaggend een weg in en door het verkeer dat vóór hem in elkaar leek te vouwen alsof het het doorhad.

Een stuk of twintig blokken naar het zuidoosten, hart op hol, allerlei beelden die door zijn hoofd schoten, zwetende handen, bonkende hartslag in zijn slapen, in zijn hals, knoop in zijn maag, het gevoel dat dit het moest zijn, dit moest het zijn...

Zelfs de verkeerslichten bleven groen – niet dat het zou hebben uitgemaakt met drie politiewagens die even hard reden als hij van Herald Square, een gloed van blauwe zwaailichten achter hem, mensen die aan de kant gingen staan om hen door te laten.

Irving gaf plankgas, bereikte een snelheid van honderdzesendertig, moest afremmen toen ze bij de hoek van Park Avenue kwamen, en daarna vlogen ze weer verder.

Gifford zei iets, had de handset beet, hield de dialoog met de centrale gaande, maar Irving hoorde hem niet eens.

Ray Irving kon nergens aan denken behalve aan de woorden van Ronald DeFeo: *Toen ik eenmaal was begonnen, kon ik niet meer ophouden. Het ging allemaal zo snel.*

Howard worstelde tien minuten met zijn offerte en gaf er toen de brui aan. Hij wilde in zee gaan met de leverancier uit Philadelphia, maar de Japanners waren veel goedkoper. Als hij voor Philadelphia koos, kreeg hij een kortere levertijd, maar zou hij tweeënhalve cent per stuk meer moeten betalen. Tweeënhalve cent bij een bestelling van honderdzeventigduizend stuks maakte een verschil van meer dan vierduizend dollar. Dat verschil was zo groot dat het ten koste zou gaan van zijn eigen winstmarge, of van het vertrouwen van de klant als deze uitzocht wat de fabrikant rekende. Het was een van die situaties waarin je een besluit nam op je gevoel en je daardoor liet leiden.

Howard zette juist zijn computer uit, toen Jean boven aan de trap naar beneden riep.

Hij maakte zijn rondje op de begane grond, controleerde de ramen en deuren, deed alle lampen uit, zodat het volkomen donker werd op de groene gloed van het digitale klokje op het fornuis na. Hij bleef een moment onder aan de trap staan. Het zou allemaal zo veel slechter kunnen zijn, dacht hij. Het gaat goed met ons. Hij legde juist zijn hand op de leuning toen ergens in de verte het gegil van sirenes weerklonk, en ging naar boven naar bed.

In totaal zeventien agenten in uniform streken om precies tien uur achtenveertig neer bij een huis op de hoek van East 35th Street en 3rd Avenue. Aan kop gingen twee rechercheurs: Ray Irving en Vernon Gifford. De centrale meldkamer had voortdurend telefonisch contact gehouden met het gezin binnen – pa en ma, de vier kinderen, die allemaal zaten opgesloten in de ouderslaapkamer. Men had hen geïnstrueerd de kamer onder geen beding te verlaten, tot ze bericht kregen van de meldkamer dat de politie in de woning was, dat het gehele gebouw was doorzocht en Ray Irving, de rechercheur die de leiding had over de operatie, het sein veilig had gegeven. De vader, Gregory Hill, verzekerde de medewerker van de meldkamer dat geen haar op hun hoofd eraan dacht de slaapkamer te verlaten. Zijn vrouw, Laura, de kinderen, Peter, Mark, Justin en Tiffany – de jongste vier, de oudste zeven – waren doodsbang en hielden zich muisstil terwijl Gregory fluisterend met de medewerker van de meldkamer sprak, voortdurend door haar werd gerustgesteld dat alles onder controle was, dat de politiemensen precies wisten wat ze deden, dat alles goed kwam.

De medewerker, Harriet Miller, al zeventien jaar werkzaam op de meldkamer, had volkomen gelijk. Met haar gelijkmatige stem, haar kalme en uiterst overtuigde manier van instructies geven hielp ze de familie Hill door het allerergste uur van hun leven. En Desmond Roarke – een zevenentwintigjarige gelegenheidsdief, inbreker en kleine heler, aan wie al een voorwaardelijke veroordeling was opgelegd wegens drie pogingen tot fraude met creditcards en die de politie wilde horen in verband met een lopend onderzoek naar autodiefstallen – dacht misschien dat God het werkelijk op hem had gemunt. Toen hij van het dak van de garage van de familie Hill omlaag kwam, met in zijn hand een kleine weekendtas met een stanleymes, een zaklamp, een in een handdoek gewikkelde bandenlichter, twee paar plastic handschoenen, een rol ducttape en drie meter nylon touw, stond hij opeens door de gecombineerde schittering van een stuk of tien booglampen van de politie scherp afgetekend tegen de nachtelijke hemel. Desmond Roarke verloor zijn evenwicht, liet zijn weekendtas vallen en kwam over de dakpannen omlaag gegleden, en werd puur door geluk behoed voor een val van zeker vijf meter op het betonnen binnenplaatsje. Op de een of andere manier slaagde hij erin zich plat op zijn rug tegen te houden, met zijn hielen op de rand van de goot, zijn handen wanhopig om zich heen klauwend naar houvast. En daar bleef hij tot er drie politiemensen onder hem stonden, met hun wapen in de aanslag, en Irving hem beval stil te blijven liggen, geen vin te verroeren, exact en precies te blijven waar hij was tot er ladders waren gehaald. De ladders waren er binnen een paar minuten, en Desmond Roarke, die inmiddels in zijn broek had geplast, werd van het garagedak gehaald en verwachtingsvoller ontvangen dan hij waarschijnlijk ooit in zijn leven nog zou meemaken.

Om halftwaalf wisten ze Roarkes naam en hadden ze hem nagetrokken. Ze wisten wie hij was, hadden zeer vaste ideeën over de reden waarom hij daar was, hoewel dat in de uren daarna nog een grote verrassing zou opleveren. De familie Hill was bevrijd uit de benauwde ouderslaapkamer. Gregory Hill had met de politie gesproken, had Vernon Gifford gezien, had te horen gekregen dat alles in orde was en dat het leven weer kon doorgaan zoals het was geweest voor deze nachtmerrie begon. Er zou uiteraard altijd een schaduw over deze avond blijven liggen, maar ze zouden ook beseffen dat er iets veel ergers had kunnen gebeuren.

Ray Irving wist absoluut zeker dat Desmond Roarke niet de man was die ze zochten, en hij wist ook waarom. Het was nog geen middernacht. Het was nog geen 13 november. In alle verwarring en paniek, de hoop dat de vele honderden uren werk misschien eindelijk resultaat zouden opleveren, dat er een gezin was behoed voor een afschuwelijke ramp, hadden ze dat simpele feit over het hoofd gezien.

De Amityville-moorden hadden plaatsgevonden op de dertiende, niet op de twaalfde.

En Ray Irving, die was vergeten dat hij op middernacht had zitten wachten, stond buiten op het plaatsje achter het huis, zonder de bittere kou te voelen, zonder te merken dat zijn ogen onwillekeurig traanden door de ijskoude wind die door de stad waaide, en wist dat ze geen schijn van kans maakten.

Howard Allen lag wakker naast zijn slapende vrouw. Hij vond het heerlijk haar naakte lichaam naast zich te voelen. Vier kinderen, een huwelijk van vijftien jaar, grijze haren, lachrimpeltjes, en toch was er niemand die aan Jean kon tippen. Ze kenden een kalme hartstocht samen, niet geboren uit sterke seksuele aantrekking, maar uit vertrouwdheid. Ze waren met elkaar vertrouwd. Beiden wisten ze wat de ander prettig vond. Zij wist waar hij van door het dolle raakte. Hij wist waar zij gaten van in het beddengoed klauwde. Het was goed zo, en hij verlangde niet naar een ander.

Howard Allen keek op de wekker. Elf uur zesenvijftig. Hij was moe, te moe misschien, maar hoewel hij na een vrijpartij meestal binnen een kwartier diep in slaap was, had hij nu last van spanning vanwege zijn bedrijf. Hij glimlachte om het grapje, probeerde zich op het probleem te concentreren, maar zijn gedachten dwaalden af en morgen was het maandag, een nieuwe week, en misschien belde hij de klant wel en zou hij een openhartig gesprek met hem hebben over levertijden versus tweeënhalve cent minder per stuk. Misschien was die vent patriottisch genoeg om die besparing van tweeënhalve cent te laten schieten en het werk in de Verenigde Staten te houden. Howard glimlachte bij de gedachte en sloot zijn ogen.

Hij hoorde een geluid, alsof er een dun twijgje brak onder het gewicht van een laars, maar hij was al half onder zeil, want het bed was warm, en Jean lag naast hem, en de kinderen sliepen als rozen.

'Hij zegt dat hij helemaal niet van plan was iets te stelen,' zei Gifford tegen Irving. 'Hij beweert dat iemand hem geld heeft gegeven om hier in te breken en naar bewijzen te zoeken.'

Irving fronste. 'Wat zeg je?'

Ze zaten in Irvings auto, met de portieren open, nog altijd in East 35th Street, op nog geen twintig meter van het huis. 'Dat iemand hem geld heeft gegeven om naar bewijzen te zoeken?'

Gifford knikte. 'Dat beweert hij.'

'Wie dan? Bewijzen waarvan?'

'Dat wil hij niet zeggen.'

Irving schudde zijn hoofd. 'Wat een onzin. Jezus…' Hij zuchtte, keek nogmaals naar het huis en trok toen het portier dicht.

'We gaan terug naar het bureau,' zei hij. 'Hij is niet de man die we zoeken, dat weten we tenminste. Neem hem maar mee en maak een proces-verbaal op, probeer wat meer bijzonderheden over dat verhaal van hem te krijgen, en laat me weten hoe het zit. Ik moet me hiermee bezighouden.'

Hij leek uit de schaduwen in de gang op te duiken alsof hij uit de lucht zelf was gematerialiseerd. Er was niets en het volgende moment was er iets. Er was niemand en het volgende moment was er iemand, en die iemand bleef lange tijd staan – tien minuten, een kwartier misschien – en hij maakte geen enkele beweging, niets behalve het rijzen en dalen van zijn borst wanneer hij ademhaalde, en naast hem, steunend op het tapijt, was de kolf van een geweer.

De gedaante begon uiteindelijk te bewegen, deed twee stappen naar voren, en voor hij bij de slaapkamer van Frances Allen was, zette hij het geweer tegen de rand van de deurpost. Met één hand tegen de bovenkant van het kozijn, de andere op de deurknop, deed hij de deur voorzichtig open, duwde hem wijd open, en bleef toen – opnieuw vrij lange tijd – staan. Misschien luisterde hij naar haar ademhaling. Hij deed hetzelfde met alle andere deuren tot hij bij de ouderslaapkamer kwam, bij de slapende ouders – bij Howard en Jean Allen – en daar liep hij naar Jeans kant van het bed en bukte zich om naar haar gezicht te kijken. Na een paar tellen drukte hij zijn hand stevig op haar neus en mond en wachtte tot haar ogen van verbazing opengingen.

En ze gingen open – wijd en angstig – en toen ze de ogen zag die haar aanstaarden, ogen die door de enige opening in een bivakmuts keken, had ze het gevoel dat haar hart uit haar borst knalde van pure angst.

Toen ze het geweer zag, en de manier waarop de gedaante kalm over haar heen leunde en Howard aanstootte tot hij wakker werd, wist ze opeens volkomen zeker dat er iets verschrikkelijks gebeurde – en dat het geen droom was.

Om kwart voor één kwam Gifford naar Irvings crisiscentrum en bleef in de deuropening staan tot Irving zijn telefoongesprek met commissaris Farraday had beëindigd.

'Ik heb een naam voor je,' zei Gifford.

'Van wie?'

'Van de persoon die onze vriend Desmond naar zijn zeggen in de arm heeft genomen om in te breken in het huis van de familie Hill.'

'Houdt hij dat nog steeds vol?'

'Ja, dat houdt hij nog steeds vol, en volgens mij moet je even komen luisteren naar wat hij te zeggen heeft.'

'Waarom? Wat zegt hij dan?'

'Dat het Anthony Grant was.'

Irvings mond viel open. Hij schudde zijn hoofd, en toen keek hij Gifford ongelovig aan. 'Anthony Grant?'

Gifford knikte. 'Hij zegt dat het een advocaat was, dat hij Anthony Grant heette, en dat hij hem tweeduizend dollar heeft betaald om in te breken in het huis van Gregory Hill om bewijzen te zoeken dat Hill Grants dochter heeft vermoord…'

Irving stond langzaam op. Hij had het gevoel dat hij zijn evenwicht zou verliezen. 'Dat meen je niet… Dat kan toch niet waar zijn…'

'Hij noemde zelfs de naam van het meisje… Mia Grant. Zo zeker als wat.'

'En?' vroeg Irving, met ongeloof in zijn stem.

'Hij zegt dat Grant dacht dat Gregory Hill haar had vermoord en dat er in het huis bewijsmateriaal te vinden zou zijn.'

Naakt, totaal verlamd van schrik, nauwelijks in staat op haar benen te blijven staan terwijl de man met het geweer haar bij haar haar vasthield, terwijl hij de loop onder haar kin duwde, beantwoordde Jean Allen de blik van haar echtgenoot toen hij daar stond, geen woord kon uitbrengen, niet kon denken, niet eens kon kijken naar wat er gebeurde.

De man met het geweer duwde Jean door de gang, gaf Howard opdracht voor haar uit te lopen naar de andere kant van de overloop en de tweede slaapkamer in te gaan.

Het ging snel. Ongelooflijk, adembenemend snel. Zoals hij hen beiden de slaapkamer in duwde – Marcie en Leanne nog in diepe slaap, het huis in duisternis – en toen stond hij daar, zonder enige schroom, en het onverhoedse gebulder en vlammende licht van het wapen toen hij de beide meisjes doodschoot, de een na de ander, en Howard begon te gillen, en Jean gilde ook, en toen Howard een uitval deed om zich meester te maken van het wapen, draaide de man zich gewoon om en sloeg Howard met één klap met de kolf van het geweer tegen de grond. Jean keek naar haar echtgenoot, de grote snee dwars over zijn gezicht die al begon te bloeden, en ze zakte in elkaar. Viel acuut flauw. De man met het geweer liet hen daar op de vloer liggen. Hij holde weg, van de ene kamer naar de andere, al schietend, en doodde de beide overgebleven kinderen om beurten voor hij terugkeerde naar de ouders. Hij zette zijn wapen op de grond, en hij droeg Jean en Howard een voor een terug naar de slaapkamer en legde hen met het gezicht omlaag neer. Jean begon bij te komen toen hij de kamer weer binnenkwam met het geweer. Hij schouderde het wapen, richtte van een afstand van een centimeter of zeventig en executeerde haar. Een zuivere, duidelijke, resolute executie.

Hij deed hetzelfde bij Howard. Brede symmetrische bogen van bloed en hersenweefsel spetterden op de muur boven het hoofdeinde.

Tussen het moment dat hij zich over Jean Allen heen boog en zijn hand op haar mond drukte en het moment dat hij de trap weer afliep naar de hal bij de voordeur, zaten nog geen twee minuten.

Hij liet zes doden achter. Twee ouders, en vier kinderen.

Het was zestien over twaalf, de vroege uurtjes van 13 november.

58

Om vijf minuten voor één zat Irving tegenover Desmond Roarke in een verhoorkamer in het politiebureau van district 4. Roarke had om sigaretten gevraagd, maar die niet gekregen. Twee keer was hij naar de wc geweest, beide keren geboeid, met twee agenten die hem vergezelden, en afgezien daarvan had hij alleen met rechercheur Vernon Gifford zitten bekvechten over zijn rechten, over juridische bijstand, over het feit dat aangetroffen worden op iemands dak – op zichzelf gezien – slechts een overtreding was. Nu hij weg was bij het huis van de familie Hill, was hij zijn zenuwen kennelijk weer de baas; hij straalde zelfs weer enig zelfvertrouwen uit, en scheen de verklaring die hij eerder had afgelegd met betrekking tot Anthony Grant, dat hij geld had gekregen om in te breken in het huis om bewijzen te zoeken, vergeten te zijn.

'Je gaat terug,' zei Irving stellig tegen Roarke. 'Welke aanklacht we ook tegen je indienen, je hebt al een voorwaardelijke gevangenisstraf en elke arrestatie betekent dat je teruggaat.'

Roarke deed er het zwijgen toe.

'Hoelang gaat dat worden? Weer negen maanden?'

Opnieuw zei Roarke niets. Hij keek Irving vol verachting aan.

'En afgezien van dat zaakje van die autodiefstallen waar we het over zullen moeten hebben, is er ook nog de moord op dat meisje –'

'Wat?' snauwde Roarke, en hij vloog overeind.

Gifford, die achter hem stond, greep Roarke bij de schouders en drukte hem neer op zijn stoel.

'Ja zeg, je bent zelf over haar begonnen,' zei Irving. 'Vóór jij haar naam noemde wisten we niet dat jij iets met Mia Grant te maken had. Nu hebben we genoeg om je vast te houden terwijl het forensisch lab de spullen in je tas bekijkt.' Irving keek op naar Gifford. 'Was dat meisje niet vastgebonden met ducttape… hetzelfde tape als in Desmond tas, hè?'

'Precies hetzelfde,' antwoordde Gifford, en hij drukte Roarke opnieuw neer op zijn stoel toen hij probeerde op te staan.

'Jullie kletsen maar wat!' snauwde hij. 'Het is allemaal gelul. Jullie zitten gewoon te vissen. Jullie hebben niets, helemaal niets waaruit blijkt dat ik iets te maken zou hebben met de moord op een of ander meisje.'

'Dat zegt Grant anders niet.'

'Wat?' zei Roarke. 'Waar heb je het over?'

'Grant. Anthony Grant, toch? We hebben hem al gesproken. Hij zegt dat hij nog nooit van je heeft gehoord...'

'Dat is gelul, man, en dat weet je heel goed. Hij was mijn advocaat...'

Irving keek naar Gifford. Gifford glimlachte.

'Zal best, Desmond... Maar Anthony Grant was zeer stellig toen hij zei dat hij je niet kende. Zegt dat hij nog nooit van Gregory Hill heeft gehoord. Jou nooit heeft gesproken, je nooit geld heeft gegeven. Je denkt toch zeker niet dat we zoiets niet meteen controleren?'

'De vuile klootzak... Jezus, man, wat is dit? Iemand probeert me weer in de gevangenis te krijgen. Hij heeft me gebeld, zei dat ik dit voor hem moest doen, zei dat hij me zou betalen...' Roarke probeerde zijn schouders los te trekken uit de greep van Gifford, maar Gifford hield hem stil. 'De helft van het geld heb ik zelfs al... de helft van het geld vooruit, de helft na afloop.'

'En wat moest je dan precies van hem doen, Desmond?' zei Irving.

'Het huis doorzoeken,' antwoordde Roarke. 'Inbreken en het huis doorzoeken. Hij zei dat zijn dochter door die vuilak was vermoord, door die Gregory Hill. Hij zei dat zijn dochter was vermoord door die mafketel en dat ik in dat huis spullen moest gaan zoeken die van het meisje waren... Om het te bewijzen, snap je? Om te bewijzen dat die vent haar koud had gemaakt.'

'En wanneer heb je Anthony Grant voor het laatst gezien?' vroeg Irving.

'Gezien? Ik heb hem helemaal niet gezien. Het is allemaal telefonisch gegaan. Hij belde me vorige week, zei dat hij een klusje voor me had, iets eenvoudigs. Zei dat ik ergens naar binnen moest om iets voor hem te halen. Dat hij contact met me zou houden, zou bellen als hij precies wist waar het was, en dat ik moest zorgen dat ik bereikbaar was.'

'En wanneer belde hij weer?'

'Vanavond. Om een uur of acht. Gaf me de naam en het adres van die vent, zei dat ik erheen moest en in dat huis moest gaan kijken. Zei dat er iets van kleren zouden liggen, of een sieraad misschien. Hij zei ook dat er niemand thuis was, dat die mensen weg waren. Het was geen diefstal of zo. Het was gewoon – nou ja, eh, hij probeerde iets in handen te krijgen zodat hij die klootzak kon pakken voor de moord op zijn kind, snap je? Het leek me wel een goed idee, ik wilde best iets voor hem doen. Hij was een goeie advocaat. Hij heeft me geholpen, een taakstraf voor me losgekregen voor iets waarvoor ik eigenlijk had moeten zitten.'

'Maar je hebt hem dus niet gezien?' zei Irving. 'Je hebt hem niet in levenden lijve gesproken?'

'God nee, ik heb hem niet meer gezien sinds hij me heeft verdedigd vier jaar geleden.'

'En hoe heeft hij je dan dat geld gegeven, die eerste helft?'

'Heeft hij bij mij in de brievenbus gedaan, simpel. Bruine envelop met het geld, keurige nieuwe biljetten, klaar. Duizend vooruit, duizend na afloop.'

'En je hebt hem niet gezien?'

Roarke schudde zijn hoofd. 'Nee, dat zei ik al. Het ging allemaal telefonisch. Hij belt me op, hij zegt wat hij wil, we spreken een prijs af, hij betaalt de helft, ik wacht op zijn instructies. Zo ingewikkeld is het niet.'

'Dus je kunt eigenlijk niet met zekerheid zeggen dat de man die je hebt gesproken werkelijk Grant was.'

'Tuurlijk was het Grant. Wie zou het anders geweest moeten zijn? Een vreemde belt me op, zegt dat hij me tweeduizend dollar wil geven om zomaar bij iemand in te breken?'

Irving begreep precies wat er was gebeurd. Hij stond op. 'Jij blijft een tijdje hier,' zei hij tegen Roarke. 'Hou je mond en gedraag je.' Hij keek naar Gifford. 'Haal Grant hiernaartoe,' zei hij, terwijl hij naar de deur reikte.

'Wat?' zei Roarke. 'Je zei dat jullie Grant al hadden gesproken.'

Irving negeerde Roarke, negeerde zijn gejammer over zijn rechten, over een raadsman, over een schending van zijn burgerrechten.

Irving en Gifford verlieten de verhoorkamer en haastten zich de trap op.

59

Tien voor halftwee zat Anthony Grant tegenover Ray Irving in diens kamer. Irving had hem kunnen meenemen naar het crisiscentrum, maar daar hingen foto's van zijn dochter op het prikbord. Hij had hem kunnen meenemen naar een verhoorkamer, maar hij was ervan overtuigd dat Grant niets te maken had met Roarkes activiteiten bij het huis van Gregory Hill. Hij meende ook, hoewel dat nog moest worden vastgesteld, dat Gregory Hill nog nooit van Mia Grant had gehoord, laat staan dat hij iets te maken had met haar verdwijning en uiteindelijke dood.

'Desmond Roarke? Jazeker, die ken ik wel. Ik heb hem een paar jaar geleden een keer verdedigd toen hij was aangeklaagd voor een klein vergrijp. Hoezo?'

Irving leunde achterover; hij had last van de spanning, de druk, van het idee dat hij een gat aan het graven was waarvan hij wist dat het nergens naartoe zou leiden. Ondertussen was het middernacht geweest. Het was 13 november.

'Omdat hij een ernstige beschuldiging tegen u heeft geuit, meneer Grant, en we moeten bepalen in hoeverre daar enige waarheid in zit.'

'Een beschuldiging? Wat dan?' zei Grant.

Irving sloeg de man gade. Ondanks zijn voorkomen van advocaat, het talent dat hij ongetwijfeld bezat zich bij kruisverhoren en weerleggingen tot het allerlaatste moment niet in de kaart te laten kijken, had het er alle schijn van dat Grant oprecht verbaasd was. Gifford had hem thuis opgehaald, en Grant was – ondanks het tijdstip – zonder protest meegegaan. Misschien dacht hij dat het iets met zijn dochter te maken had, en dat was ook zo, maar niet zoals Grant wellicht had verwacht.

'Dat u hem geld hebt gegeven, of althans hebt aangeboden, tweeduizend dollar, om bij iemand in te breken en naar bewijzen te zoeken die met de dood van uw dochter hebben te maken.'

Grant fronste. En toen schudde hij zijn hoofd, en toen scheen hij het tot zich te laten doordringen en aarzelde hij een ogenblik voor hij vroeg: 'Wát heeft hij gezegd?'

'Ik neem aan dat u dat niet hebt gedaan,' zei Irving.

'God, man, ik heb Roarke niet meer gesproken sinds ik hem heb verdedigd en dat was... wanneer? Vier jaar geleden? Heeft hij gezegd dat ik hem geld heb gegeven om bij iemand in te breken? Bij wie dan?'

'Het spijt me dat ik u dat niet kan vertellen, maar ik moet niettemin uw medewerking vragen, meneer Grant. Ik moet controleren of er met uw telefoon is gebeld met Desmond Roarke.'

'Wat? Met mijn vaste lijn? Mijn mobiel? Dat bewijst helemaal niets. Ik zou hem net zo goed uit een telefooncel hebben kunnen bellen, of met een prepaid telefoon... overal vandaan.'

'Uiteraard,' zei Irving, 'maar ik moet ergens beginnen. Ik moet een zaak tegen iemand op poten zetten, en ik heb net zo goed bewijsmateriaal nodig om mensen uit te sluiten als andersom. Ik weet dat u begrip zult hebben voor de situatie.'

'En wat heeft dit met Mia te maken?' zei Grant. 'Kunt u dan straks de vraag beantwoorden wat er met haar is gebeurd?'

Irving aarzelde een moment.

'Nee dus,' zei Grant. Hij slaakte een diepe zucht, liet zijn hoofd zakken en toen hij opkeek zag Irving hoe donker de schaduwen onder de ogen van de man waren, dat hij gebukt ging onder een last die vergelijkbaar was met de zijne, maar bij Grant was het veel persoonlijker.

'Ik heb een privédetective in de arm genomen,' zei Grant.

Irvings ogen werden groot van verbazing. 'Wat?'

'Wat had u dan verwacht?' zei Grant. 'Mijn dochter is dood. Mijn vrouw is ingestort, rechercheur, volledig ingestort. Vijf maanden verder zijn we en we hebben nog niets. Mia is in juni overleden. Inmiddels is het november. Hebt u enig idee...' Grant schudde zijn hoofd en sloeg zijn ogen neer. 'Nee, dat hebt u niet, is het wel? U hebt totaal geen idee hoe het is om een kind te verliezen.'

Irving deed er het zwijgen toe.

'Dus ik heb iemand in de arm genomen, en hij heeft zo hier en daar geïnformeerd, en nee, het heeft allemaal niets opgeleverd, dus nu weet ik tenminste dat u geen opvallende dingen over het hoofd hebt gezien...'

'Meneer Grant, ik verzeker u dat we...'

'Alles doen wat binnen uw mogelijkheden ligt. Natuurlijk, rechercheur, ik heb het zo vaak gehoord, dat u doet wat u kunt. Ik wil het niet meer horen.' Grant stond op en knoopte zijn jas dicht. Hij had zich niet geschoren, zijn haar zat door de war. Hij droeg verschillende sokken – een bruine, een zwarte – en het soort mocassins waar je even snel in stapte om de vuilniszak buiten te zetten, maar die je niet aantrok om naar een politiebureau te gaan.

'Ik moet u vragen in de stad te blijven,' zei Irving.

Grant stopte zijn handen diep in zijn zakken. Hij haalde zijn schouders op. 'Waar zou ik heen moeten, rechercheur? Ik kan nergens heen. Ik wil dat hier een einde aan komt, meer dan wie ook. Ik wil weten wie mijn dochter heeft vermoord, en waarom.'

'Ik moet u wel waarschuwen, meneer Grant, dat in sommige gevallen...'

'Niet kan worden vastgesteld wie het heeft gedaan? Wilde u dat zeggen?'

'Het is helaas de waarheid, meneer Grant.'

'Dat weet ik,' antwoordde Grant. 'Ik ben advocaat. Ik verdedig mijn hele leven al mensen als Desmond Roarke. Ik zie beide kanten, en soms vraag ik me af welke erger is, weet u? Met alle respect, hoor, maar ik lees soms dossiers van zaken waarbij het onderzoek gewoon amateuristisch is uitgevoerd...' Hij zweeg midden in zijn zin. 'Ik ga, rechercheur Irving, voor ik iets zeg waar we allebei spijt van krijgen.'

Grant stak zijn hand uit. Irving drukte hem.

'Nu moet ik thuis mijn vrouw gaan vertellen dat er geen nieuws is.'

'Het spijt me, meneer Grant, ik vind het echt vreselijk.'

Grant knikte, maar zei niets.

'O, meneer Grant? De naam van de privédetective die u in de arm heeft genomen.'

'Roberts. Karl Roberts.'

'En die is hier in New York gevestigd?'

'Ja,' antwoordde Grant. 'Hij staat vast wel in het telefoonboek.'

Irving bracht Grant naar de deur en direct daarna zocht hij Gifford op in het crisiscentrum.

'Haal Gregory Hill voor me,' zei Irving. 'Het maakt me niet uit waar hij is, wat ze met hem aan het doen zijn, ik heb hem nu nodig.'

60

'Er wordt met ons gesold... Er wordt een spelletje met ons gespeeld,' zei Irving. Hij liet zich tegenover Gifford op een stoel vallen. Er was een wagen naar de woning op de hoek van East 35th Street en 3rd Avenue gestuurd om Gregory Hill te halen. Het krioelde daar van de forensisch analisten, die op zoek waren naar dingen waaruit bleek dat Hill betrekkingen onderhield met Grant, of vice versa.

'Greg Hill en Anthony Grant hebben niets met elkaar te maken. Daar ben ik van overtuigd,' zei Irving. 'Onze Imitator heeft Desmond Roarke gebeld en gezegd dat hij Grant was. Hij heeft Roarke vanavond op pad gestuurd. Een gezin van zes personen uitgekozen...'

'Denk je dat dat alles is?' vroeg Gifford. 'Dat hij ons wilde laten zien dat hij bij een gezin van zes personen kon komen?'

Irving gaf geen antwoord. Hij zou zo optimistisch niet durven zijn. De man met wie ze te maken hadden had elf personen vermoord – van het meisje Grant tot het nog niet geïdentificeerde meisje met de oranje sokken.

Irving keek op zijn horloge. Het was bijna twee uur. Het zou nog twee-entwintig uur lang 13 november zijn. Hij liep naar het prikbord, bekeek de gezichten van de slachtoffers een voor een, en verbaasde zich voor de zoveelste keer over de waanzin van iemand die geloofde dat een dergelijke destructie en verschrikking zijn ware roeping was. Dit zou zijn nalatenschap worden, net als van Shawcross en Bundy en Henry Lee Lucas en de anderen. Te veel anderen...

'Heb je al een identiteit van het laatste slachtoffer?' vroeg Gifford.

Irving schudde zijn hoofd. 'Nee, we weten nog steeds niet wie ze is... Twee weken inmiddels.'

De interne lijn ging over. Gifford nam op. Hij luisterde, bedankte degene die aan de telefoon was en hing op.

'Hij is er,' zei hij. 'Gregory Hill.'

Hill was nog altijd zichtbaar geschrokken. Hij was een van de honderden mensen die in het kader van Irvings operatie waren benaderd. Men had vier dagen daarvoor met hem gesproken over het mogelijke gevaar voor hem en zijn gezin, en hij was bijzonder alert geweest op ongewenste voorvallen in en rond zijn huis. Deze alertheid had Roarkes ondergang bewerkstelligd, want zodra Hill iets uit de richting van de garage hoorde, had hij het alarmnummer gebeld.

'We zijn blij dat u even wilde komen,' zei Irving tegen hem. 'Ik snap dat dit voor u en uw gezin een zeer traumatische ervaring is geweest.'

'Ongelooflijk,' zei Hill. 'Was het de man die u zoekt? De man waar de politie me vorige week voor heeft gewaarschuwd?'

'Dat weten we nog niet,' zei Irving. 'Maar dankzij uw oplettendheid is hij tenminste wel gearresteerd. We zijn u uiteraard zeer dankbaar voor uw medewerking...'

'O, geen probleem. Hij probeerde tenslotte bij me in te breken. Als jullie vorige week niet waren langsgekomen om het me te vertellen, denk ik dat ik niet eens wakker zou zijn geweest. We zijn jullie gewoon echt dankbaar, snapt u? Een beetje geschrokken, maar blij dat het niets ergers was.'

'Als u er geen bezwaar tegen hebt, zou ik een paar dingen met u willen doornemen, meneer Hill. Ik zou tot morgen kunnen wachten, maar ik vind altijd dat je dit soort formaliteiten beter zo snel mogelijk kunt afhandelen, dan ben je er maar vanaf.'

Hill knikte.

'Anthony Grant,' zei Irving effen.

Hill fronste. 'Wat is er met hem?'

Irving verschoot van kleur. 'Kent u een Anthony Grant?'

'De advocaat? Die Anthony Grant?'

Irving keek naar Gifford. Gifford keek als een verschrikt konijn in de koplampen.

'De advocaat, ja. U verklaart dus dat u hem kent, meneer Hill?'

'Waar slaat dit op? Heeft die klootzak hier iets mee te maken? Heeft hij iets te maken met die kerel die bij me probeerde in te breken?'

'Nou... eh... we dachten van niet, meneer Hill, maar als u zegt dat u hem kent...'

Hill begon overeind te komen van zijn stoel, maar ging toch weer zitten. 'Jezus, man, wat is dit? Wat gebeurt hier allemaal? Wat heeft hij ermee te maken?'

'Kalm aan, meneer Hill,' zei Irving, die zelf de grootste moeite had kalm te blijven. 'Vertelt u me eens waar u Anthony Grant van kent.'

Hill legde zijn armen over elkaar geslagen op tafel, leunde naar voren en liet zijn voorhoofd op zijn armen rusten. 'Klootzak,' zei hij zacht. 'Vuile klootzak...'

'Meneer Hill?'

Hill keek plotseling op. Er stonden tranen in zijn ogen. 'Vijf jaar geleden,' fluisterde hij op boze toon. 'Vijf jaar geleden had hij... mijn vrouw... shit, kut! Gore klootzak!'

'Wat had hij, meneer Hill?'

'Hij had een relatie met mijn vrouw, ja? Die gore Anthony Grant had een relatie met mijn vrouw. Ben ik bijna aan kapotgegaan!'

Irving knikte naar Gifford. Gifford knikte terug en was al op weg naar de deur.

Irving wachtte tot hij alleen was met Gregory Hill en toen leunde hij naar voren, legde zijn hand op Hills arm en zei: 'Goed, meneer Hill, vertelt u me alstublieft precies wat er is gebeurd.'

61

Er verstreek ongeveer een uur voor Irving, Gifford en Anthony Grant weer herenigd waren op het bureau. Grant was geïrriteerd omdat hij voor de tweede keer uit zijn huis was gehaald, maar hoewel men alleen tegen hem had gezegd dat er nog enkele vragen waren die beantwoord moesten worden, nee, dat het niet tot morgen kon wachten, gedroeg hij zich redelijk meegaand. De bluf en bravoure die normaal gesproken uit de mond van advocaten galmden, waren opvallend afwezig.

Om tien over drie 's nachts ging Ray Irving tegenover Anthony Grant zitten en stelde hem een simpele vraag waardoor de man van kleur verschoot en het zweet op zijn voorhoofd kreeg.

'Zeg, meneer Grant... wat kunt u me vertellen over Laura Hill?'

De zichtbaar gespannen Grant opende zijn mond om iets te zeggen en deed hem weer dicht. Hij keek naar Irving, wendde zijn blik af en keek naar Vernon Gifford en toen vroeg hij of hij een advocaat nodig had.

Irving schudde zijn hoofd. 'We leggen u niets ten laste, meneer Grant, omdat we op dit moment niets hebben wat we u ten laste zouden kunnen leggen. Maar als u me nu niet direct de waarheid vertelt, dan hebben we het toch op zijn minst over obstructie...'

Grant stak zijn hand op. 'Ik wil graag iets weten,' zei hij. 'Had Greg Hill iets te maken met wat mijn dochter is overkomen?'

'Hoe komt u daar nu bij, meneer Grant?'

'Vanwege wat er met Laura is gebeurd. Omdat ik een relatie met Hills vrouw heb gehad.'

'Waarom hebt u dat niet eerder gezegd, meneer Grant?'

'Is dat het huis waar is ingebroken? Waar ik Desmond Roarke voor zou hebben betaald?'

'Het is tijd om een paar vragen te beantwoorden, meneer Grant, niet om ze te stellen. Wat is er tussen u en Laura Hill voorgevallen?'

'We hebben een relatie gehad.'

'Wanneer?'

'Vijf jaar geleden, iets meer dan vijf jaar geleden.'

'En hoelang heeft die relatie geduurd?'

'Zeven, acht maanden... Eindigde met een hoop herrie.'

'Wat bedoelt u daarmee?'

'Haar echtgenoot kwam erachter en heeft haar afgetuigd.'

'Wist uw vrouw ervan?'

'Nee, die wist het niet.' Grant sloot zijn ogen en een moment zag hij er volkomen verslagen uit. 'Evelyn wist het niet, dat weet ik zeker. Maar het zou kunnen dat Mia het wist.'

'Waarom denkt u dat?'

'Gewoon een gevoel. Het was een slim kind, werkelijk zeer slim, en toen ik haar een keer van school haalde nadat ik bij Laura Hill was geweest, zei ze dat ik naar parfum rook. Ik zei dat dat waarschijnlijk door een cliënt kwam. Ze lachte, zei dat ik te dicht bij mijn cliënten kwam. Het was de manier waarop ze het zei, dat was alles.'

'Vandaar dat u het niet eerder hebt gezegd.'

'Wat eerder heb gezegd? Dat ik een relatie met iemand heb gehad? Daar hebt u me niet naar gevraagd, en u hebt ook de naam Gregory Hill niet genoemd. U hebt me niet verteld dat u Roarke bij zijn huis hebt opgepakt...'

'Dat heb ik nu ook niet gezegd, meneer Grant.'

Grant glimlachte veelbetekenend en schudde zijn hoofd. 'Deze truc kunt u bij mij niet uithalen, rechercheur Irving. Alleen al uit het feit dat u me naar Laura Hill vraagt, kan ik opmaken dat Roarke bij Hill heeft proberen in te breken... Waarom zou haar naam anders ineens opduiken?'

Irving knikte geduldig. 'Goed,' zei hij. 'Dan nu voor één keer de kaarten op tafel. Desmond Roarke is gearresteerd toen hij probeerde in te breken bij Gregory en Laura Hill. Gaat u me vertellen dat u dat niet wist?'

'Ja, rechercheur. Ik weet er niets van. Denkt u dat ik Roarke ertoe heb aangezet?'

'Dat is een mogelijkheid, ja.'

'Waarom in hemelsnaam?'

'Omdat u dacht dat Hill mogelijk iets te maken had met de dood van uw dochter... omdat u dacht dat er misschien bewijzen te vinden waren in dat huis.'

'Godallemachtig, dat is ook vergezocht. Denkt u dat Greg Hill Mia heeft vermoord? Uit wraak bedoelt u, om het me betaald te zetten dat ik met zijn vrouw naar bed ben geweest? Nou, als dat zo is, waarom heeft hij daar dan vijf jaar mee gewacht?'

'Misschien was het niet zijn bedoeling haar te vermoorden? Misschien wilde hij haar aanranden en heeft hij haar per ongeluk om het leven gebracht...'

Irving zag dat Grant telkens zijn vuisten balde en ontspande en tegelijkertijd diep ademhaalde – in en uit, in en uit, in een poging zich te concentreren, zichzelf in de hand te houden, zijn woede en haat binnen te houden.

'Als Greg Hill...' Grant zweeg, opende zijn ogen, keek Irving aan.

'U zei dat Greg Hill zijn vrouw heeft geslagen.'

'Ja, hij heeft haar herhaaldelijk geslagen, rechercheur. Hij heeft haar zo vaak geslagen dat ze twee weken nauwelijks kon praten.'

'En dat heeft ze gerapporteerd?'

Grant lachte. 'Gerapporteerd? Aan wie?'

'Aan ons. Aan de politie.'

'Wat zou u denken? Natuurlijk heeft ze geen aangifte gedaan. Wat zou dat hebben uitgehaald? Denkt u dat het probleem daarmee zou zijn opgelost? De man was buiten zichzelf van woede. Hij was altijd al een jaloerse schoft, maar toen hij erachter kwam dat ze een relatie had, dreigde hij haar te vermoorden, dreigde hij mij te vermoorden...'

'Meent u dat?'

'Natuurlijk meen ik dat. U denkt toch niet dat ik dit zit te verzinnen?'

'Dus als hij haar sloeg, en hij dreigde haar te vermoorden, en hij dreigde u ook te vermoorden... is het dan niet mogelijk dat hij in staat was uw dochter te vermoorden, ook al was het misschien per ongeluk?'

Grant gaf geen antwoord. Hij keek weg naar de deur en toen hij zich weer tot Irving wendde stonden er tranen in zijn ogen. 'Mogelijk?' Grant schudde zijn hoofd. 'Ik weet niet meer wat er wel en niet mogelijk is, rechercheur. Ik heb mijn enige kind verloren. Mijn vrouw is er kapot van, en mijn huwelijk staat op instorten. En alsof dat nog niet genoeg was, wordt het feit dat ik vijf jaar geleden een relatie met iemand heb gehad weer opgerakeld...'

'En u bent bang dat het uw vrouw ter ore zal komen?'

Grant gebruikte het manchet van zijn overhemd om zijn ogen af te vegen. 'Ik denk dat ze al meer dan genoeg te verwerken heeft, u niet?'

Om vier uur stond Irving zelf op instorten. Hij zat achter zijn bureau in het crisiscentrum nadat Hill en Anthony Grant beiden naar huis waren gestuurd, beiden met de waarschuwing dat ze in de stad moesten blijven, dat er nog meer vragen zouden komen.

'In wezen hebben we alleen indirecte bewijzen en informatie uit de tweede hand,' zei Irving tegen Vernon Gifford. 'We kunnen onmogelijk met zekerheid vaststellen of Grant nu wel of niet contact heeft gehad met Roarke. Roarke heeft hem nooit in levenden lijve gesproken, en stemmen... Tja, wat iemand aan de telefoon zegt is zo ongeveer het meest ontoelaatbare bewijs dat er is. Het feit dat Hill zijn vrouw sloeg is niet meer dan informatie uit de tweede hand van Grant. We kunnen morgen met Laura Hill praten, maar...' Irving schudde zijn hoofd. 'Wie weet, hè? Oude wonden zijn opengereten. Misschien wil ze praten, misschien niet. Als haar echtgenoot echt zo'n krankzinnige klootzak is als Grant beweert, is ze misschien te bang om iets te zeggen.'

'Denk je dat hij Grants dochter heeft vermoord?'

'Nee,' zei Irving. 'Ik vind het een klootzak, maar voor zover ik hem heb meegemaakt lijkt hij...' Irving zweeg een moment. 'Jeff Turner is in zijn huis. Als er iets te vinden is, dan vindt hij het. Als Hill het meisje Grant heeft omgebracht, dan heeft hij ze allemaal omgebracht, hè? We gaan er nog steeds van uit dat dit het werk van één man is. Alles, van Mia Grant tot het slachtoffer waar we niet eens een naam voor hebben.' Irving wees naar de prikborden. 'Denk je dat iemand als Gregory Hill daartoe in staat is?'

Gifford schudde zijn hoofd. 'Nee, dat lijkt me niet,' zei hij. 'Ik bedoel, shit, ik heb me wel vaker vergist, maar in dit geval denk ik van niet.'

'En dat betekent dat dit hele gedoe belazerderij is. Dit hele gedoe is op poten gezet door onze Imitator... Maar met welk doel?'

'De man die we zoeken belt Roarke. Hij geeft zich uit voor Anthony Grant. Roarke heeft die man vier jaar niet gesproken, die herinnert zich zijn stem niet meer. Hij gelooft hem dus op zijn woord, vooral als er geld aan te pas komt. De moordenaar zegt tegen Roarke dat hij bij Hill moet inbreken.' Gifford zweeg een moment. 'Als het zo is gegaan, dan moet de moordenaar hebben geweten dat de surveillanceteams eropuit waren gestuurd om die gezinnen te waarschuwen... Dat was niet zo moeilijk na Ellmanns verklaring op tv.'

'Hij heeft ons gewaarschuwd, hè, Vernon? Hij heeft ons een brief gestuurd waarin hij zei dat hij er zes ging ombrengen...'

'En jij denkt dat hij er zes heeft vermoord? Jij denkt dat dit gewoon een afleidingsmanoeuvre was?'

'Dat hoop ik niet, Vernon, maar tot nu toe heeft hij altijd gedaan wat hij zei.'

'Het blijft nog heel wat uren de dertiende,' zei Gifford met een blik op de klok boven de deur.

'Je moet naar huis gaan,' zei Irving. 'Een paar uur slapen als dat wil lukken.'

'En jou hiermee alleen laten? Nee, ik kap er pas mee als deze dag voorbij is.'

'Dat zegt nog niks,' zei Irving. 'Hij heeft een meisje in een appartement in Montgomery Street vermoord en dat kind hebben we pas twaalf dagen later gevonden.'

'Maakt niet uit,' zei Gifford. 'Als jij blijft, blijf ik ook.'

Irving stond op en liep naar het raam. Vroege ochtenden, late avonden, die allemaal naadloos in elkaar overliepen en dat allemaal vanwege één man. Was Gregory Hill die man? Irving betwijfelde het, maar hij had de familie Hill desalniettemin veilig in twee kamers boven laten wegbergen terwijl Turner en zijn mensen de stofkam door het huis haalden, zogenaamd om vast te stellen of er nog meer bewijzen waren op grond waarvan Desmond Roarke inbraak ten laste kon worden gelegd, maar in werkelijkheid om uit te zoeken of er meer was wat ze van Gregory Hill moesten weten.

En de anonieme beller? De man die zich had uitgegeven voor Anthony Grant en Roarke geld had gegeven om iets in het huis van de familie Hill te gaan zoeken? Dat zou heel goed de privédetective van Grant geweest kunnen zijn, die Karl Roberts. Die de wet een beetje aan zijn laars had gelapt, iets verder was gegaan dan in zijn opdracht stond. Dat kwam vaker voor. Maar op dat moment had Irving noch de mentale energie noch de mensen om de man op te sporen. Hij zou erachteraan gaan zodra de nacht voorbij was, zodra ze wisten of de poging tot inbraak bij de familie Hill het enige was waar ze vannacht mee te maken kregen... of dat hun iets veel ergers wachtte.

62

Als Vernon Gifford had ingestemd met het voorstel van Ray Irving en naar huis was gegaan, zou hij al zijn teruggeroepen voor hij bij zijn appartement was.

In de vroege ochtend van maandag 13 november, om twee minuten voor vijf, werd er gebeld met het bureau in district 2. Aanvankelijk kon de telefonist de beller maar moeilijk verstaan, want hij zei telkens achter elkaar heel snel dezelfde woorden, en nadat ze hem had gevraagd de boodschap langzaam te herhalen, stelde ze uiteindelijk vast dat hij zei: 'Veertien achtenveertig, East 17th Street. Zeg tegen Ray Irving dat ik niet meer kon ophouden toen ik eenmaal was begonnen. Het ging allemaal zo snel…'

Zo gauw de beller doorhad dat zijn boodschap was begrepen, hing hij op. Het telefoontje werd uiteindelijk getraceerd en bleek afkomstig uit een telefooncel in East 17th Street, maar tegen de tijd dat Irving ervan hoorde, tegen de tijd dat de surveillancewagens erheen waren gestuurd, tegen de tijd dat hij en Vernon Gifford hadden vastgesteld dat er geen reactie kwam uit het huis op nummer 1448 in East 17th Street, was de persoon die dat telefoontje had gepleegd allang weg. De telefooncel zou worden afgesloten, gefotografeerd, het geldlaatje zou zelfs zorgvuldig worden leeggemaakt, en de eenendertig munten die erin werden aangetroffen zouden allemaal worden onderzocht op vingerafdrukken. Het leverde niets op.

'Allen,' zei Gifford tegen Irving toen ze voor dat huis stonden. 'Howard en Jean Allen.'

Er heerste absolute stilte. Door de weerspiegeling van de zwaailichten in de ramen van het huis werd een griezelige, carnavaleske sfeer opgeroepen.

Niets zo eng als een clown in het donker, dacht Irving, en hij herinnerde zich hoe het geschminkte gezicht van James Wolfe uit een gat in de vloer naar hem had opgekeken.

Het was zes minuten over halfzes. Farraday was gewaarschuwd, was op de hoogte gebracht van de Anthony Grant/Gregory Hill-situatie, had Irving toestemming gegeven te doen wat hij nodig achtte.

'Zorg dat je als de donder in dat huis komt,' had hij gezegd. 'Als blijkt dat er niemand is herstellen we de eventuele schade wel... Maar ga erheen en vertel me alsjeblieft dat we niet nog eens zes dode mensen erbij hebben.'

Irving was een moment stil, en toen keek hij weer naar Gifford. Hij wist dat er nog iets was, iets wat hij echt niet wilde horen.

Gifford keek weg, wilde Irving niet aankijken. 'Vier kinderen,' zei hij met ingetogen stem.

Irving liet zijn hoofd zakken; zijn hart lag als een verkrampte vuist in zijn borst. 'Nee,' zei hij, uitsluitend tegen zichzelf, maar Gifford knikte. Irving had de boodschap van de centrale meldkamer gekregen en hij wist precies wat hij betekende. *Toen ik eenmaal was begonnen, kon ik niet meer ophouden. Het ging allemaal zo snel.*

'Vier kinderen,' herhaalde Gifford, en toen wenkte hij de twee agenten die juist achter het huis uit kwamen.

'Alles op slot,' zei de eerste agent. 'Volgens mij zit er een alarm op de achterdeur, maar het is echt veel minder werk om daar naar binnen te gaan dan aan de voorkant.'

'En er wordt niet opgenomen?' vroeg Irving.

'Nee,' antwoordde de agent. 'We hebben de telefoon bijna tien minuten over laten gaan.'

'Dan gaan we aan de achterkant naar binnen,' zei Irving.

De agenten gingen voorop, de rechercheurs achter hen aan, en nog twee agenten uit een tweede wagen die geroepen waren om bijstand te verlenen.

Irving haalde een leren handschoen uit de zak van zijn jas, trok hem aan en pakte een vuistgrote steen van het plaatsje achter het huis. Voor hij een gat in een klein ruitje vlak bij het slot sloeg, keek hij naar Gifford.

'Doe nou maar,' zei Gifford. 'Dan hebben we het maar gehad.'

Het ruitje brak bij de eerste klap en op het moment dat Irving de deur opendeed, het alarm merkwaardig stil, het huis binnen koud en donker, kreeg hij een onheilspellend gevoel, een naar voorgevoel dat hij maar al te goed kende.

Hij wendde zich tot Gifford nog voor hij de drempel over was.

'Roep Jeff Turner op,' zei hij zacht. 'Zeg dat ik hem nodig heb.'

Gifford liep terug naar de dichtstbijzijnde politiewagen en gaf een oproep door aan de centrale meldkamer. Terwijl hij wachtte keek hij omhoog naar de achtergevel van het huis. Zijn oog viel op de doorgesneden draden van het alarmsysteem in de schaduw van de goot. Het laatste restje optimisme dat hij mogelijk nog had – dat het een telefoontje van een grapjas was, dat ze niets zouden aantreffen, alleen een lege woning – verdween als sneeuw voor de zon.

Irving stond ondertussen in de koele stilte van de keuken van de familie Allen. Het was een keuken zoals zovele in talloze huizen overal in de stad. De deur van de koelkast was bezaaid met magneten, waaronder een primitieve geel met zwarte smiley. Een kind had hem gemaakt, ongetwijfeld, hoogstwaarschijnlijk een van de kinderen uit dit gezin. Een slordige dot kleur met poten en een nauwelijks herkenbare hoed met een pluim sierden een ander vel geel knutselpapier dat met punaises aan de muur was gehangen. Onder de afbeelding stond het woord 'kalkoen', kleine letters en hoofdletters door elkaar, de laatste 'n' schuin weglopend naar de hoek van het papier. Een tekening voor Thanksgiving uit een peuterklas.

Irvings reeds verkrampte hart voelde nu aan als een klomp ijs.

Hij draaide zich om naar de twee agenten, las hun namen op de bordjes boven de borstzak: Anderson en Maurizio.

'Blijf hier,' zei hij tegen Maurizio. 'Wacht op Gifford en doorzoek deze verdieping en de kelder. Zoek naar sporen van braak. En jij,' zei hij tegen Anderson. 'Jij gaat met me mee naar boven.'

Boven aan de trap wist Irving het zeker. Hij zag vrijwel ogenblikkelijk de enige veeg bloed op de deurpost rechts van hem. Hij draaide zich om en stak zijn hand op. Anderson kwam op de een na bovenste tree tot stilstand.

'Laat me eerst een kijkje nemen,' zei Irving zacht. 'Hoe minder mensen hierboven des te beter nu.'

Anderson knikte maar zei niets. Zijn grote postuur werd gelogenstraft door iets in zijn blik. Irving herkende het. Anderson was jong, vertrouwde er nog enigszins op dat alles elkaar in evenwicht hield, maakte zichzelf wijs dat het vaker goed dan fout afliep. Hij wilde niet zien wat er op de bovenverdieping van East 17th Street 1448 op hen lag te wachten. Hij zou ervan dromen. Het cynisme zou beginnen te werken – langzaam, onverbiddelijk – en binnen tien jaar zou hij, als hij het geen halt toeriep, er net zo uitzien en hetzelfde klinken als Irving.

De opluchting op Andersons gezicht verdween snel toen hij Irving met handschoenen aan de eerste deur zag openduwen.

'O god...' hoorde Anderson hem zeggen, en het gevoel dat opeens van onder uit zijn buik uitstraalde, een gevoel waardoor elke spier in zijn lichaam volkomen nutteloos leek te worden, zou hij nooit vergeten.

Later zou hij de lijken te zien krijgen, en wist hij dat er nachtmerries zouden komen.

Jeff Turner kwam om elf minuten over zes. Hij trof Irving in de achtertuin.

'Niets te vinden in het huis van Hill,' zei hij. 'Maar Gregory Hill kan nu niet meer de man zijn die je zoekt, of wel soms?'

Irving keek omhoog naar de ramen van het huis van de familie Allen. 'Dit is kortgeleden gebeurd,' zei hij. 'Ergens in de laatste paar uur. In elk geval tijdens de uren dat Hill thuis was bij zijn gezin. Greg Hill had geen beter alibi kunnen hebben.'

'Ik hoorde dat Grant er iets mee te maken had, de vader van het eerste meisje?'

'Het was een afleidingsmanoeuvre,' antwoordde Irving. 'Of niet. Jezus, wie zal het zeggen? Het zou kunnen dat de privédetective van Grant –'

'Zijn privédetective?'

'Ja, hij heeft een privédetective in de arm genomen,' legde Irving uit. 'Wilde er zeker van zijn dat we niet iets over het hoofd hadden gezien. Hoe dan ook, daar gaat het nu niet om.'

'En het feit dat Hill is getrouwd en vier kinderen heeft, en dat Roarke juist daar vannacht probeert in te breken... Beschouwen we dat allemaal als toeval?'

'Zover ben ik helemaal nog niet, Jeff. Momenteel...'

'Momenteel staan we het onvermijdelijke uit te stellen.'

'Inderdaad.'

'Ga je mee naar binnen?' vroeg Turner.

'Ja,' zei Irving. 'Het is erg... heel erg.'

63

Jeff Turner was niet geboren in New York. Hij kwam oorspronkelijk uit Californië, had Criminalistiek en Forensische Wetenschap gestudeerd in Berkeley, was naar New York verhuisd na twee jaar forensisch analist niveau I te zijn geweest bij de politie van San Francisco, werd op zijn drie-endertigste gepromoveerd tot forensisch analist niveau II. Turner was nu bijna vierenveertig, en achter hem lagen tien jaren van verdere studie, een periode van drie jaar bij de Scientific Investigation Division onder toezicht van Ondersteunende Diensten, verdere kwalificaties en diploma's in fotografie, latente vingerafdrukken, forensische informatica, document- en handschriftonderzoek, toxicologie, personeelsbeoordeling en leidinggeven. Hij was vrijgezel, kinderloos, verzamelde honkbalplaatjes en hield van de films van de Marx Brothers. Hij had alles gezien wat er te zien was in San Francisco en in New York, en als hij het niet in het echt had gezien, dan had hij het gezien op foto's, op video, op 16 mm-film, digitaal.

Turners leven werd bevolkt door de doden. Hij begreep de doden veel beter dan hij de levenden ooit had begrepen. De doden spraken tot hem zonder woorden. Ze vertelden hem dingen die ze tijdens hun leven nooit zouden hebben gezegd. En hoewel hij geen gelovig man was, geloofde hij toch in het onstoffelijke in de mens. Hij dichtte een hogere macht de vooruitziende blik en verbeelding toe om van de mens iets meer te maken dan zeventig kilo hamburger met een chemische straatwaarde van negentien dollar. En in zijn hele carrière waren er momenten geweest. Meer kon hij er niet over zeggen. *Momenten.* Het gevoel dat ergens in de nabijheid van het lichaam de persoon zelf nog aanwezig was. Op hem neerkeek. Misschien in de hoop dat Turner, in zijn oneindige wijsheid, enigszins duidelijk kon maken waarom hem zoiets afschuwelijks was overkomen. De geest van de persoon? De ziel? Jeff Turner wist het niet. Hij probeerde er ook niet achter te komen. Hij voelde gewoon wat hij voelde, nam waar wat hij waarnam. En op de bovenverdieping van het huis van de familie Allen, in het uur of zo tussen zijn komst en het moment dat hij zijn eerste inspectie van de zes daar aanwezige lijken had afgerond, had hij naar zijn weten meer *momenten* ervaren dan alle andere keren bij elkaar.

Toen adjunct-hoofd Forensische Geneeskunde Hal Gerrard arriveerde, wiens aanwezigheid bij wet was vereist voor de lichamen konden worden verplaatst en verder onderzocht, trof hij Jeff Turner in de keuken aan met een wit gezicht, glazige ogen en een dun laagje zweet op zijn voorhoofd.

'Hoeveel heb je er?' vroeg Gerrard.

'Zes in totaal,' antwoordde Turner. 'Vader, moeder, vier kinderen. De jongste is zeven, de oudste dertien. Fatale schotwonden, in het hoofd allemaal... Lijkt een .38, maar Irving zegt dat het een geweer van .35 geweest moet zijn.'

Gerrard fronste.

'Hij verwachtte het al,' legde Turner uit.

'Ik hoef het allemaal niet te weten,' antwoordde Gerrard. Hij keek de keuken rond, door het raam naar buiten naar de achtertuin. 'Waar is hij?'

'Hij zit in zijn auto met Farraday te bellen.'

'Heb je nog iets bijzonders nodig van mij?'

Turner schudde zijn hoofd. 'Nee, je hoeft ze alleen dood te verklaren, toestemming te geven voor een volledig onderzoek. Ik zal ze moeten verplaatsen, anders kunnen mijn mensen niet in die kamers werken. We moeten zo veel mogelijk zien te vinden, snap je? Overal foto's van nemen.'

Gerrard bleef een moment staan voor hij naar de trap liep. 'Gaat het wel?'

Turner haalde zijn schouders op. 'Kinderen. Kinderen grijpen me altijd aan. Zelfs na al die jaren...'

'Ik weet het, Jeff, ik weet precies wat je bedoelt.'

Irving kwam binnen via de achterdeur. Hij begroette Gerrard, zei tegen Turner dat Farraday en hoofdcommissaris Ellmann wilden dat het onderzoek van de plaats delict zo snel mogelijk werd afgerond. 'Hij heeft gezegd dat hij je alle mensen zal geven die je nodig hebt.'

'Met meer mensen ben ik niet geholpen,' zei Turner. 'Ik heb twee forensisch analisten, dat is genoeg.'

'Ik ga gauw doen wat ik moet doen, dan loop ik je niet meer in de weg,' zei Gerrard.

Irving keek op zijn horloge; het was zeven uur tweeënveertig.

'Hoelang is het geleden dat jij geslapen hebt?' vroeg Turner.

Irving glimlachte – min of meer. 'Ik kan het me niet herinneren,' zei hij.

'Wie werkt er nog meer aan deze zaak?'

'Vernon Gifford, Ken Hudson als ik hem nodig heb.'

'Voor zover ik heb gezien heb ik niet veel voor je ...'

'Alles is goed,' zei Irving. 'Maakt niet uit wat, Jeff ... want momenteel hebben we niets.'

Irving en Gifford wachtten in de keuken.

Hal Gerrard was binnen twintig minuten klaar. Hij wisselde een paar woorden met Irving voor hij de noodzakelijke formulieren ondertekende en vertrok.

'Ik heb Ken Hudson gebeld,' zei Gifford. 'Ik heb gevraagd of hij die privédetective die Grant in de arm had genomen wil natrekken. Heb hem gezegd dat we misschien ook nog achter Greg Hill aan moeten, of daar wel of geen sprake is van huiselijk geweld.'

'Die privédetective, ja,' antwoordde Irving. 'Maar laat Hill maar even zitten tot we weten wat hier aan de hand is. Zoals het er nu naar uitziet, hebben ze niets met elkaar te maken en ik heb geen zin om allerlei dingen tegelijk te doen.'

'Weten we al hoe laat ze zijn overleden?'

'Ergens tussen middernacht en één uur,' zei Irving.

'En hoe laat belde Hill ons?'

'We hadden om ongeveer tien voor elf wagens in East 35th Street.'

'Dus Hill wordt hier niet van verdacht.'

'Klopt,' zei Irving, en hij keek omhoog naar het plafond toen het geluid van voetstappen van de overloop, uit de badkamer, de ouderslaapkamer tot hem doordrong. Turner en zijn twee forensisch analisten waren daarboven, zouden daar blijven zo lang als nodig was, en dan zouden ze iets hebben. Of niet.

'Ik moet even bellen,' zei Irving. 'Blijf hier, ik ben zo terug.'

Gifford ging aan de keukentafel zitten. Irving liep de achterdeur uit, wandelde om het huis heen en stapte in de auto.

Hij bleef een minuut stil zitten en toen pakte hij zijn mobiele telefoon en koos een nummer.

De telefoon ging vier of vijf keer over voor er werd opgenomen.

'John? Met Ray Irving...'

Costello zei niets.

Nog een moment stilte en toen zei Irving: 'Hij heeft het gedaan. Vader, moeder en vier kinderen. Heeft ze allemaal vermoord.'

64

Turner kwam een paar minuten voor halfacht naar beneden naar de keuken. Hij ging tegenover Irving en Gifford aan de tafel zitten en spreidde een vel papier uit waarop hij een plattegrond van de bovenverdieping had getekend, de ligging van de kamers, een contour op elke plek waar een lijk was aangetroffen.

'Je had gelijk over het kaliber. Het was een .35,' zei hij. 'Ik heb de indruk dat hij de ouders wakker heeft gemaakt, ze voor zich uit heeft laten lopen van de ene kamer naar de andere. Voor zover ik kan zien, heeft hij de twee jongste meisjes neergeschoten, daarna de jongen, ten slotte het oudste meisje. Pa en ma als laatste…'

'Hij heeft ze gedwongen toe te kijken bij de executie van hun eigen kinderen?' zei Gifford, op ongelovige toon.

'Dat denk ik. De vader heeft een grote snee in zijn gezicht, waarschijnlijk van de kolf van het geweer. Misschien heeft hij geprobeerd de moordenaar het wapen afhandig te maken en is hij neergeslagen. Of de dader heeft de kinderen doodgeschoten, de ouders werden wakker van het geluid, en hij kwam hun kamer in toen ze hun bed uit kwamen. Dwong ze weer te gaan liggen en heeft ze vervolgens doodgeschoten. De precieze volgorde van de gebeurtenissen kan niet worden vastgesteld aan de hand van het materiaal dat we hebben, maar volgens mij is het op een van die twee manieren gegaan. Ik zou zeggen op de eerste manier, maar ik kan me vergissen.'

'Voor zover we kunnen nagaan is hij via de achterdeur binnengekomen,' zei Irving. 'Hij heeft het alarm buiten onklaar gemaakt, de bedrading doorgeknipt, net onder de dakrand, en vervolgens het slot opengepeuterd. Hij wist wat hij deed. Er zitten nauwelijks krassen op de voor- en de sluitplaat.'

'Ik vind het echt onvoorstelbaar dat die vent hier zomaar naar binnen is gelopen en een heel gezin heeft uitgemoord,' zei Gifford, nog altijd ontdaan.

Turner scheen hem niet te horen; hij reageerde niet. Hij keek achterom over zijn schouder naar de trap alsof hij iets had gehoord, en toen gaf hij Irving een kort overzicht van wat hij had kunnen vaststellen.

'Zoals te verwachten was, zitten er overal gedeeltelijke vingerafdrukken. We hebben vingerafdrukken van het hele gezin genomen om hen uit te sluiten, maar het zijn voor het merendeel vegen, allerlei afdrukken door en over elkaar heen, het gebruikelijke patroon dat je in een woning aantreft. In alle kamers ligt tapijt behalve in de badkamer. Daar ligt zeil op de vloer, maar met een sterk reliëf, te ribbelig om voetafdrukken te kunnen determineren. Er zijn geen patroonhulzen, maar uit de ingangswonden valt op te maken dat hij een geweer van kaliber .35 heeft gebruikt. Ze zijn van dichtbij neergeschoten, van een afstand van nog geen anderhalve meter in alle gevallen. De dood is onmiddellijk ingetreden, geen twijfel mogelijk. Aan het patroon van de bloedspatten is te zien dat ze zich allemaal in een liggende positie bevonden. Er zou een geluiddemper op het geweer kunnen hebben gezeten, zodat niemand vanwege het lawaai uit bed kwam of rechtop ging zitten. Geen aanwijzingen dat de lichamen na het overlijden nog zijn aangeraakt. We zullen natuurlijk een autopsie verrichten, maar ik denk niet dat daar meer uit zal komen wat de doodsoorzaak betreft.'

'En het huis?' vroeg Irving.

'We gaan de hele boel nog onderzoeken,' zei Turner. 'Achterdeur, achterkant van het gebouw, onder de dakrand, overal waar er aanwijzingen zijn van lichamelijk contact, maar je weet hoe het gaat, hè?'

'Ja,' herhaalde hij met een door vermoeidheid en wanhoop gekleurde stem. 'Niet dat het nu nog wat uitmaakt, maar ik wil toch graag weten of er iemand bij deze mensen is geweest, of ze op de lijst met gezinnen stonden die gewaarschuwd zijn.' Hij stond op en voelde het immense gewicht van zijn last. 'We gaan de deuren langs,' zei hij.

'Succes,' zei Turner.

Ze gingen samen naar buiten, Irving en Gifford, en maakten een begin met het tijdvretende en energieverslindende proces van een straatonderzoek. Ze namen de eerste tien huizen aan weerszijden van nummer 1448, Irving aan de linkerkant, Gifford aan de rechterkant, en daarna de huizen ertegenover. Ze schreven op bij welke huizen niet werd opengedaan om daar later nog eens langs te gaan, maar ze hadden geluk in die zin dat de meeste bewoners nog niet naar hun werk waren. Niet zo veel geluk wat betreft het aantal mensen dat iets bijzonders had gezien of gehoord. Om halftien hadden ze nog niets van belang. Farraday had Irving al drie keer opgepiept, maar Irving had hem nog niet gebeld.

Tien over halftien belde Turner Irving om hem te laten weten dat de lichamen naar buiten kwamen. Inmiddels was er zo veel politiebedrijvigheid dat zich een groep nieuwsgierigen op het trottoir had verzameld. Irving vroeg hen een stukje achteruit te gaan om ruimte te maken voor de brancards, om de mensen van het mortuarium en het forensisch team ongestoord hun werk te laten doen. Ze gehoorzaamden, enigszins verontwaardigd naar het scheen, alsof ze er recht op hadden te zien wat er was gebeurd. Ze mochten van geluk spreken dat ze het niet hadden gezien, dacht Irving. Echt van geluk spreken.

Turner stuurde zijn eigen forensisch analisten met de lichamen mee, bleef achter om nog een keer met Irving en Gifford door de kamers boven te lopen, hun te laten zien waar de lichamen precies waren aangetroffen, welke weg de schutter volgens hem had afgelegd.

Terwijl Turner en Gifford in de ouderslaapkamer met elkaar spraken, stond Irving geruime tijd alleen in de kamer van het jongetje. Het knulletje heette Brandon. Net zeven jaar oud. Een stapel *X-Men*-dvd's lag schots en scheef onder de dvd-speler. Actiepoppetjes stonden op boekenplanken en puilden uit een verzameling felgekleurde opbergdozen. Een nachtlampje in de vorm van een witte sneeuwpop brandde nog heel zacht. Irving deed een stap naar voren en drukte met de punt van zijn schoen op het knopje om het uit te doen. 13 november, een paar dagen voor Thanksgiving, minder dan zes weken voor Kerstmis. Hij vermoedde dat de jongen zijn lijstje al had gemaakt.

Hij keek om toen Turner en Gifford in de deuropening verschenen.

'En?' vroeg Gifford.

Irving schudde zijn hoofd. 'Niets.'

'Weet je,' zei Gifford, 'als er al iets is, dan is het volgens mij met opzet achtergelaten. Dat gevoel heb ik.'

'Ik ook,' antwoordde Irving. Hij keek nog een laatste keer de kamer van de jongen rond en liep terug naar de trap. 'We gaan naar het bureau,' zei hij tegen Turner. 'Hou me op de hoogte van de autopsies. Ik moet de rapporten hebben zo gauw ze klaar zijn.'

'Ik zal ook een voorlopig rapport opstellen,' antwoordde Turner. 'Dat mail ik je dan meteen.'

Ze gingen uiteen, Irving en Gifford naar de auto, Turner nogmaals het huis door om te controleren of alles goed was afgesloten. Een politiewagen zou de rest van de dag, misschien langer, voor de deur blijven staan om te voorkomen dat de pers en die kleine keurbende van individuen die plaatsen delict schonden om voorwerpen te stelen en foto's te maken in het huis binnendrongen. Toen hij aan die mensen dacht, werd hij herinnerd aan het artikel over de Hamer van God, de klacht die was geuit door de eigenaar van de garage waar Robert Clare had gewerkt.

Gifford reed. Irving zat zwijgend naast hem. Hij zag actiepoppetjes en bloedspetters. Dat was alles wat hij zag. Kon het beeld niet uit zijn hoofd krijgen.

Actiepoppetjes en bloedspetters.

Irving sprak met Hudson zodra hij in het crisiscentrum was. Hudson had de privédetective van Anthony Grant nog niet gevonden. Hij had een naam, het nummer van een mobiele telefoon. Karl Roberts. Dat was alles. Werkte vanuit een kantoor van één kamer in East 25th Street, vlak bij het gebouw van het hof van beroep in Madison Avenue. Hudson was ernaartoe gegaan, had op de deur gebonkt tot de huurder in de aangrenzende kamer naar buiten was gekomen om te vragen wat er in hemelsnaam aan de hand was. Grant was gebeld, kon niet vertellen waar Roberts uithing. Het kon Irving in dit stadium niet zo veel schelen. Roberts had Desmond Roarke mogelijk opdracht gegeven in te breken in het huis van Greg Hill, of niet. Het maakte niet uit hoe het was gegaan. Greg Hill werd niet meer verdacht van de moord op de familie Allen. Irving had zelfs de mogelijkheid overwogen dat Mia Grant door Hill was vermoord, en dat zijn werkwijze bij toeval hetzelfde was geweest als die bij de oorspronkelijke moord op Kathy Sue Miller in 1973, maar hij had dat idee ogenblikkelijk verworpen. Was in de 'Jesaja'-brief aan *The New York Times*, waarin nog eens zes doden werden beloofd, niet specifiek naar Mia Grant verwezen, dat ze *o zo stil in de zoete nacht was verdwenen*? Het was een en dezelfde persoon – dat was het enige waar Irving zeker van was – en als Hill de familie Allen niet had vermoord, dan was hij in alle andere gevallen ook niet de dader.

Irving was met zijn gedachten meer bij zijn komende gesprek met Bill Farraday dan bij wat Ken Hudson te melden had. Hij zei tegen Hudson dat hij naar de privédetective van Grant moest blijven zoeken en ging toen naar boven naar de kamer van de commissaris.

65

'Karl Roberts,' zei Irving. 'We kunnen niet zeggen of hij ermee te maken heeft zolang we hem niet hebben opgespoord. Op dit moment weten we alleen dat Desmond Roarke zegt dat Grant hem heeft gebeld. Grant beweert dat hij die man de laatste vier jaar niet heeft gesproken en ik ben geneigd hem te geloven. We laten controleren welke telefoongesprekken er vanuit het huis van Grant zijn gevoerd, maar als Grant Roarke heeft ingeschakeld denk ik niet dat hij zo stom is geweest vanuit zijn eigen huis te bellen.'

Farraday stond bij het raam, met zijn rug naar de kamer en zijn handen in zijn zakken. 'Hoe zit het volgens jou?'

'Ik denk dat onze moordenaar een beetje in Grants achtergrond heeft zitten spitten, niet alleen in zijn privéleven maar ook in zijn clientèle. Grant zei dat Mia waarschijnlijk vermoedde dat hij een relatie had. Misschien wist ze meer, misschien wist ze dat het Laura Hill was. De mogelijkheid bestaat natuurlijk dat Mia's moordenaar haar heeft gedwongen hem alles te vertellen wat ze over haar vader wist. En daarna heeft hij uit het klantenbestand van Grant Desmond Roarke opgeduikeld en hem gestrikt voor de inbraak bij Greg Hill. Hij bereikt daar een aantal dingen mee. Wij krijgen een vals alarm wat betreft de zes moorden waar hij in de Jesaja-brief over sprak; Evelyn Grant komt hoogstwaarschijnlijk te weten dat haar echtgenoot een relatie met Laura Hill heeft gehad; wij moeten mankracht inzetten voor een onderzoek naar Hill en Roarke; en hij herinnert ons eraan hoeveel stappen hij ons voor is. Hij weet wie we zijn. Hij weet dat ik de leiding heb over dit onderzoek. Hij hoefde alleen de verklaring van Ellmann te zien, de boel de laatste week een beetje in de gaten te houden, een paar van de adressen waar ik ben geweest na te pluizen, in het register met stemgerechtigden te kijken, en zijn conclusies te trekken. Hij is niet dom. Hij vertelde ons in zijn brief van de zes slachtoffers en bedacht wat we in reactie daarop zouden doen.'

'En dan is er nog iets,' zei Farraday. Hij draaide zich om naar Irving, liep naar zijn bureau en ging zitten.

'Dat het persoonlijk zou worden?

Farraday knikte somber. 'Hij heeft gezegd dat het er minstens zes zouden worden, misschien nog wel meer, en dat het daarna persoonlijk zou worden.'

'Voor zover ik weet zijn er vannacht geen andere moorden gemeld.'

'Nee, dat klopt,' zei Farraday, 'maar dat betekent niet dat er geen andere moorden zijn gepleegd. Het meisje in Montgomery Street hebben we ook pas twaalf dagen later gevonden.'

'En dat persoonlijke?' zei Irving. 'Daarmee zou hij mij kunnen bedoelen, of heel iemand anders.'

Farraday leunde naar voren. 'We hebben nu in totaal zeventien slachtoffers, die vrijwel zeker toe te schrijven zijn aan één man. Dat wordt binnenkort natuurlijk bekend. We kunnen het niet meer stilhouden. De politieaanwezigheid bij het huis van Hill, en daarna op de plaats delict bij de familie Allen... Er is pers bij geweest, op beide plaatsen. Ze hoeven alleen maar met Desmond Roarke te praten, of met Greg Hill en een paar van de buren waar jullie mee hebben gesproken, en dan gaan ze hun eigen conclusies trekken.'

'Hoelang nog, denkt u?'

Farraday trok zijn mondhoeken omlaag. 'Een dag? Twee hoogstens.'

'Ik ga verder met de rapporten van de plaats delict, en de autopsies. Ken Hudson is bezig Karl Roberts op te sporen, om te zien of hij iets te maken had met de inbraak van Roarke –'

'Toen ik een dag of twee zei, bedoelde ik dat ik ergens in de komende twee dagen een verklaring zal moeten afleggen. Zodra we een verklaring hebben afgelegd staan we op de voorpagina. Dat betekent dat we ervoor moeten zorgen dat we harde resultaten hebben...'

Irving stond op. Hij trok zijn jasje recht. 'De enige ooggetuigen die ik heb zijn dood. De bewijzen die ik heb, zeker die van de plaatsen delict, zijn indirecte bewijzen, en dat niet alleen, ze zijn ook niet doorslaggevend. Ik heb een foto van iemand gekleed als politieman die de dader zou kunnen zijn, of niet. Het zou net zo goed iemand kunnen zijn die geld had gekregen om naar Central Park te gaan en mij en Costello te fotograferen –'

'Dat brengt me bij het volgende,' merkte Farraday op. 'En ga alsjeblieft zitten, wil je?'

Irving deed wat hem werd gezegd.

'Heb je iets aan die man gehad?'

'Jazeker.'

'Dus het heeft zin om hem erbij te houden?'

'Als er verantwoording moet worden afgelegd over onze aanpak –'

'Maak je daar maar niet druk om. Het maakt het grote publiek geen flikker uit wat we doen zolang we maar resultaat boeken. Al lieten we dit onderzoek uitvoeren door de spelers van de New England Patriots, dan zou dat niemand ene moer kunnen schelen zolang we die vent maar grijpen.'

'Dat weet ik,' antwoordde Irving. 'Maar u vraagt me om harde resultaten, om bewijzen, en die wilt u in de komende vierentwintig uur hebben. Waar het in feite op neerkomt, is dat er meer dan vijf maanden verstreken zijn sinds de moord op Mia Grant en dat we niks hebben...'

'Zó'n opmerking blijft binnen deze kamer,' zei Farraday.

'Dat weet ik ook wel. Godallemachtig, commissaris, wat denkt u wel?'

'Wat heb je nodig? Serieus. Je vrienden bij de *City Herald*, de aasgieren van *The Times*... Die hebben allang lucht gekregen van de moord op de familie Allen. Wat wil je, er zijn goddomme vier kinderen in hun slaap vermoord. Dit gaat de geschiedenis in als... Jezus, ik kan me niet eens voorstellen wat de reacties zullen zijn, maar in het huidige politieke klimaat, met al die vragen die aan de orde komen tijdens de debatten voor de burgemeestersverkiezingen, over de begroting van de politie en God mag weten wat...'

'Dat weet ik allemaal wel,' zei Irving. 'Ik heb alleen mensen en tijd nodig. Dat is alles wat ik nodig heb.'

'Tijd kan ik je niet geven. Je hebt Hudson en Gifford. Wie heb je nog meer nodig?'

'Ik moet minstens zes mensen van de uniformdienst hebben. Ik zit met veel huizen, veel vragen. Ik zit met mensen die vanochtend vroeg niet thuis waren maar gisternacht misschien wel. Ik moet het geval van huiselijk geweld bij Greg Hill verder uitzoeken. Ik heb echt werk zat, en ja, het zou voor een deel flauwekul kunnen zijn. Die privédetective heeft misschien helemaal niets, en die toestand met Hill en zijn vrouw zou echt totaal irrelevant kunnen zijn, maar het moet allemaal worden uitgezocht, en als ik dat moet doen kan ik niet verder met Jeff Turner aan de hoofdlijn van het onderzoek werken. We maken nog de meeste kans als we iets over de slachtoffers te weten komen, iets in het huis vinden waaruit we enigszins kunnen afleiden met wie we te maken hebben. Het is een puzzel, commissaris... Goddomme, ik hoef u toch niet te vertellen hoe het werkt. Dit is *Law and Order* niet. Dit is niet binnen een uurtje bekeken; de aanwijzingen liggen hier niet allemaal keurig te wachten op Briscoe en Green...'

'Is zes genoeg?'

'Voorlopig wel. Al die dingen moeten gewoon worden uitgezocht en ik heb niet genoeg tijd om dat te doen. Als ik meer mensen moet hebben laat ik het weten.'

'Wie waren er met je bij het huis van Allen?'

'Anderson en Maurizio.'

'Hou die maar. En dan krijg je Goldman, Vogel...' Farraday leunde naar voren over zijn bureau en trok een dienstrooster onder een stapel papier uit. Hij nam de namen door. 'Anderson, Maurizio, Goldman, Vogel... en Saxon en O'Reilly. Dat zijn er zes. Ik wil een uitgebreid verslag. Alles wat je vindt. Dan zullen we bekijken hoe het loopt en het aantal mensen zo nodig aanpassen. Als je meer rechercheurs nodig hebt, geef je maar een gil. Waar ik die vandaan moet halen weet ik niet, maar ik verzin wel wat.'

Irving zei niets.

'Je mag opstaan,' zei Farraday. Hij keek op zijn horloge. 'Het is nu tien voor elf. Laat me om twaalf uur weten hoe het ervoor staat. Vraag de brigadier van dienst of hij die agenten voor je opsnort, dan kunnen Gifford en jij ze instrueren in het crisiscentrum.'

66

Voor zijn nieuwe ploeg arriveerde, keek Irving of er een mail was binnengekomen van Turner. Er was nog niets.

Om acht minuten over elf stond hij voor de verzamelde rechercheurs en agenten in het crisiscentrum en hij stak van wal met een overzicht van de zaak zoals die er op dat moment voor stond.

'Ik haal je van die privédetective van Grant af,' zei hij tegen Ken Hudson. 'Ik wil dat je bij Gregory Hill langsgaat. Anderson, jij gaat met Ken mee. Praat met Hill, zoek uit of hij echt iets over Anthony Grant weet, en zo ja wat. Zoek uit hoe het zat met die relatie. Hill schijnt zijn vrouw te hebben mishandeld toen hij erachter kwam, maar ze heeft geen aanklacht tegen hem ingediend, dus er staat niets op papier. Zoek uit wat er is gebeurd. Vraag Laura Hill zo nodig hoe het zit, maar ik ben op dit moment meer geïnteresseerd in wat Hill van Grant denkt. Koesterde hij wrok? Blijkt ergens uit dat hij Grant zo haatte dat hij zijn dochter iets zou willen aandoen? Zodra je met hem klaar bent moet je Laura Hill zover zien te krijgen dat ze ons alles over Grant vertelt wat ze weet. Hoe heeft ze hem ontmoet, hoelang heeft hun relatie geduurd? Alles wat je uit haar los kunt krijgen, goed?'

Hudson en Anderson stonden op en vertrokken.

Irving wendde zich tot rechercheur Gifford. 'Vernon, neem Maurizio mee... ga naar Anthony Grant. Zoek uit hoe hij tegen die relatie met Laura Hill aan kijkt. Ik wil ook alles van zijn kant horen. Denk erom dat Evelyn Grant niet van de relatie af weet, tenzij hij het haar in de afgelopen paar uur heeft verteld. Ga voorzichtig te werk. Het is een advocaat. Ik wil geen aanklachten wegens politie-intimidatie.'

Gifford stond op. 'Hoe laat moet je een voortgangsverslag hebben?'

'Het allerbelangrijkste is informatie. Als je die mensen aan het praten krijgt, maak je dan maar niet druk om de tijd. Als je de kans krijgt, stuur je me maar een sms of zo, om me een idee te geven hoe het zit, goed?'

Maurizio liep achter Gifford aan de deur uit en Irving wachtte tot hij hun stemmen niet meer kon horen voor hij zich tot de vier overgebleven agenten wendde.

'Saxon, O'Reilly, jullie gaan achter die Karl Roberts aan. Jullie hebben daar het adres van zijn kantoor. Ga bij hem langs. Praat met hem, vraag hem naar Desmond Roarke. Kent hij die man? Heeft hij ooit van hem gehoord? Snuffel een beetje rond zonder dat het opvalt. Probeer een idee te krijgen wie hij is, of hij hier iets mee te maken zou kunnen hebben, of niet. Zoek uit wat Grant hem heeft verteld over de moord op zijn dochter toen ze voor het eerst contact met elkaar hadden. Stel een heleboel vragen. Een van jullie praat, de ander schrijft alles op. Hij is privédetective. Hij is het gewend dat iemand vragen stelt. De ervaring leert dat die gasten zichzelf graag horen praten.'

Saxon en O'Reilly stonden op.

Irving bleef achter met Vogel en Goldman. 'Jullie moeten achter Desmond Roarke aan. Hij zit nog in de cel, maar we gaan hem ergens het komende uur voorgeleiden. We houden hem alleen nog vast omdat er nog een bevelschrift moet worden ondertekend. We willen zijn telefoon afluisteren, kijken wie hij belt, wie hem belt. Jullie moeten je burgerkloffie aantrekken en hem schaduwen. We behandelen hem als een indirecte verdachte in de moordzaak. Een beetje zwak, maar momenteel is iedereen zo opgefokt over deze zaak dat we ermee wegkomen. We willen weten of hij nog meer telefoontjes van Anthony Grant krijgt, of van iemand die zich uitgeeft voor Grant. Vandaar dat hij wordt afgeluisterd. De opsporingsdienst houdt zich daarmee bezig op het bureau in district 2 – daar is het anonieme telefoontje over de moord op de familie Allen binnengekomen – en als Roarke naar aanleiding van een inkomend of uitgaand gesprek naar iemand toe gaat, wordt die informatie direct aan ons doorgegeven zodat wij achter hem aan kunnen.'

Irving keek over zijn schouder naar het prikbord, naar de gezichten van de slachtoffers, een lege plek uiterst rechts waar binnenkort een moeder, een vader en vier kinderen zouden hangen. 'Volgens mij is Desmond Roarke hier niet rechtstreeks bij betrokken, maar hij is door iemand gebeld, en dat zou best eens onze dader geweest kunnen zijn die deed alsof hij Anthony Grant was. Of de privédetective die Grant in de arm had genomen is een beetje buiten zijn boekje gegaan. Het maakt hoe dan ook niet uit. We moeten gewoon alles bekijken.'

Vogel en Goldman stonden op. Goldman bedankte Irving voor de opdracht; de blik in zijn ogen zei genoeg. Hij wilde rechercheur worden – Zedendelicten, Moordzaken, Narcotica, dat maakte niet uit. De overgrote meerderheid van deze mannen vond de rest minderwaardig. Irving keek hen na en vond op dat moment bekeuringen en huiselijke ruzies vele malen aantrekkelijker.

Irving belde Jeff Turner, liet een bericht achter dat hij de deur uit ging, dat hij bereikbaar was op zijn mobiel. Daarna belde hij de assistente van Farraday, vertelde haar dat hij voor enen terug zou zijn, dat Farraday om twaalf uur een rapport had willen hebben, maar dat hij een uur extra nodig had.

Hij verzamelde al zijn aantekeningen over de moord op de familie Allen en vertrok van het bureau naar het gebouw van de *City Herald*. Het was niet al te druk in 34th Street en hij was om tien voor twaalf op de hoek van 31st Street en Ninth Avenue. Hij wilde Karen Langley spreken. Hij wilde haar puur en alleen spreken omdat ze hem het gevoel gaf mens te zijn. John Costello was echter een ander verhaal. Om eerlijk te zijn wilde hij John Costello niet spreken. Hij móést hem spreken.

67

'Ik weet net zoveel als jij,' zei Karen Langley. 'Ik heb al ik weet niet hoe vaak gebeld, maar er wordt niet opgenomen.'

'Vanochtend heb ik hem nog gesproken,' zei Irving. 'Om een uur of acht. Ik heb hem op de hoogte gebracht van de moord op de familie Allen.'

'Hij liet vroeger nooit verstek gaan op zijn werk. Sinds hij jou kent is het al twee keer voorgekomen.'

Irving trok een enigszins spottend gezicht en ging zitten. 'Ik denk niet dat je mij dat kunt verwijten, Karen –'

'Je begrijpt toch zeker wel dat dit hele gedoe hem aangrijpt? Hij heeft zelf zoiets meegemaakt. Persoonlijk, hè? Niet zoals wij. Het moet voor hem heel anders zijn.'

'Volgens mij heeft hij al lang geleden zijn eigen keuzes gemaakt. Vergeet niet dat hij de research voor het oorspronkelijke artikel heeft gedaan dat jou en mij met elkaar in contact bracht.'

'Maar dat is nu juist het punt, Ray. Tijdens zijn werk bewaart hij afstand. Zo gaat hij met die dingen om. Hij is een toeschouwer, geen deelnemer, maar door jou zit hij nu in de situatie dat hij er zeer nauw bij betrokken is –'

'Doel je op Central Park? Daar wílde hij heen, Karen. Je doet net alsof ik hem heb gedwongen.'

'Hij voelde zich verplicht, Ray. Jij hebt hem het gevoel gegeven dat hij kon helpen, en meer was er niet voor nodig. Hij is een kind, Ray, heus. Hij heeft die afschuwelijke ervaring gehad en daarna heeft hij zijn hele leven zo proberen in te richten dat zoiets nooit meer kan gebeuren…'

Karen Langley keek een moment peinzend, bijna verdrietig, naar het raam en toen ze zich weer tot Irving wendde, bleek ze haar agressieve houding enigszins te hebben laten varen.

'Ik weet niet eens waar ik het over heb,' zei ze. 'Ik werk al heel lang met hem samen en ik weet niet eens wie hij is. Ik zeg die dingen alleen maar omdat ik geen andere verklaring voor zijn gedrag heb. Hij gaat nooit uit, alleen naar die bijeenkomsten met de andere slachtoffers in het Winterbourne Hotel. Hij heeft geen vriendin, heeft er ook nooit een gehad voor zover ik weet… Na haar. Niet meer sinds hij met…'

'Nadia McGowan,' merkte Irving op.

'Ja. Nadia. Hij heeft me eens verteld dat dat in het Russisch "hoop" betekent.'

'Ironisch.'

'Nee, Ray, niet ironisch. Alleen maar heel erg verdrietig. Zijn hele leven is eigenlijk heel erg verdrietig geweest, en ik vraag me vaak af waarom hij niet starnakel gek geworden is. Soms vraag ik me af hoe het is om zoiets mee te maken, om in die situatie te verkeren, wat er naderhand allemaal door je hoofd gaat. Alle verklaringen waar je naar op zoek gaat om het een beetje te kunnen verwerken.' Ze zuchtte hoorbaar. 'Het is verschrikkelijk, echt, en zijn werk hier is volgens mij de enige reden dat hij niet gek is geworden, snap je? Iets wat hij kon doen in een omgeving waar mensen hem gewoon lieten zijn wie hij was… En nu ziet het ernaar uit dat dat zelfs onmogelijk aan het worden is door alles wat er gebeurt.'

'En hoe kunnen we hem nu het best bereiken?' vroeg Irving.

'Nou, ik kan je niet helpen,' zei Karen. 'Ik zou er wel heen willen gaan, maar ik heb op dit moment helemaal geen tijd. Hij komt vroeg of laat wel boven water, en ik weet zeker dat hij dan een volkomen aannemelijke verklaring heeft voor zijn verdwijning…'

Ze stopte midden in haar zin toen ze zag dat Irvings gezicht plotseling van uitdrukking veranderde.

'Wat?' zei ze.

'Herinner je je die brief?' zei Irving. Hij stond op, kwam langzaam overeind.

'De brief aan *The Times*? Ja, natuurlijk,' zei ze. 'Hoezo?'

'Hij zei dat hij zes mensen ging vermoorden, misschien meer, en dat het daarna persoonlijk zou worden.'

'Denk je…'

'Hij was toch in Central Park? Hij was er zelf, of hij heeft iemand gestuurd om foto's te nemen van mij en John.'

'Denk je dat hij op John uit is? Denk je dat hij dat bedoelde?'

Irving gaf geen antwoord. Hij was al bij de deur.

'Jezus, Ray… nee, god, alsjeblieft…'

Irving hoorde haar niet omdat hij wegrende; zijn voeten bonkten op de trap, hij had zijn mobiele telefoon al in zijn hand en drukte op de voorkeuzeknop voor het bureau om een wagen naar de hoek van 39th Street en Ninth Avenue te laten sturen, naar de flat op de tweede verdieping bij de St.-Raphael in het Garment District.

Het was precies zoals John Costello had gezegd: elke dag was een gedenkdag van iemands dood.

Dat hadden Howard en Jean Allen kunnen bevestigen.

68

Vogel werd van Roarke af gehaald, O'Reilly teruggeroepen van het gesprek met Anthony Grant. Irving belde Farraday uit de auto en vroeg hem zo snel mogelijk een huiszoekingsbevel wegens onmiddellijk gevaar voor de veiligheid van personen te regelen voor de flat van John Costello.

'Maar Ray, dat soort dingen is voor mishandelde kinderen, niet voor een researcher van de krant die niet op zijn werk is verschenen –'

Irving onderbrak hem, vertelde waar hij bang voor was, dat het dreigement dat het persoonlijk zou worden misschien al meer was dan alleen een dreigement.

Farraday zei dat hij moest doorgaan met de operatie, dat hij voor de nodige papieren zou zorgen.

Irving was om vijf minuten voor één bij het flatgebouw waar Costello woonde. Hij ging de trap op met getrokken wapen, zijn zintuigen gespitst op ieder geluid, en hij had al enkele malen tevergeefs aangeklopt toen Vogel en O'Reilly arriveerden.

'Er staat een tweede wagen achter het gebouw,' zei Vogel tegen Irving. 'Als u ze nodig hebt op de trap aan de achterkant –'

'Vertel ze in welk appartement we moeten zijn,' zei Irving. 'Zeg tegen ze dat ze zich stilhouden, dat het misschien niet nodig is dat ze naar binnen gaan, maar dat ze goed moeten opletten of er iemand vertrekt.'

Irving bonkte nogmaals op de deur, riep Costello's naam, maakte zich bekend, wachtte geduldig op een teken van leven uit de flat.

Vijf minuten later knikte hij naar O'Reilly. De agent had de hydraulische ram meegenomen uit de auto, kwam naar voren en plaatste hem net boven het slot. Hij zette hem aan, en er klonk enkele seconden een jankend geluid voor er bovenop een groen lampje ging branden.

Irving deed een stap opzij, brulde nog een keer Costello's naam, wachtte een paar seconden en zei toen tegen O'Reilly dat hij zijn gang mocht gaan.

O'Reilly vuurde de ram af, en met een geluid als een geweerschot werd er een gat in de deur geslagen. O'Reilly stapte achteruit en het deel van de deur met het slot viel naar binnen het appartement in. De deur bleef echter stijf op zijn plaats. O'Reilly stak zijn hand door het gat stak en tastte de deurpost af naar de extra sloten boven en beneden.

Een tel later stond Ray Irving op de drempel van de wereld van John Costello en keek door de lege en kale gang zonder één schilderijtje aan de muur en met een stuk onopvallend zeil op de grond. Het was er koud en Irving vroeg zich af of er ergens in de flat een raam wijd open was blijven staan. Gelukkig hing de geur van de dood, die weeïge en onmiskenbare lucht die in de neusgaten, de mond, de keel, de borst doordrong, er niet. Noch rook hij zijn voorganger: de volle koperachtige geest van bloed, dat ergens in een plas lag op te drogen.

Irving keek achterom naar de agenten. Met getrokken wapen liepen ze gedrieën door de gang naar de deuren aan het eind, een aan de linkerkant, een recht voor hen. Irving gebaarde dat hij de deur recht voor hen zou binnengaan, dat Vogel de linkerdeur moest nemen en O'Reilly hun beiden rugdekking moest geven voor het geval dat een defensieve actie noodzakelijk zou blijken.

Maar Irving voelde dat er niemand in het appartement was en daarom opende hij de deur iets minder omzichtig dan hij anders zou hebben gedaan en stapte de woonkamer van John Costello in.

Aanvankelijk begreep hij niet wat hij zag, en zelfs na een tijdje – toen hij zich omdraaide en O'Reilly aankeek, die met een frons op zijn gezicht verbaasd, bijna verbijsterd stond te kijken – vroeg Irving zich nog af of er sprake was van een truc, van een of andere *trompe-l'oeil*, want voor hem stond een aantal metalen boekenkasten, zo dicht op elkaar dat je er nauwelijks tussendoor kon lopen, en op de planken stonden de ruggen van een soort journaals, letterlijk honderden, naast elkaar, van de ene muur van de kamer naar de andere. In elke hoek van de kamer stond een apparaatje dat veel weg had van een modem, met een paar lampjes op de bovenkant en een aantal gaatjes in het frontje, en die apparaatjes zoemden en accentueerden de vredige, bijna tijdloze sfeer in de kamer.

'Volgens mij zijn dat ionisatoren,' zei O'Reilly. 'Mijn vrouw heeft er eentje... Heeft iets te maken met luchtzuivering of zo. Ik snap er niet veel van...'

Irving liep terug naar Vogel, die in de kleine en kraakheldere keuken stond. De aanrecht was smetteloos, zonder de rommelige verzameling attributen en voorwerpen die je normaal gesproken in zo'n ruimte aantreft, en toen hij een van de kastjes opendeed die op ooghoogte aan de muur hingen, verbaasde het Irving eigenlijk niet dat alle blikjes keurig naast elkaar stonden, met het etiket naar voren, op elkaar gestapeld naar inhoud, en toen viel hem nog iets op. Abrikozen, borlottibonen, kippensoep, nierbonen, tomatensoep… De blikken stonden in alfabetische volgorde.

Een andere deur leidde naar Costello's slaapkamer, met aangrenzend een badkamer, waar het karakter van de man verder werd geïllustreerd. In het medicijnkastje lagen acht doosjes zeep, allemaal van hetzelfde merk, keurig opgestapeld, daarnaast vier tubes van dezelfde tandpasta. Achter de tandpasta stonden Bufferin, Chloraseptic, Myadec Multiples, NyQuil en Sucrets, netjes opgesteld, wederom op alfabet. Bovendien zat er op elk doosje een klein etiket dat zo op de voorkant was geplakt dat alle etiketten niet alleen even groot waren, maar ook op precies dezelfde hoogte zaten. Op de etiketten stond de uiterste gebruiksdatum van het product.

'Godsamme, wat…' begon Vogel, maar hij maakte zijn zin niet af. Er viel niets te zeggen.

Irving liep terug naar de woonkamer, maar voor hij zijn aandacht richtte op de harde schriften in de boekenkasten, zag hij een kleine alkoof achter in de kamer. Hier was een bureau neergezet voor een raam. Het raam was aan alle kanten dichtgeplakt met dik wit tape. Het bureaublad was leeg en de laden zaten op slot.

Irving draaide zich om en pakte een journaal van een plank achter zich.

Krantenknipsels. Foto's uit tijdschriften en folders. Grafieken. Een ogenschijnlijk willekeurige reeks wiskundige vormen. Een volle bladzij met het woord 'eenvoud', uit vijftig of zestig verschillende publicaties geknipt, in verschillende afmetingen, verschillende lettertypen, verschillende kleuren, en naast elkaar geplakt van de ene zijkant van het blad naar de andere en helemaal tot onderaan. Op de volgende pagina stond in het midden slechts één woord geschreven, dat met de grootste zorgvuldigheid precies midden op de bladzij was geplaatst:

doodshoofd

Irving zette het journaal terug op zijn plek en pakte een ander. Hierin trof hij vergelijkbare dingen aan: plaatjes, grafieken, symbolen, op het oog willekeurige vormen om letters en woorden in krantenknipsels heen getekend, maar allemaal uiterst precies gedaan. Een derde schrift stond vol geschreven in het keurigste handschrift dat Irving ooit had gezien, een zo gelijkmatig schrift dat het wel gedrukt leek. Sommige gedeelten lazen als dagboekaantekeningen, samenhangend en rationeel; andere waren door-lopende variaties op een onderwerp of woord:

Makkelijker gezegd dan gedaan zo makkelijk als wat gemakkelijk pra-ten hebben makkelijk uitgevallen zijn het zich gemakkelijk maken zijn gemak nemen gemak dient de mens met het grootste gemak...

'Wat is dit in godsnaam?' vroeg Vogel, die over Irvings schouder meekeek.

'Een kijkje in iemands geest, denk ik,' antwoordde Irving. Hij sloeg het schrift dicht en zette het terug op zijn plaats, terwijl hij zich afvroeg of hij niet de ernstigste fout uit zijn hele leven had gemaakt.

Binnen een kwartier had Irving vastgesteld dat er meer dan driehonderd-vijftig journaals in de kamer stonden, allemaal uniek, allemaal met hun eigen vage reeksen of onderwerp. Voor zover hij kon nagaan bevatten ze de gedachten en conclusies van John Costello vanaf zijn late jeugd tot op dit moment. Het journaal dat het dichtst bij Costello's bureau stond, op armlengte van zijn stoel, was onvolledig, hoewel de laatste aantekening, gedateerd 11 november, zeer duidelijk was:

Ik ben er zeker van. Ik denk dat ik begrijp waarom het noodzakelijk is hiermee door te gaan. Er zullen er zes worden vermoord, en ze zullen op exact dezelfde wijze worden vermoord. Het is bijna onvermijdelijk, en ik verwacht niet dat Hardekant het kan voorkomen. Met die zes komt het totaal op zeventien, maar het zal nooit ophouden, zolang het geen halt wordt toegeroepen door een kracht van buitenaf. Het is dwangmatig. Het is compulsie. Het is geen vrije keuze. Het staat niet ter discussie en er kan niet over worden onderhandeld. Er is domweg de noodzaak om het te doen en zo tenminste ergens erkenning voor te krijgen. Misschien zijn er gewichtiger en zinniger motieven, maar op dit moment weet ik niet welke dat zijn. Daar zou ik naar moeten raden, en daar hou ik niet van.

Irvings hart leek langzamer te gaan kloppen. Hij was misselijk en wist zich geen raad.

'Hebt u enig idee waar hij zou kunnen zijn?' vroeg O'Reilly.

'Geen flauw idee... Hij kan overal zijn.'

O'Reilly wees naar het achterste deel van de flat. 'Vogel kijkt daar tussen de spullen om te zien of er iets ligt waaruit we kunnen opmaken waar hij naartoe is. Wat is er eigenlijk aan de hand met deze man? Bestaat er vluchtgevaar, of zo?'

'Ik was bang dat hij misschien het slachtoffer van de moordenaar was geworden,' antwoordde Irving. 'Hij heeft met mij aan de zaak gewerkt.'

'Met u aan deze zaak gewerkt? Jezus, als je hier rondkijkt zou je zeggen dat we beter een onderzoek naar hem hadden kunnen instellen.'

'Ja, dat zou je wel zeggen, hè?' antwoordde Irving, en hij glimlachte vermoeid, en hij wist niet wat hij moest denken, of hoe hij onder woorden moest brengen wat hij voelde.

Hij wilde er niet aan denken dat hij een fout had gemaakt. Hij wilde er niet aan denken wat de gevolgen van zijn beslissingen van de laatste tijd zouden zijn als Costello de man bleek te zijn die hij, zoals hij nu veronderstelde, misschien was.

Dit was niet de flat van een normaal mens, in de verste verte niet. De dingen die hij zag gingen het verstand te boven en tartten elke verklaring, behalve in de vreemde en verbrokkelde werkelijkheid waarin Costello zich ophield, de overlevende van een seriemoordenaar, de ogenschijnlijke allesweter, die mogelijk de kluts kwijt was en dolende...

Was deze man in staat tot de monsterlijke moorden die hadden plaatsgehad? Was hij zo goed? Zo slim? Had Costello ingebroken bij de familie Allen met een vuurwapen en zes mensen vermoord?

En nu? Hoe moest hij nu verder?

Irving had geen tijd om daarover na te denken, want er kwam iemand binnen door de voordeur van het appartement en voor hij de kans had het standaardprotocol af te werken, liep O'Reilly al voor hem uit, opnieuw met getrokken wapen, en toen Irving in de hal kwam had O'Reilly al iemand tegen de grond gewerkt en vroeg om zijn naam, een verklaring voor zijn aanwezigheid...

En Irving hoorde het hijgende antwoord, het benepen geluid van John Costello die worstelde onder het gewicht van O'Reilly.

'Ik woon hier,' bracht Costello met moeite uit. 'Dit is mijn appartement... Ik woon hier...'

69

Om achttien minuten over drie werd Irving door Bill Farraday uit de verhoorkamer gehaald. Blijkbaar zat Karen Langley al meer dan een uur in de hal, had verschillende agenten te kennen gegeven dat ze de pest konden krijgen toen ze haar verzochten te vertrekken. Ze wachtte op Irving. Ze ging nergens naartoe tot ze Ray Irving had gesproken. En als ze haar met geweld de deur uit zetten, zou ze 'zo veel vuil spuien over die klootzakken van de politie dat jullie van voren niet meer weten dat jullie van achteren leven, begrepen?'

Als er al sprake was geweest van enige vorm van vriendschap tussen Ray Irving en Karen Langley, dan was deze een snelle en definitieve dood gestorven – hoogstwaarschijnlijk al in de eerste vijf minuten nadat ze had gehoord wat Irving had gedaan.

Het feit dat hij met John Costello in een verhoorkamer zat, het feit dat hij Costello zowaar verhóórde, was, met de directe of indirecte implicatie dat Costello iets met deze moorden te maken had, volstrekt inacceptabel.

'Jij,' snauwde ze toen hij op haar af liep, 'jij bent een klootzak van de allerhoogste orde, Ray Irving.' Ze was rood aangelopen, stond met haar vuisten gebald, haar ogen tot spleetjes geknepen, en gaf hem bijna een oplawaai. Visioenen in haar hoofd van Ray Irving met bebloed gezicht die op de grond knielde en haar smeekte op te houden met slaan. 'Ongelooflijk... Ik vind het echt ongelooflijk dat je zo stom, zo verdomde achterlijk doet...'

Irving stak zijn handen op in een verzoenend, smekend gebaar. 'Karen. Luister naar me...'

'Karen luister naar me?' bauwde ze hem na. 'Wie denk je goddomme wel dat je bent? Heb je enig idee wat je hem aandoet? Godallemachtig, je hebt alleen maar chaos veroorzaakt in mijn leven sinds ik je heb leren kennen...'

'Zeg, dat is niet eerlijk... En zou je nu die hal uit willen gaan en een behoorlijk gesprek met me willen voeren?'

'Een behoorlijk gesprek? Waar heb je het over?' beet ze hem toe. 'En is het verdomme nooit bij je opgekomen dat ik graag van tevoren had willen horen wat je van plan was?'

'Je hebt het wel over een moordonderzoek, hoor, Karen!'

Haar ogen werden groot. 'Waag het niet je stem tegen me te verheffen, en nee, ik ga geen behoorlijk gesprek met je voeren. Ik ga net zo veel rekening houden met jou als jij met mij. Je hebt ingebroken in zijn appartement...' Karen Langley stapte, met haar vuisten nog steeds gebald, een paar meter achteruit, draaide zich plotseling om en liep naar de balie, alsof ze zich ervan probeerde te weerhouden Irving buiten westen te slaan. Toen ze terugkwam, had ze die koele en afstandelijke blik vol minachting en laatdunkendheid op haar gezicht die ze als het moest zonder enige moeite tevoorschijn kon toveren.

'Ga je hem ergens van in beschuldiging stellen?'

'Die vraag beantwoord ik niet, Karen, en dat weet je.'

'Wordt hij verdacht van moord?'

'Ik beantwoord deze vragen niet.'

'Je begrijpt dat ik van plan ben nooit meer een woord tegen je te zeggen...'

Irving begon boos te worden. Hij vond niet dat ze het recht had hem zich zo klein en schuldig te laten voelen. 'Wat denk je wel, Karen?' Hij pakte haar bij de elleboog, leidde haar van midden in de hal naar de muur aan de rechterkant. 'Denk je dat ik daar al schietend naar binnen ben gegaan voor mijn lol? Denk je dat ik het wilde? Ik was op zoek naar hem omdat hij onvindbaar was. Ik was op zoek naar die man omdat ik toch eigenlijk wel wil weten waar hij is en wat hij doet, weet je? Ik ging naar hem op zoek omdat ik werkelijk om hem geef. Hij heeft ons geholpen, heeft gedaan wat we hem vroegen, en dan verdwijnt hij opeens. Is hij zomaar opeens van de aardbodem verdwenen. Daarom gingen we erheen. We kloppen aan en er wordt niet opengedaan. Ik begin me zorgen te maken. Ik denk aan die laatste alinea in die brief, dat het persoonlijk zal worden... Ik denk dat dat misschien, heel misschien, op John slaat, snap je? Dat die krankzinnige idioot het in zijn hoofd heeft gehaald dat het misschien een goed idee is om Robert Clares werk af te maken. Naar Johns flat te gaan en, enkel om te bewijzen dat hij de allerbeste is, te doen wat een andere zieke psychopaat niet is gelukt en de man zijn kop aan gruzels te slaan. Kun je me nog volgen?'

Karen Langley beantwoordde zijn blik, uitdagend en agressief, en Irving stak direct weer van wal.

'Ik ga dus niet gewoon naar huis. Ik denk niet: "Ach, hij zal wel ergens een pizza zitten te eten, of misschien is hij gaan dansen". Snap je? Nee, dat denk ik niet. Ik ga uit van het zwartste scenario. Ik bewandel de pessimistische weg en bedenk dat ik die man er misschien iets te veel bij heb betrokken. Dat ik hem misschien niet naar Central Park had moeten laten gaan, ook al stond hij erop, ook al stelde hij dat min of meer als voorwaarde voor zijn hulp... Dat ik misschien had moeten zien te voorkomen dat die zieke hufter erachter kwam dat John Costello meewerkt aan de zaak, dat die arme vent door mijn schuld het gevaar loopt vermoord te worden. Daarom ga ik naar binnen. Ik neem dat besluit, Karen, voor Johns bestwil, niet voor mijn eigen plezier. En wat tref ik aan?'

Irving draaide zich af, keek een ogenblik naar de voordeur, en toen hij zich weer tot Karen Langley wendde had hij een uitdrukking op zijn gezicht die haar van haar stuk bracht.

'Ik zal je zeggen wat we daar aantroffen, Karen. We troffen daar dingen aan die heel merkwaardig op me overkwamen. Ik zie natuurlijk al jaren de gekste dingen, maar alles wat ik daar zag was echt verdomde raar. Goed, toegegeven, er was geen direct bewijs en misschien heb ik het verkeerd aangepakt, best... Misschien had ik harder naar hem moeten zoeken voor ik in zijn flat inbrak, maar daar heb ik voor gekozen, en voor dat besluit ben ik alleen verantwoordelijk, en als hij een officiële klacht wil indienen, dan is daar een procedure voor. Hij heeft het volste recht een klacht tegen me in te dienen en me voor de rechtbank te slepen wegens huisvredebreuk. Wat mij betreft neemt hij die verdomde Anthony Grant in de arm om me hier en in nog vijf staten te vervolgen. Dit is goddomme mijn werk, Karen. Het draait in mijn werk om het nemen van beslissingen, goed of fout, en je daaraan te houden, want meestal kun je je de luxe niet veroorloven om alles opnieuw te bekijken en te heroverwegen, en je krijgt zeker de kans niet om iets terug te draaien en het alsnog goed te doen. Wijsheid achteraf is iets prachtigs, maar tegen de tijd dat je het hebt, is het te laat...'

'Wat heb je daar dan gevonden?'

Ray Irving hield zich in. Hij was net op dreef, hij had meer dingen te zeggen. Hij had meer dingen die hij wílde zeggen. Voor het eerst sinds het onderzoek was begonnen maakte hij gebruik van de gelegenheid om zijn gal te spuwen, alles eruit te gooien. Het feit dat Karen Langley vond dat ze terecht kwaad op hem was maakte niet uit. Ze was er. Ze had haar mond opengedaan om te klagen en dat was genoeg. Ze kreeg direct de volle laag.

'Ik kan je niet vertellen wat we hebben gevonden, Karen,' zei Irving.

'Je moet toch iets van bezwarend bewijs tegen hem hebben...'

'Karen, toe nou... Je begrijpt net zo goed als ik –'

'Nee, Ray, ik begrijp het niet, en dat is het nu juist. Ik begrijp het niet. Ik heb werkelijk geen flauw idee waar je mee bezig bent.'

'Sorry, Karen, ik moet weg,' zei Irving. 'Ik heb je alles verteld wat ik op dit moment kan vertellen en om helemaal eerlijk te zijn ben ik alleen naar je toe gekomen omdat mijn commissaris me belde om te zeggen dat jij aan de balie stond en tegen mensen zei dat ze de pest konden krijgen. Je moet nu direct ophouden met die onzin en je moet me mijn werk laten doen, goed?'

'Hoelang ben je van plan hem vast te houden?'

'Niet langer dan hij wil blijven. Op dit moment ben je de enige die er kennelijk problemen mee heeft.'

Karen lachte spottend. 'Wat weet jij daar nu van? Je kent die man helemaal niet. Je hebt absoluut geen idee wat er op dit moment in zijn hoofd zou kunnen omgaan –'

'En daarom is hij ook hier, Karen, omdat John Costello ons met wat er in zijn hoofd omgaat misschien duidelijk kan maken waar we mee te maken hebben.' Irving boog zich een beetje naar haar toe, liet zijn stem dalen. 'Ik heb zeventien lijken. Ik heb geen tijd voor spelletjes. Het maakt mij op dit moment niet bijzonder veel uit of er iemand op zijn ziel wordt getrapt of niet.'

'Dat is wel duidelijk, Ray –'

'Hou je sarcasme maar voor je, Karen. Jij bent journalist. Ik ben rechercheur van politie en je bevindt je in mijn bureau. We zijn niet in je appartement, op de krant, of ergens anders waar ik me keurig moet gedragen.'

'Val dood, joh,' zei Karen Langley.

'Ik denk dat je nu beter kunt gaan, Karen.'

'Durf hem eens iets te doen, Ray, dan ben ik degene die een advocaat inschakelt, begrepen?'

'Je doet je best maar, Karen... Op dit moment help je me voor geen meter.'

De koude en hatelijke blik was er onmiddellijk. Karen Langley kon zich er maar net van weerhouden Ray Irving zo hard mogelijk te slaan.

'Je bent een vuile klootzak van de hoogste orde.'

'Nou, dan heb ik tenminste nog ergens de top in bereikt, hè?'

Karen Langley draaide zich om. Ze liep naar de deur en toen ze hem opentrok keek ze achterom naar Irving.

'Als je me nodig hebt,' zei ze, 'vergeet het dan maar. Jij kunt ook de pest krijgen.'

De deur ging open, ze liep naar buiten, sloeg de deur achter zich dicht.

Irving draaide zich om, zag de brigadier achter de balie naar hem kijken.

'Het eerste afspraakje verliep dus niet zo goed?' vroeg hij.

Irving glimlachte en schudde zijn hoofd. 'Wanneer wel?'

70

Vernon Gifford stond voor de deur van de verhoorkamer te wachten tot Irving terugkwam. 'Hij zegt dat je hem hebt verraden,' was het eerste wat hij zei.

'Hem heb verraden?'

'Dat zei hij. Hij zegt dat je niet het recht had zijn huis binnen te gaan, en, wat hij nog het ergste vindt, dat je niet het recht had in zijn spullen te kijken.'

'En je denkt dat ik dat niet weet?' Irving stopte zijn handen in zijn zakken. Hij liep een paar meter door de gang, draaide zich om en liep terug.

'Hou je hem hier?' vroeg Gifford.

'Waarvoor? Op welke gronden? Er is geen aanklacht, er is geen enkel bewijs –'

'Behalve voor het feit dat hij knettergek is. Daarvoor is er bewijs zat, vind je ook niet?'

Irving gaf geen antwoord. Hij deed twee stappen naar voren, opende de deur en liep naar binnen, gevolgd door Gifford. Irving ging zitten, tegenover John Costello, en Gifford nam plaats op een stoel tegen de muur.

'John...'

'Was dat Karen?'

'Ja.'

'Alles goed met haar?'

'Nee,' antwoordde Irving. 'Ze heeft tegen allerlei mensen hier gezegd dat ze de pest konden krijgen, en wat mij betreft is ze er vrijwel van overtuigd dat ze nooit meer tegen me zal praten.'

Costello gaf geen antwoord.

'Zeg John... We moeten over die dingen praten.'

Costello keek op, met grote, bijna verwachtingsvolle ogen. 'Dingen?' vroeg hij met een ondertoon van verbaasde onschuld.

'Je schriften. Wat je allemaal schrijft. De dingen in je flat.'

'Míjn schriften. Wat ík schrijf. De dingen in míjn flat?'

'Ik weet het, John, ik weet het, maar je zult het met me eens zijn dat er iets raars is aan –'

'Aan mij? Aan wie ik ben? Aan hoe ik mijn leven leid?' Costello glimlachte spottend. 'Ik denk dat iemand zonder veel moeite tot de conclusie kan komen dat er iets vreemds aan jóú is, Irving. Je woont alleen, je eet elke dag in hetzelfde restaurant, je hebt geen vrienden, geen sociaal leven. Je kunt geen relatie beginnen, laat staan er iets van maken...'

'Het gaat nu niet om mij, John...'

'O nee? Volgens mij moet je dan nog eens heel goed kijken. Volgens mij gaat het wel degelijk om jou. Dit is wie je bent, Irving. Je hele bestaan lijkt te worden bepaald door wat je op dit moment doet, wat je de laatste paar weken hebt gedaan.'

'John... serieus. Ik moet weten met wie ik te maken heb –'

'Met wie je te maken hebt? Waarom denk je dat je ergens mee te maken hebt?'

'Die schriften in je appartement... Een kamer vol. Ionisatoren of wat dat...'

'Ontvochtigingsapparaten,' zei Costello zakelijk. 'Die moeten ervoor zorgen dat het niet te vochtig wordt in de kamer.'

'Maar wat betekent het allemaal? Wat –'

'Wat het betekent? Het betekent helemaal niets. Of misschien wel. Eerlijk gezegd kan het me niet schelen of wie ik ben en wat ik doe jou iets zegt of niet.'

'John... verdomme, John, ik moet verantwoording afleggen over mijn besluiten, en een daarvan was jou te laten meewerken –'

'Je hoeft hier geen verantwoording meer over af te leggen, Irving. Maak je daar maar niet druk om. Ik neem ontslag.'

'Wat?'

'Ik neem gewoon ontslag,' zei Costello. 'Heel eenvoudig. Geen enkel probleem. Dan hoef je niets meer uit te leggen of te rechtvaardigen.'

Uit zijn ooghoeken zag Irving iets bewegen achter het ruitje in de deur.

Gifford zag het blijkbaar ook, want hij stond op en liep de gang op. Hij kwam enkele tellen later terug, tikte Irving op de schouder, gebaarde dat hij naar de gang moest.

De blik op het gezicht van Bill Farraday sprak boekdelen. 'Het is op het nieuws,' zei hij zacht. 'Ik heb Ellmann al tien keer aan de telefoon gehad. Wat is er aan de hand met die vent?'

'Wie zal het zeggen,' zei Irving. 'Een heel raar appartement. Heel veel spullen die ik graag eens goed zou bekijken, maar op dit moment heb ik daar geen reden toe. Ik kan uitleggen waarom ik bij hem heb ingebroken, maar ik heb niets op grond waarvan ik hem kan vasthouden, niets wat ik hem ten laste kan leggen behalve het vermoeden dat hij volkomen gestoord is –'

'Laat hem gaan,' zei Farraday.

Irving keek omlaag naar de vloer. Het was onvermijdelijk geweest.

'Zorg ervoor dat hij hier wegkomt,' zei Farraday. 'Zeg dat hij zijn deur moet laten repareren. Zeg dat hij de rekening naar ons laat sturen. Zorg ervoor dat hij uit het gebouw komt, van de loonlijst af... Jezus, ik wist wel dat het een grote vergissing was –'

'Hij heeft al ontslag genomen,' zei Irving.

Farraday lachte spottend. 'Nou wordt het helemaal mooi. Godallemachtig, het is hier één groot circus geworden. Je moet alle banden met hem verbreken, Ray, hij moet hier weg – en we moeten ervoor zorgen dat hij zijn mond houdt. Ik moet er niet aan denken dat hij met zijn verhaal in de krant komt. Dat is wel het laatste waar ik op zit te wachten.'

Irving wist dat er niets was waarvoor ze Costello konden vasthouden, niet voldoende grond om zijn appartement te doorzoeken, geen reden om de honderden journaals die op de plank stonden en drooggehouden werden en bijzonder verdacht waren te bestuderen.

'Zes doden, en vier daarvan kinderen...' Farraday maakte de opmerking niet af.

Irving ging terug naar de verhoorkamer, zei tegen Costello dat hij kon gaan, dat er geen reden was om hem vast te houden. Hij vroeg hem geen uitlatingen te doen over wat er was gebeurd.

Toen hij bij de deur stond, glimlachte John Costello met een blik vol stil geduld in zijn ogen.

'Ik moet iets van je weten,' zei Irving.

Costello trok zijn wenkbrauwen op.

'Ik wil zeker weten dat ik me niet in je heb vergist. Ik wil zeker weten dat je er niets mee te maken hebt.'

En Costello glimlachte nogmaals, maar deze keer lag er iets in zijn blik wat er bijna superieur uitzag – niet minachtend, niet streng of kritisch, maar veelbetekenend – alsof Costello wist dat hij ver boven de banaliteit van Irvings denkproces verheven was.

'Of ik er iets mee te maken heb?' zei hij. 'Natuurlijk heb ik er iets mee te maken, en dat komt door jou.'

Daarop deed hij de deur open en liep de kamer uit.

Irving keek naar Gifford. Gifford keek naar hem.

Ze zeiden geen van beiden iets, omdat ze geen van beiden iets te zeggen hadden.

71

Om vijf uur die middag wist Ray Irving zeker dat Anthony Grant en Desmond Roarke elkaar niet meer hadden gesproken sinds er een einde was gekomen aan hun zakelijke relatie enkele jaren geleden. Rechercheur Ken Hudson, die alle aanwijzingen over de verblijfplaats van Karl Roberts, de privédetective van Grant, natrok had ook tijd gevonden om met Gregory Hill te praten. Onder het voorwendsel dat er aanvullende informatie nodig was over de inbraak van Roarke, werd Hill naar de verhoorkamer gebracht en ondervraagd zonder zijn vrouw erbij. Dat stelde hij op prijs. Ze had al genoeg meegemaakt. Haar relatie met Grant was verleden tijd. Ze hadden hun huwelijk weten te redden. Ze had ingezien dat ze een grote fout had begaan, haar echtgenoot ervan weten te overtuigen dat het nooit meer zou gebeuren, en hij had haar vergeven.

'En is er sprake geweest van een lichamelijke confrontatie?' had Hudson gevraagd, een vraag die Hill had bewogen met het schaamrood op zijn kaken zijn blik af te wenden, zacht fluisterend te antwoorden.

'Ik dronk destijds te veel,' zei hij tegen Hudson. 'Ik heb dingen gezegd... dingen gedaan...'

'Hebt u haar lichamelijk letsel toegebracht, meneer Hill?'

'Ik was mezelf niet in die tijd,' zei Hill. 'Ik heb haar geslagen. Ik kan u niet vertellen hoe ik me schaam over mijn gedrag. Wat iemand ook heeft gedaan, geweld is nooit goed.'

Hudson meende dat de man oprecht spijt had. De familie Hill had het ergste wat er in een huwelijk kon gebeuren doorstaan en ze waren eroverheen gekomen. Uit alles wat nu bekend was met betrekking tot de inbraakpoging bleek wel dat het onderzoek zich niet op Anthony Grant, noch op Greg Hill, noch op Desmond Roarke moest toespitsen. Ze moesten al hun aandacht richten op de man die Roarke had gebeld en zich had uitgegeven voor Grant. De man die Roarke geld had gegeven om in het huis van Hill in te breken, onder het voorwendsel dat er bewijzen lagen waaruit bleek dat Hill iets met de moord op Mia Grant te maken had. De forensisch analisten hadden bij Hill thuis niets gevonden. Roarke had geen enkele keer gebeld naar een nummer dat op naam van Grant stond. Inzage in de telefoonrekeningen van Roarke leverde hun drie telefooncellen op, allemaal in de nabije omgeving van het bureau in district 4, waaruit was gebeld op de momenten dat hij naar hij dacht werd gebeld door Grant. Er was niets waaruit bleek dat deze mannen contact met elkaar hadden gehad. Hun verhaal bleef overeind.

Desmond Roarke zou een poging tot inbraak ten laste worden gelegd. Hij had de voorwaarden van zijn voorwaardelijke vrijlating geschonden en zou naar de gevangenis gaan om zijn volledige straf uit te zitten. Evelyn Grant zou niets te horen krijgen over de relatie van haar echtgenoot met Laura Hill van vijf jaar geleden. Grant was advocaat. Hij wist tot hoe ver de politie kon gaan, en waar ze moesten stoppen. Er waren grenzen, en sommige grenzen overschreed je niet.

Irving en zijn mannen stuitten overal op muren, welke kant ze ook op gingen, en de muren waren breed, en ze waren hoog, en er leek geen weg omheen te zijn.

Om kwart over zeven werd in het crisiscentrum een vergadering belegd. Aanwezig waren Farraday, Irving, Gifford, Hudson, Jeff Turner en een van de forensisch analisten die in het huis van de familie Allen waren geweest.

'Voor we alle rapporten over de plaats delict en autopsies doornemen, moeten we even kijken hoe ver we zijn,' zei Farraday.

'Hoe ver we niet zijn,' zei Irving.

Farraday negeerde de opmerking, las een paar aantekeningen door en zei toen: 'Roarke wordt vervolgd voor die poging tot inbraak, hè?'

'Ja, we zijn vanavond met hem klaar,' zei Hudson. 'Morgen dragen we het dossier over aan de officier van justitie.'

'Waar gaat hij heen?'

'Dat weten we nog niet. Alles zit overvol. Dat horen we morgen.'

'Kijk uit dat ze het ons niet vergeten te vertellen voor hij vertrekt. Misschien moeten we hem nog een keer spreken.' Farraday pakte een ander vel papier, las een aantal punten door en legde het toen weg. 'Goed, hoe ver zijn we? Greg Hill is niet de man die we zoeken. Dat weten we zeker?'

'Er is bij hem thuis niets te vinden. Hij heeft voor vrijwel alle data van de recente moorden een alibi. De staat uit, een lang weekend van drie dagen tot met zondag 6 augustus. Het weekend dat de drie jongelui werden vermoord. Volgens mij is hij het niet.'

'En die toestand met zijn vrouw?'

'Laura Hill?' Hudson schudde zijn hoofd. 'Ze heeft een tijdje met Grant gerotzooid. Grants vrouw wist het niet, weet het nu nog niet. Hill heeft bekend dat hij zijn vrouw heeft geslagen, zei dat hij te veel dronk. Een huiselijke situatie die binnenshuis is gebleven. Geen rapport van opgemaakt, geen aanklacht door de vrouw ingediend. We hebben geen verzoek voor een nader onderzoek of aanklacht gedaan. Ze zijn er eigenlijk samen al uit gekomen.'

'Dan blijven er twee veronderstellingen over,' zei Farraday. 'Ten eerste, dat de man die we zoeken wist dat wij met gezinnen van zes personen in gesprek waren. Ten tweede, dat hij degene is die Roarke heeft benaderd voor de inbraak bij Greg Hill.'

'En als Roarke feitelijk had ingebroken?' vroeg Hudson. 'Hoe past dat in het plaatje?'

'Ik heb geen idee,' antwoordde Farraday. 'Ik denk dat Roarke niet naar het huis van Hill is gestuurd bij wijze van afleidingsmanoeuvre, maar bij wijze van grap, om ons in ons hemd te zetten. Hij is ons een stap voor. Hij wil dat we dat weten. Hij doet er alles aan om ons onder de neus te wrijven dat hij ons te slim af is.'

'Roarke, Grant, Hill,' zei Irving. 'Die laten we wat mij betreft verder rusten. Als we daar achteraan gaan, komen we nergens.'

'Dus dan hebben we nog de rapporten van de plaats delict en de autopsies van de familie Allen,' zei Farraday, en hij keek naar Turner.

Turner schudde zijn hoofd nog voor hij één woord had gezegd. 'Ik ben niet de brenger van nieuwe inzichten,' zei hij. Hij tikte met zijn vinger op een stapel dossiermappen op het bureau. 'Zes autopsies, een volledig rapport van de plaats delict. Toxicologie, vuurwapens, vingerafdrukken, het snoer naar de alarminstallatie buiten, krassen op het slot in de achterdeur... We hebben alles bekeken. We hebben een afdruk in de zachte aarde vlak bij een raam buiten gevonden. Sportschoen maat drieënveertig, geen merkschoen, dezelfde maat als de voetafdruk die op de plaats delict in Central Park is gevonden, maar dat zegt niks. Geen afdrukken in het huis behalve die van de familie, een paar vegen, een paar onbekende gedeeltelijke vingerafdrukken op de postbus buiten. Er zaten er een heleboel bij de stoppenkast buiten, maar we hebben contact opgenomen met het elektriciteitsbedrijf en de familie Allen had de stoppenkast nog geen twee weken geleden na laten kijken door een erkend installateur. De dader heeft niets achtergelaten om het ons makkelijk te maken.'

'Heb je nog iets gevonden over het geweer?' vroeg Irving.

'De afdeling Vuurwapens zegt dat Remington Marlin een geweer model 336 maakt. Die hebben ze met een patroonkamer voor een .35.'

'Jezus,' zei Irving. 'Hij heeft zelfs hetzelfde merk wapen gebruikt.'

'Tja, het is geen zeldzaam wapen. We hebben er tot nu toe in de stad driehonderdveertig geregistreerde van gevonden, en als we landelijk kijken loopt het tegen de duizenden.'

'Uitgezonderd de illegale, de lommerd, de niet-aangegeven diefstallen,' zei Irving.

'Het probleem is dat die man geen wapen zal gebruiken dat op zijn eigen naam staat geregistreerd,' zei Farraday. 'Ik denk dat dat een doodlopend spoor is... Ik zou geen tijd verspillen aan het geweer.'

'Eigenlijk loopt elk spoor dat we natrokken hebben dood,' zei Hudson. 'Tot nu toe, in elk geval.'

'We zullen er alles aan moeten doen om ze nieuw leven in te blazen,' zei Farraday. Hij keek op zijn horloge. 'Het is nu tien over zeven. Ik wil dat jullie het volgende doen: steek de koppen bij elkaar en schrijf een voorstel waarmee ik om negen uur naar hoofdcommissaris Ellmann kan. Bij drie zenders was de moord op de familie Allen al een van de hoofdpunten van het nieuws. Dat wordt wel weer minder, maar hoe meer aandacht het krijgt, des te meer telefoontjes er binnenkomen van het stadhuis –'

Irving wilde iets zeggen, maar Farraday legde hem met een gebaar het zwijgen op. 'Ik heb al genoeg aan mijn hoofd zonder jouw mening over de burgemeester,' zei hij, en hij stond op van zijn stoel. Hij legde de stapel papier op de tafel recht en liep naar de deur. 'Negen uur,' herhaalde hij. 'Een zinnig voorstel, niet een of ander flutverhaal waarvan we allemaal weten dat het niet gaat werken, ja?'

Turner keek naar Irving, Irving keek naar Hudson en Gifford. Allemaal keken ze naar Farraday toen hij de deur uit liep en koers zette naar de trap.

'Goed,' zei Turner. 'Dan zal ik jullie verder met rust laten.'

'Vergeet het maar,' zei Irving. 'Ga zitten. Jij hebt er net zo veel mee te maken als wij, en we gaan het allemaal nog een keer doornemen, tot we iets hebben waarmee we voor de dag kunnen komen.'

72

Het was al elf uur geweest toen Irving thuiskwam. In zijn zak had hij een klein stukje papier waarop hij het privénummer van Karen Langley had geschreven.

Hij zette koffie, hij ging in de voorkamer zitten, keek door het raam naar het duister, en hij worstelde met zichzelf.

Om tien voor halftwaalf pakte Ray Irving de telefoon en draaide haar nummer.

'Je bent een klootzak,' zei ze.

'Karen –'

'Hou maar op, Ray. Laat me met rust, ja? Bemoei je niet meer met me. Alles liep lekker tot jij erdoorheen kwam denderen als een –'

'Luister nu even –'

'Ray, echt hoor, ik heb hier geen tijd voor. Het is laat en ik ben moe. Ik ben de hele avond met John bezig geweest, en nu ga ik naar bed, want dankzij jou zit ik morgen weer met die toestand –'

'Alles wat er gebeurt is een toestand, Karen. Dat is mijn werk. Ik pak de toestanden aan die niemand wil aanpakken –'

'Maar Ray, jezus christus, Ray... Hij komt thuis en voor hij goed en wel binnen is zit er al een of andere lul boven op hem die hem probeert te boeien.'

'Heb je enig idee –'

'Hou maar op,' zei Karen. 'Ik heb nu geen zin in dit gesprek.'

'Wanneer dan? Wanneer wil je dit gesprek wel voeren?'

'Nooit, als je het per se weten wilt. Zo denk ik er echt over, Ray... dat ik dit gesprek nooit met je wil voeren.'

'Het is gewoon een vlucht –'

'Val dood –'

'Jij ook, Karen –'

'Ik zal je eens iets zeggen, Ray… Misschien heb ik geen idee hoe het is om buiten voor iemands flat op de trap te staan en je af te vragen of er binnen een dode ligt of niet, maar dat is niet het enige wat ik bedoel. Ik heb om eerlijk te zijn geen plaats in mijn leven voor iemand die niet met me praat –'

'Met je praat? Waarover in godsnaam?'

'Over wat er aan de hand is. Over wat er gebeurt.'

'Wat dan? Over wat ik doe? Wil je dat ik je midden in de nacht opbel om je te vertellen waar ik mee bezig ben? Zo van, hoi Karen, je zou die vent hier moeten zien. Iemand heeft zijn hersens ingeslagen. Zijn ogen zijn bijna zo groot als biljartballen, ze puilen helemaal uit en ze zien zwart van het bloed, weet je. Of zal ik je vertellen over die keer dat we naar het huis van een junkie gingen en ma en haar drie kindertjes aantroffen, aan stukken gesneden door papa de junk, die zo de kluts kwijt is van de crack en God mag weten wat nog meer dat hij niet eens weet wat hij doet –'

'Ray. Hou je mond! Hou gewoon je kop dicht, ja? Ik ga ophangen –'

'Dat flik je me niet, hoor je. Je hangt niet zomaar op –'

'Dag Ray.'

'Ka–'

De verbinding werd verbroken.

Hij bleef geruime tijd zitten met de hoorn in zijn hand en toen hing hij op en leunde achterover in zijn stoel.

Het was niet zo goed verlopen als hij had gehoopt.

Zoals de meeste dingen.

73

Dinsdag 14 november, vroeg in de ochtend. Irving had onrustig en slecht geslapen. Hij was verschillende keren wakker geschrokken met verontrustende en onsamenhangende beelden voor zijn ogen. Het in zwart plastic verpakte lichaam van Mia Grant. Het hologige clownsgezicht van James Wolfe dat hem vanuit een gat in de grond aanstaarde...

Hij kreeg het gevoel dat hij werd uitgelachen, gehoond, en hij voelde zich machteloos en zwak. De Imitator had zijn eigen proefterrein afgebakend en had zijn superioriteit op alle fronten bewezen.

Ik ben beter, slimmer, sneller...

Ik ben jullie altijd een stap voor...

Jullie... Ik moet lachen om jullie...

Daarnaast begonnen de stress en de spanning hun tol te eisen. De relatie die Irving met Karen Langley had opgebouwd op het professionele en misschien ook het persoonlijke vlak, lag nu in duigen, en wat John Costello betrof... tja, hij probeerde zo min mogelijk aan John Costello te denken.

Hij zette koffie. Hij ging aan de keukentafel zitten. Hij had zin in een fles Jack Daniel's en een pakje Lucky Strike. Hij wilde ertussenuit. Hij wilde een beetje rust.

Zijn pieper ging om tien over acht. Hij belde terug, kreeg te horen dat Farraday hem om kwart voor negen op zijn kamer wilde spreken.

'Je bent laat,' luidde Farradays begroeting. Zijn gezicht stond neutraal. Geen medeleven, geen empathie, geen compassie, geen begrip, geen humor.

'Ik heb alweer een paar telefoontjes gekregen,' zei hij. 'Ik ben gebeld door de krant, de afdeling Voorlichting van het stadhuis, hoofdcommissaris Ellmann, de officier van justitie. Ik ben gebeld door televisiezenders, radiostations, en zelfs chatrooms op het internet publiceren gekopieerde stukken uit krantenartikelen over deze moorden ...' Hij leunde achterover tot hij naar het plafond keek en sloot zijn ogen. 'Er zijn mensen die de feiten op een rijtje zetten, zoals we al hadden verwacht, en deze keer trekken ze ook allerlei conclusies. De hele zaak ligt nu op straat, Ray, en ik wil er vanaf –'

'Ik doe alles wat ik –'

'Dat weet ik, dat weet ik, maar alles wat je kunt is blijkbaar niet genoeg. Ik heb meer nodig. Ik wil dat je samenwerkt met de afdeling Daderprofilering van de FBI, met het forensisch lab, met de lijkschouwer. Ik wil dat jij en Hudson en Gifford alles op alles zetten. Er moeten dossiers worden herzien en overzichten gemaakt. Ik wil dat alle rapporten van de plaatsen delict opnieuw worden bekeken.' Farraday liet zijn hoofd zakken en keek Irving recht aan. 'En bovenal wil ik resultaten.'

Irving deed er het zwijgen toe. Hij had dit eerder gehoord, zou het nog vele malen horen tot de zaak was gesloten. Hij durfde niet eens te denken aan de mogelijkheid dat de zaak niet zou worden opgelost.

'Aan de slag,' zei Farraday. 'Bepaal wat je gaat doen en vertel me dan wat je nodig hebt. Dan zal ik kijken of ik het je kan geven.'

Irving glimlachte sarcastisch. 'Uitzendtijd op alle televisiezenders. Driehonderd rechercheurs. En doe de National Guard er ook maar bij voor de zekerheid.'

'We zijn de situatie altijd meester, Ray. Je weet hoe het gaat. De vragen komen op je af, je geeft geen antwoord. Het is voor iedereen van hoog tot laag "geen commentaar". Je geeft ze nooit de indruk dat je het niet volledig in de hand hebt ...'

'Ik weet het, ik weet het,' zei Irving, en zijn toon verried hoe moe hij was.

Farraday leunde naar voren, met zijn ellebogen op de rand van het bureau, zijn handen gevouwen alsof hij bad. 'Zeg eens,' zei hij. 'Zeg eens eerlijk ... Heb je enig idee wie de dader is?'

'Nee, ik heb geen flauw idee wie de dader is.'

'Helemaal niet.'

'Helemaal niet,' herhaalde Irving.

'Heb je niets gevonden in de groep waar Costello mee samenkwam in het hotel?'

'We hebben ze allemaal nagetrokken – er zitten goddomme vier vrouwen bij – geen strafblad, geen eerdere vergrijpen, het enige wat ze gemeen hebben is het feit dat ze ergens in een ver verleden het beoogde slachtoffer van een of andere idioot zijn geweest. De twee mannen zijn zo schoon als wat... Helemaal niets te vinden.'

'Ik heb het rapport voor Ellmann gelezen. Het klinkt allemaal mooi op papier, maar je weet net zo goed als ik dat het in het echt nog niet voor de helft werkt.'

'Het enige aanknopingspunt dat ik nog heb is de privédetective die Grant in de arm had genomen. Hij is verdwenen, en ik heb het nare gevoel dat hij misschien iets op het spoor was en straks met uitgestoken ogen ergens in een vuilcontainer eindigt.'

'Denk je dat hij de dader op het spoor was?'

'Ik weet het niet, commissaris, ik weet het gewoon niet. Je denkt erover na hoe je het zou uitleggen aan iemand die niet bij de politie werkt. Je stelt je voor dat je probeert uit te leggen dat iemand zo veel mensen kan vermoorden zonder één enkel stukje hard of aannemelijk bewijs achter te laten. Achteraf, ja, als alle indirecte bewijzen een bekentenis bevestigen, maar voor je die vent te pakken hebt, heb je helemaal niets aan al die dingen.'

'Dat hoef je mij niet te vertellen,' zei Farraday.

'Daarom denk ik dat we het in de openbaarheid moeten brengen.'

Farraday gaf geen antwoord. Hij sprak hem niet tegen. Hij veegde het idee niet direct van tafel. Daaruit maakte Irving op dat hij deze aanpak zelf ook had overwogen.

'En dan?' vroeg Farraday.

'De waarheid vertellen, of zo veel van de waarheid als nodig is om het duidelijk te maken.'

'We hebben niet eens een foto, zelfs geen robotfoto. Waar laten we ze dan naar uitkijken?'

'We vragen ze niet ergens naar uit te kijken. We vragen ze op elkaar te passen.'

'Je wilt een hele stad in staat van paraatheid brengen?'

'Ja, ik wil een hele stad in staat van paraatheid brengen... We handelen de telefoontjes af, alle gevallen van loos alarm, we zetten er zo veel mogelijk mensen op, en we lossen het voor Kerstmis op –'

'Het moet lang voor Kerstmis opgelost zijn.'

'Dan zult u alles moeten afstemmen met de mensen met wie u dat moet afstemmen, de middelen die we nodig hebben zien te krijgen, en daarna zetten we de hele zaak in de krant en brengen we hem op tv.'

'Wil je mijn mening horen? Ik denk niet dat het gaat lukken.'

'Dus we proberen het niet eens?'

'We proberen het wel, maar je moet hier straks niet op hoge poten binnenkomen als het wordt afgewezen.'

'Klootzakken. Als ze ons niet geven wat we nodig hebben, kunnen ze iemand anders zoeken om dit onderzoek te leiden.'

Farraday glimlachte zuur. 'Er is niemand anders om dit onderzoek te leiden.'

'Dan zitten ze straks met een groot probleem, hè?'

Farraday deed er enkele momenten het zwijgen toe. Uiteindelijk zei hij: 'Is er geen andere manier? Wil je het echt zo doen?'

'Ja... ik geloof dat we het zo moeten doen.'

'Omdat het de beste aanpak is, of omdat het de enige manier is?'

'Dat laatste,' zei Irving.

'Goed, zet dan maar iets voor me op papier, maar als je het opschrijft moet het klinken alsof het de beste aanpak is, ja?'

'Dat lukt me wel.'

Farraday keek nogmaals op zijn horloge. 'Vijf voor halftien. Zorg ervoor dat ik het om elf uur heb. Heb je de politiepsychiater nodig?'

'Vindt u dat ik naar een psychiater moet?'

'Voor het artikel. Voor de bewoordingen van het artikel, kluns. Misschien kunnen we er een valstrik in zetten om de dader uit zijn tent te lokken.'

'Wat dan? We vertellen de hele wereld dat hij een nicht is, of dat hij een pik van vijf centimeter heeft, zoiets?' Irving schudde zijn hoofd. 'God, nee. Ik wil die vent niet kwader maken dan hij al is. Trouwens, wat psychiaters werkelijk over menselijk gedrag weten kan ik op de achterkant van een postzegel schrijven.'

Farraday zei niets, maar hij glimlachte veelbetekenend. 'Aan de slag dan maar,' zei hij. 'Zorg ervoor dat ik iets krijg waar ik iets mee kan.'

74

Wachten was een vaardigheid, misschien zelfs een kunst. Het was hoe dan ook niet iets wat Irving onder de knie had.

Hij schreef de verklaring. Hij zette de hoofdpunten van een krantenartikel op papier. Hij deed die dingen niet op grond van kennis of ervaring, maar uit pure noodzaak. Omdat het er werkelijk alle schijn van had dat er buiten hemzelf en de mensen onder zijn leiding niemand echt vastbesloten was ervoor te zorgen dat aan deze zaak een einde kwam. De mensen die zich er zijdelings mee bemoeiden – vertegenwoordigers van de burgemeester, de persvoorlichters, zelfs de federale bureaus – wilden de moordenaar, maar het werk wilden ze niet. Ze hadden de politie. De politie werd betaald uit belastinggelden. De politie wist altijd precies wat er gedaan moest worden, en kreeg het altijd weer voor elkaar.

Nou en of.

Hudson en Gifford gingen achter de privédetective, Karl Roberts, aan. Zijn kantoor en zijn flat bleken verlaten. Ze bemachtigden foto's van hem en lieten een opsporingsbericht uitgaan. Ze toonden echter geen foto van hem op televisie voor het geval dat hij nog in leven was, omdat ze van oordeel waren dat ze hem daarmee alleen maar in gevaar brachten.

Maar Irving geloofde dat de man mogelijk informatie over de moordenaar van Mia Grant had gevonden. Als dat zo was, was de kans groot dat Karl Roberts al dood was.

Irving sprak nogmaals met Anthony Grant, stelde uitgebreid vragen over alles wat Roberts wellicht over de dood van Mia had gezegd, welke aanwijzingen hij had nagetrokken, op welke punten hij zich had geconcentreerd. Grant kon niet veel licht op de zaak werpen. Hij zei dat Roberts een ernstige, bijna humorloze man was, maar duidelijk gedreven, serieus, professioneel in zijn aanpak. Grant zei dat Roberts goed op de hoogte leek te zijn van politieprocedures en de indruk wekte dat hij een ex-politieman was. Dat was niet ongebruikelijk. Irving liet Hudson en Gifford de databases van het politiekorps doorspitten – uit het verleden, het heden, nabijgelegen staten. Er was een Carl Roberts in Upper West Side, een Karl Robertson in New Jersey.

Dat was alles wat ze vonden.

Vijf dagen gingen voorbij. Het duurde tot maandag 20 november voor de afdeling Voorlichting van de NYPD met een goedgekeurde verklaring en een goedgekeurd artikel over de brug kwam. Het ging op papier naar *The Times*, de *City Herald*, de *Daily News*, en het werd op websites geplaatst. Het werd opgepikt door NBC, ABC en CBS en WNET. Hoofdcommissaris Ellmann delegeerde het afleggen van publieke verklaringen aan zijn plaatsvervanger. Hij wilde niet herinnerd worden als het gezicht dat slecht nieuws bracht.

De inwoners van New York hoorden dat ze al vijf maanden werden geplaagd door een moordenaar. Tot op heden waren zeventien moorden aan deze persoon toegeschreven. De gezichten van de slachtoffers werden gepubliceerd, op websites geplaatst. Er werd een speciaal telefoonnummer opengesteld voor mensen die de slachtoffers herkenden, die hen in de uren of dagen voor hun dood hadden gezien, die in het bezit waren van informatie welke voor de politie van belang kon zijn.

Ellmann en Farraday riepen vijftien man extra personeel op om de telefoonlijnen te bemannen. Maandagmiddag om halfvijf waren ze al overbelast. Er was een onderstroom van paniek, zowel binnen als buiten het politiekorps. Gifford, Hudson, Saxon, O'Reilly, Goldman en Vogel werden teruggeroepen. Farraday gaf hun in bijzijn van Irving nieuwe instructies. Er werden drie rechercheurs geleend van district 7, die het normale werk op het bureau in district in 4 moesten afhandelen, terwijl de rechercheurs Moordzaken werden ingezet voor de follow-up van alle telefoontjes die niet overduidelijk een grap waren. Ellmann deelde Farradays mening dat mensen die al bekend waren met de zaak eraan moesten blijven werken, omdat hiermee kon worden voorkomen dat het tijdelijk gedelegeerde personeel eerst moest worden ingewerkt.

Om zeven uur die avond waren er driehonderdveertien nieuwe aanwijzingen waar ze nog niet aan toegekomen waren. Om negen uur was dat aantal gestegen tot meer dan vijfhonderd. In de kranten werden allerlei veronderstellingen en misleidende berichten gepubliceerd. Het gevoel van paniek nam toe. Irving kon niet beslissen of het verbeelding of werkelijkheid was, maar telkens wanneer hij het bureau verliet kreeg hij het gevoel dat de sfeer in de stad geladen was.

Om tien uur belde Irving Karen Langley en liet een bericht voor haar achter.

'Karen, met Ray. Ik heb meer dan vijfhonderd aanwijzingen binnengekregen over de zaak. Laat John me bellen, zeg hem dat ik zijn hulp nodig heb. Zeg dat hij zijn persoonlijke grieven opzij moet zetten. Het gaat nu om het leven van anderen. Zeg dat tegen hem. Zeg hem dat als hij me niet komt helpen –'

Opeens klonk er een klik op de lijn en hij hoorde de stem van Karen Langley.

'Ray?'

'Karen… ik was net een bericht voor je aan het inspreken.'

'Dat hoorde ik, Ray. Hij is verdwenen.'

'Wat?'

'John. Hij is verdwenen –'

Irving voelde de haren in zijn nek overeind gaan staan. 'Hoe bedoel je, verdwenen?'

'Precies wat ik zei. Dat is toch niet zo moeilijk. Hij is weg.'

'Sinds wanneer?'

'Ik heb hem vrijdagmiddag voor het laatst gezien. Hij vroeg of hij wat eerder naar huis mocht, en nu is hij vanochtend niet op de krant verschenen en zijn telefoon wordt niet opgenomen. Ik heb zelfs al iemand naar zijn flat gestuurd om te zien of er licht brandde, maar nee.'

Irving voelde zich beroerd. Hij was ongerust.

'Ray?'

'Ja?'

'Ik maak me zorgen om hem… Dat hij misschien iets gaat doen.'

'Denk je dat hij zo labiel is?' vroeg Irving.

'Gut, Ray, ik weet niet meer wat ik moet denken, alleen dat ik absoluut zeker weet dat hij niets met die moorden te maken heeft. Ik weet dat je hem verdenkt.'

'Nee, Karen… Die gedachte had ik al losgelaten, en toen zag ik zijn flat. Dat zette me aan het denken… God, ik weet niet meer wat ik dacht.'

'Ik zie het gewoon als zijn manier om om te gaan met wat hij heeft meegemaakt, net zoals alle andere dingen die een beetje vreemd aan hem zijn.'

'Dat zegt veel over hoe verschillend we zijn,' zei Irving.

'Zo veel verschillen we niet van elkaar, Ray. Jij bent alleen onnozeler en egocentrischer, en net iets minder slim dan ik.'

Irving glimlachte. Het was moeilijk onder deze omstandigheden enig gevoel voor humor te bewaren, maar daar was Karen Langley, die hem er opnieuw aan herinnerde dat het leven buiten het bureau iets te bieden had.

'Wat ga je doen?' vroeg ze.

'Ik ga hem zoeken, Karen. Ik moet nu wel. Het is iets meer geworden dan nieuwsgierigheid naar waar hij mee bezig is. We moeten nu echt vaststellen of hij er iets mee te maken heeft.'

'Ik denk echt –'

'Ik weet het, Karen, ik weet het, en ik hoop bij God dat hij er helemaal niets mee van doen heeft, maar ik moet het zeker weten. Er staat te veel op het spel om het te laten rusten.'

'Ik begrijp het.'

'Bedankt dat je de telefoon opnam.'

'Hou je taai, Ray Irving.'

'Jij ook.'

De verbinding werd verbroken. Irving hing op, aarzelde een moment en pakte toen de telefoon en riep Hudson en Gifford bij zich.

'Opsporingsbericht voor John Costello,' zei hij tegen hen. 'Hij moet koste wat het kost worden gevonden, begrepen?'

75

De wereld leek drie dagen stil te staan. Binnen de muren van het bureau in district 4 was het een gekkenhuis en chaos. Een voortdurend wisselend leger van telefonisten beluisterde en beoordeelde alle niet ter zake doende inzichten, veronderstellingen, aannamen en inconsistenties van een in de openbaarheid gebracht onderzoek. Op elke vijftig telefoontjes waren er een stuk of vijf aanwijzingen die moesten worden nagetrokken. De mensen van de uniformdienst, Vogel, O'Reilly, Goldman en Saxon, trokken eropuit; de rechercheurs Hudson en Gifford probeerden Karl Roberts en Costello te lokaliseren.

De schrijvende pers en de nieuwszenders keerden zich tegen de politie. Waarom kwam er geen einde aan? Waar werden de dollars van de belastingbetaler aan uitgegeven? Hadden ze ondanks de grote publiciteit en de schijnbaar onuitputtelijke middelen de man die New York terroriseerde nu nog niet te pakken?

Er waren geen nieuwe ontwikkelingen tot de ochtend van donderdag 23 november, en toen gebeurde er iets wat Irving nooit had verwacht.

Om zeven uur, een paar minuten over, zat Irving achter zijn bureau in het crisiscentrum. Hij was al twee uur op het bureau, terwijl hij kort na enen diezelfde ochtend naar huis was gegaan. Nauwelijks drie uur slaap, en hij liep opnieuw langs de rand van de afgrond.

Drie dagen sinds het verhaal bekend was geworden. Vierentwintig uur voor New York om het tot zich te laten doordringen, vierentwintig uur voor de instinctieve vijandige reactie gericht tegen de politie en het huidige gemeentebestuur. De vierentwintig uur daarna ontstond de algemene paranoia. Mensen waren of stoer en cynisch, of doodsbang.

Die ochtend nam Irving bijna de telefoon niet aan. Hij zat de rapporten van de afgelopen vier uur door te lezen, die zich in zijn afwezigheid hadden opgestapeld. Er waren twee berichten van dezelfde persoon gekomen, een vrouw die angstig klonk, die twee verschillende telefonisten een verhaal had verteld waaruit je kon opmaken dat ze mogelijk ooggetuige was geweest van iets wat verband hield met de moord op de familie Allen. Ze woonde zelf twee straten verder naar het oosten, maar had een vriendin die tegenover de familie Allen woonde. Ze was daar tot laat in de avond op bezoek geweest, was net op weg naar huis toen er een donkere pick-up de straat in kwam en afremde. Ze was snel doorgelopen, met een onbehaaglijk gevoel, zich bewust van het late tijdstip in een donkere en inmiddels verlaten straat, en het feit dat het ondanks de korte afstand naar haar eigen huis zo gebeurd kon zijn, dat iemand uit een auto stapte...

Ze had drie cijfers op de kentekenplaat onthouden. Waarom? Omdat het de drie cijfers van de verjaardag van haar zus waren. 161. 16 januari. Een donkere pick-up – zwart, misschien donkerblauw, hoogstwaarschijnlijk een Ford – met 161 op de nummerplaat.

En toen ging de telefoon, Irving stak zijn hand uit naar de hoorn, maar stopte halverwege. Door de extra telefoonlijnen die waren aangesloten voor het crisiscentrum, was het systeem overbelast geraakt en ingewikkeld geworden, en er was al te vaak per abuis een telefoontje voor een heel andere afdeling naar hem doorgeschakeld.

Maar toen de telefoon een derde en een vierde keer was overgegaan, voelde hij zich door het hardnekkige gerinkel gedwongen, zodat hij zijn hand nogmaals uitstak, de hoorn opnam, naar zijn oor bracht en de brigadier van dienst hoorde zeggen: 'Ray... Ik heb iemand aan de lijn die zegt dat je hem zoekt,' en meer was er niet nodig.

Irving wist dat het John Costello was, en toen hij zei: 'Ja, hallo...' verwachtte hij Costello's stem te horen, en hij bereidde zich voor op de rits verontschuldigingen die hij de man zou moeten aanbieden, alles wat hij moest zeggen om de man weer aan boord te krijgen en naar het bureau te halen.

Maar de stem die antwoord gaf, het ene woord dat werd uitgesproken, was zo duidelijk niet John Costello, dat Irving een rilling door zijn hele lijf voelde gaan.

'Rechercheur.'

'Ja... hallo... Met wie spreek ik?'

'Ik geloof dat u me zoekt.'

'Dat ik u zoek?' Irving voelde dat zijn neusgaten openschoten alsof hij ammoniak had geroken. Alle haren in zijn nek stonden recht overeind. Hij huiverde, nauwelijks waarneembaar voor iemand die hem daar aan het bureau had zien zitten, maar het gebeurde, en het was een heftig gevoel, en hij wist niet of hij bij machte was nog iets te zeggen.

'Ik ben bang, rechercheur... echt bang... Ik heb me een tijdje schuilgehouden...'

'Bang? Met wie spreek ik?' zei Irving.

'Ik ben de man waar u naar op zoek bent. Ik heb van alles gehoord van mensen die ik ken –'

'Welke mensen? Wat hebt u gehoord?'

'Ik ben de detective,' zei de stem. 'Karl Roberts.'

Een gevoel van opluchting schoot door Irving heen.

Hij meende dat hij nooit eerder in zijn leven zulke tegenstrijdige emoties had gevoeld.

De verlammende angst dat hij misschien de moordenaar aan de telefoon had... de zeer reële mogelijkheid dat de zelfingenomen vuilak hem zowaar had opgebeld om hem te tergen, om hem uit te dagen... Daartegenover het gevoel van teleurstelling – nee, iets veel sterkers dan teleurstelling – dat het de moordenaar niet was, dat alles wat Roberts eventueel te weten was gekomen hen geen stap verder zou brengen...

Irving bleef enige tijd stil zitten, bijna alsof hij was vergeten adem te halen, en toen zei hij: 'Ja, meneer Roberts, we zijn naar u op zoek geweest,' waarop Roberts antwoordde, en wat hij zei bracht alles in één klap weer terug voor Irving.

'Ik denk... Godallemachtig, man, ik denk dat ik weet wie het is.'

Irving zei niets.

'En ik denk dat hij weet wie ik ben... en ik ben bang dat als ik iets doe waardoor hij erachter komt waar ik ben...'

'Waar bent u nu, meneer Roberts?' vroeg Irving. Zijn hart sloeg twee keer zo snel als normaal. Hij voelde zweet onder zijn haar, dat krielende, jeukende gevoel.

'Dat zeg ik niet,' antwoordde Roberts. 'Niet over de telefoon.'

'U moet naar het bureau komen, meneer Roberts. We kunnen u beschermen...'

Roberts lachte zenuwachtig. 'Het spijt me, rechercheur. Ik ben al te lang privédetective om dat echt te geloven. U moet niet vergeten dat ik voor ik met dit werk begon bij jullie hoorde.'

'U bent politieman geweest?'

'Ik ben rechercheur geweest. Zedendelicten, Narcotica, heb heel wat jaartjes in de vuurlinie gezeten.'

'We hebben u opgezocht... We konden niemand met uw naam in onze archieven vinden.'

'Waar hebt u gekeken? In New York? New Jersey?'

'Uiteraard, ja, we hebben gekeken of u –'

'Seattle,' zei Roberts. 'Daar kom ik oorspronkelijk vandaan, maar dat doet nu niet ter zake.'

'U zegt dat u weet wie de dader zou kunnen zijn?'

'Ja.'

'Bent u bereid ons te vertellen wat u hebt ontdekt?'

'Ja natuurlijk, waarom zou ik anders bellen? Jezus, man, je denkt toch niet dat dit een geintje is of zo?'

'Dan moeten we ergens afspreken. Ik kom u persoonlijk halen. Ik kan u garanderen –'

'Niets,' zei Roberts. 'U kunt me niets garanderen, rechercheur. U hebt daar beveiligde telefoonlijnen, binnen het korps althans, in uw eigen bureau, nietwaar?'

'Uiteraard.'

'Gelul. Niet als we praten over wat ik weet.'

Irving zweeg een moment. 'Iemand binnen –'

'Zeg maar niks meer. Zoals ik al zei. We gaan er nu niet over praten en ik kom niet naar het bureau. We moeten ergens afspreken.'

'Ja, zeker... We moeten ergens afspreken.'

'Op een openbare plaats. Ergens waar meer mensen zijn...'

'Goed,' zei Irving. 'Waar?'

'God, hoe moet ik dat weten? Een warenhuis, een restaurant...'

'Een cafetaria? We zouden kunnen afspreken in een cafetaria.'

'Best. Een cafetaria is goed, en... en neem iemand mee.'

'Moet ik iemand meenemen?'

'Ja, neem iemand mee. Niet iemand van de politie... een neutraal iemand.'

'Wie dan?'

'Maakt niet uit. Dat kan me niet schelen. Als het maar niemand van de politie is.'

'Wat denkt u van Karen Langley?'

'Wie is dat?'

'Dat is een journalist van de *City Herald*.'

'Ja, dat is prima. Neem haar maar mee.'

'Kent u Carnegie op Seventh Avenue ter hoogte van 55th Street?'

'Nee, maar ik kan het wel vinden. Vanavond, goed? En geef me het nummer van uw mobiele telefoon.'

Dat deed Irving.

'Ik bel straks nog een keer. Dan geef ik u het nummer van een telefooncel. U gaat het bureau uit naar een andere telefooncel en belt me terug. Ik wacht op uw telefoontje. Dan vertel ik u hoe laat we afspreken. U komt met die journalist, maar verder niemand, alstublieft. Als ik nog iemand anders zie ben ik weg, begrepen?'

'Ja, ik begrijp het... Ik begrijp het volkomen.'

'Goed, dan zijn we klaar. Wacht tot ik u bel, onderneem verder niets om me te vinden. Niets wat de aandacht trekt, snapt u? Wat ik u te vertellen heb... kut, man, u wilt toch niet dat de NYPD deze man helpt me op te sporen.'

'Iemand binnen het korps... Dat bedoelt u toch? U zegt dat het iemand binnen het korps is...'

'Straks,' zei Roberts, en de verbinding werd verbroken.

76

Irving vond gegevens over Karl Roberts in de database van het politiekorps in Seattle. In '87 bevorderd tot rechercheur, drie jaar Zedendelicten,
acht jaar Narcotica, uiteindelijk begin '99 met vervroegd pensioen gegaan,
in 2001 naar New York verhuisd, in juli 2003 geregistreerd als privédetective. Allemaal duidelijk. Het gezicht op het personeelsdossier van de
politie kwam overeen met het gezicht op de identiteitskaart die hem was
verstrekt. De man was echt. Hij was geen geest. Hij had een opleiding tot
rechercheur gevolgd, had een goede staat van dienst gehad, en had nu als
privédetective aan de moord op Mia Grant gewerkt. En Karl Roberts zei
dat hij wist wie de dader was. Hij had laten doorschemeren dat de dader
binnen het politiekorps van New York te vinden was. Dat was voor zowel
Irving als Farraday nog het moeilijkst te verkroppen, hoewel het eerder
was voorgekomen. Farraday gaf toestemming het opsporingsbevel voor
Roberts in te trekken, maar was het met Irving eens dat het opsporingsbevel voor Costello moest worden gehandhaafd.

'En neem je Langley mee?'

'Ik heb geen keus,' antwoordde Irving. 'Ik ga wel naar haar toe. Ik wil
dit als het even kan niet over de telefoon bespreken.'

Farraday schudde gelaten zijn hoofd. 'Denk je echt dat het iemand
binnen het korps zou kunnen zijn?' En hij voegde eraan toe: 'Dat was een
retorische vraag, je hoeft geen antwoord te geven.'

Irving reed naar het gebouw van de *City Herald*, wisselde een paar
woorden met Emma Scott, die achter de receptie zat, en zij belde Karen
Langley.

Langley – die mogelijk in de veronderstelling verkeerde dat Irving
nieuws over John Costello had – zei tegen Emma dat ze Irving direct naar
boven moest sturen.

Hij trof haar op haar kamer, staande voor het raam. Ze zag er geagiteerd, zorgelijk uit, en hij wist dat wat hij haar te vertellen had het er niet beter op zou maken.

'Waarom ik?' luidde haar eerste vraag, en voor Irving de kans had antwoord te geven, bestookte ze hem met een spervuur van vragen. Dacht Irving dat John dood was, dat hij zelfmoord had gepleegd, dat hij misschien was vermoord? Zou John Costello de man binnen het politiekorps kunnen zijn over wie deze Karl Roberts het had? Hoorde Costello door zijn samenwerking met Irving nu niet bij de politie? Dat leek logisch, dat zou verklaren waarom Roberts had geëist dat Irving iemand meebracht die niet aan de politie was verbonden. Maar als dat inderdaad het geval was, dan zou Roberts zich toch wel hebben gerealiseerd waar Costello werkte, en voor wie? Maar dan zou hij haar zeker niet bij de ontmoeting willen hebben. Bewees dat niet dat John er niets mee te maken kon hebben...?

'Karen, Karen, Karen.' Irving ging naar haar toe en greep haar stevig bij de schouders. Hij leidde haar naar haar stoel en dwong haar te gaan zitten. Hij bleef een moment naar haar staan kijken. Ze was kennelijk volkomen van de kaart. Doodsbang. Alsof ze bij het minste of geringste in zo'n diepe emotionele afgrond zou vallen dat ze er misschien nooit meer helemaal bovenop zou komen.

'Het antwoord op al die vragen is dat ik het niet weet, Karen. Niet zeker. Al die vragen die je hebt zullen veel makkelijker te beantwoorden zijn zodra we Karl Roberts hebben gesproken en hebben gehoord wat hij weet.'

'Maar waarom ik?' vroeg ze nogmaals. 'Waarom wil hij dat ik meekom?'

'Hij heeft niet om jou gevraagd. Hij heeft gevraagd om iemand die niet bij de politie werkt. Hij is bang, Karen. Hij mag vroeger dan rechercheur van politie zijn geweest, het is en blijft een mens, en hij denkt dat zijn leven in gevaar is. Hij weet iets, en hij wil er liever een neutraal iemand bij hebben... Misschien denkt hij wel dat ik er iets mee te maken heb... Wie weet. Of misschien denkt hij dat we allang wisten dat het iemand in het korps is en dat ik opdracht heb gekregen schoon schip te maken en het uit de publiciteit te houden. Als ik in zijn schoenen stond, zou ik waarschijnlijk hetzelfde doen...'

'God, Ray, ik kan niet weigeren, hè? Ik ben op van de zenuwen... En ik zal je één ding zeggen: als ik wist waar John was zou ik me al een stuk beter voelen.'

'We doen er alles aan,' zei Irving. 'Iedereen die ik daarvoor vrij kan maken is naar hem op zoek, en nu we het opsporingsbericht voor Roberts hebben ingetrokken maken we meer kans.'

Karen was een poosje stil en toen leunde ze naar voren en zei: 'Zeg eens eerlijk, Ray. Zeg eens eerlijk... Geloof jij diep in je hart echt dat John dit allemaal gedaan kan hebben?'

Irving schudde zijn hoofd. 'Nee, dat geloof ik niet,' antwoordde hij. 'En ik wíl ook niet zo denken, maar de mogelijkheid bestaat... God, Karen, hoe klein die mogelijkheid ook is, ik kan het niet volledig uitsluiten.'

'En als hij het heeft gedaan... en we hebben er de hele tijd met onze neus bovenop gezeten, en jij hebt hem naar het bureau gehaald, om met je samen te werken, je te vertellen waar je moest zoeken –'

'Dan zit ik zonder werk, Karen, en kom ik hier om een baantje vragen.'

Karen Langley glimlachte flauwtjes. Irving probeerde de boel een beetje op te vrolijken, maar daar was het het moment niet naar. Het was een sombere, beklemmende situatie, en dat zou zo blijven tot ze de waarheid wisten.

'Dus?' drong Irving aan.

'Dus?' herhaalde Karin. 'Dus niets, Ray... Natuurlijk ga ik mee. Er valt niet veel te kiezen, hè?'

Irving ging tegenover haar zitten, en de uitputting, de dodelijke vermoeidheid waaraan zijn lichaam ten prooi was, was zichtbaar in elke lijn en rimpel en schaduw op zijn gezicht. 'Nee,' zei hij zacht. 'Er valt niet veel te kiezen.'

De uren kropen voorbij, zoals Ray Irving al van tevoren had geweten. Hij keerde terug naar het bureau, sprak met Farraday, en Farraday – die begreep hoe groot de druk was waar Irving door de intense aard van het onderzoek onder stond, die mogelijk aanvoelde dat hij enige compassie moest tonen voor de positie waarin Irving nu verkeerde – liet hem met rust. Hij vroeg op dat moment niets van hem, en Irving zat in het crisiscentrum, bracht zelfs bijna een uur door in de kantine van het bureau, dacht na over alles wat er was gebeurd en deed verschrikkelijk zijn best geen al te hoge verwachtingen te koesteren over wat Roberts hun zou kunnen vertellen. Ex-rechercheur van politie of niet, Roberts zou het bij het verkeerde eind kunnen hebben, en zelfs als hij gelijk had, zou er dan meer zijn dan indirecte bewijzen? Zou er voldoende zijn om iemand te vervolgen? Of zou dit opnieuw een stap vooruit zijn naar meer onzekerheid?

Om vijf uur belde Irving Karen Langley, maar hij kreeg haar voicemail.

Om elf minuten over vijf ging zijn mobiele telefoon en het was Roberts.

'Zes uur,' zei hij. 'Waar u zei... de cafetaria. Goed?'

Irving schoot overeind. 'Ja, we zullen er zijn.'

'En u neemt die vrouw mee?'

'Ja, ze komt mee.'

Roberts hing op.

Irving belde Karen Langley.

Karen verliet het gebouw van de *City Herald* om acht minuten voor halfzes, stak de straat over en liep een klein stukje naar haar auto. Ze merkte niet dat de bestuurder van de donkergrijze huurauto op de hoek van West 33rd Street tegenover het hoofdpostkantoor haar nauwlettend gadesloeg.

Om twee minuten voor halfzes vertrok ze over Ninth Avenue in de richting van Central Park. De donkergrijze auto reed op enige afstand als een schaduw achter haar aan; de bestuurder volgde haar spoor naar de parkeergarage achter het ondergrondsestation op 57th Street, hield haar in de gaten toen ze het korte stukje naar Carnegie Delicatessen & Restaurant op 854 Seventh Avenue te voet aflegde. Hij parkeerde de auto op de hoek van 58th Street, hield de ingang van Carnegie in het vizier en zag tot zijn genoegen Ray Irving arriveren. Hij kende het gezicht van Ray Irving heel goed. Ray Irving hoorde erbij, net als Mia Grant, James Wolfe, de familie Allen en alle andere slachtoffers. Ray Irving was het middelpunt waar dit kleine universum nu om draaide. Het was bij hem begonnen en het zou bij hem eindigen.

'Ray,' zei ze toen hij op haar toe kwam lopen. Ze zat aan een apart tafeltje achterin, alsof ze zich door zich af te scheiden van de ergste drukte in het restaurant, door de afstand tot de straat, kon afzonderen van de realiteit.

'Alles goed?' vroeg Irving toen hij tegenover haar plaatsnam. Instinctief legde hij zijn hand op de hare.

'God, wat ben je koud,' zei ze, en toen glimlachte ze, misschien om deze ontmoeting de schijn van iets anders mee te geven. Ze waren vrienden, goede vrienden, misschien zelfs geliefden; ze gingen samen eten; de wereld waarin zij leefden was niets meer en niets minder dan de wereld die zij zelf hadden geschapen. Er waren geen doden, er was geen seriemoordenaar; er was geen afspraak met een gepensioneerde rechercheur uit Seattle die beschikte over informatie waarmee zij de waarheid konden achterhalen van wat zeventien onschuldige mensen in een tijdsbestek van vijf maanden was overkomen. Het waren gewone dagen, kinderen die moesten worden opgehaald van muziekles, een discussie over de vraag wiens ouders met Thanksgiving zouden komen...

Het soort gesprek dat Jean en Howard Allen wellicht ooit hadden gevoerd.

Maar nee. Dit was niet hun beider leven. Ray Irving en Karen Langley zagen er misschien zeer onschuldig en gewoon uit, maar wie ze werkelijk waren en waarom ze daar waren zou maar door zeer weinig mensen kunnen worden begrepen en op waarde worden geschat.

Ze waren daar omdat er mensen op brute en sadistische wijze waren vermoord. Ze waren daar omdat iemand het in zijn hoofd had gehaald de wereld te ontdoen van mensen die hij minderwaardig achtte. Er was sprake van waanzin, onmenselijkheid, een totaal gebrek aan barmhartigheid, compassie en scrupules. En deze dingen waren nu onder de huid van Ray Irving en Karen Langley gekropen en versomberden hun kijk op de wereld nog meer. Dit was geen televisie. Dit was geen op kleine schaal gedistribueerde film voor achttien jaar en ouder. Dit was het ergste wat de wereld te geven had, en zij spoedden zich ernaartoe in de hoop dat er een einde aan kon worden gemaakt.

Ze hielden nog een poosje elkaars hand vast, en toen ging Irving achteruit zitten. Hij glimlachte – die al te bekende uitdrukking van kalme berusting – en Karen glimlachte terug.

'Ik weet niet of een verontschuldiging op zijn plaats is,' zei hij, 'voor alles wat er met John is gebeurd.'

'Ik ben te moe,' zei ze. 'Ik hoop maar dat alles in orde is met hem. Ik weet niet wat ik ervan moet denken, maar ik heb mijn pogingen om er iets van te begrijpen opgegeven.'

'We moeten eerst maar eens horen wat die Roberts te weten is gekomen.'

'Dus we wachten,' zei ze.

'Ja, we wachten.'

'Heb je honger?'

'Nee,' antwoordde Irving. 'Jij?'

'Ik ben wel aan koffie toe.'

Irving stond op, liep naar de bar om een serveerster aan te spreken. Hij kwam terug naar het tafeltje en korte tijd later verscheen de serveerster. Ze schonk de kopjes vol, zei dat ze haar moesten roepen als ze wilden eten.

Ze zaten stil bij elkaar. De spanning stond op hun gezicht te lezen, werd in hun lichaamstaal, hun ogen weerspiegeld.

De bestuurder van de donkergrijze auto zat ook stil, en hoewel hij Irving en Langley niet kon zien zitten, wist hij dat ze er waren, ergens achter het glas, ergens in het licht en de warmte en de veiligheid van het restaurant.

Dat licht en die warmte en die veiligheid waren van voorbijgaande aard, zoals alles. Wat je dacht te bezitten kon in een tel verloren gaan. Voorgoed worden weggenomen. Zo gingen die dingen.

77

De tijd leek zich ineen te vouwen, want toen Irvings mobiel ging, toen hij hem van de tafel griste en zag dat hij werd gebeld door een onbekend nummer, had hij de indruk dat ze slechts een paar minuten met elkaar hadden gesproken. Het was al drie minuten voor zes.

'Ja?'

Karen trok haar wenkbrauwen op.

Irving graaide een servetje uit de houder, haalde een pen uit zijn jaszak en schreef een nummer op. 'Goed,' zei hij, en hij hing op.

Ze haastten zich naar een telefooncel aan de overkant van de straat.

Ze wurmden zich door de vouwdeur, stonden tegen elkaar aan gedrukt, Irving met een handvol muntjes, waarvan hij de eerste drie of vier in de telefoon stopte. Bonzend hart, zijn pols twee keer zo snel als normaal, hartslag voelbaar in zijn keel, en zijn slapen, grote ogen, adem als rook, zij tweeën klem tegen elkaar alsof ze samen in één huid zaten, heftige emoties...

Het geluid van de muntjes die door de gleuf vielen en omlaag rolden. De harde tik toen Irving de hoorn oppakte. De tonen toen hij op de knopjes drukte, terwijl hij wist dat dit de doorbraak was, dat waarnaar hij op zoek was geweest, waar hij om had gebeden, op had gehoopt ondanks zijn intuïtie en ervaring die hem vertelden dat zoiets niet kon gebeuren.

Over een paar minuten, niet meer dan een paar minuten, zou hij oog in oog staan met iemand die inzicht had in wat er met Mia Grant was gebeurd, iemand die één laag van de listigheid waarin deze nachtmerrie was gehuld had blootgelegd en daardoor een idee had gekregen, een gedachte, een mening, een veronderstelling, iets...

Misschien zelfs een naam.

En op dat moment drong het tot Irving door hoe diep hij zijn eigen twijfel, zijn eigen angst dat dit misschien iets heel anders was had weggestopt. Hij had zichzelf ervan overtuigd dat het hem niet kon schelen wie de Imitator was, dat het hem niet kon schelen of hij gek was of niet. Hij hoefde het waarom van zijn daden niet te begrijpen. Het maakte hem niet uit of het iemand was die hij kende, iemand die hij had ontmoet, zelfs niet als het iemand uit het politiekorps was...

Hij wilde het alleen weten, en hij wilde dat er een einde aan kwam.

'Irving?'

'Ja, met mij, ik ben er,' zei Irving hijgend.

'Is ze bij u? De journalist?'

'Ja, ze is er, ze staat hier naast me.'

'Weet u Madison Square Park te vinden?'

'Ja, dat weet ik.'

'Ik zie jullie daar. Over een kwartier –'

'Ik snap het niet,' merkte Irving op. 'We zijn hier nu, waar we hadden afgesproken, in het restaurant.'

'We gaan ergens anders heen. Ik ben van gedachten veranderd. U moet naar Madison Square Park, anders gaat de hele afspraak niet door.'

Irving keek naar Langley. Ze zag de spanning op zijn gezicht.

Wat is er? mimede ze.

'Waar precies?' vroeg Irving.

'Er staan een paar bankjes aan de noordoostzijde. Aan de kant van het New York Life Building.'

'Ja, die weet ik te staan.'

'Over een kwartier. Alleen jullie tweeën. Als ik nog meer mensen zie ben ik weg. Zorg dat u op tijd bent.'

'Begrepen –'

De verbinding werd verbroken.

Irving bleef enkele tellen stil staan, terwijl zijn hart uit zijn borst dreigde te bonzen, en toen legde hij de hoorn op de haak, begon zich uit de telefooncel te wurmen, met Karen Langley naast zich, onderwijl pratend om haar te vertellen waar ze naartoe gingen, dat er een andere ontmoetingsplaats was gekozen.

'Geloof je die vent?' vroeg ze, terwijl Irving haar bij de hand nam en de straat overstak naar zijn auto.

'Of ik hem geloof?' zei Irving. 'God, Karen, ik vraag mezelf al een hele tijd maar niet meer af wat ik geloof. Er is nu gewoon niemand anders. Ik moet gewoon horen wat hij weet.'

Ze namen Irvings auto, reden de parkeergarage uit en sloegen af naar het zuiden in de richting van Madison Square.

Een minuut later trok de donkergrijze auto op en voegde vlak achter hen in in de stroom langzaam rijdend verkeer.

Ze zagen niets.

Vanuit de auto belde Irving Farraday. Hij vertelde hem waar hij naartoe ging, dat Langley bij hem was, dat ze Roberts in het park zouden ontmoeten, niet in het restaurant zoals oorspronkelijk de bedoeling was. Misschien had iets hem afgeschrikt. Misschien had hij gewoon besloten dat ergens buiten beter was. Irving vroeg om onopvallende auto's op alle hoeken van het park – op de hoek van West 26th Street en Fifth Avenue, in West 23rd Street bij het station, in het zuidoosten op de hoek van Madison Avenue en East 23rd Street en ten slotte schuin tegenover de plaats waar ze Roberts zouden ontmoeten, geparkeerd langs de stoeprand in de schaduw van het New York Life Building.

'Roberts heeft bij de politie gezeten,' zei Irving. 'Hij kent het klappen van de zweep. Laat één vent achter het stuur zitten, een tweede op de vloer achter hem. Twee mannen in een auto valt te veel op.'

Farraday gaf Irving een vrijgemaakte frequentie voor zijn portofoon. 'Neem hem mee,' zei hij. 'Stop hem in je jas en laat hem aanstaan.'

'Er mogen geen fouten worden gemaakt,' zei Irving. 'Als hij doorkrijgt dat ze er staan, kunnen we wel inpakken.'

Farraday begreep het. Hij zei dat ze zich niet zouden laten zien. Hij gaf zijn woord, en Irving geloofde hem.

Nog acht minuten te gaan en ze stonden nog altijd vast in het verkeer tussen het ondergrondsestation op 34th Street en Penn Station. Plotseling loste de file op, omdat een rij auto's de afslag naar 32nd Street nam. Irving gaf gas en ze kwamen bij 26th Street, waar hij links afsloeg en Broadway Avenue nam naar het park.

Ze parkeerden de auto en liepen het laatste stuk. Irving hield Karen Langleys hand vast, een geruststellende boodschap dat ze dit geen van beiden alleen hoefden te doen. Ze zeiden niets. Schijnbaar was alles waarvoor woorden nodig waren al gezegd.

Ray Irving onderdrukte een onverwacht verontrustend voorgevoel, het idee dat hij na deze ontmoeting misschien nog minder van de waarheid zou begrijpen.

Bij de vier hoeken van het park stonden onopvallende auto's opgesteld met elk twee agenten, die allemaal radiostilte in acht namen. Via de vrijgemaakte frequentie konden ze Langley en Irving met elkaar horen praten. Aan de noordoostkant van het park stond een rij lege houten bankjes en daar namen ze plaats.

'Ik vind het doodeng,' zei Karen Langley op een gegeven moment, en Ken Hudson, die hen vanaf zijn uitkijkpost in West 26th Street door een verrekijker in de gaten hield, begreep precies wat ze bedoelde. Het gevoel dat zij had kwam hem zeer bekend voor. Mensen werden soms letterlijk gek. Hij zou het niemand toewensen, vooral een burger niet, vooral iemand die erbij was gesleept zonder daar feitelijk iets over te zeggen te hebben niet. Hij sloeg hen gade, Irving en Langley, twee kleine silhouetten op een parkbank onder de bomen, en hij wist dat Irving, ondanks zijn training en ervaring, klem zou zitten tussen de noodzaak deze Karl Roberts te ontmoeten en de drang Karen Langley te beschermen. Twee kwaden. Kon het ene niet doen zonder het andere.

Nog geen vier minuten nadat ze waren gaan zitten, zag Irving iemand links van hem het grasveld oversteken en naar de bomen lopen. Hij had een lange jas aan, bruin van kleur voor zover hij kon zien, en hij maakte een gedecideerde maar voorzichtige indruk.

Irvings maag draaide zich om.

Vanuit een andere politieauto zag Vernon Gifford een tweede man op de hoek van East 26th Street en Madison Avenue uit een taxi stappen en naar het hekje rond het park toe lopen. Hij had een zwart jasje aan, handen diep in de zakken, schouders gekromd en hoofd omlaag, en zijn gezicht ging schuil onder een honkbalpet. De diender achter de bestuurdersstoel, die in elkaar gedoken op de vloer voor de achterbank zat, voelde de druk van Giffords rug toen deze achteroverleunde. Hij transpireerde hevig, voelde de hoek van zijn portofoon pijnlijk in zijn dij prikken, maar hij kon zich niet bewegen.

Er werden opmerkingen uitgewisseld tussen de vier opgestelde teams. Ze hielden nu vier mensen in het oog: Irving en Langley, de bruine jas, de honkbalpet.

Om één minuut voor halfacht kwam Irving half overeind toen de man in de lange jas door zijn gezichtsveld liep, linksaf ging en vervolgens langzaam op hen af kwam. Zijn hart liep zichzelf voorbij.

Vernon Gifford zag dat Honkbalpet langs het hek liep en aan de noordoostkant het park binnenging. Gifford had het gevoel dat er iets mis was. Hij ging nerveus verzitten, reikte naar de deurhendel, zei tegen de politieman achter hem dat hij voorzichtig voorin moest gaan zitten zodra Gifford zelf uit de auto was gestapt.

'Ik ga eropaf,' zei Gifford over de portofoon. 'Allemaal wachten voorlopig.'

Gifford deed het portier voorzichtig open en glipte zonder geluid de auto uit. Hij sloot het portier achter zich en liep haastig over het trottoir naar de hoek. Hij ademde zwaar – witte geesten voor zijn gezicht wanneer hij uitademde. Hij besefte dat de situatie bijzonder gespannen was.

Als dit verkeerd afliep, zaten ze allemaal in de ellende.

Als dit verkeerd afliep, zouden er mogelijk nog eens God mocht weten hoeveel mensen sterven.

Hij haalde zijn .38 voor de dag en hield zijn pas in. Hij kwam bij het hekje op het moment dat Bruine Jas achter een boom links van het pad opdook. Hij was er zeker vijftig meter bij vandaan, maar hij had Irving en Langley op het bankje in het vizier, zag dat Honkbalpet hen van achteren naderde en dat Bruine Jas nu tussen de bomen uit kwam en op hen af liep. Hij voelde een zweetdruppel onder zijn haar uit komen en langs zijn neus omlaag lopen.

'Honkbalpet van achteren,' zei hij in zijn microfoon. 'Bruine Jas van voren. Eenheid Drie, stuur je eerste man naar de uiterste rechterkant van het park en nader langzaam. Eenheid Vier wachten. Irving? Een onbekende man met een honkbalpet nadert je van achteren, en de man in de bruine jas bevindt zich voor je. Steek je linkerhand op en raak je oor aan als je me hebt begrepen.'

Gifford zag dat Irving langzaam zijn hand optilde en zijn oor aanraakte.

Irving liet zijn hand zakken en leunde naar voren. Hij greep Karens hand stevig vast toen hij een schaduw achter de bomen uit zag komen die op hen af kwam. Bruine Jas bevond zich nu recht voor hen. Hij kwam langzaam naderbij, met zijn handen in zijn zakken, zijn hoofd gebogen. De onderste helft van zijn gezicht ging schuil achter een sjaal. Zelfs op vijf meter afstand kon Irving zijn gezicht niet onderscheiden, maar uit de zekere manier waarop hij naderbij kwam maakte Irving op dat het Karl Roberts moest zijn, dat er misschien eindelijk een doorbraak in de zaak zou worden bereikt, dat iets de impasse waarin hij al eindeloos lang verkeerde zou doorbreken...

Karl Roberts bevond zich op nog geen drie meter van Irving, die inmiddels opstond van de bank.

Irving durfde niet over zijn schouder te kijken, maar was zich ervan bewust dat er iemand achter hem was. De man met de honkbalpet. Had Roberts zijn eigen beveiliging meegenomen?

Vanaf de plaats waar Gifford stond, leek het erop dat Honkbalpet nog niet was opgemerkt door Bruine Jas. Gifford liet zich op de grond zakken, omdat hij besefte dat de kleinste beweging Bruine Jas opmerkzaam zou maken op zijn aanwezigheid. Hij ging languit op het koude natte gras liggen, met de .38 in zijn hand. Zijn hart bonsde en hij haalde moeizaam adem omdat hij geen enkel geluid probeerde te maken.

'Meneer Roberts,' zei Irving.

'Rechercheur Irving,' klonk de stem, en Karl Roberts legde de laatste paar meter naar Irving af, niet wetende dat Vernon Gifford nog geen vijf meter van de plek waar hij bleef staan plat in het gras lag.

'Alstublieft,' zei Roberts. 'Gaat u zitten.'

Irving stapte achteruit en ging naast Karen zitten.

'U vreest voor uw leven,' zei Irving.

Roberts, die voor hen stond met de jas tot op zijn knieën, een sjaal om de onderste helft van zijn gezicht geslagen tegen de kou – en om te voorkomen dat de persoon die naar zijn idee de Imitator zou kunnen zijn kon zien wie hij was – leek hoorbaar te zuchten. Irving wist dat het niet kon – niet met het geluid van het verkeer in de straat achter hen, niet met het geluid van zijn eigen ademhaling, het bonzen van zijn eigen hart – maar toch nam hij het waar.

Misschien, dacht Irving, zou deze ontmoeting voor hen allebei iets oplossen. Voor Karl Roberts, die zich had moeten schuilhouden, met niemand had kunnen praten, zou het wellicht een bevrijding zijn als hij de dingen die hij wist vertelde tegen iemand die zelfs nog langer bij deze zaak was betrokken dan hijzelf.

'Of ik vrees voor mijn leven?' zei Roberts. 'Ja. Ik ben overal bang voor. Ik schrik van mijn eigen schaduw de laatste paar dagen.'

'En wat kunt u ons vertellen?' vroeg Irving. Opnieuw de argwaan, het duistere voorgevoel rond de hele gebeurtenis.

'Is dat Karen Langley?' vroeg Roberts.

'Ja, dat is Karen Langley.'

Roberts knikte. 'Fijn dat u gekomen bent... Ik begrijp dat dit voor u verschrikkelijk moet zijn.'

'Het gaat wel,' zei Karen. 'Heus. Ik vind het niet erg. Ik wil graag helpen voor zover ik kan.'

'Dat stel ik op prijs,' zei Roberts, 'maar helaas is het veel erger dan u beiden zich volgens mij kunt voorstellen.'

Irving kreeg het koud van de spanning. 'Erger?' herhaalde hij. 'In welke zin? Hoe kan het nu erger zijn dan het al is?'

Roberts liet zijn hoofd zakken. Toen hij opkeek leek hij te worden afgeleid door iets tussen de bomen. 'Is er iemand met u meegekomen?' vroeg hij. 'U hebt gezegd dat er niemand zou meekomen... Als er iemand is –' Hij deed een stap achteruit, draaide zijn hoofd en keek over zijn schouder naar het pad. Hij controleerde of hij ongehinderd kon wegkomen.

Irving kwam half overeind van de bank. Hij stak zijn handen op in een sussend gebaar. 'Er is verder niemand,' zei hij. 'Ik verzeker u dat we hier alleen zijn, alleen wij tweeën. Geen politie... Niets.'

Roberts liet zich kennelijk geruststellen door de nadruk waarmee Irving het zei en bleef staan.

'Alstublieft,' zei Irving, terwijl hij weer ging zitten. 'Vertelt u alstublieft wat u weet. Vertel ons wat u weet, dan kunnen we ingrijpen en deze bedreiging wegnemen –'

Roberts deed een stap naar hem toe. 'Ik weet wie het is,' zei hij. Het was een simpele verklaring, die met zo veel overtuiging werd uitgesproken dat Irving een moment sprakeloos was.

'U weet wie het is?' zei Irving. Hij voelde zijn hart snel kloppen. Zijn handen dropen letterlijk van het zweet. Hij wierp een blik op Karen Langley, die eruitzag als een doodsbang kind met grote ogen en een bleek gezicht.

'Ja,' zei Roberts kalm. 'Ik weet precies en exact wie het is.'

Hij deed weer een stap naar voren en op dat moment wist Irving waarom hij zo onrustig was. De man voor hem was te lang. Meer dan een meter vijfentachtig. Hij had de gegevens van Karl Roberts' dienstverband bij de politie gezien, zijn personeelsdossier, de stukken waarin zijn lengte en gewicht stonden vermeld, de kleur van zijn ogen, zijn ras, geloof, geslacht... zijn vingerafdrukken...

Irving stond op en deed een stap naar links. Zijn knieholten drukten tegen de benen van Karen Langley en instinctief spreidde hij zijn armen, strekte ze ter hoogte van zijn middel uit. Om haar af te schermen, om haar te beschermen... want op het moment dat hij zich afvroeg of hij de gegevens van Roberts goed had onthouden, tegen zichzelf zei dat er iets niet klopte, haalde de man een ding uit de zak van zijn jas, iets wat zonder meer herkenbaar was, en de woorden die uit de mond van de man kwamen waren zo simpel en duidelijk als wat:

'Ik ben de Hamer van God,' zei hij, en zijn stem klonk vlak en nadrukkelijk en zeker, en verried helemaal niets van de mate van woede en haat die er mogelijk achter schuilging.

'Ik ben de meedogenloze Hamer van God...'

Wanhopig graaiend naar zijn wapen ging Irving neer bij de eerste klap. Terwijl hij op de grond in elkaar zakte, terwijl hij Karen Langley hoorde gillen, besefte hij dat hij een vreselijke, afschuwelijke fout had gemaakt.

Het geluid dat de hamer maakte toen hij in aanraking kwam met Karen Langleys hoofd was onbeschrijfelijk, maar onmiddellijk daarna – bijna als uit een droom – klonk het geluid van geweerschoten, en te midden van de chaotische gebeurtenissen, achteromkijkend onder de bank door, zag Irving dat daar iemand stond op nog geen zes meter afstand, iemand met een honkbalpet, met geheven hand, de vuurspuwende loop van een wapen, en plotseling wankelde de aanvaller achteruit, en voor Irving de tijd had zijn hoofd te draaien om de schutter te zien, hoorde hij de vertrouwde stem van Vernon Gifford.

Gifford schreeuwde, gilde vervolgens zo hard als hij kon dat de man met de honkbalpet zijn wapen moest laten vallen, en er scheen enige verwarring te zijn, want de man met de pet aarzelde, draaide zich naar Gifford en begon opeens naar Irving en Langley toe te rennen.

En hij liet het wapen niet vallen. Hij richtte het toen de aanvaller de hamer nogmaals hief, en op dat moment schoot Gifford. In de war, gedesoriënteerd, verdoofd van de pijn probeerde Irving Karen Langley af te schermen van de commotie die losbarstte en kon zo gauw met zijn verbrijzelde arm zijn wapen niet pakken, en Gifford loste het schot voor hem. Hij nam een besluit en ging tot actie over. Het was een zuiver schot. Een goed schot. Eén kogel van .38 kaliber trof doel in het rechterdijbeen van de man met de honkbalpet. Hij ging door en door. De voorkant van het been van de man spatte naar buiten en hij viel op zijn knieën, zijn wapen was weg en zijn handen grepen naar de wond in zijn been. Misschien zag hij de aanvaller die zich dreigend over hem heen boog niet, maar Gifford zag hem wel, zag hem duidelijk, herkende de vorm van de hamer toen deze met een vaart omlaag kwam. Honkbalpet draaide zich onhandig af en de hamer schampte langs zijn schouder. De schreeuw van pijn was onbeschrijfelijk.

Honkbalpet viel zijwaarts, steunde met zijn hand op het uiterste puntje van de bank, en een moment scheen hij te aarzelen tussen zelfbehoud en de duidelijke noodzaak Karen Langley te beschermen tegen verdere aanvallen.

Irving, die zijn rechterarm niet kon gebruiken, probeerde met zijn linkerhand zijn wapen uit de holster te trekken. Alles werd zwart voor zijn ogen. Hij voelde dat het wapen uit zijn vingers gleed en op het gras belandde.

Honkbalpet probeerde zichzelf naar voren te trekken, legde zijn hand op de rand van de bank om zichzelf op te richten, maar de man in de lange jas boog zich al over hem heen. De hamer kwam omlaag, schampte langs zijn oor, omlaag langs zijn hals, en Irving hoorde iets breken en de man met de honkbalpet viel als een zak zout op de grond.

Irving vocht tegen golven van pijn en duisternis. Hij kreeg zijn wapen te pakken, voelde het zweet in zijn handen, probeerde het stevig in zijn vingers te krijgen, zich om te draaien en tegelijk toch Karen Langley af te schermen. Hij probeerde het wapen te richten, maar het gleed opnieuw uit zijn hand en viel op het gras. En toen stond de aanvaller weer voor hem en keek op hem neer, en een moment leek het of de man helemaal geen gezicht had, slechts de suggestie van een gelaat ergens in de schaduwen, alsof hij simpelweg uit het donker was ontstaan...

Irving gilde. En toen klonken er stemmen, heel veel stemmen in zijn oor, en een tel vroeg hij zich af waar die stemmen vandaan kwamen tot hij hoorde *Vrij schootsveld! Vrij schootsveld!*

Het geluid van één schot, en de man wankelde achteruit, terwijl de hamer uit zijn hand viel en op het gras belandde. Irving kon niet zien waar hij was geraakt, Zag hem alleen nog een paar onhandige stappen achteruit doen en daarna op het gras vallen.

En toen was Gifford er, en een paar tellen later nog iemand, en nog iemand, en de stemmen klonken te hard, en er was een fel licht in zijn ogen...

Ray Irving draaide zijn hoofd naar opzij om tussen de poten van de bank door te kijken, en daar zag hij de man met de honkbalpet liggen, en hij wist wie het was. En hij wist welke datum het was, en hij begreep dat dit op geen andere manier had kunnen eindigen.

En toen herinnerde hij zich Karen, en Vernon Gifford schopte de hamer weg en iemand knielde bij Roberts, en toen voelde Irving dat hij van de grond werd getild, en de pijn was onvoorstelbaar... en mensen deden hun best hem op de bank te krijgen terwijl ze voortdurend in portofoons riepen.

Hij hoorde mensen over het pad rennen, het geluid van schreeuwende mensen, en ergens klonk een sirene...

Toen zat Gifford naast hem en Irving probeerde dat wat gezegd moest worden te zeggen zonder woorden, want het duister waardoor hij werd opgeslokt was diep en eindeloos en vol met de allerzwartste schaduwen, en er was daar geen enkel geluid, noch iets wat hem bekend was. Hij ging stil, want hij had niets meer waarmee hij zich kon verzetten.

78

23 november 1984 – de moord op Nadia McGowan door de Hamer van God.

23 november 2006 – tweeëntwintig jaar na dato was de laatste moord van de Hamer van God nagebootst, deze keer met Karen Langley en Ray Irving als doelwit. Ze hadden het overleefd, maar nu was – slachtoffer van een verschrikkelijke, bittere ironie – John Costello degene die het niet kon navertellen. Hij werd vermoord door een moordenaar die zich uitgaf voor Karl Roberts; vermoord door de Imitator. En die man – een man wiens naam nog onbekend was – was geopereerd om de mogelijk fatale gevolgen van een zuiver schot in de borst tot staan te brengen. Er was bericht gekomen dat hij het zou halen, dat hij in leven zou blijven, en het Openbaar Ministerie, de relevante politiebureaus, iedereen die door deze zaak was geraakt, bereidden zich al voor op de confrontatie met deze gruwel van een mens.

Vernon Gifford, een ervaren rechercheur Moordzaken die uitsluitend een onbekende man met een honkbalpet had gezien die een wapen in de richting van Ray Irving en Karen Langley richtte, had de enige rationele actie ondernomen die in een dergelijke situatie mogelijk was. Had hij niet op Costello geschoten, had hij geen kogel door Costello's dij gejaagd, dan zou het misschien anders zijn afgelopen.

Irving, die in het ziekenhuis naast het bed van Karen Langley zat te wachten tot ze bij kennis kwam, beschouwde het incident van alle kanten. Op de een of andere manier overtuigde hij zichzelf ervan dat Costello op dezelfde wijze de dood zou hebben gevonden ongeacht wat Vernon Gifford had gedaan. Naar het idee van Ray Irving had John Costello sinds november 1984 gewacht op het moment dat dit zou gebeuren.

Zaterdagochtend 25 november 2006 om achttien minuten over negen kwam Karen Langley bij op de uitslaapkamer van het St.-Clare's Hospital op de hoek van East 51st Street en Ninth Avenue. Het chirurgische team had haar geopereerd aan een schedelbreuk van elfenhalve centimeter die van de bovenkant van haar rechteroor naar haar achterhoofd liep. Haar rechtersleutelbeen was ook gebroken, evenals twee ribben.

Ray Irving was erbij toen ze wakker werd. Zijn rechterarm en -schouder waren stevig verbonden. Onder het verband zat een wond waarvoor achttien hechtingen nodig waren geweest.

En het was Ray Irving die haar vertelde dat John Costello was overleden, gedood door één klap van de hamer op zijn hoofd. Costello was de man die hen had gevolgd, met de honkbalpet diep over zijn ogen getrokken, zijn kraag opgeslagen. Costello had de boodschap van de Imitator, dat de volgende moord persoonlijk zou worden, begrepen... en Costello was bereid geweest alles te doen wat nodig was om Karen Langley te beschermen.

'Wie is het?' fluisterde ze tussen droge en gezwollen lippen door.

'Het is niet Karl Roberts,' antwoordde Irving. 'We hebben Roberts nog niet gevonden. We nemen aan dat hij dood is. Anthony Grant heeft de man in het park geïdentificeerd als de Karl Roberts met wie hij had gesproken.' Irving schudde zijn hoofd. 'Ongelooflijk, maar Grant schakelde de moordenaar van zijn dochter in om onderzoek te doen naar haar moord.'

'Weet je al hoe hij heet?'

'Nog niet. Zijn vingerafdrukken staan niet in het systeem en hij komt in onze dossiers in New York niet voor, maar dat wil niet zeggen dat er ergens anders geen dossier van hem is. De FBI werkt eraan... Ze gaan ons helpen zijn identiteit te achterhalen.'

En toen stonden er tranen in Karens ogen, alsof ze besefte dat ze de realiteit van John Costello's lot niet langer uit de weg kon gaan.

'John is dood,' fluisterde ze.

'Ja,' zei Irving. Hij leunde naar voren en legde zijn hand op de hare.

'Hij was een goed mens, Ray... Hij was echt een goed mens.'

'Dat weet ik,' antwoordde Irving.

'Hij werd op dezelfde dag vermoord... zo veel jaar later...'

'Ssj,' fluisterde Irving.

'Hij heeft ons leven gered... en...'

'Stil nou maar,' zei Irving. Hij trok een tissue uit de doos die op de plank naast het bed stond en veegde voorzichtig de tranen van Karen Langleys wangen.

'Je moet uitrusten,' fluisterde hij. 'Ga even slapen. Doe je ogen dicht en ga een poosje slapen.'

De pijnstillers, de effecten van de anesthesie, de verpletterende ervaring en de emotionele ravage na alles wat er was gebeurd kregen de overhand en ze gaf zich gewonnen, liet zichzelf gaan, want het was groter dan zij en op dat moment had ook zij – net als Ray Irving – niets waarmee ze zich kon verzetten.

79

New York bracht ochtenden als geen enkele andere plaats ter wereld. Verschillende ochtenden voor verschillende seizoenen, maar allemaal uniek. Misschien dat de mensen die er woonden er geen acht op sloegen, door gewenning immuun raakten voor de hun vertrouwde omgeving, maar het was er, recht voor hun neus, ze hoefden alleen maar de tijd te nemen om te kijken.

Zo nu en dan, maar in de loop der jaren minder vaak, zag Ray Irving iets in de stad wat tegelijk verrassend en vertrouwd was, alsof hij werd herinnerd aan een oude vriend, een vergeten geliefde, een huis dat hij had bewoond toen het leven anders was. En juist in die korte ogenblikken keek hij verder dan zijn werk – langs de gezichten van de doden, langs de ongelukkigen die alleen waren achtergelaten om leeg te bloeden alsof het leven van geen enkele waarde was – en besefte hij dat hij ondanks alles toch een mens was, en dat het zijn verantwoordelijkheid was zich erdoorheen te slaan naar de andere kant. De andere kant waarvan wist hij soms niet, maar hij moest zich erdoorheen slaan.

Op dinsdagochtend 19 december viel het zuivere licht op Irving toen hij op het balkonnetje van zijn appartement stond te kijken naar het silhouet van de St.-Raphael tegen de heldere hemel en nadacht over alles wat er sinds 23 november was gebeurd. Misschien is er een God, dacht hij, maar zag hij hoe het eraan toeging en is hij ondergedoken.

Op maandag 27 november hadden ze de identiteit van de Imitator vastgesteld. Zijn naam was Richard Franklin Segretti. Eenenveertig jaar oud, afkomstig uit Malone, in het noorden van de staat New York. Neem vanuit Lake Placid de I-30 in noordelijke richting, tot een paar kilometer van het punt waar de rivier de St.-Lawrence je scheidt van Canada. Daar vind je een klein stadje met kleinsteedse opvattingen en kleinsteedse mensen

– goede, hardwerkende mensen, brave burgers, en uit deze onwaarschijnlijke omgeving kwam Segretti. De mensen daar kenden de familie Segretti – Richard en zijn jongere zus, Pamela – en hoewel de ouders inmiddels waren overleden, hoewel Pamela was verhuisd naar het zuidelijker gelegen Saratoga Springs, waar de lonen hoger waren en de mensen niet zo star in hun opvattingen, reageerden de inwoners van Malone toch zoals alle mensen reageren wanneer ze horen van een moordenaar in hun midden: met ongeloof en verbijstering; een gevoel dat als ze zich zo lang niet bewust waren geweest van iets wat zo belangrijk en verontrustend was, wat er dan nog meer zou kunnen zijn dat ze niet wisten.

Argwaan werd een schaduw die hen nog weken, nog maanden zelfs, zou vergezellen, en dan zou het overgaan en zouden ze hun uiterste best doen het te vergeten.

En Segretti had vele jaren geleden wel eens een bijeenkomst van de Winterbourne-groep bijgewoond, maar was geen lid geworden. Ook na een diepgaand onderzoek van de kant van Irving kon niet worden vastgesteld of Segretti ooit een aanval van een onbekende seriemoordenaar had overleefd. Maar zoals Karen Langley hem had voorgehouden, waren zij niet de echte ongelukkigen? De beoogde slachtoffers, de mensen die het overleefden maar nooit de waarheid zouden weten? De mensen die de rest van hun leven bang bleven voor iets wat ze niet hadden gedaan. Ze vertelde over de artikelen die John Costello en zij hadden willen schrijven. Over de vergeten slachtoffers. Misschien hoorde Segretti daarbij, misschien niet. Nuchter bekeken scheen het er nauwelijks toe te doen.

Irving ontdekte een artikeltje in de *Daily News*:

INWONERS VERHINDEREN
BEZICHTIGING HUIS MOORDENAAR

'Het is walgelijk,' zei Jack Glenning, al drieëntwintig jaar woonachtig in Malone. 'Mensen uit New York komen helemaal hiernaartoe om dat huis te bekijken waar Segretti heeft gewoond. Ik heb gehoord dat een paar jongelui een deel van het hek uit de grond hebben gerukt en hebben meegenomen. Als aandenken. Je vraagt je af hoe het gesteld is met de wereld als jongelui dat soort mensen verafgoden.'

In de achtergrond van Richard Segretti was geen gevangenisdossier, geen strafblad, geen dierenmishandeling of brandstichting op jeugdige leeftijd, geen zes maanden in de jeugdgevangenis. De vader van Segretti was houthakker, zijn moeder naaister. Gelovige mensen, die het gezinsleven hoog in het vaandel hadden staan, drie jaar na elkaar waren overleden, vader Segretti aan de gevolgen van een beroerte in het najaar van 1999, toen zijn vrouw al dood was, gestorven aan een hartaanval in 1996. Richard Segretti had sinds de dood van zijn ouders niets in het huis veranderd. Zelfs de leesbril van zijn vader lag nog boven op een opengeslagen exemplaar van *Serenade* van James M. Cain op het nachtkastje naast zijn bed.

Irving ging naar het huis nadat de FBI, de technische recherche en het forensisch lab hun werk hadden gedaan. Hij nam Jeff Turner mee. Het huis was smetteloos, kraakzindelijk, brandschoon. Boeken stonden in alfabetische volgorde op de plank, evenals cd's en videobanden. In de keuken waren de blikjes gerangschikt naar inhoud, naar uiterste gebruiksdatum, allemaal keurig opgesteld in een rij met het etiket naar voren. In een kast in de badkamer lagen elf ongeopende doosjes zeep, elf tubes tandpasta, elf doosjes flossdraad, elf nieuwe tandenborstels. Ze waren allemaal van hetzelfde merk, de tandenborstels allemaal van dezelfde kleur. In de gangen en de voorkamer waren schilderijen zo opgehangen dat de afstand van de bovenkant van de lijst tot de vloer precies een meter zevenentachtig was.

Segretti's lengte.

In een van de kamers vonden ze fotoalbums, dozen met aandenkens aan elke moord die hij had gepleegd, allemaal keurig in plastic zakken gestopt en van een etiket voorzien, klaar om te worden overgebracht naar het Openbaar Ministerie in afwachting van het proces tegen Segretti. Ze vonden de kleren van Carol-Anne Stowell, een doos schmink, een aantal haren die overeenkwamen met die van James Wolfe vastgeplakt in een staafje witte grime. Nog meer van dat soort dingen.

Irving en Turner reden zwijgend terug naar New York.

Turner had in de dagen na Costello's dood ook de flat van Costello gezien. De kasten vol journaals, de cd's, de videobanden, de dvd's – allemaal hetzelfde, alfabetisch gerangschikt, stofvrij en smetteloos. De keuken, de badkamer, de manier waarop de handdoeken waren gevouwen, de manier waarop het douchegordijn was opgehangen, alle plastic ogen precies even ver van elkaar aan de rails boven het bad.

De twee huizen hadden bewoond geweest kunnen zijn door dezelfde man.

De overeenkomst tussen Costello en Segretti zette Irving aan het denken – te lang en te hard aan het denken, tot hij er hoofdpijn van kreeg. De ene man ging de ene kant op, de andere nam een andere weg. Irving herinnerde zich een citaat uit een film over Truman Capote die hij had gezien, waarin Capote had gesproken over de overeenkomsten tussen hemzelf en de moordenaar, Perry Smith: *Het was net of we in hetzelfde huis waren opgegroeid, en dat ik op een dag vertrok via de voordeur en Perry de achterdeur uit ging.* Zoiets.

Irving betrapte zichzelf erop dat hij dingen telde. Telefooncellen. Meisjes met rood haar.

Alsof getallen een soort zekerheid gaven.

Na een tijdje deed hij geen pogingen meer het te begrijpen.

Het was niet te begrijpen.

Naar de dood van John Costello werd een intern onderzoek ingesteld. De NYPD Shooting Board ondervroeg zowel Vernon Gifford als Ray Irving. Als Karen Langley voldoende hersteld was geweest om voor de commissie te verschijnen, zou ze zijn opgeroepen als onafhankelijke getuige. De commissie kwam bijeen, ondervroeg, en oordeelde in haar afwezigheid. Het neerschieten van John Costello werd beoordeeld als een rechtmatig, zij het betreurenswaardig ingrijpen. Gifford werd niet geschorst, noch berispt, en kreeg ook geen waarschuwing wegens buitensporig geweld.

De begrafenis van John Costello werd in de St.-Mary of the Divine Cross gehouden op zondag 3 december. Irving woonde hem bij, maar Karen Langley kreeg geen toestemming het ziekenhuis te verlaten. Naast Irving waren Bryan Benedict, Leland Winter en Emma Scott van de *City Herald* aanwezig. Irving nam alleen Gifford, Hudson en Turner mee, want hij wist dat John Costello geen man was geweest voor veel vrienden en grote sociale kringen. Het leven dat John Costello buiten de *Herald* en zijn korte samenwerking met het bureau in district 4 had geleid, werd gerepresenteerd door George Curtis en Rebecca Holzman van de Winterbourne-groep, beiden duidelijk kapot van Costello's dood. Er waren geen familieleden die een woord van gedachtenis konden spreken. Daarom stond Irving op om namens hen te spreken. Later kon hij zich niet meer herinneren wat hij had gezegd, maar Gifford zei dat het mooi en treffend was geweest en dat Costello er blij mee zou zijn geweest.

Segretti werd vastgezet in afwachting van zijn proces. Zijn zus besloot niet vanuit Saratoga Springs naar New York te komen om hem te bezoeken, en ze weigerde de pers te woord te staan.

Na een week was het al of John Costello en Richard Segretti geen van beiden ooit hadden bestaan. Ze werden verbannen naar het collectieve geheugen van New York, een geheugen dat op de rand van de vergetelheid balanceerde, een geheugen vol dingen die niemand zich wilde herinneren, waarvan iedereen wenste dat ze nooit waren gebeurd. Het proces tegen Segretti zou pas over zes maanden, of over een jaar, beginnen en tegen die tijd zou iedereen zijn vergeten wie hij was.

Tijdens een gesprek met Irving zei Vernon Gifford: 'Hij zal de rest van zijn dagen moeten slijten in het besef dat hij uiteindelijk niet heeft gewonnen, dat hij iedereen ten slotte niet te slim af is geweest.'

'Ja,' antwoordde Irving. 'En hij zal nu op de luchtplaats in het gezelschap verkeren van de McDuffs en Gacy's en Shawcrossen van deze wereld. Ze verdienen elkaar, vind je ook niet?'

Een waar woord, zeer passend. Een prachtige ironie.

In de derde week van december was het lichaam van Karl Roberts, de ex-politieman uit Seattle, nog altijd niet gevonden. Er was onvoldoende mankracht beschikbaar om het zoeken voort te zetten, maar er werd aangenomen dat hij dood was, dat Segretti hem had vermoord, zijn identiteit had gestolen om in Grants nabijheid te komen en vandaar bij Irving en Langley.

Hoe was Grant ertoe gekomen hem in te schakelen? Hoe was het Segretti gelukt zich uit te geven voor Roberts en een opdracht van een rouwende vader te bemachtigen? Grant vertelde Irving hoe ze elkaar hadden ontmoet, en het was te simpel voor woorden. Segretti had gepost bij een bar waarvan bekend was dat Grant daar van tijd tot tijd iets ging drinken. Hij had gewacht tot Grant er was, was naar binnen gegaan met een foto van een vermist meisje, had een paar vragen aan de barkeeper gesteld, had zich vasthoudend, bijna agressief opgesteld, en Grant was erin getrapt.

'Hij zei dat hij gespecialiseerd was in vermiste kinderen,' vertelde Grant tegen Irving. 'Dat hij bij de politie had gewerkt en in heel New York, New Jersey, Atlantic City, langs de hele oostkust contacten had. Zei dat hij mensen kende die mensen kenden. Hij kwam heel echt op me over, vertelde dat hij twee inmiddels volwassen dochters had, die aan de universiteit studeerden, en hij leefde mee. Ik had echt het idee dat het een oprechte en gedreven vent was. Hij zei dat hij me graag wilde helpen, al was het alleen maar om via zijn relaties vertrouwelijke informatie van de politie los te krijgen, snapt u? Ik kan het niet geloven... Ik vind het echt ongelooflijk dat ik in een bar drankjes heb gekocht voor de man die mijn dochter heeft vermoord...'

Irving geloofde het wel; geloofde het direct. Hij begreep inmiddels, zo dat nog niet het geval was geweest, dat mensen tot vrijwel alles in staat waren.

Die ochtend, 19 december 2006, draaide Ray Irving zich af van het zuivere licht, van het silhouet van de St.-Raphael, en nam zijn jasje van de rug van de stoel. Hij bleef een moment bij de deur staan, trok hem toen stevig achter zich in het slot en liep het gebouw uit. De spits was voorbij en het duurde niet zo lang voor hij op het parkeerterrein achter het St.-Clare's Hospital was.

Karen Langley zat in de hal op hem te wachten met een weekendtas aan haar voeten. Er zat nog verband om haar hoofd, en hoewel de zwelling was afgenomen was rond haar oog, haar kaaklijn nog altijd een spoor van haar verwondingen te zien. Het was inmiddels bijna een maand geleden, maar voor hen beiden leek het alsof er helemaal geen tijd was verstreken.

Irving had Karen Langley de dag ervoor nog gezien, maar elke keer dat hij op bezoek ging besefte hij hoe sterk zijn gevoelens waren veranderd, hoe belangrijk haar welzijn voor hem was, hoe kapot hij ervan zou zijn geweest als ze het niet had gehaald.

Door zulke gebeurtenissen werd je met je neus op je sterfelijkheid gedrukt.

'Ray,' zei ze.

Hij glimlachte, hielp haar overeind, nam haar tas en leidde haar naar de auto.

Ze kwamen bij zijn appartement aan voor een van beiden de kans had gehad echt iets van betekenis te zeggen, maar eenmaal binnen, in de kleine keuken, sloeg hij zijn armen om haar heen, drukte haar dicht tegen zich aan en hield zich stil terwijl zij huilde.

Na verloop van tijd ging ze zitten. Irving zette koffie, luisterde naar haar gebabbel, naar haar woorden die over elkaar heen buitelden alsof een maand van de wereld afgesneden zijn in een paar minuten moest worden goedgemaakt.

En ten slotte, nadat ze had gezegd wat ze wilde zeggen, stelde ze de grote vraag: waarom.

En Irving draaide zich om en liep naar haar toe, ging naast haar zitten en pakte haar hand.

Hij hield hem stevig vast, schudde langzaam zijn hoofd en glimlachte een droevige en tedere glimlach. 'Ik weet het niet,' zei hij zacht. 'En ik denk ook niet dat we het ooit te weten zullen komen.'

Karen keek een moment de andere kant op, door het kleine raam naar buiten naar een ochtend in New York, en toen wendde ze zich weer tot hem. 'Ik moet mezelf ervan overtuigen dat ik het niet hoef te weten,' zei ze.

Een poosje zwegen ze en toen legde Irving zijn hand tegen de zijkant van haar gezicht.

'Blijf,' fluisterde hij. 'Hier. Bij mij. Blijf hier, Karen.'

En Karen Langley sloot haar ogen, en ze haalde diep adem, en toen ze Ray Irving aankeek stonden er tranen in haar ogen.

'We horen niet alleen te zijn, hè?' vroeg ze, en iets in die vraag vertelde hem dat hij niet beantwoord hoefde te worden.

Dus waagde hij zich daar niet aan.

Noot van de auteur

Het zou ongetwijfeld een hele troost zijn als de vele seriemoordenaars die een belangrijke rol hadden in het drama dat zich op deze bladzijden afspeelt, een product waren van mijn overspannen verbeelding, maar helaas voor de mensheid zijn ze dat niet.

Er is veel research gepleegd om ervoor te zorgen dat de namen, data, tijden en locaties zo accuraat mogelijk zijn. Ik heb ook gebruikgemaakt van een aantal gedocumenteerde rapporten en daarbij die rapporten gekozen die naar mijn idee het betrouwbaarst en meest geloofwaardig zijn. Maar moordenaars zijn leugenaars en in sommige gevallen blijft er door tegenstrijdige verklaringen twijfel bestaan over de precieze feiten.

Wat betreft de door mij gekozen locatie, New York, moet ik de lezer vragen toegeeflijk te zijn. Ik heb me puur en alleen voor het verhaal enkele vrijheden veroorloofd met betrekking tot onbelangrijke geografische details. New Yorkers zijn begrijpelijkerwijs trots op hun geweldige stad, werkelijk een van de opmerkelijkste steden in de westerse wereld, en ik hoop dat niemand aanstoot neemt aan mijn narratieve vrijheid.

RJE

Dankwoord

Er zijn elke keer weer veel mensen die ik moet bedanken, omdat zonder hen mijn boeken nooit in een boekwinkel terecht zouden komen. Steevast zijn ze bescheiden en zeggen ze dat ik ze niet te veel moet ophemelen, maar uit die bescheidenheid blijkt voor mij juist hoe fantastisch ze zijn. Dus nogmaals:

Jon, mijn redacteur; Euan, mijn agent; alle mensen bij Orion – Jade, Natalie, Gen Juliet, Lisa, Malcolm, Susan L. en Susan H., Krystyna, Hannah, Mark Streatfield en Mark Stay, Anthony, Julia, Sarah, Sherif, Michael G., Pandora en Victoria, Emily, Suzy, Jessica en Kim, Lisa G., Kate en Mark Rusher. Jullie hebben allemaal verschrikkelijk hard gewerkt en ik heb mijn best gedaan aan jullie normen te voldoen.

Robyn Karney, een buitengewone bureauredacteur en een buitengewone vrouw.

Amanda Ross, voor je niet-aflatende vriendschap en blijvende steun ben ik je veel dank verschuldigd.

Kate Mosse, Bob Crais, Dennis Lehane, Mark Billingham, Simon Kernick, Stuart MacBride, Laura Wilson, Lee Child, Ali Karim, George Easter, Steve Warne, Ben Hunt, Mike Bursaw, de ploeg van Cactus TV, Mariella Frostrup en Judy Elliott van Sky, Chris Simmons, Sharon Canavar, Barry Forshaw, Judy Bobalik, Jon en Ruth Jordan, Paul Blezard, alle mensen van WF Howes, Jonathan Davidson, Lorne Jackson, Matt Lewin en Sharone Neuhoff. Ook aan Lindsay Boyle, Ciara Redman, Paul Hutchins en Andrew Tomlinson van de BBC voor de zeer bijzondere reis naar Washington.

Speciaal wil ik hier bedanken June Boyle, Fairfax County Homicide, en Brad Garrett van de FBI in Washington en Walter Pincus van *The Washington Post*, die me allemaal een klein stukje van de waarheid hebben laten zien.

Voor mijn broer Guy, mijn vrouw Vicky, mijn zoon Ryan.

Jullie zijn geweldig.

Lees ook van R.J. Ellory

Een stil geloof in engelen

*Tien gruwelijke kindermoorden houden een klein dorp
decennialang in een beklemmende greep*

Augusta Falls, Georgia, 1939. De twaalfjarige Joseph Vaughan hoort dat een meisje uit zijn klas op brute wijze is vermoord. Het blijkt de eerste in een reeks van tien moorden op jonge meisjes te zijn die het kleine dorp decennialang in de greep zullen houden. Joseph voelt zich moreel verplicht iets te doen en richt The Guardians op, een groep kinderen die vastbesloten is om de inwoners van Augusta Falls te beschermen tegen het kwaad dat hun kleine gemeenschap is binnengedrongen. Maar de moordenaar wordt niet gevonden en machteloos moeten ze toezien hoe het ene slachtoffertje na het andere uit hun midden wordt weggerukt.

Het dorp is gebroken van verdriet, en zelfs nadat het moorden is gestopt, trekt de schaduw die over Josephs leven geworpen is niet op. Pas vijftig jaar na de eerste moord volgt er een ontknoping, wanneer Joseph de confrontatie aangaat met datgene wat hem zijn hele leven heeft achtervolgd.

Een magistrale, sfeervolle roman over een vervlogen tijd en de verwoeste onschuld van een kleine jongen – een met recht literaire thriller.

'*Een indrukwekkend boek.*' — de Volkskrant ★ ★ ★ ★

'*Buitengewoon elegant, krachtig en weemoedig proza. Een onweerstaanbare thriller van de allerhoogste orde.*' — The Guardian

'*Een schitterend, betoverend boek. Een krachttoer van R.J. Ellory.*' — Michael Connelly

ISBN 978 90 261 2777 9 | 448 bladzijden

Lees ook van R.J. Ellory

Een volmaakte vendetta

*Tien gruwelijke kindermoorden houden een klein dorp
decennialang in een beklemmende greep*

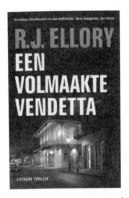

Wanneer Catherine Ducane verdwijnt in hartje New
Orleans duikt de lokale politie meteen boven op de
zaak – het gaat namelijk om de dochter van de gou-
verneur van Louisiana. Maar algauw neemt de zaak
een bizarre wending. Nadat het gruwelijk toegetakel-
de lijk van Catherines lijfwacht wordt aangetroffen
in de kofferbak van een zeldzame oldsmobile, neemt
de ontvoerder contact op met de politie. Hij vraagt
niet om losgeld, maar eist een gesprek met Ray Hartmann, een functionaris van een team dat onderzoek
doet naar georganiseerde misdaad.

Hartmann reist af naar het diepe zuiden en piekert over de reden waarom de
mysterieuze ontvoerder, een oude Cubaan met de naam Ernesto Perez, juist hém
heeft uitgekozen om zijn levensverhaal aan te vertellen. Pas wanneer hij zich realiseert dat Perez een van de meest gevreesde huurmoordenaars is die sinds de jaren
vijftig voor de maffia hebben gewerkt, begint hem iets te dagen. Maar tegen de
tijd dat de stukjes van de puzzel op hun plaats beginnen te vallen, is het al te laat.

Een volmaakte vendetta is zowel een adembenemende literaire vertelling over het
leven van een van de kopstukken van de Italiaanse maffia een verhaal dat vijf
decennia omspant en de lezer van Cuba naar Las Vegas en van New Orleans naar
Chicago voert – als een krachtige thriller over woede, vergelding, passie en verlies.

ISBN 978 90 261 2703 8 | 544 bladzijden